吕进诗学思想研究

向天渊／主编

西南師範大學出版社
国家一级出版社　全国百佳图书出版单位

图书在版编目(CIP)数据

吕进诗学思想研究 / 向天渊主编. -- 重庆 : 西南师范大学出版社, 2018.9

ISBN 978-7-5621-9610-5

Ⅰ. ①吕… Ⅱ. ①向… Ⅲ. ①吕进 - 诗学 - 研究 Ⅳ. ①I207.22

中国版本图书馆CIP数据核字(2018)第211871号

吕进诗学思想研究

LÜJIN SHIXUE SIXIANG YANJIU

向天渊　主编

责任编辑:李晓瑞　李君
装帧设计:闰江文化
排　　版:重庆大雅数码印刷有限公司·吴秀琴
出版发行:西南师范大学出版社
　　　　网　　址:www.xscbs.com
　　　　地　　址:重庆市北碚区天生路2号
　　　　邮　　编:400715
　　　　电　　话:023-68254353
经　　销:全国新华书店
印　　刷:重庆荟文印务有限公司
幅面尺寸:170mm×240mm
印　　张:39.75
字　　数:692千字
版　　次:2018年9月第1版
印　　次:2018年9月第1次印刷
书　　号:ISBN 978-7-5621-9610-5
定　　价:118.00元(上下册)

目录

·序 言·

·上 篇·

序言

吕进诗学思想的方法论启示

□向天渊

毋庸置疑,吕进诗学思想属于现代中国学术的有机组成部分。有趣的是,"现代中国学术方法"自上世纪90年代以来成为学界持续关注的热点话题,不同学科的诸多学者从各自擅长或感兴趣的维度展开讨论,创获甚丰,启示颇多,其中任职中国社会科学院文学研究所的杨义还专门著有《现代中国学术方法通论》一书,"在展示了世界视野和文化还原为双构性元方法框架之后,集中关注三个关键点,即感悟、会通和话语原创,把这三者当作方法论的枢纽来对待"[①],以此寻绎出现代中国学术的方法论思路:"以感悟拨亮文化意义的精神,以会通融合中外古今的知识,以话语建构凝聚自主创新的结晶"[②]。由于该书的旨趣在于"以学术史的材料做方法论的文章",视野比较宏阔,我们不妨反向而行,借用其揭示并敞开的三个关键术语,去认识相对具体的吕进诗学思想,期望能够从方法论层面更多地理解其价值与意义。

---

① 杨义:《"格局观"的全球化与"建设论"的人文学》,载《现代中国学术方法通论》,山东教育出版社2009年版,第14页。

② 杨义:《"格局观"的全球化与"建设论"的人文学》,载《现代中国学术方法通论》,山东教育出版社2009年版,第15页。

一、感悟

在杨义看来："数千年的思维实践，使中国感悟式的思维经验和智慧异常发达，渗透到日常生活和哲学、宗教、文学艺术的各个领域，沉积为中国精神文化最具神采，又极其丰厚的资源。"[①]作为中国精神文化重要组成部分的古典诗学，当然不会例外，自魏晋之后有关琴棋书画的议论，特别是宋明以来对于诗文词曲的品评，感悟式思维及言说方式俨然形成一种生生不息的传统，即便近百年来受到西方逻辑思维方式的冲击与洗礼，仍然在王国维、朱光潜、宗白华、朱自清、闻一多、梁宗岱、李健吾、钱锺书等众多学人的著述中焕发生机，绽放出别样的色彩与姿态。

就吕进诗学思想而言，其发生、成型以及拓展、新变的历程，正处于我国学术传统现代转换的宏阔背景之下，郭沫若、朱自清、闻一多、梁宗岱、戴望舒、艾青、何其芳、臧克家等前辈诗人的诗论，都鲜明地体现出感悟思维的经验与智慧，吕进诗学自然也在有意无意之间接续了这一现代新传统。说其无意，是因为身处现代学术形态巨变的大潮之中，必然受到熏染，比起古典诗学、外国诗学，中国现代诗歌及诗论给予吕进的影响，应该更加直接，无论是关于诗的定义、品种、形式、修辞的论述，还是关于诗的审美视点、诗人人格建设的探讨，都可以发现这种影响的蛛丝马迹：不只表现为内容上的推陈出新，也体现在思维及话语方式上的秘响旁通。说其有意，主要是指作为新诗批评家、研究者，或者说作为现代诗学话语主体的吕进，本身又是一位作家，自少年时代开始发表作品，数十年来坚持新诗、杂文、散文创作，还发表过报告文学、翻译诗歌诗论等，虽然长期在大学任教，但并未被"学院派"所同化，毕竟他早就认识到："中国诗学的'悟'，是不用公式和概念去破坏那无言的体验。它力求使诗保持为诗，让诗的魅力在'悟'中更加妙不可言，而不是相反。'悟'是审美主体与审美客体的一种融合，是诗学家进入诗的内部化为诗本身。"[②]正是因为具有这样的人生经历与诗学理念，其新诗研究才始终葆有"诗人论诗"的"悟"的品格。对此特征，臧克家早有发现，他说："吕进同志，从少年时代就发表诗作，以诗人之

① 杨义：《现代中国学术方法通论》，山东教育出版社2009年版，第138页。
② 吕进：《中国现代诗学》，重庆出版社1991年版，第14页。

心论诗，自然知其意义与甘苦。”[①]

检视吕进的诗学论文，随处可见《新诗话》《说诗晬语》《小诗一得谈》《读诗札记》《读诗随记》《诗苑漫步》《王尔碑散文诗谈片》《新诗谈艺录》《梁上泉歌词印象》之类的标题，此外，他还出版有《一得诗话》《上园谈诗》《吕进诗学隽语》这样的著作，写过大量诗序、诗学通信、报刊专栏文章。这些论著的文体样式，已然彰显出吕进诗学感悟式思维及话语方式的普遍存在。

设若不信，我们可以随手拈出几个例句，比如，论及诗歌中叙述与抒情的关系时，他说：“诗的叙述是抒情中的叙述，根本旨趣仍在于精神世界，在于通过叙述以抒情。我们可以在叙事诗或略有情节的抒情诗中发现，凡是叙事的地方，诗里就出现‘快镜头’；凡是抒情的地方，诗里就出现‘慢镜头’。凡是涉及‘事’，诗就像一个专抄捷径的伶俐者；凡是涉及‘情’，诗就会变成一个专走弯路的慢行者。”[②]又比如，他这样谈论诗与散文的区别：“如果说，散文探索‘外宇宙’，诗就在探索‘内宇宙’；如果说，散文寻觅外深化，诗就在寻觅内深化；如果说，散文在外在世界徘徊，诗就在内心世界独步。散文是作家与世界的对话，读者倾听散文；诗是诗人在心灵天地中的独白，读者偷听诗歌。”[③]再比如，他如此阐释诗人与常人的关系：“诗人应当是常人。他应当对‘文革’中和‘文革’前流行的‘神气’说‘不’。但是恢复‘人气’并非变得‘俗气’。……诗人在写作时，他是自己又不是自己。他洗掉自己作为常人的世俗气，从现实性存在转向审美性存在，从个人性经验迈向普视性体验。他走出自己以展现自己。在写诗过程里，创作者成了自己的创作品。”[④]在这些论说里面，我们没有发现故作高深的专业术语，看到的多是运用生活中常见的事物、情形去言说诗学原理，其举重若轻的感性话语并未遮蔽内在理性的光芒，反而使自己的观点变得更加生动与通透，让人印象深刻，完全与杨义所揭示的感悟思维“灵动、精粹、奇妙，具有独特的穿透力和整体性”[⑤]的特征相吻合。没有对生活的细致观察，

---

① 臧克家：“吕进的诗论与为人”，载《当代文坛》1989年第4期。

② 吕进：《新诗的创作与鉴赏》，重庆出版社1982年版，第24页。

③ 吕进：《中国现代诗学》，重庆出版社1991年版，第22页。

④ 吕进：《五十年：新诗，与新中国同行——〈新中国五十年诗选〉序》，载《吕进文存》（第四卷），西南师范大学出版社2009年版，第458页。

⑤ 杨义：《现代中国学术方法通论》，山东教育出版社2009年版，第142-143页。

没有诗文创作的切身体验,是很难发表如此形象晓畅却又如此精辟透彻之诗学见解的。

二、会通

从方法论角度讲,"会通"是著作传世及伟大学术必备的特质。其对学者的要求,就中国古代而言,体现为在文史哲、儒道释、经史子集之间纵横捭阖;就近现代而言,则不仅要贯通古今,更需要融会中西,既能"三世同堂",也得"四海一家"。两相比较,现代学者攀登学术高峰的道路更加崎岖而艰难,这也是所谓学术大师难得一见的重要原因。即便退而言之,仅在中国新诗研究这个相对具体而微的领域,同样要求研究者拥有会通中外古今诗学思想的意识与能力。综观吕进的诗学思想,我们可以说,他不仅较早地形成了"会通"的观念,也相当程度地达到了"会通"的境界。

在《中国现代诗学》的导言中,吕进就曾明确指出,该书"力求沟通中国传统诗学和现代诗学,在'通'中求'变';力求融合中国现代诗学和西方诗学的精蕴,在'博'中求'新'。"[①]或许正是具有这种通变与创新意识,该书的第一章才直接题为"诗学:中国与西方",在对中西诗歌及诗学的关系进行简要比较之后,水到渠成地提出:"中国现代诗学的建设离不开对中国传统诗学的批判继承,对西方诗学则必须进行本土化处理,才可能言借鉴。"[②]也许,放在二十多年之后的今天,"传统诗学现代化、西方诗学本土化"的"总路线"已经成为中国现代诗学界的共识,但在当时,具有如此鲜明且思路清晰之观点的学者尚不多见,何况吕进还先人一步,在现代诗学观念、形态以及演进方向等方面确立起一系列具体目标:"中国现代诗学应当保持以抒情诗为本、推崇体验性的诗学观念,同时又在诗对客观世界的历史反省能力和形象性上向西方诗学有所借鉴;中国现代诗学应当保持领悟性、整体性、简洁性的形态特征,同时又在系统性、理论性上向西方诗学有所借鉴;在诗学发展上,中国现代诗学应当保持

---

① 吕进:《中国现代诗学》,重庆出版社1991年版,第1页。
② 吕进:《中国现代诗学》,重庆出版社1991年版,第17页。

'通'中求'变',同时又不拒绝在艺术的探险精神上向西方诗学有所借鉴。"[1]明白吕进的现代诗学理想及建构思路之后,再读他的论著,就会发现其中会通古今中西以及跨越艺术门类的地方比比皆是。

我们先看他在专著中对"抒情诗的审美视点"的探讨:"内视点就是心灵视点,精神视点。我国古代'言志说'和'性情说'两个抒情诗理论实际上都是对内视点的发现,二者的区别无非是一个强调情的规范化,一个强调情的未经规范的自然本质而已。在诗的创作过程中,一些诗人有'肉眼闭而心眼开'的说法,'心眼'就是内视点。西方有'心灵的眼睛'的说法,与'心眼'之说相类。日本人则将内视点称为上帝的视点,强调内视点的形而上性质。内视点决定一首作品对诗的隶属度。德国美学家莱辛甚至在他的名著《拉奥孔》中谈论'失明'对诗人的价值,也就是强调外视点的关闭吧!"[2]如果我们接触过钱锺书的《谈艺录》抑或《管锥编》,再读这样的文字,应该会有似曾相识之感:时而古典,时而西方,随即转向日本,瞬间又跳到德国,但无论是说东道西,还是茹古涵今,都紧紧围绕"诗歌审美视点"这个中心话题,可谓达到了形散神不散的高超境界。

再举期刊论文为例:"中国诗歌重暗示,不太喜爱一泻无余;中国诗歌重意境,以情景相融、超逸象外为上;中国诗歌重明白简约,以言近旨远为很高的美学境界。古典诗论中的'隐''复意''炼'都是重要的美学范畴。换个角度,含蓄蕴藉也与音乐有关,它是诗的音乐精神。黑格尔有一个观念:艺术愈向前发展,物质因素就逐渐下降,精神因素就逐渐上升。但精神因素的丰富,并不意味着艺术的篇幅增长和笔法散漫。含蓄蕴藉是中国诗歌的一种民族风格。可惜,我对新诗在这方面的成就还不敢恭维。至于近几年的求怪弄玄、晦涩散漫的诗风就和民族传统相去太远了。"[3]这里不仅体现出古与今、中与西、传统与现代的论述视域,还将诗歌风格与音乐精神关联起来,举手投足之间跨越了时空及艺术门类的藩篱。

最后,我们来看一篇序文的开头:"苏联诗歌曾经有过'响派'和'轻派'并

① 吕进:《中国现代诗学》,重庆出版社1991年版,第17-18页。
② 吕进:《中国现代诗学》,重庆出版社1991年版,第22页。
③ 吕进:"开放与传统:中国新诗谈",载《当代文坛》1990年第1期。

存的时期。在20世纪的中国,在类似'响派'的'响亮豪放'之后,类似'轻派'的'悄声细语'的诗人受到读者喜爱,中国新诗走向了轻化时代,刘湛秋是80年代的这一诗歌潮流的前驱。这种审美取向不但是新诗回归自身和走向多元的必然,也是诗歌受众远离喧嚣的政治风云和诗歌'日久生厌'的鉴赏规律的必然——在现代安静、平和的生活节奏中,人们需要清纯的浅弹低唱和轻柔的心灵抚摸。适应着这个时代风尚,大批女诗人走到读者面前。她们从女性的感觉系统、审美态度和语言理想出发,寻求着属于自己的纯美世界,传达女性的体察、感慨与情思,无声的琴弦,瘦削的音符,流泪的甜柔,含笑的忧郁——种种诗意给干渴的心田带去人性的传递与慰安。"①这段论述,文笔汩汩流动,穿行于中外诗潮、艺术规律、时代风尚以及性别美学之间,既细密精致又立体丰腴,显出纵横开阖、高屋建瓴的诗学气魄。

三、话语原创

众所周知,学术思想必须凝定成精练的术语或范畴,才会得到更好的理解与流传。道理似乎很简单,但实际上,这是一件说起容易做起艰难的事情。近百年来,整个人文学科中拥有系列话语专利权的学者虽然不胜枚举,但细分至各个具体的研究领域,却又显得屈指可数。对中国新诗而言,"我注六经"式的演绎与阐释性研究非常普遍,而"六经注我"式的原创性探索则寥寥无几。应该说,吕进的诗学思想可谓这些寥寥无几中的一个。

不少论者都曾指出,吕进的现代诗学研究已经是围绕新诗文体构建起来的一个系统。打量这个体系,我们就会发现,它建基于一系列原创性话语之上,这些话语关涉中国诗歌尤其是新诗的本质、创作、语言、鉴赏、历史发展等根本问题,其中较为重要的有:诗是歌唱生活的最高语言艺术,抒情诗的审美视点特征及方式,诗人创作的寻思与寻言,诗歌鉴赏需要体会情味、意味、兴味与韵味,诗语的音乐性与弹性,诗家语,新诗的二次革命与三大重建,新诗诗体的双极发展,新诗的变与常,中国新时期的新来者诗人,等等。有关它们的内涵与价值,在此暂不讨论,我们更为关心的是,这种话语原创背后的动因何在,

① 吕进:《带我们看自己的诗人》,载《奢华倾城》,长征出版社2008年版,第1页。

换句话说,它们产生的机制是怎样的?

首先,需要指出的是,学术上的成功者,往往具有较为坚强的学术意志,这一点在吕进身上也体现得非常鲜明。吕进曾将吴昌硕的书联“心中别有欢喜事,向上应无快活人”以座右铭的方式送给自己指导的研究生,告诉他们:“在从事业的必然王国通往自由王国的道路上付出的种种艰辛,必将取得一般人所没有同时也不可能理解的‘欢喜事’——成果。这是一种极高的精神享受。而要得到这种精神享受,必定会失去一些世俗的‘快活’。”[①]实际上,这种辩证的“得失观”正是来自他本人对生活的体验与感悟。读吕进著作的后记及其他相关回忆,会发现为了诗学理想,他付出过巨大的辛劳,并经历过“创造的苦恼”,以至于发出“‘事业’也许就是‘艰辛’的别名这样由衷的感叹。”[②]然而,天道酬勤,皇天不负苦心人,吕进的诗学思想终于拾阶而上、步步高升,从发生到成型,继而拓展、新变,至今仍未停下前行的脚步。

值得注意的是,学术意志固然重要,但肯定不是实现话语原创理想的唯一条件。就处于文化、学术现代转换进程并厕身其事的中国学者而言,在话语体系的建构上,还须适应潮流,审时度势以找寻恰切的方略,用杨义的话说就是:“20世纪话语形态变迁的总体趋势,是以现代口语为基础,把古代语言中尚具活力的成分,以及外国语言经过转译的词语融合进来,组成一种动态的、开放性的复合语言体系。”[③]吕进诗学思想也体现出这样的时代精神与创新策略。

历经两千多年的传承,中国古代诗学话语异常丰富,但随着新的诗歌文体——白话新诗的崛起,其批评与阐释的能力迅速丧失,如何将其唤醒,赋予新的活力,对现代诗学的研究者、创造者而言,既是挑战也是机遇。吕进可以说是一名抓住机遇取得成功的挑战者,他在诗学思想体系的建构中,并未忽视和回避古典诗学丰富的话语资源,而是尽量做到古为今用,将新的观念注入其中,实现涤故更新的现代转换。除了“诗语弹性”“鉴赏四味”“守常求变”之外,最为典型的例子要数他对“诗家语”的论述。

① 苏青:“心中别有欢喜事,向上应无快活人——西南师范大学吕进教授侧记”,载《学位与研究生教育》1993年第1期。

② 吕进:《中国现代诗学》,重庆出版社1991年版,第381页。

③ 杨义:《现代中国学术方法通论》,山东教育出版社2009年版,第274页。

早在1984年,吕进就发表题为"诗家语"的论文,尝试对王安石首创的这个诗学术语进行具体的现代性阐释,明确提出:"真正的诗家语是超越日常语的日常语。诗家语产生于日常语,保持了后者的外貌,但又抛弃了后者的内涵而获得了另一种生命——诗的生命。它是日常语的非日常语化,不接受通常'文理'的管束;它又是非日常语化的日常语,不喜欢把自己打扮得珠光宝气。"[①]今日看来,该文虽然抓住了"诗家语"的本质特征,但其阐释思路仍然受制于中国古人及外国学者的论述,话语主体的原创意识尚不十分鲜明,也未能完全将"诗家语"引入新诗研究领域。几许遗憾促使吕进不断思考与论述"诗家语"命题,以至于有学者这样评价:"在吕进的诗学话语中,'诗家语'应该是非常重要的理论范式。这一范式不仅反复出现于吕进的诗学论文与专著之中,而且毫不夸张地说,它还贯穿了吕进近四十年的学术思考与诗学体系建构的始终。"[②]的确如此,这种持续不断的思索与斟酌终于凝聚成《论"诗家语"》这一长篇论文。该文从三个层面展开论述,首先对"诗家语"的本质属性给予界定,认为它是"诗歌从散文那里'借'来一般语言,然后遵循诗的逻辑创造自己的言说方式"[③];其次提炼出"时空清洗""形象清洗""词的选择""词的组合的选择""句法的选择"等具体的创造"诗家语"的途径;最后揭示出一般语言转变成"诗家语"这个言说方式之后,就会发生质变,获得"音乐性"和"弹性",由交际语言变成灵感语言,变成一般语言组成的非一般语言。显然,这篇文章的观点更为鲜明,思路非常清晰,论说也更加完备。最主要的是,文章体现出较为鲜明的主体意识,简洁明快的表达,使自信心与原创性得到充分的展示,而作为论据的十余个诗歌文本全部采自新诗诗人的作品,具有浓郁的现代气息,让我们从创作、鉴赏、批评等多个维度感受到"诗家语"独特的理论内涵与阐释魅力。

除却活用古代话语之外,对外国话语的挪用也是吕进诗学建构与原创的重要策略,这一点比较集中地体现在专著《中国现代诗学》之中。先不说别的,书名中"诗学"范畴的使用就是一个显著的例子。朱光潜曾经指出:"中国向来

---

① 吕进:"诗家语",载《当代文坛》1984年第4期。

② 张德明,姚家育:《吕进诗学研究》,人民出版社2016年版,第129页。

③ 吕进:"论'诗家语'",载《文艺研究》2014年第5期。

只有诗话而无诗学"[①],有学者更是认为"非西方文化圈中并无什么'诗学'"[②]。吕进之所以大胆采用这一术语,是基于对其做出了较为宏放旷达的界定,所谓"诗学是诗歌现象的描述与抽象",如此一来,诸多潜在的纷争及误解也就涣然冰释。不仅如此,他还自觉意识到"审视中西诗歌现象与诗学的相似与相异,就能更好地把握同中之异,在向外国诗学理论的开放中接通与中国传统诗学的联系,建立现代诗学的民族框架。"[③]正是有了这样的理论认知与学术自觉,《中国现代诗学》的民族性架构才得以确立,"诗学"话语的挪用最终取得成功。但是,相比之下,他关于抒情诗审美视点的阐释,则更为出彩,在挪用西方资源的同时,将中国古典元素融合其中,形成一种创造性的复合型话语。乍看吕进的描述与分析,几乎全是西式话语,他说:"所谓审美视点,就是诗人和现实的美学关系,更进一步,就是诗人和现实的反映关系,或者说,诗人审美地感受现实的心理方式。"[④]审美、现实、美学、反映、审美、感受等等,都是西方美学、文论系统中的关键词。但随着论述的深入,吕进将传统诗论、文论中的相关话语自然而巧妙地"牵扯"到对抒情诗审美视点的辨析之中,诸如倾听与偷听、肉眼与心眼、色味光态、以心观物、化心为物、以心观心、文醒诗梦、无理而妙、言近旨远、立象尽意等等,语境发生变更,它们的意蕴与功能也悄然转换,而"审美视点"这一西式范畴,在经由中国精神的阐释和洗礼之后,也被赋予本土化内涵,成为中国现代诗学话语的重要范畴。此一过程中,话语主体在中西诗学园地里凌波微步式的闪转腾挪,应该能够带给我们诸多借鉴与启示。

时至今日,中国新诗研究已经走过百年艰辛历程,并且取得辉煌的学术成就,但也同样面临"构建中国特色中国风格中国气派"话语体系的艰巨任务。在新的历史起点上,总结类似吕进诗学思想的成功经验与方法,无疑将有助于更快更好地完成这一任务!

① 朱光潜:《抗战版序》,载《诗论》,生活·读书·新知三联书店1984年版,第1页。有学者认为更为确切的说法是"中国向来只有诗论而无诗学",参见狄兆俊:《中英比较诗学》,上海外语教育出版社1992年版,第5页。

② 余虹:《中国文论与西方诗学》,生活·读书·新知三联书店1999年版,第4页。

③ 吕进:《中国现代诗学》,重庆出版社1991年版,第6-7页。

④ 吕进:《中国现代诗学》,重庆出版社1991年版,第20页。

上篇

发展历程

一、发　生

1970年代末至1980年代中后期，中国新诗在创作、批评以及研究等几个方面都显出非常活跃的发展态势。朦胧诗、归来者诗歌、新来者诗歌、第三代诗歌共同铸就创作上的黄金时段，围绕朦胧诗、第三代诗歌展开的极具争议性、话题性的大规模讨论，也将诗歌批评推向一个新高度。更为重要的是，在创作与批评彼此呼应、相互激荡之下，新诗和小说、戏剧等其他文学体裁一样获得广泛关注，甚至引发“轰动效应”。身处“文化热”时代大潮之中的广大读者，前所未有地拥有品读、鉴赏新诗的强烈欲望，但在面对具体文本时，往往显得无能为力、不知所措，毕竟象征、隐喻、反讽、歧义、弹性、通感、跳跃、超逻辑、非理性等文体特征决定了现代诗具有十分突出的“难解性”“不解性”甚至“反懂性”。这样的诗学境遇与时代背景，召唤着既具学理又接地气、既可顶天又能立地的新诗研究著作的出现，而吕进正好适逢其会地回应了这一召唤，在短短几年之间出版了《新诗的创作与鉴赏》（重庆出版社，1982）、《给新诗爱好者》（重庆出版社，1984）、《一得诗话》（四川文艺出版社，1985）、《上园谈诗》（重庆出版社，1987）、《新诗文体学》（花城出版社，1990）等多部诗学著作，不仅提出恰中新诗文体之肯綮的系列诗学观念，更加难得的是，其深入浅出、雅俗共赏的话语方式，将新诗作者和读者带到一片林中空地式的澄明之境，新诗创作及鉴赏的诸多秘密得以敞开。正是这几部诗学论著，初步勾画出吕进诗学思想体系的雏形，其中最具代表性的应该是《新诗的创作与鉴赏》和《新诗文体学》，它们已经获得读者及学界的广泛关注和普遍好评。

收获逻辑与审美的快感[①]

袁忠岳

吕进同志，你托重庆出版社寄来的大作《新诗的创作与鉴赏》收到了，我几乎是一口气读完的，正如你说的有一种逻辑审美的快感。

在北京，你谈起过全书的总体结构，分本质篇、创作篇、鉴赏篇三部分。当时我就认为你想得好，不仅新颖，而且科学。创作与鉴赏对诗的要求是共同的，而诗对创作与鉴赏的要求则是有区别的。忽视鉴赏的作用，诗歌美学即不完整，我国古代诗论中的意境、虚实、形神等美学范畴，都离不开鉴赏者参与其间。从创作到鉴赏，审美的主客体转移了，审美的要求、任务、内容、结果也均有所不同，不分开谈，许多问题就谈不清，谈不透。有些问题（如意境）过去之所以含混朦胧，其原因就在此。所担心的是：同一东西从不同角度谈，难免出现重复。看完全书，并无重复之感，疑虑也就自消了。你把“诗的内容”“诗的形式”放到“本质篇”来谈，把“诗的修辞”“诗的品种”放到“创作篇”来谈，安排是妥当的。遗憾的是“鉴赏篇”分量太轻，只一章，与另外两篇三足鼎立就太不匀称了。当然，为求匀称，而去重复，并无必要；不过，除了重复，就别无更多的话说了吗？这是否反映了我们对诗歌鉴赏理论研究不足？我们不能从鉴赏的角度，在诗歌领域别开一洞天，用新的内容来充实诗歌理论吗？这是值得大家共同努力的。

写得精彩的是第一章“什么是诗”、第五章“诗的灵感”、第八章“诗的品种”和第九章“诗的鉴赏”。如第一章“什么是诗”你先介绍了“诗如画”与“诗与音乐等质”两大主张，这在中外诗史上是有代表性和概括性的。前者以古代西方摹仿说为基础，侧重于客观的再现，后者以古代东方言志说为滥觞，侧重于主

① 本篇是袁忠岳1984年6月6日致吕进的信，见吕进《中国现代诗学》第三章“附录1”，重庆出版社1991年版。题目为编者所加。

观的表现(现在有些人却把它们搞颠倒了,把前者看作我国因循守旧的传统手法,而后者倒成了西方现代创新的时髦流派)。对这两种主张,你均不以为然,也不以为不然。看法是辩证的、合理的,而且用精辟的话加以表述:“诗是画的‘降低’”,“但它更是画的‘提高’”;“诗是音乐的‘降低’”,“但它更是音乐的‘提高’”。既相区别,又相联系。这是有见地的。

然后,你才给诗下定义说:“诗是歌唱生活的最高语言艺术,它通常是诗人感情的直写。”对此,我是赞同的,但也有修正。其中“歌唱”二字抓得准、抓得好。诗原是与音乐同时从劳动中诞生,二者结合不分。诗是歌,能唱的,这“歌唱”指明了诗的本源。人只有在感情激动时才有歌唱的欲望,所谓“情动于中而形于言,言之不足故嗟叹之,嗟叹之不足故咏歌之”,而歌唱必带韵味,富有音乐美。故诗虽然后来与乐分离了,但乐的特点——抒情性和音乐性却在诗中永远地保留下来了,使诗之所以为诗。不过,“歌唱生活”,似乎不太全面,有偏向“诗如画”之嫌,而与前面不偏不倚的态度相悖。你虽用“它通常是诗人感情的直写”来弥补,但,一、感情已包含在歌唱之中,这样说似嫌重复;二、“直写”,你在阐述中却又包括“曲写”“虚写”,好像也不太严密;三、与你下定义的要求——简练不相符。倒不如干脆去掉这一句,而在“生活”后添上“心灵”,成为:“诗是歌唱生活与心灵的最高语言艺术。”你以为如何?你不是引用李政道的话,说“那些基本的东西,恰恰是最简单的,但却最重要”?还有什么诗所必备的特点不包括在这句话内?还有什么诗之外的艺术样式也全具备这些特点?你在后面谈到“议论也是诗歌歌唱生活的一种方式”,“叙事诗同样是歌唱生活的最高语言艺术”,“讽刺诗也是一种特殊品种的抒情诗”,是“艺术地认识现实和歌唱现实的特别形式”,等等,都是从这一本质出发,用“歌唱”一以贯之,抓住了诗的“最简单的,但却最重要”的特点的。

“歌唱”的含义是丰富的。在“鉴赏篇”中,你谈到“诗味,就是诗的抒情美和音乐美”,又进一步把它分成“内容方面的情味、意味,形式方面的兴味、韵味”,这诗的四味,不均包含在“歌唱”之中吗?“歌唱”二字最简单,同时也最丰富。不足的是,这四味既是“诗味的四个方面”,对诗来说就该是不可分离、不可或缺的。每一歌唱都必蕴有这四味,应是这四味的融合才是。可你只把这四味分开来,孤立地谈了,忽略了有机综合,并进而认为:“我们不应当要求每一首诗都‘四味齐全’。”你用意是想避免用一个尺度来衡量所有的诗,以免单调乏味。孰知分开来，充其量仅只四味而已；只有把四味按各种浓淡不同比例调配起来，才能出百味，一如世间缤纷万色，只源于红、蓝、黄三原色。

你原是搞外语的，有不少卓见即得力于你的外语修养。如你谈道："'诗'这个词导源于一个很古的希腊词'poetes'，意即精致的讲话。"有力地说明了诗是"最高语言艺术"这一本质特点。"诗的语言来自生活语言，但生活语言必须经过诗的处理达到'精致'化才能得到进入诗国的签证。"又如说英语、俄语中的"诗人"一词"都同有'富于高度想象力的创造家'的词汇意义"，也是很能说明问题的，一语中的，道出了诗人的本质。更突出的是指出："英语和俄语的'灵感'一词的词根都是'吸入'的意思。离开客观世界的'吸入'，无所谓灵感。"从词义入手，一举破除了对灵感的唯心主义的解释，简要而有说服力。

从全书可以看出，你是极力避俗、避同，追求新意，不人云亦云的；但又不是故弄玄虚，追逐时髦，用一些艰涩难懂的辞藻来炫人眼目。既不迎合有些人的框框，也不迎合另一些人的狂妄。你只实事求是地又是独立地进行思考，尽自己努力，默默地探求着诗歌创作与鉴赏的规律，而不管别人是目之为保守呢，还是视之为异端。我想，我们研究探讨问题正应如此，书中精彩之处也正在此。

如对灵感，你指出："对于一首诗来说，灵感是因；对于客观世界来讲，灵感是果。"没有客观世界，不会有灵感，没有灵感，不会有诗。因此，灵感正是客观世界地壳变动、应力超限引起的"心灵的地震"。说得多么好啊！正因此，它虽源于客观，却具有某种不可预知性和难以捉摸性，它是突发的、易逝的、强烈的、不重复的，而又常常在抒情性与音乐性伴和之下降生，以某一佳句在跳出为其特征，有的竟会至于从梦中觅得佳句。这样分析才不是教条的，而是切合创作实际的。

又如对于叙事诗，你在指出它"叙事时往往惜墨如金，抒情时又往往用墨如泼"，"一方面字字必争，一方面又'走弯路'——走抒情的'弯路'，说抒情的'废话'"之后，已是可以了。而你又加一条："生动的细节描写。"加得好，正如你说："细节描写可以让跳跃的情节具象化，让简洁的故事饱满化"，有针砭闭门造车，医治空洞浮泛之效。

再如，对讽刺诗中的夸张与真实关系你这样说："讽刺的生命在于真实。形象的夸张，并不是为了夸张真理，而是为了在更显明和更富表现力的形式中显示真理。"对散文诗指出："'小处落墨'与象征，是散文诗左右二翅，使散文诗从生活的具体景物出发，经过诗人独特的抒情逻辑，达到对生活作哲理式的诗的概括。"像这样一些见解精辟独到，富有启发性，警句一般的语段、语句是不少的。此外，在引用广博，取材翔实，举例精当上也很有特色，不一一谈了。

意见前面已谈了一点，再提出几条来商榷：

一、诗的定义中，"最高语言艺术"一条，除了你谈到的"精致"之外，是否还应有"精练"之义，这是区别于散文语言的要点。诗的语言只是诗的意境、意象等美的信息的存储，其编码方式应具有最佳（即精致、美）与最简单（即精练、少）的特点。

二、对于"弹性"，你的解释是"诗的语言的几种词义的并涵"，是否狭窄了些？你引的闻一多的话就说："诗这东西的长处就在它有无限度的弹性，变得出无穷的花样，装得进无限的内容。"意似广泛得多，是指词义的多变与丰富。它既可一语双关，一个词在一个地方包含多种意义，也可以一个词在不同的地方有不同的含义（如你举的白桦诗《阳光，谁也不能垄断！》中的词"一点"）。可以词义含混，因而多解；也可以词外有意，任人捉摸。如"红杏枝头春意闹"，"闹"字的词义是明确的，也没有几种词义，但因一字而境界全出，余味无穷，也应说它获得了"弹性"。此外，"弹性"与"张力"是否有联系？"弹性"的获得，不仅有该词本身的作用，也与其所处语言环境有关，与其他词和该词建立某种特定关系有关。这些也值得进一步研究。

三、"诗的构思"一章，节次的划分不够严密。

如说构思方式就是想象，似太简单，后两节（"构思的过程""构思的新颖"）谈的，其实都是构思方式。语言的锤炼是创作过程的最后一步加工，放到构思过程（我以为它与整个创作过程是有区别的）中来谈，也不甚恰当。构思的创新是重要的，但归纳为：反笔、侧笔、意外笔、交错笔、对话体等，也好像若即若离，琐碎而不能概全。我的看法是：想象应是构思的前提；新颖是对构思的要求（还应有其他要求）；构思从过程谈，应有起止，分出阶段；构思的方式五花八门，应归成几类，类再分种，这是"创作篇"的重点，也是难点。不深入挖掘精细的创作实际，难免有隔靴搔痒之感，这儿也尚有许多工作可做。

四、诗的修辞（包括诗的语法），是应该谈的，但怎么才能避免与语言学上的修辞、语法重复，使之真正富有诗的特色，对诗歌创作有具体帮助？这也是需要研究探讨的。书中有些条目(如比喻、借代、排比等)内容一般,就有缺陷。

想说的话还很多,但笔谈究竟不同于面谈,不能尽言。总之,读后收益甚大,启发不小。我无书可回赠,即以此信代书,毫无保留地直抒己见,万望笑纳,勿嫌少也。我想,大作如有机会修改,一定能更深刻、更精致、更臻完美境地。

《新诗的创作与鉴赏》：吕进诗学体系的奠基之作①

颜同林

新时期以来的新诗理论建设是以朦胧诗的登台和诗歌创作的又一井喷为其历史发展契机的，这样明显而又直接地导致了新诗文体理论的大步跨越。在创作自身的丰富及其内在机制迫切要求新诗理论与其同步、协调的召唤下，人们从对历史反思转向了对自身的反思，新诗文体研究自然而然地成为中国新诗研究的中心课题。后来，随着文学生态圈的良性发展，各文体建设的门槛无形中抬高了，尤其是总有先锋之称的诗歌更是如此，这双重的压力与机遇出乎意料地重塑了诗歌的命运。以中国新诗文体研究见长的著名诗歌理论家吕进先生，是目前从内部研究中国新诗本质、特征和规律等基本理论的权威。《新诗的创作与鉴赏》作为他大步跨入诗歌殿堂的成名作，是80年代初期研究新诗的纯理论著作，也是最先一批以及现存的少数硕果之一。然而，二十多年来，虽然该书先后印行三版，影响不同凡响，而且时有评论文章问世，但把《新诗的创作与鉴赏》置放在吕进诗学体系中加以考察的文字，却不可思议地未曾出现。显而易见，这一情况是不甚令人满意的。本文力求站在这一角度重新打量《新诗的创作与鉴赏》一书，追根溯源，既存历史之真，又窥其诗学体系目的和合规律的内在流变之一斑。

吕进的诗学体系是建构在理解新诗作品和中外诗学精髓的基础上，以诗歌的视点特征和语言方式为核心的新诗文体学体系。“吕进，以他对中国古典与现当代诗歌诗论的广识，以他对世界诗史与著名诗歌诗论的博知，以他对哲

① 本篇原题目为“吕进诗学体系建构中的奠基之作——重读《新诗的创作与鉴赏》”，载《重庆教育学院学报》2004年第1期。

学、心理学、创造性思维学的理会,以他敏锐的领悟、独立的思考,以他虽不算多却深有体味的诗歌创作经验,呕心沥血,运筹帷幄,终于为中国现代诗学创建了一个新的颇是完整的理论体系。"[①]"吕进之崛起于新时期以来的中国新诗理论界,以其系统性、现代中国的、开放的诗歌理论成为中国现代诗歌界的佼佼者,正是时逢际会。"[②]上述两段引文分别涉及吕进的诗学体系,前者交代了体系的知识背景和人文背景,后者则切入其时代背景,都为我们领悟吕进诗学体系提供了具体、客观的认知路标。但不可否认的是,吕进于80年代初出版的成名作《新诗的创作与鉴赏》,便是这一体系的奠基之作,其意义不同寻常。其次,吕进的诗学体系有很大的延伸性,二十多年来他一直主要从事新诗文体学的研究,时有阶段性标志的著作问世,总是处于一个自我扬弃、不断完善、全面提升的过程之中,因此探寻其源头显得似乎很有必要。再次,《新诗的创作与鉴赏》作为逝去的那个诗歌狂欢时代的见证,作为一本高起点的诗歌理论专著,虽然历经了二十余年的诗坛风雨而有所褪色,但其诗学框架的重要命题仍大都以新的面孔和理论含金度纳入其体系之中,因此侧重将《新诗的创作与鉴赏》放在吕进完整、求实、创新的诗学体系中加以考察是言之有理的。

通过梳理、指认内在的对应点,我选择从诗学体系的奠基性方面切入,并结合它与诗学体系本身的关系及演化来展开论述。至于具有奠基性的内涵方面,本文主要涉及研究对象的选取、方法论的运用、整体美学风格等几个范畴。

第一,从研究对象上看。

《新诗的创作与鉴赏》一书的框架基本上触及了诗学体系的大致范畴,虽然与《中国现代诗学》相比有些地方略有过时之感。

譬如对诗的本质、内容与形式,诗的灵感、构思,诗的修辞,诗的品种,诗的鉴赏等方面,作者都进行了生动具体、细致翔实的阐述。作为整个体系较为完善的载体是吕进于90年代出版的《中国现代诗学》一书,现随手拈出其带有突破性的几大块,加以对照:"1.突破了习见的'抒情'说,在诗与现实的审美关系上,提出诗的内容本质在于它的审美视点(即观照方式)的新说;2.突破了习见的'精练'说,在艺术媒介上,提出诗的形式本质在于它的语言方式的新说。"[③]

---

① 阿红:《一个新体系的构建》,载《吕进诗论选》,西南师范大学出版社1995年版,第2页。

② 蒋登科:《对吕进诗学体系的简单理解》,载《对话与重建》,西南师范大学出版社2002年版,第93页。

③ 吕进:《中国现代诗学》,重庆出版社1991年版,第2页。

此外还提出了对诗的灵感、修辞方式、美学本质的新说以及对诗的分类等的独创性论述，论者对这些重要的诗学命题都做到了科学怀疑精神与正面建树意识的结合。从中可见，《新诗的创作与鉴赏》为其起步的基调和研究对象是确凿的，虽然《中国现代诗学》与之相比有质的不同而更具创新性、超前性和包容性。从重点方面来看，《新诗的创作与鉴赏》的立足点是关于诗的本质的思考，其中集中地体现在诗的定义上，即“诗是歌唱生活的最高语言艺术，它通常是诗人感情的直写。”[①]出于对何其芳那个广为人知的诗的定义部分认同和怀疑的理性精神，吕进从诗反映社会生活途径的独特性、诗的媒介的独特性和诗人诗作两者关系的独特性三个方面阐明诗的本质，使诗自然而然地与其他文体，特别是散文文体泾渭分明开来。“歌唱”作为一个体现诗的本源的关键词，其引申义得到了丰富的呈现。由歌唱而联系生活的心灵化，切入内容本质并证明诗歌是一种心灵性强的艺术的文体特征。同时，由歌唱内含诗歌富于音乐美的形式特质也是题中之意，从而为诗在内容和形式上的特点找到了现实的沃土。另外，诗歌作为一种语言艺术和强调感情抒发的文体自含性特质，在定义中都得到了应有的重视，可以说抓住了诗的最简单而又最繁复、最具体而又最本真的属性。因此，就关于诗美本质的研究而言，有人撰文认为从何其芳到吕进是一个飞跃，乃是对客观事实的公允评价。《新诗的创作与鉴赏》以诗的定义为主干，从不同层面枝杈般生发开来，构建起理论框架。值得强调的是，吕进诗学体系具有很强延伸性，而且在以审美视点和语言方式作为核心而加以统摄时，更具阶段性特点。因此，只有仔细加以条分缕析、正本清源，才能发现其内在脉络的合理延伸。

第二，从方法论上看，主要体现在三个方面。

一是立足于创作与鉴赏的互动：《新诗的创作与鉴赏》针对的是诗歌创作与鉴赏两大板块，两者相互倚付、相互联系，在良性互动中演化诗歌的基本规律，揭示了内部的奥秘，这是吕进一以贯之立足于诗歌文本分析，进而从容地进行理论演绎的思维逻辑方式。众所周知，从创作到鉴赏，随着审美主客体的转换，整个审美流程的要求、任务及结果等也相应有所变化，从中也能更清楚地认识诗歌的真实情况。“新诗创作在呼唤着新诗理论，新诗创作的突破与发展在呼唤着新诗理论的突破与发展。这本小书正是在加强新诗艺术规律研究

① 吕进：《新诗的创作与鉴赏》，重庆出版社1982年版，第20页。

方面做出一点力所能及的微薄贡献。”[①]也就是说，只有对创作现象、手法的洞若观火般的剖析，才能深刻地揭示出诗歌的美学规律；也只有对诗歌鉴赏规律高屋建瓴地宏观洞察，才能有力地启发创作主体更加在意从寻思到寻言过程中讲究创作手法等的承继与创新。因此，吕进从自己的理论构架出发，梳理、归纳了新诗草创以来的名家名作，特别是同时期涌现出来的诗人诗作，从理解诗歌作品出发进而抵达诗学精髓。据初步统计，《新诗的创作与鉴赏》中涉及艾青、舒婷、普希金等中外诗人九十多人，部分或完整地引用他们的诗作达百首之多。事实证明，吕进就是一直沿着这一方向在新诗文体学研究道路上漫漫求索而不改其志的。《给新诗爱好者》（1984）、《一得诗话》（1985）、《上园谈诗》（1987）、《新诗文体学》（1990）、《中国现代诗学》（1991）、《吕进诗论选》（1995）等诗学著作作为一翼；《外国名诗鉴赏辞典》（主编，1989）、《爱我中华诗歌鉴赏》（主编，共5卷，1993）、《新诗三百首》（主编，1996）、《新中国50年诗选》（主编，共3卷，1999）等作为另一翼便可见一斑。他遴选、鉴赏优秀诗人的经典作品，始终从创作与鉴赏相互拉动的流变过程中去把握中国新诗，其诗学主张相应地得到了刷新，自觉地寻找并站在富于现代气息的崭新的起跑线上。换言之，吕进诗学体系具有不断伸展的宏大空间。第二是充满辩证的思辨色彩。诚然，每个人都有自己的审美趣味，对诗的感受也是各式各样的，其中就包括自己的偏爱。但是，吕进从不允许自己从偏爱走向偏废，而是尊重新诗的客观规律，还其本来面貌，实事求是地从正反两方面看待问题，有破有立、有张有弛，既自如地挥洒诗人般的激情，又处处点燃理论家的理性之光。如辨析“诗如画”与“诗与音乐等质”时经过一番引经据典式的比较、辨析之后提出了自己的主张，认为“诗是画的‘降低’”，“但它更是画的‘提高’”；“诗是音乐的‘降低’”，“但它更是音乐的‘提高’”。破中有立，双向展开，在同一中看到差异，在差异中把握同一。又譬如论述灵感时，不但从词源学上剔除其神秘色彩，还进而认识到：“对于一首诗来说，灵感是因；对于客观世界来说，灵感是果。”同是灵感，随参照物的变化而变化，这样论述，显然是经得住时间考验的。第三，吕进普遍运用了比较思维的思辨方式，体现在三大比较中，即中西诗学的比较，传统与现代诗学的比较，诗与非诗文体的比较，从而做到通中求变、博中求新的理论深度和广度。总之，《新诗的创作与鉴赏》的价值取向是既

① 吕进：《新诗的创作与鉴赏》，重庆出版社1982年版，第375页。

有助于诗学体系的宏观建构，又有益于从微观层面得出切实可行的结论，同时就指导创作而言，其影响也是不容低估的，新时期相当一部分诗人借助《新诗的创作与鉴赏》而走上诗坛便是最有力的佐证。

第三，从整体美学风格上来说，《新诗的创作与鉴赏》还体现了一种亲切朴素、稳重厚实的文风。

吕进从不盲目地一味追逐时尚，而是在朴素中求厚实，在稳重中见功力。在表达上也注意深入浅出，富于文采。“诗论本身应当有艺术光彩。它应当这样揭示诗的秘密：不仅不应当用枯燥的空论去使寓于这一秘密中的魅力消失；相反，经过诗论的浓缩，这一秘密应当变得更加妙不可言。”[①]吕进对西方诗学的精髓不无借鉴，而对当代诗歌潮流更是了然于胸。依我看来，吕进诗论给人的整体印象是他较为娴熟自如地杂糅了理论家谈诗与诗人谈诗的特点，形成了具有中国气派的美学风格。在新诗史上，众所周知，艾青谈诗和朱光潜谈诗是两种经典范式，即诗人谈诗和理论家谈诗。“诗人谈诗的基本出发点是将诗保留为诗，往往是化入诗的内部去谈诗。他是感性的、印象的、经验的，同时又是非体系的、准科学的，诗论往往只是对于他自己读诗时的接受状态的描述；理论家谈诗的基本出发点是将诗化为学术研究的对象，往往是站在诗的外部谈诗。他是智性的、演绎的、分析的，同时又是推理的、学理的。诗论往往是对诗的非诗化处理。两种范式的相反相成是诗学的最佳结构。”[②]由此可见，我们认为吕进谈诗在某种程度上说是两种范式的综合，知其所短，更懂得用其所长。比较而言，在这一方向上，著有《新意度集》的唐湜和著有《咀华集》的李健吾也属于综合型这一类，但他们两位更有散文式批评的意味，似乎常有给人绕圈子的游离之感。吕进做到了既贴近诗歌创作的实际，又对研究对象保持了一定的距离；即将诗保留为诗的鲜活、现场感，又有开阔的学术视野；既有感性经验的复写，又有学理的智性演绎。

总而言之，《新诗的创作与鉴赏》作为吕进诗学体系的雏形，在历史的冲刷中打下了时代的烙印，为吕进建构具有中国气派与个性色彩的中国现代诗学体系涂上了颇为厚实的一笔。“一个新的理论体系，如果它既求实又创新，那么，它的价值必然会体现在‘使人回头’：回头打量既往的理论。对既往的理论

---

① 吕进：《给新诗爱好者》，重庆出版社1984年版。

② 吕进：“20世纪下半叶的中国新诗研究”，载《文学评论》2002年第5期。

另眼相看，调整它们在历史上的既有身份与位置。”[1]显然吕进做到了这一点。对于这一个富于激情和理论含金量，材料翔实而丰赡，观点别出心裁的诗学体系，《新诗的创作与鉴赏》据其源头，至今仍有较强的生命力和现实意义。

① 吕进：“20世纪下半叶的中国新诗研究”，载《文学评论》2002年第5期。

《新诗的创作与鉴赏》：有识见的新诗理论专著[①]

马立鞭

1980年代，新诗正面临着一个空前的好势头。它的明显的标志是：诗人的艺术视野，从来没有像今天这样开阔；对诗的艺术技巧的探索，也从来没有像今天这样活跃；随着新诗创作的日趋繁荣，自然地也活跃了诗的理论研究，近年来出版的关于诗歌艺术的理论专著之多，也是建国以来少有的。所以，对于新诗的美好前景，我们无须怀疑，更没有任何理由悲观。在这样的背景之下，重庆出版社推出了一部有识见的新诗理论专著——《新诗的创作与鉴赏》，值得我们认真研读。

"文章切忌随人后。"不囿于前人的学说，能另辟天地，提出自己颇有锋芒的艺术见解，正是吕进同志这本著作的第一个特色。有些前人虽然已多所论述的老问题，也能完全用自己的语言道出，因此，它就不是时下有些照本宣科式的案头讲章可比。

比如，"本质篇"里关于诗的本质的论述，虽然只在前人抒情说的基础上加添了一个"美"字——诗最本质的特征是抒情美，却已从美学高度概括了诗的最本质的特征。确实，抒情美是诗意美的核心问题。论诗抓住了抒情美，也就抓住了诗的牛鼻子。作者指出："诗行是感情的单位，节奏的单位，音韵的单位，是诗情向前发展的跳跃基点，但它不一定是意义单位，完整的语法结构的单位。"又说，诗人"对于情节生动的故事，诗的灵感往往比较冷漠，而对于生活中感情化、音乐化的浪花却特别热情"，这样的事实，都是由于牵住了这个牛鼻

① 本篇原题目为"一本有识见的新诗理论专著——评吕进《新诗的创作与鉴赏》"，载《当代文坛》1983年第6期。选入本书有改动。

子,所以能据此洞察诗歌艺术的底蕴,言人之所未言。

在“创作篇”里,作者专章专节为灵感恢复名誉,风趣地写道:“灵感在新诗坛上曾被说得很像‘鬼’,信鬼的当然是唯心主义者了。正因为如此,对于不少学习写诗和读诗的人来说,灵感至今还是一本没有打开的书。”作者大声疾呼:“应当把灵感和古往今来对灵感的种种唯心主义解释区别开来。”作者以作品为例,细致探讨了作为诗歌创作过程的开始的灵感火花的突发性、强烈性、不重复性和抒情性与音乐性,以及灵感获得的间接性等特点,并进而认为,只有及时把握灵感,诗人才容易破“格”而出,获得只属于自己的面目。这样,作者既科学地解释了灵感,也较系统地阐明了它在诗中的特殊表现。

在“鉴赏篇”里,作者强调了惠特曼关于“纸上的诗还不能算诗,只有在读者心中引起的感受才能算诗”的见解,强调了“再创造”在诗歌欣赏中的作用,突出了诗意的联想和想象在诗鉴赏中的地位。作者写道:“诗总是这样:给你一颗露珠,让你想象黎明的清新;给你一个贝壳,让你想象大海的浩渺;给你一弯明月,让你想象夜空的静寂。”继而指出:诗,“它总是隐多于显,藏多于露,寄微情妙旨于笔墨蹊径之外。”因此,“不同的读者往往可以在同一首诗中发现不同的世界。”作者提出的关于诗歌欣赏的“四味”说,也言之成理。所谓“四味”,即内容方面的情味与意味,形式方面的兴味与韵味。

该书的第二个特色,是能紧紧围绕着新诗创作实践,探讨新诗的特殊规律及其存在的问题。比如,在讨论诗的形式美问题时,主要讨论篇无定节、节无定句、句无定字的新诗。作者指出新诗的节奏乃是“生活节奏的诗化”,在具体分析了新诗所以分行书写的三点原因之后,接着指出目前“有的新诗诗行之所以过长,比较平板,往往正是抛掉诗的素质去寻求诗行的意义完整与语法结构完整的结果。这样,其实是抛掉诗,而寻求散文”。

再如,作者在谈到诗的格律是我们民族诗歌的重要特点时,提出的“中国新诗与散文的界限不太明确,与中国古典诗歌的界限又太明确”的问题也发人深思。作者特别注意到新版的艾青的名著《诗论》,对他过去所写的“新诗……是以自由的崇高的朴素的散文,扬弃了脚韵与格律的封建羁绊,作为形式”,作了引人注目的修改,即删去了封建“羁绊”的提法,在散文美之后,增添了“加上明显的节奏和大致相近的脚韵”一语。格律,应该说对于诗既是一种约束,又给诗插上了音乐的翅膀,把脚韵与格律当作封建糟粕来扬弃无疑是偏激之言。

另外，作者还专列《社会主义新诗》一章，以马雅可夫斯基走过的曲折道路为例，提出社会主义时代诗人面临着一个自身灵魂净化的任务，指出诗是从有倾向的地方开始的。新诗只有体现了新时代的精神，才能在当代读者中寻找到自己的知音。批评了当前有些诗“有明显的不足之处，它的四周似乎装上了隔音板，诗里没有生活大海的喧哗，没有四化创业时代的气息”。

这本书的第三个特点就是文笔洗练、活泼、优美。书里讨论的虽然都是关于诗的深奥道理，却绝无板着脸孔说大道理的弊病，更无故作高深的玄学气。特别指出这一点，是由于深感目前有些文艺理论著作文字太平板枯燥，缺乏作为艺术论著应有的文采。言无文采，味同嚼蜡。《新诗的创作与鉴赏》二十多万言，而能让人读时不觉其长，主要原因固然来自它见解的新颖和精辟，也与文笔的优美不无关系。

毋庸讳言，该书也有值得商榷的地方。首先，该书从诗的本质、创作、鉴赏三方面分述诗的一些主要问题，从总体结构看无疑是合宜的，也使该书在写作意图上与众不同，新人耳目。即在“创作篇”里，作者开篇提出的“灵感—构思—艺术表现”，也确是通常情况下一首诗创作的全过程，是符合实际情况的。但接着具体讨论诗的艺术表现时，把诗的形象表达仅仅归结为诗的修辞法，就不够全面了。因为，还有不少诗只用白描，不假一般所说的比喻、借代、反衬、象征、通感、模拟、重叠、蝉联、排比、对仗等修辞手段，虽然这些修辞法在诗歌语言的具体运用时极常见。

同时，在讨论诗的修辞法时，也遗漏了拟人手法这样一种常见的辞格。显然，自唐以后，诗与拟人法的关系日益密切。因为，以“移情于物”为特色的拟人手法，正可以无限扩大诗的抒情领域。“多谢月相怜，今宵不忍圆。”（朱淑真词）这是古人咏月的名句。月是无生命的，但诗人可以把人的感情、品格移用于月。在新诗中，众口交誉的雷抒雁深切怀念张志新的诗篇《小草在歌唱》，其艺术表现的特点也正是把小草看成有感情、可以与之对话的存在。可以这样说，要谈诗的修辞法，如果比喻坐第一把交椅，那么拟人法坐第二把交椅是不必谦让的，但该书却只字未提。

在谈比喻时，虽然有不少可贵的见解，如说“比喻寻找相同点的角度是无穷的”“比喻是言之成理的谬论，是错误构成的正确”。但也有张冠李戴的地方,如把“海怒吼”“风呼啸”“星眨眼”说成是“以人喻自然”[①]。其实,这是把无生命的自然物海、风、星比拟为有生命的,明显的是属于比拟手法(因为比拟辞格中拟人手法是大量的,所以有些修辞著作直称“拟人”)。

其次,在“本质篇”里谈及诗的界说举隅时,“‘诗如画’,是人类艺术不成熟阶段的产物,是诗人本质尚未被充分把握的时代的产物”的提法,也有待商榷。

我个人认为,“诗如画”说其实是对诗应形象思维的一大发现,非但不是不成熟阶段的产物,反而正好是诗歌艺术逐步走向成熟的标志。

就我国古代对诗的本质的认识过程来说,大致经历了这样的几个阶段:最先是《尚书·尧典》提出的“诗言志”,接着是陆机《文赋》进一步指明的“诗缘情”。从“言志”到“缘情”,无疑是对诗的抒情特质的重要发现,是对诗的本质认识的一个飞跃。但是,从“诗缘情”到后来白居易在《与元九书》中提出的“根情”,还只是把诗的抒情性放到了第一位。诗须形象思维的特质,白氏虽然接着也有“苗言”的说法,但还是未被明确强调。只有到苏轼欣赏王维画时提出了“观摩诘之画,画中有诗;味摩诘之诗,诗中有画”以及后来郭熙的“诗是无形画,画是有形诗”,晁以道的“诗传画外意,贵有画中态”。《诗品集解》注所提出的“观千古妙文未有不入画者”才明确地提出了诗和画以及其他文学作品都须形象思维,都须“状难写之景如在目前”,使欣赏有明晰的画面可以“想见”的问题,虽然这时并未直接用“形象思维”这个词。

所以,一般所说的“诗如画”,正如说“诗缘情”一样,虽然不是对诗的定义的周密传达,却也是对它某一本质方面的确切强调,并非把诗与画的一切方面都简单地等同。我们固然不能要求在艺术表现上更为自由活泼的一切诗都如画,但如果说有些对客观作动人再现,亦即以现实主义手法的特点的诗如画,无疑是正确的,因之也是科学的,事实上也是,借景抒情,追求“画中态”,正是我国古代诗歌极常见的一种抒情方式和优良传统。优秀的新诗作品中也不乏其例,闻捷的组诗《吐鲁番情歌》就是。诗以高度凝聚的语言动人地描绘富有诗情画意的现实与深切地抒写诗人的主观感情并非如有些人所想的总是矛盾的。

还应指出,作者从内容表现上界划诗与画的界限时,有一个抒情法也欠妥,即说“前者更偏重主观抒发的艺术,后者是更偏重客观描绘的艺术,前者的

① 吕进:《新诗的创作与鉴赏》,重庆出版社1982年版,第206页。

旨趣更在精神世界，后者的旨趣更在物质世界”[①]。因为，诗与画，它们的异质主要由于“建筑材料”的不同，前者用语言，后者用颜色和线条。它们彼此的长处与局限也主要受制约于不同的建筑材料，而在写意与写生（写实）上，不是它们的根本区别所在。事实上，画有写意的，诗也有写生的，古代脍炙人口的诗篇如杜甫和白居易的那些新乐府诗，不是都以写实见长吗？

再次，关于“虚”与“实”这对传统的辩证概念的运用，在书中也有前后不统一的地方。诚然，“虚”与“实”在不同的文学艺术形式中有不同的内涵。即同一艺术门类，古人也有各说各的现象。但是，在同一作者的同一著作中，无疑应该统一。该书22页说“诗对生活的反映比散文更‘虚’，它的想象形象随着感情起伏而变幻、跳跃、交错着。”[②]这里的“虚”，是指诗的象外之旨和弦外之音，是指诗中句绝而意未绝的“空白”处。这与326页所说的“意境，是诗的‘实’的形象与鉴赏者‘虚’的想象的统一。”[③]前后概念使用是一致的，这也是当前诗歌理论界对虚实的共同理解。但书中340页接着又突然提出：“以诗歌形象之‘实’显诗歌意境之‘虚’。”[④]这就使人费解了。因为，意境本身即文学形象在诗中的特有表现方式，是古代诗人对诗的形象表现的一大创造。诗的情与景、藏与露、隐与显、虚与实，其实是一回事。诗中的情，有时是藏着、隐着、虚笔处理的地方；诗中的景，又是露着、显着、实笔描绘的处所。意境，则是虚与实的妙合无间。“诗无达诂”，也是因为诗留给读者想象的余地特别多，诗可以是一实九虚的结果。所谓写得过实则无诗，也是因为过实的用笔无法获得想象中的意境美。意境既是虚与实的最微妙的融合，那意境之“虚”又指的什么呢？

---

① 吕进：《新诗的创作与鉴赏》，重庆出版社1982年版，第8页。

② 吕进：《新诗的创作与鉴赏》，重庆出版社1982年版，第22页。

③ 吕进：《新诗的创作与鉴赏》，重庆出版社1982年版，第326页。

④ 吕进：《新诗的创作与鉴赏》，重庆出版社1982年版，第340页。

《新诗的创作与鉴赏》：有关新诗创作技法的诗学著作[①]

闫晓丽

《新诗的创作与鉴赏》是吕进第一部关于新诗创作技法方面的专著。全书共分三篇：第一篇“本质篇”，论述什么是诗、诗的内容、诗的形式以及社会主义新诗的特点；第二篇“创作篇”，共分四个章节，讲了诗的灵感、诗的构思、诗的修辞、诗的品种；第三篇“鉴赏篇”，则对新诗鉴赏的过程、创造性及诗歌鉴赏的共鸣现象进行研究。书后附录有“新诗话”。我国是诗的国度，中国古典诗歌源远流长，影响深远，诗论著作浩如烟海，而对五四时期诞生的中国新诗的研究却是很薄弱的，特别是关于创作技法研究的实用性很强的著作更少。《新诗的创作与鉴赏》也就是在这样的情况下应运而生的。它以独特的视角和通俗易懂、雅俗共赏的风格产生了深远的影响。该书的特色表现在以下几个方面：

第一，见解独到精辟，用发展的观点看问题，反映了作者辩证的思维方式。该书在“本质篇”评析了影响卓著的郭沫若、何其芳的新诗定义后，综合迄今诗歌研究的成果，对新诗进行新的概括，他说：“（诗歌）是歌唱生活的最高语言艺术，并且通常是诗人感情的直写。”这个结论是新时期以来更强调个性化的诗歌创作发展方向的总结，“是80年代诗歌本质论的新发展”。此外，作者探讨问题时不是一味地下结论，而是更多地从发展的眼光来看问题，反映了作者灵活地运用了辩证唯物主义的认识论。如第七章“诗的修辞”，论述修辞在诗歌创作中的作用和地位，先从“诗”的最原始的含义入手，谈诗歌和修辞在本质上的联系。他指出：“诗的修辞就是研究诗的修辞方式即表现手法的科学。”然

① 本篇原题目为“林东海的《诗法举隅》与吕进的新诗论”，载《20世纪中国写作理论史》，南京大学出版社2002年版，第440-444页。选入本书有改动。

后又从诗的内容和修辞的关系谈到，因为内容决定形式，内容创造形式，内容推动形式，那么内容也破坏形式，所以说修辞方式也在随着内容发展变化。“变化意味着生存，凝固意味着死亡。”再有，著者十分强调创新，如利用比喻这种古老的修辞方式来写新诗，就要出新，要破人之旧套、己之旧套。因为诗歌和生活都在发展，比喻也要出新，任何一个比喻，都是诗人对生活的新发展，对诗艺的新创造。

第二，大众化、通俗化、雅俗共赏。从本书的读者定位来看，这不是一本“小圈子的诗论”，而是面向广大的诗歌爱好者的大众化的诗论。作者从诗的本质、内容、形式到创作过程（灵感、构思），到表达方式（修辞），以及诗的品种和有关新诗鉴赏的基本常识，论述全面具体，且用通俗易懂的语言，深入浅出地讲述了关于新诗最基本的知识，解决了“新诗难教”的基本问题，表现了诗论通俗化、大众化的特点。即使是中学生看了以后，也能学习作诗。而它“雅”的一面则表现在作者有关新诗的精辟之见和对古典诗论的继承和发展上。如作者关于诗歌的定义：“诗是歌唱生活的最高语言艺术，它通常是诗人感情的直写。”这个定义道出了新诗的本质性的东西，在诗歌行家的圈子中也有一定的影响。说他对古典诗论的继承和发展，是讲作者在总结古典诗论观点的基础上总结出自己有价值的见解或运用古典诗论的观点来证明自己的论点。如在“精练美”一节，作者写道：“诗人总是兼有两种品格，内心倾吐的慷慨与语言表达的吝啬。古典诗论说：‘意余于辞，虽浅而深；辞余于意，虽工亦曲；辞尽而意亦尽，皆无当于风人也’（《说诗管蒯》）。也是强调诗语言的精练。”吕进的新诗论精练形象，通俗易懂，从而表现了该著雅俗共赏的一面。

第三，举例翔实，联系实际。《新诗的创作与鉴赏》的又一特点是，联系大量新诗作者的创作实践活动和体验，让诗人来现身说法，举例翔实，具体生动。这样对广大读者，特别是初学者来说更具指导意义。如在“音乐美”一节里，讲“音乐美是诗的语言与散文语言的主要分水岭”时，引用著名诗人郭小川的诗说：“诗应当是叮当作响的流水。”形象地描绘出诗的语言所具有的音乐美。在“节奏”一节中，作者分析郭沫若《站在地球边上放号》这首诗的节奏，让郭沫若站出来说话：“与我有同样经验的人，立在那样的海边上的时候，恐怕都要和我这样狂叫吧。这是海洋的节奏鼓舞了我，不能不这样叫的。”意思是说，《站在地球边上放号》的奔放、昂奋的节奏是海潮节奏的集中与诗化。又如在“精练美”一节谈诗的炼字与炼句时，引《臧克家诗选·后记》中的话说：“我力求谨严，苦心地推敲、追求，希望把每一个字安放在最恰切的地方，螺丝钉似的把它拧得紧紧的。”

总之，作为影响广泛的新诗论著，《新诗的创作与鉴赏》以它的大众化、通俗化、雅俗共赏、见解独到的优势在当代诗论园地和广大读者的心目中产生了深远的影响。

《新诗文体学》：第一部关注新诗文体的理论专著①

张德明　姚家育

在吕进的诗学话语中，“文体”也是一个值得重视和清理的关键词，对新诗文体特征的思考和新诗文体理论的建构，构成了吕进诗学中一个较有学术含量和理论创新性的部分。1990年，吕进诗学专著《新诗文体学》由花城出版社正式出版，这是国内学界关于新诗文体的第一部理论专著，成了诗学界从文体学角度研究新诗迈入一个新的历史阶段的里程碑。

什么是“文体”呢？罗根泽在《中国文学批评史》中，对“文体”一词做过较为准确的界定：“中国所谓文体，有两种不同的意义：一是体派之体，指文学的格（风格）而言，如元和体、西昆体、李长吉体……皆是也。一是体类之体，指文学的类别而言，如诗体、赋体、论体、序体……皆是也。”②审视吕进对新诗文体的学术思考与理论建构，不难发现，吕进主要是从体类之体的角度来对新诗这一文体加以研究和阐发的。

在吕进看来，“诗是最‘资深’的文体，诗又是最显赫的文体。”③对新诗文体持之以恒的关注，与吕进对新诗这种文体在文学家族中最为重要的地位的强烈认同是密切相关的。在新诗文体理论的建构中，吕进思考最多、阐释最为详尽和充分的是有关新诗的文体特征与个性的问题，它首先从诗的定义入手来审视诗歌文体，接着又先后提出了“内视点”“诗家语”“弹性”“媒介”等诗学话语范式来阐明新诗的文体个性，给人们准确了解和深入认识新诗这种文学文

① 本篇选自张德明、姚家育《吕进诗学研究》第五章第五节，人民出版社2016年版。题目为编者所加。

② 罗根泽：《中国文学批评史》，上海古籍出版社1984年版，第146页。

③ 吕进：《新诗文体的净化与变革》，载《新诗文体学》，花城出版社1990年版，第260页。

体提供了强大的理论资源。

吕进对诗歌这种文学样式所做的概念界定可以看作他新诗文体学建构的开步之作。在总结了闻一多、卞之琳、何其芳等前辈诗人与理论家关于诗歌基本内涵的界定之后,吕进提出了自己的诗学主张,他给诗歌下了一个非常简洁而明了的定义:"诗是歌唱生活的最高语言艺术,它通常是诗人感情的直写。"[①]吕进关于诗歌的定义,是颇费心思的,熔铸了自己多年对诗歌文体的观察与体悟的心得。提出这个定义不久,在给另一位诗论家袁忠岳的一封信里,吕进自我阐释道:"书中的'定义',我是从三个方面思考的:一是诗反映社会生活的独特性;二是诗反映社会生活的媒介的独特性;三是诗的作者与作品关系的独特性。"[②]吕进所指出的这三个"独特性",实际上是在强调新诗独具一格的文体个性,也就是说,吕进有关诗歌的定义,折射着不可忽视的文体学理论自觉。

吕进对诗的内容、诗的形式的细致阐释,可以看作其文体理论建构的进一步拓展。吕进是从感情、形象、思想三个向度上来阐述诗歌的内容的。他认为,由于诗不是叙述生活而是歌唱生活的,感情就是诗的主要内容,抒情美就是诗的内容本质。[③]因此,吕进首先从感情层面入手来阐释诗的内容。在他看来,诗歌的独特本领正是"它表现生活激起的强烈感情"[④]。感情在诗歌之中居于异常显要的位置,没有感情就没有诗,"诗没有感情,就如同果树不结果、书本没有字、孕妇肚里没有孩子,就不再是诗"[⑤]。谈到诗歌的形象,吕进指出:"诗歌唱生活,也是形象地歌唱生活。"[⑥]吕进将诗歌的形象划分为抒情主人公形象和景物形象,并从"景物形象是情感的产物""景物形象是想象的产物"两个层面来分别言述景物形象与情感和想象的关系。论及诗歌的思想,吕进用诗性洋溢的语言概述道:"诗歌的思想内涵要超出时代的'思想的平均分数',要高于时代'朦胧的火星',对人生有更深理解,对时代有更深评价","优秀诗歌总是运用机智闪光的语言去打开读者思想的天窗,焕发着思辨的美"。[⑦]自

---

① 吕进:《什么是诗》,载《新诗的创作与鉴赏》,重庆出版社1982年版,第20页。

② 吕进:《关于〈新诗的创作与鉴赏〉的通信》,载《吕进文存》(第四卷),西南师范大学出版社2009年版,第73页。

③ 吕进:《诗的内容》,载《新诗的创作与鉴赏》,重庆出版社1982年版,第35页。

④ 吕进:《诗的感情》,载《新诗的创作与鉴赏》,重庆出版社1982年版,第36页。

⑤ 吕进:《诗的感情》,载《新诗的创作与鉴赏》,重庆出版社1982年版,第45页。

⑥ 吕进:《诗的形象》,载《新诗的创作与鉴赏》,重庆出版社1982年版,第46页。

⑦ 吕进:《诗的思想》,载《新诗的创作与鉴赏》,重庆出版社1982年版,第60页。

然，吕进也清醒地意识到，诗歌的思想与哲学的思想是大相径庭的，它有着自己的文学特色，体现为："诗歌的思想是感情晶体"[①]，"诗歌的思想是形象晶体"[②]，"诗歌的思想是机智语言的晶体"[③]。也就是说，诗歌中思想的呈现，总是离不开语言、形象和情感这些基本的文学要素，诗歌思想是与这些文学要素相伴相随的。

对于诗歌的形式，吕进主要从音乐美、排列美、精练美三方面来加以系统论述。谈及诗歌的音乐美，吕进开门见山地指出："音乐美是诗的语言与散文语言的主要分水岭。"[④]接着，吕进从节奏、韵脚、韵式等层面对诗歌音乐美的生成原理和表现特征进行了阐明。对于诗歌的排列美，吕进首先强调了诗行排列在诗意表达中的重要意义："分行排列，有助于强调诗人感情的跳跃中重要词句的分量。诗的篇幅小、文字少，每个词、每个句子都要十分精练。诗要洗刷成晶体，去掉一切拖泥带水的成分。诗中重要词句，通过各种排列方式（单独成行、重要词句的跳跃等）而得到突出。"[⑤]紧接着，他又从诗行与诗节的划分、诗行的排列方式（半自由体、高低行、楼梯体、对称体、图案体）、诗歌的标点对诗歌排列作分别论述。至于诗歌的精练美，在吕进眼里，"诗的语言来源于日常语言，但前者不是后者的复制，而是后者的加强形式。诗的语言不同于日常语言，是由诗的抒情决定的有较高价值的艺术语言。它不但有音乐美、排列美，而且有一切文学样式都望尘莫及的精练美。"[⑥]吕进认为，诗歌的精练美主要体现于语言的精练美上，为了实现语言的精练美，诗人的炼字与炼句之功是必修的。更重要的，诗歌语言富有弹性，语言的弹性也是生成诗歌精练美的一大原因。

通过对诗歌内容与形式的系统阐释，吕进将新诗的文体特征与个性明确彰显出来。而对新诗文体可能的考量，则构成了其文体理论的深化。吕进的代表性论文《论诗的文体可能》发表于1988年第3期《西南师范大学学报》上，后收入《新诗文体学》一书中。该文从诗与散文的视点差异、诗歌的视点特征、

---

① 吕进：《诗的思想》，载《新诗的创作与鉴赏》，重庆出版社1982年版，第60页。
② 吕进：《诗的思想》，载《新诗的创作与鉴赏》，重庆出版社1982年版，第61页。
③ 吕进：《诗的思想》，载《新诗的创作与鉴赏》，重庆出版社1982年版，第63页。
④ 吕进：《诗的形式》，载《新诗的创作与鉴赏》，重庆出版社1982年版，第71页。
⑤ 吕进：《诗的形式》，载《新诗的创作与鉴赏》，重庆出版社1982年版，第90-91页。
⑥ 吕进：《诗的形式》，载《新诗的创作与鉴赏》，重庆出版社1982年版，第104页。

诗歌的媒介形态、媒介特征以及诗歌的文体自觉等几大方面来探讨抒情诗的文体可能。尤其以视点特征的探讨为契机，吕进对抒情诗的主观体验、梦幻色彩、非逻辑结构、心灵的直接表现、无名性、往复回旋等六大特征加以系统梳理与阐释，对抒情诗的内在肌理进行了详细剖解，让人对诗歌的文体可能性产生了最为深切的理解。“避免‘脱轨’：诗的文体自觉”为论文的最后一部分，在这部分里，吕进意味深长地指出：“内视点和语言的超常结构规定诗的文体可能性。因为是内视点文学，所以诗的历史反省功能不如散文。诗只能以它对时代的情感反应证明自己的优势。因为是语言的超常结构，所以诗必须具备音乐性和弹性。只有在这个轨道上才能谈诗歌语言的风格化与个性化。”“诗在任何时候都只能沿着自己轨道推进与时代的联系，推进自身的创新。”[①]吕进的意思是说，无论在什么时候，无论在什么条件下，诗歌都必须遵循其文体规律，沿着自己的美学轨道行进，否则的话就会脱轨，也会背离诗歌的原则，最终将成为“非诗”作品，因而便无法被称之为诗歌。

当然，吕进也看到了诗歌创作中的文体互渗现象，并对文体互渗与文体自觉之间的辩证关系进行了深刻阐发。吕进指出：“世界上没有纯而又纯的文学样式。文学样式总在相互渗透。在文学史上还时或出现超越文体学的文学现象，它的出现正说明人类在艺术地把握世界的丰富与深化。但是文体可能性的超越将是一个渐进过程，就诗而言，诗人没有文体自觉，就很少可能在诗歌史上长久地站稳脚跟，别林斯基在《论俄国中篇小说和果戈理君的中篇小说》一文中有一段颇为精彩的话：‘一个艺术家的自由，是在他本人的意志和某种外部的，不依存于他的意志的东西的和谐上面。’建立这种‘和谐’正是一个诗人的智慧。时代给了一切诗人以同等机会，同等机会并不会带来同等成功，因为每位诗人的时代自觉和文体自觉在程度上并不相同。”[②]

此外，吕进还对诗歌文体学建构这一本源性问题进行了多向度的追索与阐明。吕进首先意识到，“诗学观念的差异，就是文体理论的差异”[③]，因此，文体理论的自觉就成了诗歌研究不断走向深入的必然产物。吕进不仅认为：“文体学的强化并成为目下中国新诗研究的学科前沿是十分重要的理论现象。这

① 吕进：《论诗的文体可能》，载《新诗文体学》，花城出版社1990年版，第48页。
② 吕进：《论诗的文体可能》，载《新诗文体学》，花城出版社1990年版，第49页。
③ 吕进：《诗学：中国与西方》，载《中国现代诗学》，重庆出版社1991年版，第11页。

种现象的出现有两个动因。就外部原因而言,是新时期以来的和平、安定与开放的外在环境;就内部原因而言,是新诗与新诗研究由对历史的反思转向对自身的反思的一种必然。”[①]还具体指出:“中国新诗文体研究近年致力于两个向度的拓展。首先是分类学,即横向研究,共时性研究。诗与非诗,诗作为多种诗体的存在,属于这一范畴。其次是轨迹学,即纵向研究,历时性研究。新诗的文体轨迹,诗与非诗在文体发展中的相互影响与渗透,属于这一范畴。”[②]同时,站在历史的高度,吕进对当代诗歌文体学理论建构的未来发展做了确切的导引与规划:“新诗文体学者正站在世界文明的水准线上重新测定中国和西方的诗歌文体学,抽象既有的诗歌现象,构筑一个现代的民族的中国新诗文体理论体系。当然,传统型的文体学是规范性、指令性的,而现代型的文体学,则是描述性、阐释性的。可以预期,中国新诗文体学大家极有可能出自有丰富创作经验的诗人群中。中国新诗文体学的最后完形主要指望诗人型学者。”[③]现在看来,吕进对新诗文体学建构的导引与规划,迄今都是具有学术前沿性和突出诗学价值的。

① 吕进:《中国新诗研究:历史与现状》,载《吕进文存》(第四卷),西南师范大学出版社2009年版,第21页。

② 吕进:《中国新诗研究:历史与现状》,载《吕进文存》(第四卷),西南师范大学出版社2009年版,第22页。

③ 吕进:《中国新诗研究:历史与现状》,载《吕进文存》(第四卷),西南师范大学出版社2009年版,第22页。

《新诗文体学》:新诗文体理论的不断探索[①]

雷斌

新诗文体自发生之日起,便开始了艰难而有意味的历程。中国新诗作为一种独立的文学存在方式,始终遭遇种种合法性危机,包括新诗的观念危机。新诗的观念至今含糊不清,新诗自身不少关涉发展与成熟、自由与规范、诗与社会现实的审美关联、诗的言说方式等诗学课题,亟待解决。在文化转型与诗歌探索的交汇点上,新诗文体学的研究是一个新视野,它的建立是中国新诗理论发展的必然结果,是基于这样一种对现代诗歌全面而客观的认识:诗歌既是一种有审美目的的语言创造活动,又是一种社会文化现象,它历史地存在着,构成人类的一种文学存在方式。新诗文体学主要研究如何对诗歌文本进行带审美目的的、有步骤的解读,阐释解读过程并从中提出一些技术性的规则,从而揭示出现代诗歌整体的含义,研究的内容是相当广泛的,其中吕进的研究是独特而持久的、他的新诗文体学理论是逐步建立和发展起来的,有着坚实的品质和丰富的内容。

第一,逻辑起点。吕进首先是一个诗人,他在小学时代就在《少年报》和《红领巾》上发表诗作,2004年香港银河出版社还出版了《吕进短诗选》,收录了他的近作一百首左右。他这些年游历安徒生的故乡、西班牙、北美各地,并且都有诗作问世。这种诗人气质,使得吕进的新诗文体学理论具有坚实的品质,他熟悉诗歌的创作心理,对诗人创作的甘苦有很深的体会。臧克家指出:"吕进同志,从少年时代就开始发表诗作,以诗人之心论诗,自然知其意义与甘

① 本篇原题目为"吕进新诗文体学理论",载《宜宾学院学报》2010年第11期。选入本书有改动。

苦。"[1]这就使得吕进的新诗文体理论能够深入到新诗的内部,对诗之为诗的本质、形式、言说方式等作纵深的探讨。

《新诗的创作与鉴赏》是吕进的成名作,本书以较大的篇幅探讨新诗的艺术规律,全书分三个部分:本质篇、创作篇和鉴赏篇。他避开了套用一般文学理论或者中国古典诗歌的理论和范畴来研究新诗的弊端,把更多的笔墨用于探寻新诗区别于古典诗歌的那些特殊规律,直逼诗之为诗的本质:"诗是歌唱生活的最高语言艺术,它通常是诗人感情的直写。"这个定义,吕进在美学上做了三个方面的阐释:"一、诗与生活的关系;二、诗与语言的关系;三、诗的作者与作品的关系。定义的后半句正是谈作者与作品的关系。"[2]要确立新诗文体的独立性,就必须弄明白诗之为诗的观念,这是贯穿吕进新诗文体学理论的一条重要的思考路径,并随时代的发展而以不同的视野做出新的阐释。

吕进新诗文体理论的逻辑起点还有一个重要的层面是对中外诗歌作品,特别是同时期诗作的鉴赏,正如有学者指出的那样:"吕进从自己的理论构架出发,梳理、归纳了新诗草创以来的名家名作,特别是同时期涌现出来的诗人诗作,从理解诗歌作品出发进而抵达诗学精髓。据初步统计,《新诗的创作与鉴赏》中涉及艾青、舒婷、普希金等中外诗人九十多人,部分或完整地引用他们的诗作达百首之多。事实证明,吕进就是一直沿着这一方向在新诗文体学研究道路上漫漫求索而不改其志的。"[3]正是在对中外诗作特别是新诗作品的广泛阅读与理解的基础上,从创作与鉴赏的角度分别研究新诗史上一些重要的诗人,全面探讨他们在文体建设上的贡献。一个时代、一个民族的诗歌成就都是以有成就的诗人的创作实绩为标志的,吕进对邓均吾早期诗歌的诗体研究,肯定其新诗创作实绩对诗体重建的可贵;对闻一多、臧克家、艾青等重要诗人的创作,作条分缕析,深刻而全面地探讨了诗人在新诗文体建设上的卓越贡献,"吕进对有成就的诗人的研究一方面是以他的诗学主张为标准的,另一方面这些诗人的创作又丰富和发展着他的诗学体系,使他的评论文章都弥漫着

① 臧克家:《吕进的诗论与为人》,载《臧克家全集》(第十卷),时代文艺出版社2002年版,第497页。

② 吕进:《守住梦想:我的学术道路》,载《吕进文存》(第一卷),西南师范大学出版社2010年版,第5页。

③ 颜同林:"吕进诗学体系建构中的奠基作",载《重庆教育学院学报》2004年第1期。

独特的魅力。”[①]在这样坚实的基础上，吕进建立起了自己独特的新诗文体理论。

第二，融汇创新。1991年由重庆出版社出版的《中国现代诗学》是吕进新诗文体学理论的代表作，作者力图在现代诗学与传统诗学、西方诗学的相互贯通和融汇中求“新”，求“变”，也力图在中西诗学理论的碰撞中建立中国现代诗学的理论体系。他以抒情诗为中心展开诗学讨论，内容涉及诗的审美视点及其特征、诗的艺术媒介及其特征、诗的语言、诗的生成，诗人的修养和现代诗的风格等诸多层面。审美视点和言说方式是吕进新诗文体学的诗学核心，对这两个核心的深入考察，使他获得了诗歌文体的全新认识。具体说来，表现在：一、在诗与现实的审美关系上，提出诗的内容本质在于它的审美观点（即观照方式）的新说。“所谓审美视点，就是诗人与现实的美学关系，更进一步，诗人与现实的反映关系，或者说，诗人审美的感受现实的心理方式”[②]。审美视点也就是诗人的感物观物的方式或者说诗人审美地把握现实的方式。他认为，诗的审美视点是确立诗之为诗的有效方式，从审美视点观察，抒情诗是内视点文学，内视点就是心灵视点、精神视点，内视点决定一首作品对抒情诗的隶属度。每种文学都只有在追求自己独特的美时，它才能赢得繁荣与光荣。抒情诗的内视点有三种存在方式：第一种基本方式是以心观物，即现实的心灵化。诗人以心观物时总是倾心于表现性较强的事物；第二种基本方式是化心为物，即心灵的现实化。以心观物的诗，其意象是具象的抽象；而化心为物的诗，其意象则是抽象的具象；第三种基本方式是以心观心，即心灵的心灵化[③]。二、从抒情诗的艺术媒介及特征来探索诗歌文体的内部规律。他突破习见的“精练”说，在艺术媒介上，提出诗的形式本质上在于它独特的言说方式的新说，通过他的研究，新诗与散文在文体本质上的分歧明晰化，诗需要的是一种特殊的媒介，“具体说来，一般语言在诗中成为内视语言、灵感语言，实现了（在非诗文学看来的）非语言化、陌生化和风格化。”[④]并且诗之成为诗还在于诗体具有的美学要素，这涉及诗的生成、诗体风范、日常语言的转换、诗的结构方式等等。他

① 蒋登科：“对吕进诗学体系的简单理解”，载《当代文坛》1996年第5期。
② 吕进：《现代诗歌文体论》，广西师范大学出版社2003年版，第27页。
③ 吕进：《中国现代诗学》，重庆出版社1991年版，第20页。
④ 吕进：《现代诗歌文体论》，广西师范大学出版社2003年版，第53页。

把诗歌置于众多艺术门类中加以考察,因为诗是一种普遍的艺术,一切艺术对人和世界深层次的揭示都是诗。他从诗与画、诗与音乐等相关艺术门类的比较中,发现了诗的本质,更从诗与非诗文学体裁的深度比较中,探索诗的本质。在《论中国现代诗学的三大重建》一文中,吕进对何其芳的诗歌定义进行了细致的梳理和辨析并质疑,他认为何其芳诗歌定义中的“最集中”“精练与和谐”“想象与感情”都绝非诗的专利,而是一切优秀的文艺作品都具备的要素。他认为,要认识诗的本质,与散文的比较的确是科学的方法,把握诗歌观念的精确度往往体现在把握诗与散文的区别度上。他抓住何其芳诗歌定义中两个核心视点:诗反映生活的方式和它的语言有别于散文的语言,并把这两个核心概括为审美视点和言说方式。在此基础上,他认为正是审美视点(内视点)和艺术媒介上的超常结构,规定着诗的文体可能性,新诗的文体自觉才能发生。《中国现代诗学》是一部回到美学和语言中去的诗学专著,他以散文为诗的参照,以相互关联的眼光与方法,以内在体验的方式直观诗与散文的整体并赋予诗歌世界以价值和意义,在理论上显示了力图超越文体限制的努力,从而达到诗与思的诗学境界。

第三,丰富发展。吕进新诗文体理论始终关注诗的现状,并由此回溯新诗的历史,提出了“对话与重建”的诗学课题。在《对话与重建:中国现代诗学札记》一书中,吕进提出了现代诗学面临的三大重建:在中国新诗跨入现代以后的诗歌观念重建,在实现“诗体大解放”以后的诗体重建以及在现代传媒条件下的诗歌传播方式重建。其中诗体重建是他关注的核心话题。他认为诗体是妨碍新诗在中国现实立足的重要缘由之一,这来自新诗内外两个方面的原因:一是新诗自诞生以来,在内容与形式、外时空与内时空、现代与传统、新诗与古诗、本土传统与外国经验等一系列问题上,都显得不成熟;二是新诗长期处在革命与战争的环境中,忙于充当时代的号角,无暇他顾。1980年代中期以来,技术的产业化把人们的生存推向器物化、市场化、消费化,新诗又面临着新的文化转型,如何在“诗就是诗”的前提下更好地体现先进文化的前进方向,“重建与社会时代的诗学联系,重建诗的承担精神”成了他新诗文体理论上最具前瞻性的诗学理论。这种对话与重建表现在实现“精神大解放”以后的诗歌精神重建和实现“诗体大解放”以后的诗体重建。他认为诗歌精神重建的核心“是对诗歌和社会、时代关系的科学把握。”他从新诗近百年来诗体重建的丰富经验出发，提出诗体重建的出路有三：一是完整自由诗；二是倡导格律诗；三是增多诗体，其中在无限多样性的诗体创造中，诗体重建有两个美学使命：给自由诗以诗美规范；倡导格律体新诗。他认为，诗体的基本美学要素是音乐性，诗体重建的基本使命是重建诗歌的音乐性①。三大重建是中国新诗迈入21世纪以后面临的美学使命，但这种重建不可能在封闭状况下完成。吕进深刻地指出：作为现代形态的中国诗学，中国现代诗学要实现与中国传统诗学和外国现代诗学的对话。这一对话之所以成为可能，是因为，虽然中国现代诗学与传统诗学的范畴、概念、术语都不尽相同，但是二者同为中国诗学，它们对人的终极关怀是相同的，它们的诗学形态的感悟性是相同的。有些领域经过现代化改造，完全可以成为现代诗学的理论来源；同时，中国现代诗学应当实现与外国现代诗学的对话。这一对话之所以成为可能，是因为，中国现代诗学与外国现代诗学的文化背景不尽相同，但是二者同为诗学，它们同为现代科学，却是相同的。继承和发扬中国传统诗学的人文精神，适当地借鉴外国现代诗学的重分析、重体系的科学精神，实现前科学的中国现代诗学与前艺术的外国现代诗学的对接，实现中与外的整合，对于中国现代诗学十分必要②。对话与重建成为吕进新诗文体理论不断丰富和发展的主题。

第四，重新思考。吕进在对话与重建的诗学思考下，进一步提出了"新诗二次革命"的理论主张。"新诗二次革命"的理论是吕进在2004年的首届"华文诗学名家国际论坛"上提出来的，引起了广泛的反响。吕进为大会所作的主题报告《三大重建：新诗，二次革命与复兴》和骆寒超、陈玉兰联袂发表的主题报告《新诗二次革命论》，成为"新诗二次革命"的纲领性演讲。吕进认为，中国现代诗学需要科学地总结近百年积累的正面和负面的艺术经验，推动当下中国新诗的振衰起弊，应当向伪诗宣战，向伪诗学宣战，向商业化和"窝里捧"的诗评宣战，摆脱尴尬的边缘化处境。他认为，中国新诗正面临着三大重建：实现"精神大解放"后的诗歌精神重建，实现"诗体大解放"后的诗体重建和现代科技条件下的诗歌传播方式的重建。新诗面临着二次革命，以迎接新的复兴。三大重建就是新诗二次革命的逻辑起点，多元格局就是二次革命理想的生态格局。骆寒超也指出，中国新诗86年的创作成绩实在让人无法高估。为避免

① 吕进："论新诗的诗体重建"，载《河南社会科学》2007年第3期。

② 吕进："论中国现代诗学的三大重建"，载《文艺研究》2003年第2期。

新诗从历史的地平线上消失之虞,须整顿诗坛风气,重建新诗秩序,通过改善诗歌世界、调整情理关系、规范诗体原则这三个方面,对新诗进行"二次革命"[①]。以"呼唤新诗二次革命、推动新诗再次复兴"为理念,以"诗歌精神重建、诗体重建和诗歌传播方式重建"三大重建为内容的"新诗二次革命论"引起现代诗学界的持久讨论。在三大重建中,精神重建是新诗复兴的根本。吕进认为,新诗二次革命的中心任务是通过理论凸现来实现新诗的现代变革,通过心灵性、内视性的通道去保持诗歌与社会、时代的连接,从而发挥诗的多向度的功能。在诗体建设上,提升自由诗、给自由诗以审美规范,倡导格律体新诗、推动部分新诗的成形,增多诗体是新诗诗体重建的三个美学使命。在传播方式上,新诗在现代在传媒文化的语境中,应当走出象牙塔,实现"还俗"的传播策略,通过公众传播、组织传播和大众传播,走向更多的受众,从而摆脱边缘化的尴尬,取得震撼性、即时性、持久性的传播效果,实现三大重建,是时代赋予21世纪中国新诗的美学使命。

吕进的新诗文体学理论总是与中国新诗的现代发展联系在一起,从他的《新诗的创作与鉴赏》《新诗文体学》到《中国现代诗学》《对话与重建》《现代诗歌文体论》再到《吕进文存》(四卷)的出版,吕进的新诗文体学理论包含着丰富的内容,涉及中国新诗发展的一系列艺术难题,对话与重建是吕进现代诗学理论不断发展和丰富的主题,这一理论框架有利于在吸收传统诗学精华的基础上,走出传统诗学的思维方式和美学范畴,更敏感地触及中国新诗发展的复杂性语境,从而实现对新诗艺术的清醒认识与审美理解。

① 骆寒超、陈玉兰:"新诗二次革命论",载《西南师范大学学报》2005年第1期。

《新诗文体学》:以诗人之心论诗[①]

臧克家

活跃在诗歌论坛上的中年诗论家,大半我都熟悉,观点有同有异,他们都富有朝气。吕进同志,就是为人所瞩目,为我所尊重的其中之一。我与吕进同志相识的时间较浅,而交谊却甚深。见面的次数屈指可数,但函件往还有如梭织。岁数差距很大,所以能成为忘年之交,是由于对文艺的看法、诗歌的观点基本一致。近几年来,文坛上,不论创作还是评论方面,五色炫耀,议论杂陈,各执一端,令人心惑而目迷。在这种复杂的情况之下,吕进同志能以他的洞察力,对各种现象分析研究,是其所是,非其所非,态度比较科学而公允。对某种新的思潮,对某个流派的作品,不是说好全好,说坏全坏,能说出个为什么好,缺陷又何在。这种认识源于他的文艺观,但也与他勤奋钻研,积累材料,古今中外,博览多能有关。

吕进同志,从少年时代就发表诗作,以诗人之心论诗,自然知其意义与甘苦。80年代以来,出版了《新诗的创作与鉴赏》《给新诗爱好者》等几本诗论,主编了《上园谈诗》《外国名诗鉴赏辞典》,另外还和朱先树、阿红同志共同主编了《诗歌美学辞典》。由于辛勤劳动,他不止一次获得四川省及他任教的大学授予的"著作奖"。

集中精力于国内诗歌评论,吕进同志同时也把眼光远射到国外。他在美国、菲律宾发表了一篇又一篇诗论。去年,世界诗人协会奥运会期间在韩国开会,会议多次邀请吕进同志出席,就"中国新诗现况和20世纪展望"发言,虽因故没来得及赴会,但会议通知:将在会上授予他"世界诗歌奖"。

为了了解世界诗坛情况,吕进同志还与国外诗人、诗论家取得联系,交换

① 本篇原题目为"吕进的诗论与为人——《新诗文体学》序",载《当代文坛》1989年第4期。

意见，像日本的秋吉久纪夫，和他很熟悉；与苏联著名诗论家契尔卡斯基也开始通信，讨论问题。他在西南师大，一面教书，一面写作，同时还负责中国新诗研究所的工作，带领、指导好几位研究生，为诗坛培育人才。他所有的精力和时间全倾注在诗歌上了。这一点给我印象很深，也为我所钦佩。

我与吕进同志，观点相同，趣味投合，建立了深厚的友谊。他尊重我，我也尊重他。对写作问题，我们都强调：应该从生活出发，注意时代精神，特别注重艺术表现与个人独特风格。对中国的、外国的优秀传统，要借鉴、继承；对现代派某些表现手法，应该学习。当然，在对待中国诗歌传统的继承与发扬、学习西方现代派表现手法方面，我更多地坚持了民族气魄与民族风格。我每读吕进同志的论文，觉得心气平和，说理明晰，文字也颇精练优美，富于吸引力。最近，他寄来了一篇新作《新诗的沉寂时代》，我看了，非常赞赏。他怅惘于近年来无传诵一时的名篇，并分析了原因，但并未一笔抹杀。他把他认为好的诗及其作者一一列举，他的求实态度，多少校正了我个人的偏激看法。吕进同志对我的一些作品，相当熟悉，也许还有点偏爱。前几年，他曾经写了篇评论《泥土的歌》的文章，并翻译了契尔卡斯基对《泥土的歌》的赞赏之作。这中外两位评论家的论文，各抒己见，甚得我心。对《泥土的歌》，我曾说过，它和《烙印》是我的“一双宠爱”，因为其中的作品，感情是纯真的，它是发自心灵的声音，没一首诗，没一个诗句，是做出来的。由于40年代老友默涵同志的一篇评论，成为现代文学史上的评价标准。可是，对这本诗，当时就有不少同志另有看法，曹辛之同志曾发表长篇论文予以高度评价。近三四年来，默涵同志虚怀若谷，事隔40年，写信、口头上，向我三致歉意，为此，我在去年的《新文学史料》上发表了一篇文章，详谈了有关的种种情况。吕进同志在他没读到我的文章之前写了评论《泥土的歌》的论文，我自有知己之感。

吕进同志，与年俱进，又将有《新诗文体学》新著出版，嘱我写几句话，我乐于从命，概略地、真实地写了他的文、他的人以及我们的关系。

1989年2月8日

二、成　型

吕进的处女作《新诗的创作与鉴赏》出版之后赢得普遍赞誉，获得巨大成功，即便印数高达37000册，但几年之后仍然一书难求，为满足广大读者的阅读愿望，重庆出版社又在1988年、1991年和1993年多次重印该书，吕进也因此成为现代诗学领域中的著名学者。但就在《新诗的创作与鉴赏》受到充分肯定的同时，吕进却冷静地发现该书的理论框架已经落后于时代，部分观点也有进一步推敲、修正的必要。这种认识促使他在中国现代诗学的理论建构中奋力前行，除却发表系列论文之外，还承担国家社科项目"中国新诗文体学"，几经寒暑，终于推出代表作《中国现代诗学》（重庆出版社，1991），数年之后又出版《吕进诗论选》（西南师范大学出版社，1995）。这些论著虽然依旧围绕"新诗文体"这一轴心展开论述，但其视野更加广阔与开放，一方面注意汲取西方诗学的精华并力图实现本土转化，另一方面又注重继承丰厚的传统诗学资源且致力于现代转换，在"通"中求"变"，在"博"中求"新"，建立起严整的论述框架，提出了一个比较完备而又求实的理论体系。至此，吕进诗学思想的形态趋于成熟。

《中国现代诗学》:“通”中求“变”
——中国性与现代性的统一[①]

傅宗洪

现代诗歌批评往往呈两种病态的方式伸展:一是迷醉于传统的感悟性、经验式批评,这种批评方式的最大弊端便是体系性、科学性、思辨性的匮乏;二是迷醉于西方的论辩性、体系性的批评模式,这种批评模式的最大弊端便是仅仅对诗歌发展作主观的、形而上的抽象思辨,而忽视对自下而上的感性经验的总结。

同时踏进两条河流——以现代新知去引发古典智慧,以创造性文化心理去重新照亮东西方文化成果,从而使传统诗学现代化、使西方诗学本土化便成为时代对诗论家们的真切期待。吕进的新著《中国现代诗学》对此进行了令人欣喜的回答。这部著作是一部真正的具有系统性、科学性的诗学论著,是一部熔铸了中国诗学传统与西方传统诗学和现代诗学成果,且在“通”中求“变”的论著。

作者在开篇就写下这样一个标题:“诗学:中国与西方”,由此展开了对中西方诗学形态的纵向上的考察和比较,进而指出,中国现代诗学的必由之路是:以抒情诗为本,推崇体验性的诗学观念,同时又在诗对客观世界的历史反省能力和形象性上向西方诗学借鉴;保持领悟性、整体性、简洁性的形态特征,同时又在系统性、理论性上向西方诗学借鉴。

有了开篇的对中西方诗学形态的考察与比较,或者说有了对传统诗学成果的“通”,著者把更多的热情、更多的智慧投入到了“变”中去。所谓“变”,即

① 本篇原题目为“一部‘通’中求‘变’的诗学论著——读吕进新著《中国现代诗学》”,载《诗刊》1992年第12期。

是创建一套新的、属于现代中国的诗学理论形态。就这部论著而言，我认为它的“变”至少表现在如下几个方面：

1.突破了习见的“抒情”说，在诗与现实的审美关系上，提出诗的内容本质在于它的审美视点（即观照方式）的新说；

2.突破了习见的“精练”说，在艺术媒介上，提出了诗的形式本质在于它的语言方式的新说；

3.在抒情诗的生成上，提出了灵感分为体验性灵感和创造性灵感以及中国新诗常见的修辞方式的美学本质都是虚实相生的新说；

4.在抒情诗的最新轨迹上，提出了正题—反题—合题的三段式的新说；

5.突破了习见的烦琐的分类标准，提出以审美视点和语言方式作为诗的分类标准的新说。

这部论著的可贵之处表现在它不是远离诗歌现象的言玄说怪，而是热情敏锐地面对丰富的新诗创作实绩进行理性的思考和科学的描述，既有对现象的动态考察，又有理论的抽象与升华。著者近几年来一直关注着新诗文体的建设，并企望建构一套现代诗学体系。曾在前年出版了《新诗文体学》。这种对中国新诗理论的正面建树，折射出著者所拥有的建设性文化心理品格的光辉，这光辉对于我们今天的精神文明建设是弥足珍贵的。

这部著作的另一个可贵之处，便是它表现出的中国风格：在诗学观念上，论著以抒情诗为中心（而抒情诗是中国诗史的主要构成部分，是民族诗歌最辉煌的篇章）；在诗学形态上，注意保持和发展了中国诗学的领悟性特征，摒弃了对西方诗学术语的生硬搬用，也摒弃了西方诗学那种以公式和概念抽象鲜活的诗歌现象、戕害诗歌本身的浑然完整的方式，虽然著者对西方诗学的精蕴不无借鉴（如重系统性、重逻辑推理、重哲学精神等等）。可以说，这部著作对中国传统诗学有所刷新，但又绝不是像某些论著那样“刷新”为西方诗学。因此它既是中国的，又是现代的；既是对前人智慧的综合，又是著者智慧的呈现。著者坚持认为，诗学是最富民族性的文体理论，人类文明发展带来的世界诗歌整体化倾向决不意味着诗歌和诗学的民族风韵在相互交融与认同中的遗失。因此，中国现代诗学自然应该向西方诗学投去关注，但它拥抱世界的立足点却是自己民族生生不息的土壤。这，便是这部专著给我们的深刻启示。

《中国现代诗学》:第三只眼——诗学新思维①

曹笑

继《新诗的创作与鉴赏》《给新诗爱好者》《上园谈诗》和《新诗文体学》之后,吕进先生又推出新的力作:《中国现代诗学》。那种几年少有的激动,迫使我急急忙忙坐下来,斗胆再拿愚拙之笔进行一番简要评价。

古希腊的亚里士多德(Aristotle),以批判几乎同时代的柏拉图(Plato)而滥觞其文艺思想。他认为:由于模仿的媒介、模仿的对象及模仿的方式等诸因素之不同,艺术便有不同种类,与悲剧、喜剧、酒神颂不同,史诗"只用语言来模仿"而诗"由于固有的性质不同",可分为讽刺诗(模仿"下劣人的行为")与"颂神诗和赞美诗"(模仿"高尚的人的行动")。这暴露了亚氏的一个基本观点:在诗的起源、诗的真实、诗的分类与悲剧、喜剧等问题上,语言是关键的因素。亚氏的"语言论",在西方,虽历经各种冲击然仍处于一种莫名其妙的"统治"地位,也影响后世一系列的诗论、文论。"用语言为媒介,说出心灵的活动"(贺拉斯《诗艺》),"说着话的图画"(锡德尼《为诗一辩》),意大利明屠尔诺(Minturno)、法国伏尔泰也多少受到熏染。18世纪德国的莱辛(Lessing),在《拉奥孔》中从题材、媒介、感觉几方面来探讨诗与画的异同,虽有不俗之举,然仍未脱亚氏窠臼——西方文论研究文体,尤其是诗歌文体时,把语言看得过重,从而形成了一种语言的框架、语言的模式、语言的误区,换言之,西方文体学只重视语言或者说只限于语言的研究,"以公式和概念抽象鲜活的诗歌现象"(吕进语)西方文体学这一"明显"偏颇,到了吕进《中国现代诗学》那里,才真正有所突破。

吕进先生60年代毕业于外语系,并在该系执教多年,西方文化的大量浸

① 本篇原题目为"诗学新思维——简评吕进《中国现代诗学》",载《银河系》1992年第8期。选入本书有改动。

润、再加上东方文化的渊博积淀，使他具备了“第三只眼睛”，有可能更直接把握西方文论的精蕴，也更可能客观地感触其不足，并因此“回过头去另眼相看既有的新诗理论”在“传统派”与“崛起派”争论中，这种“打量”的胆与识，本身就显示了一个诗论家的超凡智慧与艺术良心。

《中国现代诗学》，系国家社会科学基金项目，凡一十九章，是吕进已面世的几部专著之后的诗学新思维。务实、创新，是此书总体特征，也是其具备特殊审美的价值之处。而“突破”“填补空白”则是本书最具魅力、最有吸引力的地方。

在对中国传统诗学与西方诗学进行比较研究之后，吕进断言：“诗学观念的差异，就是文体理论的差异”，这或许就是诗论家吕进论诗而偏重新诗文体的原因吧。从审美观点出发，《中国现代诗学》科学地界定了诗与非诗、诗的分类、诗的风格。深层次的阐述更多地表现在对抒情诗的媒介特征的独特审视上。音乐性是吕进近年来一直很痴情的一个命题。音乐性是中国诗歌一笔相当大的财富，对新诗而言——吕先生如是说——则是一笔糊涂账。“音乐性，是中国古诗的优势，也是中国新诗的贫弱”，“音乐性，是诗歌语言与非诗语言的主要分界”。同时，诗歌语言还具有弹性与随意性。这方面的例证，我们可以从洛夫、舒婷、傅天琳的诗中轻易得到。对于诗语言的外在音乐性，第五章的阐释，令人拍案叫绝。许多同志至今未认识、理解到诗语言的这三大审美特征，闹出了不少“叹为观止”的笑话。某刊授学院一位评小说者评《读》一诗，则堪称这类人中的佼佼者。其实，《读》诗当年激动过一大批与诗作者同学的大学生，原因很简单：《读》写出了本科生们的真实体验，且诗语言的三大审美媒介在此诗中某种程度上得到了实现。

论及诗人的修养，吕进先生告诫：人格精神与艺术功力二者必须统一，而想获得艺术修养的“开阔性”，则必须以当代与传统、本土与域外的“碰撞”“交融”为中介。其中所包含的启迪性与指导性，读者、诗人不能不服。目前中国诗歌的现状，流派众多，山头林立，表面看是繁荣，细想是混乱、群龙无首，表层的热闹掩盖了深层的沉寂。一味“用文字方砖修砌心灵曲线”者该醒了，“求知音于未来”者该悟了。

意境，一直是中国传统诗歌分品味高下之标准，也是诗有不同风格之原因，在继承、融会之后，吕进大加发挥，从审美体验与语言特色两个侧面进行论证，而把诗分为外倾型与内倾型。外倾型诗人的审美视点是“以心观物”，“总是从现实环境、客观事件中寻觅诗情”。流沙河老先生的诗便是此种类型。而“化心为物”和“以心观心”是内倾型诗人最基本的审美视点，他们“对待外部世界的态度是一种主观的态度，抽象的”。而无论何种类型的诗人，他们共同点是运用内视点，而不像小说等叙事文学作者那样运用外视点。关于风格，就每个具体的诗人而言，风格又有多义性：相对稳定性之外，是多元性与不可模仿性。

吕进很清楚地认识到，语言是文学也是诗的基本特征，是诗“固有的性质”（亚里士多德语），因此，《中国现代诗学》在阐述“诗的形式本质”时，就借鉴了西方诗论与中国传统诗论，从而诞生一个命题：“诗的形式本质在于它的语言方式”，严格地讲，这是一个新说。同时，语言又不是唯一的要素，所以，吕进《中国现代诗学》便突破前人、他人的思维定式，而从作者、读者、文本、现实和语言五个诗歌核心要素出发，进行阐述、论断，逻辑性、系统性、突破性于是生焉：

第一，诗学，并不是一个空泛的概念，也不是抽象的文化现象；诗，首先是内视点文学。

第二，在世界大文化的背景下，任何时代的诗歌，皆由诗内与诗外两种因素影响，两者任何一方出现偏差，于诗都可能是致命的。

第三，中国新诗，走过了“正题”“反题”两大阶段，今后的发展趋势，是“合题”，即把“生命意识与使命意识结合起来”“时代自觉与文体自觉结合起来”，而不会如有人所谓的那样，重复第三代诗歌。

诗是王者的事业，诗论家则是王中之王。

吕进先生的诗学研究，已形成了一个严谨的体系。吕进诗论蕴含之深度、厚度，具有无可辩驳的哲学意义，这不仅体现在诗论本身自成一体，“通”中有“变”“博”中见“新”，更表现为吕进诗学研究的艺术张力及张力的倾向性诸方面。浓烈的思辨色彩，折射出了诗论家本人对历史、对人生、对学术研究的感悟与体验。我们还不敢断言《中国现代诗学》将在中国诗歌史上的地位、意义，但我们已有一种明白无误的预感。唯其如此，以年轻而稚嫩的目光打量这个体系时，笔者有意无意之间都带有某种程度上的惶恐。更何况《中国现代诗学》只是吕进先生“十余年的新诗研究的学术生涯的第一个句号”。

不知词达我意否?

《中国现代诗学》:现代汉语诗学的经典著作[①]

张建伟

在中国现代诗学史上,吕进先生作为中国当代首屈一指的诗学理论家,其对新诗的贡献是有目共睹的。1982年,在中国新诗刚刚重新兴起之时,他已经出版了对后世极具影响力的新诗研究著作《新诗的创作与鉴赏》,这部作品使他在诗学界名声大噪,也奠定了他在新诗评论界的崇高地位,此后他不断有佳作问世,给中国的诗学界带来惊喜与鼓舞。而到了1991年,他的诗学新著《中国现代诗学》一问世,诗学界除了惊叹还是惊叹,也许还会有其他诗学研究者暗自羞惭,在《中国现代诗学》的反衬下,其他一切诗学著作都显得平淡无奇、黯然无光。诗学界对此书给予了高度的评价,有学者认为,《中国现代诗学》"是一部真正的具有系统性、科学性的诗学论著,是一部熔铸了中国诗学思想与西方传统诗学和现代诗学成果,且在'通'中求'变'的论著"。[②]1993年9月,世界诗歌研究会考虑到吕进先生对于新诗的贡献,把"世界诗歌黄金王冠"颁授给了吕进先生,这是该奖项第一次颁发给中国人,自此,吕进先生的诗学理论不仅在中国诗学界无人能望其项背,而且在世界范围内也具有深远的影响。

《中国现代诗学》作为吕进先生的代表作,其在现代诗学中的影响怎么估计都不为过。它在出版二十多年后的今天,依然是研究现代诗学的学者们人手必备的一部专门的诗学著作,因为"这本书提出了中国现代诗学的完整体系"[③],对中国现代诗学体系的建构与完善起着无可替代的作用,他在书中提出

---

① 本篇原题目为"中国现代诗学体系中的经典著作——论《中国现代诗学》",载《内蒙古电大学刊》2014年第4期。选入本书有改动。

② 傅宗洪:"一部'通'中求'变'的诗学论著——读吕进新著《中国现代诗学》",载《诗刊》1992年第12期。

③ 邓卫望:"论《吕进文存》的学术价值与出版意义",载《中外诗歌研究》2010年第1期。

的诗学观点在今天的诗学界具有理论意义。对于这本书所蕴含的价值，吕进先生也有清晰的认识："我有某种预感：这本书将会比过去所有的拙著赢得更多的知音。"[①]事实也的确如此，《中国现代诗学》出版之后，为研究诗学的学者们提供了一个崭新的视野和独特的思维方式，从而也影响了一些诗学研究者的诗学观念。如评论家蒋登科教授，通过整理吕进先生的诗学观念，在2000年第5期的《西南师范大学学报》（人文社会科学版）上发表《吕进与中国现代诗学的体系建构》，在2003年第1期的《涪陵师范学院学报》上发表《吕进的现代诗学体系》。如熊辉教授，通过对吕进先生的诗学观念起源的追溯，在2011年第3期的《重庆工商大学学报》（社会科学版）上发表《西方美学观念的转换与中国现代诗学体系的建构——论黑格尔对吕进诗学思想的影响》。如西南大学中国新诗研究所2008级研究生董莎莎，对吕进先生的诗学极其推崇，不仅在2010年第5期的《重庆三峡学院学报》上发表《辩证法与吕进及其诗学体系》，而且在2011年写了专门研究吕进诗学的硕士论文《论吕进诗学的学术来源》。由此我们可看出吕进诗学对后来诗学研究者的深远影响。

《中国现代诗学》一书共分十九章，第一章为总括："诗学：中国与西方"，首先告诉我们"创构中国现代诗学体系的重要前提，是在与西方诗学的比较中把握中国传统诗学的精髓，以便在开放中建立中国现代诗学的民族性框架。"[②]由此可知，吕进先生通过把中国传统诗学以及西方诗学联系起来，为中国现代诗学的建构提供了丰富的诗学资源。接下来，他从中国传统诗学的主流"抒情诗"切入，逐个分析了"抒情诗"的审美视点、视点特征、艺术媒介、媒介特征、语言的生成以及诗人的修养、诗的分类和风格等众多方面，对现代诗歌做了全方位的分析与评价，并在此基础上提出了自己的真知灼见。例如在第十四章："抒情诗人的修养"中，吕进先生着重对诗人的修养问题谈了自己的看法，他认为" 诗人应当有广博的艺术修养和文化修养。"[③]这一看法是极其有见地的。同是在这一章中，吕进先生对于诗人的使命也提出了富有哲理性的结论："诗人着重自己的社会历史使命，社会历史也才会看重诗人的位置。"[④]吕进先生对于

---

① 吕进：《中国现代诗学》，载《吕进文存》（第二卷），西南师范大学出版2009年版，第551页。
② 吕进：《中国现代诗学》，载《吕进文存》（第二卷），西南师范大学出版2009年版，第286页。
③ 吕进：《中国现代诗学》，载《吕进文存》（第二卷），西南师范大学出版2009年版，第460页。
④ 吕进：《中国现代诗学》，载《吕进文存》（第二卷），西南师范大学出版2009年版，第463页。

诗人与社会的关系是极其清晰明白的。他对那些受资产阶级腐朽思想毒害而沉迷于个人情感哀怨的诗人们是不屑一顾的，批评诗人写个人身世感很强的作品。“他认为这些作品之所以经不住时间的淘洗，就是因为它们只记录了写诗者琐屑的情绪与欲望，而仅仅对于一个人有价值的东西是没有价值的，因此这部分诗歌并称不上是真正意义上的艺术品。”[①]而他对马克思主义文艺观是欣赏的，因为在吕进先生看来，“马克思主义文艺观之所以富有青春，主要就在于它科学地将文学现象、诗歌现象放在社会历史框架中进行考察，而科学是不可战胜的。”[②]我们也可以结合吕进先生的人生经历来对此进行分析和论证。

在《中国现代诗学》的书后，吕进先生对自己的生活做了简要的介绍：“作为教授，我要带研究生和国内访问学者；作为作家、我要为各种报刊写作，要给天南地北的读者来信复信，要接待相识的和不相识的诗歌爱好者；作为所长，我要为中国新诗研究所的各种事物忙碌；作为公民，我要担负种种社会工作……”[③]由此我们可以知道，吕进先生的社会工作是极其忙碌的，我们可以想象他同时在搞学术研究与承担社会使命时要付出多大的辛苦和努力。更值得一说的是，在1997年重庆被划为直辖市后，吕进先生作为重庆市文学艺术界联合会第一任主席，肩上所承担的社会使命变得更加沉重，但吕进先生对此并未抱怨过一句，而是勇敢地承担了下来。现在说起来中国诗歌界，重庆已经成为中国诗歌的重镇，特别是2010年，重庆女诗人傅天琳获得了第五届鲁迅文学奖的诗歌奖，这是重庆文学界目前收获的第一个鲁迅文学奖，而傅天琳不仅是吕进先生的好友，而且见面时尊称吕进先生为“吕老师”。由此可以推测吕进先生的诗学观念对傅天琳的诗歌的影响。我们可以这样说，重庆文学在这些年所取得的成就、诗歌界的收获都与吕进先生辛勤的付出是分不开的。即使到了今天，吕进先生已经73岁高龄，依然担任着重庆市文学艺术界联合会的名誉主席，对重庆文学的发展时刻关注并献言献策。而在学术的薪火传递上，他坚持每一学期都抽出一定的时间给西南大学中国新诗研究所的学子们开讲座。所以说，吕进先生的做人与他的诗学理念是相辅相成、相得益彰的，无论是吕进先生的为人，还是其提出的诗学理论，都值得我们去好好学习。

① 引自朱佳宁的课程论文《吕进的诗人修养论——读〈中国现代诗学〉有所思》。
② 吕进：《中国现代诗学》，载《吕进文存》（第二卷），西南师范大学出版2009年版，第550页。
③ 吕进：《中国现代诗学》，载《吕进文存》（第二卷），西南师范大学出版2009年版，第550页。

总体来说,《中国现代诗学》作为阐释中国诗学的专著,它本身也是极具"中国风格"[①]的,虽然吕进先生在书中借鉴了一些西方诗学的分析方法,但其整体而言,这并不是一部以西方诗学为中心来解读和指导中国现代诗学发展的专著,而是在融合西方诗学与中国传统诗学的基础上,提出了吕进先生自己对中国现代诗学的思考与感悟。吕进先生也曾说过,《中国现代诗学》一书"拒绝像西方诗学那样以公式和概念抽象鲜活的诗歌现象",而是"注意保持和发展中国诗学的领悟性特征。"[②]研究吕进诗学的将登科、熊辉等学者对此也是认同的。如熊辉在《西方美学观念的转换与中国现代诗学体系的建构——论黑格尔对吕进诗学思想的影响》一文中虽然论证了吕进诗学思想受到黑格尔美学思想的影响,但他也提出了研究的目的是探讨"吕进现代诗学理论体系"[③]的建构。所以,吕进先生的《中国现代诗学》的整个落脚点就是为了建构中国现代诗学体系。吕进先生正是在横跨中西方诗学的基础之上,立足于中国现代诗学的本土化,对现代诗学的发展进行整体的把握和推测。

此外,《中国现代诗学》在语言的运用上也是值得称颂的,吕进先生不仅是当代著名的诗歌理论家,而且也是中国现当代诗歌史上著名的诗人,正是由于他有诗人的气质和语言,他的诗学理论著作读起来并不像其他诗歌理论家那样佶屈聱牙,而是简明流畅,充满了诗意。如《中国现代诗学》第十四章中的一段话:

"一首爱情诗,可以美化读者的情感;一首咏物诗,可以丰富读者的情操;一首小诗,可以开阔读者的思维空间。"[④]

如此优美的句子,在《中国现代诗学》中是随处可见的,我们在领会吕进先生对于中国现代诗学的分析与阐释的同时,也能领悟到作为诗人的吕进先生所拥有的诗情与诗意。作为中国新诗研究所的学子,对于吕进先生的诗歌《守

① 吕进:《中国现代诗学》,载《吕进文存》(第二卷),西南师范大学出版2009年版,第285页。
② 吕进:《中国现代诗学》,载《吕进文存》(第二卷),西南师范大学出版2009年版,第285页。
③ 熊辉:"西方美学观念的转换与中国现代诗学体系的建构——论黑格尔对吕进诗学思想的影响",载《重庆工商大学学报》2011年第3期。
④ 吕进:《中国现代诗学》,载《吕进文存》(第二卷),西南师范大学出版2009年版,第463页。

住梦想》更是有着深切的体会,很多同学也正是由于阅读了吕进先生的诗歌《守住梦想》,从而喜爱上了中国新诗,走上了新诗创作或研究中国新诗的道路。而研究中国新诗,则不能不去读吕进先生的《中国现代诗学》。《中国现代诗学》自1992年出版至今已经走过了二十多个春秋,早已被诗学界公认为中国现代诗学体系中的经典著作。

《中国现代诗学》：建构求实创新、兼容开放的诗学体系[①]

张晨曦

一、吕进先生之于中国现代诗学

新时期算得上是中国新诗研究的丰收期，由宏观到内向，由封闭到开放，由单一到多元。中国诗歌理论界80年代初在“崛起派”与“传统派”的激烈论战之际，另有一派悄然集结，并以其前瞻而稳健的理论姿态——“传统诗学的现代化转换和西方诗学的本土转换”很快占据了人们的视线。换句话说，“上园派”的主张集中到一点：诗为当代的开放的中国读者而作。因为这一派的几位代表人物两度聚会于北京的上园饭店，便约定俗成为“上园派”。而今天我们将要谈到的吕进先生便正是“上园派”的领军人物。

吕进先生在20世纪70年代末转向诗歌理论研究，他始终秉承着一个信条：以出世的双眼审视人生，以入世的双手创造人生。在物质至上的时尚中，在浮躁的大环境中，在“诗的读者群在现代社会有所减少，诗读者与诗作者的重叠现象日见增加”的文化背景中，他甘守清贫并平心静气地搞新诗研究，创办和主持的中国新诗研究所成为诗学研究、交流和培养诗坛后续力量的重要基地。并始终把对诗歌的追求作为自己最高的精神享受，为了追求这种享受，甘于“隔离”在世俗的“欢乐”之外。这正契合了吕进先生一再重申的“人文学者必须要有隔离袋，要具备坐‘冷板凳’精神”的口号。在出世目光的审视下他并不忘肩负着儒家入世的理论情怀：即对新诗发展的使命感和将现代诗歌创

① 本篇原题目为“诗学风景这边独好——吕进先生及其著作《中国现代诗学》片谈”，载《中外诗歌研究》2008年第4期。选入本书有改动。

作引向繁荣的责任感。吕进先生以对中国现代诗学的成功实践回答了荷尔德林“贫困时代,诗人何为?”的问题,在中国现代诗学体系的中确定了自己的坐标。

在“倡导新诗二次革命,推动新诗再次复兴”的诗学主题下他创造性地提出“三大重建”:一、实现“精神大解放”以后的诗歌精神重建;二、实现“诗体大解放”以后的诗体重建;三、在现代科技条件下的诗歌传播方式重建。这三大重建直接关系到新诗的兴衰,其中对于诗歌和社会、时代关系的科学性把握是诗歌精神重建的中心;提升自由诗、形成现代格律诗,增多诗体是诗体重建的三个美学使命;诗歌体式的多样化是诗歌传播方式重建的题中之义。吕进先生的《给新诗爱好者》(1984)、《一得诗话》(1985)、《上园谈诗》(1987)、《新诗文体学》(1990)、《中国现代诗学》(1991)、《吕进诗论选》(1995)等诗学理论著作构成了一个“求实、创新、兼容的开放的、崭新的诗学体系”。

二、吕进先生所凸显的两大学术优势

(一)诗人与学者谈诗的完美结合

吕进先生的中国现代诗学研究中始终存有一双隐形的翅膀,它们充当了他飞翔的两翼。对中国现代诗学理论学者式的思考留给我们的一翼,真正把握到了新诗内在客观事实与流变规律:具备诗歌美学体验是他走进诗学研究核心的另一翼。读小学时他的诗歌便在《少年报》上初露锋芒,直到中学、大学其诗歌创作也从未间断,早以稳健的步伐步入了诗歌的殿堂。秉持“诗是心智发育健全的人们在物化、商品化的社会走向中的一种精神自救与自娱,期盼在人欲横流的铜臭气中保持一方心灵净土的人们对优美人情、人性的眷念与呼唤。”两翼交相辉映:例如新诗二次革命首先面临的是诗歌精神重建,吕进提出,“当前诗歌精神重建的中心。是对于诗歌和社会、时代关系的科学性把握。”于是在诗歌创作中对于现实人生的关注自然成为吕进先生诗歌的主旋律。他呼唤香港回归,于是诞生《香港十四行》;他关注世界政治风云变幻,创作了《俄罗斯素描》和《书与花》;他细心体验、深入思索异国文明,于是有了《东京》《曼哈顿》《狗年》等诗篇。

臧克家在《吕进的诗论与为人》一文中这样谈到“吕进同志,从少年时代就发表诗作,以诗人之心论诗,自然知其意义与甘苦。”作为诗人的吕进先生对诗歌的理解自带几分贴切与执着。所以当他转向诗歌理论研究时已较其他诗论家具备了较高的学术起点。在书中他主要采用了诗歌鉴赏同时展开理论叙述的方式,“拒绝对西方诗学术语的把玩,也拒绝像西方诗学那样以公式和概念抽象鲜活的诗歌现象”,充分调度诗人式的敏感触角和丰富感情,做到了既化入诗的内部直指诗的本质谈诗,又不忘将诗转化为学术研究对象,进行智性演绎;做到了将诗保留为诗的鲜活、现场感,贴近诗歌创作的实际,又对研究对象保持一定的距离,颇得王国维所谓“入乎其内,出乎其外”之致。在《守住梦想——我的学术道路》一文中吕进先生谈到这是受郭绍虞先生在《清诗话》(1963年版)前言中提到的“唐人不言诗而诗盛,宋人言诗而诗衰”的启发:不能在诗之外谈诗。也不能在诗之上谈诗,不搞高堂讲章,不玩概念游戏;要抛弃纯概念,使用类概念,要在诗内谈诗。对新诗进行全方位的学术打量后,他的理论才能在朴素中见出厚实,在稳重中见出功力。吕进先生在《给新诗爱好者》前记中所说:“诗论本身应当有艺术光彩。它应当这样揭示诗的秘密:不仅不应当用枯燥的空论去使寓于这一秘密中的魅力消失;相反,经过诗论的浓缩,这一秘密应当变得更加妙不可言。”他的诗学文体学理论和新诗创作实践的结合,既自如地挥洒诗人般的激情,又处处点燃理论家的理性之光,使他的诗学体系更趋完善。

(二)开阔的学术视野

吕进先生20世纪60年代毕业于西南师范学院(今西南大学)外语系,并在该系执教多年,西方文化的浸润与东方文化渊博积淀的合璧,赋予他开阔的学术胸襟。诗学——这一最富民族性的文学理论,被自觉切入了比较视角,并将此视角设置为他诗学研究应有的逻辑起点。在《中国现代诗学》开篇便以“诗学:中国与西方”这一开放性话题统摄全书,注重展开现代诗学与民族传统诗学、与西方诗学的双向对话,在对话中确立中国现代诗学体系。强调“中国现代诗学的建设离不开对中国传统诗学的批评继承,对西方诗学则必须进行本土化处理,才可能言借鉴。”这也从根本上解释了中国现代新诗广泛接受西方种种诗潮和创作的影响而又逐步实现其民族化、现代化的现象。吕进先生普遍运用了比较思维的思辨方式,体现在三大比较中,即中西诗学的比较,传统与现代诗学的比较,诗与非诗文体的比较,从而做到通中求变、博中求新的理论深度和广度。

傅宗洪教授曾在《一部“通”中求“变”的诗学论著》中评价本书是:以现代新知去引发古典智慧,重新照亮东西方文化成果,从而使传统诗学现代化、使西方诗学本土化。当然开阔的视野无疑也为他致力于中外诗歌交流提供了便利。例如曾从本土情结和母土诗学出发解读东南亚的诗歌,并为华文诗歌的诗体建设提出了发人深思的诸多建议。

三、《中国现代诗学》所彰显的魅力

(一)独特的诗学研究对象

在《中国现代诗学》中吕进先生切入了新诗内部研究的视角,主要以诗歌文本为对象,研究新诗成为诗歌的各种可能性、新诗与其他文体的差异性以及新诗内部各种样式之间的异同,其目的是揭示诗歌自身的存在方式。他在书中不囿于前人的学说,另辟蹊径,提出自己颇具锋芒的艺术见解。例如:从言诗之初便一针见血地刺到诗心,独创性地捕捉到了现代诗学两个要核,即诗歌的审美视点(诗人和现实的美学关系)和语言方式,并以此为论述基点展开了诗歌视点特征和艺术媒介等重大诗学命题。

语言研究是现代文学特别是现代诗学研究的重要范畴,是文学也是诗的基本特征,是诗“固有的性质”(亚里士多德语),它最终确定诗歌和非诗的分野。吕进先生的知识谱系中较其他诗论者拥有更良好的语言知识储备,并长期从事新诗翻译与创作工作,所以对这一课题敏感度和关注度较高。在综合借鉴了西方诗论和中国传统诗论的基础上提出“诗的形式本质在于它的语言方式”这一重要命题,将诗歌的艺术媒介视为内视语言、灵感语言,实现了一般语言的非语言化、陌生化和风格化,并将其媒介特征概括为音乐性、弹性和随意性,开创性地将诗歌语言与一般文学语言透彻地区别开来。认为“音乐性、弹性、随意性是诗的智慧选择,构成诗的语言的独特风貌和独特魅力。”在书后吕进先生也为本书能在“新诗与散文在文体特质上的分野明晰”而倍感快慰。其向风格研究方面的突破性阐释,还填补了诗学研究的空白。

(二)完备的诗学体系

中国现代诗学研究是个开辟较晚的研究领域,基本的学术积累不足。能具备完整的理论体系更是少之又少。鉴于此，一开始吕进先生确立本书的意图便在于构筑起完整的中国现代诗学体系。1991年由重庆出版社出版的《中国现代诗学》被诗学界公认为是吕进先生的代表作，这本书提出了一个中国现代诗学的完整体系，受到诗学界高度评价，并于1997年再版。《文艺报》曾发表署名文章称此书“实际上已经构成了一个有特色的中国现代诗学的理论体系。”吕进先生自己也认为，《中国现代诗学》是他十余年新诗研究学术生涯的第一个句号。它以一个新体系将自己十余年来的研究成果重新融化，重新组装，具有九十年代的风度，同时也标志着一个阶段的终了，并在书后不无自豪地称到：“一个比较完整而又尽量求实的理论体系提出来了。在这部书的面前，既往的拙著只剩下了一些立论或资料。”他的诗学观念以抒情诗为中心做独特审视，亦主要围绕抒情诗展开论述，符合“诗歌是中国文学的正体，而抒情诗是中国诗歌的主体”这一历史事实，正如蒋登科教授所言“这为他的诗学主张的科学性提供了保障”。整部著作中诗歌视点理论、诗歌媒介理论、诗歌生成理论、诗歌分类理论以及诗歌风格理论，涉及诗歌之所以为诗的各个方面，形成了一个独立自主的学术体系。最后贯通的诗歌分类学对其他诗歌样式进行了学术概括，进一步丰富了他的诗学体系。从某种程度上讲，附录部分是对吕进先生诗学体系的另一种有力诠释，将有血有肉的诗人个案纳入全书框架，对有成就的诗人研究是不断丰富和发展其体系的创造性尝试。例如论及重庆诗人傅天琳时，他秉持自己的诗学主张客观评价诗人的诗歌历程。探讨诗人的文体意识从自发到自觉的转变，肯定她的创作从单一到丰富、从素描到写意、从拘泥到舒放的发展等等。

(三)辩证求是的诗学理论

黑格尔是吕进先生诗学理论的重要源头之一，吕进先生将从1976年至成书时的十五年来的抒情诗运动轨迹比喻为黑格尔所讲的三段式：经历着正题—反题—合题的三段，指出今后中国新诗的发展趋势是“合题”，即“寻求生命意识与使命意识的和谐，文体自觉与时代自觉的和谐”，而不会如有些诗论者所谓的那样，重复第三代诗歌现象。在黑格尔那里，他对其唯心主义哲学体系不予置评，只“拿来”了体系合理的内核——辩证思想。尊重新诗的客观规律，还其本来面貌，实事求是地从正反两方面看待问题，有破有立、有张有弛。论及诗美体验的产生是一个由“无”到“有”的过程时嫁接了黑格尔《逻辑学》第一章“有论”中关于“有”的推论。得出结论“诗人在外在世界中不经意地积累着情感储备和形象储备，一个偶然的契机，诗人就‘感物而动’获得诗美体验”。

诚然，每个人都有自己的审美趣味，对诗的感受也是各式各样的，其中就包括自己的偏爱。但是吕进先生从不允许自己从偏爱走向偏废，而是尊重新诗的客观规律，还其本来面貌，实事求是地从正反两方面看待问题。

在对待“朦胧诗”的问题上他力排武断的结论：“许多论者断定‘朦胧诗’是西方现代派影响下的产物”，在综合考察的基础上诞生独到的见解，相对封闭时代的文化背景中相似的社会与艺术危机才是其类似诗歌现象的根源。它们分别是“文化大革命”与第一次世界大战的产物。难怪诗人臧克家一直以“是其所是、非其所非”称赞着吕进先生。

学者邹建军在《吕进：意正论深枝叶茂》一文中对吕进先生的诗学成就进行过这样的评价：“如果说郭沫若、亦门、闻一多、艾青是中国新诗的理论家，那吕进可以毫不逊色地和他们排在一起。”吕进先生无疑是20世纪下半叶中国新诗发展具有代表性的诗论家之一，他的诗学研究植根于中外传统文化的肥沃土壤，植根于当代的诗歌创作与翻译实践，自成一个严谨的体系，其力作《中国现代诗学》更是“通”中有“变”“博”中见“新”的代表，创造性地把语言作为研究对象，内容新鲜活泼；由现象透视到本质分析的过程，凸显着思辨的艺术张力，折射出吕进先生对历史、对人生、对学术研究的感悟与体验。各篇章均服务于现代诗学体系的建构这一中心命题。具有深刻的学术价值，传达出强大的学术生命力，也使著者始终走在现代诗学研究的前沿。吕进先生现已年逾花甲，仍一如既往地更新和深化他的诗学体系，为促进新诗发展的腾飞，为中国现代诗学体系的完善不断贡献着自己的力量！

吕进先生建构的现代诗学体系的辐射力与价值将随着岁月的流逝与学界的关注而更显魅力。他的研究达到了优秀诗学论著的共同效应：使人们回过头去用崭新的眼光重新打量过去，不仅对于重新认识新诗历史，新诗的艺术特征和规律，而且更重要在于推动未来诗歌的发展的诗学意义。

《吕进诗论选》:一个新体系的构建①

阿红

忍着医生反复忠告:"时刻警惕中风!"我再次浏览吕进同志的著作,我颤抖着手拿起如抛三秋的笔。禁不住凝目西望,我好像看见重重山重重云外,那西南师范大学(今西南大学)树木掩映的校园小道上,吕进挟着公文包,正向课堂走着。他还是那么步履匆匆,还是那么瘦削!

忘不了中国作协几次举办全国新诗评奖初评会、评委会上他谈吐的风采;忘不了西南师大访问他温馨的家的欢乐;忘不了石家庄、深圳久别重逢又握手又拥抱的喜悦;忘不了'93华文诗歌国际研讨会上,韩国世界诗歌研究会副会长金正雄先生向他颁授"世界诗歌黄金王冠"时他那凝重的神情;忘不了我当年主持《当代诗歌》月刊时他给予的慷慨支持;忘不了……忘不了啊!宗宗件件,心头结晶!

现在他出这么厚重的选集,命我作序。吾何能,敢为斯人序!

吕进,是位——

卓越的强创造性的学者。他精通英语、俄语,熟悉中外诗学。他一本本著作几乎本本获奖,或市的或省的,社科成果奖或文学奖。他多次出国,或参加国际会议,或作高级访问学者,或讲学。

杰出的诗歌事业家。是他创办了我国有史以来第一个新诗研究所,和志同道合者一起,全力以赴,锲而不舍为新时期、21世纪培养诗学人才。一批又一批接受访问学者,一位又一位接待海内外诗界名流访问,一茬又一茬邀请海内外客座教授,一次又一次召开海内外学术会议,授教益于所内,扬所名于国际华文诗界。

---

① 本篇原题目为"一个新体系的构建——序《吕进诗论选》",载《吕进诗论选》,西南师范大学出版社1995年版。选入本书有改动。

热心的社会活动家。在他,“委员”“顾问”“主编”“主席”“代表”,码成堆儿。他何尝有意?无奈硬将名卡挂到他的胸前。我曾要他学着偷闲,他竟为难地说:“我不会!”

因他多方面的丰硕奉献,荣获“四川省劳动模范”称号。教授、学者、理论家,膺此荣誉者能有几人!和他谈起这类事儿,他只淡淡一笑。我知道,他心里仅仅装着“创造”。

作为朋友,我们结识是必然,因为都深深陷在诗里;我们相知也是必然,因为当初邂逅时,我就感觉出他为人充盈着真诚、正直、质朴、可信。十几年交往,证明无误。我交友,跟着感觉走。

吕进的著作立在紧靠我书桌的书架。我常取出翻翻,好多地方用红笔画圈画线,我认同,我欣赏!

我没能力全面概括吕进诗歌理论研究成果,但,我久久认定:吕进,以他对中国古典与现当代诗歌诗论的广识,以他对世界诗史与著名诗歌诗论的博知,以他对哲学、心理学、创造性思维学的理会,以他敏锐的领悟、独立的思考,以他虽不算多却深有体味的诗歌创作经验,呕心沥血,运筹帷幄,终于为中国现代诗学创建了一个新的颇是完整的理论体系。这个理论体系集中体现在他在一本本著作基础上终于完成的力作:《中国现代诗学》,也体现在这本选集里。

营造出这个理论体系,是他承担的国家项目,他完成了!

营造出这个理论体系,是中国新诗学发展过程的阶段性成果!《文艺报》就曾发表文章,说关于诗美本质的研究,从何其芳到吕进是一个飞跃。

营造出这个理论体系,是他对当代华文诗歌的重要奉献。

吕进营造的中国现代诗学理论体系,突出地表现在他凝目诗的海洋、文学的海洋,一下子从审美视点的差异,顿悟出诗和非诗文学的文体差异。审美视点是作者与实界的审美关系,感受实界的心理方式与表现实界的艺术方式。如吕进说的,诗是内视点文学,非诗文体是外视点文学。以极科学而又精练的语言确定了诗文体的根本特征。攫住了诗文体的根本特征,弥漫在诗创造境地的云雾就哗哗退去了。古往今来,关于诗这种文体的特征有无数释义,从审美视点作如此准确而又具有丰富内涵的确定,恕我冒昧,我想说是一创。从审美视点上去把握诗、认识诗,去探讨诗的基本面与技艺面的种种课题,都提出自己的观点。他认为诗的灵感可区分为体验性灵感与创造性灵感;他认为诗的形式本质在于语言方式;他认为诗的修辞方式在于虚实相生;他认为抒情诗的最新发展轨迹是正题—反题—合题;他认为诗的分类应以审美视点与语言方式的差异作尺度;以及他诗的风格问题的广泛论断,特别是从审美视点上将诗人风格区分为内倾型与外倾型,等等,都给人启示。正如我一位诗友说的:"吕进的《诗学》像给我一副望远镜,看过去清晰了,看前面也清晰了。又像给我一只显微镜,看自己也清晰了。"

读吕进文章,我强感他致力沟通中国传统诗学与现代诗学,使民族优秀传统现代化;致力整合中国诗学与西方诗学,使外国可纳艺术经验本土化。立足中国,放眼世界,自我立论,取精去粕。我强感他有着庄重的理论仪表,独立思考,无所迎合;构建严密,很少疏漏;尊重实界,公正析理;自我言之,取态明朗。因此,他建立的这个新诗学体系,具有鲜明的中国性、现代性、科学性、实践性。

当然,吕进的诗论文章是多样的。

关于诗歌时段的概论。读这类文章,我感觉他是登峰俯瞰,指点江山,拨浓雾以见原貌,析义理而示流向。读着,觉得是这么回事。

关于诗人创作的专评。读这类文章,我感觉既有切实的理论分析,又有浓郁的感情色彩;既能言到作者不一定想到的审美意味,使人眼睛一闪,又能说到作者落笔时的心灵些微蠕动,叫人不禁微笑。他也不客气地指谈疵点,言简意赅,发人深思。

关于诗歌流派析评。新时期以来,流派丛出。有留长久影响的,有热闹一阵的,有昙花一现的。面对这种现象,吕进以理论家的风度,微笑地注视着,细密地思索着,然后作为友人,洽谈得失。

我喜欢吕进的文风。他不广征博引中外诗家言论,把自己粘贴成"大家";他不把文字弄成超"译文",将诗见用浓雾包装;他不故作威严,不居高临下,视诗爱者为愚盲。读他的文章,如他和我对面谈心,那话儿精确、机敏、亲切、有味。

自然,建立一个完美的诗学体系,广泛论述诗歌各方面问题,吕进同志还会有许多文章可做。理论也是创造,而创造无极。

写出这等文字,实在不好意思交卷。凝目西望,吕进同志啊,请指教。现在,我要打开影集,再次好好看看你,再次回味那些美好的时刻,并向你送去我最美好的祝愿!

《吕进诗论选》：求实创新的诗学贡献与学术品格[①]

蒋登科

阿红在为《吕进诗论选》撰写的序文中说："吕进，以他对中国古典与现当代诗歌诗论的广识，以他对世界诗史与著名诗歌诗论的博知，以他对哲学、心理学、创造性思维学的理会，以他敏锐的领悟、独立的思考，以他虽不算多却深有体味的创作经验，呕心沥血，运筹帷幄，终于为中国现代诗学创造了一个新的颇是完整的理论体系。这个理论体系集中地体现在他在一本本著作基础上终于完成的力作：《中国现代诗学》，也体现在这本选集里。"[②]这段话很妙，妙在它道出了吕进诗学成就的来龙去脉及其辐射的学科领域。既为体系，而且是新体系，自然有其独特的理论来源、观念更新与学术构架。

吕进的中国现代诗学体系始构于20世纪80年代初，成熟于90年代初，这段时间恰好是新诗创作与研究都非常活跃的时代，风起云涌的创作现象，日新月异的诗学主张为吕进提供了广泛的艺术与学术参照，加上他敏锐的艺术感受力，超群的思维、概括、抽象能力，非凡的创造，可以说，吕进之崛起于新时期以来的中国新诗理论界，以其系统的、现代中国的、开放的诗歌理论成为中国现代诗学界的佼佼者，正是时逢际会。

中国新诗理论的腾飞始自80年代初期。一批专门的新诗理论家的出现，使新诗研究摆脱了过去主要附属于新诗创作的被动地位而独立地成为一门学问，这有助于中国现代诗学走向系统化、深入化、科学化。而传统派、崛起派、

① 本篇原题目为"对吕进诗学体系的简单理解——读《吕进诗论选》兼谈吕进诗论的学术品格"，载《当代文坛》1996年第5期。选入本书有改动。

② 阿红：《一个新体系的建构》，载《吕进诗论选》，西南师范大学出版社1995年版。

上园派等诗论群体的先后出现展示了新诗研究的繁荣景观，创作与研究上的多元并存、相互竞赛都是诗歌艺术获得发展的必要条件和标志。这几个诗论群体互有联系，它们都导源于对中国新诗的研究，生长于悠久的中华文化土壤，但又各具特点。切入诗歌的角度不同，诗学观念也不同，这是它们形成不同学派的重要前提。传统派主张继承民族传统是其长处。艺术的发展是一个流动的过程，否定和割裂传统都是不明智的，但是，它所坚持的具有传统主义色彩和封闭型构架的诗学主张又使它在相当程度上忽略了诗歌艺术的发展，忽略了传统与现代的接轨。崛起派意在变革与突破，强烈的鼓动性使它在新时期诗坛上获得了声誉，但它在某些方面又走向了传统派的反面，对优秀文化传统的割裂、否定，在求新意识上的偏激以及对一些未定型的诗歌新潮流的追随与鼓吹，使它所积淀下来的诗学成果有时候缺乏观念上的一致性，更由于它的诗学基础的相对狭隘（主要借鉴外国诗歌观念，关注诗坛上的新现象，而对其他追求则关注较少，肯定也少）与薄弱，也使它的严肃的诗学价值受到一定影响。相比而言，在这两个学派的交叉点上形成的上园派得到了更广泛的呼应与认同，上园派既重视对诗歌传统的继承，又注重对现代诗学观念的吸纳，既关注诗坛上的新现象，也关注新现象以外的其他艺术实践和一切既有的诗歌成果，以稳健的开放的态度审度新诗，立足当代中国诗歌的发展，因而具有开阔而厚实的诗学基础，也使其诗学主张具有广泛的适应性。上园派是以进入《上园谈诗》中的几位诗评家为主体的，但它的辐散面远不止此，它有众多的支持者与追随者，是一个有中心的辐散的诗论群体。

吕进是可以称为上园派“盟主”的诗论家，他的诗学理论以开阔的视野、公允的观点、广泛的适应性而为人称道。他不恋“旧”，亦不唯“新”，而是科学地对待各种诗歌现象，具有强烈的辨证色彩，这使他的诗学主张呈现出流动中的一致性，因此，阿红称吕进“为中国现代诗学创建了一个新的颇是完整的理论体系”，这是客观而公允的。可以说，吕进是中国新诗研究领域少有的几位建构了独特、科学的诗学体系的诗论家之一。这一点，可以从他过去的一系列著作中找到佐证，更可以从《吕进诗论选》中获得证明。

吕进的中国现代诗学体系的来源是十分广泛的，纵涉古今，横贯中西，以诗歌为研究对象，外延与诗学有关的众多学科领域，有的是作为参照，有的是吸取其学术营养，有的是借鉴其研究方法，但他关注的中心是现代的、中国的新诗。吕进诗学体系的核心是他的新诗文体理论,他称之为新诗文体学。他认为:"文体理论就是研究文学的精细化和综合化过程的理论,换个角度,文体学就是文学的分体理论。文体学从理论上概括和抽象各种文体的形式特征及其发展轨迹,换个角度,作为分类理论,文体学是确认文体特征和文体可能的理论,是净化和发展文体的理论。"①

吕进的新诗文体理论吸纳古今中外的诗歌文体理论成果,摒弃过去流行的单一的外部研究,而注重对新诗文体的内部规律的探索,注重理论上的正面建构,他不像西方的理论家那样,主要从语言学角度来研究诗歌文体,而是以构成诗歌文本的诸要素为中心,将诗歌置于一个庞大的系统中来考察,涉及诗与散文、诗与时代、诗与表现、诗与诗人等重大课题,探讨它们之间的独特关系。对新诗文体的研究,吕进首先确定的是诗的文体本质与文体位置,他从诗与绘画、音乐等相关艺术门类的比较之中探讨诗的本质,更从诗与非诗文学体裁的比较之中探讨诗歌的文体本质。对后者,他主要从两个方面切入:一是视点特征,二是语言方式。正是对这两个方面的深入考察,使他获得了对诗歌文体的全新认识,确立了他的新诗文体学体系的理论基点。在此基础上,他又将诗歌作为一种业已独立的艺术样式加以考察,层层深入,形成了一个博大而开阔的诗学风景。按照他自己的概括,这个景观主要由六个部分构成,而且在每一个部分,他都提出了正面的新说。

(1)突破了习见的"抒情"说,在诗和现实的审美关系上,提出诗的内容本质在于它的审美视点(即观照方式)的新说;

(2)突破了习见的"精练"说,在艺术媒介上,提出诗的形成本质在于它的语言方式的新说;

(3)在抒情诗的生成上,提出灵感分为体验性灵感和创造性灵感以及中国新诗常见的修辞方式的美学本质都是虚实相生的新说;

(4)在抒情诗的最新轨迹上,提出正题—反题—合题的三段式的新说;

(5)突破了习见的烦琐的分类标准,提出以审美视点和语言方式作为诗的分类标准的新说;

(6)填补了中国现代诗学在风格研究上的空白。②

---

① 吕进:《中国现代诗学》,重庆出版社1991年版。

② 吕进:《中国现代诗学》,重庆出版社1991年版。

在这几个确立新诗文体规范的领域中，吕进所突破的是过去片面的或者非诗学的主张，他所提出的新说是对新诗文体研究的深化与精细化。通过他的研究，新诗与散文在文体本质上的分野明晰化，也使新诗与旧诗、中国诗与外国诗在诸多方面的区别和联系凸现出来了。在这个诗学体系中，呈现在我们面前的是具有独特个性的中国新诗文体的立体风貌。

吕进的诗学体系在其《新诗的创作与鉴赏》(1982)中已初具规模，经过《给新诗爱好者》《一得诗话》《新诗文体学》以及他主编的多部著作的积淀与升华，在《中国现代诗学》(1991)中得到了完善。他自己也“不掩饰对《中国现代诗学》的喜爱”，在这部著作中，“一个比较完整而又尽量求实的理论体系提出来了。在这部书的面前，既往的拙著只剩下了一些立论或资料”[①]。我们不难从这段话中体会到吕进诗学主张的不断发展以及发展中其学术主张的一致性。从初具规模到基本完善，吕进的诗学体系不断吸纳新的诗学成果，不断丰富不断深化也不断呈现出新的风姿，这就使他的新诗理论始终走在当代诗学的前沿。而《吕进诗论选》正撷取了这个流动过程中的精华，囊括了他所创造的经受了时间与艺术检验的部分诗学成果。

《吕进诗论选》共分五辑，每一辑都体现了吕进新诗理论的独特风度，各辑之间看似无关，其实有密切的关联，它们以跳跃的方式(不是连续的、系统的构架)呈现出吕进诗学体系的另一种风貌。第一辑“诗学研究”，收入早期和后期的文章四篇，早期的《什么是诗》对以往关于诗的本质的几种界说进行了清理，提出了“诗是歌唱生活的最高语言艺术，它通常是诗人感情的直写”的诗学主张，这一主张在当时影响颇大。《文艺报》曾刊文指出，在中国新诗文体的研究上，从何其芳到吕进是一个飞跃。而后期关于抒情诗的艺术媒介及其特征的诗学主张则体现了吕进诗学体系的新高度、新发展。吕进的诗学研究始于对既有诗学成果的清理和重新认识，这使他的诗学体系具有广泛的学术基础和较高的学术起点。没有对既有诗学成果的质疑和突破，就没有诗学研究的发展，也就没有吕进诗学体系的诞生。吕进的诗学立足点也是出发点是令人信服的。第二辑“诗论”是对诗歌文体规律的具体研讨，它涉及诗的生成、诗的文体可能、诗的借鉴与继承、新诗的使命意识与生命意识等课题，这些自然不是吕进的新诗文体理论的全部领域，但新诗的文体特征已经由此而清晰地展示

① 吕进：《中国现代诗学》，重庆出版社1991年版，第381页。

出来了。第三辑“诗运研究”,多侧面地探讨新时期以来中国新诗发展的轨迹、取得的成就与存在的不足,属于宏观研究。对诗运的研究体现出吕进诗学视野的开阔与艺术感受力的敏锐,各个流派、各种风格的创作都被他纳入自己的理论视野之中。对丰富的诗歌现象的审察正是吕进诗学体系得以形成和发展、完善的事实基础,换个角度,他对新时期以来中国诗运的准确把握又证明了他所建构的中国现代诗学体系的合理性与科学性。第四辑“诗人论”是吕进对新诗史上一些有成就的诗人的研究,切入的角度各不相同,但其评价都是与吕进的诗学主张相一致的。对《凤凰涅槃》,他主要探讨了诗人所表现的中国的时代精神(现代的民族精神);对臧克家的创作,他条分缕析,深刻而全面地探讨了诗人在新诗文体建设上的卓越贡献;对傅天琳,他肯定诗人的文体意识从自发到自觉的转变,肯定她的创作从单一到丰富、从素描到写意、从拘泥到舒放的发展等等。一个民族、时代的诗歌成就都是以大诗人或有成就的诗人的创作实绩为标志的。他们的创作实绩也是一个民族、时代的诗学的重要基础,因此,吕进对有成就的诗人的研究一方面是以他的诗学主张为标准的,另一方面这些诗人的创作又丰富和发展着他的诗学体系,使他的评论文章都弥漫着独特的魅力。第五辑是吕进为一些诗集、诗选、诗丛撰写的序言,其中有相当部分实际上就是诗论或诗运研究,从多层面体现着吕进的诗学主张。比如他为《小诗百家点评》撰写的序言《关于小诗的小札》,主要探讨了小诗的起源、特征以及中国小诗创作的实绩;他为《当代青年诗选》写的序言《期待》,指出后新时期出现的人文精神的萎缩导致了新诗的沉没,他认为,“社会转型必然带来文化转型”,“新诗的出路在于以自身的转型去适应文化的转型,而转型的中心只能是美的追求”。他强调,“对社会的人文关怀,对人类的终极关怀,仍然必将成为转型期大诗人的标志。”这种对中国诗坛现状与走向的思考可以给人许多启示,但它不是那种盲目的鼓动或否定,而是在坚持新诗发展规律的前提下生发出来的求实的预测。因此,这些序文都体现着吕进诗论的学术风度,闪耀着绚丽的诗学光彩。

可以这样认为,吕进的诗学体系是现代的、崭新的,也是民族的,同时还具有完整性和求实精神。对这个体系的具体构成要素(具体的诗学主张),我们无法在这里全面复述,只能作如上的简单勾勒。仅从这简单勾勒之中,我们已不难看出吕进的中国现代诗学体系对新诗研究和创作的多方面贡献。这个体系的建构,有宏观的审视,也有微观的深入,不是对一些既有诗学主张的简单堆砌,更不是对一些新奇的诗学主张的简单搬用,它体现出一些独特的诗学品格,从诗学家的角度看,则体现出他独特的学术品格。而这两种品格,正是目前的诗学界需要大力倡导的。

其一,吕进的诗论是求实。吕进认为:"科学理论是在社会实践上产生并经过后者检验的理论。是研究对象的本质和规律性的正确反映。没有求实的学风,最多也只是科学领域里华而不实、昙花一现的人物。"[①]新诗研究中的求实意识,就是要对新诗的发展规律进行实实在在的探索,而不是盲目地追赶时髦、追赶热潮。

吕进的诗学体系所体现出来的求实意识是十分突出的。从文风上看,吕进的诗论追求朴实的风格,不搞新名词轰炸,不以惊世骇俗的"新"观点吓人。他主张诗论表述上的深入浅出。从诗学观念上看,吕进的诗学主张不人云亦云,不趋时,不东摇西摆,而是坚持以诗的文体规律为核心来建构他的诗学体系。他说:"诗学面临的对象是最丰富的非常规世界,最不具备实体性的流动世界,它是现实的幻影,它是良知的馨香。用非诗规范要求诗,用非诗人规范要求诗人,用全民族诗歌的使命衡评每一首具体作品,或者,用对时髦潮流的追赶去代替对诗的认真审视,都会使诗学丧失求实气质。"[②]这是他的真知灼见。

为着诗歌研究中求实意识的真正实现,吕进强调"诗学的基石是理解"。"心灵艺术家最需要的正是心灵的同情与抚慰,认真的艺术变革需要认真的关注与探讨。以理解作为基石的诗学才有可能成为诗人的诤友,诗的诚实伴侣。"[③]他反对诗歌研究中的隔靴搔痒、故弄玄虚或者不懂装懂。为此,在研究中,他总是投入全部的心灵,深入到艺术的情景与氛围中去感受诗歌,把握诗的本质与流向。他去理解诗人,强调诗人的人格修养与艺术修养,有时还从诗人的人生阅历出发去评价他们的艺术流变与创作实绩;他去理解诗学,对既有的诗学成果,不论古今中外,都进行全面把握,以期从中寻求自我创造的理论

① 吕进:"硕士学位课程的教学改革",载《学位与研究生教育》1994年第3期。

② 吕进:《变革:为了新诗在当代中国的繁荣》,载《上园谈诗》,重庆出版社1987年版,第478页。

③ 吕进:《变革:为了新诗在当代中国的繁荣》,载《上园谈诗》,重庆出版社1987年版,第478页。

灵感和学术基点；他去理解诗歌，包括各个时代，各个国家、民族，各种风格、流派的诗歌，并且是多侧面地去理解，他的诗学主张都是从对多种诗歌现象的考察之中概括、抽象和升华出来的，他认为“诗学是诗歌现象的描述与抽象”[①]。发扬求实精神，总结诗歌发展的普遍规律，这样建构的诗学体系必将对诗歌与诗学的进一步发展产生切实的推动，也才能够经受住时间与艺术发展的双重检验。阿红称吕进是“卓越的强创造性的学者”[②]，其实，这创造性恐怕首先是与吕进在诗歌研究上坚持的求实学风分不开的。

其二，吕进的诗论具有创新性。吕进指出：“当代诗评家的素质首先应当不因循守旧，有变革的勇气与明慧。”[③]诗歌艺术是发展的，它必然带动诗歌研究的发展——既有对过去诗学成果的重新审视重新认定，也有对新的诗歌现象的热切关注。创新意识就是对这种发展在诗学观念上的不断适应。

吕进诗论的创新是从多方面体现出来的。

从诗学研究的切入角度看，他对以往单一的研究角度有所突破，摆脱了在当代诗学领域相当长时期内流行的庸俗社会学的切入方式，借助心理学、语言学、哲学、美学等相关学科进行诗的内部规律的研究，从政治学、社会学、法学、经济学等角度对新诗的外部规律进行研究。当然，在吕进的诗学体系中，内部研究是其主体。

从诗学的研究方法看，他十分注重发展传统的研究方法，也敢于吸收其他一些方法诸如符号学、现象学、接受美学、结构主义、系统论等理论中的普遍性因素，使他对诗歌与诗学的理解与阐释呈现出更丰富更立体的面貌。在多种方法的综合与融合中，特别值得注意的是吕进常用的比较的方法。他认为：“广义的‘比较’是哲学思辨和一切学术研究的基础。”[④]他研究诗的文体特征和规律，是从诗与非诗文学的比较之中切入的；他研究中国传统诗学的观念、形态和发展，也得益于中西诗学的比较。比较，使各相比对象之间的特征显得更突出、更明晰。

从诗学的整体框架和表述方式看，吕进十分注重体系的建构，且注重整个

① 吕进：《中国现代诗学》，重庆出版社1991年版，第7页。

② 阿红：《一个新体系的建构》，载《吕进诗论选》，西南师范大学出版社1995年版。

③ 吕进：《变革：为了新诗在当代中国的繁荣》，载《上园谈诗》，重庆出版社1987年版，第477页。

④ 吕进：《中国现代诗学》，重庆出版社1991年版，第6页。

体系的辩证性、完整性。他注重对常用诗学术语的清理与阐释,比如他曾撰写专文论及“诗剧”与“剧诗”“传统诗歌”与“诗歌传统”等相似术语的不同内涵。他注重诗学术语的更新,建立了一套自己的与传统诗学和外国诗学既有联系又不完全相同的诗学术语系统,比如在论及抒情诗的媒介特征时,他使用了音乐性、音乐精神、音乐状态、意象、审美体验、弹性、意象弹性、模糊性、感性观照、诗美体验符号、诗歌符号、随意性等诗学术语,既有传统的,也有现代的,换句话说,既有继承来的,也有借鉴来的,但他对这些术语的内涵又有梳理或新的赋予,体现了吕进的诗学体系在传统与现代交融基础上的整一性和独创性。比如,人们常用“诗歌创作”这一术语,吕进却使用“诗的生成”。“生成”比“创作”具有更广泛的包含,“创作”往往只代表诗人在写作时的一种行为,而“生成”则包括了一首诗诞生的整个过程(如灵感的捕捉、寻思、寻言等),更能显示诗的孕育流程。由此可以看出,吕进的诗学框架、诗学术语是十分严密而科学的。

从吕进诗论的具体内容来看,他的创新意识也体现得十分突出。这表现在两个侧面,一是对既有诗学成果的反思与清理,他善于从广泛的了解与研究之中提出新的主张。对“诗如画”“诗与音乐等质”、诗的媒介特征、诗的视点特征、诗的灵感、诗的分类等诗学课题的新的界定与阐述,便属于这种情形;二是对新的诗歌现象的关注与独特把握,这为他的诗学体系注入了新鲜活力。比如对80年代中期的诗坛沉寂,他认为是导源于诗歌生存环境的变迁,诗的失重、诗人的浮躁和缺乏真诚与博爱的人格精神等等,可以说是切中时弊,但他又认为,“沉寂,其实是一种机会。同浮躁年代相比,沉寂年代更有利于艺术发展。”这需要我们“求实地勇敢地从诗歌自身探寻沉寂的原因”。[①]这种估价与预测对于诗人的觉醒和新诗的进一步繁荣是极为有益的。又比如,在不少诗人、诗评家热衷于谈论“第三代”诗的时候,吕进也对其给予了关注,认为它的历史意义在于“它实现了与传统诗美学的大冲撞……凸现了中国新诗进一步发展的基点”。但他又指出,这个庞杂的诗歌现象主要有两大特点,一是反崇高精神,反理想主义;二是反语言,反意象。与“朦胧诗”相比,“第三代”是传统诗美学的否定和反叛者,是离开民族诗歌形式的远游。如果说“朦胧诗”是中国新时期诗歌发展的“正题”,那么“第三代”则是其“反题”,正题、反题之后,中

① 吕进:“新诗的沉寂年代”,载《重庆日报》1988年12月6日。

国新诗发展步入了合题阶段,其特点是:入世化、本土化、多元化。[①]吕进对新时期诗歌发展的时段划分和在诗歌发展的流动过程中为"第三代"诗的定位,体现了他在诗歌研究中的创新意识和独创精神。

在吕进的诗论中,创新绝不是"唯新",他的创新是在求实基础上的创新,"是利用已有轨迹继续向前开拓"。他认为:"创新的内核仍然是求实:求实的突破、求实的推动,离开这个内核的华丽辞藻、玄乎术语、哗众取宠与创新是绝缘的。"[②]正因为这样,吕进的诗学体系才体现出有中心、有主轴的延展,体现出发展中的一致性,才为中国现代诗学与中国新诗的发展提供了丰富的启示。

其三,吕进的诗论具有兼容性。这种兼容性就是对诗歌创作与研究的多元构架的理解与尊重。就诗歌的创作与研究而言,多元格局的出现都是诗歌与诗学发展与繁荣的标志。吕进认为:"多流派、多学派的竞赛与共同发展有利于新诗艺术的进步与繁荣。反过来说,诗坛多元格局的初步形成也体现了时代的进步。"[③]因此,他极力主张也十分珍惜诗坛的多元格局。在诗学上,吕进有自己的学术主张,但在研究中,他不唯我独尊,没有霸权主义作风,他尊重诗歌艺术的发展规律,尊重诗人与诗论家的创造性劳动。在他的著作中,也就是在他的诗学体系的建构过程中,吕进批判地吸纳了多种学派的诗学主张,评介了多个流派的诗人的创作。对诗学主张的吸纳和对诗歌创作的评价,他只坚持一个标准,那就是诗歌艺术发展的独特规律,符合这个规律的任何探索,都是他所支持的。因此,吕进的多元意识和他的诗论的兼容性,实际上也就是他对诗歌探索、诗学主张的宽容与大度,这使他的诗论能够涵盖广泛的诗歌创作现象。当然,宽容也是有"度"的,对那些违背诗歌发展规律的"创新"、对那些哗众取宠的"诗论",他是厌恶的,因为在他那里,多元意识的基点仍然是求实意识,他必须求实地对待一切诗歌现象与诗学主张。他认为,多元必须归"一",这个"一",当然不是自我封闭的枷锁,而是诗歌艺术的发展规律。

由此可以看出,吕进以独特的学术品格建构起来的诗学体系是一个新的、开放的体系。它向外国的诗歌与诗学开放,由此确立中国诗学的独特品格;它

---

① 参见《中国现代诗学》中的《抒情诗的最新轨迹(下)》一章。

② 吕进:《变革:为了新诗在当代中国的繁荣》,载《上园谈诗》,重庆出版社1987年版,第478页。

③ 吕进:《变革:为了新诗在当代中国的繁荣》,载《上园谈诗》,重庆出版社1987年版,第478页。

向中国的诗歌传统与诗学传统开放，由此把握中国诗歌与诗学的发展轨迹；它向中国现当代的诗歌与诗学开放，由此体现出这个体系在独特性前提下的包容性。吕进主张中国新诗的发展要注重两个相互联系的侧面："一个是外国艺术经验的本土化，一个是民族传统的现代化。"[①]他的中国现代诗学体系正是在开放的前提下实现了"本土化"与"现代化"的融合，具有明显的当代性、中国性。"通"中求"变""博"中求"新"是这个体系的显著特征。

一般说来，一位诗学家的诗学成就与他的学术品格往往是相辅相成的。有人这样评价吕进在现代诗学研究领域的突出贡献与地位："如果说郭沫若、亦门、闻一多、艾青是中国新诗的理论家，那吕进可以毫不逊色地和他们排在一起。"[②]同时也对吕进的学风和他的诗论的学术品格进行了评价："吕进作为当代诗坛的一个诗论实体，其意义将远远超过其诗论本身——诗论本身很难超越时代，它总有这样那样的局限，它本身就只标志一个时代——作为学派主体的吕进之精神更具价值，它很可能超越时空，波及后代。"[③]这些评价都是极高的，但我认为也是客观、公允的。在吕进身上，诗学上的成就与体现他的这种成就的学风和学术品格是较完美地结合在一起的，前者得力于后者，后者证实着前者。因此，笔者撰写这篇文章的目的，正是希望诗学界在关注吕进的诗学贡献的同时，也从他身上获得诗论家的学术品格上的启示。在现在和未来的诗歌研究中，吕进所坚持的学风和他的诗论所体现出来的学术品格肯定不是可有可无的。

① 吕进：《中国现代诗学》，重庆出版社1991年版，第198-199页。

② 邹建军：《吕进：意正论深枝叶茂》，载《中国新诗理论研究》，长江文艺出版社1993年版，第79页。

③ 邹建军：《吕进：意正论深枝叶茂》，载《中国新诗理论研究》，长江文艺出版社1993年版，第86页。

《现代诗歌文体论》:诗歌文体探索的意义、可能及智慧[①]

雷斌

新诗文体自发生之日起,便开始了艰难而有意味的历程。20世纪的中国新诗作为一种独立的文学存在方式,它始终处在向历史和文化边缘滑落的阴影与压力中,新诗的诗歌观念至今含糊不清,新诗自身不少关涉发展与成熟,自由与规范,诗与社会现实的审美关联,诗的言说方式等诗学课题,亟待解决。在文化转型与诗歌探索的交汇点上,新诗文体学的研究是一个新视野,它的建立是20世纪新诗理论发展的必然结果,是基于这样一种对现代诗歌全面而客观的认识:诗歌既是一种有审美目的的语言创造活动,又是一种社会文化现象,它历史地存在着,构成人类的一种文学存在方式。新诗文体学主要研究如何对诗歌文本进行带审美目的的、有步骤的解读,阐释解读过程并从中提出一些技术性的规则,从而揭示出现代诗歌整体的含义。其研究的内容是相当广泛的,其中吕进先生的研究是独特而持久的,他有自己的研究重心和理论视角,他的新著《现代诗歌文体论》(以下简称《文体论》)是新时期以来,新诗文体理论"从历史意义上的反思转为寻求美学意义上的发展"[②]的一部总结性的诗学著作。

吕进的新诗文体理论吸纳古今中外的文体理论成果,借助哲学、美学、语言学、心理学等相关学科对诗的内部规律即诗的文体可能进行研究。作为分体理论,他认为"文体学是确认文体特征和文体可能的理论,是净化和发展文

① 本篇原题目为"现代诗歌文体探索的意义、可能及智慧显现——读吕进《现代诗歌文体论》",载《中外诗歌研究》2004年第1期。选入本书有改动。

② 吕进:《现代诗歌文体论》,广西师范大学出版社2003年版,第3页。

体的理论。”[①]他的《文体论》就是首先确立诗的文体本质及特征。他摒弃了传统诗歌理论那种单一的外部研究，而注重新诗文体内部规律的探索，注重理论上的正面建构，这表现在：第一，他把诗歌置于众多艺术门类中加以考察，因为诗是一种普遍的艺术，一切艺术对人和世界深层次的揭示都是诗。他从诗与画、诗与音乐等相关艺术门类的比较中发现着诗的本质，更从诗与非诗文学体裁的深度比较中，探索诗的本质。审美视点和言说方式是吕进新诗文体学的诗学核心，对这两个核心的深入考察，使他获得了诗歌文体的全新认识，在诗与现实的审美关系上，提出诗的内容本质在于它的审美视点（即观照方式）的新说。第二，从抒情诗的艺术媒介及特征来探索诗歌文体的内部规律。他突破习见的“精练”说，在艺术媒介上，提出诗的形式本质在于它独特的言说方式的新说。通过他的研究，新诗与散文在文体本质上的分野明晰化，诗需要的是一种特殊的媒介，“具体说来，一般语言在诗中成为内视语言，灵感语言，实现了（在非诗文学看来的）非语言化、陌生化和风格化。”[②]并且诗之成为诗还在于诗体具备的美学要素，这涉及诗的生成，诗体风范，日常语言的转换，诗的结构方式，等等。在此基础上，他认为正是审美视点（内视点）和艺术媒介上的超常结构，规定着诗的文体可能性，新诗的文体自觉才能发生。第三，吕进新诗文体理论始终关注诗的现状，并由此回溯新诗的历史，提出了“对话与重建”的诗学课题。他认为诗体是妨碍新诗在中国现实立足的重要缘由之一，这来自新诗内外两个方面的原因。一是新诗自诞生以来，在内容与形式、外时空与内时空、现代与传统、新诗与古诗、本土传统与外国经验等一系列问题上，都显得不成熟；二是新诗长期处在革命与战争的环境中，忙于充当时代的号角，无暇他顾，80年代中期以来，技术的产业化把人们的生存推向器物化、市场化、消费化，新诗又面临着文化转型，如何在“诗就是诗”的前提下更好地体现先进文化的前进方向，“重建与社会时代的诗学联系，重建诗的承担精神”[③]成了他新诗文体理论上最具前瞻性的诗学理论。这种对话与重建表现在实现“精神大解放”以后的诗歌精神重建和实现“诗体大解放”以后的诗体重建。他认为精神

① 吕进：《中国现代诗学》，重庆出版社1991年版，第11页。
② 吕进：《现代诗歌文体论》，广西师范大学出版社2003年版，第53页。
③ 吕进：《对话与重建》，西南师范大学出版社2002年版，第33页。

重建的核心“是对诗歌和社会、时代关系的科学把握。”[①]他从新诗近百年来诗体重建的丰富经验出发，提出诗体重建的出路有三：一是完整自由诗；二是倡导格律诗；三是增多诗体。其中在无限多样性的诗体创造中，他认为前两者是诗体重建的两个美学使命。第四，从创造与阅读的角度分析研究新诗史上一些重要的诗人，全面探讨他们在文体建设上的贡献。一个民族、时代的诗歌成就都是以有成就的诗人的创作实绩为标志的，吕进对邓均吾早期诗歌的诗体研究，肯定其新诗创作实绩对诗体重建的可贵；对闻一多、臧克家、艾青等重要诗人的创作，作条分缕析，深刻而全面地探讨了诗人在新诗文体建设上的卓越贡献，“吕进对有成就的诗人的研究一方面是以他的诗学主张为标准的，另一方面这些诗人的创作又丰富和发展着他的诗学体系，使他的评论文章都弥漫着独特的魅力。”[②]

吕进新诗文体理论是多方面的，自成体系的，同时也是现代的，崭新的，显示了不屈不挠的博学。《现代诗歌文体论》是一部回到美学和语言中去的诗学专著，他以散文为诗的参照，以相互关联的眼光与方法，以内在体验的方式直观诗与散文的整体并赋予诗歌世界以价值和意义，在理论上显示了力图超越文体限制的努力，从而达到诗与思的诗学境界。

① 吕进：《对话与重建》，西南师范大学出版社2002年版，第33页。

② 蒋登科：“对吕进诗学体系的简单理解”，载《当代文坛》1996年第5期。

《中国现代诗体论》:整合中外诗体建设之路[①]

郭振华

王国维在《宋元戏曲史》的开篇就指出“一时代有一时代之文学”,而在中国文学的历史星空中,诗歌显得是那样的夺目。它随着时代的发展而不断前进,从最早的诗歌总集《诗经》到现在的白话新诗,诗歌一直源源不断,显示了强劲的发展势头。新诗是古代诗歌发展的必然结果,它和我们现代人结下了不解之缘。然而现在,写诗的人不少,但只有少数的读者乐于接受诗歌。这样一种尴尬局面是诗歌创作者、理论工作者和爱好者所无法回避的。吕进先生率先在诗学界提出“新诗二次革命”的理念,该理念的核心就是“三大重建”,亦即:诗歌精神重建、诗体重建、诗歌传播方式重建。这三者之中,吕先生尤为重视诗体,他认为“如果忽略诗体重建,放弃新时代的诗体的创造,将是极大的美学失误。这一失误最直接地关系到诗的生存与发展。”呈现在我们眼前的这部《中国现代诗体论》(重庆出版社,2007)整合了中外诗体的建设之路,也为当下“诗体重建”提供了诸多有益的启示。

中华民族的先祖是现实的,他们要在恶劣的生存环境下获得生存所必需的物质;他们也是浪漫的,那些流传下来的歌谣,在今天读来是那样的充满诗意,对后人也产生了深远的影响。如《弹歌》“断竹,续竹,飞土,逐肉。”尽管内容简单,却能够从中看到后来诗歌的影子,它采用了古典诗歌常用的蒙太奇的手法,为我们描绘了四幅画面,似乎四者没有什么关系,合在一起就构成捕猎的过程。至于后来的《击壤歌》“吾日出而作,日入而息,凿井而饮;耕田而食,帝力于我何有哉!”则道出了先民的理想,如同一曲田园牧歌,同时它也开创了四言诗的先河(尽管这首诗被人指出系伪作)。汉语诗歌有齐言(或等言)和杂

① 本篇原题目为“整合与重建——读吕进主编的《中国现代诗体论》”,载《中外诗歌研究》2007年第1期。选入本书有改动。

言之分，沿着《诗经》《楚辞》发展之路前行的齐言与发端于赋体的杂言诗，在文学史上互相渗透，到了唐代和宋代所出现的唐诗、宋词分别是两种诗体发展到顶峰的标志。无论是吕进先生总结出来的古代诗体发展的三大定律（时代主潮定律，循环发展定律，交互影响定律）抑或是梁笑梅先生得出的古代诗体发展的两大定律（承继与变异定律，竞争与互补定律），它们都是对几千年诗歌史的高度浓缩与概括，从不同的角度触摸到了诗歌发展规律的脉搏。

古代诗体部分在介绍一种诗体的时候，通常都是先对评述这种诗歌体式的发生发展的缘由，再勾勒该诗体发展的概况，似是史的描述，而没有去铺陈史料，而采用论的笔法，寥寥数语即让我们窥见该文体的特征，如其中对于早期宋词的介绍"北宋初期宋词的创作尚未进入兴盛阶段，词的地位并不高，它仍然是文人在樽前花间一觞一咏之际的娱乐性创作，而不是正面向社会表现自己人格、情操、抱负的文学样式，艺术上也没有什么突破。"这样的讲解精要独到。

新诗的起源问题一直是个难题，本书认为它不起于音乐，不来自民间，甚至不产生于中国，它来自国外，诞生时的语境正是外国诗歌非格律化大潮汹涌澎湃的时候，所以新诗给读者的感觉是，它与在此之前出现的中国古诗情趣上有着很大的差别，它是受着翻译诗歌的影响，中国新诗虽然与西方诗歌关系密切，但是和西方语言相比，汉语属于另外一个语系，因此在音乐性上着很大的差别。梁实秋《新诗的格调及其他》中所说的"新文学的最大成因，便是外国文学的影响；新诗，实际上就是中文写的外国诗。"说出两者之间的联系，但没有看出它们之间的不同点。

外国诗歌对中国新诗体的影响主要是通过译诗来实现的，不管是在新诗的草创期还是现在，对中国大多数的读者来说，由于外语水平所限，他们所阅读的外国诗歌更确切地讲应该是外国诗歌的中文译本。事实上，优秀的文学作品也是不存在国界的，通过翻译可以使它在异国他乡获得第二次艺术生命，正是译诗的存在，外国诗歌才在普遍不懂外语的中国读者群体中得以传播，进而产生影响。翻译外国诗歌不仅可以使我们学到外国诗歌的形式艺术，而且更为重要的是诗歌翻译成了中国现代格律诗的实验场。中国新诗的许多主张都是在翻译外国诗歌的过程中得到验证并走向成熟的，也丰富了中国的诗体，增添了不少本国没有的内容。

如果我们把古代诗体和外国诗体两章作一番比较阅读，就可以得出，中国新诗的各种诗体有着中西兼备的特点，这恐怕也暗含着编著者的深意吧！中国新诗需要向古典学习，借鉴古典诗歌优点，同时也要向外国诗歌学习，使它具有时代特色。

自由诗的兴起一方面是对外国诗歌自由化的思想的顺应，是对译诗所代表的外国诗歌形式极端化的理解，在诗歌观念上对世界诗潮的顺应又必然会引起创作实践上对外国诗歌的模仿，自由诗的出现同时也是对于古典诗歌过多束缚的挣脱，那些外在形式已经制约了诗歌的发展。

散文诗是在世界诗歌自由化的潮流的涌动中产生的一种具有现代气息的文体，它的出现显然受到了外国散文诗翻译作品的启发，但学术界通常只关注"中国古典诗词和散文小品的美学追求对中国现代散文诗的影响"而忽略了外来影响。而这本书则从翻译诗歌的角度论述了外国诗歌对中国散文诗的发生、发展所起到的促进作用，有效地弥补了缺失。

小诗曾经在20世纪20年代风靡一时，古代诗歌传统中有这种诗体的原型，更多是由于受了外国诗歌的影响才风行起来的，它主要是受到了翻译诗歌的诱导和启示，其中最直接的影响是来自印度泰戈尔的短诗和日本的俳句。周作人的《论小诗》一文中说"中国的新诗在各方面都受到欧洲影响，独有小诗仿佛是例外，因为它的来源是东方的：这里又有两种潮流，便是印度和日本，在思想上是冥想与享乐。"泰戈尔诗歌和日本俳句的大量翻译促成了20世纪20年代小诗创作潮流，为中国新诗找到又一文体，为新诗的发展拓宽了道路。小诗的出现从形式上可以看作是对外国诗体的借鉴，在内容上可以说是对中国古典诗歌中说理类诗歌的继承与延伸。

"诗言志"规定了诗歌的内容主要是用来表达"志"，这就忽略了诗歌的其他功能（记事、说理等）我们很少见到叙事诗，尤其是叙事长诗。相比较而言，西方人则比较理性思维，重视对已经发生的事件的复述。在接受了西方翻译诗歌的影响后，中国现代叙事诗也有了长足的发展，出现了一批优秀的叙事诗，比如朱湘的《王娇》。

微型诗是常见的一种诗体，尽管也有相关的论著专门论述如《微型诗话》（穆仁编著），但就整体而言没有引起足够的重视，而本书则单辟一章，实在是一大创举，足见编著者对它的关注。微型诗是白话诗中小诗的一个分支，是中国诗歌新时期对古典诗歌"尚短"传统的继承。在当今社会，微型诗盛行顺应了生活节奏加快的时代要求，它也是诗歌发展的必然结果，它的短小精悍的特点也加速了它的发展，相信也会产生一些被人们传诵的名句。本部分不仅用流畅的语言论述了微型诗与其他类似文体的区别与联系，还阐述了其文体特征以及美学特征，最后又谈及其创作与鉴赏的方法。让读者能够短时间内就能够实现在微型诗海畅游的愿望，也和微型诗的特点相吻合。

尽管朱自清在《中国新文学大系·诗集·导言》中将格律体作为新诗的三大流派，而事实上格律体新诗却没有能够为众多的人所知晓，尽管也有不少人在为之努力。吕进先生指出“现代人需要现代的格律诗。因为有些诗情只有格律诗才能表达；因为中国读者主要习惯于欣赏格律诗美。”同时格律诗句式上整齐以及音韵上的和谐都与中国传统诗歌有着相似之处，也易于中国的读者接受。本章节对格律诗的节奏、类型以及韵律都做了深入的探讨，最后以格律体新诗的无限可操作性作结，这就使得结构严谨，也让人知道格律体新诗不仅是社会所必需的而且它也是容易操作的，并不会因为各式的限制而阻碍了它的发展。

诗、乐、舞最初是合在一起的，随着时间的变迁，作为诗歌文本的诗，逐渐和舞、乐分开而独立存在。当然，这种独立并不是绝对的，就是在当今社会那些诗歌与音乐结合的例子依然是不胜枚举，比如闻一多的《七子之歌·澳门》被人谱上曲而传唱大江南北。单纯的诗歌处于边缘化的状态，而一旦与音乐联姻便似乎增添了一双翅膀，这样一种情况值得人们的反思。中国新诗研究所顺应社会发展的潮流设置了“音乐文学历史与理论”这样一个特色研究方向，专门研究歌词文本。“歌词”部分追溯了歌与诗分合的历史，并探讨了文本的可能性对常见的歌词文本归类研究，这样一个写作方法对于研究歌词以及歌词写作都有参考价值。

纵观全书，我们就能够发现该书的编写体例是全新的，是对中国新诗诗体建设的全新探索，编写者以历史的眼光看待新诗的诗体，希望那些没有完全形成的诗体能够“成形”，而已经成形的诗体能够“成功”（最佳诗美规范的获得）。

诚然，新诗现在处于发展的一个低谷，尽管如此，诗人在不断努力以期能够写出更好的作品，带来更大的诗性空间，诗歌爱好者和一些社会团体致力于诗歌的推广，我们要感谢这些人；我们更要感谢诗评家，他们为诗歌的发展指明了方向，告诉我们拥有诗歌的人生是成功的，也是让人憧憬的。

《吕进文存》:站在中国现代诗学发展的前沿[①]

吕洁宇

从80年代的《新诗的创作与鉴赏》到90年代的《中国现代诗学》,吕进教授一直在不断以新的思想丰富着中国新诗的理论建设,后一著作力求在前一著作的"通"的基础上求"变",更系统、更全面地对前者进行了补充和拓展。书中所体现的唯物辩证思想更增加了理论的厚度,两本书构建了一个完整的宏观的诗歌理论体系,在当代诗坛和广大读者心中产生了深远的影响。本文通过对这两本书的比较,特别是对《中国现代诗学》在前一著作基础上的发展和深化做了分析,以便于我们更好的理解吕进教授的诗学思想的发展轨迹。

一、在超越中前进

《新诗的创作与鉴赏》创作于80年代,在当时引起了极大的轰动,给当时的新诗界带来了崭新的理论支持,也给当时写诗的青年们提供了一些很好的实践指导。作者在论述观点时,多以感悟的方式呈现,朴实厚重、深入浅出,新奇的比喻使得深奥的理论变得通俗易懂,诗歌举例的大量应用使我们更直观和深刻的了解了理论的精髓。作者谈诗兼具了诗人谈诗和理论家谈诗的特点,二者的结合使得其著作不仅有感性的经验描述,也有理论的深度。

正如作者自己所说,"《新诗的创作与鉴赏》比较实用、通俗,而《中国现代诗学》则比较理论、专业"。相比前一本著作,《中国现代诗学》更系统地从审美视点、语言媒介、创作过程和发展演变来全面地阐释了抒情诗这一种类的特点。它将抒情诗作为特殊的一类提出来,既阐释了它与众多其他诗歌的不同

① 本篇原题目为"站得更高,所以看得更远",载《中外诗歌研究》2010年第4期。选入本书有改动。

之处,突出了抒情诗的独特性,也阐明了它之所以在中华大地上生根发芽的根本原因。

《中国现代诗学》与《新诗的创作与鉴赏》相比,在理论见解上有很多突破。首先,与《新诗的创作与鉴赏》以下定义的方法来叙述相比,《中国现代诗学》更愿意在比较中让读者自己去体味"诗歌到底是什么"这一命题。它突破了"抒情"的局限,通过对诗歌与散文、音乐的对比来得出结论:"诗是内视点文学",正因为这一独特的审美视点,使得诗歌必须更关注内心情感的抒发和色彩意象的情绪表达;同时也因为这一特征,外部世界与诗人内心的碰撞在诗句中得到了融合和表现,对外部世界的关照和对诗人内心情感的挖掘,使得诗歌不再是简单的抒情或者是叙述,而是二者完美的结合。这个观点也正好印证了诗歌定义中诗对现实和对诗人内心这两方面的关照。其次,作者从黑格尔《美学》中得到启发,在抒情诗的最新轨迹上,提出了正题—反题—合题的三段式的新说,这个公式对20世纪80年代至今的诗歌进行了一个归纳和概括,这条脉络不仅有利于我们更好的理解这一段时间的诗歌创作,也让我们更好地把握了诗歌的走向。这些理论的突破增强了我们对诗这一特殊文学体裁的理解,也使得我们对诗歌的发展脉络有了更清晰辩证的认识。

二、在丰富中充实

作者在《中国现代诗学》中对前书提出的观点不断进行修改和补充,力求准确和全面,使得其理论更加丰富,更具说服力。

《新诗的创作与鉴赏》分为本质篇、创作篇和鉴赏篇,而在《中国现代诗学》中,关于抒情诗的生成,作者有了更系统的论述,可以看成是对前一著作中创作篇的概括。吕进教授从灵感、寻思再到寻言这三个步骤来概括诗歌的创作过程。在叙述过程中,很注重对细节的把握,从细微处见精神。在叙述灵感的特性时,《新诗的创作与鉴赏》将其概括为突发性、强烈性、不重复性、抒情性和音乐性,而在《中国现代诗学》中作者将抒情性和音乐性变更为模糊性。灵感的抒情性和音乐性贯穿于诗歌发生的始终,是诗歌最本质的特征,诗歌灵感的抒情性决定了它的音乐性特征,"诗的灵感是体验,而不是思维。非思维性也使得诗的灵感带上模糊性","诗的灵感是极富音乐的感情,是极富感情的音乐，音乐和感情都属于模糊领域”。基于上述原因，吕进教授将其“抒情性和音乐性”改成“模糊性”。可见，吕进教授对这几个概念是做了推敲的，模糊性更能表现灵感的不确定性和对意象选择的多样可能性，这种更改使得理论更准确科学。

《新诗的创作与鉴赏》将诗歌的创作过程分为灵感、构思和修辞这三部分，可以说是从烦琐的诗歌创作过程中取“一”来概括这一过程，给读者最精髓的方法和理论引导，而《中国现代诗学》则将三者贯通，分别用寻思和寻言将后两部分概括起来。吕进教授对先前理论体系进行了适当的修剪和造新，让其观点更紧凑和谐、清晰明了，形成了一个系统。

除此之外，吕进教授在《中国现代诗学》中对前书提出的观点也作了补充。吕进教授在提到诗歌媒介多样性的美学本质时，将弹性、随意性也列入了诗歌语言的特点之中，因为“诗只有音乐性是不行的，音乐性、弹性、随意性是诗的智慧选择，构成诗的语言的独特风貌和独特魅力”。“诗是精致的讲话”，而这种“精致”正是通过诗歌语言的弹性表现出来的，它使得语言的内涵丰富、词意含混、词外有意，一个字便可以使诗中境界全出。而随意性是对诗歌语言丰富性的一个概括，“诗是‘不讲理’的艺术”，诗歌情感的自由和非思维性决定了诗歌语言的多样性和随意性。作者这一有意识的改进，使得对诗歌语言的概括变得更全面和准确。

三、在沟通中多元

在《中国现代诗学》中，我们可以很明显地感觉到吕进教授宽广的视野和对中西文化透彻的理解，他突破了一元的论述，而开始用中西比较的方法来突出中国诗歌与众不同的特征。

中西诗学有不同的发展轨道，吕进教授凭借着丰富的知识储备以及对西方诗歌理论的透彻理解，将西方理论与中国诗歌现象进行对比、交融，扩充了现代诗学的视域范围。吕进教授在书中列举了大量外国作品例证，也从外国理论家的思想体系中作了很多的借鉴，但是他“在诗学形态上，摒弃了对西方诗学术语的生搬硬套，也摒弃了西方诗学那种以公式和概念抽象鲜活的诗歌现象”，往往取其精髓，将其与中国诗歌理论、现象进行融合，从而使理论呈现出一种新的风貌，例如对黑格尔“三段论”的借鉴，他并非生吞活剥地套用公式，而是针对不同时期诗歌的美学特征展开深入的分析，切实准确，使理论与实例完美结合，这一理论的引入也让读者对诗歌的发展脉络有了更深刻的理解。

吕进教授对外国理论有分别、有选择的借鉴，丰富了我国的现代诗歌理论。但正如他自己所说：“在一个民族诗歌无穷尽的变化中总会有一些别于其他民族传统诗歌的恒定的艺术元素。”中国在近代虽然借鉴了很多西方理论，由于不同文化之间的交融和补充，很大一部分西方理论被吸收并逐渐本土化，但同时本国古代诗歌理论体系中很多恒定的元素被保留，一直被现代诗人不自觉地模仿和借鉴，得以传承。吕进教授看到了中国古代诗学的精髓之处，不断从本民族的诗学传统中寻找现代诗的理论支撑。他认为“虚实相生”等文艺理论是中国人所不能割舍和避开的，它是中国诗人所固有的民族情结，虽然现代诗人对西方理论有诸多借鉴，但是骨子里却仍然流淌着古代诗学的血液。西方修辞中的象征、转品等手法在中国也有着传统诗学理论的影子，吕进教授通过大量的举例论证了这一观点，这一阐释是对中国传统诗学的充分肯定，也是从中西、古今这个大范围内寻找中国诗学的立足点，这对国人进行诗歌的创作和研究有着很大的启示作用。

除了注重对西方诗学理论的理性借鉴之外，吕进教授也极力强调中国文艺理论的内部打通，即中国文学理论的相互关联性。任何事物都是相互联系的，文艺理论也不例外。吕进教授通过探讨诗歌和音乐的关系来对诗歌的音乐性进行解释。他认为“含蓄蕴藉与音乐有关。它是诗的音乐精神”，从中国传统的诗歌发展来看。从四言到五言、从五言到七言，“恰好反映了一个诗情日益复杂而语言日益简洁的发展过程”，诗歌语言的含蓄造就了诗歌内在音乐性的增强。吕进教授将二者的关系纳入到诗歌发展轨迹上来进行比较和说明，极具说服力，也促进了诗歌理论研究的不断深化和系统化。

中西比较方法的大量运用和对中国诗歌理论的内部打通，使得作者站在一个更高的平台上以更开阔的视野打量中国现代诗歌。“站得高，看得远”，所以吕进教授看到了比常人更美的风景。

四、在辩证中全面

《中国现代诗学》无一不体现出吕进教授的唯物辩证思想，不论是从“虚实相生”，还是从诗歌语言的“有”和“无”的关系来看，作者他总是力求全面地、辩证地来论述观点。不偏颇，不片面，思想深刻而明晰。

吕进教授认为“从抒情诗语言的正体这个视角，可以概括地说，一切好诗均可用‘有’和‘无’二字加以概括”。按照中国道家虚和实、有和无的观点，任何事情都是对立统一的，而这也正是西方唯物辩证法的观点。吕进教授认为从诗美体验的产生来看，它是一个由“无”到“有”的过程，诗人在创作之前要经过长期的情感储备和形象储备。这个过程是潜移默化的“无”：而经过一个偶然的机会，诗人“感物而动”，主观心灵和客观世界完美邂逅便产生了诗美体验。即“意”，此时“无”也就成了“有”。但由于语言难以表现其无尽之意。于是有了“大辩若讷”，这就又产生了从“有”到“无”。这个过程是极具辩证思想的。它形象并准确的表现了诗歌创作中语言和思想的交融和冲突。

对于“虚实相生”这个传统的概念，吕进教授也有精彩阐述。诗歌中景的“实”和情的“虚”的交融。诗的“实”的形象和鉴赏者“虚”的想象的统一，“实”与“虚”是对立统一的，有时“诗的情与景、藏与露、显与隐、虚与实，其实是一回事”。同时他认为象征、转品等修辞手法也是“虚实相生”的一种，作者他将这一辩证观点贯穿于诗歌创作的始终，使得其著作具有极其浓厚的思辨色彩和理性深度。此外，这个论述也将中国文艺学的理论扩展到更广的领域。现代诗歌中象征等修辞手法的应用不再仅仅是对外国理论的模仿，它也是本土思想的结晶，这对于中国诗学的发展是有着很重要的建设意义的。

文学从来就不可以以偏概全，文学艺术的多样性让我们无法以一个确切的标准来概括它的全貌，执着于一处，往往会忽略更美的风景。吕进教授不断地用古代文学理论和现代西方理论充实着现代诗学体系，力求更全面地窥探诗学的全貌，从而让中国现代诗学理论变得更系统、更全面、多元化和民族化。

从《新诗的创作与鉴赏》到《中国现代诗学》，吕讲教授的诗学思想已经形成了一个完整的体系，他一直都以发展的眼光在注视中国新诗的发展，对原先理论的补充和丰富、对现有理论的反思和更新、对诗学现象的辩证思考和科学论述使得他一直站在中国现代诗学发展的前沿，中国现代诗学理论也正是因为有这样一批不断开拓和创新的学者而得到了充实和发展。

《吕进文存》:现代诗学的新思维与新标尺[①]

李闽燕

吕进教授是作为“重庆三大宝贝”[②]之一的中国新诗研究所的创建者,是中国当代首屈一指的诗学理论家。自1982年由重庆出版社出版《新诗的创作与鉴赏》这部洋洋洒洒三十万言的大著之后,一直笔耕不辍,相继出版了《给新诗爱好者》《一得诗话》《对话与重建—— 中国现代诗学札记》《中国现代诗学》等数十部诗学专著。这些著作,不仅弥补了80年代中国诗歌理论的空白,还完善了中国现代诗学体系,其中的几部著作,特别是被誉为吕进教授成名作与代表作的《新诗的创作与鉴赏》《中国现代诗学》深受广大诗人、诗歌爱好者和研究者的欢迎,几经再版,仍无法满足大众的需求,可见吕进教授在当今诗学界的地位。由西南师范大学出版社主持出版的《吕进文存》的问世,满足了研究者和学习者这方面的需求,解决了寻找资料的困难。

作为诗学界的泰斗,吕进教授及其著作受到了广大读者极大的欢迎和赞誉,学术界对他的研究文章比比皆是。颜同林将《新诗的创作与鉴赏》放置在吕进诗学体系中加以考察和研究,称其为“吕进诗学体系建构中的奠基之作”[③];马力鞭则赞誉该著作是“一本有见识的诗歌理论专著”[④];傅宗洪称赞《中

① 本篇原题目为“论吕进诗学理论的超越性和创造性——读《吕进文存》”,载《中外诗歌研究》2010年第4期。选入本书有改动。

② 转引自吕进:《守住梦想——我的学术道路》,载《吕进文存》(第一卷),西南师范大学出版社2009年版。

③ 颜同林:《吕进诗学体系建构中的奠基之作——重读〈新诗的创作与鉴赏〉》,载《吕进文存》(第四卷),西南师范大学出版社2009年版,第408页。

④ 马力鞭:《一本有识见的诗歌理论专著——评吕进〈新诗的创作与鉴赏〉》,载《吕进文存》(第四卷),西南师范大学出版社2009年版,第413页。

国现代诗学》是“一本‘通中求变’的诗学论著”[①]……吕进教授的理论，不仅是现代诗学的新思维，也是现代诗学重建的标尺。

一、客观性与全面性

从《新诗的创作与鉴赏》到《中国现代新诗》再到最新出版的著作《中国现代诗体论》，吕进教授著作中提出的观点，都是尊重新诗发展的客观规律，紧跟诗歌潮流，实事求是地从正、反两方面看待问题的。他不是盲目、武断地凭空提出自己的看法，而是在阅读并仔细研究古今、中外诗学论著之后，经过比较、辨析、筛选、去伪存真，才提炼出自己的主张。吕进教授就像一位拥有“慧眼”的伯乐，在茫茫的诗学海洋里畅游，大胆又谨慎地推出自己的观点。大胆，是由于吕进教授探求新知的学术精神；谨慎，是因为他实事求是的学者品格。

对于一些研究者来说，前人的成果就像一座座大山一样屹立在他们前行的道路上。在平庸者看来，这不仅是知识上的障碍，在心理上也是一种极大的挑战，他们要么绕道而行，要么望而却步不假思索的全盘接受前人思想，虽然路途更为平坦却永远无法达到学术的巅峰。吕进教授却敢于“冒天下之大不韪”，不仅攀爬了学术界的“名山大川”，勇于发现以往被视为“诗学泰斗”者理论的片面性。

例如，在《新诗的创作与鉴赏》中，吕进教授将前人对诗是什么、诗的本质、诗的内容等等界说一一举例，在肯定前人成果的同时又提出了更加成熟的观点。在“本质篇”中，吕进教授首先列出郭沫若对诗的本质的定义：

诗=(直觉+情调+想象)+(适当的文字)[②]

Inhalt　　　　　　　Form

吕进教授一方面肯定郭老定义的“Inhalt(德语：内容)”部分，认为他“不但概括了诗歌的内容特征，也更简洁、准确地表述了诗歌的创作过程”[③]；另一方面，又客观的指出了其定义中“Form(德语：形式)”部分“显得苍白一些”[④]。随

---

① 傅宗洪：《一部“通”中求“变”的诗学论著——读吕进新著〈中国现代诗学〉》，载《吕进文存》(第四卷)，西南师范大学出版社2009年版，第425页。

② 参见《吕进文存》(第一卷)，西南师范大学出版社2009年版，第48页。

③《吕进文存》(第一卷)，西南师范大学出版社2009年版，第49页。

④《吕进文存》(第一卷)，西南师范大学出版社2009年版，第49页。

后，吕进教授还分析了何其芳在《关于读诗和写诗》中提出的诗的定义：诗是一种最集中地反映社会生活的文学样式，它饱和着丰富的想象和感情，常常以直接的方式来表现，而且在精练与和谐的程度上，特别是在节奏的鲜明上，它的语言有别于散文的语言。[①]吕进教授首先肯定了这个定义的科学价值，认为这个定义"不但概括了诗的内容特征，也概括了诗的形式特征"，然后又指出其"白璧微瑕"的一方面："最集中的反映社会生活"并没有"充分概括出诗歌反映社会生活的特征"，而将诗的语言概括为"有别于散文的语言"，则显得不够简练。[②]

正是以这种"部分认同和怀疑的理性精神"[③]为基础，吕教授在对中外、古今以及诗与非诗（散文）的比较中寻找差异，提出自己颇有锋芒的诗学艺术见解，达到了自身的客观性与全面性。

二、研究视野与时俱进的飞跃性

囿于自身性格、心理及文化修养的局限，很多研究者及读者在对诗歌的选择接受方面，有很强烈的主观选择性，他们往往只能根据自己的偏好，关注符合自己口味的作品。这种习惯对一个研究者来说，难免会使其文化视野狭隘、学术触角迟钝。吕进教授饱读诗书，他的立足点不是局限于某一个特定的时代或国度，更不是某个作家群体，而是站在古今中外的所有优秀诗学成果基础之上的。他所关注的不是某个诗人某一类型的诗作，而是囊括了多个国家、不同民族、不同种族和不同政治观点的不同时代的优秀诗人的诗作。《新诗的创作与鉴赏》中，就涉及了中外诗歌上百首，这里面的诗人有马雅可夫斯基与未来派，也有柳永、元遗山，还有戴望舒和郭小川……

更可贵的是，在对待同时代诗人方面，吕进教授还发掘了不少当代颇有天赋的年轻诗人并给他们创造了获得诗坛认同的环境和机会。圣尼卡曾说过：同时代的人有时会因为嫉妒而表示一致的沉默。在吕进教授这里，这种担心纯粹是多余的—— 傅天琳这样一位在苦难中成长起来的诗人，正是由他发掘

① 吕进：《吕进文存》（第一卷），西南师范大学出版社2009年版，第48页。

② 吕进：《吕进文存》（第一卷），西南师范大学出版社2009年版，第49页。

③ 颜同林：《吕进诗学体系建构中的奠基之作—— 重读〈新诗的创作与鉴赏〉》，载《吕进文存》（第四卷），西南师范大学出版社2009年版，第409页。

出来的。吕进教授在《由〈绿色的音符〉所想到的》中指出，傅天琳的这部作品的主要特色就在于“它是诗人真实心灵的展览”，由于这种真实性，使诗和读者的心亲近，使诗中抒情主人公的形象易于为读者的感情积累所接受。它出自内心，也因而能进入内心，获得打动人、吸引人、陶冶人的基本条件。吕进教授实事求是地对傅天琳的作品进行了评价并称赞道：“傅天琳1978年才开始发表作品，1981年就出了这本诗集，而且，是一本不平庸的诗集。这是值得肯定和祝贺的，也是值得向推出这本诗集的编辑同志表示感谢的。”[①]

在吕进教授的诗论体系中，他给予这些年轻诗人的诗作与名家诗作同样的重视和关注，这不仅体现了一个专业学者宽广博大的胸怀，还透露出一个关心后辈的慈祥老人的心。

三、充满感性的理性

作为理论性的著述，文艺理论中运用的文字、包含的思维不同于大众日常生活中所用，它不像生活用语那样来自于生活，也不像小说语言一样贴近生活、容易为人接受，其理性的思维本身就与大众的日常生活拉开了距离，现今流传于世的很多文艺理论专著，包括许多诗学专著，文字大多枯涩难懂，这就使很多读者望而生畏，失去了对理论性专著的兴趣。

不同于普通的理论专著，吕进教授的作品总是在智慧的理性思维里透露出点点诗意，但是这种感性的理性不同于艾青那种将自身融进诗歌内部难以自拔的“感性的、印象的、经验的”，而往往是“非体系的”论述，也不同于朱光潜那种“站在诗的外部谈诗”，虽然是“智性的、演绎的、分析的”，但往往将诗歌做了“非诗化处理”[②]。吕进教授的诗学。更具有诗歌散文化的意味，不仅深入到诗歌的内部，以一个诗人的角度去关照它，而且又运用诗学家的气质，与诗歌保持一定的距离以更好地研究它，也就是虽保有诗人的癫狂，却丝毫不缺理论家的理智。

创作与鉴赏的互动是一位诗人理论家所体现的特质，很多研究者都对吕进教授的这种特色表示极大的关注并表示赞赏。颜同林在《吕进诗学体系建

---

① 吕进：《吕进文存》（第一卷），西南师范大学出版社2009年版，第436页。

② 吕进：“二十世纪下半叶的中国新诗研究”，载《文学评论》2002年第5期。

构中的奠基之作—— 重读〈新诗的创作与鉴赏〉》中就对吕进教授诗学研究中所体现的“创作与鉴赏的互动性”加以讨论，并给予了极大的赞扬。也正是因为这种亦文亦论的风格，吕进教授的著作吸引了广大的读者，为诗歌爱好者们开启了通往光明的智慧之门。作为一个诗论家，吕进教授的文字字字珠玑，无不闪耀着智者的光辉；作为一个诗人，优美的文字又为这宝贵的智慧罩上了一层华美的外衣。《吕进文存》中收录的作品，不仅语言流畅，而且句子优美至极，如卷一中收录的《新诗的创作与鉴赏》中有这样一段话“诗总是这样：给你一颗露珠。让你想象黎明的清新；给你一个贝壳，让你想象大海的浩渺；给你一弯明月，让你想象夜空的静寂。”

这样诗意的句子，在吕进教授的创作中比比皆是—— 我们不能忘记，他在获得了关于理论方面各种殊荣的同时，也是一位优秀的诗人。他创作的诗歌深受海内外读者的欢迎，不仅多次远赴法国、韩国、美国、中国台湾等国家和地区讲学，还是世界诗歌黄金王冠奖获得者，他的诗歌《守住梦想》更是广为传唱，成为指引许多新诗所同学走进诗歌殿堂的指南针。

总之，吕进教授几十年来呕心沥血用心血浇灌的成果——《吕进文存》，不仅囊括了吕进教授的诗学成就，是现代诗学理论中的精华之作，同时该文存的出版也可以说是当今诗歌界、学术界的一件盛事。

《吕进文存》：诗学思想与学术品格的集中呈现[①]

邓卫望

从《新诗的创作与鉴赏》到《中国现代诗学》，从《给新诗的爱好者》到《一得诗话》，《从新诗文体学》到《吕进诗论选》，从《对话与重建》到《现代诗歌文体论》……吕进先生的诗学著作或编著体现出来的学术思想和品格受到了广大读者的欢迎。在诗歌的沃土上耕耘了几十年的吕进教授结集自己毕生的心血，铸造了这套厚实的四卷本的《吕进文存》。作为著名的诗学批评家，他的“新诗文体学”、诗学“转换性”思想、“二次革命”“三大重建”等无不是中国现代诗学研究的前沿性课题，成为今日诗歌界关注的焦点话题。

一

《吕进文存》第一卷收录了《新诗的创作与鉴赏》与《给新诗爱好者》这两部著作。《新诗的创作与鉴赏》是1982年重庆出版社出版的吕进先生的第一部诗学专著，也是他的成名作，这本专著适用而通俗，80年代开始写诗的人，大部分都受益于此书。

《新诗的创作与鉴赏》分本质篇、创作篇和鉴赏篇。一共有九章与附录，其中“什么是诗”“诗的内容”“诗的形式”“社会主义新诗”是属于本质篇，“诗的灵感”“诗的构思”“诗的修辞”“诗的品种”是属于创作篇，最后是关于诗的鉴赏的附录“新诗话”。在“本质篇”中，主要是探讨诗的本质：“诗最本质的特征是抒情美。凡是小说、散文、戏剧文学中那些抒情性强烈的地方，也就是情与

① 本篇原题目为“论《吕进文存》的学术价值和出版意义”，载《中外诗歌研究》2010年第1期。

景——小说、散文、戏剧所展现的画面交融的地方，都给人以诗美享受。”[①]《新诗的创作与鉴赏》的立足点是对诗的本质进行思考，而对诗的定义是其集中探讨的主要内容。吕进先生分析了新诗史上著名的诗歌定义，如郭沫若与何其芳给诗下的定义，指出他们的定义具有很高的科学价值的同时，也指出了他们定义的“白璧微瑕”，从诗是通过何种方式反映生活，诗人与诗作两者的关系，从诗语言的音乐美和高度精练性等几个方面提出了“诗是歌唱生活的最高语言艺术，它通常是诗人感情的直写。”[②]如果诗歌定义是《新诗的创作与鉴赏》的核心，那么，“歌唱”就是这个定义的核心。“歌唱”是一个体现诗的本源的关键词，“歌唱”是带领你走入心灵化世界的途径，体现出诗是一种心灵性强的艺术。“歌唱”也含有诗歌富于音乐性的特点，而音乐性使诗成了最高的语言艺术。

在“创作篇”中，作者对在新诗坛上曾被说得很抽象玄乎的灵感给予了正名：“灵感是一切创造性活动的伴侣，也是文学创作、诗歌创作的伴侣。应当正视它的存在，科学地解释它、把握它、运用它。”[③]提出“灵感是诗人主观世界与客观世界最愉快的邂逅，而不是‘神赐’；灵感是诗人的形象思维活动由量变到质变的飞跃所产生出来的高度创造能力，而不是‘天才’脑中的专利品”。[④]作者以具体的诗歌作品为例，探讨了诗歌创作中灵感的突发性、强烈性、不重复性、抒情性、音乐性以及灵感获取的间接性等特点。在诗的构思中，提出想象是构思的方式：“没有想象，就没有构思；没有想象的诗是难以想象的。”[⑤]作者强调了构思需要创新，而不应“老生常谈”，要打破“常规”，诗才能通向诗美之宫。

在“鉴赏篇”中，作者从诗的本质与创作中走出来，将诗人与读者的身份进行对换，引领我们探讨诗歌鉴赏的特殊规律。作者强调了诗歌鉴赏由把握想象形象而开始进入诗的意境，在鉴赏中，鉴赏者通过自己创造性的形象思维活动获得了意境，也就获得了诗，只有在读者心中引起的感受才能算诗，不然纸上的诗，从严格上讲，还不能算诗。

评论界对《新诗的创作与鉴赏》做出了比较符合学理的评价：“《新诗的创作与鉴赏》是一部篇幅较大的研究新诗艺术规律的专著，它的优点是论述着墨

---

① 吕进：《吕进文存》（第一卷），西南师范大学出版社2009年，第37页。
② 吕进：《吕进文存》（第一卷），西南师范大学出版社2009年，49页。
③ 吕进：《吕进文存》（第一卷），西南师范大学出版社2009年，第149页。
④ 吕进：《吕进文存》（第一卷），西南师范大学出版社2009年，第151页。
⑤ 吕进：《吕进文存》（第一卷），西南师范大学出版社2009年，第167页。

于新诗区别于古诗所具有的那些特殊规律，并对不同品种的新诗的具体规律作较细的探讨，避免了套用一般文学理论或古典诗论来研究新诗的弊病。”[①]“‘文章切忌随人后’。不囿于前人的学说，能另辟天地，提出自己颇有锋芒的艺术见解，正是吕进同志这本著作的第一个特色”。[②]“《新诗的创作与鉴赏》作为吕进诗学体系的雏形，在历史的冲刷中打下了时代的烙印，为吕进建构具有中国气派与个性色彩的中国现代诗学体系涂上了颇为厚实的一笔”。[③]仔细阅读这部学术专著的具体内容并联系20世纪80年代前后的诗歌创作和鉴赏的实际，对吕进先生做出这样的评价实不为过。

二

第二卷中收录了《一得诗话》《上园谈诗》《新诗文体学》与《中国现代诗学》。在这部分，本节主要以《新诗文体学》和《中国现代诗学》来简单阐述吕进先生的新诗文体理论。《新诗文体学》是一本论文集，顾名思义是关于新诗文体方面的专著。这本书是吕进的新诗文体理论的“上一半”，吕进诗学体系中的核心部分就是他的新诗文体理论，即所谓的新诗文体学。他认为：“文体理论就是研究文学的精细化和综合化过程的理论，换个角度，文体学就是文学的分体理论。文体学从理论上概括和抽象各种文体的形式特征及其发展轨迹，换个角度，作为分类理论，文体学是确认文体特征和文体可能的理论，是净化和发展文体的理论。”[④]

吕进的新诗文体理论吸纳古今中外的诗歌文体理论成果，摒弃过去流行的单一的外部研究，而注重探索新诗文体的内部规律，注重理论的正面建构。他不像西方的理论家那样，主要从语言学角度来研究诗歌文体，而是以构成诗歌文本的诸要素为中心，将诗歌置于一个庞大的系统中来考察，涉及诗与散文、诗与时代、诗与表现、诗与诗人等重大课题，探讨它们之间的独特关系。而

① 中国出版者协会：《中国出版年鉴》(1983年卷)，商务印书馆出版1983年，第158页。

② 马立鞭：“一本有识见的诗歌理论专著——评吕进《新诗的创作与鉴赏》”，载《当代文坛》1983年第6期。

③ 颜同林：“吕进诗学体系建构中的奠基作——重读《新诗的创作与鉴赏》”，载《重庆教育学院学报》2004年第1期

④ 吕进：《中国现代诗学》，重庆出版社1991年，第11页。

他的新诗文体学的“下一半”就是在以往出版的几部书的基础上的诗学新思维的结晶——《中国现代诗学》。

1991年，被诗学界认为是吕进先生代表作的《中国现代诗学》面世，这本书提出了中国现代诗学的完整体系，受到了学术界的高度评价。吕进先生自认为“《中国现代诗学》是我十余年新诗研究的学术生涯的第一个句号，它是一个阶段的终了，一个比较完整而又尽量求实的理论体系提出来了。在这部书的面前，既往的拙著只剩下了一些立论或资料”。[①]其中自豪之情洋溢于表，可见吕进先生对此书学术价值的肯定。有学者认为《中国现代诗学》“是一部熔铸了中国诗学传统与西方传统诗学和现代诗学成果，且在‘通’中求‘变’的论著。在这部论著中，吕进先生既保持了诗人式的敏锐触角和丰富情感，又吸收了西方长于分析的特点。”[②]

这本书共有十九章，以抒情诗为中心来展开诗学讨论，从诗歌的视点、媒介、生成、分类、风格等方面进行了具体的阐释。在诗歌的视点理论上，该书突破了《新诗的创作与鉴赏》的“抒情”说，因为抒情并不是诗歌的专属，而且有的诗歌并不抒情。在诗和现实的审美关系上，吕进先生提出了诗的内容本质在于它的审美视点（即观照方式）的不同；在诗歌的媒介理论上，突破了习见的“精练”说；在艺术媒介上，提出了诗的形式本质在于它的语言方式的新说；在诗歌的生成理论上，提出灵感分为体验性灵感和创造性灵感以及中国新诗常见的修辞方式的美学本质都是虚实相生的新说；在诗歌分类理论中，突破了习见的烦琐的分类标准，提出以审美视点和语言方式为诗的分类标准的新说；在诗歌的风格理论上，填补了中国现代诗学的风格研究上的空白，风格中包含着个人风格、民族风格、时代风格。其中穿插了8个附录，这些附录通过对诗人个案与诗歌活动的研究来进一步加深读者对本书所建构的诗学体系的认识。《中国现代诗学》力求沟通中国传统诗学和现代诗学，在“通”中求“变”；力求融合中国现代诗学和西方诗学的精蕴，在“博”中求“新”，在对古今中外的碰撞中，提出了中国现代诗学的理论体系，这个体系是以对中国新诗的观照方式和语言方式的把握作为核心的。傅宗洪论及此书时曾说道：“这部论著的可贵之处

① 吕进：《中国现代诗学》，重庆出版社1991年版，第381页。

② 傅宗洪：“一部‘通’中求‘变’的诗学论著——读吕进新著《中国现代诗学》”，载《诗刊》1992年第12期。

表现在它不是远离诗歌现象的言玄说怪，而是热情敏锐地面对丰富的新诗创作实绩进行理性的思考和科学的描述，既有对现象的动态考察，又有理论的抽象与升华。这部著作的另一个可贵之处，便是它表现出的中国风格：在诗学观念上，论著以抒情诗为中心（而抒情诗是中国诗史的主要构成部分，是民族诗歌中最辉煌的篇章）；在诗学形态上，注意保持和发展了中国诗学的领悟性特征，摒弃了对西方诗学术语的生硬搬用，也摒弃了西方诗学那种以公式和概念抽象鲜活的诗歌现象、戕害诗歌本身的浑然完整的方式”。“中国现代诗学自然应该向西方诗学投去关注，但它拥抱世界的立足点却是自己民族生生不息的土壤。这，便是这部专著给我们的深刻启示”。[①]这或许就是对本书的更好评价。

吕进先生的诗学体系有着深厚的美学基础：“吕进通过对黑格尔美学思想和古今中外诗学主张的转换承传，通过对丰富的诗歌现象的研究，从而将诗歌表现技巧、诗歌语言和诗歌的艺术性等复杂的诗学问题集中到对诗歌艺术媒介的探讨上，完善了中国现代新诗研究的内容，丰富了中国现代诗学的研究视角。同时，吕进通过中国现代新诗这条纽带接通了中外诗学美学，显示出建构中国现代诗学体系的开阔视野。”[②]吕进先生除了在诗歌的视点特征和媒介特征两个方面丰富完善了中国现代诗学理论体系外，在诗歌分类学理论和诗歌本质的界定等方面也有创见。这些理论一方面来自于吕进对中国现代诗歌生态的宏观把握，另一方面也与他对黑格尔美学思想的借鉴转换密切相关，也与他对中国古典诗歌美学传统的深刻体认相关。

三

第三卷中收录了《吕进诗论选》《文化转型与中国新诗》《对话与重建——中国现代诗学札记》《现代诗歌文体论》《20世纪重庆新诗发展史》和序文选。

“《吕进诗论选》撷取了吕进先生所创造的经受了时间与艺术检验的部分

---

① 傅宗洪：“一部‘通’中求‘变’的诗学论著——读吕进新著《中国现代诗学》”，载《诗刊》1992年第12期。

② 熊辉：“西方美学观念的转换与中国现代诗学体系的建构——论黑格尔对吕进诗学思想的影响”，载《中外诗歌研究》2008年第4期。

诗学成果"[①]。收录在《吕进文存》中的《吕进诗论选》对原本再加以选择，选取了十九篇收录于内，可以见出这十九篇文章的学术分量。在《开放与传统》中，他认为"开放绝不意味着摧毁民族传统。在开放环境中开拓诗歌创新之途，看来有两个相互联系的侧面，一是外国艺术经验的本土化，一是民族传统的现代化。这样，才能创造出当代的民族诗歌"。[②]这正是吕进诗学主张中"通"中求"变"的具体阐述；在《对再生的呼唤—— 重读郭沫若〈凤凰涅槃〉》中他说："重新吟诵郭沫若的这首代表作，不但能够感受到反帝反封建的'五四'时代精神，而且可以倾听到今日中国的时代精神的呼唤。"[③]《臧克家：新诗文体建设的重镇》一文对臧克家的创作进行具体的分析，对诗人在新诗文体建设上做出了卓绝贡献给予了充分的肯定；而后面的一些序言，也是从多层面多角度地展现着吕进的诗学主张。在《唉，……序穆仁〈绿色小唱〉》中，吕进先生指出诗的生命恐怕在发现——对生活的发现，对时代的发现，对人生的发现，引导人们要以诗意的眼光去裁判生活、时代、人生。在《关于小诗的小札——王尔碑、流沙河编〈诗百家点评〉序》中，探讨了小诗的起源、特征以及中国小诗创作的实绩。当然，吕进先生的诗论远非上述这些内容，"仅从这简单勾勒之中，我们已不难看出吕进的中国现代诗学体系对新诗研究和创作的多方面贡献，这个体系的建构，有宏观的审视，也有微观的深入，不是对一些既有诗学主张的简单堆砌，更不是对一些新奇的诗学主张的简单搬用，它体现出一些独特的诗学品格，或从诗学家的角度看，则体现出他独特的学术品格。而这两种品格，正是目前的诗学界所需要大力倡导的"。[④]

《文化转型与中国新诗》一书中选取了前言与第四篇"从诗体解放"到"诗体重建"，第四篇中谈论的是新诗转型的一个重要侧面，因为诗体是诗的美学要素之一。从中国古诗的文体发展演变谈起，从文体的角度打量了中国新诗，意在说明从"诗体解放"到"诗体重建"对新诗而言是一个合乎逻辑的发展过程，也是诗歌的内在要求，从而更灵活地确立起了现代格律诗和自由诗的审美规范。

① 蒋登科："对吕进诗学体系的简单理解——读《吕进诗论选》兼谈吕进诗论的学术品格"，载《当代文坛》1996年第5期。

② 吕进：《吕进文存》(第三卷)，西南师范大学出版社2009年版，第18页。

③ 吕进：《吕进文存》(第三卷)，西南师范大学出版社2009年版，第44页

④ 蒋登科："对吕进诗学体系的简单理解——读《吕进诗论选》兼谈吕进诗论的学术品格"，载《当代文坛》1996年第5期。

《对话与重建——中国现代诗学札记》由数十篇文章构成了一个完整的主体，围绕着重建这个话题，吕进先生提出了中国现代诗学一直面临着的三项美学使命：中国诗歌在跨入现代之后的诗歌观念和诗学观念重建；新诗在实现“诗体解放”以后的诗体重建；在现代科技条件下诗歌传媒与传播方式重建。在这三大重建中，“诗体重建”是这本书的核心话题。在此吕进先生开宗明义道：“提升自由诗、成形现代格律诗是诗体重建的两大美学使命”，这是建立在他对诗歌史与当前诗坛的分析、思考基础之上的。而这三项重建是不能在封闭的状况下完成的，作为现代形态的中国诗学，中国现代诗学要实现与中国传统诗学的对话；作为中国诗学的现代形态，中国诗学要实现与外国现代诗学的对话。“《对话与重建》中的每一篇论文无论是现象透视还是本质分析，都是作为统一体的一部分而存在，服务于诗歌重建这个中心命题。它们对问题的把握和思索既不虚浮，也不偏颇和片面，而是切实的、辩证的、全面的”。[①]

《20世纪重庆新诗发展史》是中国第一部区域新诗发展史，它的出版是“重庆甚或中国诗坛的一大盛事”[②]，是“一步具有典范意义的地方诗歌史”[③]，“全书蕴涵着对百年重庆诗况全景式观照的历史意识，又凸现出开阔的理论视野，自信地加入到构建中国新诗史的整体格局中去”[④]。不仅在内容上认定了重庆新诗重镇的地位，对重庆诗人对中国新诗发展的贡献也做了论述，而且在对新诗史的写作手法上对后来的地方诗歌史的写作不无借鉴之处。在《序文集》中收录的是吕进先生为学者或作者的著作所做的序言，这些序言也从多层面体现着吕进先生的诗学主张。

吕进的诗学体系在其《新诗的创作与鉴赏》中已初具规模，在《中国现代诗学》中得以成熟，后来又经过《给新诗爱好者》《一得诗话》《新诗文体学》以及《吕进诗论选》《文化转型与中国新诗》《对话与重建—— 中国现代诗学札记》《现代诗歌文体论》《20世纪重庆新诗发展史》和序文选等编著的多部著作的阐发而得以完善。

---

① 吕进：《吕进文存》（第四卷），西南师范大学出版社2009年版，第458页。

② 钱志富：《中外诗歌研究》，人民文学出版社2007年版，第605页。

③ 程振明：“一部具有典范意义的地方诗歌史——评《20世纪重庆新诗发展史》”，载《中国艺术报》2005年5月13日。

④ 颜同林：“区域新诗史研究的开山之作——评吕进主编的《20世纪重庆新诗发展史》”，载《中外诗歌研究》2004年第2期。

四

第四卷主要收集了吕进先生新近发表的还没有入选任何文集的论文和吕进研究两个方面的文章。"论文选"可分为三部分:第一部分是吕进先生对中国现代诗学的相关研究;第二部分是吕进先生对一些诗人或作品的论述;第三部分为吕进先生的讲演稿。三部分看似无甚联系,实则是密切关联,是吕进先生从各个角度对中国新诗的状况与前景的论述,呈现出吕进诗学观点,构建吕进诗学体系的一部分。在《中国与日本:中国现代诗学的昨天与今天》一文中,吕进先生与日本知名汉学家岩佐昌暲先生就中国现代诗学的历史和现状进行对话,纵谈现代诗学的发展历程,横论日本对中国新诗的介绍与研究,以期进一步推动这一学科的发展。在《诗家语:一种特殊的言说方式》中,提出了诗歌的言说方式是"诗家语",这是一种特殊的运用语言的方式,一种极端的自由与极端的不自由的统一的诗歌语言。这种对诗歌语言的深入探讨分析,抓住了诗歌语言的独特性,表述出诗家语的最高境界:"让语言从推理性符号转换为表现性符号,意味走出,意义后退,以最普通的语言构筑起最不普通的言说方式"。[①]在这些论文中,最让人驻足的是《三大重建:新诗,二次革命与再次复兴》,这是吕进先生在第一届"华文诗学名家国际论坛"上所做的大会主题报告,阐发了新诗需要进行第二次革命,进行"三大重建"。"三大重建"思想是吕进先生针对中国新诗目前所处的窘境而发起的,是他建构自身诗学体系的另一个句号。吕进先生认为:"中国现代诗学需要科学地总结近百年积累的正面和负面的艺术经验,肯定应当肯定的,发扬应当发扬的,批评应当批评的,推掉应当推掉的;向伪诗宣战,向伪诗学宣战,向商业化和'窝里捧'的诗评宣战,摆脱边缘化的尴尬处境;探讨诗歌精神重建、诗体重建和诗歌传播方式重建,推动当下中国新诗的振衰起弊。这是现实提出的问题,时代提供的条件,诗界普遍的希望,历史赋予的使命"。[②]"三大重建"的理论提出是吕进先生的前著作《对话与重建》中"重建"思想的进一步发展的结晶,在原有的基础之上,进一步深化这一理论,大胆地以"革命"这一醒目的方式来唤起人们对当前新诗所面临的危机的重视。"二次革命"不是革掉诗的命,而是在第一次革命"打破"的基

---

① 吕进:"诗家语:一种特殊的言说方式",载《诗刊》1999年第12期。

② 吕进:"三大重建:新诗,二次革命与再次复兴",载《西南大学学报》2005年第1期。

础上进行“重建”。诗的边缘化，是诗的悲哀，也是民族的悲哀。一个没有诗歌的民族，不是一个伟大的民族。“革命”这个概念不是一个政治概念，而是一个文化概念，是呼唤诗歌的回归和新的发展。

在“吕进研究”收录了众多学者对吕进先生著作的研究、学术思想的研究以及关于吕进先生学者形象的文章。这些论文系统地研究了吕进的诗学观点、诗学思想、诗学体系的形成。诸如，熊辉的《西方美学观念的转换与中国现代诗学体系的建构——论黑格尔对吕进诗学思想的影响》一文，从吕进现代诗学体系中最具创新性和学术影响力的诗歌视点理论和诗歌媒介理论这两个核心出发，通过类同研究探讨黑格尔美学思想的转换对吕进中国现代诗学理论体系建构的影响。蒋登科在《吕进与中国现代诗学的体系建构》一文中，从吕进与中国现代诗学、吕进诗学研究的学术取向、吕进诗学体系的超越性、吕进诗学体系与新时期中国诗学、吕进诗论的学术品格这五个方面对吕进现代诗学的体系建构进行厘清，对吕进诗学成就、诗学主张给予高度的评价。此外还收录了在吕进先生七十华诞之际，学者与学生给予老先生的祝福，这些贺词可以从侧面为我们加深对吕进先生学术品格的了解。

《吕进文存》的出版可以说是众望所归，《吕进文存》收入了《新诗的创作与鉴赏》全书，也收入了吕进先生的代表作《中国现代诗学》的全书，这就解决了广大读者难于找到这两部著作的困难。此外，《吕进文存》还从吕进先生的其他多部著作里选收了一些有影响的论文和有研究价值的文献，一些近年发表在《文学评论》《文艺研究》《人民日报》《文史哲》《诗刊》、台湾《文讯》等处而还没有来得及收入论文集的论文，这次得以收入。例如，《新华文摘》转载的发表于《西南大学学报》的《三大重建：新诗，二次革命与再次复兴》；2004年与铁凝、莫言、刘心武一起访问法国时在巴黎做的《中国情诗》的讲演；等等，这就使得《吕进文存》具有了相当的学术价值，给读者阅读吕进、专家研究吕进提供了方便。

《吕进文存》是吕进先生一生学术创造的精华，是值得认真阅读和研究的人文科学著作，其学术价值和出版意义必然会在时间流逝中得到验证。

《吕进文存》：人文品格与审美价值[①]

杨恩芳

吕进老师曾是重庆市文联主席，曾是重庆市“十佳写书人”“十佳评书人”；一直以来更是中国现当代文学的博士生导师。

几十年如一日的辛勤耕耘，一路满满人生硕果的丰收，《吕进文存》——这半个世纪心血脑汁熬出的200万文字便承载了这样一份厚重。文即人文，知人而读文，阅文又品人，结合其人其文的了解便更能领悟《吕进文存》难得的审美价值：

一是智慧之美。

“诗”言情，“论”说理，文集是情与理的融会；“诗”源于感，“论”出于知，文集是感与知的融会；“诗”表觉、“论”表悟，文集是觉与悟的融会；“诗”靠激情，“论”须冷峻，文集是意识动静的融会。

写诗靠形象思维，写论需逻辑思维，文集是两种思维的贯通；吕进老师是学外语出身的，他懂西方文化，却研究中文通东方文脉，文集是中西文化的贯通；读透古诗旧体诗，研讨新诗现代诗，文集是古今诗路的贯通。

所以，吕进的“诗”有哲理；“论”有诗情。当一个人既有激情，更有哲思，多种思维并用的时候，他就会全方位、多角度、多形式、大力度地挖掘人潜在才能，形成过人的思想认知和情感体验。当这些认知和体验付诸文字的时候，人们就能从这样的文集中吸收一种特有的灵气，享受一种过人的智慧，发现人的大脑空间竟如此广阔，精神世界竟如此多彩。

二是纯粹之美。

人生本是一张白纸，但漫长的生命旅程会五色浸染、杂痕纷呈。走到吕进

① 本篇原题目为“吕进文集的审美价值——《吕进文存》书话”，载《中外诗歌研究》2016年第1期。选入本书有改动。

“七十而从心所欲，不逾矩”的时段，才发现，最美的人生底蕴是“纯”是“净”，这套文集便会引人进入这种境界。

纯粹之美在“专一”：吕进童年读诗，少年写诗，中年论诗，老年讲诗。五十年不变的情节，不变的追求，不变的目标，不变的路径。期间抗拒了金钱、名利、官阶的诱惑，经历了健康体能的折磨，生活际遇的创扰，却一路过滤杂质，穿过折腾，翻越坎坷，执着不二地抵达了彼岸。

纯粹之美在“干净”。吕进老师在“后记”中说：“诗教人远离世俗，守住梦想”，我体会，诗也引人超越红尘，抵达净土。情感与精神诗化的过程，即是过滤杂质，提纯境界的过程。吕进始终讴歌美的人，美的事，美的境，美的情，美的心，无论生活中有多少不“快”不“净”，他传递的精神都纯净。大道从简，最复杂的大脑常常长在最单纯的人身上，吕进的爽朗中有时还透着天真。

纯粹之美在阳光：天地有日月，时光分昼夜，社会有阴阳，人生有明暗。诗的灵感总跳跃在阳光之中，诗人总在捕捉阳光下的美感，诗论总在追随大多数人向上的、乐观的审美取向。吕进说诗就是“歌唱生活”，而他的生活充满阳光。看书中每一张照片，那历尽沧桑的脸始终有会心的笑容，藏在眉宇纹沟里的笑容总是那样阳光。

三是人文之美。

立命要有物质家园，安生要有精神家园。人求形体之美，更求人文之美。当今人们物化的家园已从茅栅到瓦房、高楼、洋楼、风光别墅，越来越高级；而不少人的精神家园却徘徊在七情六欲本能满足的愉悦中，还处在住茅屋的低级原生态，呈现荒芜之境。

享年享年，除享自然天命之年，还当享更丰富更高层的人文天命之年，这就是获取知识的享受，思想智慧的享受，理想成就的享受，精神驰骋的享受，丰富情感的享受，心灵自由的享受。这些享受全部贯穿于学习、读书、思索、追求、创造、出新的过程中。这种人文生命的精神生活，是人与动物之根本区别，人与人之不同的分水岭，也是评判生命质量的标尺。吕进写出200万，读书必有2000万，乃至两万万。只有在前人的知识海洋中，才能建起后人的一座小水库，这种学与思，读与写的人生，才是全面享受人文生命愉悦的丰富人生。读这套知识厚重、信息广博、思想深邃、激情跌宕、新意迭出的文集，将让我们进入另一种美妙的精神境界，分享另一种脱离了动物本能和低级趣味的人文生命之美。谢谢吕进老师奉献给人文重庆的这份精神食粮。

三、拓展

在出版《中国现代诗学》《吕进诗论选》，完成诗学思想体系的建构，获得广泛学术影响之后，吕进并未停下探索的脚步。世纪交替之际，他敏锐地捕捉到时代及文化悄然发生的变化，并将这种发现与新诗发展及现代诗学的建构历程联系起来，再次主持国家社科项目，完成学术专著《文化转型与中国新诗》（重庆出版社，2000）。另外还主编《现代诗学的多维视野》（西南师范大学出版社，2006）、《中国现代诗体论》（重庆出版社，2007）、《二十世纪中国现代诗学手册》（巴蜀书社，2010）等著作。与此同时，吕进还发表众多论文，并结集出版《对话与重建——中国现代诗学札记》（西南师范大学出版社，2002）、《现代诗歌文体论》（广西师范大学出版社，2003），《吕进文存》（西南师范大学出版社，2009），另有学者自发编选《吕进诗学隽语》（泰国留中大学出版社，2012；中国台湾秀威科技股份有限公司，2012；西南师范大学出版社，2012），多地同时出版，引起强烈反响。此外，作为坐镇山城重庆的诗学名家，吕进时刻关注本地诗歌的发展状况，不仅以序跋、评论、颁奖等多种方式扶持一大批中青年诗人，还组织相关学者，编撰出版《20世纪重庆新诗发展史》（重庆出版社，2004）、《重庆抗战诗歌研究》（西南师范大学出版社，2009）等多部学术著作。凡此种种，都显示出吕进拥有丰富而敏锐的诗学触觉，持续不断地拓展着自己的学术范围。

在文化转型中把握中国新诗[①]

熊辉

20世纪的中国文学，虽不以新诗为其最高成就的标志，但作为文学活动的先锋，新诗在特定的文化环境中走过了一条雄迈与悲壮并存之路。新时期以来，对新诗进行各类专门研究的著作大量出版，但从“文化转型”这一话语环境中去把握中国新诗的论著却不多见。由重庆出版社2000年底出版的《文化转型与中国新诗》一书，是吕进教授主持的同名国家社科基金项目的结题成果，在诸多方面填补了新诗研究的空白，显出较高的学术价值。

本着对新诗本体的观照，该书从不同的维度出发，分五编来系统详尽地阐释了文化转型与中国新诗的诸多理论和关系。第一编“绪论”，以文化转型的理论内涵为切入点，论述了作为文化之表象的中国新诗及其文化价值，然后将二者（文化转型、中国新诗）结合起来进行阐述，并提出了文学活动和20世纪中国文学的“超越”问题。第二编“1937年以来：时代境域中的诗人”，分三个时段叙说了新诗的状态：1937年到1949年、建国以后到新时期。鉴于诗歌发展的内动力，即内在的联动性，在第一时段里，对解放区的诗歌进行了观照，因为建国后17年的诗歌与之有亲缘关系；在第二个时段里，“文革”时的“地下”诗歌被挖掘出来，因为新时期的诗歌，尤其是“朦胧诗”与之有亲缘关系；在第三个时段里，突出了“朦胧诗”和“第三代”的诗，因为二者有一种内在的连续性：怀疑主义的推进、个体的建立和退守、本质的个体性建构。穆旦和胡风被单列出来进行了分析。第三编“诗歌借鉴与新诗的现代化进程”，将中国新诗的研究纳入中西诗歌互动关系的考察之中，因为是西方观念的引进才使新诗得以迅速诞生和发展，同时，中国新诗毕竟根植于中国的土壤之上，是中国诗歌的现代形

① 本篇原题目为“在文化转型中把握中国新诗——评介《文化转型与中国新诗》”，载《中外诗歌研究》2001年第3,4期合刊。选入本书有改动。

态，自然不能与传统诗歌完全决裂。本编着重谈了西方各文艺思潮在不同历史阶段对中国新诗现代化进程的影响，并说明了诗歌自身的文本和它的译本之间总会存在距离这一问题的普遍性。第四编"'诗体解放'到'诗体重建'"，谈论的是新诗转型的一个重要侧面，因为诗体是诗的美学要素之一。从中国古诗的文体发展演变起笔，著者从文体的角度打量了中国新诗，意在说明从"诗体解放"到"诗体重建"对新诗而言是一个合乎逻辑的发展，也是诗歌的内在要求，从而更灵活地确立现代格律诗和自由诗的审美规范。文明的进步，传播媒介的变化，使得传播问题和新诗的生存与转型密切相连。第五编"新诗传播的社会功能"，从大众传播的角度审视了诗歌正反两方面的社会功能。

该书把中国新诗置入"文化转型"这一特定的文化环境中进行研究，从不同的维度打量中国新诗的发展，实质上可被看作多部中国新诗史的合编，只是著者们"没有回应'重评诗史首席'的议论，因为还是让新诗史自己发言更为妥当"（吕进语）。20世纪文化转型期的语境是多维的，有纵向历时性的文化进化之维，横向共时性的文化传播之维，还有纵横交叉（即时性）的文化功能之维。绪论和第二编是从文化进化之维去打量中国新诗20世纪30年代以来的历史发展过程，是中国新诗的进化史。文化传播之维主要是处理"本土文化和外来异质文化关系"。第三编是从文化传播之维去打量中国新诗在外国诗歌思潮的影响下的现代化进程，是中国新诗的传播史。文化功能之维是处理"新诗与中国现实社会关系"。第五编即是从文化功能之维去打量中国新诗的发展及其体现出的社会功能，是中国新诗的功能史。除了"三维"文化语境对中国新诗发展有着制约之外，新诗自身的语言与艺术规律也是困扰其发展的因素，因此，回到诗歌本身，第四编论说古代诗歌文体发展史，从而说明诗体重建必将是新诗文体发展的最终旨归，是诗歌的文体发展史（艺术史）。

有价值的学术著作至少应具备两个条件：要么能"发前人之未发"，要么有新意，"或立论，或方法，或表达"。简言之，创新是学术著作的生命。仔细阅读该书，便会时时感到有新思想、新理论和新表述在闪光。如前面所说，在文化转型中以不同的维度呈现中国新诗史，且"让新诗史自己发言"，这样的诗史，势必会更加客观，也具有更大的普适性。该书写史时，多是史的抽象和概括，仅以史为材料论证说明文化转型中的诗歌，即是一种理论层面的诗史，这种研究，本身就是一种创新。用历史眼光打量中国新诗史上存在争议和分歧的诗人、诗派和诗现象也是该书的特点之一，比如对“九叶派”和“七月派”的言说，对“文革”期间“地下诗歌”的“爆发”，以及对那些被认为是边缘诗人的“开发”，著者都没有为既定的有形无形之框架所局限，而是突破常规，还诗史以本来面目。此外，本书在孔子“兴观群怨”的基础上，丰富了诗歌的社会功能。著者站在诗歌的立场上，在区分诗迎合庸众与诗大众化的前提下，否定了那些为屈从思想内容而放弃艺术真昧的诗歌，将诗的社会功能增加到十项，并提出了有消极和积极之分的诗歌社会功能。在论述中，著者引入了社会学、经济学、哲学的诸多观点，“拿来”了国外的相关理论，分析精当，无论是观点还是史识都有新的突破。

还需要说明一点，那便是几位著者的学术精神值得我们提倡和学习。在物质至上的时尚中，在浮躁的大环境中，他们能甘守清贫并平心静气地搞“无用”的人文研究，花了4年有余的时间写出这部著作，本身也证明了该书的价值——没有功利性倾向的著作必然避免急功近利所产生的求“速”不求“质”的不足。著者们提倡创新，把每一次研究都当作新的起点，“天下文章一大抄”和“克隆”自己已有的成果在这里将受到鄙夷，这种作风，是当今学术界严谨求学治学的典范。任何学术研究出自作者之手便成了一家之言，因为其间必将渗入著者主观的审美感受，而任何一家之言都会有偏颇。因此，我们在言说自己的观点时，没有必要对他人的观点加以压制甚至攻击否定来抬高自己。几位著者都注意到了这一点，在第三章中便有自谦：“这将是一次目的性很强的诗歌考察，加上时间、学力的匮乏，是很难做出公允、全面的评判的。我们只是说出自己的所见、所感、所思，毕竟，我们也是‘庐山’中人，转型中人。”学术问题是靠材料和论证来支撑，不是靠争吵去解决；学术的价值不是作者自己去抬高，应留待读者和历史去考证。

中国新诗是文化转型的产儿，是文化运动的急先锋，从诞生之日起，它就载负起了文学、政治、社会等文化转型的重任。《文化转型与中国新诗》这本书不但有利于我们认识文化转型与转型中的新诗，而且有利于我们把握以后新诗的发展方向，是一部有价值的学术著作，相信读者会“开卷有益”。

通过对话建构诗意桃花源[①]

刘康凯

吕进先生的新著《对话与重建——现代诗学札记》已由西南师范大学出版社推出。这是作者自1990年代初的《中国现代诗学》之后的又一部重要著作。捧起这部诗学论集，让人感觉到沉甸甸的分量，这倒不止是因为它有着404个页码厚度，而是在于它凝结着一个当代重要诗歌理论家的心血、汗水、责任感和智慧。

作者虽然谦逊地把自己的著作称作"札记"，但在笔者看来，全书实际上杂而不乱，始终贯穿着一个统一性的主题，这就是本书书名所显示的：对话与重建。就像一个个单独的乐章，共同烘托出一个具有统摄性的主旋律。当然，在这个并列短语中，后者是本书的中心，也即"重建"是目的，对话是途径。而作者把目的和手段并列起来，实际上有意识地突出了这一途径的重要性。

作为诗歌理论家，吕进先生注重诗学体系完整性的建构，但他并没有因此而陷入一般理论家容易导致的理论体系的封闭和僵化。因为他知道，任何理论唯有永葆开放性，不断审视、归纳和概括当下的实践，才能够维持自己的生命力，否则，就要被变动不安的现实实践所抛弃。吕进先生关注当下诗歌现象，于这本书里可见一斑。在《20世纪下半叶的中国新诗研究》里，对50余年的当代诗学进行了细致入微的梳理和分析，特别是对近20年以来的新诗研究进行了归纳和评价。在《新诗的沉寂时代》《新诗呼唤拯衰起弊》等文中，他对当下诗歌现象作了深入的反思，对当下新诗沉寂的现象作了辩证的、中肯的分析，并指明其面临的问题。其他在《诗集〈羞涩〉的双重性艺术》《山里人唱的都市歌谣》《不惑风采：〈星星〉及其〈四十年诗选〉》《台湾诗坛坐标上的〈葡萄园〉》

① 本篇原题目为"诗意的多向建构——吕进《对话与重建》述评"，载《中外诗歌研究》2003年2期。

《〈西南师范大学50年诗选〉序》等序文或评论文章中,或对青年一代诗人的创作进行诚恳的评介,或对诗歌现象、流派、团体进行梳理和总结,都显示出一位重要诗歌理论家高度的当代敏感性和对中国当代诗歌事业的责任感。

真正的理论家绝不是那种一味指东道西、横挑鼻子竖挑眼的人,而是明确地意识到自己肩上的责任,指引创作界走向繁荣发展之路。指责固然容易,但重建却不是一蹴而就,不但需要耐心和勇气,还需要前瞻的目光和深思熟虑。吕进先生指出,要使当代诗歌走出误区,再造辉煌,首先要实现两个对话。其一是与西方诗学对话。他认为"西方近现代诗学重研究方法,重逻辑推理,重系统原则,重取法哲学的研究成果,对中国现代诗学科学的、系统的理论形态的建构不无裨益"[①]。而这一对话之所以成为可能,"是因为,虽然中国现代诗学与外国现代诗学的文化背景不尽相同,但是二者同为诗学,它们同为现代科学是相同的"。事实上,中国新诗本来是就在西方现代诗学观念冲击下的产物,新诗自诞生以来,除极"左"政治时期外,一直以主动、积极的姿态与西方诗学进行对话,向西方寻求改造中国诗歌的文化资源,为中国新诗输入了新鲜的血液。但在这个过程中,也产生了很大的弊端,如过分的私人化,精神的琐屑,普遍的审丑意识,对使命意识的淡漠,等等。伴随着对西方诗学观念的拥抱,就是对传统诗学丰富遗产的忽视和弃绝。这一切给中国新诗的成长造成很大的伤害。然而,事实上,任何人都是生活在传统之中的,就像人不能拔着自己的头发离开地球,人也不能脱离生长于斯的文化传统。传统中固然有许多糟粕,但也有许多精华可供我们吸取。而且,传统并不是一个僵死的概念,而是一个不断生长、流变的活体,只有以自己的实践丰富我们的传统,我们的行为才能够显示出价值和意义。基于这种观念,吕进先生又特别提出,现代诗学还应与传统诗学对话。虽然中国现代诗学与传统诗学的术语、概念不尽相同,但他认为这种对话能够成为可能,"因为二者同为中国诗学,它们对人的终极关怀是相同的,它们的诗学形态的感悟性是相同的"。

吕进先生认为,"民族传统首先是一种文化精神,一种道德审美理想",这种"优秀传统的首要表现,是诗以国家和整个人群社会为本位,它对个人命运的咏叹和同情,常常是和对国家兴衰的关注联系在一起的"。这不是我们的缺

① 吕进:"21世纪:中国现代诗学的两个课题",载《对话与重建》,西南师范大学出版社2002年版,第37页。以下所引吕氏语均出自该书,不再一一注明。

点，而是特点和优势，对特点和优势当然不应该丢掉。儒家的入世精神已经熔铸成我们的民族性格，因此我们的审美理想“从来以入世为上”，“以匡时济世的诗人为大手笔”。新诗如果不注重有着几千年积淀的民族审美性格，也必将为人们所摒弃。

吕进先生进一步指出，民族传统也包括诗歌审美成就的历史继承性和形式发展的接续性。他对中国诗歌传统在形式方面的特点进行了概括，指出天人合一、虚实相涵、意象意境是长期过滤后留下的艺术精华，“具体而言，富于音乐性和含蓄蕴藉是有很高成就的”。吕进先生的这一概括和评价是非常准确的。中国古典诗歌具有严谨的格律，而格律的运用又主要是为了达到某种音乐效果。音乐性不但大大增强了诗歌的艺术美感，同时其暗示和象征功能也增强了诗歌的韵味，在意境的营造方面发挥了重大作用。含蓄蕴藉也是中国诗歌美学的一个重要元素，契合中国读者的审美心理。吕进先生概括出的中国古典诗歌这一优秀传统，对当代诗歌的发展具有重要的借鉴意义。然而，当代新诗出于对“新”的误读，把一些优秀的诗歌传统都抛弃了，许多诗歌或是晦涩，或是粗俗，或是佶屈聱牙。总之，在很大程度上新诗陷入了“怎么写都行”恶劣状况，文体特征模糊，散文化现象严重，缺乏审美感染力，失掉大批读者。吕进先生通过对80多年的新诗历史进行反思，指出盲目否定传统和学习西方给新诗发展造成的负面影响，对当代诗歌和诗学的发展起到很大的警示作用。

强调对传统的继承和发扬，看似是一种保守姿态，但每个时代正是因为有一些“保守”者的存在，才得以保证文化生态的平衡，从而避免了创作因割断与文化母体的纽带而陷入虚妄的泥潭。他们正如我们文化的守夜人。我们还是用英国诗人艾略特的话论证我们的看法吧：“传统是有广泛得多的意义的东西……第一，它含有历史的意识，我们可以说这对于任何人想在25岁以上还要继续作诗人的差不多是不可缺少的；历史的意识又含有一种领悟，不但要理解过去的过去性，而且还要理解过去的现存性，历史的意识不但使人写作时有他自己那一代的背景，而且还要感到从荷马以来欧洲整个的文学及其本国整个的文学有一个同时的存在，组成一个同时的局面……就是这个意识使一个作家成为传统的，同时也就是这个意识使一个作家最敏锐地意识到自己在时间中的地位,自己和当代的关系。”[①]如果我们把这段话和吕进先生下面的话相比较,就会发现他们在诗学观念上惊人的一致,他们都强调了传统与创新之间的辩证关系:总而言之,90年代的中国新诗只有将优秀传统作为拥抱当代的立足点,才可能更彻底更有效地自我刷新。每一个时代诗的发展,都要受到先前的诗歌优秀传统的制约。任何一位诗人,不管他多么有天才,他都生活在传统中,他都得依靠传统诗歌业已取得的艺术经验和成就,从而在艺术的道路上实现民族诗歌审美发展的接续。

吕进先生并没有空喊接续传统的口号,我们可以看到,在这本书里,他还做了许多对新诗传统的具体的清理工作,身体力行他自己所倡导的“对话”。比如在《诗体十题》中,他对闻一多的“豆腐干”,徐志摩的“对称体”,冯至的十四行,晓凡的汉俳,郭小川的新格律体,袁水拍的仿民歌体,艾青、舒婷、余光中的自由体等进行了具体的文本分析,对这些诗人在创作中在诗体探索方面所取得的成绩进行了描述和评价;在《作为诗评人的闻一多》《作为诗体探索者的臧克家》《作为诗体探索者的贺敬之》等文中,对这些前辈诗人和诗评家在诗体探索方面的成绩给予了高度评价,重新认定了他们在新诗史上的地位。这些具体的“对话”实践对传统做出了新的阐释,带给我们打量传统的新的角度和新的眼光。

“对话”的目的是重建,是重铸新诗的辉煌,这也是本书最重要的关键词。吕进先生明确提出,在新世纪,中国现代诗学要实现两个重建:一个是实现“精神大解放”以后的诗歌精神重建,一个是实现“诗体大解放”以后的诗体重建。二者缺一不可。

关于当前的诗歌精神重建,吕进先生认为,其中心是对诗歌和社会、时代关系的科学性把握。他指出,与散文不同,诗是一种心灵性、情感性很强的非常特殊的文学品种,其观照和把握世界的方式具有其独特性,诗歌文体处理的对象领域有其天然的界限,我们不能强诗之所难。但是,他又指出,“无论有多么个性化的文体特征,诗都与其他文体一样,与社会、时代处于无须、无法割断的联系中,其区别无非是联系通道的不同而已”。诗歌一沾上社会与时代就会贬值甚至毫无价值的观念无疑是片面的、肤浅的。他进而指出,“杰出的诗歌

① [英]艾略特:《传统与个人才能》,载《艾略特诗学文集》,王恩衷编译,国际文化出版公司1989年版,第2页。

都具有不纯性”,因为杰出的诗人总要对现实做出价值判断并参与人类精神家园的建造。因此,在我们这个具有群体本位深厚传统的国家,在正处于文化转型剧变期的当下,“作为心灵艺术的诗歌理应在这个大时代中对嘲弄意义、反对理性、解构崇高、取消价值的思潮,承担起自己的美学责任”。

那么当代新诗如何承担自己的美学责任,提升自己的文化品格?吕进先生认为,生命关怀的优秀诗作总要有两个通道保持着与人群、人际、人世、人间的连接。第一个通道是普视性,第二个通道是诗人的内省和自我观照。前者保证了诗人在发现自己心灵秘密的同时,也披露他人的生命体验。后者则保证诗人以社会与时代的审美标准提炼自己,提升自己,实现从现实人格向艺术人格的飞跃与净化。现实人格不同于艺术人格,因此,诗人还要注重自己的人格建设。吕进先生对诗歌的美学承担作了准确的定位,为新诗精神重建指明了方向。

对于诗体重建,吕进先生认为,我们面临着两大美学使命,即提升自由诗,成形现代格律诗。何谓“自由诗”?“自由”是否意味着无拘无束,“怎么都行”?吕进先生认为,“自由诗的冠名并不科学。因为凡艺术都没有无限的自由”,以为自由诗享有随意漫步的自由乃是对自由诗的误读。这一“误”,已给新诗带来长期的损害。那么如何提升自由诗?吕进先生认为,首先要加强与西方近现代诗歌的沟通与对话,正视两者在不同文化背景和语言系统中的共性与差异性,取长补短,为我所用。事实上,西方近现代诗并非像许多人想象的那样以自由诗为主流,西方自由诗也并非无限制的自由,它们也颇借重于音乐性。比如英国的无韵体诗,虽然不押韵,看起来很自由,但它强调音步的轻重抑扬,以营造音乐美感。汉语的轻重音不明显,因此不能借助于语音的轻重,但可以通过韵律来营造音乐性。如果仅从表面上看到西方某些诗不押韵就把诗歌的音乐性抛弃了,无疑是极端盲目的。因此,重提音乐性,通过外在音乐性来展示内在精神的律动,是提升自由诗重要手段。此外,提高诗情的纯度,“清洗”非诗性的杂质,也是提升自由诗的重要途径。至于成形现代格律诗,吕进先生认为,关键还是诗语的音乐性的建构。要实现这种建构,则必须与中国古代诗歌进行沟通和对话。中国古代诗歌格律严谨,长于音乐性的营造,在这方面现代格律诗可以从中借鉴很多东西。固然两者在语言媒介方面存在差异,今天我们也不可能再用这种僵死的语言写作,但新诗和旧诗同为汉语,处于同一语音系统中,在诗体形式上还是可能求得相通之处。

当然,吕进先生提出诗体重建并非出于一厢情愿的复古情怀,而是为了建构富有弹性的无限多样的诗歌体式,说到底是为了更好地传达现代人丰富复杂的诗情和诗思。因为他认识到,“敏感多思的现代人的丰富复杂的诗情断然拒绝诗体的单一与刻板,诗体的美学提升和规范化只有在无限多样化中才有希望实现”。这一富含辩证思想的建构观无疑对当前的诗体重建具有重大的指导意义。

黑格尔是吕进先生诗学理论的重要源头之一,从黑格尔那里,他“拿来”的最重要的财富就是辩证思想。我们可以看到,当对各种诗歌现象进行梳理和分析时,他总能看到它们之间及其与各种文化因素之间的联系。他的理论观念也从不偏执于一端,而是能够跨越于各种片面性之上,吸收他们的合理因素,在更高的层次上求得某种具有统一性的观念。站在传统与现代、东方与西方的交汇点上,吕进先生融会贯通,建构起自己富有独特性的理论体系。强大的理论支撑使他在面对每一个问题时都能够游刃有余,常常寥寥数语就解开问题的症结,抵达自己的论点。总之,我们几乎可以肯定地说,正是辩证性保证了吕进先生诗学体系的开放性,使其保持长久的生命力。

吕进先生所受黑格尔影响还表现在他对后者一些观念和术语的借用、提炼和深化上。比如他的诗学理论的一个重要观念“感情是诗的直接内容”,就来源于黑格尔,后者曾说过:“诗所特有的外在客观因素既然不是音调,它究竟是什么?我们可以简单地回答:那就是内心中的观念和观感本身。”[①]“诗……只能通过观念本身去表现。”[②]再比如他提出诗的纯度来自于诗的内蕴和语言对散文杂质的“清洗”这一观念,与此相应,黑格尔则说过:“现实材料对诗人是一种外在机缘,诗人在这种机缘推动之下,就对这种材料进行深刻的体验和精细的洗炼,从而从他自己心灵里创造出在当前情况下没有他这位诗人就不能有以这样自由的方式表现出来的作品。”[③]我们不难发现这两者间的联系。其他如其对诗的音乐性、诗的想象等的看法,都在不同程度上显示出与黑格尔的渊源关系。但是,黑格尔作为哲学家谈诗,毕竟有些“隔”,而吕进先生作为诗

① [德]黑格尔:《美学》(第三卷)(下册),朱光潜译,商务印书馆1984年版,第56、50页。
② [德]黑格尔:《美学》(第三卷)(下册),朱光潜译,商务印书馆1984年版,第56、50页。
③ [德]黑格尔:《美学》(第三卷)(下册),朱光潜译,商务印书馆1984年版,第56、50页。

歌理论家和诗人谈诗，则更具专业性、灵活性，在某些问题上更能够洞幽烛微。而且，更为重要的是，后者对黑格尔的继承建基于对黑格尔的"清洗"上，他吸取了黑氏在诗学观念上的合理因素，扬弃了后者的片面性，使之更具诗学理论特征并有机地融入自己的诗学体系中来。

但是，作为一个中国学者，吕进先生的诗学理论更多地来自我们的民族文化传统和具有悠久历史的古典诗学理论。这首先体现在他对诗歌"使命意识"的反复强调上，这种强调实质上显示出儒家的入世情怀对其理论的渗透。其次是其许多诗学观念和术语来源于古典诗学理论，比如《新诗创造中的虚与实》一文中的关键词"虚"和"实"，直接就是古典诗学中的术语；再比如《诗的寻言》中，我们也能看到中国传统的言意观的印迹；《诗人是文明的"原始人"》《诗人的修养》《写诗与读诗》中，我们甚至可以看到严沧浪的某些观点。最后，就是其在理论表述的风格上，带有传统的印象式批评的特征。中国古典诗学理论重品评感悟，轻逻辑分析，在表述上显得活泼通脱，空灵自在，读文也如读诗。吕进先生继承了这一优秀传统，但又克服了其浮光掠影、流于玄虚的毛病，显得既活泼，又优雅，既流溢着诗意，又给人以智力历险的愉悦。我们在阅读中仿佛跟作者在做一次愉快的诗学漫步，穿过芳草鲜美、落英缤纷的林中草地，不知不觉就抵达诗的桃花源。

树立诗歌重建的标尺[①]

任洪国

在中国新诗研究领域内,只有少数几位诗评家建构了自己独特而科学的诗学体系,吕进先生即是其中之一。他在1982年出版的《新诗的创作与鉴赏》为他赢得了名声,1991年出版的《中国现代诗学》标志着吕进诗学体系的成熟和完善。他曾不无自豪地说:“一个比较完整而又尽量求实的理论体系提出来了。在这部书的面前,既往的拙著只剩下一些立论或资料。”[②]吕进关于诗歌定义、诗歌视点特征和言说方式等重大诗学命题的阐释填补了诗学研究的空白,任何一项创见都足以使其位列诗学大家。然而吕进的诗学体系是在流动过程中不断向前发展的,他仍以敏锐的目光关注着诗坛的纷纭变化和最新动向,并做出积极回应。《对话与重建》收集的正是他近年来的最新研究成果。

《对话与重建》的数十篇文章有一个基本的串接点:对于诗歌重建问题的深入思考。在当下文化语境下,诗歌重建问题有着重大的现实意义。在过去很长一段时间内,新诗过分注重诗的政治属性和社会功能,忽略诗美展现。新时期以来,诗歌无论是内在精神还是外在表达都解除了束缚,“归来者”诗和朦胧诗将新诗推进到了一个新的高峰。然而从80年代中后期开始,在诗歌的多元发展中,一些诗人极端自由的偏激态度,又使诗歌渐入困境。这除了时代变化等外在因素外,主要是诗歌在重建中面临的众多问题没有得到根本解决,具体表现在诗歌社会身份和承担精神的危机及审美风范的缺失。诗歌在摆脱“左”倾极端后,逐渐又滑向另一极端:在相当程度上脱离了社会和时代,诗体建设则相应从单一走向随意。

---

① 本篇原题目为“诗歌重建的标尺——评吕进《对话与重建》”,载《涪陵师范学院学报》2003年第1期。选入本书有改动。

② 吕进:《中国现代诗学》,重庆出版社1991年版,第381页。

鉴于此，吕进先生明确提出诗歌重建是新世纪诗学面临的重大课题，它包括两大方面：实现“精神大解放”以后的诗歌精神重建和实现“诗体大解放”以后的诗体重建，前者是呼唤诗歌精神的回归和发扬，后者是对诗歌审美展现的丰富和拓展，而吕进先生对诗体重建尤为重视。

诗体重建是《对话与重建》的核心话题。吕进先生开宗明义地提出：提升自由诗、成形格律诗是诗体重建的两大美学使命，这是建立在他对诗歌史和诗坛现状辩证、全面的分析之上的。新诗的诞生是“诗体大解放”的产物，从“诗体解放”到“诗体重建”是合乎逻辑的发展。很多诗人和诗评家都在诗体建设上做出过努力，提出过很多有价值的论点，刘半农的“重建新韵”，郭沫若的“裸体美人说”，闻一多的“三美”主张，艾青的“散文美”论，何其芳的“新格律论”都曾产生过广泛影响。但正如吕进先生所指出的那样，由于长期战争、动乱的外部环境的局限，更由于对新诗的“新”的误读，总体而言，新诗的诗体重建在20世纪进展缓慢。他对新诗和旧诗作了一个极为鲜明的对照：“极端的说，不少旧体诗是有形式而无内容，而不少新诗则是有内容而无形式。”[①]90年代诗歌的多元发展加剧了这一弊病。当自由诗体被误读为随意性诗体的时候，它就必然缺乏审美规范力，也必然失去具有几千年审美积淀的中国读者。这绝不是耸人听闻，人们对诗歌的冷淡正日益显现这一迹象。

而吕进先生提出“提升自由诗”正是要对自由诗体的“自由”作正确的框定。他认为，诗歌在想象世界里是极端自由的，它不为外部世界所局限，诗人可以依照自己的情感逻辑将外部世界所分开的东西结合起来，或把外部世界所结合的东西分开；但是，诗歌语言不同于日常语言，它是特殊的“诗家语”，有着独特的词汇、语法、逻辑、修辞，日常口语入诗必须受到诗歌规则的限制，因此，自由诗又是极端不自由的，诗歌是“极端的自由与极端不自由的统一”[②]。这种辩证分析深入本质，必将影响人们对自由诗的重新审视。

吕进先生也关注现代格律诗的重建，因为现代格律诗在中国的发展还不成熟。经过系统全面的分析，他提出了“现代格律诗成熟的标志是成形”的精到见解，即中国现代格律诗能否真正出现，取决于全民族公认的格律标准在艺

---

① 吕进：《对话与重建》，西南师范大学出版社2002年版，第36页。

② 吕进：《对话与重建》，西南师范大学出版社2002年版，第63-64页。

术实践中的形成[①]。他又进一步明确指出，现代格律诗成形的关键是诗语的音乐性，这真可谓一语中的。说诗的音律妨碍自然流露是不正确的，黑格尔认为"一般说来，真正有才能的诗人对于诗的感性媒介（音律）都能运用自如，感性材料对他不但不是阻力或压力，而且还能起激发他和支撑他的作用"[②]。所以只要对音乐性运用适当，诗歌反而能显现出更强的审美感染力。音乐性是新诗最弱的一环，但却是古诗最强的一环，因此，成形现代格律诗，必须与中国传统诗歌进行沟通和对话；虽然二者的艺术媒介有着较大区别，但处于同一民族语言的语音系统之中，必然也具有内在的相通性。吕进先生在80年代初就对诗歌音乐性做过深入的研究，他的关于现代格律诗的建构并非纸上谈兵，而是具有明确的针对性和切实的可行性。

当然，吕进先生诗体重建的目标是建设无限多样的诗体，并非抑此扬彼，因为敏感多思的现代人的丰富复杂的诗情断然拒绝诗作的单一和刻板，诗体的美学提升和规范化只有在无限多样化中才有希望得以实现。而且，吕进先生并不只限于纯理论的阐述，而是注重结合不同风格的诗人诗作，具体地加以演练。在《对话与重建》中，他对十多位现当代诗人具有特色的作品进行了细致解读，比如闻一多的"豆腐干体"、徐志摩的"对称体"、冯至的"十四行体"、晓凡的汉俳、郭小川的新格律体、袁水拍的仿民歌体、艾青的自由体、冰心的小诗体等等，他还对余光中的诗体美学及女性诗歌的三种文本作了独到的分析和阐发，这表明吕进先生的诗体重建说具有坚实的文本支撑。

关于当前诗歌精神的重建，吕进先生认为其中心应是如何对诗与社会、时代的关系进行科学性把握。这种定位直达问题的核心。虽然诗歌具有个性化的特征，是一种心灵性、感情性很强的文学样式，但它却与其他文体一样，与社会和时代有着紧密联系，"诗不应当是政治和政策的工具，但也不应与社会和时代隔离，更不应将此一种隔离当作诗的'纯度'"，"杰出的诗歌都具有不纯性"[③]，他还辩证地指出，诗虽不能逃避社会和时代，但是却常常超越政治与时代。诗歌要以它的审美方式通过对社会心理的精神性影响来对社会进步、时代发展内在地发挥自己的作用，而不能靠口号式的鼓动和政治特色对社会、时

① 吕进：《对话与重建》，西南师范大学出版社2002年版，第36页。

② ［德］黑格尔：《美学》（第三卷），朱光潜译，商务印书馆1984年版，第70页。

③ 吕进：《对话与重建》，西南师范大学出版社2002年版，第34页。

代进行外在的强行干预。吕进先生深入诗歌精神内核，探求其本质，特别是对关注日常生活和对人性、人情等生命关怀的优秀诗作进行了极有见地的解读。他认为关怀生命的诗往往有两个通道保持着与人群、人际、人世、人间的连接。第一个是诗的普视性，“优秀的诗人总是从‘我’走向‘非我’，在自我超越的高度和净度中歌唱，而对自己的超越度和诗人在现实世界的参与度通常成正比。”[①]诗人发现自己心灵和秘密的同时，也披露了他人的生命体验。第二个是诗人的内省和自我观照，即诗人在张扬个性的同时，也要以社会和时代的审美标准提炼自己，提升自己。与此直接相关的则是诗人要相应加强人格修养和艺术修养。

吕进诗歌重建理论背后有着厚实的学术支撑。他不仅熟悉中外古今诗歌理论，而且广泛吸纳哲学、心理学、创造性思维学等领域的有益成果。在《对话与重建》中，他认为诗歌重建必须建立在两个对话基础之上。一是同中国传统诗学对话。中国传统诗论虽没有形成统一的科学体系，但感悟性强，定位灵活，丰富而深厚，并且同为中国诗学，它们对人的终极关怀也是相通的。二是同外国现代诗学对话，虽然二者文化背景不同，但同为诗学，同为现代科学的性质是相通的。继承和发展中国传统诗学的人文精神，同时适当借鉴外国现代诗学的重分析、重体系的科学精神，实现古今、中外的整合，中国现代诗学才会走向辉煌。这一点对当下诗歌批评界同样具有指导意义。当今诗歌研究者往往过多搬用西方理论，不考虑中国具体国情，导致消化不良和学术研究上的“失语症”。吕进先生强调两个对话，正是为了防止研究上的厚此薄彼。

通观全书，《对话与重建》中的每一篇论文无论是现象透视还是本质分析，都是作为统一体的一部分而存在，服务于诗歌重建这个中心命题。它们对问题的把握和思索既不虚浮，也不偏颇和片面，而是切实的、辩证的、全面的。无论是史学意义上的宏观打量还是事件意义上的局部梳理，吕进先生一直运用科学的辩证方法，在联系、发展的基点上对诗歌进行谨慎剖析，这种方法的科学运用赋予了吕进诗学体系持久的生命力，也使他始终走在现代诗学研究的前沿。

---

① 吕进：《中国现代诗学》，重庆出版社1991年版，第35页。

主编首部区域新诗发展史[①]

颜同林

中国新诗史的写作一直落寞并备受非难，在新文学众文体中难以呈现出本身历史的丰富与实绩。概而言之，其一是新诗自草创以来便失去了传统文学坐标上的中心位置，在敢为文体开路先锋的同时便自觉承担起退居幕后与置身边缘的宿命，以至于出现其他文学史已是汗牛充栋了，而新诗史成果却寥若晨星的现状。其次，如何在最大限度上逼近、还原诗歌真实、曲折的历程，如何以独立、审美的立场面对诗人诗作及诗潮，进而在描述与判断之间建立互动关系，一直让人疑惑。其三则是看重诗名的诗人个体，抱着不同的期望值，如何避免人事纠缠，既整合现有的各种写作资源，又在局部与整体的相互纽结点上做出经受得住时间无情淘洗的探索，可以说一路上很少有鲜花，更多的是荆棘。在这个意义上，我以为具有典范意义、令人企盼的新诗史的问世，是直面以上难题所作出的艰难抉择，其中付出的心血是可想而知的。

在这思考与期待中，我们读到了吕进教授主编的《20世纪重庆新诗发展史》（重庆出版社2004年6月版，以下简称《重庆新诗史》）。作为一名著作等身的新诗研究专家，吕进率领一支由十余位学者组成的学术梯队，选择了承担与付出。历时三年、披删数次，一部五十多万字的著作画上了句号。这是一部诗学立场客观、全面，材料丰赡、新颖，体系庞大、周密的新诗史力作。它并没有因为在全国范围内是第一部区域新诗发展史而留下探索的硬伤，也不因各位编者诗学学养、观念歧异而相互抵触，相反，在主编一以贯之的诗学立场与史识的协调下，全书蕴含着对百年重庆诗况全景式观照的历史意识，又凸现出开阔的理论视野，自信地加入构建中国新诗史的整体格局中去。纵观这部洋洋

① 本篇原题目为“区域新诗史研究的开山之作——评吕进主编的《20世纪重庆新诗发展史》”，载《中外诗歌研究》2005年第1期。

洒洒的力作，我们得到的启示是多层面的。囿于篇幅，我无法对这本书做出全面的评论，仅就其中几点感触最深的谈谈自己的看法。

首先，《重庆新诗史》最鲜明的特点是力图恢复、还原重庆地区在过去一个世纪历程中新诗的全貌。重庆是一个诗歌重镇，自古亦然。全书远追《下里巴人》《竹枝词》等作品与李白、刘禹锡、杜甫等诗人，近迄清末民初的过渡型诗人吴芳吉，以此简略地构筑一个宽阔的历史背景。承其诗体的流变，20世纪这一历史长时段的新诗全貌渐渐浮现出来，从结构安排来看，全书共分二卷，外加一个附录，卷一为过程描述，卷二为诗人与诗评家，附录则是个案研究。在这个大框架内，以20世纪两次高潮，即抗战时期和新时期为基本骨架，从新诗初期、抗战时期，经十七年，到新时期，最后推进到更趋丰富的90年代。在这以阶段、板块为基本形构的线索延伸中，编者从精神维度、创建得失、传播重建等角度对20世纪重庆新诗进行了理论观照，高屋建瓴地一一检点、清查了重庆新诗这一庞大的仓库，给人一种纲举目张的恢宏气度。主编在导言中说："诗歌观念，诗人构成，诗歌作品，应当说是考察诗歌上某一发展阶段的几大因素。"正是在这样的写史共识指导下，围绕全书框架的是有血有肉的诗人与诗评家个案，对活跃在各历史时期的审美主体予以充分的关注与详尽的描述。从诗人个案来看，重点有在全国诗坛既留下了名字又留下了声音的何其芳、方敬、沙鸥、梁上泉、傅天琳、李钢等诗人；从特色思潮角度来打量，有方言诗、现代格律诗、微型诗、网络诗等审美存在，有以吕进、石天河、李怡、蒋登科为代表的诗歌评论力量。通读全书，你就会发现，论者充分注意到了重庆新诗自身发展的曲折性与复杂性，理论建构与特征把握都是从对象本身生长出来的，无形中拒绝了大而空疏、陷于线性抽绎的文学史写作通病。

其次，《重庆新诗史》对新诗这一文体本身细腻、丰富、厚实的诗味还原与保留是独树一帜的。时下的文学史写作范式，大多在尊重历史本身的现实时或多或少地远离了文学所具有的文学性，对诗歌的描述与抽象更是如此。

可喜的是，该书没有陷于空泛的理论议论和观点罗列，在阐述重要的诗学现象、判断鲜见的观念时，较多地佐以诗人个案和诗歌文本的例证，使新诗史保持理性思维的清晰、精当的同时，顾及新诗本身模糊、多义、富于感性色彩的特征。如第六章专论方敬的文字，在叙述、勾勒方敬生平与创作轨迹时，对《馈赠》《等候》《花的种子》等作品进行了鉴别、品尝，其原则是化入诗的内部去谈诗,形神毕肖地描绘出一个戴着“宽帽檐”在忧郁地歌唱,然后在阳光下“拾穗”的诗人形象,其本身的流变过程也不言自明。又如附录卷中专论何其芳一章,主要以《预言》《夜歌》来立论,辨析、还原了何其芳式的抒写方式与抒情风格,其中,对《预言》《云》《秋天》等佳作中飘浮诗美的捕获是独到的,是直觉层面上与诗人幽晦心灵琴弦的合奏。诸如此类诗美的寻觅与自呈,在书中并不鲜见,说明著者真正读懂了诗,也真正把捉到了新诗内在的客观事实与流变规律。

此外,史论结合、纵横结合的叙述方式也值得关注。论者对于诗歌史上众多流派与重点诗人的相互关系,重庆新诗与中国新诗的相互纠缠、占有等情况都有所警觉,对诗歌创作与诗歌评论的互动,以及重庆诗坛两股力量的融会都有精当的洞悉。正因为走出了“以论代史”的历史怪圈与窠臼,著者的归结、提升才成为可能,史论相互渗透的良性互动才内在地推动了全书论述的螺旋性前进。可以说,《重庆新诗史》标志着中国新诗研究的新进展与新方向,显示了新诗研究在相关理念层面上的介入与深入。

当然,如果挑剔地审视的话,本书也留下了些遗憾,有些重要的诗歌现象未能充分地展开探讨,譬如在新时期作为对“朦胧诗”的反对而出现的“第三代诗”,重庆诗坛是此一群体既有诗学宣言又有文本实力的一个重要据点,这一事实似乎不应一笔带过。但瑕不掩瑜,《重庆新诗史》裹挟着富有启发性与全局性的史识,以及对历史真实、诗美诗味的体验与还原功力,为目前冷清的诗史著述领域抹上了厚实的一笔。作为一个具有积极意义的事件,其拉动相关区域文学史写作的辐射力与价值,将随着岁月的流逝与学界的关注而日益凸现出来。

打造山城诗坛新坐标①

陈志平

新世纪的中国诗歌在社会转型所带来的经济大潮的挤压下，早已褪去光环，滑向文化的边缘；写诗、读诗甚至成为人们钝化的灵魂深处的些许回忆。在这寂寞、诗情疏离生命精神稻田之际，《20世纪重庆新诗发展史》如空谷足音，在久已沉寂的诗坛掀起巨大波澜，这为诗歌的存在与发展而发出的呐喊声昭示着新诗火种绵延不息，响应了新诗再次复兴的呼唤。

吕进教授主编的《20世纪重庆新诗发展史》，对重庆新诗的发展历程进行了系统梳理，反思歧路，肯定成绩，展望未来；并对重庆诗人、诗评家与诗歌团体做了客观介绍和中肯评价，打造出了重庆诗坛的坐标系。拂去山城层层包裹的浓雾，重庆新诗浮出了历史地表。全书分为卷一"重庆新诗的过程描述"和卷二"重庆诗人与诗评家"两大部分，共22章，是一部"以创作主体为主型"的诗歌史，以大半的篇幅按着史的走向全面、客观地评介代表诗人和诗评家，甚至对许多作者辟出专章详尽介绍，尤其是对部分曾被忽视、埋没的出色的诗人、诗歌给予了关注，从而传递出诗歌史的信息，进而得以对重庆新诗史进行全面、客观的把握。整体来看，本书是以"点—线—面"的格局来结构全书的，通过诗人、诗歌群体或流派（或准流派）、诗评家这三"点"的分立评介，然而又不截然分开，自然融贯、流畅连接为一条"史"的精神脉络，进而在大量新鲜、独特的诗歌史实、诗歌现象的丰富之下，最终得以拓展为一部翔实、客观的重庆新诗发展史。当然，在整个新诗史上，重庆新诗只是一个"点"，《20世纪重庆新诗发展史》这本地方诗歌史也只是第一声信号，新诗火炬将会越燃越旺，势必成燎原之势。

① 本篇原题目为"点、线、面结合的诗史佳构——评《20世纪重庆新诗发展史》"，载《重庆教育学院学报》2005年第2期。

重庆是一座文化底蕴深厚、历史悠久的城市。这座古老的山城吸纳山川星月之精华，地灵人杰，诗人、学者辈出。《20世纪重庆新诗发展史》将目光较多地放在了对做出卓越贡献的重庆诗人、诗评家们的深情关注上，从三“点”入手进行基础建构。首先是对优秀诗人、诗作的点评与介绍。如重庆诗坛老前辈方敬秉着“从爱出发，以美来完成”的诗歌美学原则，在寻觅时代精神中坚持艺术追求；长期湮没于地下的“新世纪化石”杨吉甫，耕耘着中国自然经济形态下的田园牧歌；曾写作四川(重庆)方言诗的沙鸥创立了“沙八行”，并成功运用于情诗和新山水诗的实践；培植“刺玫瑰”的余薇野，以其难能可贵的诗学品格高举着讽刺诗的大旗；“两栖”诗人梁上泉长期致力于格律实验和儿童诗歌创作；张继楼则全身心地以儿童诗歌丰富着重庆诗坛的园地；重庆才女傅天琳以流溢浓郁果香的诗句谱写着爱之歌曲；李钢以军旅生活为题材歌颂着最可爱的人。

其次，本书还介绍了重庆诗坛的几大富有特色的诗歌团体或者说准流派。

1.“五色土”诗群。有“中锋派”的代表诗人徐国志，追求诗歌高格调的培贵，以诗探寻人生哲理的再耕，广纳新鲜艺术营养的王长富，尊重诗而离开诗的杨永年。

2.在重庆市、区、县文化局系统，曾经或仍然在坚持诗歌创作而且成绩突出的诗人们。其中梁平以渗透着孤独、寂寞的诗歌探寻着生命的现状和人性的本质；王川平不只是在古代神话题材的诗歌创作上取得了成绩，而且也注意关注人生，打量当下时代；矿工诗人柯愈勋，以执着的“爱”去贴近丰富的生命现象本身；“怪才”华万里一直以诗的方式思考着生命的来源和价值。

3.致力于现代格律诗的探索的诗人群体。集诗人、学者、翻译家、编辑于一身的邹绛在现代格律诗创作和理论研究上赢得了很高的声誉；陆棨通过对古典诗词的继承与创新，创造出在浓厚的抒情氛围中叙述故事、塑造形象的独具特色的现代格律诗；万龙生以执着的诗学精神坚持着现代格律诗的创作。

4.以年轻诗歌作者为主的“界限”诗群，通过“界限”诗歌网络凝聚了来自四面八方的诗歌爱好者，他们有风格逐渐成熟的李元胜、何房子、吴向阳，有正在崛起的新生代诗人刘清泉、李元勤、安西、赵宇舒，还有90年代比较有特色的雨馨、沈利等女性诗人。

5.集中体现了重庆文化精髓和地域审美观念的少数民族诗群，有诗坛老将、土家族诗人冉庄,新生代诗人何小竹、冉冉、冉仲景、周建军、冬婴等人,他们歌颂祖国的山水和民族的风情,关注特定地域的人世沧桑,努力做"时代的歌者,大众的代言人",为重庆诗歌的繁荣做出了很大的贡献。最有特色的是,本书还以不小的篇幅介绍了重庆诗评家,这在以往史类著作里都是很少见的,他们无疑构成了重庆新诗史上的一大亮点,为新诗的成熟乃至发展做出了不可估量的贡献,值得特别关注。著名诗人、诗评家吕进先生为中国现代诗学的体系建构做出了突出贡献,他的诗学体系是求实、创新、兼容的、开放的、崭新的诗学体系,"诗歌精神重建""诗体重建""诗歌传播方式重建"的"三大重建"理论,体现了他的新诗文体学理论和新诗创作实践的结合,使他的诗学体系更趋完善。还有石天河、马立鞭等人长期从事新诗基础理论研究,周晓风、蒋登科、毛翰等对诗歌本体进行打量,李怡、王毅、何休等对现代新诗发展史和诗人进行研究,陈本益、向天渊等对中外诗歌进行的比较研究,王泉根、彭斯远等人的儿童诗研究,穆仁等人对微型诗倡导和文体探讨。[①]诗评家们为新诗的复兴添砖加瓦,助燃着新诗火炬。这三"点"连线成一脉络,贯穿于重庆新诗发展史。

《20世纪重庆新诗发展史》勾画的时间线索也是相当清晰的。20世纪的重庆作为中国现代诗歌的重镇,是新诗发育和成长的沃土。在新诗草创期,新文化相对滞后的重庆一直在积蓄力量、蓄势待发;随着抗日战争的全面爆发,重庆集聚了众多诗人、作家、批评家,他们以新诗为武器,融入民族解放斗争的洪流。郭沫若、艾青、臧克家、沙鸥、穆仁、"九叶派"中的唐祈、"七月派"中的大部分诗人纷纷步入诗坛,加入了歌唱;在以颂歌、赞歌、战歌为主流的"十七年",新诗作为服务于政治的工具,虽不免诗艺粗陋,但真诚、热情;70年代末,中国大地万物复苏,激活了诗歌的因子,重庆新诗一道走出阴霾迈向了新时期,傅天琳、李钢、梁平、邵薇、冉庄、邱正伦、柏桦、张枣等及80年代的校园诗人们,使重庆新诗这颗明珠大放异彩,在中国诗坛形成了一道亮丽的风景线。这一时期的另一特点是"重庆的新诗评论取得了突破。除了老一代的诗歌评论家,陈本益、周晓风、蒋登科、毛翰、李怡、王毅等一批中青年诗歌评论家的出现,更显示了重庆新诗评论的发展实力和发展前景"[②]。自90年代以来,市场经济、文化

① 吕进:《20世纪重庆新诗发展史》,重庆出版社2004年版,第630页。
② 吕进:《20世纪重庆新诗发展史》,重庆出版社2004年版,第9页。

转型不可避免地带来了中国诗歌界的萧条，诗派论争不断，诗人们纷纷选择了逃离，人们焦虑、沮丧、叹息，中国诗坛一片混乱，而重庆诗坛却自一贯的并行不悖中奏出了不同的曲调，诗心依旧，“新的年轻诗人成群地走上诗歌舞台，带着新的诗歌观念和审美欲求，进行着他们的别具一格的艺术探索”[①]，李元胜、欧阳斌、何房子等诗人们孤独但愉快而坚定地继续着创作，秉着新的人文关怀，关注当先性，执着于个人化写作，重庆诗坛形成了少有的多元风貌。

沿着《20世纪重庆新诗发展史》一路走来，我们不只看到了西部山城的诗坛风貌，而且“管中窥豹”地领略了中国诗坛的发展状况。然而重庆新诗史又并非中国新诗史的简单一部或缩影，她当然有着自己独特的风采和魅力。这其中尤其重要的是面对新世纪中国诗歌的“山体滑坡”，始终有着一种坚持、一种韧性，固执地守望着未来丰收的季节。回首20世纪初，新诗开天辟地、轰轰烈烈。然而物转星移，由于传统营养缺乏带来的供血不足，过分欧化造成的浅薄，仅仅几十年间，蹒跚的新诗尴尬地徘徊着。在20世纪末期及21世纪初，新诗的自由精神过分张扬，中国基于几千年审美感知的诗性语言流失，非诗化大行其道，新诗面临枯萎、凋零。好在有着深厚积淀的中国诗歌生命不息，中国诗歌也许总有一种自省精神。正是在贫乏的年代里，在转型的关键时期，吕进教授提出了诗歌精神重建、诗体重建和诗歌传播方式重建等推动新诗变革的“三大重建”。这一诗人、学者群构成的有韧性的“点”持续不断地渗透、扩张、拓展，从而由“点”到“线”再到“面”地掀起诗歌潮流，或许将带动中国新诗整体的勃兴。

《20世纪重庆新诗发展史》是在“倡导新诗二次革命，推动新诗再次复兴”的诗学主题下诞生的一部诗史著作，她有着启迪、总结、开拓之功效，在新诗并不丰茂的园地，引领和激励爱诗的人们用信心和热情去守望、去开辟广阔而辉煌的诗歌天地。

① 吕进：《20世纪重庆新诗发展史》，重庆出版社2004年版，第9页。

多重视角观照重庆新诗发展史[①]

郭芙秀

正如吕进先生在导言中所言:“重庆的确还不能称为文化大市。但是,对于20世纪的中国新诗来说,重庆却是一座重要的诗城。”稍微了解新诗历史的人都知道,现代文学发展的第三个十年,中心就在重庆,“文协”以重庆为活动中心开展了长达八年的抗战文艺运动。30、40年代的陪都文学使其纳川接海,形成了重庆新诗发展的第一个高潮。随着抗战之后中心的转移,重庆诗坛也没有寂寞冷清下来,而是依其传统、其根基、其本土诗人和诗歌,掀起了第二次诗歌高潮,产生了不少实力派诗人。这样的诗歌传统从未间断,及至现在,重庆诗坛仍是一派繁荣景象。重庆新诗有了这样的成就,关于它的新诗发展史的整理是迟早的事,只等有心有力的学者来完成。《20世纪重庆新诗发展史》的面世填补了地域新诗发展史的空白,更对重庆新诗发展乃至整个中国新诗发展作了极具启示意义的探讨。此外,这部著作的最大特色还在于它的多重视角,是四个角度的完美结合,即诗史与诗艺结合,诗论与诗体结合。一般的新诗发展史著作只是从史的角度和论的角度切入,进而囊括整个发展过程,这样做有助于一般性地了解诗史和诗人,但容易忽视其发展形成的多元因素和个体的独特性。四个角度的完美结合使《20世纪重庆新诗发展史》避免了这个缺憾,并形成了自己的独特风格:丰富但不繁乱,深刻但不偏颇。

第一,诗史与诗艺结合。对于新诗史的追述一般从“五四”或“五四”前期开始,《20世纪重庆新诗发展史》也不例外,但它在探究诗坛丰硕的因素时却不限制于此。开卷第一章就细致而生动地追述了重庆诗歌的文化遗传。“自古文人皆入蜀”,重庆现在虽已从蜀中分离出来,但在“血统”上二者是密不可分

① 本篇原题目为“四个角度的完美结合”,载《文艺报》2005年3月10日。

的。在追述诗歌传统时,《20世纪重庆新诗发展史》特别肯定了自古至今民歌的影响。“重庆新诗有着几千年的源远流长的文化遗传。尤其是三峡地区,三峡是诗之峡,是一片诗的沃土……三峡地区从来就具有诗歌尤其是民歌悠久的文化遗传……唐代以后一直至清代,在全国流行的《竹枝词》的故乡在三峡……《巫山高》的故乡也在三峡。”在考察民歌这一诗歌源头时,《20世纪重庆新诗发展史》自然要探讨一下诗歌与音乐的关系,因为民歌与音乐具有密切关系,随后由于文人参与创作,使之得到定型和发展,其创作逐渐与音乐分离,产生纯诗,这样文字的意义不再依附于声音,有了独立作用,但诗与音乐的关系并非就此断裂。民歌的文字形式直接影响了文人诗歌的创作,而它的音乐形式却与另一种诗歌——歌词联系更为紧密。《20世纪重庆新诗发展史》在探讨诗歌本身的同时,没有忘记诗歌与音乐的关系,没有忘记诗歌的音乐特征,没有忘记诗歌的特殊样式——歌词。因此在关于梁上泉的专章中,《20世纪重庆新诗发展史》用较长篇幅来阐述梁上泉的受“民间影响的音乐文学创作”。苏珊·朗格曾说:“民歌这种有着多变的歌词,有着各种伴奏或没有伴奏的简单曲调仍然是音乐,它不能是别的,只能是音乐。”诗与音乐的关系到底怎样,这部书自然无法详细展开,但它的启示是丰富的。诗歌与歌词与音乐之间的交叉性研究必将成为一种新的值得关注的研究现象。

第二,诗论与诗体结合。胡适说作诗如作文,诗歌一下子空前自由起来,新诗开始之初成了自由诗的代名词。但随着新诗的逐渐发展,人们发现,只有自由体的新诗是不健全的,现代格律诗作为新诗的另一种体式,也在探索中慢慢发展,只是它更容易被自由的声音淹没,更容易被误解。陆志韦、宗白华、闻一多、何其芳、林庚、臧克家等都曾是现代格律诗的先驱。到了新时期,以重庆为基地的新时期诗学三派之一“上园派”接过了发展现代格律诗的火炬,他们在继承与创新中再次把现代格律诗的探索推向了高潮。因此,论及重庆诗人的个体创作时,《20世纪重庆新诗发展史》专门介绍了一些诗人的现代格律诗创作,如梁上泉的现代格律诗实验;尤其是独创的诗体,如沙鸥的“沙八行”、杨吉甫的田园小诗创作。对于致力于现代格律诗研究的诗论家,《20世纪重庆新诗发展史》也专章列出,比如何其芳、吕进、邹绛、陆棨、万龙生、陈本益等对于现代格律诗的研究。“如今新诗已开始显现‘自由’与‘格律’两条腿走路的健康发展态势。”既然如此,探讨诗史时,对于现代格律诗发展的描述已是必不可少的。但注意到这一点的新诗史著作似乎还不多,《20世纪重庆新诗发展史》在这一方面可谓又开了先例。

以上所简言的两大特色足以使《20世纪重庆新诗发展史》以独特的身姿傲然于浩浩著作之海。

梳理检阅重庆新诗发展史[①]

宋星

由吕进主编的《20世纪重庆新诗发展史》的出版，是重庆出版界、中国新诗史上可喜可贺之事。作为迄今为止我国第一部地方新诗史，该书以五十余万字的篇幅，对自新诗诞生以来，重庆诗歌的各个发展时期及其有代表性的诗人、诗论家、诗歌流派进行了历史的追踪和理论的分析，是一次覆盖面广、建设性强、史论结合的重庆新诗的大巡礼。它不但是对历史的重现，而且它所体现的艺术追求、学术风范也可以为当下和未来的新诗发展提供有益的参照。

吕进长达七千余言的"导言"介绍了全书的主要内容，阐明了重庆新诗发展的三个重要维度。全书共分两卷，第一卷为"诗歌史"，第二卷为"诗人论"，各自独立又互相关联，"史"以"论"为基础，"论"又以"史"为纲。编者抓住了诗人与时代的血肉联系，将诗歌的诞生、发展、嬗变、更迭与时代精神的发展两相交织，给人以一种历史纵深感。

卷一是对重庆新诗的过程描述。这是从纵向上的观照，既是对重庆新诗发展的断代(分期)研究，又是对重庆新诗史从总体上的把握，应该说，这是具有恢宏气度和开阔胸襟的。卷二则从共时的角度，谈到重庆诗人与诗评家。编者尤其注意对每一位重要诗人在艺术题材、审美追求、艺术成就等方面所体现出来的特色加以论述，从而揭示了重庆新诗丰富的内蕴。值得注意的是，本卷列出专章，对以原西南师范大学中国新诗研究所专家为主的重庆诗评家进行了介绍，更体现出重庆是中国新诗的重镇——不仅为数众多的诗人在这块热土上默默耕耘，而且不少学者也从理性的角度，对重庆新诗、中国新诗进行评价和指导。创作实践因之有了可依据的方法和规范，诗学理论也有了丰厚

① 本篇原题目为"重庆新诗：检阅·审视·重建——读《20世纪重庆新诗发展史》"，载《中外诗歌研究》2005年第1期。

的生长基础和可能。附录对何其芳、邓均吾这两位中国新诗坛重量级人物作了详尽介绍。这一方面是对重庆诗歌发展史的必要补充,另一方面也表明这两位诗人对重庆诗歌的发展起到了奠基的作用,并各自以其独特艺术风格成为中国新诗史上的重要诗人。这样一来,重庆新诗就更体现出了自己在中国新诗史上的独特地位。

我不想过多地复述《20世纪重庆新诗发展史》的具体内容,追往是为了鉴今,是为了更好地寻找重庆新诗乃至中国新诗在未来的发展之路。通过对该书的细致阅读,除了可以了解大量的史实外,我们还可在其中找到一条贯穿始终的理论线索,它以西南师范大学(今西南大学)新诗所为主的重庆诗评家的主要诗学主张为核心,同时吸纳了其他一些具有生命力的诗学观念,成为编著本书的主要理论依据。对照重庆新诗发展的历史脉络加以考察,这种主张不但没有疏漏重庆新诗史上的重要诗歌现象,而且对它们给予合适的历史与学术定位。这说明,这种诗学观念是与新诗发展的历史事实相协调的,来源于诗歌发展的事实,也可以反观诗歌的发展历史,具有强大的生命力。而且,这种秉持求实创新原则的诗学理论也在随着新诗艺术的发展而不断丰富和更新。

2004年9月,中国新诗研究所召开了首届"华文诗学名家国际论坛",针对当下诗坛泥沙俱下的现状,提出了中国新诗"二次革命"理论,主张中国新诗的三大重建,就是对中国新诗发展的一次整合和廓清,为今后新诗的发展指明了具有可行性的道路:诗歌观念重建之路,诗歌文体重建之路,诗歌传播方式重建之路。诗歌观念重建重在对诗歌承担精神的强调,只有兼具社会关怀和生命关怀的诗歌才具有长久的艺术生命力;诗歌文体重建主要应该在完善自由诗、倡导格律诗和增多诗体等方面做出努力;诗歌传播方式的重建关注诗与音乐的结合,关注网络对诗歌的渗透和拓宽。实际上,稳健的创新正是20世纪重庆新诗发展的动力所在,我相信,它同样是重庆新诗借以进入良性发展轨道的重要向度,也是中国新诗重建之维。

正是出于对社会历史的关注,在抗战时期,国家兴衰、民族危亡跃升为诗歌主题,当时活跃于重庆的"七月诗派"就是注重"社会关怀"的重要代表。他们以战斗的姿态,站在抗战的前沿,以诗为旗、以笔为枪,唱出了时代的最强音,显示出诗歌宝贵的承担品格。而进入新时期,新诗加大了生命关怀的分量。诗人开始"向内转",关注人生、人情、人性及诗人自身。无论是傅天琳果园里的歌唱，还是李钢对蓝水兵的咏叹，无论是梁平对重庆历史的亲切抚摸，还是李元胜、何房子等人对生命本身的深度体验，都表现出重庆诗歌发展的新动向。

而在诗歌文体的探索与研究方面，重庆诗人从来就是引人瞩目的。何其芳对建立现代格律诗的提倡对中国新诗文体理论的建设影响甚巨，邹绛、陆棨、万龙生等人不仅从理论上对现代格律诗进行探索，而且从诗歌创作实践上加以佐证，继承了前辈诗人的探索成果，在体式、音顿、音韵等方面丰富和发展了现代格律诗。吕进的诗歌文体理论在海内外诗学界具有广泛影响。今天，格律诗和自由诗及其他诗体在重庆诗坛多元共生，呈现出诗歌文体发展的良好态势。

在网络传媒渗透到社会生活方方面面的今天，重庆诗歌一方面注重其老传统——诗歌音乐性的回归，一方面迅速接受了“网络”这一崭新的传播媒介，继续强化重庆诗歌在全国诗坛上的重镇地位，为诗歌的传播开拓了渠道。1999年《界限》作为全国第一家大型诗歌网站出现，它以不可比拟的开放性、包容性、凝聚性成为90年代后期重庆诗坛的一个亮点。

总之，《20世纪重庆新诗发展史》从纵横两个向度对重庆新诗的历史做了一次梳理和检阅，不仅为重庆新诗挖掘到了其发展的根源，而且为重庆新诗未来的走向也做出了高瞻远瞩的展望。我们有理由相信，重庆新诗会走得更好。

敢于直面新问题①

张中宇

对于诗情浓郁的重庆来说，缺乏一部诗歌史来进行总结是非常可惜的。2004年5月，重庆出版社出版了由原西南师范大学中国诗学研究中心教授、博士生导师吕进先生主编的《20世纪重庆新诗发展史》，全书52万余字，700余页，研究、论证与编写历时两年有余。这是一项开全国地方文学史大规模研究、编撰先河的重大学术成果，不但填补了重庆文化建设的一处空白，而且必将对全国文学史的研究，尤其是各地方文学史的编撰起到十分积极的推动甚至示范作用，有利于促进当代文化建设的繁荣。

我特别要指出的是这部学术著作敢于直面问题的态度，仅举一例。

众所周知，长篇小说《红岩》中有一首著名诗歌《我的"自白书"》。在小说中，《我的"自白书"》是《挺进报》负责人成岗所作，成岗是以红岩烈士陈然为原型创作的，这样，人们就自然而然地把《我的"自白书"》作为"烈士遗作"。

如果《红岩》里的《我的"自白书"》是"烈士遗作"直接引入或略加修改引入小说中，问题就很简单，直接查烈士档案或遗物，加以对照就可以得出结论。问题是，烈士档案和遗物中均没有《我的"自白书"》。因此，《我的"自白书"》作为"烈士遗作"的一般看法就需要重新研究。这也是《20世纪重庆新诗发展史》作为一部严肃的学术著作编撰时不应也不能回避的问题。

由中共重庆市委党史研究室主办、以刊载革命文史资料及其题材作品著名的严肃的专业刊物《红岩春秋》杂志副主编何蜀在《〈我的"自白书"〉是烈士遗诗吗》一文中就指出："还在这首诗出现后不久的20世纪60年代初期，就已经有人产生了怀疑。这样一首构思完整、语句精练、韵脚整齐、节奏铿锵有力

① 本篇原题目为"《20世纪重庆新诗发展史》：敢于面对新问题的学术著作"，载《重庆教育学院学报》2005年第2期。选入本书有改动。

的诗,能是在敌人刑讯室里‘不假思索’‘一气写出’的吗?敌人能允许陈然从容地把这12行诗从头到尾写完吗?北京电影制片厂拍摄电影《红岩》(后更名为《烈火中永生》)的导演水华就认为:这首诗与规定情景不符,句子的加工痕迹太重。陈然烈士的亲属也提出疑问:从不知道有这首诗,是不是在敌伪档案里新发现的?面对这些意见,罗广斌承认:这首诗不是陈然写的,是他们几个人根据陈然曾经有过的意愿写的。因此在写小说《红岩》时,没有再用陈然的真实姓名,而改成了‘成岗’。”

由于《红岩》是文学艺术作品,允许小说作者根据塑造人物形象的需要进行增补或虚构。因此,既然档案及各种相关材料都不能证明是“烈士遗作”,《红岩》的主要作者罗广斌又说明是“他们几个人根据陈然曾经有过的意愿写的”,《我的“自白书”》作者的探寻就由烈士转向了《红岩》的作者。“他们几个人”到底是谁?《我的“自白书”》是集体创作还是个人创作?谁起的作用更大?

红岩革命纪念馆馆长厉华等编写的《红岩魂纪实——来自白公馆、渣滓洞的报告》里收录了罗广斌1950年初的“一份自传”,在回忆狱中经受考验的情况时,“写了一首《我的“自白书”》作为对难友的一个答复,也表明了自己的态度”。这首《我的“自白书”》是这样的:

望着脚下沉重的脚镣,我没有什么需要自白,就拿起皮鞭吧,举起你们尖锐的刺刀吧!我知道,你们饶不了我,正如我饶不了你们一样,毒刑、拷打、枪毙、活埋,你们要怎么干,就怎么干吧!是一个人,不能像狗一样爬出去,我恨煞那些怕死的东西!没有同党,什么也没有,我的血肉全在此地。就拿起皮鞭吧,举起你们尖锐的刺刀吧!望着脚下沉重的脚镣,我没有什么需要自白。

这篇《我的“自白书”》与小说《红岩》中的诗歌在内容上是接近的,因此无疑是最初的原作,是研究小说《红岩》中《我的“自白书”》原创作者的重要材料。但是可以看出,罗广斌《我的“自白书”》明显还是“散文”,不是“诗歌”。还有一点值得注意的是,罗广斌并不是诗人,搜集关于他的各种材料也不能证明他有诗人的才气,因此“原作”写成“散文”是可以理解的。但《我的“自白书”》是一首成熟的诗歌,不是从来不写诗的人可以一气写出的。请看这首诗:

任脚下响着沉重的脚镣，任你把皮鞭举得高高，我不需要什么自白，哪怕胸口对着带血的刺刀！人，不能低下高贵的头，只有怕死鬼才乞求“自由”；毒刑拷打算得了什么？死亡也无法叫我开口！面对着死亡我放声大笑，魔鬼的宫殿在笑声中动摇；这就是我——一个共产党员的自白，高唱凯歌埋葬蒋家王朝。

因此，研究还得进一步深入。《红岩春秋》副主编何蜀的文章《〈我的“自白书”〉是烈士遗诗吗》提供了另一段重要材料：

现居成都的老作家胡元，向笔者提供了他写的一篇回忆稿，其中谈到罗广斌等人集体创作这首“烈士遗诗”的一些情况。1956年，胡元在重钢小平炉车间体验生活，罗广斌、刘德彬、杨益言等在南泉从事反映当年渣滓洞、白公馆狱中斗争的文艺创作……有一次他去时，读到了《我的“自白书”》，胡元回忆：“我赞不绝口地说好，有气魄。杨本泉（杨益言之兄）说：‘你是第一个读者，不要光说好，要提意见。’……我便问是谁写的，杨本泉叫我猜。我猜是罗广斌，罗广斌笑着摇头。又猜是刘德彬，刘德彬也摇头。我就对杨本泉说：‘那就是你写的了。’杨本泉平伸出双手摆了几下道：‘大家写的，大家写的。’”

何蜀提到的杨本泉是谁呢？杨本泉毕业于复旦大学新闻系，先后在重庆《商务日报》《国民公报》《中国夜报》《大公报》《重庆日报》、重庆出版社任编辑、记者、编辑部副主任、副刊组长、副总编辑等职，当时创作《红岩》除了罗广斌、刘德彬、杨益言外，还专门派杨本泉进行指导。杨本泉先后出版了7部诗集（含与人合著），对诗歌最熟悉，创作班子内的其他人均不熟悉诗歌文体及技巧，也没有诗歌、更没有诗歌集流传。

何蜀这段材料可不可信呢？胡元作为旁观者，且回忆稿交给严肃的史料刊物《红岩春秋》副主编何蜀，可以证明这段回忆是比较客观的。

因此，《20世纪重庆新诗发展史》得出的结论是：陈然等红岩烈士的精神提供了创作的原动力，正是烈士们的精神——我们今天称之为“红岩精神”，激励了后来者，促成了他们创作《我的“自白书”》；《红岩》第一作者罗广斌在塑造人物形象时，或许还考虑了原型陈然生前“有过的意愿”，写成了最初的素材；参与小说《红岩》创作指导、毕业于复旦大学的诗人杨本泉,以其对诗歌技巧的娴熟掌握,经过深入构思、再度创作,最后完成了这首诗歌。如果从贡献来看,杨本泉在把“散文”转化成诗歌的过程中贡献显然更大一些,因此应为《我的“自白书”》的第一作者,罗广斌的《我的“自白书”》距离最后的定本还比较远,因此作为第二作者比较妥当。应该说,这是一个实事求是的结论,没有简单否定和片面肯定。

一首激励了许多人的优秀诗歌经由比较复杂的过程创作出来,其实也是正常的。伟大小说《红楼梦》里有很多借助小说人物“林黛玉”“薛宝钗”“史湘云”等写出的优秀诗词,也有研究者认为这些诗词并非全部出自曹雪芹,曹雪芹可能采用了其他人的作品写进小说中,或对其他人的作品进行了修改,用于塑造小说中的人物形象。这会不会损害“林黛玉”、曹雪芹、《红楼梦》的价值呢?当然不会。科学研究揭示创作过程的复杂性、创作的艰巨性,恰恰更有利于展示成功的文学艺术作品的独特魅力。

以大胆探索的精神面对创作的复杂性以及研究过程中出现的新问题,实事求是地进行科学论证,正是《20世纪重庆新诗发展史》的显著特征。吕进教授主持的这一项研究,对于推动重庆文化事业的长足发展,乃至对于推动全国文化事业的繁荣,都具有不容置疑的重要价值。

融通价值理性与学术个性[①]

赵心宪　刘静

50余万字的《20世纪重庆新诗发展史》于2004年6月由重庆出版社正式推出后，引起重庆诗坛的广泛重视，半年左右发表评论文章数十篇，其中有关专题的学术讨论持续数月，见解迭出，非常热烈，影响到世界华文诗界。然而宏观视角的评论并不多见。在日本九州大学随著名汉学家岩佐昌暲教授做访问学者的刘静副教授也非常关注此事，回国后，特邀重庆教育学院赵心宪教授，从宏观视角讨论《20世纪重庆新诗发展史》的学术定位问题，以下对话即这次讨论的主要内容。本文的文学史学观念主要参考了陈国球《文学史书写形态与文化政治》(北京大学出版社2004年版)一书，在此表示感谢。

刘：很高兴能与您讨论新诗发展史一类文学史的写作问题。近年来文学史撰写也似乎成为文学界的热点之一。文学史著述的出版量，早已令人叹为观止。据有关部门的权威统计，到目前为止，已出版1600余部中国文学史，并且据说还在以每年十余部的速度高速产出。而且相应的，关于"文学史"写作的理论讨论也十分热烈。仅2004年下半年，国内就有两次大型的专题学术讨论会：2004年7月31日至8月2日，由河北师范大学文学院、中国国家图书馆、《文学评论》编辑部、《文学遗产》编辑部联合主办的"文学观念与文学史学术研讨会"在河北承德召开；2004年11月，由北京大学中文系和苏州大学文学院联合举办"中国文学史百年研究1904—2004国际研讨会"。

赵：这两次会议讨论的内容，学术含量很高，广泛涉及圈内人非常关心的诸多文学史理论问题，不过，据手头的资料来看，似乎对区域文学艺术发展史问题并没有真正展开实质性的对话，这是学者们深感不足的。前瞻性地评价

① 本篇原题目为"建构区域新诗艺术发展史的学术意义——关于《20世纪重庆新诗发展史》的对话"，载《中外诗歌研究》2005年第2期。

两次会议的学术成果，这方面研究所存在的理论认识盲区，可能最终不利于区域文化历史的科学总结。程光炜《中国当代诗歌史》、李新宇《中国当代诗歌艺术演变史》、洪子诚《中国当代新诗史》等在国内有影响的著作中对新诗宏观发展的纵向脉络描述得很清楚，区域新诗横向影响的阐释却不尽如人意，时间的演变缺少空间的支持，国内一流诗人的价值存在显得基础不稳。

刘：您说得很对。也许正是从这样的意义上看，最近出版的中国现代文学博士生导师吕进教授主编的《20世纪重庆新诗发展史》具有特别的学术价值。对于20世纪的中国新诗来说，大西南重庆是一座特别的诗城，新诗的创作、评论与理论研究三大群体，人才济济，成就非常，在国内外形成的独特影响是学界公认的，可以说，是中国新诗区域繁荣的典型体现，但长期以来缺乏理论完善的关注和整理。现在百年重庆新诗终于有了第一部自己的艺术发展史，其学术意义是值得认真总结的。《20世纪重庆新诗发展史》作为中国西部第一部区域文学史，您认为它的主要学术价值体现在哪里呢？

赵：理解文学史概念的含义，在我看来，认同以下两个方面的要点是前提：第一，文学在历史轨迹上的发展过程（存在于过去时空）；第二，把这个发展过程记录下来的著作（以叙事体形式具体呈现于我们眼前）。当下的事实是这样的：文学史往往以文学常识的形式存在于大众的意识之中，但同一段文学史完全可能寄存于不同的叙事文体内。理论家提醒我们注意的是：对于文学史的各种描述，充当工具、手段的作用之外，还成为文学历史存在的“客观”形态，从而与文学史的“客观事实”一样，构成文学历史的知识本身，让人深信不疑。因此文学史的叙事本质是要认真省察的，可以质疑它的支配地位，进而反思叙事文体操作方式改善的可能性。由撰写方法，反思到文学史描述对象的选择问题。就是说，已经选择作为史实的文学活动或事件的范围，也在反思之列。所以，对于文学史叙事的反思，直接影响到我们对文学史本体的认识，以及对文学史过程的理解。《20世纪重庆新诗发展史》展示了以上理解的基本思路，要而言之，重庆20世纪宏观新诗历史描述的纵向展开与个案（近百年重庆新诗发展代表者历史贡献描述的微观纵向展开）组合的横向描述，相互补充，区域文学历史的叙事操作很成功，这就是它的主要学术价值。

刘：文学史编写应该用多元化代替一元化，教材文学史与个性化专题文学史是应该让它们同时存在的，我认为，《20世纪重庆新诗发展史》属于个性化的专题文学史类型,它的主要学术价值就是由它的学术个性体现的。学理而言,文学史编写应该是一个动态过程,要不断充实新的研究成果才能保证其知识的科学性。因此文学史编写不可能一锤定音。不过文学史编写首先不应忽略历史的层面,要厘清客观事实,加强对"过程"的研究,写作者观点尽量少说,给读者留下更多的思考空间,才跟得上时代的要求。

赵:现代中国自有文学史研究以来,就与高校的教育机制难分难解。教育的主要功能是传授知识,文学的历史存在既然被视为学子必须掌握的知识,而以语言文字于另一时空重现,它的叙事体必然具备相应的特征,不然会谬种流传、误人子弟。文学史学研究者关于文学史叙事体的以下观点是可以认真思考的:(1)叙事者表明所叙述的不是谎言,乃是真相;(2)叙事者假设自己和读者对相关知识的掌握程度并不对等,叙事者获取了知识的火光,然后传给蒙昧的读者;(3)基于不平等的地位,基于高度的自信,叙事主体充满从上而下的指导性语态,包含有惠泽后学的自慰心理。于是所有文学史都采用最传统的评书体说话人的叙事方式,以"话说当年"到"看官有所不知"的讲述内容应有尽有,而引发读者怀疑叙事主体声音的现代叙事伎俩是几乎见不到的。诚如陈思和教授所言:"力图公正解释各种历史现象,并负有意识形态指导责任。"再者,教育机制下授业解惑的话语,本质上都有保守并落后于时代节拍的倾向,于是教科书的文学史之外,还提供专家型的文学史和普及型的文学史这两种类型的文本,以备读者之需。

刘:从本质上说文学史似乎应该只有两种吧?一种是教科书文学史,一种是学术性文学史。因为普及的文学史可以归为简易教科书一类。教科书文学史和学术性文学史既不能相互代替,也不能用前者的尺度作为后者的尺度。教科书文学史注重的是基础性和知识性,强调评价观点的稳妥和相关知识的普遍适用性,一般而言,主要缺点表现在,文学史观念群体化倾向太明显,叙事文体缺乏个性化的操作特点。学术性文学史是非常注重文本的创新性和思想性的,较多地表述了编写者自己的心得体会,特别看重历史现象评价的个人化和独异性,往往表现出比较鲜明的学术个性。不同的人对同一段历史完全可能存在不同的看法,学术性文学史每每引起论争是必然会出现的现象,不然就不能归诸学术性文学史了。《20世纪重庆新诗发展史》一经面世即刻引发热烈讨论,正好说明它的学术个性鲜明,是值得肯定的而不是相反。

赵:非常认同您的见解。《20世纪重庆新诗发展史》把20世纪重庆新诗发展的历史作为不可分割的有机进程来把握,关键在于涉及建立新的历史描述的理论模式问题。文学史的描述是一个叙事过程,分期描述是其基本形式,叙事主角的确认有重要意义:文学史可以不必内疚地放眼于文学的艺术形式(文体)的发展变化,可以根据文学标准去重访那些因为政治判断或者其他什么原因而被刻意遗忘的作家和作品;在处理文学与社会的关系时,不必仅仅局限于以"诗"证史,文学作品可以不再是社会政治史,或者思想史,或者其他什么史的直接的原材料。讲理论模式意味着线索的追寻、关系的推敲和系统的建构,必须抽象出具体文学史实的内在规律性。理论的意义就在于依靠抽象认知的思维术,跳出事实的局部限制,能着眼于宏观的历史走向。所以,《20世纪重庆新诗发展史》不宜以编年体的方法铺陈文学事件和行动,因为这个叙事体的现代与当代上下年限的意义与中间的历史过程,在社会形态上并非具体相关。在我看来,运用编年体历史描述的理论模式写作重庆新诗发展史,不会成为新诗艺术发展的文学时间,而会质变为历史事实的物理时间。

刘:《20世纪重庆新诗发展史》从20世纪初诗人吴芳吉开始,描述了早期重庆新诗的发生动因与历史流变,以及抗战新诗高潮,新中国17年重庆新诗,改革开放后重庆新诗的第二次高潮,20世纪90年代重庆新诗的创作发展;同时专章专节介绍评述了一大批各个时期的重庆诗人、诗评家和作品。本书具备两个基本特征:一是充分体现了重庆区域诗歌文学史本身的特色,二是同时充分体现出编写者个人的新诗艺术理念,达到既反映客观的文学现象,又反映出作者独特专业兴趣和眼光的学术性文学史的理论要求。我认为,这部著作的学术个性是应该充分肯定的。而且有关这部著作争论的主要问题似乎集中在一两个个别历史对象的处理方面,怎样运用文学史学的理论原则,更深刻地理解这个局部的枝节现象呢?

赵:就学理而言,20世纪重庆新诗艺术的历史演化,可以由一系列相关的代表诗人的代表作品显示,其间作品的阐述形式可能有不同的安排组合,这些组合的变动就是研究者要探究的地方。文学史研究具体诗人作品的目的不在于深刻精微地剖析,而是通过这些分析探究作品的历史演化价值。文学史学家伏迪契卡的研究成果是非常具有建设性的。他提出的具体操作程序是:1.将每一部作品按时序排列先后,然后详细分析每一部作品的结构;2.将这些结构的论析互相比较，以决定“某指定作品的文学结构的组织经历怎样的变化”，或判断这个结构的组织“如何反映演化的趋势——是否比早期的作品更能充分地显示演化的趋势”。而关于文学作品的生成，他认为是指作家在特定的时空中，如何因为应对当时历史环境提供的各种条件（包括限制）构思从而完成一部文学作品。在众多的历史现象中，首先给作家带来直接影响的，是前人遗留下来的作品，当然作家在构思时很难完全顾及文学传统。但作家会不断与各种限制的力量争斗，而且以他的创造力和创作行动去改变这些限制的影响。这种艺术的创新努力就成为文学历史结构变化的主要推动力之一。伏迪契卡认定：“在诗人——作为一位文学工作者——与时下的文学传统之间，有着一种恒常的张力。”诗人面对着传统的力量时，会做出类似皮亚杰《发生认识论》所说的同化或顺应的选择，“恒常的张力”就是作家探索行动的表现。伏迪契卡看重的诗人在整个历史结构系统中的功能，即是将某特定时空创作时的各种因素和力量，有选择地做出融合或消解，以完成一部作品，而这作品亦成为文学结构系统的一环。他强调的“作家”不是指作家个人，而是由一位作家的所有作品组合而成的一种结构性存在。描述这种结构性存在，文学史不仅运用工具理性（不考虑目的是否合乎人的心愿，只考虑怎样实现某一目的的思维形式），同时运用价值理性（关注人的价值目标的思维形式）。通常的人文社会科学研究中，价值理性的运用，只适用于对对象的价值行为界定方面，研究者是应该保持价值中立的。伽达默尔说过，人文社会科学的经验是原初的未经处理的经验，具有历史性，与人的生命是直接同一的，理解是在这种原初的未经处理的经验基础上展开的。所以，文学历史认识的研究，要运用人的知、情、意等一切认识能力，其特点是具有综合性。文学历史认识研究中，由于其对象的特性，决定了我们必定要运用认知能力之外的非认知能力，这种人文社会科学使用的各种认识能力，法国启蒙思想家伏尔泰概称为历史理性。显然，描述20世纪重庆新诗发展史的历史理性、工具理性之外，更看重价值理性及其人文内涵。

文学史学研究者认为，运用历史理性考察社会历史现象时，在形式上体现为书面语言表达的单纯理性认知过程，但其内容上并非纯粹属于认知性的，其中隐含着情、意等价值评价的因素。如果只用认知的方法来对社会历史现象进行研究，如同生物学研究人，把人只是看成一个物体，一开始就注定要失败的。文学史建构也应遵循社会历史认识的历史理性原则:认识主体对生活的体验程度如何,极大地影响着文学史现象认识的深刻性。显然,对于社会历史的文学史现象的认识,需要通过充分发挥主体性,让客体向我们讲述的方式来进行。需要主体通过所研究对象的文字资料和其他文化遗存去构建起一个叙事客体,即需要研究者自己的努力使得文学对象向我们说话或展现它自身。文学史认识的主体与客体的关系,要求我们以看待有思想有感情的人的方式去处理历史文本。中国传统的文化观念中文学、史学和哲学都是人学。文学历史认识的主客体都具有人的本质乃至人的本性,二者之间存在着可沟通、可理解的主体间性,或者说二者之间存在着一种直接的生命体验(认知)对应。换言之,《20世纪重庆新诗发展史》最鲜明地体现其学术价值的地方,就是更深刻地存在着争议的地方,因为情、意等价值评价因素的具体体现总是个人性的,不可能定于一尊,像理想的历史客观性那样"放之四海而皆准",虽然史实的发掘与整理特别讲究科学性、客观性。

刘:我也有这种领会,20世纪的重庆新诗发展史,2004年重庆出版社出版的《20世纪重庆新诗发展史》仅仅是一种描述,暂时未能进入的历史对象,会在今后新的重庆新诗发展史的其他文本中出现。总之,吕进教授主编的《20世纪重庆新诗发展史》,以其深刻的文学史学依据,合理的区域文学史结构预设,翔实的文史资料,对新诗艺术历史发展内在规律的独到理解,显示出鲜明的学术个性,丰富了当下的文学史写作形态,其学术价值是值得深入认识的。

构建诗学主题学[①]

雷斌

由泰国著名诗人曾心发起并担任第一主编的《吕进诗学隽语》在泰国、中国台湾、中国大陆等地出版，引起了泰国华语诗学界、中国台湾新诗界和中国大陆新诗研究界的极大反响。吕进是中国新诗研究的名家，目前出版（主编）著作近五十种，《吕进诗学隽语》是从吕进几百万字著作中精选出来的语录体诗学文本，这是新诗理论研究的重要收获。它以吕进诗学的主题学为核心，收录了吕进诗学的核心问题和话语主题，勾勒了吕进诗学主题学的脉络，为新诗研究和现代诗学研究注入了新的活力，给人清晰而深刻的印象。

一、《吕进诗学隽语》的出版特色

"诗学隽语"就是耐人寻味的诗学言辞，这本诗学隽语摘录吕进诗学文本的名言警句，分为六个话语主题单元，编排有序，层面丰富，有以下几个特色：

第一，语录体的诗学形式。在中国新诗理论发展史上，这是第一部以隽语的方式出版的诗学著作，本书对吕进诗学主题学的理解是准确和富有创新性的。著名诗评家王珂说："本书的分类也值得赞扬。全书分为'诗美篇''诗歌分类篇''诗运篇''诗人篇''诗歌技巧篇'和'诗歌鉴赏篇'，既突出了'重点'，又建立了'体系'，呈现出'吕进诗学'的特殊风采和基本风貌。"[②]近三十年来，吕进出版了《新诗的创作与鉴赏》《给新诗爱好者》《新诗文体学》《中国现代诗

① 本篇原题目为"吕进诗学的主题学建构——《吕进诗学隽语》的出版特色和学术价值"，载《出版发行研究》2013年第10期。选入本书有改动。

② 王珂："片言居要，体大虑周——《吕进诗学的诗学价值和应用价值》"，载《中外诗歌研究》2013年第2期。

学》《对话与重建：中国现代诗学札记》等诗学著作，针对新诗发展的一些艺术难题和基本的理论问题，结合新诗发展的历史事实和现实要求，逐渐形成了自己独特的见解。正如莱辛所说的那样："真正的批评家并不是从自己的艺术见解来推演法则，而是根据事物本身所要求的法则来构成自己的艺术见解。"[①]在这些艺术的见解中，吕进形成了自己独特的诗性话语，简洁凝练而切中肯綮，诗性语言和论述语言相互激荡而摇曳多姿，就像他自己在论述诗歌语言的特征时所说的那样："诗总是体现着两种对立元素的融合：一与万，少与多，辞约与意丰，有限与无限，'尽精微'与'致广大'；诗人总是兼有两种品格：内心倾吐的慷慨与语言付出的吝啬。"[②]吕进诗学话语也同样具有这两种诗性的品格，言简尽精微，意丰致广大，体现了他作为诗人和诗论家的双重品格。

吕进对现代诗学基本理论问题的考察和思考有着复杂的诗学背景，学者王珂、蒋登科、颜同林等早已撰文指出了吕进诗学的学术渊源，他吸纳了中国传统诗学话语的言说方式，涉猎了黑格尔美学、现代艺术心理学、艺术社会学等众多的学科门类，要在他的百万字的学术著作中归纳和确定话语主题，应该是非常困难的，但主编者别出心裁地选取了六个重要的视点：诗美、诗歌分类、诗运、诗人、诗歌技巧、诗歌鉴赏，话语主题多达94个，有诗的本质、诗的言说方式、诗的分类、现代诗学思潮与运动、诗人论、新诗文体学、新诗的鉴赏与读者的修养等等，广泛而多样。例如，"诗美篇"就梳理出了18个主题，包括，诗的定义（7条隽语）、审美视点（11条隽语）、诗与生活（9条隽语）、诗与真（17条隽语）、诗与画（10条隽语）、诗与音乐（7条隽语）、诗与散文（9条隽语）、诗与禅（6条隽语）、诗的感情（21条隽语）、诗的意象（14条隽语）等等；不仅如此，每一条隽语的排列是按照时间先后排列的，这样，我们通过这本书，可以清晰地看到吕进在近三十年的不同时期，关于这些诗学主题的思考和论述，这本诗学隽语也可以算是现代诗学的主题史，这些主题，都是现代诗学面临的艺术难题，编选者富有创新性地按照话语主题，把它分门别类，并按照一定逻辑顺序编排，付出了辛勤的劳动，是了不起的。

第二个特色体现在它的主题学思想与吕进诗学体系的关系上。这本《吕进诗学隽语》和以往的吕进文集在编排上有一些差异，它不是吕进诗学著作的

① ［德］莱辛：《汉堡剧评》，关惠文译，文艺理论译丛，1958年第4期。
② 曾心，钟小族：《吕进诗学隽语》，秀威资讯科技股份有限公司2012年版，第77页。

编年体，也不是吕进诗学著作某一类著作的节选本，它在编排上独具匠心，在浩如烟海的吕进诗学中，选取一些话语主题，让我们既看到了吕进诗学的森林，又看到了一棵棵具体树木的方位及其相互之间的时空关联。从而从众多层面建构起吕进诗学的主题学思想，具有很强的学术概括力。例如，在“诗人篇”中，选取了“大诗人的特征”，吕进说：“大诗人的产生需要许多积累。首先是人生积累。人生体验的丰厚，人生苦涩的富有，是大诗人的必备条件。其次是文化的积累。再次是哲学修养。诗歌的深沉结构是哲学。人生体验总是仰赖哲学得到诗意的升华。诗人，总是关注民族和人类命运与心灵的哲人。除了上述的准备，当前有一个必须有意、大力解决的课题：诗人的人格建设”[①]。这是当代中国诗歌发展务必要解决的重大课题，诗人的积累不够，对人生、对社会、对民族的关注不够，诗人的哲学素养缺失，都使得中国新诗缺乏应有的深度，难以获得广泛的共鸣。吕进对“诗人与时代”“诗人与读书”“诗人的修养”“诗人的博观”等主题进行了不懈的探索，这些是诗人面临的重要课题，也是诗歌面临的重要课题，学者王珂在其新著《新时期三十年新诗得失论》的序言“新诗三十年来五大成就和五大问题”中，总结出来的新时期新诗五大问题，就有三个问题是属于诗人的：一是诗人严重缺乏学养与诗歌修养，缺乏诗体意识，经典意识和学习意识，过分与前人的优秀诗歌，特别是古代汉诗断裂，弑父式写作流行。二是诗人做人浮躁偏激，过分强调自我表现和个人自由。一些诗人是自由主义者，甚至是无政府主义者。三是诗人拉帮结派，内耗严重，炒作风太盛。一些青年诗人本末倒置地致力于诗外功夫，不择手段炒作自己：办诗社、诗报、诗刊或诗歌网站充当领袖，甚至写文章自我吹捧[②]。可以这样讲，诗人的内在品质不解决，诗歌的内在品质的提升就不会好转。在第六部分“诗歌鉴赏篇”中，编选者除了拈出“诗歌鉴赏的过程”“鉴赏的创造性”“诗的共鸣”等主题话语外，还列举了“读者的修养”这个长期被现代诗学界普遍忽视的核心问题。特别是到了21世纪的今天，消费社会的兴起和现代科技的日新月异，使这个问题显得尤为重要和紧迫。新诗发展上的很多论争事件纠结在一起，使得新诗发展难以走上稳健的发展之路。这本《吕进诗学隽语》浓缩了吕进关于新诗发展中的一些普遍的、带有根本意义的价值主题，涉及吕进诗学的本体

① 曾心，钟小族：《吕进诗学隽语》，秀威资讯科技股份有限公司2012年版，第179页。
② 王珂：《新时期三十年新诗得失论》，生活·读书·新知三联书店2012年版。

论、认识论、新诗文体学、新诗伦理学等重要问题，在现代诗学的前沿阵地上，建构起吕进诗学的主题学。

第三个特色是编选材料的精度高，难度大。吕进诗学有一个基本的品格，那就是，吕进的文风好，文如其人。吕进是诗人，也是批评家。吕进在著作中，不堆砌生涩的名词术语，不空谈，不偏激，不装腔作势，不论是具体的对诗歌事实的评论，还是抽象的理论问题，他的语言总是在平实中透出丰富，在简洁中透出诗意，在深邃中有自己独特的论断，这就是吕进对生活、对诗歌怀着的赤子深情。我们举例说明，他在"诗美篇"中，论述诗与散文的语言区别："没有观感价值，只有情感价值；没有表意功能，只有表情功能；没有可述性，只有可感性。""散文是世界的反映，诗则是世界的反应。散文叙述世界，诗吟唱世界。散文的第一原则是情节，诗的第一原则是情感。诗是偏向内心情感的音乐，而散文则是钟情再现外在世界的绘画。"他论述诗歌技巧是"苦而无迹"："诗家语往往'成如容易却艰辛'，当读者在诗篇中看不到诗人的'艰辛'而又大受感动的时候，说明诗家语已经提炼到炉火纯青的地步了。"这样的例子举不胜举，吕进是诗人出身，这种诗人气质和理论家品格使得他的诗学著作无处不闪烁着他对现代诗学的真知灼见和富有诗心的发现。要在这样的著作中，选录出这本《吕进诗学隽语》，是不容易的，编选者一定付出了艰辛的努力，是了不起的。

二、《吕进诗学隽语》出版的意义

主题学研究最先出现在民俗学研究中，现在被纳入一般文学研究领域，现代诗学的发展逐渐形成一些共识性的基本的理论问题，这是对新诗发展中出现的艺术难题的归纳、概括和抽象。现代新诗的发展也需要我们形成某些关于新诗发展所需要的文体规范和认知尺度，读者据此来创造和理解新诗文体，这就是新诗文体学的核心和关键所在。《吕进诗学隽语》列举了近百个核心问题和话语主题，这是本书编辑贡献给现代诗学的思想、智慧和力量，编者在《吕进诗学隽语·后记》中说："现在早已不是'酒好不怕巷子深'的年代，印刷技术、网络技术的进步，使中国诗歌呈现出一种虚假的繁荣。成名的欲望，评职称的需要，使大量的伪诗歌、伪诗学充斥着书架和网络，人们很难从其中披沙炼金。吕进诗学对于当前的中国诗歌界来说无疑是一股清流。吕进先生构建起属于自己的诗学体系，在现代诗学界独树一帜，他的立论，无不旁征博引，显示出他倡导的求实、创新、多元的学术风度。”我们认为，出版《吕进诗学隽语》就是对当前伪诗学、伪诗歌的宣战，就是要在虚假繁荣的时代里注入一股清流，对现代诗学的主题学研究起到奠基的作用，也为现代诗学研究提供了新方向和新路子，这是本书出版的意义之一。

其二，本书对新诗理论的普及、传播具有重要的意义。改革开放三十多年来，新诗理论的发展越来越和新诗创作脱钩，诗人和诗评家各自为阵，自言自语。新诗理论要么是学术专著，要么是学术论文汇编，要么是诗人杂谈，很难在一般读者和诗人中得到有效的普及和提高，《吕进诗学隽语》以语录体的形式，摘录了吕进诗学著作的精华，便于普及和传播，有学者认为：“《吕进诗学隽语》就像一部小型的新诗百科全书：大凡关于新诗的各种学术和艺术问题，在本书中几乎都可以找到比较确切的、言简意赅的答案。”[①]我们认为，在当前诗歌日益边缘化，近年来各种媒体恶意炒作的“诗歌事件”频发，不同地域的诗歌写作往往变成帮派之争，小圈子盛行的情况下，读者难以明白诗歌的真意，《吕进诗学隽语》无疑为当代诗歌界注入了一股清流，因为我们相信，诗歌创作与研究的变革不仅仅关涉着诗歌本身的变革，也关涉着时代精神、诗歌精神的重建，这是诗人的使命和社会责任所在，这是吕进先生一贯的主张：“作为心灵艺术的诗歌理应在这个大时代背对嘲弄意义、反对理性、解构崇高、取消价值的思潮，承担起自己的美学责任，创造中国诗歌的现代版和现代中国的诗歌版本。应当指出，中外优秀的诗歌无一例外地都具有‘不纯性’，——杰出的诗人不但要关怀艺术技法，更要关怀人的终极价值，发挥公共文化人、社会良知的功能，通过诗的渠道投入时代大潮，消解旧价值观，建构新价值观，参与对现实的‘诗意的裁判’（恩格斯语）和人们‘人性地栖居在这大地上’（海德格尔语）的精神家园的建造。”[②]这就是本书的价值与意义吧。

---

① 江锡铨：“‘以诗解诗’与吕进诗学资源的二度开发”，载《中外诗歌研究》2013年第2期。

② 曾心，钟小族：《吕进诗学隽语》，秀威资讯科技股份有限公司2012年版，第166页。

轻人之所重，重人之所轻[①]

[泰]曾心

吕进先生是我敬重的中国诗评家，我是2007年10月在第二届“东南亚华文诗人大会”上认识他的。那次会议在广东韶关举行，吕进先生为会议提供了论文《东南亚诗歌：本土与母土》。他写道：“东南亚是华文诗歌正在成熟的一个富有特色的组成部分，蕉风与华韵的交融富有艺术魅力。”在会议的闭幕式上，他又受邀为会议做学术总结。他的文章和总结讲话，给我，给到会的东南亚诗人，带来惊喜，留下深刻印象。大家都喜欢他，尊敬他。我就是从那时起和吕进先生开始交往的。我发现，他简直是桃李满天下，许多著名诗评家都出自他的门下，提到他，都对“吕老师”很仰慕，也很自豪。所以，我也跟着他的弟子叫他“吕老师”。我比他稍长，他总叫我“曾心诗兄”。见面不多，电邮很多，了解日益加深，友谊日益增长。

2009年吕进先生担任主席的第三届“华文诗学名家国际论坛”在西南大学举行，我受邀出席，并在开幕式上担任五位主题讲演者之一。2010年7月，泰国留中总会文艺写作学会庆祝成立三周年，凭借我和吕进先生的友谊，留中总会请平素不太喜欢出门的他来到泰国，并做了《中国文学的诗化特征》的学术讲座。他关心我们的“小诗磨坊”，为我们的年度诗选写序。

在和吕进先生交往中，我产生了一个强烈愿望：把他那些被人评论和引用过很多的著名诗学名句编成一本语录体的书，这就是《吕进诗学隽语》的来历。我和吕进先生的弟子钟小族先生，以及其他几个西南大学在读研究生，一起努力，从几百万字的著述里花中选花，选编出了这本十来万字的书。说实话，吕进诗学体系博大精深，选编这本书是有难度的。尤其是我们考虑到，为

① 本篇选自《吕进诗学隽语》，泰国留中大学出版社2012年版。选入本书有改动。

了读者的方便，要尽量把篇幅压得简短一些，这就更是难上加难了。我们尽量努力，把它分为“诗美篇”“诗歌分类篇”“诗运篇”“诗人篇”“诗歌技法篇”和“诗歌鉴赏篇”六个部分，希望能给读者提供学习和使用吕进诗学体系的某些方便。

吕进在小学时期就开始发表诗歌，所以中国诗坛泰斗臧克家曾在《吕进的诗论与为人》一文中说：“吕进同志，从少年时代就发表诗作，以诗人之心论诗，自然知其意义与甘苦。”自儿时起的诗歌世界大大改变了吕进的现实人生。接触过他的人都有一种强烈感觉，这就是他的人生的理想标杆是创造一个诗化人生。许多研究他的文章，都注意到他的人生风度：轻人之所重，重人之所轻。这里的“人”就是俗人、庸人，所以出现在我们面前的吕进先生总是脱俗的、乐观的、明朗的。他有一句座右铭：“心中别有欢喜事，向上应无快活人。”这个座右铭也成了他的学生们的人生指路标。也正因为别有向往，所以吕进先生心胸很宽广。对于人生中遇到的某些一般人难以忍受的另类，他完全不屑理会。新西兰诗人游子先生曾感叹说：“像吕进这样的胸怀的人，是很少的。”

吕进是一个有自己完整诗学体系的人，这在当今的中国诗学界并不多见。尤其是他的文体理论，非常深刻而周全，既是现代的，又是传统的。1982年他出版《新诗的创作与鉴赏》，一时洛阳纸贵，重印3次，印数4万册，市面上仍然找不到。许多诗人，甚至现在身在海外的诗人，都在文章或博文里回忆，当年给自己引路的案头书正是这部著作。从那时到现在，可以说，吕进的著作等身，迄今已撰写和主编了近30部著作，一些著作还是多卷本，他受命于四川省人民政府担任主编的《四川百科全书》甚至有29卷之多。

几十年来，吕进在中国诗坛一直保持着强劲的影响，持久而不衰。有人说，西南大学并不在北京，但是吕进在遥远的重庆发出的声音总是受到全国诗学界的关注，这是当今诗坛的一个奇特现象。谈中国现代诗学而不知吕进，将是一个笑话。以他为领头人的“上园派”是新时期中国诗坛的与“传统派”“崛起派”并立的重要诗学学派，已经进入中国海峡两岸的文学史。进入新世纪，吕进又提出了以振衰起弊为旨归，以诗歌精神重建、诗体重建、诗歌传播方式重建等“三大重建”为内容的“新诗二次革命”，掀起了新诗从“破格”转向“创格”的浪潮。

说起吕进先生，当然要说到中国新诗研究所。20世纪80年代成都著名女诗人王尔碑曾发文说，重庆有三大宝："火锅，长江大桥，还有中国新诗研究所"。香港著名诗人犁青也说，到新诗研究所就是"朝圣"。吕进说，他这一生最重要的科研成果不是某部书，不是某篇文章，而是中国新诗研究所。1986年的端午节，因为对新诗的守望，在吕进向学校的建议下，中国新诗研究所诞生了。这是新文学历史上第一家新诗研究机构，是西南师范大学（今西南大学）独立建制的系级单位。吕进出任所长，诗坛前辈臧克家、卞之琳受聘为顾问教授。在25年里，中国新诗研究所经历了不同寻常的风景，信心满满地走在寻梦之路上。从一名在读研究生到今天的一百多名在读研究生的数量变化，于今遍布中国诗学界的毕业生的活跃与影响，见证了新诗所二十五年的不无光辉的历程。而吕进始终是中国新诗研究所的旗帜与灵魂。

新诗所出来的弟子号称"吕家军"，无一不敬爱自己的导师。在吕进先生七十寿辰的时候，各国各地学生不顾导师的反对，赶回重庆祝寿，并制作了一个吕进的铜像。西南大学校长王小佳在为四卷本的《吕进文存》写的序言《删繁就简三秋树，领异标新二月花》里提到这件事："这样的学术带头人在学校是不多的。他为学校的建设，尤其是文科的学术建设，做出了自己的贡献，也因此受到全校师生的敬重。先生七十大寿时，学生们自发地为他塑了一尊苏格拉底式的智者的铜像就是最好的例证。"我也为此写了一首诗，刊登在《中外诗歌研究》杂志上：

新诗重镇的山城
一座龙族新诗形象的坐标
俯察
一首熟透醉人的新诗
仰观
一束缪斯灵光的聚焦

这本《吕进诗学隽语》将在泰国、中国海峡两岸同时发行。我希望它能够广泛流传，受到大家的欢迎，如果这样，我的夙愿也就达到了。

弥足珍贵的现代“新诗话”①

［新加坡］陈剑

吕进数十年如一日，孜孜不断谈诗论诗，累积学术篇章数百篇，成就了《吕进文存》四大卷。特别是占主要篇幅的诗歌论述，是吕进在诗学上的重大成就，也是诗学界的丰收，更是诗歌理论和批评发展的里程碑。

吕进诗论涵盖面十分宽广，举凡新诗的本质与形式、诗体与格式、节奏与格律、新诗的“自由度”、传统新诗与衍生新诗、诗歌美学、新诗技巧、语言与修辞、新诗的创新、诗的传播、诗歌鉴赏、诗与诗人、诗人的为人与修养、诗人与时代，而至新诗的派别、诗学意识、新诗诗体重建、新诗精神重建，更进而提出新诗的二次革命，等等，不一而足。论点新颖、纵深有度、条理分明，以中西诗学深厚学养，树中华诗学躯干、育新诗绿叶繁花。对新诗发展独具慧眼，提出许多建设性的论点和建议，为新诗创新路径指出方向，为新诗发展瓶颈创议新诗二次革命，充分显示吕进深具诗学远见、洞悉新诗迂回前行的发展道路。

新诗自五四发轫以来，从大白话到自由体、从提倡节奏到格律诗派的形成、从现代诗质的探索到新诗的矛盾分裂、从殿堂诗歌到诗歌政治化、从新诗语言的重建到话语空间的重建、从“上半身”写到“下半身”、从先锋割裂新诗颠覆与低俗化到正本清源回归本体，新诗走过了不断变形痛苦的一百年。从积极的角度而言，这不正是中华诗人的勇以变革、勇以探索、勇以创新的新诗百年吗？从吕进的诗学探索和论析中，我们可以清晰地看到这段新诗坎坷的途程以及诗人们付出的涓涓血滴。吕进长达数十年的耕耘，在新诗评论和创作指引中的付出，也自然形成了吕进在新诗评论与诗学建设中的严谨风格。

吕进浸润于诗中不能自拔，作为诗人，依中西诗学及自身所言所论，身体

① 本篇原题目为“诗话《吕进诗学隽语》”，载《诗学体系与话语方式的建构：〈吕进诗学隽语〉评论集》，泰国留中大学出版社2013年版。

力行，实验、检验、创新于新诗书写。更因寄身学界，精通外语而学贯中西，以丰富的学养与智慧的眼睛，关注新诗现场与新诗文本，审视新诗随时代形势的变迁、诗人创作观念与方法的变化，跟踪新诗发展轨迹，全面而近距离考察新诗过去、现在与未来的情状，既有理论的审度，更有打破传统观念、超越而创新的破格评论。吕进诗学论点的表述，不拘泥于学术术语和格式，却以学术的智慧、诗化而机智的语言阐释点化深奥的观点，既有严肃的学术深度论述，又深具语言的幽默隽智，使读者产生阅读其诗论的极致乐趣，有别于一般学术论文的生硬艰涩、枯燥无味。可以说，吕进的大多诗评都是以诗歌的语言书写，深入浅出，画龙点睛、一语中的。有别于目下许多所谓诗评者（一般称为假学院派）喜于卖弄所谓“后现代”语言，搞得他人晕头转向，不知其所言。吕进之所以能达到这种出神入化的诗评境界，与他作为诗人是分不开的。比如诗与散文，其形式、语言的分野经常混淆不清，吕进则轻描淡写便说得透彻明白：

诗的语言“没有观感价值，只有情感价值；没有表意功能，只有表情功能；没有可述性，只有可感性”。

（见《诗美篇——诗与散文》）

又说：

散文是世界的反映，诗则是世界的反应。“反映”更具客观性和逻辑性，“反应”更具主观性和随意性。和散文相比，诗最缺乏宏大叙事的本领。散文叙述世界，诗吟唱世界。散文的第一原则是情节，诗的第一原则是情感。散文具有较强的历史反省功能，诗则以它对世界的情感体验与心灵发现来证明自己的优势。

诗是“偏向表现内心生活的音乐”，而散文则是“钟情再现外在世界的绘画”。

（见《诗美篇——诗与散文》）

近年来，在创新的前提下，众多诗人一再尝试诗歌表现手法的创新、变异。有些诗人则生搬硬套外国诗歌技巧理论与实践，大搞象形诗；更无视中外语言的差异，忽悠诗歌语言，连诗人本身都不知其所言何物，脱离了诗的本质，乖离了诗歌语言的特质。吕进一再点明：

诗，总是两种对立倾向的和谐：一与万，简与丰，有限与无限；诗人，总是两种相反品格的统一:内心倾吐的慷慨与语言表达的吝啬。

春之精神写不出,以花朵写之。秋之精神写不出,以落叶写之。诗人要善于以“不说出”代替“说不出”,以象尽意。

(见《诗歌技巧篇——“寓万于一”与“以一驭万”》)

高不言高,象外含其高;远不言远,笔外含其远;静不言静,诗外含其静。

(见《诗歌技巧篇——诗歌技巧的“有”与“无”》)

诗家语往往“成如容易却艰辛”,当读者在诗篇中看不到诗人的“艰辛”而又大受感动的时候,说明诗家语已经提炼到炉火纯青的地步了。

(见《诗歌技巧篇——苦而无迹》)

20世纪80年代,新诗派别纷纷涌现,遂有“先锋派”崛起而与“传统派”激烈论战。此时一些志同道合的资深诗人悄然集结于北京大学上园饭店(此为“上园派”之由来),研讨中国新诗的方向。他们学贯中西,主张中西结合、中学为本、西学为用,坚定继承中华诗学传统而向现代化转换,在借鉴西方艺术经验时着重其本土化转换(故又称“转换派”),而引领风骚者即为吕进。

百年新诗走过来,颇让诗人与爱诗者纳闷,何以到今天新诗还没有形成公认的诗歌体制,仍然以随意性极强的“自由体”存在繁衍?新诗发展至今,是否进入瓶颈阶段,势必要面临重大变革,才能凤凰涅槃,再造辉煌。审度新诗发展的轨迹和方向,吕进深感新诗已经走到一个翻身再造的境地,于是在2004年西南大学中国新诗研究所举办的第一届“华文诗学名家国际论坛”中石破天惊地提出“新诗二次革命”的命题:

新诗的二次革命,不是要损害新时期以来的多元化格局,重新定新诗为一尊;更不要革掉新诗的命。相反的,它的近期目标是摆脱新诗当前的困境,实现新诗的再出发,重建新诗的审美标准,促进新诗的再复兴。二次革命要继续新诗开创者一次革命的未竟之业,发展应当发展的,深入应当深入的;同时,要革除一次革命在传统与现代、自由与规范、本土与外国上的偏颇。如果说一次革命是对旧诗的批判,二次革命就是批判之批判,目的是以原创性精神推进中国新诗的现代化。一次革命主要是开天辟地的爆破,二次革命主要是推进创新的建设。推进诗歌精神建设,诗体建设,诗歌传播方式建设,以及其他领域的建设,进一步发展多元化格局,是我们的当务之急。

(见《诗运篇——新诗的二次革命》)

一石激起千层浪,新诗二次革命的提出引发中国诗界的大辩论,众多诗人、诗论名家参与了这场诗歌界轰轰烈烈的论争,这浪头仍然势头迅猛,冲击着华文诗坛。新诗革命所引发的不仅仅是诗歌本身的变革,也牵动了诗歌精神的再造,吕进更指出诗人的时代与社会责任:

作为心灵艺术的诗歌理应在这个大时代背对嘲弄意义、反对理性、解构崇高、取消价值的思潮,承担起自己的美学责任,创造中国诗歌的现代版本和现代诗歌的中国版本。应当指出,中外优秀的诗歌无一例外地都具有“不纯性”——杰出的诗人不但要关怀艺术技法,更要关怀人的终极价值,发挥公共文化人、社会良知的功能,通过诗的渠道投入时代大潮,消解旧价值观,建构新价值观,参与对现实的“诗意的裁判”(恩格斯语)和人们“人性地栖居在这大地上”(海德格尔语)的精神家园的建造。

(见《诗运篇——诗歌精神重建》)

曾心、钟小族精心细致地从吕进浩繁的诗学宗卷中掇取吕进诗学的珍珠,编撰成《吕进诗学隽语》,为众多诗家、诗人与学诗后进提供了极大的方便,既是吕进闪煜着光芒的诗学精言,是吕进的诗学“语录”,更是学者探研诗学的索引,这是值得深深赞许和嘉奖的学术工作。珍珠是耀眼的成就,但认识、了解、掌握珍珠形成的过程才是重要的。《吕进诗学隽语》是指引诗学研究的指路灯和一条捷径,省却了摸索前行的某些艰辛。要窥探吕进诗学全貌,则非深研《吕进文存》及其散落于各学刊的诗学论述不能穷其精髓。

中国历来是“诗话”大国,自西汉司马相如论作赋始,南朝《诗品》以来,历代的诗话不下上百种,尤以宋、元、明、清更蔚然成风。这些诗话、词话,是不拘一格的古典诗论,但多以三言两语、画龙点睛式地对诗歌点拨评论。但百年新诗,争议不断、议论纷繁,也出现了众多诗评诗论,但作为诗话形式出现者却是凤毛麟角。曾心、钟小族将吕进作为诗人与诗学大家穷一生诗学研究聚经典之作的珠玑形成的现代“新诗话”——《吕进诗学隽语》,是新诗坛中绝无仅有的,独此一部,弥足珍贵。

创新学术表达方式[①]

蒋登科

诗学研究属于学术研究的范畴。学术研究追求的是学理性、抽象性，其采用的语言、概念、结构、方法等元素和我们日常所说的与人生哲理密切相关的“隽语”似乎不是同一层面的概念。但是，在一些既追求学术研究深度又追求学术表达深入浅出效果的学者那里，二者却可以结合起来。在全球化时代的学术史、批评史研究中，关注这种独特的学术表达方式和效果，对推进学术研究(尤其是诗歌研究)的中国化、本土化，具有不可忽视的价值。

曾心、钟小族主编的《吕进诗学隽语》在泰国出版之后，又在中国海峡两岸相继出版，受到读者的一致好评。在学术著作发行量不大、学术成果的社会关注度并不很高的时候，这是一件使人觉得不可能甚至匪夷所思的事情。但是，只要我们结合吕进的著述仔细琢磨，这似乎又是情理之中的事情。

按照《现代汉语词典》(第六版)的解释，“隽语”是“寓意深刻、耐人寻味的话语”，这和箴言、格言、警句具有同一性质。在英语中，“隽语”一般翻译为Epigram，它也包含名言警句、讽刺短诗等内涵，指的主要是耐人寻味的言辞；它也是英语修辞学的重要术语之一，其基本定义为：short poem or saying expressing an idea in a clever and amusing way，大意是用机敏、有趣的方式表达思想观念的短诗或言辞。“隽语”一词在一些前辈诗人、作家、学者那里已经有不少人使用。如清代李调元《雨村曲话》卷下说：“《彩毫记》……其词涂金绘碧，求一真语、隽语、快语、本色语，终卷不可得。”清代洪亮吉《北江诗话》卷一说：“‘似此星辰非昨夜，为谁风露立中宵。’‘买得我拌珠十斛，赚来谁费豆三升。’隽语也。”现代散文家秦牧在《长街灯语·〈当你还是一朵花〉序》中说：“正是由于有

① 本篇原题目为“学术创新与‘诗学隽语’的生成”，载《西南大学学报(社会科学版)》2013年第4期。选入本书有改动。

好些警句隽语，闪烁于许多篇章之间，读起来它也就颇能引人入胜了。”[1]不过，他们使用“隽语”一词谈论的主要是文学作品，以“隽语”来概括学术成果、学术话语的情形还比较少见。因此，这本《吕进诗学隽语》可能就具有了特殊的象征意义和导向价值。

隽语一般是通过简洁明了、充满诗意的话语表达事物的普遍性和本质特征。它的表层特征是简洁明了，精致洗练，以浅寓深，往往一语中的；其深层来源是创造者的独特智慧：人生智慧以及由此生发的其他智慧，比如学术智慧、语言机智等等。许多流传久远的谚语、格言往往是那些文学、艺术大师对人生的哲理性总结，也有些是由普通大众创作并经过长期的传承、修正、完善并流传下来的，比如“理想是灯塔。没有理想，就没有可靠的方向；没有方向，就没有人生可言。”（托尔斯泰）“一个人的价值，应该看他贡献什么，而不应当看他取得什么。”（爱因斯坦）等等，这些格言警句语言平易，富于哲理，将思考的深度和表达的浅易完美结合，揭示了人生的某些共同的本质。

由此推论，诗学隽语就是在诗学研究中揭示了诗歌本质、概括了诗歌普遍特征的精致语言。一般来说，学术研究成果是以概念为基础的，追求学理性，具有一定的学术深度。这样的话语成为隽语并广为流传的可能性较小。而吕进的诗学著作中可以提炼出大量的“隽语”，这在一定程度上体现了他在诗学研究方面的别样特色。

《吕进诗学隽语》包括“诗美篇”“诗歌分类篇”“诗运篇”“诗人篇”“诗歌技巧篇”“诗歌鉴赏篇”等六个部分，下设94个子项目，每个子项目下都摘录了数条至十多条诗学语录，全书共摘引了数百条精彩的“隽语”。我们可以通过这些“隽语”，从以下几个方面对吕进诗学研究的特色加以简单考察，以揭示“诗学隽语”的形成机制以及中国特色现代诗学的表达特征。

其一，由个别到一般，揭示诗歌的本质特征和普遍规律。

诗歌现象纷繁复杂。诗学研究当然应该对所有的诗歌现象予以关注，讨论其生成的心理机制、经济社会背景、文化根源、艺术动力和艺术效果等，也要以发展的眼光观察诗歌创作中出现的各种新动向。

在诗学研究中，个别研究、特殊研究，如诗人研究、诗歌作品研究、诗歌思潮研究、诗运研究等等，当然都是非常重要的。不过，从诗学研究的最终旨归

① 秦牧：《长街灯语》，百花文艺出版社1979年版。

看，它们都只是为诗歌的文体特征和发展规律的揭示提供了基础。诗学研究的目的，是通过对大量诗歌现象的考察，提炼诗歌的文体特征，概括诗歌的发展规律，而这些特征和规律又反过来引导人们对诗歌现象的关注和研究，影响甚至矫正诗歌创作中出现的“违规”现象。

吕进的诗学著述，从他的成名作《新诗的创作与鉴赏》(1982)到他的代表作《中国现代诗学》(1990)再到他后来对新诗的“三大重建”、新时期诗歌的“新来者”的研究，都从不同角度提炼出了对诗的文体规律的认识。他提出的对诗的认识拥有广泛的涵盖范围和抽象度，具有超越个别时代、诗人、诗潮的普遍性，无论哪种诗体、哪个思潮的作品、哪个时代的作品，都可以在他的诗学主张中找到自身的特点和归属。在很多时候，我们往往根据学科的划分把吕进的诗学研究归类于中国现当代文学学科的范畴，这当然有其合理之处，因为他的现代诗学研究是以现代新诗作为主要研究对象的。但是，这种归类也带来了一些问题，比如，在他的一些具体的文章、著作中，我们有时难以直接找到厚实的“史料”作为支撑，甚至还涉及古代、外国的一些诗歌现象、诗学主张。这和中国现当代文学学科的研究对象、切入角度、研究方式等都存在不小的差异。不过，只要仔细研读他的诗学成果，我们会发现，他的每一个观点其实都是从大量的诗人研究、作品研究、诗潮研究之中提炼出来的，只是他较少描述烦琐的现象，只关注这些现象所包含的诗学信息，这就使很多史料信息都隐藏在了文字的背后。吕进认为，诗学研究是描述性的科学，“诗学是诗歌现象的描述与抽象。”[①]他的诗学主张都是从对多种诗歌现象的考察之中概括、抽象出来的，不是就事论事，就文谈文，就人说人，有时甚至是从跨时代、地域、民族的诗歌现象中思考诗的特征。因此，从其本质来说，吕进的诗学研究更多地属于文艺美学的范畴。

当然，我们不是说，揭示了诗歌特征和规律的诗学理论就是诗学研究的顶峰和终点。随着社会的发展和艺术的进步，诗歌的文体特征、表达手段、发展规律等等，都会不断发生变化。比如，古代诗人和学者谈论的诗的文体特征是依据传统诗体而提炼出来的，而在新诗出现之后，诗歌的文体特征、表现手段等等得到了丰富和发展，传统的理论虽然还有其独特的价值，但已经不能完全描述新诗出现之后诗歌的新特征，这就需要现代的诗人、学者根据新的诗歌现

---

① 吕进:《中国现代诗学》，重庆出版社1991年版，第381页。

象从不同角度来补充、修正、完善既有的诗学主张。即使在新诗发展的不同时期,诗歌现象也是存在很大差异的,这自然会促进现代诗学的不断发展。即使是同一个学者,他在不同时期也可能对诗的描述存在差异。这种发展在吕进不同时期的诗学研究中体现得比较明显。

普遍性、规律性是超越具体现象而存在的,看似简洁的文字背后,往往包含着对于诗歌文体的深层打量,因此能够成为众多诗人、学者认同的诗学主张。比如,在诗学研究中,讨论诗与散文(诗之外的其他文体)的区别是诗学研究的重要立足点之一,也是确立诗歌文体的独特性不可回避的角度之一。很多人在诗歌研究中较少涉及这一话题,因为从很多角度考察,比如情感浓度、语言的精炼性等,诗与散文存在诸多的相似之处,寻找其差异是很困难的。但是,如果不将这一问题厘清,就可能出现以非诗规范要求诗的弊端。吕进曾说:"诗学面临的对象是丰富的非常规世界,最不具备实体性的流动世界,它是现实的幻影,它是良知的馨香。用非诗规范要求诗,用非诗人规范要求诗人,用全民诗歌的使命衡评每一首具体作品,或者,用对时髦潮流的追赶去代替对诗的认真审视,都会使诗学丧失求实气质。"[①]吕进没有回避这一话题,而是从独特的角度发表了自己的看法,他说:

散文对外在世界终止的地方(自愿的终止,无可奈何的终止,等等),正是诗的领地。诗在散文未及、未尽、未感的地方显露自己的价值:它是外在世界的内心化、体验化、主观化、情态化。散文的外视点有超越时空和生活现象的极大自由,但在心灵生活中它的灵敏度却并不理想。如果说,散文探索"外宇宙",诗就探索"内宇宙";如果说,散文寻觅外深化,诗就在寻觅内深化;如果说,散文在外在世界徘徊,诗就在内心世界独步。散文是作家与世界的对话,读者倾听散文;诗是诗人在心灵天地的独白,读者偷听诗歌。[②]

这段文字从不同角度,尤其是从散文、诗歌与世界的关系、与读者的关系等方面将两种文体的特征进行了对比,描述了二者的差异。这样的观点不是没有依据的臆想,而是在考察大量文学作品之后进行的理论提炼,从杂乱中理

① 吕进:《变革,为了新诗在当代中国的繁荣》,载《上园谈诗》,重庆出版社1987年版。
② 曾心,钟小族:《吕进诗学隽语》,泰国留中大学出版社2012年版,第3页。

出规律,从个别中找到一般。从二者的差异出发,我们不但可以了解两类文体的特征,而且散文研究、诗歌研究也由此出现分野,形成不同的研究路径:散文研究主要关注对外在世界的深入,而诗歌研究则主要探讨内心世界的精微;散文语言是叙述性语言,而诗歌语言则是心灵化的语言……吕进则由此提出了诗歌的内视点理论,这一理论成为他的诗学研究的重要概念。

在人文科学中,描述规律和普遍性的文字往往是独特而简洁的,它概括的是最本质的存在,因此也比较容易形成箴言、格言式的表达效果。当然,创新是在学术研究中形成"隽语"的基本前提,如果没有新意,只重复常识性内容或者别人已经阐释过的观点,即使表达再简洁,读者也不一定会接受。吕进对诗学研究中的创新一直都很重视,他对诗歌定义、诗与散文的区别、诗的内视点特征、诗的心灵化与抒情性等都发表了既有继承又有超越、突破的观点。没有创新这一追求作为前提和动力,吕进的诗学研究不会受到那么多人的关注。

在诗学研究中,关注"个别"往往只形成诗学观念的"点",从"个别"中提炼出"一般"才能真正揭示诗歌的特征和规律,形成具有涵盖性的"面"。发现"一般"可能需要一个艰难的过程,但提炼出来的"一般"在表象上并不一定很玄妙,它有时就像人生格言一样浅显易懂,并成为流传久远的"隽语"。真理往往具有朴素的本性,不一定需要豪华的包装。

其二,在表达方式上追求深入浅出的学术效果。

学术成果在表达上具有不同的等次。一般来说,学术成果的表达效果主要有四种情形:深入深出、浅入浅出、浅入深出、深入浅出。每种情形的学术价值和社会效用明显不同。

学术深度是所有学术研究都追求的目标。学术研究的深度是对研究对象的本质及相关关联的揭示,是学术创新的重要体现。学术深度有时体现在学术视野上,有时体现在观点的创新上,有时体现在表现的独特上……不过,归结到一点,学术研究的深度一定是和研究对象的特征,规律的发现、揭示有关。对学术深度及独特表达的追求往往体现学者的学术功底、学术智慧以及他们对于文化创新、传承的责任意识。

深入深出的表达抓住了学术研究对于深度的重视,但是在表达上往往使用别人难以理解、接受的方式,比如使用大量生造、杜撰的术语或者文字组合,把本来可以简洁表达的语句故意写得晦涩难懂。这中间可能存在缺乏学术自信，或者缺乏把从其他文化、语言中获得的学术感受转化为本民族学术营养的能力。而且，这种深度有时可能是虚伪的，是搬用别人的东西而没有经过消化，或者连自己都没有思考清楚但又觉得新鲜而交付读者的。这样的深度有时是经不起推敲和追问的。

浅入浅出、浅入深出是学术界历来反感的为学态度。“浅”是这类成果的本质所在，它们只是在常识或者表面上做文章，难以抓住研究对象的本质，更无法把握学术研究的前沿。这类文章所表达的观点、采用的方法总是给人似曾相识的感觉，缺乏新意，缺乏独特的表达，缺乏学术个性。对于浅入浅出的文章，明眼人一看便知。而浅入深出的文章则是利用一些流行的、引进的、杜撰的概念和词语，将本来很简单的问题说得玄而又玄，给人装腔作势的感觉。去掉这些华丽的包装之后，剩下的却是没有新意和创造性的东西——这有点儿像市场经济时代的某些物品，比如月饼、茶叶之类的，包装很豪华，内容却很一般，甚至是过期的、有毒的、伪劣的产品。如果不认真推敲，揭开包装，这样的东西很容易迷惑人。在20世纪80年代前期，大量的西方文艺理论被拿来，被一些学人囫囵搬用，就出现过一些浅入深出的文章。浅入深出和深入深出一样，都是在表象上做文章，其本质是对学术研究的不自信。

学术研究的高境界应该是深入浅出，就是将深奥的道理以浅显易懂的方式表达出来。深入浅出的学术研究体现出研究者的学术自信，他们相信自己的成果是新颖的、独特的，不需要包装就可以体现出自身的价值，因而不用担心被人小看。这种研究在体现研究者学术担当的同时也体现出他们的责任意识，他们渴望新颖而朴素的真理被更多的人接受、传扬，为中国文化的发展做出自己的贡献。

吕进在诗学研究中历来注重深入浅出的表达，在求实中创新，通过创新获得学术的生命力。“吕进的诗学研究所体现出来的求实意识是明显的。从文风上看，他的诗论追求朴实的风格，在表述上注意深入浅出，不搞新名词爆炸，不以惊世骇俗的‘新’观点吓人。从诗学观念上看，他不人云亦云，不追光，不趋时，不东摇西摆，而是坚持以诗的文体规律为核心建构他的诗学体系。”①

对很多诗学观念和概念，吕进都通过对诗歌历史、文本的考察，获得了新的学术发现。但是，在表现这些新发现的时候，他从来不使用玄而又玄的术语

① 蒋登科：“吕进诗论的学术品格”，载《飞天》2000年第10期。

来炫耀自己的高深，而是尽量以简洁、诗化的方式来表达，既揭示了诗歌艺术的本质，又非常切近诗的创作实际。比如他在谈到散文诗的特点的时候说：

散文诗在音乐美、排列美上不如其他品种的诗那样严格。它有语言的自然节奏，而并无有规律的节奏；它一般有留恋非韵文的倾向。从音乐美的角度讲，散文诗有如舞台上的无伴奏合唱。散文诗不分行排列，分节全凭自然，从这个角度讲，它有如天上流云，有如山间小泉，无拘无束，不尚打扮。

因此，在诗的所有品种中，卷舒自如的飘逸美、舒放美是属于散文诗的诗美。①

对于散文诗的美学特征，吕进从音乐、排列等方面考察，将其概括为飘逸美、舒放美。这是符合散文诗创作实际的，也揭示了散文诗的文体本质。在表达中，他没有使用什么新奇的术语，甚至为了配合诗歌的独特性而采用了一些比喻的说法。但是，因为揭示了研究对象的本质，这样看似浅显的表达并不使人觉得缺乏新意，反而觉得是一种富有诗意的表达方式。

言不尽意是诗歌创作中经常出现的一种现象。诗歌创作是一个非常复杂的过程，尤其是涉及诗人的内在体验，我们很难通过纯概念来描述这种现象。通过研究古代诗人、学者的成果，结合对诗歌创作的考察，吕进对这种现象进行了如下揭示：

在对于物质媒介感觉终止的地方，诗才真正开始。诗是心灵的艺术，它摆脱一切物质媒介的束缚，获得深远的情思空间。由于心灵化程度很高，所以诗是云中之水，水中之味，花中之香，女中之态，唯能会心，难以言传。诗是一种无言的沉默。②

这里讨论的是造成诗歌言不尽意特征的基本原因和具体表现。诗是诗人的内在体验，往往脱离物质媒介而飘忽不定，甚至是无边无际的，我们很难用规范的、格式化的语言将这样的体验准确地表达出来。这与陶渊明所说的“此

① 曾心，钟小族：《吕进诗学隽语》，泰国留中大学出版社2012年版，第74页。

② 曾心，钟小族：《吕进诗学隽语》，泰国留中大学出版社2012年版，第182页。

中有真意，欲辨已忘言”、刘禹锡所说的“常恨言语浅，不如人意深”等具有同一的性质。吕进以现代汉语来表达这样的发现，在遵循诗学表达的诗意特性的同时，适当加入了学术性元素，新颖而别致，使普通读者更容易理解，提升了学术传播的可能性。在表达中，吕进并没有试图把这种特征描述完全，而是采用了一系列的比喻和并不纯粹的概念来侧面表达，使读者在领会其意旨的同时，也可以发挥自己的感觉力和想象力，通过感悟而在观念中形成属于自己的对诗的理解。

深谙诗之三昧，表达深入浅出，内容切入本质，是吕进诗学研究的重要特点。这样的诗学成果既符合诗学研究的规律，弘扬了中国传统诗学所特有的诗性气质，又结合了现代诗歌和其他相关学科的发展（比如哲学、心理学、社会学、文化学等），同时借鉴了可以丰富和强化中国现代诗学发展的域外营养，因而出现了很多精彩的观点，出现了不少可以使人熟记于心的警句式的诗学妙语。

其三，类概念的使用在学术表达中可以发挥特殊的效用。

现代学术始终离不开对于概念的使用。概念可以规范一个学科或者研究领域在核心话语方面的共同特征，也可以规范一些术语在内涵上的相对同一性，从而使不同的研究者、不同的研究成果之间可以相互理解。但是，就是在学术研究所必不可缺的概念的使用上，中国诗学和西方诗学其实是存在很大差异的。

吕进在本科时学的是外国语言文学，因此在后来的学术研究中，他一直比较看重比较这一研究方法：中外比较、古今比较、不同文体比较等等。他认为：“广义的‘比较’是哲学思辨和一切学术研究的基础。”[①]正是通过比较，他发现了中西诗学的诸多差异，并由此确立了自己的研究方式。他从三个方面讨论了中西诗学的根本差异：其一，“中国传统诗学注重领悟性、整体性、经验性，而西方诗学注重分析性、抽象性、系统性”[②]；其二，“中国传统诗学喜欢运用类概念，不致力于建立庞大的理论框架；而西方诗学总是运用纯概念，致力于建立庞大的理论框架”[③]；其三，“中国传统诗学在‘通’中求‘变’，而西方诗学则是在

① 吕进：《中国现代诗学》，重庆出版社1991年版，第6页。
② 吕进：《吕进文存》（第二卷），西南师范大学出版社2009年版，第294页。
③ 吕进：《吕进文存》（第二卷），西南师范大学出版社2009年版，第295页。

‘从零开始’中出新”[①]。这些发现使吕进明确了中国现代诗学的发展路向:“中国现代诗学的建设离不开对中国传统诗学的批判继承,对西方诗学则必须进行本土化处理,才可能言借鉴。”[②]他进一步说:

中国现代诗学应当保持以抒情诗为本、推崇体验性的诗学观念,同时又在诗对客观世界的历史反省能力和形象性上向西方诗学有所借鉴;中国现代诗学应当保持领悟性、整体性、简洁性的心态特征,同时又在系统性、理论性上向西方诗学有所借鉴;在诗学发展上,中国现代诗学应当保持“通”中求“变”,同时又不拒绝在艺术的探险精神上向西方诗学有所借鉴。[③]

吕进的诗学研究正是按照这样的路径展开的。从其诗论的具体内容来看,他的创新意识体现得比较明显。这主要表现在两个侧面。一是对既有诗学成果的反思与清理。他善于从广泛的了解和研究之中提出新的主张,对诗的定义、诗如画、诗与音乐等质、诗的媒介特征、诗的视点特征、诗的灵感、诗的分类等诗学课题进行的新的界定与阐述,便属于这种情形。二是对新的诗歌现象的关注与独特把握,这为他的诗学体系注入了新的活力。而在其诗学品质的建构中,大量类概念的使用发挥了不可忽视的重要作用。

类概念是和纯概念相对应的一种学术型术语。在学理性特别强的学科,比如哲学中,纯概念的使用可以增加研究成果的理论性。类概念是形象化的概念、诗意化的概念。类概念既是概念,而其内涵又不十分明确,存在多种理解的可能。诗学研究具有感悟性、整体性、体验性,它是科学,但它不是精细的科学,不是说理的科学,诗歌的很多特征是很难用纯概念表达清楚的。类概念可以在诗学研究中发挥意想不到的作用,实现纯概念所难以达到的深刻性与丰富性。

吕进非常推崇诗人艾青的《诗论》:“《诗论》写得颇有诗人风度,但有一个完整的理论框架——这种框架采用的是中国诗学的形式:短小的章节,生动的

① 吕进:《吕进文存》(第二卷),西南师范大学出版社2009年版,第296页。
② 吕进:《吕进文存》(第二卷),西南师范大学出版社2009年版,第298页。
③ 吕进:《吕进文存》(第二卷),西南师范大学出版社2009年版,第298页。

类概念,随处格言警句。”[①]在这里,吕进提到了篇幅、类概念和格言警句,这是他打量和评价优秀诗论著作的文本特征的几个重要元素,也是他在诗学研究中所追求的境界。

吕进的诗学论文在篇幅上都不是特别长,即使对较大话题的研究和讨论,最长的文章也不过万余字。而且,他还撰写过很多“诗话”,三言两语,表达对诗歌的某些特征的点滴感受,读起来清新自然,犹如阅读散文诗一般。他出版过《一得诗话》,讨论诗的鉴赏,针对一些有特色的作品进行解读,引经据典,但又点到为止,既谈到了诗的鉴赏规律,又没有包办应该由读者去完成的“半个诗人”的任务。他先后主编了《外国名诗鉴赏辞典》《爱我中华诗歌鉴赏》《新诗三百首》等鉴赏性选本,对作品进行简单的导读,反响甚好。诗是心灵的艺术,有些微妙的东西是很难用文字言说的,只有通过感悟才能获得其中的奥妙。因此,在诗学研究中,吕进很多时候只是为读者提供进入诗歌的各种可能的通道,而不指明单一的路径,以不说出代替说不出的情形随处可见。这既体现了他对诗之本质的深度把握,也使他的研究成果充满了丰富的可能性,由此暗示诗歌和诗学的丰富性。

他经常使用类概念或者充满诗意的比喻,使一些看似高深的理论一下子变得非常浅显,同时也使可能因为纯概念的使用而变得单一的观点变得丰满起来。让我们阅读下面的几段文字:

诗属于情感,诗属于体验,诗属于内心。如果说,散文在反映人生,诗就是在反应人生:诗特别不留恋事态,它从事到情,化外在世界为心灵世界,化客观世界为主观世界。古希腊语中的“诗”字的原意就是“给万物命名”,诗人从现实世界走来,给我们的却是太阳重新照亮的世界。经过诗化处理,在诗歌里,诗人这个创造者成了自己的创作品。[②]

通感的美学本质在于感官感觉的沟通、交错与应合。当灵感袭来,诗人“视通万里,思接千载”,各种感官的感觉的界线退到一旁,于是在诗人神游的

① 吕进:《吕进文存》(第二卷),西南师范大学出版社2009年版,第298页。
② 曾心,钟小族:《吕进诗学隽语》,泰国留中大学出版社2012年版,第18页。

世界里,花朵有了声音,声音有了形状,泉水飘着香味,香味闪着色彩。[①]

叙事诗有情节,但不完整;叙事诗有人物,但回避繁多。因为,叙事诗与其说是在讲故事,毋宁说是在唱故事,是在对一个简单的(甚或众所周知的)故事进行抒情。离开抒情,干巴巴地叙事,叙事诗就难免“丧魂落魄”了。[②]

这些文字似乎很难和通常意义上的学术著作联系起来,倒更像是散文,甚至是散文诗。它们都是典型的“诗学隽语”,几乎没有使用充满学究气息的纯概念,而是使用了一些似是而非、似非而是的类概念,有些比喻甚至连类概念也不是,比如“太阳重新照亮的世界”“花朵有了声音,声音有了形状,泉水飘着香味,香味闪着色彩”“讲故事”“唱故事”“丧魂落魄”等等。这些表达都非常精短,甚至使用了排比等在文学作品中才经常出现的修辞手段。但是,这样的文字是切近诗歌本质的文字,是可以让学者和诗人、读者进行心灵交流、沟通并被记住的文字,和优秀的诗歌一样,不是干巴巴的、抽象的学理讨论,而是充满内涵甚至饱含诗意的。

这种表达因为对纯概念的一定程度的排斥和篇幅的短小,在有些学者那里可能并不被认同。吕进甚至可能因此而处于一种非常尴尬的学术位置:他可能很难被纯粹学术研究的圈子所接受。不过,他对诗的本质和规律的揭示,对中国传统诗学精髓的弘扬,使他的诗学著作在诗人和读者中却拥有广泛的接受者。有人对他的诗学风格和为学精神进行过评价:“求实、创新与多元化,可以说是吕进诗论的总体倾向。吕进作为当代诗论的一个实体,其意义将远远超过其诗论本身——诗论本身很难超越时代,它总有这样那样的局限——作为学派主体的吕进之精神更具价值,它很可能超越时空,波及后代。”[③]“他的诗学著作虽然处处闪烁着哲思的智慧,语言却极为简易;诗学体系庞大,而结构至为清晰。时下的许多诗学著作,刻意追求理论‘高度’,反而让人感觉像走不出的迷宫;刻意追求西方的时髦思潮,却反而成了域外名词术语的搬运工。”[④]这种认同体现了对吕进诗学研究的全面而深刻的了解和理解,应该是吕

① 曾心,钟小族:《吕进诗学隽语》,泰国留中大学出版社2012年版,第176页。

② 曾心,钟小族:《吕进诗学隽语》,泰国留中大学出版社2012年版,第65页。

③ 邹建军:《吕进:意正论深枝叶茂》,《中国新诗理论研究》,长江文艺出版社1993年版,第79、86页。

④ 钟小族:“后记”,载《吕进诗学隽语》,泰国留中大学出版社2012年版,第200页。

进的知音。

对诗歌本质特征和普遍规律的揭示，追求深入浅出的学术效果，注重诗学研究的感悟性特征，形成了吕进诗学研究的独特个性，也使他的诗学著述中隽语迭出。虽然他不拒绝借鉴西方文化、诗学中的优秀元素，但他的诗学研究在观念、表达、文本上和西方诗学研究差异很大，主要不是通过推理去建立庞大的学术体系，更不是从零开始，而是在批判继承的基础上通过对大量诗歌文本的理解、感悟去揭示诗的艺术本质，"通"中有"变"，"变"中现新。这种研究更多地继承了中国诗学传统的精髓，可以更好地揭示中国文化语境中的诗歌的特征，具有明显的中国特色。在全球化语境之下，虽然文化、学术的跨文化交流已经成为不可逆转的大趋势，但是，文化、文学、诗歌始终具有深刻的民族性，只有通过具有民族特色的话语方式，我们才可能真正领会它们的本质之所在。

曾心说："说实话，吕进的诗学体系博大精深，无处不闪烁着诗心、哲理和语言的灵光，选编这本书是有难度的。"[①]《吕进诗学隽语》在整体框架上是相对完善的，揭示了吕进在诗学研究中所涉猎的诸多领域，如果要说存在局限的话，其实可以增加"诗学研究方法论"板块。吕进在他的著作、文章和教学过程中多次提到自己的诗学研究心得，其中涉及一些独特的诗学研究方法。对于学者来说，他们提供的学术观点固然重要，但他们总结的研究方法也许可以对后来者产生更本质、更长久的影响。

① 曾心："序"，载《吕进诗学隽语》，泰国留中大学出版社2012年版。

境高言浅，更上层楼[①]

梁笑梅

在走进《吕进诗学隽语》贡献的学术思想精粹之前，我习惯性地翻看了书的序和后记，随即在百度百科中查阅了“隽语”和“语录体”这两个关键词。“隽语”其实就是名言警句，是耐人寻味的言辞，秦牧在《长街灯语·〈当你还是一朵花〉序》中说：“正是由于有好些警句隽语，闪烁于许多篇章之间，读起来它也就颇能引人入胜了。”百度百科上面说“语录体”是中国文体，常用于门人弟子记录导师的言行，有时也用于佛门的传教记录，因其偏重于只言片语的记录，不重文采，不讲篇章结构，不讲篇与篇之间甚至段与段之间时间及内容上的必然联系，故称之为语录体。

这样的解释对于将吕进学术精粹以语录体的形式选编而成的《吕进诗学隽语》来说显然不够完整准确。我们对语录体并不陌生，曾经最能熟记朗诵的是一位伟大领袖的语录，成为红宝书，全民皆学，顶礼膜拜。但“语录体”这东西的发明权，恐怕还得归于两千多年前孔子的一众弟子和再传弟子们，即《论语》的编著者。孔子生活的先秦，还没有“不持有教师资格证就不能当教师”“不发表若干核心期刊论文、不出版几部专著、不主持几项省部级以上课题就不能评高级职称”之类的硬指标，所以孔老先生一生优哉游哉，随心所欲，“述而不作”，用今天的话说，他上的课达不到现代精品课程的各项要求，他老人家又没有什么学术代表作，终于有一天，他的弟子们焦虑起来，你一言我一语地回忆起“恩师”生前的言行，编撰出简约记载孔子及弟子言行的《论语》，完成了文化遗产的共享与应用，从而出现多重的“断章取义”，形成了“有句无篇”的“语录体”文章样式，言简意丰，富有哲理性和启发性，呈现出一种微言大义的

① 本篇原题目为“境愈高时言愈浅，一吟一上一层楼”，载《诗学体系与话语方式的建构：〈吕进诗学隽语〉评论集》，泰国留中大学出版社2013年版。

话语模式，语录体逐渐成为一种构建话语权威的有效方式。《论语》及宋代记载程颢、程颐言行的《二程遗书》均堪称语录体的典范，对后世影响深远。事实上，“语录体”是中国文学史上非常有特色的一种文体，伴随着历史的发展和媒介的革命，“语录体”先后经历了先秦散文、唐代禅宗、宋代诗话、红色语录、现代流行语录等不同的历史时期，一直以蓬勃的生命力和迷人的话语魅力在历史的长河里涌动起阵阵语录热潮。从经典传承到网络解构，从具有官方正统色彩的“语录体”到当下的“语录现象”，“语录”的内涵外延经历了时代潮流的洗练，承载了历史风云的变幻。

语录这种文体之所以会成为中国最早的主要文章写作样式，应该与当时书写工具的笨拙及其局限性有关。人类在石块、莎草、泥盘、树皮、羊皮、木头、骨头、乌龟壳和竹片上留下了自己的文字，到后来，在钱币、钟鼎、爵盘等青铜铁器和陶器上也纷纷刻上了文字，在纸张发明以前，竹简、木牍书和帛书一起是存储和传递信息的主要工具，史传秦始皇好读书，每日要读竹简几百斤，可见竹简还是以重量取胜，上面的信息密度并不大，“处则充栋宇，出则汗牛马”到今天不过是一本书的内容。在简单艰难的传播条件下，书写和记录文字的人为了尽可能方便传播，便会自发地寻找最简洁有效的表达方式，而最能体现微言大义的“语录体”正好迎合了这种时代表达的需要，但是，语录盛行的根本原因是因为它的精粹性与权威性。因为在网络传播勃兴以后，当话语甚至语篇都可以非常快速便捷地在网络上大量复制与传播时，“语录库”“我爱语录网”“经典语句网”之类的专门语录网站也随之产生，现代的“语录现象”主要表现形态是：一、形形色色的古今中外名人名言录；二、高转载率和点击率的网络流行语凭借纸质媒介得以再度传播；三、众多报刊纷纷开设各式各样的语录专栏；四、经典影视台词和广告语，及其戏拟体语录；五、语录体微博。由此看出传统的语录体式与文化意蕴都发生了巨大的变化，更重要的是，普通民众的个性化语言也可自由地通过网络得以快速有效地传播，并有可能影响着一段时间内的焦点话题和言说样式。文学生态决定文学功能，文学传播是构建良好文学生态的重要手段，语录体的传播者显然是从受传者的立场去思考，有需求才有市场，从而根据读者大众养成的新习惯或者新需求来挑选出版的作品。《吕进诗学隽语》是属于上述第一类语录体，编者试图从作者30余部专著多元丰厚的学术信息中撷取最精华的一部分，用最有效率的方式呈现给受众，以便在需要的时候可以信手拈来，这种摘录式语录体可以维护思想和学术的纯正性与个人性，另一方面也通过特殊的文本形式使学术精粹得以广泛流传。

语录体这一文体的确立和延续，一直附带着一种权威，只有在特定领域有一定地位和权威的人，其所言所行才会被记录下来并且流传至后世。吕进先生在长达半个世纪的学术生涯中，结合研究、教学、创作、品评，写下了大量诗歌理论文章。其所论话题颇为广泛丰富，几乎涉及诗歌的价值和功能、创作内容和心理、形式与技法、节奏和音律、读者与鉴赏等诗歌美学问题的各个方面，同时也触及中国现代诗歌理论争鸣和实践探索的诸多焦点问题，如现代与传统、中国与西方、吸收世界潮流与保持民族本色、表现自我与反映时代、自由与格律等等。与诗歌创作实践密切结合的吕进现代诗学，反对狭隘单一，弃绝趋时媚俗，具有开放性、包容性特征，但又不同于古典诗学、浪漫主义诗学和现代主义诗学，无论从研究的广度、深度还是从创造性来看，吕进先生的诗歌理论都是独树一帜的，自觉、明确、创新、系统，是指导他的诗歌理论研究的宗旨，而融汇中西，贯通古今，内涵丰厚，外延广博，则构成了他独具特色的诗学理论体系。总之，吕进现代诗学品格是丰厚璀璨、复杂多变的，他的诗歌理论不仅在海内外诗坛有着影响，而且在中国新诗发展史上对中国诗歌理论建设以及诗歌美学探讨所做的重要贡献是不容置疑的。吕进先生在新诗创作实践和借鉴中外诗学精髓的基础上，从新诗的基础理论研究这一学术取向出发，构筑了以诗歌的视点特征和语言方式为核心的求实、创新、多元的现代诗学的文体学体系，吕进诗学化古化欧的融合功力及吕进诗学体系形成的道路对中国现代诗学研究具有深刻的启示。《吕进诗学隽语》虽然只是冰山的一角，但仍然可以窥见吕进先生的诗学思想具有敏锐的时代性和完整的体系性，与时俱进，创见纷呈，提出不少极有价值的学术命题，正如有的学者所总结的：吕进诗学具有中国诗论的东方特质，很少使用纯概念，更多地使用类概念；在诗内而不是在诗外谈诗，保持了诗的鲜活；语言又具有诗的光彩，受到读者也受到诗人的喜爱。从人类历史发展的历程看出，许多伟大的教育家和思想家都喜欢用朴实生动、简洁易懂的语录体来阐述他们的教育理念和学术思想，而且事实上，正如很多人都认同的，越是学问精深者，表述其学问的语言越朴实，因为这样的学者已将知识融会贯通，他们思维敏捷、文思清晰，能把高深的道理转化成通俗易懂的语言。吕进先生的成就正是“境愈高时言愈浅，一吟一上一层楼”学术境界的极佳佐证。

在典范的语录体著述中,结论式的独语远多于迂繁的问答与论辩,而结论式的独语原本深蕴着难以动摇的神圣信念。语录的阅读者一般是带着对前贤的敬畏和崇拜来阅读的,他们渴求的是能在阅读时从中得到启迪或在此基础上进行真理式的解读阐释,总的来说,接受主体的态度是严肃的、认真的,一般都是怀着比较正面的求知或者解惑的目的,是经典式的逐字逐句的斟酌和理解。语录体在随之而来的解读和传播的过程中,附带了强烈的不容置疑的行为指引性。我从不敢如一些师兄那样深情而自信地宣称是吕进先生最忠诚的学术继承者,而常常感觉自己是最边缘的弟子,但细细想想,这些年来我的主要研究方向是诗歌传播学,而这正是吕进先生等倡导的“新诗的二次革命”的主要内容之一:诗的传播方式重建。原来我一直是在吕进诗学观的朗照之下。《吕进诗学隽语》是从先生几百万字的著述中选编而出的,编者(主编曾心、钟小族)希望能给普通读者提供学习和使用吕进诗学体系的某种方便和乐趣,但这绝不意味着阅读他几百万的著述就是多余,尤其对于诗学研究的专业读者而言。在语录的传播过程中,受众阅读传播该语录时能否引发共鸣十分重要。如果读者有前期知识储备,理解一段没有前后语境的“断章”是容易的,甚至还能在此基础上有新的阐发,他们能快速地将语录文本植入自己所熟悉的认知背景中,理解语录的要义。反之,如果读者对背景或者语境并不熟悉的话,往往会对某些“断章”语录觉得困惑和难解,与之相随的是在缺乏具体背景进行解读时,极容易产生新的误读可能性,这些读者会将语录文本放置在自己所熟悉却背离原本的语境中去解读,促使其生成新的意义,从而引发下一级的阐释和传播。这样随语境变化的文本书写多是带有对话性质的,至少是附带有对话期待心理的。有强大生命力的语录具有对话意识和对话精神,有准备迎接质疑和挑战的学术自信。《吕进诗学隽语》中的“隽语”不管产生时或者在上一级的传播语境如何,它都有能力越过这个语境,并适应接受新的未知的语境。

诗学资源的二度开发[①]

江锡铨

我的一位老师说过，研究诗歌的文章首先应当富有诗意，只是现在这样的文章太少了。吕进老师也表达过类似的看法，他认为，"中国新诗文体学的最后完形主要指望诗人型学者"[②]。这或许可以看作新诗研究学界有识之士对于"以诗解诗"的诗学研究路径的共同呼唤。

其实我国是有着"以诗解诗"的悠久诗学传统的。言之无文，行之不远；诗论若无诗，似也难以确切地传达与诠释诗意。那些历久弥新的诗论、诗话，诸如刘勰的《文心雕龙》，司空图的《诗品》，严羽的《沧浪诗话》，袁枚的《随园诗话》，赵翼的《瓯北诗话》，王国维的《人间词话》等，都可以当作诗来读，而且留下了诸如"不著一字，尽得风流"(《诗品》)，"羚羊挂角，无迹可求"(《沧浪诗话》)，"江山代有才人出，各领风骚数百年"(赵翼《论诗》)，"入乎其内，出乎其外"(《人间词话》)这样一些毫不逊色于古典诗词精华的千古名句。新诗传承了这一诗学传统，闻一多的《〈冬夜〉评论》，戴望舒的《论诗零札》，艾青的《诗论》，阿垅的《诗与现实》等影响较大的新诗论，也无不诗意盎然——对此，吕进老师的诗学论著中亦多有引述论及。

吕进老师的诗学论著，尤其是这部经过精心选编的《吕进诗学隽语》，同样是"以诗解诗"的杰作。其中多处论诗文字，若加以分行，便可成为精美的小诗。如论小诗的章句：

艾青是天才／以气质胜／臧克家是地才／以苦吟胜／卞之琳是人才／以

① 本篇原题目为"'以诗解诗'与诗学资源的二度开发——《吕进诗学隽语》断想"，载《诗学体系与话语方式的建构：〈吕进诗学隽语〉评论集》，泰国留中大学出版社2013年版。

② 曾心，钟小族：《吕进诗学隽语》，秀威资讯科技有限公司2012年版，第81页。

理趣胜／李金发是鬼才／以奇思胜[1]

再如论诗语修辞的内容：

对比喻来讲／本体与喻体是相似关系／对借代来讲／本体与借体是相关关系／对反衬来讲／主体与宾体就是相反关系[2]

这样的例证不胜枚举。而这些简劲、睿智、隽永的诗句，同时又有着要言不烦、体味深细、点到为止、重在感悟的中国传统诗论、文论的特点。

我本人和很多师友一样，深深受益于吕进老师的诗学教诲：包括他的耳提面命，更多的则是通过他的诗学论著——因此，从一定的意义上说，我们也是得益于《吕进诗学隽语》。这部书集中了吕进老师诗学学术成果的精粹，我们所受教益大都集于此书，而那些给我们以醍醐灌顶般的启示，让我们念兹在兹，耳熟能详的教益，也大致是以“隽语”的形式深印于我们的脑海中的——至少我个人是如此。我个人印象最深的，是这样两条“隽语”——其一是关于现实主义新诗研究，“夸大地讲，这似乎是一部还没有打开的书”[3]；其二是“中国新诗有个奇特现象：只有自由诗……于是，格律诗在中国式微，自由诗成为中国新诗的全体（不只是一体、不只是主体）了”[4]。这两条“隽语”给了我极大的启发，拙作中曾多次引用。我后来所做的一点学术工作，大都集中于这两条“隽语”为我开启的两个学术方向：现实主义新诗研究和新诗形式美学研究。

这部《吕进诗学隽语》不是“原创”，而是吕进老师丰厚的诗学学术积累的二度开发。好像也有有识之士做过类似的工作，例如前辈诗人罗洛先生，就曾从阿垅三卷本的《诗与现实》中辑选出一卷本的《人·诗·现实》[5]，出版问世后产生了较大的反响。不过，罗洛先生所做的主要还是“三选一”式的“好中选优”（当然是以编选者的眼光与标准来取舍）的工作，只是从原著所收录的数十篇文

① 曾心，钟小族：《吕进诗学隽语》，秀威资讯科技有限公司2012年版，第107页。

② 曾心，钟小族：《吕进诗学隽语》，秀威资讯科技有限公司2012年版，第240页。

③ 吕进：《新诗文体学》，花城出版社1990年版，第154页。

④ 吕进：《现代格律诗的新足音——黄淮〈九言格律诗〉》，《新诗文体学》，花城出版社1990年版，第144页。

⑤ 阿垅（罗洛）：《人·诗·现实》，生活·读书·新知三联书店1986年版。

章中辑选出28篇成书，原成果与“二度开发”（辑选）形成的成果之比约为3:1，且为全文辑选——犹如从一堆珍珠中挑出一串，制作成项链；而这部《吕进诗学隽语》的工作量则要大得多——不单是制作项链，而且要先行深入大海，探蚌取珠。我没有做过精确的统计测算，估计吕进老师的诗学论著与这部书的篇幅比，当在10:1以上。而且不是简单的全文辑选汇编，是对吕进老师所有学术成果反复阅读、寻味、揣摩之后的寻章摘句、千挑万选，其用力之勤、之精、之苦心孤诣，着实令人钦敬。书中的很多“隽语”其实以前都在吕进老师的论著中读到过，但此次在“隽语”的特殊语境中重读，似乎有了全新的、更“隽”更“诗”、更深切也更亲切的感受。《吕进诗学隽语》就像是一部小型的新诗百科全书：大凡关于新诗的各种学术和艺术问题，在本书中几乎都可以找到比较确切的、言简意赅的答案。

《吕进诗学隽语》的编选工作无疑是缜密的。然而百密一疏，在我看来，其中似乎也还有一些可以进一步完善之处，主要有：

——“隽语”的选录似乎还可以更精练、更精致、更精准一些。比如我所念念不忘的那两条“隽语”，好像就没有在本书中看到。虽然书中不乏意思相近的内容，但似乎都还不具有那两个极简赅的陈述句所特有的，语出惊人而又入情入理，一笔囊括百年新诗史的气概与学术自信。而且，书中少量“隽语”篇幅过长，达到数百字甚至近千字，这就有可能因读者的视觉和注意力的倦怠而将其中的“亮点”遮蔽。个人的愚见以为，每条“隽语”以百字左右为宜，最好不超过两百字——其实本书所收录的绝大部分“隽语”，也是符合这一要求，与愚见是一致的。这样在编选中还需要进一步推敲琢磨，需要更苦心孤诣，有时还不得不忍痛割爱；当然也可以考虑在此书的基础上另编一部更精短的《吕进诗学萃语》。

——“隽语”的专题分类似乎还有可以推敲、斟酌处。篇章下设专题的选录体例很好，多数篇章，如“诗美篇”“诗歌分类篇”“诗人篇”“诗歌鉴赏篇”的下设专题都较严整有序，但“诗运篇”和“诗歌技巧篇”的下设专题则略显细碎、随意，有些不在同一逻辑层面，似可加以调整与整合。

——“隽语”出处的注录，即“隽语”所援引的参考文献体例宜统一、规范。目前书中各条“隽语”的出处，大部分注的是《吕进文存》各卷，少部分注的是原文刊发的报刊——可能这部分文章是《吕进文存》出版后问世的。若从兼顾本书的艺术性与学术性，既有利于诵读美文、品鉴诗意，也有利于学术工作考虑，宜将各“隽语”的出处统一注录为原文刊发的报刊。这样可以通过还原“隽语”诞生的历史语境，触发读者更深入的联系与思考；可以引导有心的读者返回历史现场，为他们提供查阅相关文献的资料线索；便于治中国现代文学和现代诗歌的学者利用本书，同时也更符合参考文献注录的学术规范。

以上陋见难免出于个人的偏好与偏见，仅供参考。相信编选者也一定有有所不为的理由的。

片言居要:诗学启示与应用价值兼备①

王珂

《吕进诗学隽语》,虽然我获得它才半年时间,但是已经成为我写新诗论文的"手边书"。尽管我对先生的学术历程和学术思想比较了解,书中的很多"隽语"早已成为我的"资料卡片",在文章中经常引用,但是我的资料卡片库中的"吕进诗学"专库并没有如此全面系统,也没有如此科学分类。一册在手,万事俱备,检索摘用十分方便。

在此不但应该感谢先生创造了如此丰富多彩又博大精深的"诗学隽语",还应该感谢曾心先生等人辑录了这些"诗学语录"。

仔细研读《吕进诗学隽语》后,我想大胆做出这样的评价:

《吕进诗学隽语》采用语录体方式,辑录了吕进先生十多部诗学著作中的精华,具有重大的诗学价值和应用价值。可以用十六个字来描述:"格言警句,珍珠红线;片言居要,体大虑周。"它是新诗研究者、新诗创作者和新诗爱好者难得的好书。它充分证明吕进先生是中国当代著名的新诗理论家和新诗教育家之一,是新诗文体学及新诗诗体学的杰出开拓者和建设者。他的新诗理论,特别是新诗文体理论具有开创性、现实性和前瞻性,为新时期新诗的健康发展做出了杰出贡献。他不但是新时期新诗重要的保驾护航者,而且是重要的纠偏者和引导者。吕进先生近年大力倡导诗的传播方式重建,《吕进诗学隽语》是诗学理论的传播方式重建的优秀范例,精益求精和简短便捷的语录体方式非常能够适应信息爆炸时代的现代快节奏生活,可以让吕进先生的诗学深入人心,更有效地指导新诗的创作与研究。

---

① 本篇原题目为"片言居要　体大虑周——《吕进诗学隽语》的诗学价值和应用价值",载《诗学体系与话语方式的建构:〈吕进诗学隽语〉评论集》,泰国留中大学出版社2013年版。选入本书有删改。

1983年出版的《新诗的创作与鉴赏》一书让吕进先生一举成名，2012年出版的《吕进诗学隽语》一书更会让吕进先生名留诗史。20世纪80年代初期，新诗空前繁荣，出现了阅读诗、朗诵诗和创作诗的群众性运动。但是诗的欣赏和写作都处在无师自通状态，当时通行的新诗理论十分落后，受到庸俗的政治美学和文学理论的大一统体制束缚。在人们如饥似渴，需要新诗欣赏和创作"教科书"及"行动指南"的时候，吕进先生推出了他的第一部诗学著作《新诗的创作与鉴赏》。此书是"诗坛及时雨"，一问世就受到热烈欢迎，成为"畅销书"，参加了"香港书展"，当时在云南老山前线的战士也向作者寻找此书。1992年陕西著名诗人商子秦在宝鸡告诉我他曾经研读过此书，深受影响。

我1983年考入西南师范大学（今西南大学）外语系，吕先生教"中国现代文学作品选读"课程，他让我当"科代表"。这门课程有全国外语院校统编教材，吕先生是编委之一。但是同学们都想把《新诗的创作与鉴赏》作为教材。书店早已脱销，我们只好请吕先生写"条子"，采用"走后门"的方式获得。1983年冬天，我与另一个班的科代表肖婧同学拿着吕先生的"条子"到重庆出版社为全年级同学买回此书。

《新诗的创作与鉴赏》还成为新诗理论书中少有的"长销书"，分别在1991年和1993年再版。它的学术性也得到了学界认可，获得四川省政府优秀社科著作奖，吕先生主要也是因为这部著作在1987年由讲师直接破格为教授。这种职称破格方式在学界十分罕见。其他学者在80年代出版的十多部新诗理论著作，很少有再版的，更没有经受住30年时光的无情考验。

《吕进诗学隽语》如同《新诗的创作与鉴赏》，一问世就产生了很大影响。2012年分别在泰国、中国台湾出版，受到了新诗理论界和创作界的广泛重视。这在当下是非常不容易的。黄邦君、邹建军编著，1988年出版的《中国新诗大辞典》收入了1917年至1987年70年间诗人、诗评家764人，诗集4244部，诗评论集306部。刘福春主编，2006年出版的《中国新诗书刊总目》收录了1920年1月至2006年1月大陆、台湾、香港、澳门及海外出版的汉语新诗集、评论集17800余种。能够传世的并不多。近年给新诗理论及创作研究方向的硕士生和博士生开新诗研究必读书目时，我深刻地体会到很难在成千上万部诗学著作中找到研究生必读的精品。近年华文诗歌出版了上百部诗学著作，真正能够得到海内外公认的并不多。《吕进诗学隽语》经受住了"地域"的考验，也必定能够经受住“时间”的考验。在此也代表我的研究生感谢“祖师爷”为他们提供了又一本“必读书”。

吕先生的人生追求是:“寻觅出世的境界,创造入世的事业。”他是缪斯的虔诚信徒,以新诗研究和新诗教育为唯一事业,真正达到了我追求的“衣带渐宽终不悔,为诗消得人憔悴”的崇高境界。他的多部著作都是“精品”。如1984年出版的《给新诗爱好者》、1985年出版的《一得诗话》和1991年出版的获得四川省政府优秀社科著作奖的《中国现代诗学》。1987年出版的《上园谈诗》和1990年出版的《新诗文体学》获得重庆市政府优秀社科著作奖。《吕进诗学隽语》集十多部诗学著作的精华于一体,堪称“极品”。

本书的分类也值得赞扬。全书分为“诗美篇”“诗歌分类篇”“诗运篇”“诗人篇”“诗歌技巧篇”和“诗歌鉴赏篇”,既突出了“重点”,又建立起“体系”,呈现出“吕进诗学”的特殊风采和基本风貌。特别是“诗运篇”采用“诗运”一词新颖别致。“诗运”一词来源于他的《诗运的三段式》,收录的19条“诗学隽语”显示出吕先生对新诗命运的深切关注,也显示出他有超强的对诗坛现实的洞察力和对新诗未来的掌控力。他的这些新诗建设策略还具有很强的操作性,如“诗的大众与小众”“诗运的三段式”“诗学的三个基本意识”“诗歌精神重建”“诗体重建”“诗的传播方式重建”。通过这些策略,不难看出吕进先生在诗学研究中的统观全局、高屋建瓴的“帅才”式“领导”能力不只是依靠才气和胆气,更是因为他具有渊博的学识和踏实的研究态度。叶燮在《原诗》中说:“曰理,曰事,曰情,此三言者,足以穷尽万有之变态。凡形形色色,音声状貌,举不能越乎此。此举在物者而为言,而无一物之或能去此者也。曰才,曰胆,曰识,曰力,此四言者,所以穷尽此心之神明,凡形形色色,音声状貌,无不待于此而为之发宣昭著。此举在我者而为言,而无一不如此心以出之者也。以在我之四,衡在物之三,合而为作者之文章。大之经纬天地,细而一动一植,咏叹讴吟,俱不能离是而为言者矣。”在新诗研究界,吕进先生是少有的几位具有“才、胆、识、力”的新诗学者之一。

全书辑录的104条“吕进诗学隽语”充分呈现出“吕进诗学”的“才、胆、识、力”,以他近年大力倡导的“诗体重建”为例,它引发了新诗史上第三次大规模的“诗体之争”。“诗体之争”是一个老生常谈的话题,甚至可以说新诗历史就是诗体的自由化与格律化对抗的历史,诗体之争此起彼伏。自新诗诞生之日起,就有新诗是否应该有诗体，新诗的诗体应该格律化还是自由化的巨大争论。最有名的两次大讨论发生在20世纪20年代中期和50年代中期。甚至在白话诗运动之初就发生过新诗是否需要诗体重建之争。1918年6月5日朱经农于美国给胡适写信说："……'白话诗'应该立几条规则。……要想'白话诗'发达，规律是不可不有的。此不特汉文为然，西文何尝不是一样？如果诗无规律，不如把诗废了，专做'白话文'的为是。"鼓吹"作诗如作文"的胡适自然强烈反对"新诗应该有体"，他说："我们做白话诗的大宗旨，在于提倡'诗体的解放'。有什么材料，做什么诗；有什么话，说什么话；把从前一切束缚诗神的自由的枷锁镣铐，笼统推翻；这便是'诗体的解放'。因为如此，故我们极不赞成诗的规则。"1954年4月11日，何其芳给现代格律诗下的定义是："我们说的现代格律诗在格律上就只有这样一点要求：按照现代的口语写得每行的顿数有规律，每顿所占时间大致相等，而且有规律地押韵。"新诗百年，一直有诗论家倡导现代格律诗。

吕进先生是世纪之交率先提出"诗体重建"的新诗学者。他在《诗刊》1997年第10期发表的《论新诗的诗体重建》是近年诗坛最早鲜明地提出"诗体重建"主张的文章。他认为："近百年新诗在诗体重建上积累了丰富经验，新时期以来，新诗遇到了从历史反思转向自身反思的良好的外部环境和历史契机。讨论诗体重建的时机来临。在我看来，摆脱多年困扰的新诗体式危机、重建诗体的出路有三：一是完善自由诗；二是倡导格律诗；三是增多诗体。三者联系密切。"吕进先生还在原《西南师范大学学报》1999年第1期发表了《从中国文体看中国新诗》，再次强调"诗体重建"："诗体重建的课题已经摆在中国新诗面前，它关涉到新诗兴衰甚至存亡。从文体考察新诗，分自由诗和现代格律诗，而以前者为主。新诗的诗体重建，在无限多样的诗体创造中，有两个美学使命：规范自由诗和倡导格律诗。'自由诗'的冠名是不确切的，因为'自由诗'的'自由'是极其有限的自由。现代格律诗建设的中心问题是艺术实验。当下的新诗已经和初期白话诗不可同日而语，但从文体角度看，还处在草创阶段。新诗期待着在下个世纪能完全摆脱草创期的幼稚而走向辉煌。"

吕进先生还给"诗体"下了定义："审美视点是内形式；语言方式是外形式，即诗的存在方式。从内形式到外形式，或曰从寻思到寻言，这就是一首诗最初的生成过程。诗体，是诗歌外形式的主要元素。""诗体是诗的音与形的排列组合，是诗的听觉之美和视觉之美的排列组合。诗歌文体学就是研究这个排列组合的形式规律的科学。从诗体特征讲，音乐性是诗与散文的主要分界。从诗歌发生学看，诗与音乐从来就有血缘关系。”“如果说，韵式是诗体属于听觉的美；那么，段式就是诗体属于视觉的美。”

尽管在1997年8月，在武夷山“现代汉诗国际学术研讨”会上，骆寒超先生提出新诗要走律化之路，但是没有采用“诗体重建”这一术语。他认为：“新诗体式的现代化问题也必须考虑，……不讲究格式、不谐调音节和不押韵也就成为新诗的主要形式特征。在这‘三不’极端化的作用下，诗坛放纵无羁的‘无政府’状态也就势所难免了。与此对应，另有一批人无视中国诗歌形式审美的传统规范原则，把诗行字数的划一看成音节把握的决定条件，把各个诗行长度的划一看成格律把握的决定条件，把押尾韵和一韵到底看成鉴别诗与非诗的决定条件，来建立新格律诗，以致形成一边写诗、一边要计算字数的不正常现象。这种外在形式规范二级强化的倾向，导致新诗的体式无法在韵和音雅这一要求上定型。我们认为新诗不管怎么说总是要走律化之路的，但外在的声韵必须和内在的情韵作适度的应和，不能搞模式。具体点说，应把律化之路建立在这样的一个原则上；在约束中显自由，在自由中显约束。只有作这样的双向交流，才能使运用现代汉语写作的新诗求得形式的规范化定型。”这段话是骆寒超先生为《三星草》（浙江文艺出版社，1997年10月出版）写的序中的文字。

尽管闻一多、林庚、废名、何其芳、朱光潜、朱自清、艾青等人都论及诗体，特别是闻一多和何其芳堪称“新诗诗体学家”，但是他们没有出版系统的诗体学著作。直到20世纪80年代初中期，新诗诗体学才迎来第一个春天。当时新诗的流行带来了新诗理论的繁荣，出现了吕进先生的《新诗的创造与鉴赏》（1982年）和吴思敬先生的《诗歌基本原理》（1987年）等十余部新诗理论著作。这些诗歌著作没有提出“诗体学”概念，但是已经涉及诗体学的“诗歌类型学”，特别是《新诗的创作与鉴赏》堪称新诗史上第一部未冠名的“诗体学”著作，不但对新格律诗等多种诗体作了深入研究，还肯定了诗的“音乐美”和“建筑美”。

时间证明吕进先生具有敏锐的学术眼光，他的新诗文体学研究及诗体学研究具有超前性，他开掘出新诗研究的一个富矿，发现了一个学术增加点。世纪之交，新诗文体学及诗体学研究成为学术热点，涌现出20多部著作，如骆寒超的《论新诗的本体规范与秩序建设》、骆寒超和陈玉兰合著的《中国诗学——

第一部形式论》、许霆的《旋转飞升的陀螺——百年中国现代诗体流变史论》和《趋向现代的步履——百年中国现代诗体流变综论》、许霆与鲁德俊合著的《新格律诗研究》和《十四行体在中国》、王珂的《诗歌文体学导论——诗的原理和诗的创造》《百年新诗诗体建设研究》《新诗诗体生成史论》和《诗体学散论——中外诗体生成流变研究》《新时期30年新诗得失论》、周仲器和周渡合著的《中国新格律诗论》《中国新格律诗史论》和《中国新格律诗探索史略》……吕进先生更是硕果累累,出版了《新诗文体学》《中国现代诗体论》等著作。

吕进先生还在各种学术会议上大力倡导诗体重建。2006年9月,在由西南大学诗学研究中心、中国新诗研究所和《文艺研究》编辑部主办的第二届"华文诗学名家国际论坛"上,"新诗诗体重建问题"成为研讨主题,2009年11月和2012年12月的第三届、第四届"华文诗学名家国际论坛"仍然高度关注这一课题。

从在《诗刊》1997年第10期发表《论新诗的诗体重建》起,"诗体重建"一直是吕进先生学术论文关注的重要课题。如他在《西南大学学报》2012年第1期发表了《新诗诗体的双极发展》,还强调说:"重破轻立一直是新诗的痼疾。当下的新诗面临三个'立'的使命:在正确处理新诗的个人性和公共性的关系上的诗歌精神重建;在规范和增多诗体上的诗体重建;在现代科技条件下的诗歌传播方式重建。推进三大重建,新诗才能摆脱危机,重新成为中国文学的王冠。"

"诗体重建"越来越受到学界的重视,引发了较大的"诗体之争"。虽然有些新诗学者主张新诗应该是自由诗,对"诗体重建"有异议,但并不否定提倡者的学术水平,如叶橹先生:"有关'诗体建设'、'诗体重构'的议论依然时起时伏。这些理论的提倡者虽然都是学养有素的学者,但是我却觉得他们是不是把精力浪费在一个'伪话题'的理论上了。"他认为倡导"诗体建设""诗体重构"理论的提倡者虽然都是"学养有素"的学者。近年越来越多的新诗理论家主张新诗也应该有文体规则。谢冕先生2012年4月20日接受记者采访时说:"现在很多诗歌没有章法,其实诗歌是最讲规则的文体。"

诗体是对诗的形式属性及文体属性制度化的具体呈现。歌德在《论德国建筑》中说:"艺术早在其成为美之前,就已经是构形的了,然而在那时候就已经是真实而伟大的艺术,往往比美的艺术本身更真实、更伟大些。原因是,人有一种构形的本性，一旦他的生存变得安定之后，这种本性立刻就活跃起来……”伯格曼和艾泼斯坦认为：“只有当日常语言(everyday words)被给予有意味的形体(shape)时，才能够变为文学。没有形体就没有文学。……为什么形体十分重要？因为形体才能造就一件文学作品的整体(unity)与完美。”诗体是人对秩序的需要、对称的需要和结构的需要及审美需要的诗化呈现。诗体在当代社会更具有特殊价值，如同福柯的“话语”，可以视为可以呈现社会政治文化的权力结构形态的诗的语言体式和调控权力之流的规则系统。因此诗体学研究具有诗学意义和美学意义与伦理学和政治学意义。近年诗体学渐渐拓展为诗歌生态学、诗歌伦理学、诗歌政治学、诗歌美学、诗歌韵律学、诗歌图像学、诗歌功能学等多门学科的交叉学科。其他学科的理论方法也用到诗体研究上。如借鉴现代哲学本体分类法分类诗体，高度重视混合本体。现代哲学把本体分为术语本体(Terminology Ontologies)、形式本体(Formal Ontology)、混合本体(Mixed Ontology)、表现本体(Representational Ontologies)、任务与方法本体(Task and Method Ontologies)和局部本体(Regional Ontology)。借鉴语言学的影响到效度研究方法研究诗体的生态及价值，既重视“标准(criterion)取向”，更重视“证据(evidence)取向”和“理由(warrant)取向”。甚至引入逻辑学的理论，如用图尔敏的论证模型来论证某种诗体的可行性。“在图尔敏的论证模型中包含资料(datum，D)、必要条件(backing，B)、理由(warrant，W)、限定(qualifer，Q)、例外(exception，E)和结论(claim，C)等6个基本要素。论证的基本过程是：资料(D)和必要条件(B)共同构成了理由(W)，在接受了例外(E)的反驳之后，经过限定(Q)，使结论得以成立。”这些非诗领域的研究方法可以克服诗体研究极端重视自由诗或格律诗的偏激，使重建的某种诗体更具有操作性。

吴思敬先生认为：“‘自由’二字可说是对新诗品质的最准确的概括。这是因为诗人只有葆有一颗向往自由之心，听从自由信念的召唤，才能在宽阔的心理时空中任意驰骋，才能不受权威、传统、习俗或社会偏见的束缚，才能结出具有高度独创性的艺术思维之花。而对废名‘新诗应该是自由诗’的理解，恐怕也不宜把‘自由诗’狭隘地理解为一个专用名词，而是看成新诗应该是‘自由的诗’为妥。……这里所谈的与其说是一种诗体，不如说是在张扬新诗的自由的精神。”“所谓诗体，是具有稳定构造、标志诗的类别形式的特殊的符号系统。诗体的基本特征就是公用性，集中反映了诗体自身所具有的形式方面的特征。固然在具体的一首诗中,我们无法把它的形式与内容相剥离,然而在观察与分析了许多同类体裁的诗作后,我们却可以将它们共同的形式因素抽出来加以归纳。诗体不过问具体内容,它所强调的只是艺术符号的类别特征及其结构、秩序和组合原则。诗体一旦形成,便成为人类共同的精神财富,而不再是某个诗人自己的专利。换句话说,一种诗体只有不仅被开创者自己,而且也被当时和后代的许多诗人所接受并共同使用,才能成为真正意义上的诗体。与公用性相伴而来的是诗体的稳定性,就是说,诗体具有相当稳定的、可以重复出现的特点,某一种诗体形成后可以持续几十年、几百年、甚至上千年不变。我国的近体诗和词,就是发展最为完善的格律诗,其公用性和稳定性是极其明显的。"

现在极端主张格律诗和自由诗的学者,都没有充分考虑论证的基本过程中的两要素"例外"和"限定",研究论证出的诗体普遍缺乏"公共性"和"稳定性",不仅不被理论界接受,创作界更无诗人运用。

吕进先生仔细研究过黑格尔的哲学,深受黑格尔的"正题—反题—合题"三段式理论的影响。他在《诗运的三段式》中还采用了这种方法:"近四十年的新诗沿着正题—反题—合题的三段式正好差不多走了一个循环。……它体现的是中国新诗螺旋形的上升过程。"所以他不极端主张格律诗和反对自由诗。如他认为:"诗体重建是新诗二次革命的重要内容,新诗在多样诗体中,要完成两个美学使命——规范自由诗,倡导格律诗。"他只是"倡导"格律诗。

《吕进诗学隽语》共分6大部分,其中"诗美篇""诗歌分类篇""诗运篇"直接涉及诗歌文体,其余三部分"诗人篇""诗歌技巧篇"和"诗歌鉴赏篇"间接涉及诗歌文体,由此可见"新诗文体学"及"新诗诗体学"是"吕进诗学"的重要组成部分,也是吕进先生对中国现当代诗学的一大贡献。

前人种树,后人乘凉;吃水不忘挖井人。作为新诗文体学的拓荒者,无论是在诗学观点还是研究方法上,吕进先生都给当代诗学,特别是给我们这些年轻学者留下了宝贵财富。《吕进诗学隽语》正是这笔财富的浓缩精华。

对传统“诗家语”的现代阐释①

张传敏

吕进教授对于诗歌语言是极为重视的，现存四卷本《吕进文存》中的很多篇章都有所涉及。他对于中国传统的“诗家语”概念也多有论述，不妨先对此稍加梳理。

一、关于“诗家语”的本质及特征

“诗家语”——诗歌的语言的本质何在？古今中外不乏对其进行探讨者。在吕进看来，无论是认为诗和其他文学样式使用同一种语言者，还是认为诗使用的是和散文语言不搭界的另类语言者或者是认为诗歌语言和散文语言存在层次上的区别者，都没有说破“诗家语”的美学特质。他认为，诗表现的是散文语言表达“遗漏”的部分；诗向散文“借用”语言，但是改变了其言说方式。这种理解抓住了“诗家语”的本质特点，既强调了它和散文语言的区别，又承认了其联系，显示了深刻的辩证精神。另外，吕进还描述了“诗家语”这种语言的“超常结构”的外部特征：

一是“不合法”：

> 诗依靠散文语言的缺陷而存在。……诗家语常常不遵循散文语法。应当说，它违反语法标准的方式越多，它的语言中的可能性就越大。

二是“不讲理”：

① 本篇原题目为“吕进对‘诗家语’的探讨与贡献”，载《诗学体系与话语方式的建构：〈吕进诗学隽语〉评论集》，泰国留中大学出版社2013年版。选入本书有改动。

“无理而妙”，是古代诗论的重要命题。所谓“无理”，就是违反习以为常的生活逻辑和思维逻辑，也就是通常情况下的反常。所谓“妙”，就是在“无理”中更强烈地表现出来的诗味与诗美。

三是“不说话”：

它乐于描写人的心灵状态和情感生活，却不至于，也不长于描写外界事物和外部世界，对于讲故事说情节，它几乎不讲话。

吕进指出，诗歌语言和散文语言不同，它是具有“弹性”的。诗歌本身是具象的抽象，因此语言中包含具象和抽象的交织；诗歌中情隐而景显，因此语言中隐显交织；诗歌的言近旨远，因此语言中近远交织，这些就构成了“诗家语”的“弹性”。

二、关于“诗家语”的产生过程

作为一个兼具诗人身份的学者，吕进对“诗家语”的阐述绝不会仅仅停留在对其概念的把握上，而是进一步深入思考、论述了它产生的过程。

吕进把“诗家语”对散文语言的“借用”视为一个“破坏”过程——既破坏词义，又破坏语法。通过“破坏”，才能使语言的交际功能下降，而抒情功能达到最大限度。只有使语言的连续性被打断，才能使“淙淙流水”一样的散文语言变成“互相遥望的星星”一般的诗歌语言。

然而很明显，“破坏”只是“诗家语”产生的一方面，另一个重要的问题是如何“建设”。诗人寻思，诗思寻言，这样的“破坏”，对于诗人来说，还必须要经历一个“建设”的过程、“寻言”的过程。具体地说，诗人在“寻言”时要面临三个基本的选择：词的选择、组合的选择和句法的选择。在选词过程中，情感性与具象性是必备的；在选择词类的组合时，要依靠抒情逻辑而不是推理逻辑；在选择句法时更要讲究与散文句法的区别。

当然，这种“建设”也必须经历一个完善的过程，不可能是一蹴而就的。吕进引用了清人李重华《贞一斋诗说》中的观点，认为这种“寻”必须经过三个阶段：

诗求文理能通者，为初学言之也。诗贵修饰而能工者，为未成家言之也。其实诗到高妙处，何止于通？到神化处，何止求工？

经过这三个阶段，才能“让语言从推理性符号变为表现性符号，意味走出，意义后退，以最普通的语言构筑起最不普通的言说方式。”而要达到这种“诗家语”最高的境界，还必须明白俗与雅的辩证法：

诗家语务求脱俗。循习陈言，规摩旧作，必无佳构，但故意追求险字，用语扭捏作态，这也不是“脱俗”，而正是诗家欲“脱”之“俗”中的一种。

这对于那些造作词句唯以雕琢为事的诗人，何啻灌顶醍醐，当头棒喝——其实自古大诗人都不会特别避讳俗语，譬如杜甫有“楼头吃酒楼下卧”，苏东坡有“三杯软饱后，一枕黑甜余”之类的句子，“吃”“软饱”“黑甜”在当时都是口头俗语，然而用来却并不使诗变“俗”，反而更能体现出诗人们倜傥潇洒、率真自然的意气与风度，适足见其“雅”。

三、关于“诗家语”的作用和效果

语言是思维的物质外壳，“诗家语”是诗意传达的物质基础。没有语言的支撑，即便如克罗齐那样的直觉主义者一样，认为个人在心中以非理性的方式“直觉”到了诗意，就等于诗歌的完成，那么也不能无视语言在物质传达方面的重要性。没有语言介入的诗歌，一首不能让作者之外的人感知的诗歌，在现实物质世界中是没有意义的。正如吕进所说，“只有诗家语才能使诗人情动于中时的所感所思物质化、外观化和成型化”。

吕进认为“诗家语”具有一种“模糊美”，这是和“诗家语”自身的“弹性”紧密相连的：“它所包含的几种词义不是‘非此即彼’，而是‘亦此亦彼’的。正是这‘亦此亦彼’才构成美丽的诗境，调动读者的想象力，促使读者在诗歌欣赏过程中进行艺术再创造的活动,给读者以丰富多样的美感享受。”

吕进还特别强调,“诗家语”的弹性、模糊美,不是含混。这无疑是极具现实意义的。自胡适发动新文学运动倡导诗体大解放以来,很多人对胡适“要须作诗如作文”的诗歌主张表示不满,反对用完全透明的散文语言作为诗歌语言。然而这种本来具有合理性的反拨往往矫枉过正,走向另一个极端,一味追求诗歌语言的含混、晦涩化,致使很多诗人的诗歌流为“笨谜”。直至当下,这种倾向的余波也未尝稍减:完全打碎日常语言,使诗歌成为语言碎片的缀合以“丰富”其可阐释性的做法成为很多诗人们“写诗”的诀窍。这种诗歌所具有的含混,绝非是模糊美。因为模糊美是利用语言能指和所指之间的非同一性在诗歌中制造意义的多重性,而所谓的含混,则大多不过是对意义的放逐而已。

四、对“诗家语”的贡献

经过以上的梳理,大致可以看出吕进“诗家语”观念的特色与贡献:

第一,对中国传统“诗家语”概念的现代性阐释与发展。

古人对于“诗家语”的探讨可谓比比皆是。譬如宋人魏庆之《诗人玉屑》卷六中就有这样的记载:

> 王仲至召试馆中,试罢,作一绝题云:“古木森森白玉堂,长年来此试文章。日斜奏罢长杨赋。闲拂尘埃看画墙。”荆公见之,甚欢爱。为改作“奏赋长杨罢”,且云:诗家语,如此乃健。

“诗家语”之说,殆从此始。然而,古人论诗,讲究“妙悟”——一种筑基于个人经验之上的体会与理解,并不重视理论的界定与解说,故王安石之说虽历来受人重视,但是却很难有更深刻的理论阐释。即使比较精彩的论述也往往停留在描述与譬喻上,比如吴乔在《围炉诗话》中以“饭”和“酒”比喻散文语言和诗歌语言的关系:二者都出于米(语言或者意义),然而饭不变形,啖之则饱;酒不见米形,饮之则醉。

吕进在借鉴西方文论的基础上,论述了“诗家语”的本质特征、产生过程和作用效果,一改传统文论中的只言片语、零零碎碎状态,是有逻辑性的、成体系的。

吕进在对“诗家语”的阐释中,借鉴了许多西方文论成果。譬如德国黑格尔的“清洗”概念,别林斯基的《论文学》中关于诗歌语言语法的论述以及瓦雷里、福楼拜、韦勒克、柯勒律治的名言警句等等。然而这种借鉴,并没有代替作者自己的思考。譬如他在《论诗的文体可能》中就曾经将诗歌的结构列表表示:

诗 歌	表层结构	段式(诗行,诗段)
		节奏式(狭义节奏式,韵式)
	深层结构	主观体验(内视世界)
		哲学(审美观)

作者在表后解释:

这里所谓的表层结构实质上就是音乐性与弹性的诗歌语言,它是诗的定位手段。深层结构的实质是内视性、体验性,它是诗的深度。

对诗歌结构以及“诗家语”进行这样的分析,既简单明了,又全面深刻。这绝非是舶来品,而是吕进自己独特思考的产物。

第二,十足的中国特色。

吕进在阐述“诗家语”概念时,并不是进行纯粹的概念演绎与逻辑推导,而是和文本分析相结合,语言精练、生动明晰,继承了中国传统“诗话”的特色,具有十足的中国风格。

和传统的诗话一样,吕进对于“诗家语”的分析,结合了大量的文本分析,解说凝练而又透彻。譬如他在阐释“词的组合的独特性”的时候,就举出方敬、田间的三首诗作为例子。在解说方敬《雪街》中“贫血的长街/行路人是一管针药/在注射着温暖”时,吕进指出:“贫血”与“长街”的组合是诗的组合。动词“注射”是实,名词“温暖”是虚,极省简又极丰富地描述了诗人对旧中国的市街、行人的印象与情感。

吕进的诗论不是灰色的理论著作,而是充分发挥了汉语的表现能力,展示了汉语的优美性。譬如《诗家语:一种特殊的言说方式》中对于洛夫名作《边界望乡》的解读：

太长的隔离。诸多隔膜，诸多陌生；又诸多回忆，诸多想念。一旦站在故园近处，反而紧张，反而无所措手足。“近乡情怯”，又想返乡，又怕返乡。这是多少海外游子的“内伤”哦！

这种解读本身几乎就是诗了。

总之，吕进站在中西诗歌交融的高度上，对“诗家语”进行了全面而深刻的思索。他的理论既补正了中国传统诗学的观念的不足，又保持了鲜明的中国风格、中国气派，这就是他对中国现代诗学，同时也是对传统诗学最为独特的贡献。

四、新变

自新世纪以来，吕进以自身的学术影响和人格魅力，创设“华文诗学名家国际论坛”，邀约海内外著名诗人、学者围绕“新诗的‘二次革命’与‘三大重建’”“自由体与格律体新诗的双极发展”“新诗的公共性与个人性”“新时期‘新来者’诗群”等原创性议题，以及“华文新诗的历史与现状”“新诗文体建设”“新诗经典重读”“新诗艺术流变”等常说常新的话题展开持续而深入的探讨，引发了广泛的争议与反响，形成了一道独特而亮丽的诗学景观。在此期间，吕进还以中国新诗为参照，将批评和研究的眼光投向东亚、东南亚，通过学术论文、诗集序跋、会议交流、专题讲座传播自己有关华文诗歌及诗学范式的新认识。不仅如此，吕进还以点评曾心小诗创作的方式，开启了一种新的批评向度。这些新话题、新观念、新形式，都明显地昭示出吕进诗学思想不断求变求新的巨大生命力。

倡导“新诗二次革命”①

张德明

2004年，以吕进为代表的一些诗评家共同提出了“新诗二次革命”的诗学主张，作为新世纪诗歌理论建设中的一个重要成果，“新诗二次革命”论一经提出，立时在诗坛上引起了轩然大波，并迅速成为新世纪诗歌创作界、批评与研究界多年来热议的学术话题。在我看来，“新诗二次革命”论之所以提出之后，会受到人们普遍的关注并引发持续的讨论与争鸣，其原因主要有二：首先，新诗经过近百年的发展，尽管取得了一定成绩，但与人们对这种文体的美学期待和艺术要求还有很大距离，对新诗创作现状不甚满意、期待其不断变革与完善的呼声始终存在，“新诗二次革命”论的提出，正有力应和了人们的这种审美诉求；其次，“新诗二次革命”论是吕进、骆寒超等诗评家集诗学研究30余年的学术经验，通过纵观古今中外诗歌艺术流变的历史轨迹而对新诗的未来发展做出的大胆规划，既具有突出的理论深度，又具有现实针对性和可操作性。本文拟就“新诗二次革命”论的主要提出者吕进与这一理论口号的内在关系展开一定探讨，既梳理“新诗二次革命”论的学术渊源、思维逻辑，又剖析这一诗学观念的理论内涵，以期为深入理解“新诗二次革命”论的意义与价值提供某种参考和启示。

一、“新诗二次革命”论的理论基石

吕进在21世纪之初提出“新诗二次革命”的理论主张，并非是偶然的突发奇想或者一时的心血来潮，而是建立在长时间的现实观察与学术思考的基础

① 本篇原题目为“吕进与新诗二次革命”，载《重庆三峡学院学报》2013年第1期。选入本书有改动。

上的,是针对诗歌这种文体的独特美学规律与近百年新诗创作的客观实际而做出的某种理智的诗学选择。换句话说,吕进30余年来的诗学研究成果中,其实早已蕴藏着“新诗二次革命”的理论元素,“新诗二次革命”论的出现,不过是诗评家以往著述中诸多理论元素汇集起来而催生的新的学术硕果。因此,我认为,集中体现吕进诗学成就的《吕进文存》一定意义上构成了“新诗二次革命”论的理论基石,重审“文存”中的论文与著作,我们不难找到“新诗二次革命”论的学术渊源和理论原发点。

吕进曾经指出,“一次革命”的主要美学使命是“破格”;“二次革命”的主要使命是“破格”之后的“创格”,即如何在民族性与世界性、艺术性与时代性、自由性与规范性中找到平衡,在这平衡中寻求广阔的发展空间。[①]可以说,四卷本的《吕进文存》集中体现了吕进寻求新诗“创格”之路的学术理想。这套书于2009年8月由西南师范大学出版社正式出版发行,虽然出版时间是在吕进提出“新诗二次革命”论之后,但著作中收录的文章与著作,比如第一卷的《新诗的创作与鉴赏》《给新诗爱好者》,第二卷的《一得诗话》《上园谈诗》《新诗文体学》《中国现代诗学》,第三卷的《吕进诗论选》《对话与重建——中国现代诗学札记》,第四卷的一些重要论文等,大都是2004年之前发表和出版过的。这些重要的论文与著作,发表或出版的时间主要集中于20世纪80年代和90年代,系统阐释了诗的本质与规律、新诗的文体特征、中国新诗在当代的历史流变轨迹、中国新诗的成绩与缺陷等理论问题,某种程度上与胡适等新文学先驱者提出的“文学革命论”观点构成对话关系,是对五四白话诗理论和实践的反思与纠偏。

对诗歌本质的分析与阐释,是吕进诗学思想中较为重要的组成部分,也可以看作吕进反思白话诗运动的学术起点。在《新诗的创作与鉴赏》中,吕进曾这样来概括“诗的定义”:“诗是歌唱生活的最高语言艺术,它通常是诗人感情的直写。”[②]之所以强调诗歌是“歌唱生活”“直写情感”的,是因为在吕进看来:“反映生活,这是文学的一般品格。诗的内容本质在于:它究竟通过何种方式

① 吕进在第二届“华文诗学名家国际论坛”开幕式上的讲话,转引自向天渊、熊辉主编:《新诗再次复兴与审美范式重建——“第二届华文诗学名家国际论坛”综述》,载《文艺研究》2006年第12期。

② 吕进:《新诗的创作与鉴赏》,载《吕进文存》(第一卷),西南师范大学出版社2009年版,第49页。

反映生活。……大量诗歌现象表明:诗虽然直接来源于生活,但它一般并不直接反映生活,而是直接表现人的情感;诗不长于细致地叙述客观现实,而是长于细致地叙述感情浪花。"[①]对于"诗歌是最高的语言艺术"这一点,吕进的解释是:"诗是最高的语言艺术首先表现在它的音乐美。音乐美将诗的语言和散文语言明显地隔开,使前者变为抒情的语言,谈心的语言,而后者只是叙述的语言、办事的语言。"[②]"听觉美感与视觉美感的交叉,外在的音乐美与内在的抒情美的融合,使诗的语言成为最优美的语言,使得散文语言相形见绌。"[③]紧接着,吕进还分析道:"诗是最高的语言艺术还表现在语言的高度精练性。……和散文语言相比,诗的语言是以一当十、以少胜多的。和散文语言相比,诗的语言是富有弹性的和跳跃的,每个字都有广阔的天地。"[④]在这些阐述中,吕进通过比较诗歌语言与散文语言的差异,鲜明凸显诗歌语言的艺术特性,并以语言为窗口展示出诗歌文体所具有的独特美学规律。

吕进对诗歌定义的阐释,是在综合了郭沫若和何其芳等诗人关于这一文体的界定之后所得出的,既吸收他人的成果,又融入了自己的学术心得,因而显得更为准确和妥帖。更重要的是,吕进对诗歌的这一解释,其实暗含着与胡适白话诗理论的对话与辩驳关系。我们知道,新诗"第一次革命"之期,以胡适为首的初期白话诗人对新诗这种文体的理解和阐释是很稚嫩的,很不成熟的,这由此造成了新诗先天性诗性贫弱、形式感不强的毛病。在那篇被朱自清誉为"诗的创造和批评的金科玉律"[⑤]的《谈新诗》中,胡适认为,新诗的创作原则是"有什么话,说什么话;话怎么说,诗怎么写",又反复强调新诗应该是"自由"的和"自然"的[⑥]。胡适的诗学观念,成为近百年新诗创作的思想指南,既使新诗创作一直保持活跃、开放的艺术态势,同时也使新诗始终摆脱不了诗美淡

---

① 吕进:《新诗的创作与鉴赏》,载《吕进文存》(第一卷),西南师范大学出版社2009年版,第49页。

② 吕进:《新诗的创作与鉴赏》,载《吕进文存》(第一卷),西南师范大学出版社2009年版,第57页。

③ 吕进:《新诗的创作与鉴赏》,载《吕进文存》(第一卷),西南师范大学出版社2009年版,第57页。

④ 吕进:《新诗的创作与鉴赏》,载《吕进文存》(第一卷),西南师范大学出版社2009年版,第58页。

⑤ 朱自清:《中国新文学大系·诗集·导言》,上海文艺出版社2003年版(影印本)。

⑥ 胡适:"谈新诗——八年来一件大事",载《星期评论》1919年10月10日"双十节"纪念专号。

薄、语言粗糙的痼疾，使这种文体长期处于不成熟和不完善的“尝试”阶段。这也难怪，近百年来，人们对新诗的责难、对胡适的批评不绝于耳了。吕进关于诗歌本质的论述，或许正是他在反思胡适的新诗创作理念的偏误之后所做出的高度理论概括。

从文体学角度研究新诗，是吕进诗学建构的重要路径。由于吕进等诗评家多年来的积极探求和不懈努力，“新诗文体学”已然成为新时期以来新诗研究的一门显学。吕进的《新诗文体学》于20世纪90年代由花城出版社出版，《中国现代诗学》1991年由重庆出版社出版，这是1990年代初中国诗学界系统阐述新诗的文体特性的两本不可忽视的学术力著。在《新诗文体学》中，吕进对诗歌的“文体可能”进行了仔细辨析，他认为，诗歌是一种“内视点”艺术，“内视点决定了作品对诗的隶属度，或者说，内视点决定了一首诗的资格。”[①]与此相对，散文则是一种“外视点”艺术，与诗歌判然有别。“描绘、叙述外在世界，遵循‘事件第一’的原则，是散文的旨趣。”而“描绘、叙述心灵体验，遵循‘情感第一’的原则，是诗的旨趣。”[②]吕进对诗与散文在艺术旨趣上的差异性分析，是极为精准的。从文体学层面阐述诗歌的语言特性时，吕进指出，诗歌是“语言的超常结构”，“诗歌语言是特殊语言，它的交际功能已经退化到最大限度，它的抒情功能已经发展到最大限度。凭借诗中前后语言的反射，日常语言就披上了诗的色彩，蕴涵了诗的韵味，变成了情人语言（不是办事语言）。”[③]对新诗的文体可能进行科学分析之后，吕进提醒人们，诗歌创作一定要避免“脱轨”，也就是不要脱离自身的美学轨迹，这是诗歌文体自觉的艺术反应，而胡适当年提出的诗学观念就潜藏着让诗歌创作“脱轨”的隐患与危机。吕进说：“在语言上，胡适在新诗初期提出‘诗国革命何自始，要须作诗如作文’。其实，这样的设想意味着中国新诗在艺术上的真正革命并没有开始。它给初期新诗创作和新诗理论建设带去迷茫，类似主张的后遗症是忽视新诗形式的理论建设和忽视新诗媒介学的意义，于是，新诗与散文的分界模糊了。”[④]1991年出版的《中国现代诗学》在《新诗的创作与鉴赏》《新诗文体学》等已有的学术研究基础上，对

① 吕进：《新诗文体学》，载《吕进文存》（第二卷），西南师范大学出版社2009年版，第157页。
② 吕进：《新诗文体学》，载《吕进文存》（第二卷），西南师范大学出版社2009年版，第156页。
③ 吕进：《新诗文体学》，载《吕进文存》（第二卷），西南师范大学出版社2009年版，第164-165页。
④ 吕进：《新诗文体学》，载《吕进文存》（第二卷），西南师范大学出版社2009年版，第172页。

新诗文体学所涉及的诸多理论问题进行了更为系统的阐释。该著共设十九章，分别论述了抒情诗的审美视点、视点特征、艺术媒介、媒介特征、语言正体、抒情诗的生成、抒情诗的最新轨迹、抒情诗人的修养、诗的分类、诗的风格等诗学问题，因为“提出了一个中国现代诗学的完整体系”[①]，而受到诗学界一致赞誉。这部著作以“抒情诗”为主要观照对象，深入剖析了现代诗歌的美学规律，精彩的学术创见俯拾即是，如谈论抒情诗的审美视点时，吕进指出：“离开审美视点而言诗只能是隔靴搔痒。抒情诗是内视点文学。内视点就是心灵视点，精神视点。内视点决定一首作品对抒情诗的隶属度。”[②]“抒情诗是内视点文学”这一观点，在《新诗文体学》里已经论及，可能并非新的诗学发现，不过在《中国现代诗学》中，吕进并不是对原有观点的简单重复，而是在重申这一观点之后，对内视点的存在方式做了进一步的阐释，他指出：“抒情诗的内视点有三种存在方式。第一种基本方式是以心观物，即现实的心灵化。诗人以心观物时总是倾心于表现性很强的事物。第二种基本方式是化心为物，即心灵的现实化。以心观物的诗，其意象是具象的抽象；化心为物的诗，其意象是抽象的具象。第三种基本方式是以心观心，即心灵的心灵化。以心观心是原生态心灵向普视性心灵的升华。”[③]这段阐释使诗歌的“内视点”特征得以具体化和明晰化，从而体现了吕进诗学思想的新开拓。再如谈论抒情诗的语言正体时，吕进认为，一切好诗均可用“有”“无”二字加以概括。[④]具体而言包括两种情形：第一种，“有诗意，无语言”[⑤]，“诗篇之未言，才是诗人之欲言”[⑥]，这与古人所云“含不尽之意见于言外”（欧阳修《六一诗话》）颇为切近。第二种，“有功夫，无

---

① 毛翰：《诗人吕进》，载《葡萄园》（台湾）1997年秋季号。

② 吕进：《中国现代诗学》，载《吕进文存》（第二卷），西南师范大学出版社2009年版，第300页。

③ 吕进：《中国现代诗学》，载《吕进文存》（第二卷），西南师范大学出版社2009年版，第300页。

④ 吕进：《中国现代诗学》，载《吕进文存》（第二卷），西南师范大学出版社2009年版，第356页。

⑤ 吕进：《中国现代诗学》，载《吕进文存》（第二卷），西南师范大学出版社2009年版，第362页。

⑥ 吕进：《中国现代诗学》，载《吕进文存》（第二卷），西南师范大学出版社2009年版，第356页。

痕迹”[1],“外在的技巧是诗人不成熟的可靠象征。诗的最高技巧是无痕迹的技巧。”[2]理论是现实的一面镜子,通过建构完整的“中国现代诗学”体系,吕进不仅为新诗的创作与鉴赏提供了较为系统的参照标准,而且也借助这套理论烛照到中国新诗存在的若干美学痼疾。可以说,21世纪之前的诗学研究,为吕进在2004年提出“新诗二次革命”的主张作了充分的理论铺垫,打下了坚实的学术基础。

二、“新诗二次革命”论的思维逻辑

2009年11月初,由西南大学中国诗学研究中心和中国新诗研究所、文艺研究杂志社联合主办的第三届“华文诗学名家国际论坛”在西南大学如期举行,这次论坛有一个重要的话题就是探讨“中国诗歌的百年之变与千年之常”的关系,很显然,这个话题就是本次论坛的主席吕进提议的。事实上,有关诗歌发展中“变”与“常”的辩证关系是吕进一直在关注和思考的一个学术命题,一定程度上也构成了他在2004年提出“新诗二次革命”论的思维逻辑。

新诗的出现,是中国诗歌由古典形态向现代形态转换的必然结果,也就是说,新诗是中国诗歌在近代以来发生“变化”的一种产物,正如吕进所说:“新诗是中国诗歌的现代形态。几千年的中国古典诗歌到了现代发生了巨变,所以,‘变’是新诗的根本。”[3]中国诗歌因“变”而新,“变”给新诗的诞生与发展提供了契机,我们必须承认这个“变”的历史合法性。不过,由于人们错误地理解了“变”的可能性,没有对因“变”而生成的“新”进行必要的约束和限制,新诗不知不觉走入了某种创作误区:“对新诗的‘新’的误读,造成了新诗百年发展道路的曲折,造成了在新文学中充当先锋和旗帜的新诗至今还处在现代文学的边缘,还在大多数国人的艺术鉴赏视野之外。有一种不无影响的说法,新诗的新,就在于它对旧诗的瓦解,就在于它的自由。在一些论者那里,新诗似乎是

① 吕进:《中国现代诗学》,载《吕进文存》(第二卷),西南师范大学出版社2009年版,第364页。

② 吕进:《中国现代诗学》,载《吕进文存》(第二卷),西南师范大学出版社2009年版,第356页。

③ 吕进:“新诗的‘变’与‘常’”,载《人民日报》2010年3月26日。

一种没有根基、不拘形式、随意涂鸦、自由放任的艺术。”①

新诗在近百年的变化之中逐渐迷失了方向，找不准自己的位置，成了没有风向标的航船，没有源泉的流水，以至到了21世纪之后，“梨花体”“羊羔体”“乌青体”等不具有诗格的作品不断涌现，人们对新诗加以责难的声音越来越强烈，这是令人痛心疾首的事情。针对这种情况，吕进提醒人们，一味纵容诗歌的“变”并不恰当，在诗歌的“变”之外，我们还应该理性地对待诗歌之“常”，他认为：“新诗的‘变’又和中国诗歌的‘常’联系在一起。诗既然是诗，就有它的一些‘常态’的美学元素。无论怎么变，这些‘常’总是存在的，它是新诗之为诗的资格证书。重新认领这些‘常’，是当下新诗拯衰起弊的前提。”②在吕进看来，诗歌之“常”，既是诗之为诗的一些美学规定性，还有中国诗之为“中国”诗的民族传统，他指出：“讨论中国新诗发展时，中国新诗近百年之变与中国诗歌几千年之常的关系是一个关键话题。中国新诗应该中国，应该有民族的身份认同，对民族传统的几千年之常的批判继承是涉及新诗兴衰的问题。拒绝这个‘常’，新诗就会在中国大地上倍感寂寞，甚至枯萎。”③

中国新诗在新的历史时代，面对着这种文体遭遇各种创作危机的时刻，究竟应该“认领”哪些诗歌之“常”呢？吕进结合自己三十多年来诗学研究的经验与体会，明确地指出，中国诗歌之“常”至少体现在三个方面。首先是诗歌精神之“常”，“‘常’不是诗体，不是古典诗歌本身，‘常’是诗歌精神，是审美精神。它是内在的，又是强有力的。”④在中国这个传统的诗歌国度里，其诗歌精神之“常”又体现在什么方面呢？吕进认为，“在诗歌精神上，中国诗歌从来崇尚家国为上”⑤，“玩世玩诗、个人哀愁之作在中国不被看重，中国诗歌的评价标准从来讲究‘有第一等襟抱，才有第一等真诗’，以匡时济世、同情草根的诗人为大手笔。这是中国诗歌的一种‘常’。在现代社会，尽管现实多变，艺术多姿，但这个‘常’是难以违反的。如果在这方面‘反常’，诗歌就会在现代中国丧魂落魄。”⑥其次是诗歌形式之“常”，“诗之为诗，在形式上也有一些必须尊重的

① 吕进：“新诗的‘变’与‘常’”，载《人民日报》2010年3月26日。
② 吕进：“新诗的‘变’与‘常’”，载《人民日报》2010年3月26日。
③ 吕进、周婷：“闻一多：新诗史上的杜甫”，载《西南大学学报》2010年第1期。
④ 吕进：“新诗的‘变’与‘常’”，载《人民日报》2010年3月26日。
⑤ 吕进：“新诗的‘变’与‘常’”，载《人民日报》2010年3月26日。
⑥ 吕进：“新诗的‘变’与‘常’”，载《人民日报》2010年3月26日。

‘常’。以为新诗没有艺术标准，无限自由，是一种危害很大的说法。凡艺术皆有限制，皆有法则。”[①]如前所述，吕进对新诗的文体形式关注甚久，在新诗文体学研究上颇有建树，因此对新诗在形式建设上的弊端体会至深，他前不久在《中国艺术报》发文深刻地指出：“新诗近百年的最大教训之一是在诗体上的单极发展，一部新诗发展史迄今主要是自由诗史。自由诗作为‘破’的先锋，自有其历史合理性，近百年中也出了不少佳作，为新诗赢得了光荣。但是单极发展就不正常了，尤其是在具有几千年格律诗传统的中国。考察世界各国的诗歌，完全找不出诗体是单极发展的国家。自由诗是当今世界的一股潮流，但是，格律体在任何国家都是必备和主流的诗体，人们熟知的不少大诗人都是格律体的大师。比如人们曾经以为苏联诗人马雅可夫斯基写的是自由诗，这是误解。就连他的著名长诗《列宁》，长达12111行，也是格律诗。诗坛的合理生态应该是自由体新诗和格律体新诗的两立式结构，双峰对峙，双美对照。”[②]近百年中国新诗在形式建设上的极度贫弱，使得当代诗人对诗歌形式之“常”的认领显得最为急迫。第三是诗歌传播之“常”，也就是要求诗人努力改进新诗的创作理念，改进新诗的言说方式，不要让新诗在个人的象牙塔孤芳自赏，而是让诗歌走近大众，获得更为广远的流传。吕进援引古代诗人创作的例子分析说：“古代诗人写诗，非常鄙视‘功夫在外’‘外腴内枯’的诗。许多古代诗人在寻诗思的时候，总是别立蹊径，言人所欲言而又未言。而在寻言的时候，又总是尽量用最浅显的语言来构成诗的言说方式。”[③]因此，从诗歌传播的角度来说，“重建写诗的难度，重建读诗的易度，这是新诗必须注意的我们民族诗歌之‘常’”[④]。

吕进主张的新诗发展“变”“常”观，是在深刻洞察中国新诗历史与现状的基础上，结合中国古典诗歌传统和西方诗歌发展历程而得出的精彩学术结论，因而具有不凡的诗学价值和强烈的现实感。或许正是因为有着对诗歌发展的“变”与“常”辩证关系的科学分析，才促使吕进在新世纪之初大胆提出了“新诗二次革命”的理论构想，从而可能引发中国新诗在新的历史时代的重大美学变革。

---

① 吕进：“新诗的‘变’与‘常’”，载《人民日报》2010年3月26日。
② 吕进：“重破轻立，新诗的痼疾”，载《中国艺术报》2011年10月26日。
③ 吕进：“新诗的‘变’与‘常’”，载《人民日报》2010年3月26日。
④ 吕进：“新诗的‘变’与‘常’”，载《人民日报》2010年3月26日。

三、"新诗二次革命"论的诗学目标

以吕进为代表的诗评家提出的"新诗二次革命"观点，并不只是一句空头口号，而是有切实的理论指向和诗学目标的。对于"新诗二次革命"理论所承担的历史责任，吕进有着极为清醒的认识，他强调说："二次革命要继续新诗开创者一次革命的未竟之业，同时要革除一次革命在传统与现代、自由与规范、本土与外国等课题上的偏颇，推进新诗的现代化建设。一次革命主要是爆破，二次革命主要是建设。"[①]本着正面"建设"的诗学宗旨，吕进在提出"新诗二次革命"理论主张的同时，还对这一革命的具体任务进行了深入的思考和探究，从而提出了中国新诗的"三大重建"——诗歌精神重建、诗体重建、诗歌传播方式重建的诗学规划。

为什么要进行诗歌精神重建呢？是因为在吕进看来，在中国新诗近百年的历史发展中，一直存在着忽视诗歌精神建设的现象，这一问题到了80年代后期至90年代愈演愈烈，随着人们对"纯诗""个人化写作"等观念的不恰当理解和极端化重视，诗人逐渐与时代、与社会、与大众发生了疏离，中国新诗也因此陷入某种"精神危机"。吕进指出："从80年代后期始，有点出乎意料，新诗渐入困境。于是，精神重建中的某些偏颇也暴露在人们面前。新诗出现的精神危机主要表现为新诗的社会身份和承担品格的危机。在艺术上有了长足进步的同时，新诗又在相当程度上脱离了社会与时代。诗回归本位，当然是回归诗之为诗的美学本质，但绝不是回归诗人狭小的自我天地。"[②]在对诗歌精神重建的目标进行分析和阐释的过程中，吕进特别强调了增强诗歌与时代、社会关联的重要性，他甚至认为："当前诗歌精神重建的中心，是对于诗歌和社会、时代关系的科学性把握。"[③]这是富有见地的，也是对当下某些不正确诗学观念的理性纠偏。由于在建国之后若干历史时段里，文学与政治之间的关系过于亲密，中国新诗一定程度上扮演了政治传声筒和历史代言人的角色，诗歌的艺术个性和审美追求受到了较大压抑。拨乱反正以后，新诗逐渐向本位回归，对其艺术个性和文体规律的强调成为新时期以来中国诗人的共同价值取向。然而，正

① 此为吕进主持的《西南师范大学学报》"中国现代诗学"栏目2005年第1期"主持人语"。

② 吕进："三大重建：新诗，二次革命与再次复兴"，载《西南师范大学学报》2005年第1期。

③ 吕进："三大重建：新诗，二次革命与再次复兴"，载《西南师范大学学报》2005年第1期。

所谓物极必反，由于一味纵容诗人们的艺术探索和先锋实验，中国新诗在80年代后期至90年代又成为展现个人梦呓的话语场，各种语言游戏的作品“你方唱罢我登台”，新诗在表面活跃的背后却潜藏着没有与社会历史发生对话与摩擦的精神危机，诗歌与时代和现实人群的关联不甚紧密，它逐渐淡出人们视线也就在意料之中了。如何正确理解诗歌与政治、与社会和时代的关系呢？吕进认为：“诗不应充当政治和政策的工具，但是也不应与社会和时代脱离，更不应将此一隔离当作诗的‘纯度’。”[①]“诗歌与政治是一种对话关系。诗逃避不了社会和时代，但是诗歌又常常超越现实政治。诗通过对生命的体验发挥政治的作用又影响于政治，诗以它的独特审美通过对社会心理的精神性影响来对社会进步、时代发展内在地发挥自己承担的责任，实现自己的社会身份，从而成为社会与时代的精神财富。拔掉诗与社会、时代的联系，就是从根本上拔掉了诗的生命线。”[②]吕进的这些阐释是较为客观和科学的，也更符合诗歌的本质和规律，并与中国新诗的民族传统和现代使命相一致。中国新诗实现精神重建的可行性路径有哪些呢？吕进指出了两条，一条是“普视性”，也就是在诗歌表达中实现个人与一般、个体与群体的统一，“诗人发现自己心灵的秘密的同时，也披露了他人的生命体验。他的诗不只有个人的身世感，也富有社会感与时代感。这样的诗人就不会被社会和时代视为‘他者’。对于读者，诗人是唱出‘人所难言，我易言之’的具有亲和力与表现力的朋友与同时代人。”[③]另一条为“诗人的自我观照和内省”，也就是个人性与社会性、现实人格与艺术人格的统一，“诗离不开诗人的个性张扬。但是，这一张扬显然要以自我观照和内省为条件。对于诗人而言，自我观照和内省的过程就是以社会与时代的审美标准提炼自己，提升自己，实现从现实人格向艺术人格的飞越与净化的过程。”[④]吕进指出的这两条路径，对于当代诗人改进自己的创作思想来说具有深远的理论指导意义，是诗歌精神重建的必由之路。

新诗的文体重建是贯穿吕进诗学思想的一个核心理念，更是“新诗二次革命”中极为重要的诗学目标。在吕进的早期著作如《新诗文体学》《中国现代诗

① 吕进：“三大重建：新诗，二次革命与再次复兴”，载《西南师范大学学报》2005年第1期。
② 吕进：“三大重建：新诗，二次革命与再次复兴”，载《西南师范大学学报》2005年第1期。
③ 吕进：“三大重建：新诗，二次革命与再次复兴”，载《西南师范大学学报》2005年第1期。
④ 吕进：“三大重建：新诗，二次革命与再次复兴”，载《西南师范大学学报》2005年第1期。

学》以及后来的《文化转型与中国新诗》中,都有论述诗歌的文体特征与新诗诗体重建的内容,20世纪90年代末期,吕进在《人民日报》上发表了《新诗呼唤拯衰起弊》的文章,再次重申新诗诗体重建的重要性,他指出,胡适的"诗体大解放"理论兴奋点在"大解放",不在"诗体",以至于"'解放'后的新诗没有找到自己的'诗体'"[①]。提出"新诗二次革命"理论后,吕进又一次将"诗体重建"的诗学任务摆在了人们面前,他认为:"总体而言,新诗的诗体重建在20世纪里的进展比较缓慢。极端地说,不少旧体诗是有形式而无内容,而不少新诗则是有内容而无形式。毛泽东的'迄无成功'之说,也当指诗体重建。诗体重建的缺失使诗人感到新诗诗体缺乏审美表现力(所以包括郭沫若、臧克家在内的不少诗人在晚年出现了闻一多说的'勒马回缰写旧诗'的现象),使读者感到新诗诗休缺乏审美感染力(所以不少读者在走出青年时代后就不再亲近新诗,而是去读唐诗宋词了)。"[②]也就是说,新诗文体形式的不够成熟,缺乏稳定的诗歌体式,既影响了诗人的诗歌创作,又影响了读者的诗歌阅读,这对新诗的持续稳定发展是很不利的。针对这种情况,吕进提出,新诗诗体重建应在几个不同的路线上同时展开,共同推进,"提升自由诗,成形现代格律诗,增多诗体,是诗体重建的三个美学使命"[③]。

有关新诗传播方式的重建,吕进主要论述的是新诗如何应对新媒体时代、借助网络而促进自身的传播这一理论问题。应该说,网络的出现对中国新诗的发展与传播影响深远,"网络是一种现代化的传播媒介,这种传播媒介与诗歌的联姻,已经改变并将继续改变中国新诗的群落分布,改变中国诗人的诗学观念,从而带来中国诗歌的再次革命"[④]。谈到网络诗歌的传播学意义,吕进指出:"网络是一个虚拟化的世界。网络为诗开辟了新的空间,在诗歌领域,近年特别令人瞩目的是网络诗。日益发展的网络诗对诗歌创作、诗歌研究、诗歌传播都提出了许多此前从来没有的理论问题。信息媒介的变化能够导致人的思维方式和审美方式的变化。作为公开、公平、公正的大众传媒,网络给诗歌带来了革命性的变化。网络诗以它向社会大众的进军,向时间和空间的进军,证

① 吕进:"新诗呼唤拯衰起弊",载《人民日报》1997年7月22日。
② 吕进:"三大重建:新诗,二次革命与再次复兴",载《西南师范大学学报》2005年第1期。
③ 吕进:"三大重建:新诗,二次革命与再次复兴",载《西南师范大学学报》2005年第1期。
④ 张德明:《网络诗歌研究》,中国文史出版社2005年版,第2页。

明了自己的实力和发展前景。"[1]基于此,诗歌传播方式的重建,某种程度上正是网络语境下中国新诗如何加以传播和扩散的问题。网络作为一种现代化的通讯媒介,具有强大的技术优势,一定意义上可能恢复诗歌的某些特质,促进它的传播,比如"音乐性"。吕进指出:"音乐性是诗的首要媒介特征。但是,新诗不起于民间,离开了音乐,给自己带来很大的局限性。古诗原有的音乐优势没有了。所以恢复和发展诗乐联谊,是新诗传播方式重建的重要使命。"[2]在网络世界里,利用多媒体技术所创制出来的数字化文本可以将文字、画面、音乐等配置在一起,这种"网络体诗歌"兼具声、光、色之美,新诗与音乐的携手也变成了现实,新诗在与音乐的外在联系中,自身的音乐性素质也将得到不断挖掘与提升。

吕进所归纳的中国新诗的"三大重建",既涉及诗歌思想底蕴和精神内涵的重建,也涉及诗歌艺术形式的重建,还涉及诗歌的推广、普及和社会影响等因素的重建,可以说是较为全面和深刻的,也是任重而道远的。作为"新诗二次革命"的诗学目标,"三大重建"的提出,为中国新诗在新世纪的健康发展、稳步前行指明了方向,其诗学价值是不容低估的。

---

① 吕进:"三大重建:新诗,二次革命与再次复兴",载《西南师范大学学报》2005年第1期。

② 吕进:"三大重建:新诗,二次革命与再次复兴",载《西南师范大学学报》2005年第1期。

呼吁“新诗三大重建”①

张德明　姚家育

吕进等诗歌评论家极力倡导的“二次革命”论是与他们倡导的中国新诗的“三大重建”密切关联在一起的，二者的关系可以概括为：“二次革命”论是宏观上的诗学口号，“三大重建”是微观上的实施方略；或者说，“二次革命”论是站在百年新诗的历史坐标上做出的扭转新诗颓势、推动新诗朝更正确的方向前行的指南针，“三大重建”是行进中的具体操作程序。正如吕进所说：“我们一定要重视诗歌的三大重建。非有二次革命，不能拯衰起弊，不能推动新诗的再次复兴，三大重建就是二次革命的逻辑起点。”②在前一章里，我们着重论述了“二次革命”论的理论基石、思维逻辑、诗学目标等，本章则从理论缘起、诗学深意、内在逻辑关系、当代诗学意义等层面，对吕进提出的“三大重建”诗学规划加以探讨和研究。

一、新诗“三大重建”论的理论缘起

吕进提出的“三大重建”即指诗歌精神重建、诗歌文体重建、诗歌传播方式重建等。为什么要加以重建呢？一个直接的原因就是原有的诗歌格局并不尽如人意，新诗自五四创格以来，无论是在诗歌精神的建设上，还是在诗歌体式的建制上，以及诗歌传播方式的利用上，都存在不少的弊端，如果不及时加以改良乃至革命，新诗的发展就会受到极大的限制和阻碍。学理上看，吕进提出“三大重建”的诗学设计，大概有如下几个缘起：

---

① 本篇选自张德明、姚家育《吕进诗学研究》第八章，人民出版社2016年版。题目为编者所加。选入本书有改动。

② 吕进：“三大重建：二次革命与再次复兴”，载《西南师范大学学报》2005年第1期。

第一,与五四的深层对话。新诗能够在古典诗歌历史悠久、根深蒂固的文化环境中横空出世,并逐步占据现代诗歌的中心位置,作为开创者的胡适等人功不可没。为了促进中国诗歌与人们的日常话语、与当下生活的密切关联,胡适大力鼓吹"诗国革命何自始,要须作诗如作文",也就是以散文化的方式作诗,他把新诗的出现看成第四次的"诗体大解放",并指出这一"大解放"遵循的创作规则是"不拘格律,不拘平仄,不拘长短;有什么题目,做什么诗;诗该怎样做,就怎样做"[①]。毋庸置疑,新诗能够很快捕获生存空间,并最终取得历史合法性,与创作规则的改变引起更多人的广泛参与从而极大夯实了诗歌的群众基础等不无联系。新诗的自由度扩大了,内在的操作程序变得简单了,对于知识积淀和文化修养的要求也不如古典诗歌那样严苛了,准入门槛一低,能参与进来的人就倏然增多了。当创作这一文体的人数激增,新诗的群众基础也比较雄厚了,白话诗不再如文言诗那样阳春白雪而曲高和寡,"养在深闺人未识",而成了通俗大众的艺术,为多数人喜闻乐见。不过,胡适等人提出的白话诗的创作规则,恰似一把双刃剑,在拓宽诗歌表达空间与自由灵活度的同时,也给新诗留下了一些艺术上的隐患。吕进很早就意识到:"在语言上,胡适在新诗初期提出'诗国革命何自始,要须作诗如作文'。其实,这样的设想意味着中国新诗在艺术上的真正革命并没有开始,它给初期新诗创作和新诗理论建设带去迷茫,类似主张的后遗症是忽视新诗形式的理论建设和忽视新诗媒介学的意义,于是,新诗与散文的分解模糊了。"[②]也就是说,在吕进看来,胡适等人在五四之期设计的关于新诗发展的方案,由于没有约定确切的创作规则,而导致了诗歌创作和诗歌理论的方向迷茫,尤其是诗与非诗的界限是异常模糊的。后来,吕进又进一步发展了自己的观点,认为新文化早期白话诗的非诗化与对古典诗歌传统的摒弃是联系在一起的,吕进说:"早期新诗在文体追求上有两个相互联系的致命的弱点:与散文界限太不清,与中国古典诗歌传统的界限又太清。"[③]与此同时,由于白话诗发轫与五四新文化的历史负担勾连在一起,因此,新诗早期承担着远大于美学自己的责任与负担,吕进指出:新诗在它

① 胡适:《谈新诗——八年来一件大事》,载《星期评论》1919年1月10日"双十节"纪念专号。
② 吕进:《论诗的文体可能》,《新诗文体学》,花城出版社1990年版,第49页。
③ 吕进:《臧克家:新诗文体建设的重镇》,载《吕进诗论选》,西南师范大学出版社1995年版,第294页。

出世的时刻便不得不有许多诗外承载:文学的,语言的,社会的,文化的,政治的。新诗先行者们的注意力在语言:用鲜活的白话代替僵死的文言,从语体上冲开一条文学、文化转型的血路。作为代价,诗这个文学中的文学的艺术特质几乎没有进入他们的视野。[①]可见,提出“二次革命”论与“三大重建”观,是吕进“总结近百年积累的正面和负面的艺术经验”,首先是总结初期白话诗时期的诗学得失,也就是与五四进行深层对话的结果。

第二,对当代诗歌现状的理性反思。中国新诗的艺术发展并非一帆风顺的,在新诗艺术迈进的过程中,时有违背诗歌自身美学规律的创作现象发生,吕进将这种有违诗歌规范、无视诗学纪律的创作现象形象比喻为“脱轨”,吕进指出:“中国新诗史上曾经不断出现诗歌的‘脱轨’。情况往往是这样:一个时代大潮的到来,给新诗创造许多机会。在部分诗人那里,可贵的时代自觉却并没有和文体自觉相统一,相反,时代自觉成了诗的异物,压垮了文体自觉期。结果是,诗在随顺时代大潮的行进中失去自身。诗变成一篇篇干枯无味的散文或口齿不清的政论。80年代的中国新诗又不断出现另一种‘脱轨’。今次的‘脱轨’是在艺术创新大潮中出现的。一些急于领异标新的诗人在焦躁中丢掉诗的文体可能,奔向诗的文体深渊。”[②]面对20世纪80年代中后期直至20世纪90年代中国诗坛唯先锋是举的非正常态势,吕进敏锐地发现其中藏有的陷阱,即“一些急于领异标新的诗人在焦躁中丢掉诗的文体可能,奔向诗的文体深渊”,也就是说,不少所谓先锋诗歌在崇尚先锋的同时,背离了诗歌本身应有的运行轨道,以致所谓的先锋诗歌连诗歌文体的基本条件都不具备。吕进的见解和孙绍振几乎是一致的,相比吕进的平和恳切,孙绍振对这一时期的诗歌怪状作了言辞激烈的批评:“当前中国新诗显然是处于危机之中。主要表现是在于两个方面。首先是,有追求的诗人陷入理念化。他们叛逆新诗和朦胧诗的全部理论基础是照抄西方诗歌的。西方当代诗歌,尤其是后现代的诗歌其基本理论都是以诗歌表现某种西方文化哲学的理论为最高境界的。这种表现文化哲学的追求本身就与诗歌的艺术本性发生矛盾。从中国新诗的历史来看,把诗歌作为任何一种理念的图解都曾付出了惨重的代价。……其次,由于把

---

① 吕进:《作为诗评人的闻一多》,《对话与重建——中国现代诗学札记》,西南师范大学出版社2002年版,第239页。

② 吕进:《新诗文体的净化与变革》,《新诗文体学》,花城出版社1990年版,第261页。

表现理念作为新诗的根本任务,就必然导致新诗的艺术准则发生了混乱。既然诗歌的任务就是表现某种文化哲学理念,就必然与诗歌的一切传统的艺术成就彻底决裂。每一个诗人都可以有自己独创的准则,每一个诗人都可以不承认其他任何人的准则,这就不但使读者而且使作者陷入了艺术的无政府状态……但是艺术并不是在空地上能够建立得起来的。一些艺术的败家子至今还不清醒。哀哉!可以预见的未来,我们八九十年代的诗歌,必然受到历史的嘲笑。"[①]几乎在孙绍振发表《向艺术的败家子发出警告》这篇讨伐檄文的同时,吕进也在《人民日报》上发表了《新诗呼唤拯衰起弊》一文,文中不仅点明"新诗近年不景气,已是多数人的共识",还提出:"诗歌精神的现代化重铸、新诗诗体的重建以及诗人在文化转型期的重新定位是目前新诗拯衰起弊面临的三大课题。"[②]这一时期的吕进,已经提出了诗歌精神重建、诗歌文体重建这两大重建,可以看作是后来完整提出"三大重建"时的一次理论热身。21世纪之后,面对网络新媒体的出现,新诗的传播问题被推置到人们面前,吕进于是在原有两大重建的基础上,又添加上新诗传播方式的重建这一项。总而言之,吕进"三大重建"的提出,建立在他对诗歌当下现状的理性反思基础之上。

第三,诗歌自身发展的历史吁求。新诗发展历经近百年,近百年来,通过几代诗人多方探究,上下求索,新诗已经在许多形式样态、许多题材领域、许多思想属地有了自己的恳拓与收获,成功的经验与失败的教训,写满了百年新诗史的每一页。有了这么多年的长期积累和得失反馈,新诗应该找到了一条更康庄的路径,已经摸索到更具审美意义和艺术价值的创作方向,无论是在诗歌精神、诗歌体式,还是在诗歌传播上,中国新诗都面临着更好的选择,有着必须改进的强烈需求。比如诗体问题,这是吕进思考较为成熟,也是多年来都倡导积极重建的一大方面。吕进认为:"诗的基础是形式(而不是内容),因此,体式就比其他文学样式更为重要。没有诗体,何以言诗?'废律'以后怎么办?这是关涉新诗兴衰的大事情。"[③]对于新诗的稳定发展而言,诗体问题是如此重要,它不仅关系到新诗的兴衰,还与诗歌本身的文化身份与民族归属相关涉,"诗

① 孙绍振:"向艺术的败家子发出警告",载《星星》1997年第8期。
② 吕进:"新诗呼唤拯衰起弊",载《人民日报》1997年6月19日。
③ 吕进:《余光中的诗体美学》,《对话与重建——中国现代诗学札记》,西南师范大学出版社2002年版,第359页。

体问题关涉到新诗的文化身份和民族归属。以‘热爱自由，反对束缚’为由来避开此一问题是无济于事的，以‘大家都习惯这样写了’的懒汉心态来否认此一问题是不负责任的。歌德的‘只有限制才能显出能手，只有法则才能给人自由’之论对当下的中国新诗特别适用。”[①]当新诗经过了百年的发展，有了诸多的硕果，获得了社会上的普遍认同时，吕进为什么还要提出诗体重建呢？有论者指出：“吕进先生提出诗体重建并非出于一厢情愿的复古情怀，而是为了建构富有弹性的无限多样的诗歌体式，说到底是为了更好地传达现代人丰富复杂的诗情和诗思。”[②]这是有道理的，这说明了诗体重建的说法来自诗歌自身发展的历史吁求。在我看来，不光诗体重建如此，诗歌精神的重建、诗歌传播方式的重建等，都是新诗自身发展到一定程度后寻求变革与突破的历史吁求所激发的。

二、新诗“三大重建”论的诗学深意

粗略来看，吕进提出的“三大重建”任务十分明确，那就是通过诗界同仁的共同努力，实现诗歌精神重建、诗歌文体重建、诗歌传播方式重建等。用吕进的话说就是：“唤新诗的二次革命，推动新诗的再次复兴，面临三大前沿问题，实现‘精神大解放’以后的诗歌精神重建，实现‘诗体大解放’之后的诗体重建，和在现代科技条件下的诗歌传播方式重建。这三个问题，关涉到新诗的兴衰，甚至存亡。”[③]然而，实现新诗在精神上、体式上、传播方式上的立体重建，这并非是轻而易举就能完成的工作，毕竟新诗重建是一个系统建设工程，涉及方方面面的关系与利益。因此，要想顺利地迈入“重建”的轨辙，有效地实施“重建”的计划，我们就应该深入理解“三大重建”论所蕴藏的诗学深意。我认为，吕进提出的“三大重建”论，其实是对与新诗有关的一些关系式的重新审视和再度建构，这些关系式包括诗歌与传统、诗歌与民族、诗歌与现代社会、诗歌与其他艺术、诗歌的各种观念等等，对这些关系式的清理与辨析，是有助于我们准确理解“三大重建”理论设想中蕴含的诗学深意的。

---

① 吕进：“三大重建：二次革命与再次复兴”，载《西南师范大学学报》2005年第1期。

② 刘康凯：《诗意的多向建构——吕进〈对话与建构〉述评》，载《吕进文存》（第四卷），西南师范大学出版社2009年版，第452页。

③ 吕进：“三大重建：二次革命与再次复兴”，载《西南师范大学学报》2005年第1期。

首先,"三大重建"论强调了诗歌与本民族和文学传统关系的重建。吕进指出:"诗歌精神重铸离不开诗歌的本土。诗,是民族性最强的文学形式。我们反对传统主义,因为它是诗歌精神现代化重铸的障碍。但我们主张弘扬传统,因为无论愿意还是不愿意,我们总是生活在传统中,当然,传统的一个基本特点是它的可塑性和可变性。传统诗歌属于历史的范畴,诗歌传统却属于现状范畴。不能弘扬传统(包括传统的现代化转换),诗歌精神的重铸就无从谈起。"①不难发现,吕进是在历史与现实的双重维度来谈新诗的民族性问题的。一方面,新诗应该自觉地继承古典文学传统,对于诗歌传统的有力继承,是诗歌精神重铸的重大动力之一;另一方面,新诗还应书写现代中国人的生命经验,表现现代中国人的生存现状,"就诗歌精神重铸而言,中国新诗应该是现代的,它应当面对现代中国人的外空间和内空间有所调整与回应;同时,中国新诗又应当是中国的,在世界诗歌的开放网络中,实现在中国时空的自主转型。新诗属于现代中国人。"②在吕进看来,只有在历史与现实的双重维度中,既弘扬古典诗歌传统,又真实书写现代中国人的情感与思想,诗歌精神的重铸才可能真正得到实现。

其次,"三大重建"论也指明了新诗与现实社会关系的重建。吕进认为,作为一种文学品类,诗歌与现代社会的关系是紧密的、难以分割的,"无论有多么个性化的文体特征,诗却与其他文体一样,与社会、与时代处于无须、无法隔断的联系中,其区别无非是联系渠道的不同而已。并非诗一沾上社会与时代就会贬值甚至毫无价值。因为,一方面,诗是一种社会现象,诗人总是属于自己的时代;另一方面,关心中国改革开放的中国读者要求诗不仅具有生命关怀,也要具有社会关怀;最后,中国诗歌史、新诗史上的不少名篇佳作都是以艺术地关注社会、拥抱时代获得读者承认和喜爱的。拒绝所有社会和时代维度的诗学和曾经长期流行的庸俗社会学诗学一样是片面而荒唐的。"③与此同时,诗歌本身的意识形态属性也值得重视:"和其他文学品种一样,诗歌与政治是一种对话关系。诗逃避不了社会和时代,但是诗歌又常常超越现实政治。诗通过对生命的体验发挥政治的作用又影响政治,诗以它的独特审美通过对社会

① 吕进:"三大重建:二次革命与再次复兴",载《西南师范大学学报》2005年第1期。
② 吕进:"三大重建:二次革命与再次复兴",载《西南师范大学学报》2005年第1期。
③ 吕进:"三大重建:二次革命与再次复兴",载《西南师范大学学报》2005年第1期。

心理的精神性影响来对社会进步、时代发展内在地发挥自己的承担责任，实现自己的社会身份，从而成为社会与时代的精神财富。拔掉诗与社会、时代的联系，就从根本上拔掉了诗的生命线。”[①]诗歌与政治的对话互动关系，是诗歌本身的意识形态属性的直观反映，诗并不是独处阁楼的孤芳自赏之物，而是与社会、与时代、与政治有着千丝万缕的联系，诗歌影响政治并更进一步地影响时代，这是诗歌社会功能之所在，吕进对此功能的阐释是较为精彩的。通过对当代诗歌发展的历史考量，吕进发现：“从80年代后期始，有点出乎意料，新诗渐入困境。于是，精神重建中的某些偏颇暴露在人们面前。新诗出现的精神危机主要表现为新诗的社会身份和承担品质的危机。在艺术上有了长足进步的同时，新诗又在相当程度上摆脱了社会与时代。诗回归本位，当然是回归诗之为诗的美学本质，但绝不是回归诗人狭小的自我天地。”[②]也就是说，20世纪80年代中后期以来，中国新诗同时代和社会的关系日渐疏远了，“新诗的社会身份和承担品质”渐渐迷失，由此，诗歌精神的重铸显得极为紧迫。换句话说，诗歌精神的重铸，重在重建新诗与时代和社会的关系。

再次，“三大重建”论也蕴含着诗歌观念的重建这一诗学指标。吕进认为，诗歌精神的核心在诗歌观念。[③]他分析说，新时期以来，在对自身反思中，新诗开始调整诗歌观念，诗逐渐回归本位。但由于种种原因，“新诗的诗歌观念在诗与社会这一关键课题上出现动荡”[④]。由于诗歌观念的偏差，不少诗人的诗歌创作走入了迷恋“个人化”书写，不顾社会情绪表达的误区，新诗的自我抒情过剩，但是社会抒情却缺失，这是不正常的。吕进认为，在通常的诗歌表达中，社会抒情与自我抒情是相辅相成，互补共存的，“其实，中国诗歌从‘风骚’始从来就是两立式存在。社会抒情诗与自我抒情诗的互补结构：前者关注外时空，后者关注内时空；前者干预社会，后者干预心灵。中国诗歌从来看重社会使命感，以关注家国命运的诗为上品，看轻社会抒情显然不妥当。即便自我抒情诗的个体张扬，也要以社会观照和内省为条件。自我抒情诗的成功标志是：出自

① 吕进：“三大重建：二次革命与再次复兴”，载《西南师范大学学报》2005年第1期。
② 吕进：“三大重建：二次革命与再次复兴”，载《西南师范大学学报》2005年第1期。
③ 吕进：《五十年：新诗，与新中国同行》，载《吕进文存》（第三卷），西南师范大学出版社2009年版，第456页。
④ 吕进：《五十年：新诗，与新中国同行》，载《吕进文存》（第三卷），西南师范大学出版社2009年版，第456页。

‘诗人’内心，进入‘他人’内心。这里仍有诗与社会的联系。取消诗与社会的联系有如以政治功能取消诗的美质，不是科学的诗歌观念，它会从根本上使诗歌枯萎。”[①]对待诗歌的生命意识与使命意识，吕进认为应该是并重的，只重视前者而忽视后者，会让诗歌走入自我吟哦、自说自话而大众并不理会你的尴尬境地；只重视后者而忽视前者，会让诗歌因缺乏个性化特质而变成时代传声筒和思想的形象图式。二者都是不正常的诗歌现象。可以说，吕进提出“三大重建”论，内含面对80年代中后期以来出现的不正确诗学观念的清理意图，有着重建诗歌观念的良苦用心。

最后，“三大重建”论也含有重建诗歌与其他艺术尤其是音乐的关系等诗学深意。关于新诗与音乐的关系问题，吕进一再强调富有音乐性是古典诗歌的长处，而新诗音乐性贫弱，这是它不可忽视的一大短处。吕进指出：“对于中国诗歌，诗与音乐本来就保持着强烈的依存关系。在中国诗歌发展史上，‘以乐从诗’（上古汉代）、‘采诗入乐’（汉代至六朝）和‘倚声填词’（隋唐以降）构成了一条发展的风景线。后来诗与音乐逐渐分离。这种分离以新诗的出现为标志——离开诗，音乐似乎发展得更好；离开音乐，诗在迷惑中走向探寻、开发与音乐相似的自身媒介的音乐性，而音乐性是诗的首要媒介特征。但是，新诗不起于民间，离开了音乐，给自己带来很大的局限性。古诗原有的音乐优势没有了。所以恢复与发展诗乐联谊，是新诗传播方式重建的重要使命。”[②]吕进对新诗音乐性匮乏的评判，是在古今诗歌起源的比较基础上得出的，较具有说服力。而“三大重建”论中，吕进在诗歌文体重建中尤其强调对“格律诗”的倡导，这可以看作他希望增强新诗音乐性所提出的一种举措。探讨格律体新诗的建设时，吕进提出：“格律体新诗建设对于探索者有严格选择。探索者要懂一点音韵学，要懂一点语言学，要懂一点文字学，要懂一点音乐与美术，当然，更要懂诗，尤其是新诗。”[③]可见，重构新诗与音乐之间的密切关系，增强新诗的音乐性美学素质，是“三大重建”论中潜存的诗学意识。

---

① 吕进：《五十年：新诗，与新中国同行》，载《吕进文存》（第三卷），西南师范大学出版社2009年版，第456页。

② 吕进：“三大重建：二次革命与再次复兴”，载《西南师范大学学报》2005年第1期。

③ 吕进：《中国新诗的格律化道路》，载《吕进文存》（第三卷），西南师范大学出版社2009年版，第422页。

三、新诗“三大重建”的内在逻辑关系

在吕进提出的“三大重建”中，每一“重建”都是重要和关键的，对于新诗的健康发展而言，诗歌精神重建、诗体重建、传播方式重建都很必要，都需要人们投入大量的精力去逐步落实。自然，这“三大重建”并非等量齐观，而是具有各自的意义和主次关系。将这三者内在的逻辑关系进行仔细辨析和清理，弄清其中的所以然，或许更能顺利实现“重建”的宏伟蓝图。

在我看来，“三大重建”之中，诗歌精神的重建是主导，是目标，也是方向。这一重建起着全局性的导向作用，为新诗在当下历史语境和现实社会氛围中得以站稳脚跟、并与时代产生及时交流与互动关系做出有力保障。吕进说：“从诞生以来，现代诗学就在重建属于自己时代的诗歌精神。”[①]这说明世界提倡诗歌精神重建已非一日。诗歌精神重建关涉的内容很多，不仅关涉到诗与时代、社会、政治、民众的关系，还关涉着诗歌本体、诗人的修为与内省能力等要素。在“三大重建”中，吕进之所以将实现“精神大解放”以后的“诗歌精神重建”放在首位，就因为这是一个事关全局的重要工作，对于中国新诗的建设来说，诗歌精神的重建既是最初的诗学任务，也是最后的诗学目标，因而占据着举足轻重的位置。

诗体重建是“三大重建”中最基础的一环，是促进诗歌健康发展的最具体和切实的工作。“新诗是从诗体的突破中诞生的，它是‘诗体大解放’的产物。”“从‘诗体解放’到‘诗体重建’本是合乎逻辑的发展。”[②]正因为诗体重建是“三大重建”中最基础、最切实的工作，吕进对之阐述得也最为详尽，论证得最为充分。他不仅提出了诗体重建的具体出路：“一是完善自由诗；二是倡导格律诗；三是增多诗体。三者联系密切”，而且还对自由诗如何完善的具体路径都有着细致的设想。在吕进看来，完善自由诗就是对自由诗要有所“规范”：“自由诗的第一规范是：音乐性规范。”“没有音乐性，自由诗就‘自由’成了散文。”[③]，与此同时，“自由诗还得有篇幅规范”。这个规范就是力求精短，“诗虽然是最自然地直接抒写感情的艺术，在篇幅上却最不自由。由于表达的情感体验不同，

---

① 吕进：“三大重建：二次革命与再次复兴”，载《西南师范大学学报》2005年第1期。

② 吕进：“三大重建：二次革命与再次复兴”，载《西南师范大学学报》2005年第1期。

③ 吕进：《论新诗的诗体重建》，载《吕进文存》（第三卷），西南师范大学出版社2009年版，第348页。

新诗留下了一些长篇佳构。但就诗美本质而言,诗总是对短小篇幅更钟情。"[①]这是因为,从诗歌阅读的角度来说,"诗歌读者一般不可能断断续续地读一首诗,他总是一次性完成对一首诗的鉴赏。篇幅太长,诗就会失去魅力。"[②]在诗体重建中,吕进极力倡导中国新诗的两极发展,即自由诗与格律诗的齐头并进,在自由诗与格律诗的两相权衡中,吕进甚至更倾向发展格律体新诗,他指出:"诗之有律,犹如兵之有法。无论哪个民族的诗歌,格律体总是主流诗体,何况在具有悠久而丰富的格律诗传统的中国。中国新诗急需从艺术实践上和理论探索上倡导,壮大现代格律诗,争取在现有基础上将格律诗建设推向成熟。严格地说,自由诗自能充当一种变体,现代格律诗才是诗坛的主要诗体。"[③]吕进的这一诗学观念未必绝对正确,但他强调诗歌应该有一定的艺术规范,这样的思路是不错的。

诗歌传播方式的重建在"三大重建"中处于辅佐性地位,它是优化新诗外部环境,改善新诗与大众媒介、与读者关系的重要策略。在吕进看来,由于中国新诗自诞生以来,一直存有音乐性贫弱的痼疾,不便于吟诵和记忆,因而它的传播受到了极大影响,增强新诗的音乐性特质,便是吕进发现的提升新诗传播效能的有效手段:"恢复和发展诗乐联谊,是新诗传播方式重建的重要使命。"[④]除此,吕进还专门提到了网络媒体之与新诗传播的重大意义:"网络是一个虚拟化的世界。网络为诗开辟了新的空间,在诗歌领域,近年特别令人瞩目的是网络诗。日益发展的网络诗对诗歌创作、诗歌研究、诗歌传播都提出了许多此前从来没有的理论问题。信息媒介的变化能够导致人的思维方式和审美方式的变化。作为公开、公平、公正的大众传媒,网络给诗歌带来了革命性的变化。网络诗以它向社会大众的进军,向时间和空间的进军,证明了自己的实力和发展前景。"[⑤]作为优秀诗评家,吕进对诗歌现场的追踪意识是极为突出的,他对网络媒介语境下的新诗发展如此熟悉,把握如此到位,是着实令人敬

① 吕进:《论新诗的诗体重建》,载《吕进文存》(第三卷),西南师范大学出版社2009年版,第348页。

② 吕进:《论新诗的诗体重建》,载《吕进文存》(第三卷),西南师范大学出版社2009年版,第349页。

③ 吕进:"三大重建:二次革命与再次复兴",载《西南师范大学学报》2005年第1期。

④ 吕进:"三大重建:二次革命与再次复兴",载《西南师范大学学报》2005年第1期。

⑤ 吕进:"三大重建:二次革命与再次复兴",载《西南师范大学学报》2005年第1期。

佩的，他倡导的基于网络媒体的诗歌传播方式重建，也因此凸显出鲜明的现实感来。

值得注意的是，吕进提出的诗歌传播方式重建与诗体重建这两大重建，是有着强烈的呼应关系的，二者互为辅佐，相辅相成。一方面，诗体重建有利于其传播方式的改变。吕进认为："创造新诗体，有两个层次的含义：一是诗歌体式多样化；一是各种体式诗歌的多样化。"[①]不管是多种多样诗歌体式的出现，还是每种诗歌体式都花样频出，都可以在诗歌的传播中起促进作用。另一方面，诗歌传播方式的重建也能极大推进诗体重建。吕进指出："诗歌体式多样化离不开现代科技提供的条件。新的科技会造成新的艺术形式，电影是一个证明，被称为'第八艺术'的电视艺术是又一个证明。诗歌同样如此。"意思是说，科技发展会带来新诗传播手段的新变，也将催生出新的诗歌体式。

"三大重建"论是吕进在新的历史语境下为新诗继续快速发展与健康生长而提供的改良策略，其中涉及的诗歌精神重建、诗体重建、诗歌传播方式重建，分别从诗歌的内在气质、文体形态以及诗与读者关系等层面来提出新诗的革新要求，为新诗在21世纪的行进提供了立体化的建设方案。

四、新诗"三大重建"论的当代诗学意义

吕进提出的"三大重建"论，是建立于诗评家几十年孜孜以求的诗学研究基础上而做出的大胆诗学论断，由于将诗歌的内部和外部条件、本体和形式等因素都考虑在内，因而显得有理有据，令人心悦诚服。在我看来，"三大重建"论不仅具有历史感和现实针对性，而且还不乏可操作性，体现着诸多鲜明的诗学意义。

"三大重建"论的当代诗学意义，首先体现在对当代诗歌情状的敏锐洞察和准确把脉上。新时期以来，中国新诗从过去一度的沉寂乃至荒芜中走出来，逐渐显示了繁荣和兴旺的发展态势。随着"朦胧诗""第三代""知识分子写作""民间写作"等诗歌群体的不断崛起，中国新诗在1980年代和1990年代已经取得了辉煌的成就。到了21世纪，随着网络媒体的不断发展，诗歌与互联网联姻之后而生成的网络诗歌，由于创作速度快、数量大、传播广，更是将诗歌发展推

① 吕进："三大重建：二次革命与再次复兴"，载《西南师范大学学报》2005年第1期。

到高潮之处。不过,在这种热闹、繁荣的现实面前,中国新诗是否真的迎来了它的“盛唐”时代呢?冷静而理性的诗评家们告诉我们,事实并非如我们想象的那样乐观。谢冕就曾说过,21世纪的诗歌一如往常,“奇迹并没有发生,我们还在等待”①。吕进则站在历史与现实的双重维度中来诊断新诗的状况,他说:“二次革命要继续新诗开创者一次革命的未竟之业,发展应当发展的,深入应当深入的;同时,要革除一次革命在传统与现代、自由与规范、本土与外国上的偏颇。”②吕进看到了白话新诗诞生以来,一直有着隔离传统、纵容自由、独尊西方的痼疾,这种痼疾在当下并没有得到根本性改变。比如,中国新诗与传统疏离的状况,就一直没有得到根本性的扭转,对此吕进曾语重心长地指出:“中国新诗绝对不能与中国古典诗歌传统隔绝。诗,除了具有共有品格,它作为文化现象,不同民族的文化又会造成诗的不同品格。中国诗歌有自己的道德审美精神,有自己的审美方式、运思方式与语言理想,有自己的形式技巧宝库。推掉几千年的诗歌传统,新诗只能成为轻飘、轻薄、轻率的无本之木。”③因此,在21世纪之初,他提出“二次革命”“三大重建”的诗学设想,正是对当代诗歌准确把脉后开出的药方,对于治疗新诗的病症,促进其体态健康无疑是有积极作用的。而“二次革命”“三大重建”论所体现出的诗评家的历史反思态度、居安思危意识和强烈的艺术责任感,则更值得人们钦佩。

“三大重建”论的当代诗学意义,其次体现在它为新诗的未来发展提供了某种具有切实可行性的建设方案。不能否定,历时近百年的中国新诗有着很多值得肯定的创作成绩,但是新诗尚未定型,急需完善,这是诗学界的共识。我个人认为,百年新诗至今还处于尝试之期,它在许多地方都体现着不成熟性,我曾将中国新诗面临的当下窘境概括为四种,即“意象的困惑”“诗节的烦恼”“哲学的贫弱”“文化的尴尬”④,意在凸显其仍处探索之期的真实现状。新诗需要在诸多环节寻求突破,找到新途,这是这种文体发展过程中的历史要

---

① 谢冕:《奇迹并没有发生——两岸四地第三届当代诗学论坛开幕词》,《谢冕编年文集(2010—2012)》(第十二卷),北京大学出版社2012年版,第85页。

② 吕进:《呼唤新诗二次革命,推动新诗全球整合——首届华文诗学名家国际论坛闭幕词》,《吕进文存》(第四卷),西南师范大学出版社2009年版,第269页。

③ 吕进:《臧克家:新诗文体建设的重镇》,《吕进诗论选》,西南师范大学出版社1995年版,第295页。

④ 张德明:《百年新诗经典导读》,暨南大学出版社2015年版,第5-7页。

求,但如何发展,如何突破,具体的方案与策略一直在酝酿之中。吕进提出的"三大重建"论,正是顺应了新诗发展的历史要求,对于即将迎来百年诞辰的中国新诗而言,不啻为一道振奋人心的福音。如果在未来的前行路途中,中国新诗真个能在诗歌精神重铸、诗体重建、诗歌传播方式重建上做足功课,新诗的再度辉煌是指日可待的。总之,"三大重建"论为新诗的未来发展提供了具有切实可行性和可操作性的建设方案,必将对新诗的飞速发展起到积极推动作用。

"三大重建"论的当代诗学意义,还体现在它给当下诗人的诗歌创作提供了丰富的启示。高妙的理论往往对实践起着重要引领和指导作用,诗学理论也不例外。吕进的"三大重建"论涉及诗歌精神、诗歌文体形式、诗歌传播方式等美学要素,涵盖了与新诗有关的宏观和微观的不同层面,这对诗人的创作来说是有明确的指导意义的。对于当代诗人而言,要想创作出既有艺术个性,又能引起社会反响和人们认同,并体现着不俗审美价值的诗歌作品,就必须注重诗歌精神的培育,注重对诗歌创作规律的领会,注重对诗歌传播媒介和传播路径的研究。诗人所须注重的这些事项,正是吕进的"三大重建"论所突出和强调的内容。由此可见,吕进倡导的"三大重建"论在当代诗歌创作引导与启迪上所具有的突出诗学意义。

小诗点评，创造奇迹[①]

曾心

由泰国曼谷留中大学出版社出版的曾心著、吕进点评的《曾心小诗点评》，在东南亚热销，先后再版三次，销售超万册，打破了近一百年来泰华新诗销售量的记录，创造了一个奇迹。

我是在2007年秋天，在中国广东韶关召开的“第二届东南亚华文诗人大会”上，第一次见到心仪已久的吕进教授的。他在大会闭幕式上的总结讲话，征服了与会的东南亚各国诗人，也使我深深佩服。从那以后，我就和他经常通信。2009年4月，我应邀到西南大学出席“第三届华文诗学名家国际论坛”，我把久积的一个“念头”告诉吕老师：想出版一本《曾心小诗点评》，请吕老师做点评人。当即得到他的首肯。

《曾心小诗点评》收入我的159首小诗和吕进对每首诗的点评。其中有几首还是两篇点评。吕进是中国现代诗歌评论界的大家，中国当代主流诗坛的扛大旗者。他的点评很精彩，随处拈来，皆成妙章。我觉得最大的特点，就是不即不离，“诗内谈诗”，就像他点评《盆景》说的那样：“只‘离’不‘即’，轻薄浮滑，捕风捉影；只‘即’不‘离’，粘皮带骨，平庸无诗。此诗的火候恰到好处：若即若离。”他点评《影子》：“此中有真意，欲辨已忘言。”他点评《水泡》：“水中著盐，饮水乃知，非老年不能得此诗。”他点评《小贩》：“诗家语贵在有弹性。诗含多重意，不求其佳必自佳。‘担子’含多重意。”他点评《跳绳》：“好诗何止于通，好诗何止于工？好诗是无言的沉默。”有时，他以诗评诗，他这样点评《雷声》：“想起一首诗：‘独坐池塘如虎踞，绿杨树下养精神。春来我不先开口，哪个虫儿敢作声。’这是写‘蛙’的。意象虽有别，霸气相类。”他这样点评《不倒翁》：

① 本篇原题目为“《曾心小诗点评》：一个奇迹”，载《中外诗歌研究》2018年第1期。

“想起画家齐白石题画诗:‘乌纱礼袍俨然官,不倒原来泥半团。将汝忽然来打破,浑身上下没心肝’。”

泰华出版的文学书籍,多数是赠送的。有少数自己拿到书局托代买,能卖出去的数量不多,一般作者也“懒”得去结账,等于用另一种方式“赠送”出去。2013年,由倪金华教授选编、陈伟林译为泰文(格仑摆诗体)的《曾心小诗一百首》,获得朱拉隆功大学一位教授赞赏:“翻译水平很高”。当时正好出版《曾心小诗点评》不久,一家泰国书籍批发商答应同时试销这两本书:但只敢各拿50册,摸摸行情。三个月后,批发商来电说两本书中,《曾心小诗点评》热销,已经售罄,要再预定300册。又三次各加印3000册,共9300册。不久前,我又接来电,还再要3000册。华文新诗如此畅销,这在东南亚简直令人匪夷所思。

过去在泰国的华文文学书籍,尤其是现代新诗是没有销路的。为什么这本《曾心小诗点评》能这么走俏?我电问了印刷厂和批发商,得到以下的回复:“诗+评”是一种新模式,受到读者欢迎;小诗好读,点评精到;点评人和诗人都有名气,拥有许多“粉丝”;另外,这本书封面设计精美,讨人喜欢,适合收藏。批发商说,这本书的读者有曼谷的泰人、华人和旅游者(包括中国海峡两岸、新加坡),大部分书是运到泰国边界,尤其是泰南边界,深受马来西亚读者喜爱。

几年前,吕进在澳门大学发表过题为《汉语新文学的“外国群落”》的讲演,他说:“汉语新诗中的‘外国群落’是汉语新诗的一个组成部分。可以预期,随着中国的崛起,随着汉语的全球普及与扩散,这个群落一定会有所发展壮大。”事实证明,他的“预期”是科学的。

内外兼修，别样魅力①

刘婉仪

20世纪20年代，小诗作为一种受到域外诗歌影响而产生的诗歌文体，在中国现代文坛掀起了一阵意简而曲、清新隽永的创作潮流。从冰心、周作人、冯雪峰、宗白华到20世纪80年代的顾城、孔孚等等，小诗的审美价值和诗学价值不断被阐发、被创新，而近年来，在泰华文坛上小诗也开始崭露头角，尤其是由曾心先生召集而成的"小诗磨坊"表现更是引人瞩目，以"小诗磨坊"为中心的华文小诗创作则成了海外华文文坛中具有代表性的文学创作现象。

本文所探讨的正是"小诗磨坊"发起人曾心先生的小诗代表作《曾心小诗点评》，全书分为二十辑，收录曾心先生小诗作品百余首，并由中国新诗研究界著名学者吕进教授一一点评。曾心先生小诗创作的特色在全书中得到了淋漓尽致的展示，无论是丰富的意象还是超脱于意象之外的广阔诗意世界，正如吕进先生代序题目"寓万于一，以一驭万"一样，都颇令读者叹服。本文将就曾心先生在诗集中展现出的"内外兼修"的创作功夫进一步解读，探讨这样的小诗作品在当今华文文学世界中的宝贵之处。

第一，外之独特——言有尽意无穷的小诗意象。

打开曾心先生的诗集，总是第一眼被数量众多而又形态各异的意象震撼。曾心先生擅长发现身边细小的事物，短短几句就将普通的意象变得不凡，形成了含蓄难忘的诗歌意境。这一点，吕进先生在序言中也给予了高度的评价，"曾心的小诗我觉得是偏于理的。他的许多给我留下深刻印象的作品都有哲理。不管何种小诗，尤其是以理取胜的小诗，切记要忌枯。无象则枯。"②在

① 本篇原题目为"篇章之外，诗心之内——《曾心小诗点评》的别样魅力"，载《中外诗歌研究》2018年第3期。

② 曾心，吕进：《曾心小诗点评》，泰国留中大学出版社2015年版，第60-65页。

笔者看来，曾心先生诗歌最为突出的外部特征就在于此，意象之独特丰富带来了无限的理趣，而品味这些独特的意象，对于了解泰华诗歌的创作特色也有着重要的意义。

《曾心小诗点评》一书中，诗歌意象正如春之花园一般百花盛放，品曾心先生意象之妙，首先就在于意象选取视角的与众不同。正如吕进先生评价曾心先生的意象是"'寓万于一'又'以一驭万'"[①]，曾心先生选取的意象往往就是日常生活的小物，像风铃、风车、股票、油条、火车、火柴等等，可以说充满了生活的"烟火气"。这样的"烟火气"并不意味着小诗流于俗套，反而更能展现出诗人把握文字的高超能力，于庸常之中发现理趣，也正是一种哲人诗心所在。代表作如这首《油条》："本来软绵绵/熬煎后/赤裸裸/紧紧相抱/不管外界多热闹/此时，只有他俩"[②]乍一眼看去，油条并非一般诗人会关注的意象，一般人难免会觉得它太过普通。而在曾心先生的小诗中，烈火烹油、鲜花着锦的爱情又何尝不能发掘于早餐餐桌呢？再如《火柴》："自有电灯后/我的名字渐渐被淡忘了/名字是过眼风云/我不在乎/怕只怕/保不住那点火种"[③]文明的更迭和传统文化的危机，这样宏大的主题被诗人寄予在一根小小的火柴上，这个意象可以说既丰富又简单，正如吕进先生在这首诗下点评一句"好诗'至苦而无迹'"[④]。

不仅是意象独特、理趣丰富，曾心先生小诗的意象选择更有着华文文学特有的文化融合的印记。许多意象无意间流露出诗人浓浓的中国情怀，而又饱含着佛国的人文自然特色，可以说将这两种相异的文化特质进行了巧妙的融合，这种融合之间，充满着诗人本人对于中和之美、温和包容、和谐共生的审美取向。比如《树的轮回》："从土地长出来/活在蓝天底下/日月是我的父母/星辰是我的兄弟/风雨最了解：我永久的家在何处"[⑤]树木这种相对常见的意象，在这里与"轮回"这一经典的佛教词汇结合在一起，却令读者品出了一丝怅惘，"家在何处"的家国乡愁和轮回流转、生死相续的佛家思考交相呼应，令这愁绪更有了属于两种文化融合的特殊意味。而像是粽子、月饼、汨罗江、炎黄子孙这些中华传统文化意象，在曾心先生的诗集中和佛寺、佛经、佛眼这一类佛教意

---

① 曾心，吕进：《曾心小诗点评》，泰国留中大学出版社2015年版，第60-65页。

② 曾心，吕进：《曾心小诗点评》，泰国留中大学出版社2015年版，第79页。

③ 曾心，吕进：《曾心小诗点评》，泰国留中大学出版社2015年版，第105页。

④ 曾心，吕进：《曾心小诗点评》，泰国留中大学出版社2015年版，第105页。

⑤ 曾心，吕进：《曾心小诗点评》，泰国留中大学出版社2015年版，第29页。

象相互交织、和谐共生，营造出了奇妙的诗歌意境。面对着中泰两种截然不同的文化，诗人着意去展现的是这两种文化的和谐共通之处，而并非是冲突之处，也可以看出曾心先生在意象选择时的良苦用心。

泰华文学作为东南亚华文文学的重要分支，与其他海外华文文学的创作有着非常相似的地方，故土情结是绕不开的创作题材。曾心先生的小诗创作从“外”之意象来看，不仅具有独特性、理趣性，也有着一份作为华人难割难舍的情与念，而这也正是在海外中国文化与异域文化相互交融的最好例证。

第二，内之关注——“童心”“自然”“神性”的内核构建。

儿童，一直以来都是小诗以及诗歌创作非常关注的创作题材，而对儿童问题的关注，本质上其实需要诗人有着成年人所不具备的童心和儿童视野。正如英国浪漫主义代表诗人威廉·华兹华斯在其短诗《我心欢跳》中所称颂的“儿童乃是成人的父亲”[①]一样，此句作为浪漫主义运动宣言的核心之一，强调儿童视野往往意味着对自然万物保持惊奇之感和灵性体悟，这种视野往往可以超越一般成人视野，获得更为纯粹、虔诚、独特的艺术感受。

而当“童心”“自然”“神性”这三个要素紧密结合在一起，就会使文学作品大放异彩。笔者认为，在曾心先生的小诗中，正是实现了“童心”“自然”“神性”三个要素的共生共长，而这三者也构成了曾心先生小诗的“内”之魅力——一种对外部世界充满儿童式的关注，一种带有佛性的悲悯之态。

比如这首《捉蝴蝶》“一对蝴蝶飞入心扉/——在原野追逐/在蓝天共舞/我伸出无限长的手/捉到的只是一个童梦”[②]，短短几句，描述的其实是孩童时期极为常见的“捉蝴蝶”的游戏，儿童在原野上追逐蝴蝶，蝴蝶却飞入了诗人的心扉。不同于日常生活的平淡无聊，诗人用短短几句构建出了一个动态的、色彩斑斓的画面。而“无限长的手”却“捉到的只是一个童梦”，某种程度上带着成人世界的怅然若失与无可奈何，但这种悲伤也并非灰色，而是带着“爱”与“情”的淡然的怅惘。正如曾心先生本人所说过“有爱对世界才有情，情是从爱中漫溢出来的琼浆”[③]一样，这首小诗的内核，正是对于消逝的童梦的爱与眷恋。不同于《捉蝴蝶》淡淡惆怅，曾心先生在其他一些诗作中展现出了独属于儿童顽

① 译文引自《华兹华斯诗歌精选》，杨德豫译，北岳文艺出版社2000年版，第2页。

② 曾心，吕进：《曾心小诗点评》，泰国留中大学出版社2015年版，第60页。

③ 曾心：《方块字浇铸的心影》，载《曾心作品评论集》，泰国留中大学出版社2009年版，第648页。

皮、可爱的特质，童真的欢乐充满了感染力。像是《钓童真》“一竿钓丝/在记忆湖泊垂落/不在钓得多少鲜鱼/而在钓得多少童真”[①]，诗人将童真比作湖泊中的鲜鱼，垂钓就回归成了孩童的游戏，在所有记忆中，诗人最为关注的就是童真，而将鲜鱼与其类比，颇具一种自然主义的灵性，童真之于诗人之宝贵，正如鲜鱼之于垂钓顽童之一样，是不可忘不可弃的珍宝。同样的顽童形象也出现在这首《瀑布》“X个水孩子/从奇特绝壁奔出/一级又一级/欢乐地跳水/浪花飞溅四季”[②]以及《大象》“一辈子吃素/谁敢跟他比力气？/身一动/拉走一座森林/鼻一卷/把地球当球玩！”[③]中。不论是瀑布流水还是大象，在诗人的儿童视野中都是顽童形象，在自然世界中尽情玩乐、无拘无束。

通过以上的论述，不难发现，曾心先生笔下的孩童都是与自然融为一体的，孩童在自然中欢乐成长，而自然万物也如孩童一样充满灵性，也就是笔者前文提到的“童心”与“自然”合为一体。这样的相合相融，不能离开的是更高层次的“神性”或者说“佛性”。曾心先生的小诗总是充满了泰华文学独特的对于佛性和佛理的思考，诗集的第一辑题名一个“佛”字，可见先生对于这一主题的重视。儒家“天人合一”的思想与佛教的禅理相结合，在曾心先生的小诗创作中完成了一种形而上的哲学诉求，转而通过一种轻松、欢乐、顽皮的方式实现了童真的、别致的艺术表达。“童心”“自然”“神性”三者的紧密结合与相互影响，构成了曾心先生别具风格的艺术内核。这一内核具有深厚的泰华文学背景与时代背景，在当今华文文学世界中可以说是独树一帜。

第三，内外相通——吕进先生“诗中点诗”之妙。

曾心先生的这本小诗集，有另一个特殊之处，《曾心小诗点评》采取了“诗 + 评”的模式，每一首小诗下都由中国新诗研究所创始人、诗歌研究著名学者吕进教授作了点评。吕进教授作为中国现代诗歌评论界的大家，在这本诗集中完成了对曾心先生的作品的“诗内谈诗”“诗中点诗”，“如‘点穴法’，‘点’醒了诗中的眼睛，给人以理论的启示和美的享受”[④]。这样“诗 + 评”的模式总让人联想起脂砚斋评《红楼梦》，作者与点评者实现了双向互动，不仅使读者能更好地理解作品，也能使读者了解到点评者的艺术思想和文学观念。

---

① 曾心，吕进：《曾心小诗点评》，泰国留中大学出版社2015年版，第60-61页。
② 曾心，吕进：《曾心小诗点评》，泰国留中大学出版社2015年版，第144页。
③ 曾心，吕进：《曾心小诗点评》，泰国留中大学出版社2015年版，第154页。
④ 曾心，吕进：《曾心小诗点评》，泰国留中大学出版社2015年版，第11页。

本文前两部分由浅入深地讨论了曾心先生诗歌“外”之意象独特,“内”之自然童心,这“内外”兼修的功夫在诗集点评中更加明确,吕进教授的点评仿佛是一条沟通的纽带,沟通了诗人的外在意象和诗心内核,也联结了诗人和读者,可以说是一种宝贵的创作。

像是《大自然的儿子》:“天空下/在地球一方耕耘/闲时/看看地上的花木/累了/瞧瞧天外的飞鸟”[①],吕进教授就在后引用了唐代诗人李白《独坐敬亭山》中的一句“相看两不厌,只有敬亭山”。吕进教授的援引点评将两位诗人沉醉于自然的姿态跃然于纸上,贯穿古今而遥相呼应。曾心先生自己也在自序中提到自己养花种树、安享晚年的悠然心态,正与吕进教授所点评的非常一致,可以说充满了默契。再如《雨如是说》:“雨下着/风说/我把你带到天边/雨说/不行/我的归宿——土地”[②]吕进教授四字点评:“化心为物”。《变色》:“蔚蓝的海洋/突然翻个身/滚动的浪花/一片白”[③]吕进教授四字点评:“以心观物”。无论是“化心为物”还是“以心观物”,都是吕进先生在《中国现代诗学》提出的诗歌的存在方式。在点评的过程中,吕进教授着重非常关注审美观点,也就是“诗人和现实的美学关系,更进一步说,就是诗人和现实的反映关系,或者说,诗人审美地感受现实的心理方式。”[④]

这种试图沟通诗人与现实、诗人与读者之间的点评方式,一方面更加提升了小诗的审美价值,另一方面也是一个更加了解评论者文学观点的重要途径。而曾心先生和吕进教授这种相互交流、点评的方式,又何尝不是海外华文文学与国内华文文学研究、文学研究者相互学习、相互促进的典范呢?诗人与点评者,这种既相互分离又相互交融的关系,也为之后的诗歌出版提供了一种新的范式。

泰华文学的不断发展和前进,离不开其经济、政治环境,更离不开像曾心先生这样一批笔耕不辍的作家和像吕进教授这样热情的研究者、点评者。无论是“内”之精神内核还是“外”之笔端特色,泰华作家已经形成了独一无二的创作风格。而针对这种创作风格的研究,对于了解泰华文学、文化,包括推动下一步泰华文学建设,都有着非常重要的意义。

---

① 曾心,吕进:《曾心小诗点评》,泰国留中大学出版社2015年版,第114页。
② 曾心,吕进:《曾心小诗点评》,泰国留中大学出版社2015年版,第52页。
③ 曾心,吕进:《曾心小诗点评》,泰国留中大学出版社2015年版,第140页。
④ 吕进:《中国现代诗学》,重庆出版社1991年版,第68页。

前期后期，各有优长[①]

钱志富 邹林芳

一、吕进诗学思想建构的前后期分期

吕进是中国当代著名诗歌理论家和批评家，20世纪80年代主要理论流派“上园派”的杰出代表。吕进出版了《新诗的创作与鉴赏》《中国现代诗学》和《吕进文存》等主要代表著作。吕进的诗学思想早在20世纪80年代初就发生广泛影响，许多诗人都是在受到他的《新诗的创作与鉴赏》一书的引领和启发下走上创作道路的。诗人傅天琳曾在《我是“新来者”——吕进对我创作的影响》一文中写道：“吕老师是我的恩师，吕老师的诗歌理论对于我有着直接的非同一般的指导意义。从1982年学习《新诗的创作与鉴赏》开始，吕老师不断有新文章和新书问世，我就不断地跟进学习。近水楼台，受益多多。我特别能接受吕老师的观点，因为这些观点与我的写作意图是比较一致的，用现在时髦的话讲处于同一气场中，我自然而然就读进去了就接受了。写作时，我也许出于本能，也许有意或无意，觉得要这样写才好、才对、才顺，但说不出为什么，也不去深想为什么。吕老师的理论帮助我理清了认识，明白了诗歌应该具备的基本品质。”[②]诗人傅天琳特别指出了吕进诗歌理论的优点，说：“吕老师的理论不生硬，不拿腔拿调，不空中楼阁，它用诗和散文一样美丽、朴素并富于旋律和节奏的语言，深入浅出，讲出了精辟、透彻并富有哲学高度的诗歌论点，很值得像

① 本篇原题目为“吕进前后期诗学思想对比研究”，载《当代文坛》2015年第2期。选入本书有改动。

② 傅天琳：《我是“新来者”——吕进对我创作的影响》，《诗学体系与话语方式的建构：〈吕进诗学隽语〉评论集》，泰国留中大学出版社2014年版，第133页。

我这样的只重感觉而缺乏理论支撑的诗人认真学习。”①

近年来学界逐渐兴起了研究吕进诗学思想的热潮。早在2000年,蒋登科博士就在《西南大学学报》第5期上发表了《吕进与中国现代诗学的体系建构》,比较全面深入地探讨了吕进建构的中国现代诗学理论体系,深受吕进本人的赞赏。青年学人熊辉博士的《西方美学观念的转换与中国现代诗学体系的建构——论黑格尔对吕讲诗学思想的影响》发表在2011年《重庆工商大学学报(社会科学版)》28卷第3期上,是一篇比较有分量的吕进诗学思想研究文献。同年《西南大学学报》第1期发表了陈卫博士的《诗化人生:吕进1980年代以来的诗学活动》,从诗学活动入手对吕进诗学思想研究提供了新的视角,文章肯定了吕进作为一个诗学活动家的广泛作用。其实,吕进还是一位优秀的诗歌教育家,经他此外培养的诗人和诗评家分布全世界,号称“吕家军”。此外,颜同林、雷斌等也发表了相关研究成果。值得注意的是,吕进诗学思想已经成为硕士学位论文的选题,董莎莎2011年完成了她的《论吕进诗学的学术来源》,比较全面、系统地探讨了吕进诗学思想的学术来源。

纵观诸多学者对吕进诗学思想的研究,笔者发现,这些学者的关注视野似乎都集中在吕进后期中国现代诗学体系建构方面,而对吕进前期诗学思想的研究较多忽略。这就是笔者要写这篇文章的缘由。笔者认为,吕进前期诗学思想不可忽视,《新诗的创作与鉴赏》不仅是吕进的诗学成名作,也是代表作;《新诗的创作与鉴赏》不仅是拥有近百年历史的中国现代诗学的代表作品,也是拥有上千年历史的中国诗学的代表作;《新诗的创作与鉴赏》重要性可以跟诗人艾青的《诗论》和学人朱光潜的《诗论》相比,甚至有所超越。《新诗的创作与鉴赏》1982年首次出版,到今年已经历了30余年时间和读者的检验、考验,重版、再版许多次,它的影响不仅是广泛的,而且是普及的。据统计,1982至1991年十年间,该书三次印刷,发行量达到42000余册。遗憾的是,目前学术界对《新诗的创作与鉴赏》的重要性认识不足。

2004年颜同林在《重庆教育学院学报》发表的文章中认为《新诗的创作与鉴赏》是吕进诗学体系的雏形,这大约源于对吕进早期诗学思想的误读,原因是《新诗的创作与鉴赏》一书本身就是体大虑周的、成熟的,它的完整性和体系

① 傅天琳:《我是“新来者”——吕进对我创作的影响》,载《诗学体系与话语方式的建构:〈吕进诗学隽语〉评论集》,泰国留中大学出版社2014年版,第133页。

性显而易见。2011年董莎莎的硕士论文《论吕进诗学的学术来源》也犯了类似的错误,说:“从1982年的《新诗的创作与鉴赏》到1991年《中国现代诗学》,他的诗学体系经历了从萌芽到成熟的过程。”[①]说《新诗的创作与鉴赏》是吕进诗学体系的萌芽,这比“雏形说”更不得要领。需要一再强调的是,《新诗的创作与鉴赏》本身是有体系的,跟亚里士多德的《诗学》和刘勰的《文心雕龙》一样,都建构了完整而有效的理论体系。确切地说,吕进《新诗的创作与鉴赏》建构的理论体系也属中国现代诗学范畴。诚恳地说,吕进的现代诗学体系建构在《新诗的创作与鉴赏》时期已经完成了,《新诗的创作与鉴赏》中有比较成熟而丰富的诗学思想,但《中国现代诗学》较之《新诗的创作与鉴赏》的确有新变和理论范式的转换。说《中国现代诗学》是吕进诗学体系的成形和成熟,不十分妥帖。值得注意的是,《中国现代诗学》体现了吕进新体系建构的某种匆忙,不完善、不成熟的地方同样存在,当然新的创获也不少。就其理论体系本身来说,当然如吕进自己所说,是崭新的,现代的,的确看上去比《新诗的创作与鉴赏》更胜一筹。可以想见,《新诗的创作与鉴赏》成书于1982年,开放改革不久,的确打上了相对浓厚的时代烙印,一些观念显得陈旧,需要更新。

吕进前期诗学思想以《新诗的创作与鉴赏》为代表,《一得诗话》和《给新诗爱好者》等也在当时发生了相当程度的影响。吕进后期诗学思想以1991年出版的《中国现代诗学》为代表,《新诗文体学》的出版只早一年,诚恳地说,《新诗文体学》才是《中国现代诗学》的雏形和基础。吕进后期诗学思想还包括在诗歌界和学术界发生广泛影响的诗歌精神、诗歌体式以及诗歌传播媒介三大重建和新诗“二次革命”等以“华文诗学名家国际论坛”为形式的影响广泛的诗学活动,但体系性的理论建构却只体现在《新诗的创作与鉴赏》和《中国现代诗学》两本代表作之中。

二、吕进诗学思想的内视点转向

吕进诗学思想从前期到后期有一个由“抒情说”到“内视点理论”转向的过程。吕进前期诗学思想以“抒情说”为核心,他在《新诗的创作与鉴赏》中提出

① 董莎莎:2011年西南大学硕士论文《论吕进诗学的学术来源》,参见中国知网硕士博士论文文库。

诗歌的本质是“情感的直写”的诗学命题，说：“诗是歌唱生活的最高语言艺术，它通常是诗人情感的直写。”而后期吕进从国外文艺理论借来了视点理论，提出“诗歌是内视点文学”的命题，将“抒情说”扬弃掉了。关于这次转向，吕进自己在他的《二十世纪下半叶的中国新诗研究》一文中给出了这样的说法：“文体学的中心是对于新诗本质的体认。1953年，何其芳在北京图书馆举办的讲座上提出了著名的诗的定义：‘诗是一种最集中地反映社会生活的文学样式，它包含着丰富的想象和感情，常常以直接抒情的方式来表现，而且在精炼与和谐的程度上，特别是在节奏的鲜明上，它的语言有别于散文的语言。’这个定义长期被词典和教科书采用，产生了广泛影响。80年代以后，何其芳定义的完善性受到质疑。吕进、何锐、翟大炳都在首肯定义的科学性部分和它的历史作用的同时发表了不同看法。这些看法主要是：‘精炼’‘想象和感情’不是诗歌的专利；诗是心灵性很强的艺术，它的审美视点是内视点，而不是外视点，和散文不同，诗与生活的‘反映’关系是通过‘反应’来实现的；诗与散文在语言上的区别不止于‘节奏’，二者在语言上的区别不在语言，而在不同的语言方式；定义对现代派诗歌和后现代诗歌缺乏概括力。对于何其芳定义的讨论表明新诗文体学向着诗的本质这个‘哥德巴赫猜想’的逼近。”[①]

如前所述，吕进后期诗学思想的代表作是《中国现代诗学》。吕进认为他在《中国现代诗学》中提出的新思想“突破了习见的‘抒情说’”，在诗和现实的审美关系上，提出了“诗的内容本质在于它的审美视点（即观照方式）的新说。”[②]诚恳地说，吕进抛弃《新诗的创作与鉴赏》时期的“抒情说”，而转向到《中国现代诗学》时期的“内视点”说，的确具有相当的诗学价值和理论意义。这种价值不仅为他自己津津乐道，也得到学术界的较多认同。可惜的是，学术界同时忽略了吕进前期诗学思想的巨大理论价值和实践意义，这正应了那个比喻，倒掉污水的时候将婴儿也倒掉了。蒋登科博士的《吕进与中国现代诗学体系的建构》一文完全忽略了吕进前期诗学思想的内核，所认可的是吕进转向后的诗学思想，说：“吕进是中国当代著名的诗歌理论家。他从理解诗歌作品和诗学精髓出发，通过对优秀作品和其他诗学主张的全面打量，以诗歌的视点特征、语言方式为核心，提出并建构了独特的现代诗学体系，即新诗文体学体

---

① 吕进：“二十世纪下半叶的中国新诗研究”，载《文学评论》2002年第5期。

② 吕进：《中国现代诗学》，重庆出版社1991年版，第20-44页。

系。吕进的诗学体系以新诗的内部研究为中心，将古今融合、中外交织，切近新诗的本质及其发展规律，是对中国诗学所进行的既求实又创新的推进。”又说：“吕进的诗学研究主要属于基本理论研究，他把新诗史研究、诗学批评史研究和对当前诗歌创作的研究结合起来，主要探讨新诗作为独特的艺术样式的基本特征，形成了自己独特的诗学体系，即新诗文体学。”[①]熊辉博士的《西方美学观念的转换与中国现代诗学体系的建构——论黑格尔对吕讲诗学思想的影响》一文中所认可的也是吕进转向后的诗学思想，认为吕进完备的中国现代诗学体系有深厚的美学基础，其中黑格尔美学对他的诗学思想产生了深刻影响。文章就是从诗歌的视点特征、诗歌的媒介特征以及诗歌的分类标准等方面就黑格尔对吕进的影响进行探讨的。[②]

吕进自己对他诗学思想的转向提出了几点理由。一是，他认为，“视点理论”是对“抒情说”的一种突破。吕进的诗学思想比较能够与时俱进，他总在超越，既超越前人，也超越自己。“视点理论”顶替“抒情说”在吕进那里似乎是一种必然。二是，20世纪80年代后期的吕进开始怀疑情感对于诗歌的本质作用。本来，《新诗的创作与鉴赏》出版的时候，有的学者针对他的诗歌定义即“诗是歌唱生活的最高语言艺术”提出疑问，觉得定义的后半句即“它通常是诗人感情的直写”可以删去。经过苦心经营，吕进发现了诗歌的“视点理论”，并且找到了抛弃“抒情说”的理由。吕进在《守住梦想——我的学术道路》一文中讲：“抒情并不是诗歌的专属，而且有的诗歌并不抒情”。[③]吕进后期诗学思想有一宏愿，就是他提出的对于诗歌的新命题要能涵盖尽可能多的诗歌现象。他认为“抒情说”之所以过时，是因为它包含不了“现代主义”和“后现代主义”等先锋诗歌。三是，吕进认为建立在“抒情”说基础上的《新诗的创作与鉴赏》过时了。他义无反顾地抛弃了“过时了”的诗学思想。他要建立一种被称为“现代的，崭新的”诗学理论。

① 蒋登科：“吕进与中国现代诗学体系的建构”，载《西南师范大学学报》2000年第5期。

② 熊辉：“西方美学观念的转换与中国现代诗学体系的建构——论黑格尔对吕进诗学思想的影响”，《重庆工商大学学报》2011年第3期。

③ 吕进：“守住梦想——我的学术道路”，载《东方论坛》2008年第6期。

三、吕进前期诗学思想的合理内核

“内视点理论”转向后的吕进诗学思想的确在体系性和专业性上加强了，但“内视点”理论在体系性和专业性上的优势似乎弥补不了抛弃“抒情说”本身所带来的缺憾。在笔者看来，直到今天，“抒情说”仍然包含着巨大理论价值和实践意义。吕进在《新诗的创作与鉴赏》中对诗歌的著名定义特别强调情感本身的审美价值，认为诗歌常常是“诗人情感的直写”。笔者认为，“抒情说”作为吕进前期诗学思想的合理内核不能丢。诚恳地说，“抒情说”的确不是吕进独创的诗歌理论。翻开世界诗学史，可以发现，“抒情说”在西方曾经是浪漫主义诗学的核心思想，历时百年之久。中国新诗诞生之后，也袭用“抒情说”。郭沫若认为“诗歌的本职专在抒情”，后起的闻一多、徐志摩、艾青、胡风、亦门、何其芳等都承认情感对于诗歌创作的巨大美学价值。西方现代主义兴起之后，“抒情说”遭到颠覆，艾略特等主张“非个人化”，主张回避情感和个性。现代主义传入中国之后，中国一些现代诗人也学着“放逐情感”，提倡诗歌创作的智性策略。20世纪80年代中国的先锋诗歌兴起之后，尤其是在第三代诗人那里，“抒情”甚至成为禁忌。侯马提出“抒情导致一首诗的失败”的诗学命题，反对抒情，认为“抒情产生一大批千篇一律、面目不清的诗作。如果一个人想抒情，他决定写一首诗，我无法相信他能写出一首‘诗’，洋溢的感情通常掩盖的是心灵的枯燥。”[①]随着情感成为诗歌的禁忌，诗意也成为一些诗人战斗的对象。先锋诗歌的一些主张者否认诗意的美学价值，沈浩波在他的“下半身写作宣言”中叫嚣“要让诗意死得很难看”。

吕进前期诗学思想当然不能涵盖先锋诗歌，笔者认为，这正是它的优点。事实证明，一些先锋诗歌走向了诗的反面、文学的反面和艺术的反面，应该受到诗歌“理想国”的放逐。回顾中国新时期诗歌的演变历史，可以发现，像谢冕、孙绍振这样早年支持朦胧诗崛起的诗评家，面对后来一些所谓诗人借用先锋旗号的胡作非为，也发出怒吼，叱责他们是艺术的败家子。的确，抒情并不是诗歌的专属，一些散文作品，甚至叙事文学也抒情，也有抒情电影，但不可否认的是，情感对诗歌仍然有巨大美学作用。德国学者胡戈·弗里德里希在《现代诗歌的结构》一书中甚至将先锋诗歌的类型也命名为抒情诗，仍然不否认情

① 侯马：“抒情导致一首诗的失败”，载《诗探索》1998年第3期。

感对现代诗歌发生的酵母作用。胡风认为,情感是一切艺术的酵母,谁扼杀了情感,谁就扼杀了艺术得以产生的生机。诗歌是艺术,诗歌离不开情感。吕进前期诗学思想的核心是"抒情说",主张情感是诗歌的主要内容和直接内容,这些诗学命题在今天看来仍然包含合理内核,不可以全然抛开。说有些诗歌并不抒情,也许是对的,但抛弃"抒情说",可能会像倒洗婴儿水时将婴儿倒掉一样得不偿失。

诚恳地说,"抒情说"的确不是关于诗的新颖的界说,记得抗日战争时期诗人艾青写出《诗论》在新新出版社出版的时候,文学评论家李健吾就说过"艾青先生的理论不会新颖"的话,但艾青《诗论》中言说出来的真理却受到肯定,"因为说实话,真理往往只有一个,不受时间地域限制。"①

笔者写到这里,读者也许会问,既然"抒情说"不能丢,是不是吕进早期诗学思想就一点儿问题也没有了呢?当然不是,问题还是出在"抒情说"上。吕进前期认定的诗歌常常是"诗人情感的直写"有问题。问题出在"直写"上。因为诗歌作为艺术有自己的审美规范,诗是忌讳"直写"的,诗歌不能直抒胸臆。含蓄蕴藉要求诗人将他的情感客观化、外化、符号化,因此意象审美的问题就提出来了。中国古人提出情景交融的成诗模式,实在是太有道理了。其实除了情景交融的成诗模式,还有情事交融和情理交融的成诗模式,总而言之,诗歌的情感得找到自己的凝结对象。

侯马等人叫嚣的"抒情导致一首诗的失败"的谬论在诗歌界产生的恶劣影响应该消除,"一大批千篇一律、面目不清的诗作"不是抒情造成的,正是抛弃情感的抒发造成的。一个人,一个普通人的个性的体现正是他的情感,何况是诗人,诗人的情感应该更丰富,更强烈才对。

四、吕进前后期诗学思想的关联性和一致性

其实,应该在"内视点理论"和"抒情说"之间找到某种契合点,坚守和突破应该是一个硬币的两个方面,而不是彻底断裂。"内视点理论"当然反映了诗人和现实的美学关系,吕进说:"所谓审美视点,就是诗人和现实的美学关系,更进一步说,就是诗人和现实的反映关系,或者说,诗人审美地感受现实的心理

① 李健吾:《李健吾创作评论选集》,人民文学出版社1984年版,第555页。

方式。”[①]其实“抒情说”本身反映的何尝不是诗人和现实的美学关系，笔者认为抒发情感和内视点是同一回事，抒发情感应该就是内视点的合理内核，离开情感抒发谈内视点，只能是诗学上的形而上学。刘勰《文心雕龙》中说：“人禀七情，应物斯感，感物吟志，莫非自然。”[②]真正的情感的生发一定是人心跟外物即现实发生了某种关系，刘勰的“应物斯感”说从理论上解决了情感抒发和内视点理论之间的矛盾。其实，“审美地感受现实的心理方式”就是诗歌情感的生发方式。吕进提出审美视点的三种存在方式，即“以心观物（现实的心灵化）”“化心为物（心灵的现实化）”和“以心观心（心灵的心灵化）”，[③]这三种方式应该都是诗歌的审美情感得以存在的方式。自然，《新诗的创作与鉴赏》时期的吕进面对诗歌情感未能从主体跟客体的审美关系入手来解决问题，在理论体系的构成上的确是一种缺憾，但理论认知上的缺陷并不妨碍创作中主客体审美关系自然而然地形成和生长。《新诗的创作与鉴赏》寓含的诗歌真理得到了成千上万的读者的拥护和尊重，它的经典性随着岁月的流逝会愈加明显地显示出来。笔者以为如果能够将“抒情说”和“内视点理论”进行沟通，找到他们之间的关联性和一致性应该可以回避掉理论构建上的短板。

如果说“抒情说”有自己的局限的话，同样“内视点理论”也存在某种局限。吕进用视点理论对诗歌分类进行了某种可贵的尝试，遗憾的是视点理论析出的“漂泊诗”和“固定诗”两种似乎是奇怪的诗歌类型。吕进总结诗歌的视点特征时，提出一条“随意性”特征，这在笔者看来就未免随意。另外，在使用视点理论对散文诗和叙事诗进行阐释时，说服力上还不如《新诗的创作与鉴赏》中对诸多诗歌品种的阐释。吕进后期诗学思想过于在意理论体系的建构及其对一些新起诗歌现象的涵盖，对诗学真理和诗歌真相的言说相对减轻。诚恳地说，笔者更觉得“抒情说”亲切，“内视点理论”暗含玄妙，有点远离读者的接受水平。此外，笔者认为，理论应该用于实践，《新诗的创作与鉴赏》的实用和通俗，从今天看来，反而是难能可贵的。而且《新诗的创作与鉴赏》本身的理论价值应该得到承认，笔者认为《中国现代诗学》的理论价值未必就超过了《新诗的创作与鉴赏》，因为理论价值本身要靠实践检验。2008年吕进在回顾

① 吕进：《中国现代诗学》，重庆出版社1991年版，第20-44页。

② 刘勰：《文心雕龙全译》，龙必锟译注，贵州人民出版社1992年版，第56页。

③ 吕进：《中国现代诗学》，重庆出版社1991年版，第20-44页。

他的学术道路时说："从现在来看近20年前的《中国现代诗学》，当然会感到它的缺陷，也会感到它对当下一些新的诗歌现象缺乏概括力。但是在我的学术生涯中，从《新诗的创作与鉴赏》到《中国现代诗学》，我感觉是有前进的。后者是在批判前者的基础上出现的，似乎比前者更成熟，也更深入。"[①]从《新诗的创作与鉴赏》到《中国现代诗学》，的确有前进以及更加成熟和更加深入的地方，但《中国现代诗学》也有不及《新诗的创作与鉴赏》的地方。

值得一提的是，泰国诗人曾心花大量时间和精力从吕进大量的诗学著作中选编了一本《吕进诗学隽语》。这本《吕进诗学隽语》没有回避吕进早期诗学思想，选了大量《新诗的创作与鉴赏》中的诗学论断，笔者以为这很好地照顾到了吕进前后期诗学思想的关联性和一致性，值得肯定。

此外，笔者注意到，吕进近年来在一些文章或者演讲中似乎有一种从视点理论向抒情说回归的动向。2013年12月7日，吕进在"第七届东南亚华文诗人大会"上提交的大会主题发言《东南亚华文诗歌的中国参照系》中讨论了诗的公共性等问题。笔者注意到了这一转变，吕进重提了诗歌的情感内容和意蕴，以及"诗歌的旨趣不是叙述生活，而在歌唱生活"[②]等早期诗学思想中的重要命题，令人倍感欣慰和亲切。

---

① 吕进："守住梦想——我的学术道路"，载《东方论坛》2008年第6期。

② 吕进："东南亚华文诗歌的中国参照系"，载《泰华文学》2014年第1期。

彰显当代诗歌批评的在场性[①]

熊辉

吕进先生是新时期以降中国新诗史上著名的诗歌批评家和理论家，其丰富而独具特色的诗学研究思想是中国现代诗学的重要内容。近期，由泰国诗人曾心和中国学者钟小族主编的《吕进诗学隽语》(以下简称《隽语》)先后在泰国、中国海峡两岸出版，引起海内外学界的高度关注，是一部有学术价值和参考意义的著作。

吕先生把新诗史研究、诗学批评史研究和当前诗歌创作研究结合起来，探讨新诗作为一种独特的艺术样式所具有的基本特征，从而建构起了完备的诗学体系。具体而言，在诗和现实的审美关系上，认为诗的内容本质在于它的审美视点；在诗歌媒介上，认为诗的形式本质在于它的语言方式；在抒情诗的生成上，认为诗的美学本质在于修辞方式的虚实相生；在诗歌分类标准上，提出了以审美视点和语言方式划分诗歌种类的新说。20世纪80年代，在中国诗坛三分格局的情况下，吕进先生引领的“上园派”与“传统派”“崛起派”并行，主张“坚定地继承本民族的优秀诗歌传统，但主张传统的现代转换；大胆地借鉴西方的艺术经验，但主张西方艺术经验的本土化转换”。[②]这种融汇中外的宏大视野，使吕先生的学术思想赢得了长足的发展和广泛的认同，至今“上园派”的学术发展思路仍然充满生命力。21世纪以来，面对新诗发展的诸多“缺失”，吕进提出了“新诗的二次革命”，旨在“推动新诗再次复兴”，其中诗体重建、诗歌精神重建、诗歌传播方式重建是其主要内容，从理论的角度为新诗的健康发展阐明了方向。在此基础上，重新审视中国新诗发展道路上需要继承和扬弃的

① 本篇原题目为“吕进诗学体系的简明呈现”，载《诗学体系与话语方式的建构:〈吕进诗学隽语〉评论集》，泰国留中大学出版社2013年版。

② 吕进:“中国新诗研究:历史与现状”，载《理论与创作》1995年第4期。

元素，探讨新诗的“变”与“常”、新诗的大众化和小众化、新诗的主体性以及新诗的公共性等，是吕先生诗学思想的理论延伸，不断彰显出吕进诗学思想在中国当代诗学批评中的在场性，也是其诗学思想的理论延伸和进一步完备。《隽语》浓缩了吕先生主要的学术思想，对吕进诗学的传播、接受和影响具有十分重要的意义。

《隽语》简明扼要地勾勒出了吕进丰富的诗学思想。该书主要包括六个部分的内容：第一部分“诗美篇”涉及诗歌的定义和艺术特征，让读者了解诗之为诗的文体内涵。该部分主要辑选了吕进先生关于诗歌界定的几种言论，诗与画、音乐等艺术门类以及诗与散文等文学样式的差异，缕分出诗歌的情感、意象以及来源等内容，尤其对诗歌的语言的特征有较多论述，涉及诗歌语言的言说方式、诗家语的特质以及诗歌语言的音乐性、弹性和超出散文语法的随意性等内容。读者阅读了《隽语》中摘录的相关文字后，对诗歌及其美学要素就会有较为理性的认识。第二部分是“诗歌分类篇”，首先辑选的是吕进关于中国新诗发展进程中自由诗和格律诗具有主导地位文字，然后从形式的角度分别论述了什么是自由体新诗、格律体新诗、小诗、散文诗、无题诗、剧诗和歌诗；从内容的角度分别论述了什么是抒情诗、叙事诗、讽刺诗、爱情诗；从创作主体的角度分别论述了什么是军旅诗、校园诗和女性诗歌。通过这样的分类，读者不仅明确了诗歌的不同种类以及各自所具有的特点，而且对中国新诗形式的发展方向也有了大体的把握。第三部分是“诗运篇”，辑录的主要内容包括中国新诗与传统诗歌的关系、中国新诗与读者大众的关系、中国新诗的建设方向（即“三大重建”：诗体重建、诗歌精神重建和诗歌传播方式重建）以及中国现代诗学流派（“上园派”“传统派”“崛起派”）。通过阅读这一部分内容，读者逐渐明白了中国新诗的来源、现状以及未来的发展方向等问题。第四部分是“诗人篇”，主要选摘的内容是何谓诗人、诗人的修养、诗人与时代的关系等内容。该内容有助于诗人自我修养的提高和责任的担当，从而创作出更加优秀的诗歌作品。第五部分是“诗歌技巧篇”，主要内容涉及诗歌创作的各种技巧，包括创作之前的经验积累、创作过程中的运思方式和语言表现策略等内容，有助于丰富创作者的艺术表现力。最后一部分是“诗歌鉴赏篇”，主要选录了诗歌鉴赏的过程、诗歌鉴赏过程中的创造性、诗歌与读者和诗人的关系等内容，有助于读者更好地理解诗歌作品。

《隽语》涵括了吕进最近几年的诗学思想，是对《吕进文存》的有益补充。吕进先生从20世纪80年代开始新诗研究，先后出版了10多部专著，2009年出版的四卷本《吕进文存》只能算作对吕先生学术研究的阶段性总结。作为一个勤勉的学者，吕先生一直在关注中国新诗的文体研究，一直在打量中国当代诗坛的诗歌创做和诗歌现象，在最近几年又产生了很多具有影响力的诗学思想，比如对诗坛“新来者”的提出和研究，对大后方抗战诗歌的研究以及新诗主体性的探讨等。因此，吕进诗学思想还处于不断丰富的流动过程中，单凭已有著作难以对之做出全面把握。从这个角度来讲，《隽语》算是对《吕进文存》内容的延续和补充。比如2010年，吕进先生发表在《文艺研究》上的《论新时期诗歌与“新来者”》一文在学界引起了强烈的反响，他认为：“仅仅把新时期诗歌归结为‘朦胧诗’是一种偏执，这样的文学史不能称作信史，归来者、新来者以及资深诗人们在新时期那样多的名篇抹得去吗？历史证明，新来者不应该被矮化或忽略。”[①]这样新鲜的学术内容是之前吕先生的学术专著中所没有的，由于是在期刊上发表的，对很多读者来说不易于寻找；由于是单篇文章，也不容易保存。因此《隽语》中选录了这篇文章的主要观点，易于让读者理解“新来者”的内涵和诗歌成就，也易于使人们将之纳入到吕进诗学思想中，成为其中鲜活而有机的构成部分。

《隽语》有助于引导读者正确理解吕进诗学思想。吕进诗学思想异常丰富，涉及中国现代诗歌的诸多问题，一般的读者要对之加以整体性的概括存在难度。《隽语》分六个部分来选录吕进著作中的精妙文章，大体上能够把吕先生诗学思想的轮廓勾勒出来，至少让普通读者知道吕进从事了这几个方面的诗歌研究。《隽语》从吕进先生几百万字的学术著作中选录出20多万字，采集了吕进诗学的精华而编撰成册，其实为读者抛弃了漫长的阅读和梳理过程，直接面对其中的核心思想，显示出该书的浓缩度和精致型。更重要的是，《隽语》起到了帮助人们正确阅读和理解吕进诗学思想的作用，因为其中摘选的部分代表了吕先生基本的学术主张。而有些读者面对宏大的专著或长篇论文，往往缺乏必要的归纳能力和鉴别能力，容易误读他人的学术思想。比如，有人认为吕进提出的诗体重建就是专注于格律诗的建设，这就是没有正确理解他的学术

① 曾心，钟小族：《吕进诗学隽语》，泰国留中大学出版社2012年版，第108页。

旨趣。吕进先生面对诗歌形式建构的尴尬局面提出了“诗体重建”，但他并不认为格律体是中国新诗诗体重建的唯一方向和出路，他曾批评过将“诗体重建”简单理解为建立格律体诗的观点，他说：“有些论者以为，诗体重建就是建立现代格律诗，甚至将主张诗体重建的人称为‘格律诗的代表’，显然毫无根据。”在吕进先生看来，“诗体重建”是要增强每一种诗歌形式的艺术含量，而不是舍弃所有的形式而专注于发展格律体，在他看来，新诗已有的各种形式都是合理的，完善和提升现有的各种诗歌形式才是诗体重建的旨归。在那篇有名的《三大重建：新诗，二次革命与再次复兴》一文中，吕进先生说：“提升自由诗，成形现代格律诗，增多诗体，是诗体重建的三个美学使命。”[①]所以，格律体是中国新诗形式发展的方向之一，而不是中国新诗形式发展的最高要求和终极目标。如果有了《隽语》做参考，人们就不会这么片面地理解吕进诗学思想了，因而《隽语》在引导人们正确而客观地理解吕进诗学思想方面体现出较高的学术价值。

《隽语》有助于吕进诗学思想的传播。《隽语》拓展了吕进诗学思想传播的空间。虽然人们可以通过出版发行的专著和刊物了解吕进诗学思想，但其传播的范围十分有限，尤其是中国的出版物在国外除在专门图书馆可以查阅之外更难找寻。由曾心和钟小族两位先生编撰的《隽语》能够在泰国、中国海峡两岸分别出版，其发行流通的空间必然会更为广泛，从而扩大吕进诗学思想的传播空间。同时，因为查找方便的原因，海内外从事诗歌研究的专门学者能够从《隽语》中查询到自己希望得到的内容，同时知道确定的刊物卷期或出版信息，在强调学术规范的当下，为研究者带来了不小的便利，这在无形中也会促进吕进诗学思想的传播和应用。在论述诗歌传播方式重建的时候，吕进先生曾说：“作为公共、公开、公平的大众传播媒体，可以说，网络给诗的传播带来革命性的变化。由刊物和报纸副刊发表诗作的传统传播方式仍在保持着生命力，也就是说，‘平媒诗’还在继续发展，但是，网络为诗开辟了一个崭新的空间。网络诗歌以它向社会大众的进军，向时间和空间的进军，证明了自己的实力和发展前景。‘平媒诗’和‘网络诗’的共生，形成新诗在新时代的丰富。”[②]因

---

① 曾心，钟小族：《吕进诗学隽语》，泰国留中大学出版社2012年版，第114页。

② 吕进：“论中国现代诗学的三大重建”，载《文艺研究》2003年第2期。

此,《隽语》只是显示了它在“平媒”传播中的价值和优势,探讨吕进诗学思想在网络时代的传播仍然有很多工作要做,这也为我们继续探索吕进诗学思想留下了空间。

当然,《隽语》在一定程度上也会给吕进诗学思想的传播和接受带来负面影响,很多人无可避免地会从选录的隽语中“断章取义”地加以理解和引用。吕进诗学思想作为体系化和丰富性的存在,要正确理解并合理传承其中的精髓,还需要我们细读具体的著作和文章。

全身心构建当代诗学体系①

陈卫

吕进与20世纪80年代崛起的多数诗歌研究者一样，先为少年诗人，在本地区、本省乃至全国颇有名气。80年代因社会变化，诗坛倾斜，出于对理论本身的兴趣与普及诗歌的责任意识，自然而然转向诗歌理论工作。吕进与这一代诗歌研究者多为中文系出身不一样，他是外文系毕业生，这也促使他在研究中始终不忘中外参照，具有比较的世界性视域和参与意识。

从1981年到2010年，吕进出版的诗学专著有：《新诗的创作与鉴赏》(1982，重庆出版社)、《给新诗爱好者》(1984，重庆出版社)、《一得诗话》(1985，四川文艺出版社)、《新诗文体学》(1990，花城出版社)、《中国现代诗学》(1991，重庆出版社)、《吕进诗论选》(1995，西南师范大学出版社)，《现代诗歌文体论》(2003，广西师范大学出版社)、《吕进文存》(四卷本，2009，西南师范大学出版社)等，且不论合著、主编以及为重庆新诗研究所做的大量工作。在这些专著中，从诗歌的基础理论概念的解释到诗歌文体的广泛研究，似乎让我们看到一个新诗研究的狂飙突进时代的到来。

80年代诗学研究是蓬勃的，来源于诗歌创作与接受的热情高涨。不可回避的是对中国多数教育程度不高的读者来说，接受诗歌远比接受小说、散文难得多，他们不习惯诗歌语言与日常语言的距离，也不适应跳跃性的诗歌思维。正因为长期的新诗理论空白，使这一批曾经年少的诗人自觉投入诗歌理论建设当中。谢冕对新诗的发展规律进行反思；孙玉石执着现代诗歌的系统研究，剖析现代诗歌的重要因素；陈良运由新诗评论转入古代诗论，提炼古诗论精

① 本篇原题目为“诗化人生：吕进1980年代以来的诗学活动”，载《西南大学学报(社会科学版)》2011年第1期。选入本书有改动。

华;吴思敬从心理学角度阐释诗歌创作与接受的过程;吕进从诗歌基础理论,跟进到文体建设,成立中国新诗研究所,创办刊物,专设诗歌前沿讨论专栏,近年又提出“新诗二次革命”“再次复兴”等口号,全身心地构建着当代诗学体系。

一、启蒙与深入:诗学观撷英、评点

《新诗的创作与鉴赏》是大陆当代诗学著作中较早出版的一部诗歌理论著作[①]。对诗歌的来源、定义、内容、形式、修辞、写作、鉴赏等多方面进行论述。提出诗的本质特征是抒情美,诗是文学中的文学[②]。在著作中,经吕进辨析过的概念有:诗与画、诗与音乐等,他得出的结论是:诗是画的降低,更是画的提高;诗是音乐的降低,更是音乐的提高;诗不但是普遍的艺术,也是最高的艺术[③]。如诗歌叙事与抒情的问题,吕进从自我的阅读经验中得出体会:“凡是叙事的地方,诗里就出现快镜头;凡是抒情的地方,诗里就出现慢镜头”[④],凡是涉及“事”,诗就像一个专抄捷路的伶俐者;凡是涉及“情”,诗就会变成一个专走弯路的慢行者。同时吕进还认为:“不能在诗之外谈诗,也不能在诗之上谈诗”,在解释诗歌观念时,吕进一般从大量的古今中外诗歌作品解读中提炼诗学观点。虽然这种提炼不排除有一定的局限性,因为诗歌创作的转型会导致诗歌观念的某种突变。比较有独创性的是那个让古往今来的理论家头痛的诗的定义。吕进的观点是:诗是歌唱生活的最高语言艺术,它通常是诗人感情的直写。研究诗歌的人都知道,给诗下定义是可行的,但要四海皆通的诗歌定义有高难度,所以,无论是亚里士多德给诗下定义,还是吕进给诗下定义,或是吴思敬采用排除的方法给诗定义,都只能针对某一时期的诗歌特色而言。吕进的这一概念应是对80年代之前诗歌现象的提炼。80年代中后期诗歌写作出于对前期的反叛,出现了另一种创作态势。

《给新诗的爱好者》侧重于指导诗歌写作,实际上是吕进给新诗制作的一件礼服样品,里面涉及很多具体的诗歌写作标准,如独特的搭配,弹性等写作

---

① 吴思敬的《诗歌基本原理》1987年出版,这是一部研究诗歌基础理论的书籍,但研究角度与风格不同。

② 吕进:《新诗的创作与鉴赏》,重庆出版社1982年版,第37页。

③ 参看吕进:《新诗的创作与鉴赏》第一章“什么是诗”,重庆出版社1982年版,第3-34页。

④ 吕进:《新诗的创作与鉴赏》,重庆出版社1982年版,第52页。

技巧的举例，诗家语如何炼造，以区分生活中的语言，诗歌艺术表现的实与虚等，这些理论与实践结合的讲解，对新诗爱好者与写作者应有不少帮助。《诗评断想》是吕进对诗评工作的一些思考，从如何写诗的理论探讨，转向如何做诗评人的思考。诗评是当代诗学的一个分支，80年代专门思考这个问题的人不多。这个断想对端正诗评人的态度，诗评人的学术视野有一定的帮助，也许因为吕进从培养研究生进而意识到诗评重要性缘故。不过有些观点如“诗评是一个文艺的门类”，“优秀的诗人往往就是出色的诗评家”还值得商榷。

《中国现代诗学》是在新诗潮争议过去，中国诗坛处在迷途当中，诗歌创作者各路狂突演绎，批评家失语的时代写成的。吕进结合中国当代诗歌发展实际，试图建立具有特色的中国诗学，这也是吕进积多年底蕴进行的·次诗学突破。“《中国现代诗学》是我十余年的新诗研究的学术生涯的第一个句号。它是一个阶段的终了。一个比较完整而又尽量求实的理论体系提出来了。”[①]他自信“一部优秀的科学论著必然会改变、调整以往的有关论著的传统价值和传统位置”[②]。这部著作在几组关系上论述十分清楚：一是中国现代诗学与西方诗学的对比；二是日常性生活语言与诗家语的对比；三是散文语言与诗歌语言的对比。

吕进对中西方诗学的反思从诗学概念比较开始。他提出“中国现代诗学应当保持以抒情诗为本，推崇体验性的诗学观念，同时又在诗对客观世界的历史反省能力和形象性上向西方诗学有所借鉴；中国现代诗学应当保持领悟性、整体性、简洁性的形态特征，同时又在系统性、理论性上向西方诗学有所借鉴；在诗学发展上，中国现代诗学应当保持通中求变，同时又不拒绝在艺术的探险精神上向西方诗学有所借鉴。”[③]

吕进关注诗歌的形式，强调诗家语。对诗歌语言的论述更为明确“陌生化，就是诗歌语言对散文语法与修辞规范的抛弃，或者说，就是诗歌语言遵循自己独特的语法与修辞规范。诗是语言的超常结构，它是对一般语言的语法和修辞法则的创造性破坏”，“要求读者不断注意到语言本身。运用诗歌语言

① 吕进：《中国现代诗学》，重庆出版社1991年版，第381页。
② 吕进：《中国现代诗学》，重庆出版社1991年版，第381页。
③ 吕进：《中国现代诗学》，重庆出版社1991年版，第3页。

有如跳舞,跳舞不是要走到哪里去,它本身就是目的"。[①]"诗凭借语言媒介成了最自由的艺术,但是语言却由于成为诗的媒介而成了最不自由的语言……它同时受制于表情系统、表音系统和表形系统,必须满足这三个系统的要求。这种极端的自由与极端的不自由的统一,就是诗歌语言。从王安石开始,叫诗家语。"[②]

阅读这部著作,对写作者和评论者来说,有所收获的不仅仅是通过对中国现当代和外国诗的解读来理解某些诗学概念,吕进还会通过诸如一家刊授学院老师用散文方式来评判一位青年诗人诗歌的文本,让读者在啼笑皆非的阅读中,具体了解诗歌语言与散文语言的表达差异。

"抒情诗"是著作中的关键词。吕进指出抒情诗的媒介特征有音乐性、弹性、随意性,抒情诗的寻言是通过五种修辞方式达到的,即虚实相生、时空转换、象征、转品和跳跃。他认为一切好诗都是有诗意无语言的、有功夫无痕迹的。

从总体上讲,《中国现代诗学》明显加深加大了研究的深度与力度。这部著作不是诗歌观念的普及,而是深入到诗歌内部进行问题的探讨。吕进自己认为与《新诗的创作与鉴赏》相比,有两大突破,突破了抒情说和音乐性。很明显,吕进进入90年代以后的突破是因为他关注到诗歌写作自80年代中后期发生转型,传统的诗歌要素面临丧失或转化的可能。因此,他把论述视角直接针对诗歌的一类型态——抒情诗,避免了诗歌概念的泛指。

正如孙绍振在《西方文论和中国经典的痛苦搏斗》中所说:"中国的特殊性,并不包含在西方理论的现成体系中,而是要中国人自己去分析,自己去衍生,自己去颠覆,自己去发现"[③]。的确如此,不仅是西方文论,就是中国早期的理论著作,随着时间的推移,社会思潮及意识形态变化,都会显现出著作的时代性局限。吕进较早意识到这个问题,在《中国现代诗学书后》中他说到"新诗研究空前活跃:对历史和当代的每一种诗歌现象几乎都存在着多种理论视角。《新诗的创作与鉴赏》虽然是这类著述中较早出现的一种,但是艺术的辩证

---

① 吕进:《中国现代诗学》,重庆出版社1991年版,第74页。
② 吕进:《中国现代诗学》,重庆出版社1991年版,第77页。
③ 孙绍振:《新的美学原则在崛起》,语文出版社2009年版,第223页。

法就是这样——‘较早’出现也可能‘较早’过时”[1]。因此吕进试图在寻找诗中稳定的东西，他转向了诗体的研究，他认为诗体能够增强诗歌艺术。这是他的研究领域又一次大力开拓，也是他研究形成特色的开始。

拓展新诗研究的版图，是吕进一进再进的工作。如果说《中国现代诗学》是吕进有意识地奠定中国现代诗学的基石，那么《新诗文体学》是吕进在寻找诗歌最显著的特征，以求抓住诗歌的本质。他从诗歌写作入手，指出诗的想象来自现实现象与超现实想象，通感是诗歌醉意的表现方式之一，有主观性通感和客观性通感。通过比较散文与诗歌的视点，对诗歌内视点进行六种剖析，即：主观体验、梦幻色彩、非逻辑结构、心灵的直接表现、无名性、往复回旋等。在语言上，诗寻求超常结构，“破坏”词义，“破坏”语法，音乐性与弹性是诗歌的媒介特征。他还认为“和时代保持联系是诗的生命”，“和读者保持联系是诗的青春”，“诗只能有属于自己的读者群。对诗的行为只有在智力和心灵上都达到相应深度和广度时才能产生”。与早期的诗歌定义相比，这些观点，更逼近了诗歌的本质。正因为对诗歌本体的了解，而且意识到“文学样式总在相互渗透”，吕进坚信“诗人没有文体自觉，就很少可能在诗歌史上长久地站稳脚跟”——他提出诗体重建的核心观念就在于此。为了强化诗体特征，他写过《诗体十题》，对闻一多的“豆腐干”、徐志摩的“对称体”、冯至的十四行、香港诗人晓帆的汉俳、郭小川的新格律体、袁水拍的仿民歌体、冰心的小诗体，艾青、余光中、舒婷的自由诗等进行阐说。在《现代诗歌文体论》一书中，吕进提出新诗诗体重建的出路是：完善自由诗，倡导格律诗，增多诗体。吕进将这一话题推广到新诗研究界，《西南大学学报（社会科学版）》一度开设专栏讨论，引起诗歌研究者的广泛重视，成为诗歌研究的前沿课题。

二、呼唤与行动：建设中国现代诗学

吕进在诗学研究中逐渐形成了自己的学术特色。据笔者观察，吕进的学术研究特色与他后来提出的三个“重建”有密切关系。

1997年7月，吕进在《人民日报》发表了一篇《新诗呼唤拯衰起弊》[2]的短文，

---

① 吕进：《中国现代诗学》，重庆出版社1991年，第380页。
② 吕进：“新诗呼唤拯衰起弊”，载《人民日报》1997年7月22日。

指出诗歌不景气的原因，一是失语，二是失重；接着他提出三大课题来拯衰起弊，即：诗歌精神的现代化重铸、新诗诗体的重建以及诗人在文化转型期的重新定位。在他看来，在文化转型期，不能把“对外开放”误读为“作西方诗歌的旁支”，而是要重视诗歌的民族性，要意识到“在建立现代格律诗、完善自由诗中，新诗有一个增多诗体的使命”，新诗要在传媒和传播方式上实现现代化改造。诗人在转型期要重新定位，要建设诗人人格，去“神气”而“洗心”。吕进提出的这三个策略，是针对中西诗歌、诗歌本体特征以及诗人自律而言的，希望能够对中国建设有特色的新诗发展有所促进——成为吕进提出二次革命的雏形观念。

2005年，吕进在不同场合提出“二次革命”这一口号，“三大重建就是二次革命的逻辑起点”。三大重建即诗歌精神重建、诗体重建、诗歌传播方式重建，“提升自由诗，成形现代格律诗，增多诗体，是诗体重建的三个美学使命”[①]。

从三大策略和三大重建的内容以及吕进的多年呼吁，我们可以看到吕进研究特色和研究宗旨。

研究伊始，吕进就有着强烈的建立中国特色诗学的意识。他的研究始终与中国现实社会紧密联系起来，他力图寻找适合中国读者的语言去阐述费解的理论术语，实现诗学理论的大众化，重视诗歌文体的中国性。

在吕进的《新诗的创作与鉴赏》中有两个内容与当时同仁的诗歌论著不大一样。新时期谈诗的多数学者，都非常不愿意涉及社会体制，只突出研究的时代特色，这可能跟长时期的政治约束有关。多数研究者选择研究出世的时候，吕进不弃世。他要谈社会主义新诗，而且他还要借鉴古人的诗话写作来完成他的新诗话。

诗歌本身与政治体制无关。在特定时期的特殊阶段，特别是意识形态对诗歌有一定要求的时候，诗歌与政治发生密切关系。诗歌该以何种方式存在，往往成为一个令文人烦恼的问题。吕进一直在诗歌美学与社会发展之间寻找平衡点。在《新诗的创作与鉴赏》第四章“社会主义新诗”中指出“社会主义新诗是我国诗歌在社会主义时代的继续、革新与发展，是诗歌史崭新的一页”。

---

① 吕进：“三大重建：新诗，二次革命与再次复兴”，载《西南师范大学学报》2005年第1期，《新华文摘》2005年第8期转载。

从社会发展的角度来看,此言言之成理。吕进认为民族化、大众化是诗歌形式上的最主要的个性特征,此意沿袭毛泽东《在延安文艺座谈会上的讲话》而来。在一个民众文化素质较低,政治觉悟期待提高的国度,统治者采用武力征服是不够的,若要从精神上确立统治地位,借助文学的巨大作用可以达到。这本是历代公开的政策,无须后人多加褒贬。文学民族化、大众化观念的提出,显然立足统治者(国家)的角度。生活在一个政治性、制度化的社会中,文学能够如何发挥最大的功能,吕进不回避。

吕进提出的社会主义新诗应是对当时诗歌争议的一种回应。也许自90年代以来,有特色社会主义的改革与建设改变了人们原先的刻板印象,人们反过来会认为吕进的提法过时,但不可否认,这正是吕进研究的立足点,他的特色所在是他始终站在国家、民族、时代立场。如果不是这样,就不会有他在21世纪提出的二次革命。

中国传统文人强调治国平天下,强调责任感,吕进提出诗的使命,与中国传统文化的精髓息息相关。他在《诗,生命意识与使命意识的和谐》(1989)中提出"优秀诗歌总是生命意识与使命意识的和谐。它是处世态度与入世态度的统一,是日神精神和酒神精神的统一,是心理世界与物理世界的统一,是摆脱功利与社会指向的统一,是超脱因素、游戏因素与参与因素、严肃因素的统一"。他认为诗人的指责在于"提高同时代人的人生质量:以人格力量和道德力量帮助读者","诗要具有真诚的品格。"

1986年原西南师范大学中国新诗研究所成立,在新时期诗歌研究界是一件破天荒的大事。虽然大多高校都有研究所,但有的研究所只是一块打制漂亮的牌匾,或是出现在名片上方的一行字。吕进领导的新诗所是一个独立的实体学术机构,有专门的研究人员和研究生。吕进试图利用群体的优势,集体攻关中国新诗的某些难题,使新诗研究形成一种风尚,扩展诗歌的影响。二十多年过去,他的努力和尝试都有了不用言说的成绩。首都师范大学、北京大学等高校随后也有了新诗研究所成立,出版诗歌研究刊物,定期举办学术研讨会等行动,使当代诗歌研究相对其他文类研究而显出有声有色,有稳定的队伍,有持续的发展。这种把诗歌研究当一群学者的终生事业,以群体研究的方式,应该是当代中国特色,可见吕进有着谋略家的远见。

理解诗歌本身有一定难度，艰涩的诗歌术语更是让普通读者望而生畏。在80年代中期，现代西方文论成批译介到中国，对西方理论并不陌生的吕进没有成为理论术语的炒作者。他常在中国文论中寻觅适合中国读者胃口的话语，追求通俗而幽默的学术表达是吕进为实现大众化的诗学策略。

政治性、社会性话语通过日常生活的过滤而通俗化后，被吕进再借用到诗歌研究中，成为他独创的诗学术语。这类例子较多：如近年来他提出的“二次革命”和“再次复兴”借鉴了辛亥革命时期的政治术语，但他不是社会改革者，他把词语的作用缩小到诗歌领域，仅仅想通过触动人们眼球的词语发动诗的改革。给诗人定义，就像给诗定义同样，都是高难度的，吕进的定义中满是风趣：诗人是文明的“原始人”。原始，即是用“惊喜的目光打量自己的四周。他似乎不懂得人们习以为常的基本常识与逻辑，而是对生活做出不同凡响的新奇领会与感应。”在《论诗的文体可能》中，吕进说道：诗是清醒的读者所认可的“梦呓”，诗人是社会所尊敬的“白日梦者”[①]。针对散文诗要把握的分寸，吕进又说“散文诗每一个特征都是一对矛盾的统一体，失去其中任何一方，我们都会失去散文的语言，使‘豆花’或者变成‘黄豆’，或者凝为‘豆腐’”[②]。

吕进是位很有文体感的研究者，无论是在诗歌，还是诗学研究上。诗话是古代诗人流传下来的一种论诗文体，多为诗人在创作中总结出的理论，感悟性强，不一定系统，适合表达瞬间的体认，蕴藏着思想精华。在现代诗人那里，戴望舒的《诗论零札》和艾青的《诗论》都亦属此类。

吕进的诗话收集在《新诗的创作与鉴赏》的附录、《给新诗爱好者》的“诗评断想”“诗话44则”和《一得诗话》中。从吕进的《新诗的创作与鉴赏》附录中简单摘录，得窥诗观总貌。如论述诗歌与生活、语言的关系，吕进指出：诗要面向生活，诗要有“人间烟火味”，诗中应有惊人语，诗的力量在于说真话。在写诗要求上，他提出：诗贵创新、诗贵多样、诗贵出格，闯禁区有胆、闯闹区有识。他提醒读者注意到主流诗外，容易被忽视的两种美学风格：朴素美、平淡美。作为一个诗歌教育者，他对诗人与读者的建议是：诗人应是博识家，鉴赏趣味的

---

① 吕进：《论诗的文体可能》，原载《西南师范大学学报》1988年第3期，后收入《新诗文体学》，载《吕进文集》（第二卷），西南师范大学出版社2009年版，第159页。

② 吕进：《新诗文体学·散文诗的语言》，载《吕进文集》（第二卷），西南师范大学出版社2009年版，第210页。

多样性,鉴赏的能动性,不以人废诗,以诗废人等等。可以看到,吕进并非把诗歌看成是阳春白雪,而要求诗面向大众,面向生活,诗人要有识见和审美意识,读者要培养一定的素养,达到诗人与诗,诗与读者的和谐。

吕进的诗话重感性领悟与理性分析,并重在领悟和分析中揭示创作、接受状况。他注意到古代文论的现代性转化,有的诗话从古代诗论中直接借来,如《一得诗话》借用古代诗论的一些重要概念:“披文以入情”“知人论世”“以意逆志”“文质彬彬”“无理而妙”“诗出侧面”“用事”“回文”等,经吕进结合现代诗歌文本的细读,对它们进行现代性的阐释,使古旧的生命焕发新的气息。

三、开放与入世:敞开的诗学活动

在笔者看来,五四时期到20世纪20年代中期,胡适、郭沫若、闻一多、戴望舒等人的诗歌创作尝试与体验开启了中国现代诗学之门,理论探讨和技艺切磋都限于同行之间。作为一门独立的学科,中国现代诗学于20年代末、30年代在大学课堂开设之后,才真正有了一定的基础。1929年,朱自清在清华大学开设新文学研究课讲授新诗,1930年代在课堂传播新诗的有武汉大学的沈从文、苏雪林和北京大学的废名、朱英诞等,这是一批后来成为文学史上著名诗人或是古典文学学者,他们在大学的课堂上评论新诗,有的也尝试新诗创作,以后各自都有诗学讲稿或专著出版,成为现代诗学研究的重要成果。在现代诗歌研究史上,有关诗歌理论研究专著与当代诗学著作的数量相比,非常少,朱光潜的《诗论》、朱自清的《新诗杂话》、梁宗岱的《诗与真》《诗与真二集》、袁可嘉的《新诗的现代化》等留下的不过是屈指可数的著作。那是因为在现代文学学科未正式确立之前,学术上以古典文学研究为正宗,无论新诗创作还是新诗研究,在崇古环境中是“古之余”,或是聊以谋生的手段。多数学者在结束新文学课程后,基本与新诗告别(朱自清过早去世,另当别论)。八九十年代以后培养的新一代诗歌研究者(研究生),有一部分嗜诗如命,为诗消瘦到今天;也有一部分不排除为文凭和前途需要,当文学走向边缘,诗歌也不再成为文学青年议论的中心时,他们选择了改行,把诗歌当作青春时期的回忆。其间就是吕进这一代,他们应时代而生。年轻时有着对诗歌的崇拜,用激情写诗;中年时期,沉默过;70年代末的朦胧诗讨论引发他们走上诗学研究之路,为诗歌基本理念、诗歌审美传播开辟沃土,即使遇上诗歌冰川,仍然坚持着把诗歌当作终生事业,在高校一直从事诗歌教育工作。从时间上来看,如果允许把朱光潜、朱自清、苏雪林、废名等命名为第一代中国新诗学院批评与诗歌研究者的话,那么80年代起步的这批研究者可被命名为第二代中国新诗学院批评与诗歌研究者。

在这一代学者中,吕进和大多数学者一样,具有学科前沿意识和诗歌教育意识。关于前沿意识,陈仲义曾针对吕进的《20世纪下半叶的中国新诗研究》[①]发表过不同看法,他认为吕文忽略了另一支后20年从事先锋诗歌的中青年队伍,对诗歌前沿也表示了不同意见,提出诗歌研究前沿是新诗的转型研究而不是文体理论。不过,在笔者看来:前沿不是排座次的简单事情,前沿问题应是学者集中精力关注较多的问题。笔者非常赞同诗歌转型是当代诗歌研究中不容忽视的问题,是从现代诗歌史与接受史的梳理过程中出现的关键性问题,目前国内有不少学者在为之努力。吕进关注的文体问题是他多年在与其他文类比较中得出的诗歌另一重要问题。他一直在思考新诗变与常的关系,希望能够对诗歌文体,诗歌形式的分析把住诗歌的特殊性。因此,他的前沿与陈仲义的前沿构成了两种不同的研究风景。新诗的文体研究在当前也有不少学者投入,年轻学者陆正兰写出国内第一本《歌词学》,王珂的诗体研究兴致正浓,有《新诗诗体生成史论》《诗体学散论》等著作问世,这些成果不能不说是来自吕进诗学思路的影响。吕进从对诗歌基础理论的梳理,加深到诗歌理论的研究,逐步完善中国现代诗学观念,在这一过程中培养出不少和他一样具有探索精神的诗学研究生和诗歌学者。

吕进在《大诗人的特征》中谈到开放性问题。他认为对外部世界、对读者、对民族传统都要持开放态度[②],他自己也正是以开放性态度进行诗学研究。带着学术热情不断寻找问题,发现研究热点,以期引起研究者以及大众的反响,使问题在探讨中能够更深入。

再次回到吕进提出的“新诗的二次革命”“再次复兴”命题。这类名词在我

① 吕进:“20世纪下半叶的中国新诗研究”,载《文学评论》2002年5期。

② 吕进:《新诗文体学·大诗人的特征》,载《吕进文存》(第二卷),西南师范大学出版社2009年,第245-247页。

们这个提倡和谐的时代有点耸人听闻,容易使人联想到百年前晚清和民国时期的政治、流血、暗杀等历史。通过对吕进学术思路的了解,笔者认为,这种做法来自他个人生命力的感召,他试图在诗歌疲软之时发出振聋发聩的一声,唤醒大众对边缘化诗歌的重视,他的内心也许有着孙中山式的悲壮情怀。但是我们不得不面对的是:当下诗歌已经步入个人化写作进程,集体意识与个人想法在诗歌写作中已经割裂,不少诗人对创新所做出的是片面理解,不少诗歌写作者在关注求新求异的同时,忽视了诗歌灵魂的夭折,造成了诗歌难以勃兴的现状。没有稳定的接受群体,没有相对成熟的诗歌写作群,诗歌存在危如覆巢之卵。从1990年代观念酝酿,到2005年在绍兴文理学院发言,于"华文诗学名家国际论坛"中继续呼吁,在学术刊物上组织多期探讨,吕进自己播下第一颗诗歌"革命"的种子,通过多种渠道燎原,力图扭转危在旦夕的诗歌命运。直到2010年的今天,吕进还在《西南大学》学报上展开探讨,吸引四面八方的学者,海内外专家。这一主张是否能最后成功,有待来日。不可否认的是,它已经在当代诗坛和诗学研究界产生了一定影响。

经过多年耕耘,吕进和他的同事把西南大学中国新诗研究所开辟成研究中国新诗的一个重要而特殊的领地。从中国新诗的基本原理开始,对中国诗歌文体进行了系统性研究,涉及诗歌教育、中外诗歌比较、歌词学,不少轰动性的诗学话题从那里开始。与新诗所一同诞生的,有在诗歌研究界影响很大的新诗所内部交流刊物《中外诗歌研究》,还有2009年创办的《诗学》,以及《西南大学学报》的"中国现代诗学研究"板块,更多的诗歌话题得以展开讨论,在国内外学术界保持着强健活力。在吕进的办刊风格中,可以看到他的另一种开放性:刊物的作者队伍,不光光是新诗所的教师与学生,还有北京大学的孙玉石、武汉大学的陆耀东等诗学名家,不少的诗学博士都在他主编的栏目发表过重要的学术论文,刊物一直保持较高的转载率。吕进实实在在地进行着、实践着。

与完全沉迷于诗歌世界中的学者不同的是,吕进敞开书斋大门。积极入世,是吕进的人生态度;学以致用,成为吕进的研究信条。只要与诗歌有关的事,吕进都亲力而为:组织社团,创办刊物,召开大型的国际学术研讨会,以扩大中国新诗研究的影响;参加鲁迅文学奖的评奖,组织编写重庆新诗发展史,倡议培育重庆地区的人文精神,为自己培养的学生和欣赏的诗人写序等等。他渴望用个人与群体的更大力量,不排除运用社会和官方的力量,包括参加名流聚会,请行政官员写序,引起更多人对诗歌的重视,从而达到用诗和诗歌活动影响他人的效果,这一切都跟吕进后来的重建理念密切有关。可以看到,吕进与众不同之处是:他还是一位讲求实效的诗歌研究者,不仅把诗歌看成生命,而且是正在成长和需要延续的生命,生命中的生命。由诗歌激发出与时代、国家、民族、大众、个人相结合的举动,成为吕进诗学研究的显著特质。

构想诗坛重建，推动新诗再次复兴[①]

刘静　谢琼林　赵媛卉

吕进先生作为新世纪“新诗二次革命”的领军人物，他对新形势下诗坛重建问题有着自己的独到的见解和深刻的认识，他认为推动新诗的再次复兴，面临着三大前沿问题，即：诗歌精神重建、诗体重建和现代科技条件下的诗歌传播方式重建，这也正是吕进先生的诗歌理想。

一、诗人：内外兼修

吕进先生对创作的主体——诗人应具备怎样的素质有很多深刻的见解。他认为，丰富的人生积累、扎实的文化积累以及深厚的哲学修养，是大诗人须具备的基本素养。

一方面，从诗人与外部世界的关系来说。诗是内视点的艺术，它总是化客观为主观，把现实转化为自己的内心情感再用文字表现出来，因此，诗实际上是对外部世界的一种反应。王国维有言：“客观之诗人，不可不多阅世。阅世愈深，则材料愈丰富，愈变化。”[②]这句话说明了“阅世”不仅可以给诗人提供丰富的写作材料，还能调整诗人欣赏外部世界的角度，并提供错综变化的素材。因此，外部世界之于诗人就如源头活水。

首先，诗人应该对外部世界、读者、民族传统持开放的态度。“诗是生活的儿子”，诗人只有真诚地拥抱外部世界，时刻与外部世界保持联系，其创作才能被赋予永恒的生命力。诗也是一种对话性的艺术，一首诗经由诗人构思、创作

---

① 本篇原题目为“论吕进关于诗坛重建的构想”，载《诗学体系与话语方式的建构：〈吕进诗学隽语〉评论集》，泰国留中大学出版社2013年版。

② 王国维：《人间词话》，滕咸惠译评，吉林文史出版社2007年版，第25页。

后,还需要经过读者的接受对其进行阐释与再创造,如此得来的诗才是一首成熟的诗歌。因此,作为创作者的诗人要能写出引起读者广泛共鸣的作品。王国维在《人间词话》中就从读者的角度指出:“字字为我所欲言,而又非我之所能言。”[①] 这即是要求诗人对读者敞开心怀,把个人的体验上升到众人的体验,道出读者普遍感到熟悉而又似乎陌生的心声,替读者说出他们想说却无法准确表达的意思,给读者一种自然而亲近的感觉。而且,诗人创作诗歌时要尽量“不使隶事之句,不用粉饰之字”[②],不能用诗歌的外在形式去堵塞,去阻隔读者的鉴赏之路。此外,诗人还需面向民族传统,在继承其中有生命力的因素的基础上去批判与变革传统,用发展的眼光去认识新事物,不断进步。总之,开放性的时代中的大诗人一定是一个开放型的人格特征。

其次,诗人要有生命意识和使命意识。这即是说诗人不仅要具备生命关怀,而且要有社会关怀和时代关怀,用诗歌去关注社会、拥抱时代。例如,在战争年代、动乱年代,诗人们手中的笔化身为冲锋的号角,正如诗人王昌龄在《从军行》中的铮铮誓言:“黄沙百战穿金甲,不破楼兰终不还。”而在蔡琰的笔下:“彼苍者何辜,乃遭此厄祸。”(蔡琰《悲愤诗》)诗语恰似诅咒的言灵,咒骂战争给无辜者带来的毁灭。“朱门酒肉臭,路有冻死骨”(杜甫《自京赴奉先县五百字》),诗行字字泣血,看似是对世相的平淡叙写,实则隐含了诗人对社会不公的愤懑。以上所列举的诗人都通过创作诗歌来表达他们的生命意识与生存关怀,表达他们对社会前途与时代命运的关注和忧虑。诗人是站在时代前列的人,他们“忧生”“忧世”,关心时代,关心生活,关心他人。他们的心主动对外部世界敞开,用笔刻写下人类共同的声音、时代的反响,所以车尔尼雪夫斯基说:“拜伦和拿破仑相比,拜伦比拿破仑重要得多。”

另一方面,从诗人与内心世界的关系上看,诗人应该着力提升自己的人格修养和文化修养。前者要求诗人有审美人格和使命意识,诗人在诗中的“人格”应该是非个性化的。就像诗人艾略特指出,诗应该逃避“感情”和“个性”,这即是说优秀的诗人应该铭记自身的使命意识,要刻画大众的心声,把诗人的世俗关怀上升为终极关怀,个人身世感升华到一种普视性的高度。好的诗歌的内容应该是全人类的。此外,诗人文化修养的获得需要多方面的努力,而读

① 王国维:《人间词话》,滕咸惠译评,吉林文史出版社2007年版,第123页。
② 王国维:《人间词话》,滕咸惠译评,吉林文史出版社2007年版,第83页。

书是其中最基本的途径。古人就说“读书破万卷，下笔如有神”。吕进先生要求诗人读书要“博观”——广泛读书，刘勰的《文心雕龙·知音》：“凡操千曲而后晓声，观千剑而后识器。故圆照之象，务先博观。”说的也是这个道理。在“博”达到一定的境界之后，还需要“破”与“融”，万般知识只有先破而后融才能化为自己所得，这是修养的关键。

诗需要关注外部世界，又需从外部世界进入内心世界，这样才拥有了生命。而诗人则是给诗歌以生命的人，所以诗人应该主动加强与外部世界的联系，并且注重内心世界的强化与提升。

二、诗体：多极发展

吕进先生指出：“诗是以形式为基础的文学。”[①] 足见吕进先生对“诗体”的重视程度。对于诗歌读者来说，形式丰富了内容，形式即是内容，没有形式也就没有了内容。在吕进先生关于建设现代诗坛的构想中，对于重建“诗体”有很多独到的见解，其中最重要的就是他提出了新诗诗体重建的三项美学使命：

首先，提升自由诗。自由诗是中国诗歌的一种新变，发端于胡适《论新诗》的发表，郭沫若等先驱诗人的探索。它要求以白话作诗，文体上保持自由，不拘格律。其目的是拓宽诗歌的表现内容，加大诗歌写作的自由度。自由诗的出现为中国诗歌提供了新的形式出路。但是，诗之为诗，不可能有无限制的自由，诗不能等同于除了诗以外的任何文体。自由诗写作也必要受到两个限制：生活与文体。吕进先生说：“诗来源于生活”[②]，“生活”限制了自由诗的内容本质，使诗区别于幻想式的文学作品。而且诗歌要有真实且独立的感情，因为感情是诗歌内容的主体。唯有如此，诗歌才有了厚度，才不至于“脱轨”。“文体”则限制自由诗的形式，使诗区别于其他样式的文学作品和其他形式的诗歌作品，这是保证自由诗诗体独立性的基础条件。因此，提升自由诗，需要诗人按照自由诗诗体的写作规范，从现实生活中汲取材料，用最真实的情感去反映与描画，要做到诗歌形式与内容的统一。

其次，成形格律体新诗。生活和时代的发展使得自由诗的出现有了可能

① 吕进：《吕进文存》（第二卷），西南师范大学出版社2009年版第281页。

② 吕进：《吕进文存》（第一卷），西南师范大学出版社2009年版第61页。

有了必要,但是格律诗也不是必须消灭的诗体。现代格律诗的探索举步维艰,因此需要诗人长期的写作实践。新月诗派的代表闻一多先生曾提出诗歌创作的"三美"理论,强调新诗的格律应该表现在视觉和听觉两方面。同时他也躬身实践,比如《死水》一诗就充分实践了他"三美"理论的主张,诗歌每行9个音节,每节4行,完成了"句"与"节"的建筑美,并且诗歌注意节奏感以及画面感的营造。可以说,现代格律诗开辟了新诗诗坛的另一重风景。而且现代人的有些诗情只有格律诗才能更完美地表达,格律诗在某种程度上能弥补自由诗的不足。比如,格律诗的最大特点就是它的音乐性,而且中国的读者已经习惯于欣赏格律诗美,这在诗歌的接受上自然有了一种亲近之感。当然,现代格律诗的写作也不能完全承袭过去的格律体诗写作规范,而应当赋予格律诗体以时代气息,这也就是闻一多先生所说的"相体裁衣",在现有的基础上将现代格律诗的建设推向成熟。诗体是诗歌的音与形的排列组合,因此吕进先生提出了现代格律诗在形式上的两个探索:格式和韵式。格式指段式,表现为诗歌节奏的视觉化;韵式指韵律,表现为诗歌节奏的听觉化。这实际强调了诗歌的重要美学要素——音乐性,这不仅是现代格律诗的重要特点,也是诗歌区别于其他文学体裁的重要特征。

最后,在双极发展的基础上,增多诗体。这也就是强调诗体的多样式——百花齐放。每一种诗体都有其独立存在的价值,都具有不可替代性。我们不能走上单极道路,因为自己的喜好而抹杀某一类诗体的存在。俗语说:什么样的脚适合什么样的鞋子。我们不能用自由诗替代格律诗,也不能用散文诗替代剧诗,每种诗体都以其独特的形式发挥了特殊的表现功能。

在诗体变革与重建的过程中,我们在重视对于诗体的保护与提升的同时,更应该以"诗歌"为本,重视诗歌这种特殊的文学形式。无论何种诗体,首先必须是"诗歌",意即诗体的变革要做到内容与形式的统一。重视诗歌的基本美学要素——音乐性,并且融贯中西之长,多极发展。

三、诗歌传播:与科技手段融合

在吕进先生提出的诗歌重建目标的三大任务中,虽然精神重建被看作是"新诗复兴的根本",但是现代社会生产力的发展,科学技术的进步,传播方式不断变化,传播速度也越来越快,范围也越来越广,效果也越来越大,因此,新时期下诗歌的传播方式和种类也伴随着时代而发生着改变。如同诗造就读者一样,一代读者也在造就一代诗歌,而不同的传播方式也在不同程度上建构着诗歌的传递结构和层次,因此,剖析和审视现代科技和现代社会下诗歌传播方式的变化,对重建现代诗坛也有着重要而且深远的意义。

吕进先生认为,“诗歌体式多样化离不开现代科技提供的条件。新的科技会造就新的艺术形式,电影是一个证明,被称为‘第八艺术’的电视艺术是又一个证明。诗歌同样如此。”[①] 如今时代的高速运转,不学诗无以言的时代早已过去,号称图文并茂的新兴时代,多媒体影视、手机、网络等新的传播方式的发展和普及,寓意着我们在阅读诗歌、鉴赏诗歌的过程中有了不一样的多元享受,而影像描绘下的图文并茂也更容易被读者阅读和接受。而这些新兴媒介中,对传统传播方式冲击最大的就是网络的出现,它的普及促进着诗歌文本的更密切的交流与传播。正如吕进先生指出的,“资讯媒介的变化能够导致人的思维方式和审美方式的变化。作为公开、公平、公正的大众传媒,网络给诗歌带来了革命性的变化。网络诗以它向社会大众的进军,向时间和空间的进军,证明了自己的实力和发展前景。”[②] 网络孕育出的网络诗这一诗歌类型,衍生出的网络传播这一传媒方式,使得新时期下的诗歌在网络人际间、群体间、大众间以及博客间等进行着更广泛且密切的交流。而这些新兴的网络传播方式的崛起,也在交流方式大众化的同时,促进着诗歌自身形态的多样化发展。吕进先生认为,“现代人在生存方式、生活方式、交往方式、休闲方式的大变化,都为增多诗体提供了条件和可能。比如,运用凭借声光音像,丰富自己的体式,就是增多诗体的一体坦途。当下的歌词和PTV等等,都不仅具有操作意义,也很有诗学的理论价值。”[③] 多媒体网络传播和诗歌的相辅相成,催生出了数不胜数的新兴的诗歌文本形态;同时,在诗歌文本对网络传播的广泛应用中,欣赏者对诗歌的理解也披上了不一样的时代印记。

“一如倒影,一如梦境”是视觉影像所营造出的图像世界,而传统纸媒的传播方式不再是一枝独秀的今天,越来越多的借助于新兴的网络媒体而衍生

① 吕进:《吕进文存》(第四卷),西南师范大学出版社2009年版,第259页。
② 吕进:《吕进文存》(第四卷),西南师范大学出版社2009年版,第260页。
③ 吕进:《吕进文存》(第三卷),西南师范大学出版社2009年版,第353页。

传播的诗歌,已经成了当代新诗发展中的一个主力军。最初出现的多媒体诗歌就是这一传播方式的典型,它借助于多媒体手段的参与,从而增强诗歌的感染力和传播力。现代多媒体诗歌的运用已经日趋广泛,例如配乐配图诗朗诵就是将多媒体与诗歌结合得比较成熟的一种多媒体诗歌形式,诗歌本身已经有了朗朗上口的文字和韵律,而在与多媒体的声光、音乐的结合后,在音韵和谐的同时又为欣赏者营造出了丰富的联想外延空间。而近些年,随着互联网发展的日趋成熟,越来越多的诗歌开始采用了诸如"PPT""Flash"等新的网络多媒体的形式,将诗歌的文字与生动的动画相结合,创造出一种独特的欣赏视觉效果。与此同时,网络诗歌以电子文本为载体,便于下载、存储和转发,这一特殊性为诗歌文本的交流提供了广阔发展的可能性和传播过程的便捷性。像"微型诗"这类的短小却又言简意赅、一粒砂中雕刻世界的诗歌类型,更是受到网络传播的热捧,微型诗的电子文本的下载和点击率之高便是近些年诗歌与新兴网络媒介结合的最好证明。因此认识和解读这些与高科技手段相融合的新诗歌的价值,研究诗歌与科技融合的诸多途径及所出现的新特征等是我们面临的新的课题。

综上所述,吕进先生认为,"与传统诗学和西方现代诗学对话,进行自身的重建,对话与重建就是中国现代诗学发展的逻辑起点",而沿着这个逻辑起点,从诗人入手,诗体出发,迎着当代新兴网络媒体的传播方式,中国现代诗坛的复兴和重建必将迎来崭新的明天。

涉笔成趣的诗学序跋[①]

张立新

诗学序跋是诗歌作品的重要组成部分，是架设在诗歌批评和创作、读者和作者之间的桥梁。从传播学的角度看，诗学序跋这种看似“附属性”的文体，其对作品的推介、评点及其相关诗学问题的延伸解读，对读者理解作品的思想艺术内涵、扩大作品的影响力具有不容忽视的重要作用。一篇富有真知灼见的序跋，既是导读，也是珍贵的诗学史料，对接受者和创作者都大有教益。

作为享誉海内外的诗评家、诗人，吕进一向关注并大力扶持、推介海内外的众多诗人群体，几乎每年都会为一些诗集或诗学论著写序。无论是评介诗人诗作，还是由此及彼地阐发诗学观念，对诗歌发展方向高屋建瓴地宏观建构，序跋都是吕进诗学体系的一个不可忽视的部分，包蕴着吕进在几十年不懈耕耘的诗学研究实践中积淀下来的丰厚学术思想和智慧。致力于新诗建设和发展的吕进，针对百年新诗发展的问题和困境，提出当务之急是要在“立”字上下功夫，“呼唤‘破格’之后的‘创格’”，“新诗需要在个人性与公共性、自由性与规范性、大众化与小众化中找到平衡，在这平衡上寻求‘立’的空间。”[②]新世纪，为推动新诗的再次复兴，吕进提出了以诗歌精神重建、诗体重建、诗歌传播方式重建等“新诗三大重建”为主要内容的“新诗二次革命”，为新诗的再次复兴摇旗呐喊，在诗坛引起了不小的反响，而诗学序跋也成了吕进践行“新诗三大重建”的一个有力的阵地。

新诗从“诗体大解放”到诗体重建，是新诗发展中的关键问题，也是吕进诗学一直努力探索的目标。新诗诞生以来，诗体就相对比较单一，基本上就是自

---

① 本篇原题目为“论新诗三大重建视域下的吕进诗学序跋”，载《星星诗刊》2013年第4期。选入本书有改动。

② 吕进：“重破轻立，新诗的痼疾”，载《中国艺术报》2011年10月26日。

由诗一统天下。然而，作为"破"的先锋的自由诗的自由"无度"使新诗的发展面临危机，如何提升自由诗就成了新诗在"破"之后如何自立的关键问题。在长期的理论探索和艺术实践中，吕进逐渐形成了新诗诗体重建的基本思路："提升自由诗，成行现代格律诗，增多诗体，是诗体重建的三个美学使命"。①

吕进序《东方诗风》论坛十年诗选的《走向新诗的盛唐》，即是针对诗人们格律体新诗的创作实践，从新诗未来发展方向的高度上给予了热情的肯定和支持。在吕进看来，在有着格律体诗传统的中国，和提升自由诗一样，格律体新诗的探索无疑是诗体重建的一个重要方向。"格律体新诗的成形就是一种必需的'立'，涉及新诗生存与生长的'立'"，"格律好像会给诗人带来麻烦，其实给诗人带来的更是自由。写自由诗时的表达诗情无从下手、形式无所依托的烦恼就挥之而去了②。从形式哲学的角度看，艺术有时恰恰诞生于约束，格律诗"戴着镣铐跳舞"，那种有节制的拘束的美，那种形式自身内蕴的在"遮蔽"与"敞开"之间的审美张力，正切合了诗歌的内在本质。中国古典诗歌能够到达盛唐的高度，从某种方面说，也与格律体这种诗体形式分不开。在诗歌史的发展辨析中，吕进指出，"走向新诗的盛唐"，探索现代汉语新诗的格律化，寻找现代格律诗与古典格律诗的相通之处，守常求变，回归诗的文体规范，还需要长期艰苦的探索和实践。

吕进虽偏安重庆，却是放眼世界的，关注的是新诗在整个海内外的广阔发展空间。《八仙过海——泰国诗选〈小诗磨坊〉序》就是吕进为八位泰华诗人的诗集《小诗磨坊》所作的序言。和时下许多序言碍于情面、多华而不实的溢美之词截然不同的是，针对泰华诗人的创作身份，作者以最大的开放性和包容性，提出了"汉语新诗"这个概念，"汉语，而不是国家，不是民族，不是地域，不是政治制度，被认定为汉语新诗唯一的划分依据，这样，汉语新诗就从华人新诗走向了华文新诗，即汉语新诗。"以汉语而不是国家民族等作为汉语新诗的唯一标识，以语言为本位，赋予了新诗更大的伸展性，给新诗在不同的政体和文化圈层的发展提供了更开阔的视野和空间，"从诗学的角度考察，汉语完全是天赋的诗的语言"。由此把泰华诗人的新诗创作也纳入了整个汉语新诗的大家族中。尤其令吕进欣喜的是泰华诗人的小诗实验和创作热情。作为自由

① 吕进:《吕进文存》(第四卷)，西南师范大学出版社2009年版，第256页。

② 吕进:"走向新诗的盛唐——序东方诗风论坛10年诗选"，载《重庆艺苑》2011年第3期。

诗中的一种，小诗的发展一直以来都是吕进所关注和思考的。在序言中，大致梳理了小诗的发展轨迹以及在诗体重建中的价值和意义：

20世纪初期以冰心、周作人领军的小诗运动，不仅显示了新诗由动到静，由外露到内敛，由向西方诗歌艺术借鉴到向东方（印度，日本）诗歌艺术借鉴的过程，更主要的，是它显示了新诗人在篇幅上的文体觉醒，表现了新诗人对传统诗歌（《诗经》部分作品，唐及其以后的绝句和小令，古代民歌（《子夜歌》等）的篇幅简短的确认。1921—1925年，冰心、宗白华等小诗运动主将们创作出《繁心》《春水》《流云》等流传至今的小诗诗集。到了20世纪八九十年代，小诗风潮再起，声势甚为浩大。跨过了世纪的钟声，如今，在“小诗磨坊”的引领下，小诗在泰华文坛又放出光彩。[①]

吕进认为，“小诗的最大特征是它的瞬时性：瞬间的体验，刹那的顿悟，一时的景观。它使读者从有限中领受无限，从瞬时中妙悟永恒。”[②]在新诗的“变”与“常”的古今辨析中，吕进指出篇幅上的小，就是新诗的一个常，从而肯定了这八位泰华诗人的小诗实验的诗学价值。在为八位泰华诗人之一的曾心的《曾心自选集——小诗300首》所作的序《上善若水》中，吕进富有哲理地阐释了自由诗的“自由”与文体自身的规定性之间的辩证统一关系，结合曾心的小诗创作，吕进见微知著，一针见血地点拨出小诗艺术的精髓在于“小与大、简单与丰富、完成与未完成的融合。它小，可是它抒写的生命、人生、时代、自然、宇宙却很大。它简单，可是它又常常微尘中显大千，刹那间见终古。对于诗人，它是完成品；对于读者，它却是未完成的开放式框架，等待读者的创造。”[③]正是深谙小诗艺术的这种小与大的辩证关系，曾心的小诗带给读者的正是一股“大大的禅意”，达到了诗体和诗歌精神的完美结合。

新诗精神重建，需要重新审视诗人的身份。何为诗人，何为诗？这事关诗学本体件的问题。徐迟把诗人等同于守卫灵魂的牧师，吕进在《兵气拥云间——朱增泉三部诗集总序》中诗意地言说道：“诗人是这样的人：似僧有发，似俗无尘，做梦中梦，悟身外身。他是本真生命的言说者”。[④]吕进在《诗人黄亚

① 吕进：“八仙过海——泰国诗选《小诗磨坊》序”，载《诗学》2010年第2辑。

② 吕进：《吕进文存》（第三卷），西南师范大学出版社2009年版，第120页。

③ 吕进：“上善若水”，载《重庆三峡学院学报》2012年第1期。

④ 吕进：“兵气拥云间——朱增泉三部诗集总序”，载《诗学》2012年第4辑。

洲——序黄亚洲〈没有人烟〉》中，开篇就从诗的言说方式入手，去论及有过军人、编剧、小说家等多重身份的黄亚洲的诗人身份和他的诗，“诗无非就是一种言说方式而已。如何言说，这就是判断真假诗人的标尺。诗人是世界万物的重新命名者。在诗人这里，世界被心灵的太阳照耀，重构成诗意饱满的世界。”[①]“诗的外壳是言说方式，它的深层则是宗教和哲学。有了深层，诗才耐人咀嚼，耐人寻味，读者才会有所震动，有所共鸣，有所净化，有所提升。诗人背对时代，时代就必然背对诗人，时代不需要只关心自己的一己悲欢的诗人。人们为什么需要诗人呢，就是因为人们需要更丰富的感觉系统，更深邃的思维方式，更敏锐的审美的眼睛。通过诗人的眼睛，人们对世界的了解会更深入，会更聪明，会更人性。”这段话从诗歌言说的方式，到言说的内在精神，已经触及到了诗歌的本质，以及诗人与时代的关系这样核心的诗学命题，也就是新诗精神重建的重要任务。“新诗出现的精神危机主要表现为新诗的社会身份和承担品格的危机。在艺术上有了长足进步的同时，新诗又在相当程度上脱离了社会与时代。”[②]吕进指出，《没有人烟》随处是“诗家语”，是“精致的讲话”，是诗人以大手笔抒写人生的感悟和人事的感伤。“和关在屋子里用下半身或口水话写诗的人不同，喜欢‘一身军便装，一只黄挎包，一双旧军鞋’的黄亚洲不但和普通百姓保持血肉联系，而且他是一位行吟诗人。南中国的雪灾，汶川地震，上海世博园，红军长征路，到处都有他的身影。这正是他的诗歌的艺术力量和思想力量的源泉。”同时，小说家和编剧身份使黄亚洲的诗歌多带有叙事成分，“叙事因素使得黄亚洲的诗更厚重：情有所依，思有所据”。然而，“诗终究是诗。诗和散文(即非诗文学)都有自己的文体可能。诗偏向音乐，散文偏向绘画；诗体验世界，散文叙述世界；诗以它对世界的情感反应来证明自己的优势，散文具有较强的历史反省功能；诗披露内心世界的精微，散文显示外在世界的丰富。在散文止步的地方，诗才真正开始。所以，哪怕叙事诗，诗人的旨趣也并不在事，他要摆脱事的拘束，寻求情的空间。”吕进从诗与散文各有倚重的辨析由此及彼，进一步指出，“叙事时惜墨如金，抒情时用墨如泼，这是诗的黄金定律”，从而肯定了黄亚洲在诗歌叙事功能方面做出的有益探索。

经济全球化、文化多元化的时代，诗人的身份往往也更复杂多元，而诗人

① 吕进：“诗人黄亚洲——序黄亚洲《没有人烟》”，载《诗学》2012年第4辑。

② 吕进：《吕进文存》(第四卷)，西南师范大学出版社2009年版，第252页。

身份的不纯粹,对新诗创作反而会有意想不到的启示和收获。正是慧眼发现了“跨界”诗人诗作的别样精彩,吕进在序跋中给予了热情的肯定和彰显。和平年代的将军诗人朱增泉,身兼作家、学者、军人的多重身份,是当代最有代表性的军旅诗之一。“中国的军旅诗从来不是把眼观聚焦在戎装上,而是深情地凝视着穿军装的人”,“当代军旅诗还在寻求从一般的写诗套路到寻求诗人的个性表达这样的多元途径的发展,当代军旅诗人沿着从钟情大题材到创造大手笔这样的诗歌向度在提升。”[①]在吕进看来,朱增泉正是担当起军旅诗的这种现代转换的当代诗人,其诗歌在历史与现实、社会与人生的多重对话中,熔铸了诗人纯正的诗心,旺盛的诗情,深邃的诗思。在《兵气拥云间——朱增泉三部诗集总序》看似闲笔的漫谈中,吕进指出朱增泉诗歌迥异于建国后精致委婉的军旅诗风的阳刚之美——雄豪大气、浪漫洒脱,更重要的是,“军旅诗人应该有怎样的现代襟抱,这就是朱增泉的诗篇所致力展现的”,这就点化出了朱增泉诗歌的当代意义。同时,也正是“化外在为内心,化事件为感情,化经验为体验”,使读者能体悟到朱增泉诗歌的“兵气”中“云集”的诗意。

钱谷融老先生赞曰:吕进先生是个诗人。作为诗人型学者,对诗歌深蕴“赤子之心”的吕进以诗人之心诗人之思诗人之情去体贴诗人,感悟诗歌,通过序跋这种特殊的诗学批评方式,广泛联系海内外众多诗人群体,不断地拓展自己的研究视野,在丰富复杂的新诗创作和理论实践基础上,多方探索新诗重建的方向和路径。而看似“无法”的序跋文体也往往最能体现出序跋作者的真识见真性情。一篇序跋,看似涉笔成趣,信笔所至,实则严谨,相关诗学观念的辨析,诗歌史的纵横关联,在较小的篇幅内,以大的关怀和诗学视界,立足于新诗的重建,在自由开放的言说空间与有所规范的文体张力中,融入了吕进自己作为一代有影响力的诗学大家的严肃思考,体现出了高品质的学术含量以及严谨缜密而又情思交融的序跋艺术功力。

---

① 吕进:“耀眼的国防绿——序洪芳《中国当代军旅诗歌论》”,载《中外诗歌研究》2011年第4期。

吕进诗学思想研究

下

向天渊／主编

西南師範大學出版社
国家一级出版社 全国百佳图书出版单位

目录

·下　篇·

下篇

理论阐释

一、来 源

毫无疑问,吕进诗学思想是古今中外诗学、美学观念碰撞及交融的产物。阅读他的论文和著作,我们不难发现其中蕴含着非常丰富的理论资源,有取自国外的,如德国的黑格尔、莱辛、温克尔曼,法国的伏尔泰、丹纳、阿波利奈尔,美国的惠特曼、苏珊·朗格、雷内·韦勒克,俄苏的普希金、别林斯基、车尔尼雪夫斯基、高尔基、马雅可夫斯基,瑞士的索绪尔、卡尔·荣格,日本的滨田正秀、铃木大拙等一大批诗人、学者的哲学、美学及诗学思想,但大多已经发生本土转化;有源自中国古代的,如"兴观群怨""诗言志""诗缘情""立象尽意""以心观物""文醒诗梦"以及大量诗话、词话中的诗学观念,但也较好地实现了现代转换;当然,更为直接的资源的还是来自中国现代诗学新传统,比较明显的有刘半农、闻一多、朱自清、梁实秋、朱光潜、宗白华、钱锺书、卞之琳、何其芳、艾青、臧克家、郭小川、方敬、黄淮等人的诗歌创作及诗学观念,但在继承的同时又有所发扬光大。这些都值得我们予以细致的梳理与辨析。

黑格尔对吕进诗学思想的影响[①]

熊辉

20世纪80年代以前的中国新诗研究由于创作实绩和学术积淀的局限而存在较大的不足，新诗的基本理论研究主要是诗人谈诗，在彰显感性化和经验性优势的同时也暴露出随意性和非体系化的弱点。思想解放潮流带来了诗歌观念的更新和诗歌创作氛围的浓厚，新诗理论建设也出现了新局面，一大批理论家站在中西诗学和美学的交汇点上，应用智性的分析思维去把握对象化的新诗，推动了新诗理论研究的进程。其中，吕进先生将西方美学思想与传统诗学精神统一到当代人的诗思根基和感性审美生成上，系统地阐释了新诗作为新的艺术品种在审美体验、艺术表达、艺术分类以及艺术风格等活动系统中所具有的独特品质，从而建构起了既非传统又非西方的全新诗学体系。吕进现代诗学体系主要包括了如下重要内容：在诗和现实的审美关系上，认为诗的内容本质在于它的审美视点；在诗歌媒介上，认为诗的形式本质在于它的语言方式；在抒情诗的生成上，认为诗的美学本质在于修辞方式的虚实相生；在诗歌分类标准上，提出了以审美视点和语言方式划分诗歌种类的新说。其中最具创新性和学术影响力的是诗歌视点理论和诗歌媒介理论，本文拟就从这两个核心理论出发，先梳理呈现黑格尔关于诗歌的美学观念，然后归纳概括吕进与之相应的诗学理论，通过类同研究探讨黑格尔美学思想的转换对吕进中国现代诗学理论体系建构的影响。

第一，在诗和现实的审美关系上，古今中外的诗学美学理论提出了很多合理的见解。从艺术的审美感知、审美表现到审美鉴赏，西方美学家很早就注意到了诗歌艺术的视点特征，尤其西方美学发展到黑格尔阶段开始发生明显的

① 本篇原题目为“西方美学观念的转换与中国现代诗学体系的建构——论黑格尔对吕进诗学思想的影响”，载《重庆工商大学学报(社会科学版)》2011年第3期。

“转向”,理性开始代替感性而成为艺术的首要因素,表现“绝对精神”是艺术创作的主要目的。这些美学观念启示了吕进在把握诗歌文体特征的基础上重新去认识诗和现实的审美关系,突破了习见的抒情说,提出了诗的内容本质在于它的内视点特征。

从对艺术美的审美感知和审美鉴赏的角度来看,西方美学很早就注意到了诗歌等艺术作品的视点特征。普洛丁是新柏拉图学派的代表,他站在古代与中世纪美学思想的交界线上认为美不能离开心灵,要见到“与神契合为一体”的最高美不能靠肉眼而要靠心眼,要靠“收心内视”。[①]这使人们很容易看清普洛丁所认识到的美不在物质世界,而是分享了柏拉图“理性”的神光,但它却开启了人与现实通过心理反应所建立起来的美学关系。到了17世纪,英国经验主义美学家夏夫兹博里从审美感受出发提出了“内在的感官”“内在的眼睛”和“内在的节拍感”等概念,进一步拓展了认识美的途径,在视听嗅味触五种外在的感官之外发掘出存在于心里面的“内在的感官”来作为审辨善恶美丑的路径。内在的感官不同于外在的感官,它与理性密切结合,是认识美的高尚途径:“如果动物因为是动物,只具有感官(动物性的部分),就不能认识美和欣赏美,当然的结论就会是:人也不能用这种感官或动物性的部分去体会美或欣赏美;他欣赏美,要通过一种较高尚的途径,要借助于最高尚的东西,这就是他的心和他的理性。”[②]夏夫兹博里在这里把人分为动物性的部分和理性的部分,通常的感官属于动物性的部分,“内在的感官”才属于人的心和理性的部分,感知美的能力只属于后者而不属于前者。继起的哈奇生进一步指认出内在感官对于认识美的重要性:“有些事物立刻引起美的快感”,所以就应有“适宜于感觉到这种美的快感的感官”,即内在感官。外在感官只能接受简单的观念,只能感受到较微弱的快感;但是认识“美、整齐、和谐”的内在感官却可“接受复杂的观念,所伴随的快感远较强大”[③]。

从对美的本质把握和美所表现的内容来看,西方美学经历了感性到理性的转变。自从1750年德国启蒙运动精神领袖鲍姆嘉通创立美学这门学科以来,经过康德、许莱格尔、叔本华、尼采到柏格森和克罗齐,人们普遍认为“美只关感性”,美学就是研究感觉而与逻辑相对立的学问,美只涉及感性形象和感

① 朱光潜:《西方美学史》,人民文学出版社1983年版,第119页。
② 朱光潜:《西方美学史》,人民文学出版社1983年版,第213页。
③ 朱光潜:《西方美学史》,人民文学出版社1983年版,第220页。

官的享受，意大利美学家克罗齐的“直觉说”就是这种思想的集中体现。西方美学发展到黑格尔阶段便发生明显的“转向”，理性开始代替感性而成为艺术中的首要因素，黑格尔本人曾这样说道：“艺术作品却不仅是作为感性的对象，只诉之于感性领会的，它一方面是感性的，另一方面却基本上是诉之于心灵的，心灵也受它感动，从它得到某种满足。”[①]为什么黑格尔会认为艺术是“心灵的”呢?这与其“唯心”的哲学理念有很大联系，在他看来，“一切存在的东西只有在作为理念的一种存在时，才有真实性。因为只有理念才是真正实在的东西。”[②]整个真实的世界是绝对理念构成的，它是抽象的理念或逻辑概念与自然由对立而统一的结果。绝对理念就是“绝对精神”或“心灵”，是概念与存在、主观精神与客观精神的辩证统一。因为主观精神是主观方面的思想情感和理想，它潜伏于审美主体的内心，具有片面性和有限性特征。主观精神外化为处于对立面的伦理政治等客观精神，而客观精神是外在的、不自觉的，仍然具有片面性和有限性特征。只有主观精神与客观精神由对立而统一后才会产生绝对精神，绝对精神显现于艺术当中。根据黑格尔的判断，诗歌就应该是绝对精神的显现，这也是他为什么将诗歌视为最高艺术的根本原因，进而认为诗歌艺术的特征“在于它能使音乐和绘画已经开始使艺术从其中解放出来的感性因素隶属于心灵和它的观念”[③]。因此，黑格尔最后给美下了这样的定义：“真，就它是真来说，也存在着。当真在它的这种外在存在中是直接呈现于意识，而且它的概念是直接和它的外在现象处于统一体时，理念就不仅是真的，而且是美的了。美因此可以下这样的定义：‘美就是理念的感性显现。’”[④]

不管是从审美感知还是从审美表现的角度来讲，西方美学尤其是黑格尔美学对“心灵”和“绝对精神”的重视都有助于中国学者建立起有别于传统和西方的诗学观念。西方美学对包括诗歌在内的各艺术门类的阐发有助于中国学者在承续古代诗话精髓的基础上，换种角度去认识诗歌的诸多本质。更为重要的是，中国现代新诗是新文化运动的产物，而新文化是在中国传统文化的主导地位遭到质疑以后，在“打倒孔家店”而“别求新声于异邦”的“进步”思潮的推动下产生的，这使中国新诗自诞生之日起就处于既非传统又非西方的全新

① [德]黑格尔：《美学》(第一卷)，朱光潜译，商务印书馆1979年版，第42页。
② [德]黑格尔：《美学》(第一卷)，朱光潜译，商务印书馆1979年版，第141页。
③ [德]黑格尔：《美学》(第一卷)，朱光潜译，商务印书馆1979年版，第112页。
④ [德]黑格尔：《美学》(第一卷)，朱光潜译，商务印书馆1979年版，第138页。

文化语境。因此,对中国新诗的基础理论研究势必应该在继承传统的基础上借鉴吸纳外国诗学和美学的合理成分,才可能真正建立起属于中国现代诗歌的理论范畴和体系。这些美学思想拓展了吕进的诗学视野和研究方法,他结合中国现代诗歌状况发现了中国新诗的视点特征,由此迈出了建构中国现代诗学体系的关键步伐。20世纪80年代以来,吕进先生在“转换”思维的指导下开始致力于中国现代诗学理论体系的建构。从普洛丁的“收心内视”到夏夫兹博里的“内在的感官”,再到黑格尔的“绝对精神”,吕进获得了大量诗歌的新视角,在诗和现实的审美关系上提出了诗的内容本质在于审美视点的独特性,突破了长期以来的“抒情说”,认为诗和其他抒情文体(尤其是抒情诗)是内视点文学。所谓内视点就是“心灵视点,精神视点”[①],内视点决定了诗歌作品在审美上对诗歌艺术的隶属度,从美学的角度规定了诗歌文体与叙事文体有如下差异:“外视点文学叙述世界,内视点文学体验世界”;“外视点文学具有较强的历史反省功能,内视点文学以它对世界的情感反应来证明自己的优势”;“外视点文学显示客观世界的丰富,内视点文学披露心灵世界的精微”[②]。这些差异显示出诗歌审美主体和外在现实的独特美学关系。从审美感知的角度讲,由于诗歌表现的内容是审美主体内心的情感,因此必须依靠“内在的感官”去“收心内视”,才可能进入诗歌创设的审美境界;从审美表现的角度讲,由于诗歌表达的主要是审美主体的精神和情感世界,尽管不像黑格尔“绝对精神”说那么极端和主观,但诗歌(尤其是抒情诗)实际上却正是以表达主观情感见长。因此,吕进认为诗歌是“体验世界"的“情感反应”,“披露心灵世界的精微”,恰如黑格尔所说,包括诗歌在内的所有艺术门类“可以说是把每一个形象的看得见的外表上的每一点都化成眼睛或灵魂的住所,使它把心灵显现出来”[③]。

在确立了诗歌属于内视点文学的基础上,吕进接下来探讨了诗歌的视点特征,认为诗歌的审美视点有三种存在方式:“第一种基本方式是以心观物,即现实的心灵化”;“第二种基本方式是化心为物,即心灵的现实化”;“第三种基本方式是以心观心,即心灵的心灵化……是原生态心灵向普视性心灵的升华”[④]。这几种方式揭示了诗人和现实的美学关系,而每种关系都离不开“心”,

① 吕进:《中国现代诗学》,重庆出版社1991年版,第20页。

② 吕进:《中国现代诗学》,重庆出版社1991年版,第21页。

③ [德]黑格尔:《美学》(第一卷),商务印书馆1979年版,第193页。

④ 吕进:《中国现代诗学》,重庆出版社1991年版,第27-30页。

诗歌的创作过程其实就是诗人的心灵世界与观照对象(包括外在世界和个体心灵世界)之间的心理转换过程,因此诗人要审美地感受现实必然离不开感官之外的内在心灵,就如哈奇生所说,内在感官可以比外在感官认识到远为复杂得多的美。正是由于诗歌表现的是无限深广的主体内心的情感世界,“它的内蕴必定超出它所包含的那些个别物体的表象”①,因此,吕进将诗歌的视点特征概括为“主观性”和“意象性”,这两个特征与诗歌具有的独特的“超出机制”相关:其一是诗人对审美客体的超出,由此获得诗歌的意象性;其二是诗人对审美主体即诗人自己的超出,由此获得诗歌的主观性。主观性带给诗歌梦幻性和非逻辑性,意象性则构成诗歌具象与抽象的融合。主观的“意”与客观的“象”的结合是诗歌独特的艺术建构方式,主体的心灵世界在建构过程中获得了诗性的艺术表现。

当然,中国传统的诗学精神中也有类似观念的萌动,比如“诗言志说”和“性情说”就是对诗歌内视点文学的感悟性发现,这与西方深刻而富于逻辑性论证的美学思想形成强烈反差。吕进先生关于诗歌视点特征的发现以及相关论述正是在中国诗学思想和西方美学观念的共同启示下完成的,顺应了中国新诗自身的美学品格。尽管吕进先生“对西方诗学的精蕴不无借鉴”,但其中国现代诗学体系不似西方诗学那样用公式和概念去抽象鲜活的诗歌现象,同时也拒绝对西方诗学美学术语的图解把玩,其领悟性和生动性特征折射出强烈的民族诗学色彩。

第二,在所有的艺术门类中,黑格尔尤其偏爱诗歌,《美学》第三卷下册花费了大量篇幅来探讨诗歌这种浪漫型艺术的媒介特征。从“绝对精神”出发,他认为诗歌的媒介是心灵性极强的“观念和观感”,而不像造型艺术和音乐艺术那样使用客观有形的物质媒介。这种看法直接秉承了黑格尔自身“美是理性的感性显现”的核心思想,在启示中国现代诗学“内视点”理论的同时,也让吕进开始思考诗歌传达精神情感的媒介特征,并由此突破了习见的“精练”说,提出了诗的形式本质在于它独特的语言方式。

黑格尔对各艺术门类使用的媒介进行了分析比较,并从客观唯心主义辩证法的立场出发,运用发展的观点认为艺术的历史进程是精神因素逐渐上升而感性因素逐渐降低的过程,从雕刻到绘画到音乐到诗歌,精神逐渐摆脱了

① 吕进:《中国现代诗学》,重庆出版社1991年版,第34页。

“具有重量占空间的物质”而获得了表现的自由。在谈绘画、音乐和诗歌这三种浪漫型艺术的时候，黑格尔说：“诗的原则一般是精神生活的原则，它不像建筑那样用单纯的有重量的物质，以象征的方式去表现精神生活，即造成内在精神的环境或屏障；也不像雕刻那样把精神的自然形象作为占空间的外在事物刻画到实在的物质上去；而是把精神（连同精神凭想象和艺术的构思）直接表现给精神自己看，无须把精神内容表现为可以眼见的有形体的东西。”[①]在造型艺术（建筑、雕塑和绘画）和音乐那里，外在客观的感性材料对审美主体的情思表达起着重要的媒介作用，它们使艺术家的情感在一定的物质材料中感性地得到了显现，但完全依靠石头、青铜、颜色、线条或者声音才可能获得具体存在或表达的审美感知必然被局限在这些媒介设定的框架范围内，带来艺术表达的局限性。既然客观的外在物质媒介限制了艺术美的表达，那诗作为最高的艺术就应该冲决物质媒介的束缚，“用一种尽量不涉及感性方面的方式去掌握绝对”[②]。

黑格尔既然否定了诗歌媒介的客观物质性，那他就得把精神内容从可感的物质媒介中抽取回来，在他自圆其说的美学体系中为该艺术门类找到富于心灵性和精神性的特殊媒介。在很多人看来，离开了客观的外在物质媒介去谈艺术美的表达是不可思议的，黑格尔为诗歌找到的特殊媒介究竟是什么呢？黑格尔以肯定的口吻回答说：“那就是内心中的观念和观感本身。这些精神性的媒介代替了感性的媒介，成了诗的表现所用的材料，其作用就像大理石、青铜、颜色和声调在其他艺术里一样。”[③]观念和观感在我们看来仅仅是艺术表现的对象，怎么会成为艺术表现的媒介呢？依据黑格尔的辩证逻辑，精神可以外化为外在事物，这种外化的过程其实是精神由抽象转化为具体的过程，否定了精神的抽象性。但由于外在事物结合了精神，从而使具体的物质披上了抽象的光彩，否定了事物纯然的客观性。正是这种否定之否定让精神最终返回到自身，呈现在鉴赏者面前的作品就成了精神与物质的统一体。因此，黑格尔说：“观念、观感和情感等等是诗用来掌握和表达任何内容的特有形式——既然传达所用的感性媒介（声音）只起辅助作用，这些形式就提供要由诗人加以艺术

① ［德］黑格尔：《美学》（第三卷），朱光潜译，商务印书馆1979年版，第5页。

② ［德］黑格尔：《美学》（第三卷），朱光潜译，商务印书馆1979年版，第15页。

③ ［德］黑格尔：《美学》（第三卷），朱光潜译，商务印书馆1979年版，第9页。

处理的独特的材料(媒介)。”[①]这样直接导致的后果是,那些曾经在造型艺术和音乐中被视为表现内容的观念和观感,在诗歌艺术中必然会成为相对于心灵来说是客观的对象性的媒介,亦即心灵性的媒介代替了此前各艺术门类使用的外在现实中的实物媒介,而这种特殊的媒介只有在审美意识中作为心灵想象出来的纯精神性的东西,才会找到其存在的可能性和客观性。

既然诗歌的媒介是心灵性的观念和观感,那我们写诗时采用的语言或朗诵诗时采用的声音又是什么呢?或者说诗歌艺术为什么最后还是回到了造型艺术和音乐的老路上,采用文字这种客观的物质媒介来表现审美感知呢?黑格尔明确宣布“把语言因素只当做工具,既用来传达,又用来直接显现于外在事物”[②]。这说明了诗是语言的艺术,语言的声音是凭借感官感受到的,声音在诗歌里只是标明意义的符号,不像在音乐艺术里是传达审美和情感的唯一媒介,它只是作为诗歌传达媒介中的次要因素而存在的。在黑格尔看来,诗歌的主要媒介是语言文字或者声音所蕴含的文化意义和观念观感,观念和观感既是诗的内容又是诗的媒介,所以诗是用精神性的媒介传达精神性的内容,它所受的外在客观物质媒介的影响和制约降到了最低,同时其表达的自由性却上升到了最高。尽管诗歌的媒介是语言文字蕴涵的观念和观感,但诗歌如果不只是停留在内心的诗的观念的话,它还得通过想象把自造的意象通过语言表现出来。诗歌首先“必须使内在的(心里的)形象适应语言的表达能力,使二者完全契合;其次诗用语言,不能像日常意识那样运用语言,必须对语言进行诗的处理,无论在词的选择和安排上还是在文字的音调上,都要有别于散文的表达方式。”[③]所以,诗歌采用“用作观念符号的文字和文字的音乐,作为表现观念的手段”,这使我们从表面上看诗歌使用的是语言媒介,但实际上此时的语言媒介只是一种单纯的符号,既不是精神观念的象征,又不是表现精神观念的形象,也不是表现精神观念的音调。

黑格尔对诗歌媒介的探讨和对诗歌语言符号的认识诱发了吕进先生从美学的角度去打量中国现代新诗“语言的正体”,对诗歌艺术媒介特征的发现以及对诗歌语言的独特阐发是吕进对整个中国现代诗学体系的重要贡献。在此之前,很多学者趋向于认为诗和其他非诗文体使用的是同一种语言,即普通语

① [德]黑格尔:《美学》(第三卷),朱光潜译,商务印书馆1979年版,第9页。
② [德]黑格尔:《美学》(第三卷),朱光潜译,商务印书馆1979年版,第10页。
③ [德]黑格尔:《美学》(第三卷),朱光潜译,商务印书馆1979年版,第17页。

言就是诗歌的媒介。古有元好问在《遗山先生文集》中写道:“诗与文,特言语之别称耳,有所记叙之谓文,吟咏性情之为诗,其为言语则一也。”第一个出版新诗集的胡适认为“诗之文字原不异文之文字”[①],叶维廉先生也认为“自五四运动以来,白话便取代了文言,成为创作上最普遍的表达的媒介。”[②]也有人认为诗歌与其他文学样式使用的是同一种语言,但二者存在着层次上的差异,诗歌语言是对日常语言和散文语言规范的超出和“陌生化”[③]。吕进先生在充分考虑诗歌艺术“内视”特征的基础上,融合中西方文论和黑格尔美学思想的相关论述,首次在中国诗学理论中提出“诗需要一种特殊的媒介。和其他文学样式和艺术门类相较,诗是没有现成媒介的艺术。”[④]诗歌没有现成的艺术媒介,那中国诗歌怎样表现中国人对现实生活和思想感情的观照呢?吕先生认为“诗只好向一般语言借用艺术媒介”,此“借用”不是机械模仿或搬用,而“是个符号转换的质变过程”,“在‘借用’过程中,一般语言的语言方式发生了变化。同样的语言,一经纳入诗的方式,审美功能就发生了变化。”[⑤]和黑格尔一样,吕进先生在否定语言是诗歌媒介的同时,也认识到了语言之于诗歌表达的重要性,并提出了诗的艺术媒介“是它的独特的语言方式”,“一般语言在诗中成为内视语言,灵感语言,实现了(在散文看来)非语言化、陌生化和风格化”,语言在诗歌中已经“转换为表现性符号”[⑥]。

在确定了诗歌媒介的基础上,如何认识这种特殊的艺术媒介就成了吕进建构现代诗学体系过程中必须解决的重要内容。吕进的“诗歌媒介说”具有开拓性的学术贡献,该理论既来源于中国新诗(也包括中国传统诗歌和部分外国诗歌)的创作实践,也与他对中外诗学和美学思想的“转换”分不开。在吕进先生看来,诗歌的媒介具有音乐性、弹性和随意性三大特征。诗歌媒介的音乐性是由诗的内视点特征决定的,“内视点是心灵解除了它的物质重负的视点,是富有音乐精神的视点;与此相应,音乐性也成为诗的首要的媒介特征”,成为

① 胡适:《尝试集》,人民文学出版社2000年版,第136页。

② 叶维廉:《中国诗学》,人民文学出版社2006年版,第329页。

③ [俄]什克罗夫斯基:《作为手法的艺术》,载《二十世纪西方文论选》,高等教育出版社2002年版,第184页。

④ 吕进:《中国现代诗学》,重庆出版社1991年版,第68页。

⑤ 吕进:《中国现代诗学》,重庆出版社1991年版,第68页。

⑥ 吕进:《中国现代诗学》,重庆出版社1991年版,第71页。

“诗歌语言与非诗语言的主要分界。”[1]吕进在关于诗歌媒介的音乐性特征的论述中尤为闪光的观点是诗歌的“内在音乐性”，它是“诗情呈现出的音乐状态”[2]。中国古代诗歌注重诗外在音乐性，“内在律的发现主要是基于现代诗人对自我内心情绪变化的关注，也与心理学知识有关。”[3]以郭沫若为例，1920年他在给朋友李石岑的信中说：“诗之精神在其内在的韵律……内在的韵律便是‘情绪的自然消涨’。这是我自己在心理学上求得的一种解释。”戴望舒在20世纪30年代初提倡“诗的韵律不在字的抑扬顿挫而在情绪的抑扬顿挫上”。这说明传统诗歌理论中关于诗歌音乐性的论述已经不能够涵盖整个新诗的音乐性现象了，中国现代诗学必须从诗歌内视点文学特征出发，才能全面认识诗歌语言的音乐性特征。从这个意义上讲，吕进先生关于诗歌“内在音乐性”的系统论述是对新诗音乐性理论的丰富和完善。吕进诗学体系中关于诗歌媒介弹性特征的观点是对中西方诗学相关论述的归纳和创新，是基于现代汉语的形象性、包蕴性和诗歌语言对语法规范的超出性等汉语特质，其中仍然可以见出黑格尔的影响。《美学》第三卷下册在谈诗歌的“掌握方式”时有这样的论述：“适合于诗的对象是精神的无限领域。它所用的语言这种弹性最大的材料（媒介）也是直接属于精神的，是最有能力掌握精神的旨趣和活动，并且显现出它们在内心中那种生动鲜明模样的。”[4]吕进在此基础上认为诗歌的弹性主要体现在语言媒介上，是指诗歌语言的多义性和模糊性。首先，“诗的弹性是一种创作现象”[5]，诗人的审美体验和诗行之间的错位现象所带来的“言不尽意”，使诗歌摆脱了文体局限并产生了“弹性”；其次，“诗的弹性也是一种鉴赏现象”[6]，鉴赏者对诗美的发现、创造和“超出”也赋予了诗歌较强的“弹性”。在黑格尔美学体系中，诗歌一直在克服散文意识和散文表现方式的道路上曲折前进，在探讨诗歌掌握方式和散文掌握方式的区别中，他谈到了诗歌语言比日常的散文语言更加“自由”[7]，这自由即是一种随意性。吕进先生认为随意性也是诗歌媒介

① 吕进：《中国现代诗学》，重庆出版社1991年版，第81页。

② 吕进：《中国现代诗学》，重庆出版社1991年版，第86页。

③ 吕家乡：《字思维·旧诗·新诗》，载《字思维与中国现代诗学》，天津社会科学院出版社2002年版，第223页。

④ [德]黑格尔：《美学》（第三卷），朱光潜译，商务印书馆1979年版，第19页。

⑤ 吕进：《中国现代诗学》，重庆出版社1991年版，第98页。

⑥ 吕进：《中国现代诗学》，重庆出版社1991年版，第99页。

⑦ [德]黑格尔：《美学》（第三卷），朱光潜译，商务印书馆1979年版，第19-28页。

的重要特征,它是“对散文的语言秩序的主动性摆脱。”[①]对中国新诗(也包括古诗)来说,诗歌媒介的随意性特征“尤其大量表现在虚实结合上。由实生虚,由虚生实,相互交错,相互照应。”[②]吕进通过对黑格尔美学思想和古今中外诗学主张的转换承传,通过对丰富的诗歌现象的研究,从而将诗歌表现技巧、诗歌语言和诗歌的艺术性等复杂的诗学问题集中到对诗歌艺术媒介的探讨上,完善了中国现代新诗研究的内容,丰富了中国现代诗学的研究视角。同时,吕进通过中国现代新诗这条纽带接通了中外诗学美学,显示出建构中国现代诗学体系的开阔视野。

第三,吕进先生除了在诗歌的视点特征和媒介特征两个方面丰富完善了中国现代诗学理论体系外,在诗歌分类学理论和诗歌本质的界定等方面也有创见。这些理论一方面来自于吕进对中国现代诗歌生态的宏观把握,另一方面也与他对黑格尔美学思想的借鉴转换密切相关。

在充分论述了诗歌审美的内视点特征和语言媒介的心灵性特征的基础上,吕进先生建立起了中国现代新诗的分类标准。中国诗歌的分类理论有较长的历史,刘勰在《文心雕龙·体性》中提出的“因情立体”奠定了中国诗歌分类学的基础,但传统的诗歌分类学在总体上存在着模糊性和笼统性的缺陷,难以真正地廓清各类诗歌的文体特征。在西方美学史上,黑格尔曾专门探讨过诗歌的分类,他认为:“作为艺术的整体,诗不再由于材料(媒介)的片面性而只限于某一种创作方式,它一般可以把各种艺术的各种创作方式用作它自己的方式。因此,诗的品种和分类标准就只能依据一般艺术表现的普遍原则。”[③]而他所谓的普遍原则“涉及诗作品的观照方式和组织方式以及诗创作主体的活动”[④],观照方式涉及诗歌与现实的审美关系和视点特征,组织方式涉及诗歌的媒介特征和语言方式,创作主体的活动涉及审美主体与艺术作品之间的美学关系。据此,黑格尔把诗歌分为史诗、抒情式和戏剧体诗。史诗的观照方式和组织方式是用客观实在的形式去叙述客观世界的人物和历史事件,创作主体的活动是诗人或诵诗者应该保持史诗的客观性而排斥自己主观情感的渗入;抒情诗是史诗的对立面,其内容是审美主体的思想情感,读者或者诵诗者应该

① 吕进:《中国现代诗学》,重庆出版社1991年版,第100页。
② 吕进:《中国现代诗学》,重庆出版社1991年版,第102页。
③ [德]黑格尔:《美学》(第三卷),朱光潜译,商务印书馆1979年版,第98页。
④ [德]黑格尔:《美学》(第三卷),朱光潜译,商务印书馆1979年版,第96页。

把诗中的情感当成自身经历加以领会;戏剧体诗是史诗和抒情诗的统一,兼顾了客观性和主体性。

由于中国传统的诗歌分类学具有模糊性和笼统性的弱点,吕进先生根据中国新诗的创作实际,在自身诗学体系之视点理论和媒介理论的基础上,结合黑格尔“观照方式和组织方式”的原则,提出了“中国新诗可以依据审美视点和语言方式作为分类标准”的中国新诗分类理论[①]。具体而论,根据审美视点,吕进先生将诗歌分为内视点诗歌和双重视点诗歌,前者包括小诗、山水诗、咏物诗和爱情诗,后者包括叙事诗、剧诗、寓言诗、讽刺诗和散文诗。双重视点的诗歌概念“不但揭示了这几种诗歌样式的独特特征,而且对以内视点为特征的诗歌的一些例外情形进行了概括,是对诗歌分类的重要贡献”[②]。根据语言方式,吕进先生将诗歌分为漂泊诗与固定诗、自由诗与格律诗、素体诗与有韵诗、无标点诗与有标点诗、默读诗与朗诵诗、打油诗与艺术诗、游戏诗与严肃诗,从文体对应的角度对诗歌进行分类,有助于从比较的角度对各类诗歌进行有效研究。吕进先生在分类的基础上对部分诗体进行了单独研究,其中国现代诗学体系是对包括抒情诗在内的多种诗体的打量,诗学研究对象的丰富性必然带来诗学研究视野的开阔性和学理性,吕进先生的中国现代诗歌分类学是对整个中国新诗创作现象的整体把握,这使他的研究具备了更多的学术性和合艺术规律性。

对于诗歌本质的界定,吕进在他的第一部新诗理论著作《新诗的创作与鉴赏》中进行了详细的论述。18世纪德国文艺理论家莱辛写了《拉奥孔》一书,他用丰富的材料和严密的论述否认了前人的“诗画同质”说。英国经验主义美学家博克认为诗歌产生的效果和造型艺术不同,造型艺术唤起事物的形象,而“诗在事实上很少靠唤起感性意象的能力去产生它的效果。我深信如果一切描绘都必然要唤起意象,诗就会失掉它的很大一部分的力量”[③]。黑格尔在其《美学》第三卷下册中详尽地论述了诗与画的区别,他认为:“艺术发展的历史过程是精神因素逐渐上升而感情因素逐渐降低的过程,亦及精神逐渐从物质的局限中解放出来的过程”,指认出了诗歌与绘画的区别。朱光潜先生在《诗

① 吕进:《中国现代诗学》,重庆出版社1991年版,第277页。

② 蒋登科:“吕进与中国现代诗学的体系建构”,载《西南师范大学学报(社会科学版)》2000年第5期。

③ 朱光潜:《西方美学史》,人民文学出版社1983年版,第246页。

与画——评莱辛的诗画异质说》中从三个方面谈论了诗与画的不同:一是从表现(描绘)的内容上看;二是从使用的媒介上看;三是从内容的特点上看。钱锺书在《读〈拉奥孔〉》一文中详解了诗歌和绘画的不同,在《中国诗与中国画》中,他认为中国人所说的诗画一律的实质是:中国旧诗与中国旧画同属"南宗"。关于诗歌和音乐的关系,西方最早认为诗与音乐"同类"的是亚里士多德,在否定了他的老师柏拉图有关诗与现实的言论之后,认为"诗比历史更接近真实",并认为诗歌与音乐同类,都以节奏、语言与和谐为媒介,都具有"表现"功能。黑格尔也对诗歌和音乐的差异作了深入的分析,从精神的隶属度出发区分了这两种艺术使用的不同媒介,并分析了诗歌的音韵特征。吕进先生认为诗歌的特点是多维的,音乐性只是诗歌形式艺术中的一个方面,它不能代表诗歌的整体性特征。我们可以说诗歌之音乐性特征的一面等同于音乐,黑格尔的观点可以深化我们这方面的认识,音调方式和乐调方式不能与凭想象所创造出来的形象相比,因为这些形象不仅是有意识的东西,而且用外在现象来引起人们内在的观照,心灵用文字比用音调和乐调更易表达,诗歌也就比音乐更容易表达人们的情思。总之,音乐是单纯的声音艺术,表现抽象;诗歌则是"音乐美""建筑美""绘画美"(闻一多)的结合,且把抽象表现为具体。吕进先生博采众长,进一步厘清了诗和画、诗和音乐的差异①,这为他后来从事更为复杂抽象的诗歌基础理论研究奠定了坚实的基础。

新的诗学理论体系的产生和发展变化,除了与创作实践相关外,很大程度上受制于哲学和美学思想的产生和发展变化。吕进现代诗学体系同样受到了古今中外美学思想尤其是黑格尔美学思想的启示,但其主要元素并非肤浅的经验总结或纯理性的抽象思考,吕进先生一贯主张"坚定地继承本民族的优秀诗歌传统,但主张传统的现代转换;大胆地借鉴西方的艺术经验,但主张西方艺术经验的本土化转换"②。正是西方美学思想的"本土化转换"和中国传统文化诗学思想的"现代转换",赋予了吕进诗学理论体系深厚的学理性和合艺术规律性。从某种程度上说,正是西方美学观念的转换及其与当下中国新诗创作实践的结合成就了吕进中国现代诗学体系的生命力和学术影响力。更为重要的是,这种"转换"思想在方法论意义上对整个中国现代诗学理论的发展起到了很好的启示作用。

---

① 吕进:《新诗的创作与鉴赏》,重庆出版社1982年版,第3-34页。

② 吕进:"中国新诗研究:历史与现状",载《理论与创作》1995年第4期。

黑格尔《美学》对吕进诗学思想的影响[①]

张德明　姚家育

对话与重建，是吕进诗学研究的逻辑起点。中国现代诗学，是中国诗学的现代形态，是传统文化现代转型的产物，是民族古典诗歌寻求审美现代性的表征。中西对话，古今对话，是中国现代诗学的开放气质。这种对话，既包括与中国传统诗学的对话，也包括与西方现代诗学的对话。对话的目的是重建。吕进通过与黑格尔的对话，为中国现代诗学带来了新的理念和活力。从《新诗的创作与鉴赏》到《中国现代诗学》，吕进现代诗学体系的黑格尔元素是清晰可见的。黑格尔的《美学》为吕进诗学研究带来的开阔的学术视野和理论高度。在1982年10月第一版的《新诗的创作与鉴赏》中，吕进引用黑格尔《美学》的文字多达五处，从诗与散文的区别到诗的弹性，都引用了黑格尔的有关论述。其中《新诗的创作与鉴赏》的第一章的第二个注释，虽不起眼，但对了解吕进诗学的发生不无帮助。吕进在介绍黑格尔的《美学》成书过程之后，重点介绍了《美学》第三卷："原书分三卷，中译本由朱光潜译，分三卷四册（第三卷分上、下册）。黑格尔的《美学》第三卷第三章"诗"论述了诗的艺术作品与散文艺术作品的区别；诗的表现、诗的分类等，有不少启发人们深思的东西，值得爱好诗歌的读者一读。"列入"汉译世界学术名著丛书"的黑格尔的《美学》，1981年前后进入国内学术界。黑格尔的《美学》为吕进诗学洞开审美之门，吕进与黑格尔的对话由此展开。吕进诗学中关于诗与散文的区别、内视点、媒介、弹性、诗人的修养等方方面面都有黑格尔的影子，一定程度上说，吕进借鉴黑格尔的美学体系和逻辑分析的方式，经由中国传统诗学对黑格尔抒情诗美学的审视和改造，实现中西诗学的对话，重建中国现代诗学的理论范式。

① 本篇选自张德明、姚家育《吕进诗学研究》第一章第一节，人民出版社2016年版。题目为编者所加。

第一，受到黑格尔关于艺术的“物质媒介”的启发，吕进对诗的语言做了深刻阐述。

对于不同艺术的物质媒介，黑格尔有不少精彩的论述。“建筑家，雕刻家，画家和音乐家所运用的都是完全具体的感性材料（物质媒介），他们须通过这类材料来表现他们的内容”，“诗既然无须通过一种特殊物质媒介，诗的才能也就比较不大受到上述媒介条件的局限。”[①]这里所说的是，诗和绘画、音乐、建筑所使用的媒介是不同的，在黑格尔看来，诗和其他艺术相比较，诗的媒介是语言，不受其他艺术的物质媒介的局限。诗人需要的是想象力，语言的修养和艺术构思方式。但黑格尔又指出，“在运用语言这一点上诗不同于造型艺术和音乐，是另用一种构思方式和表现方式的。”[②]黑格尔紧接着区别了诗的观念方式和散文的观念方式，区别了诗的语言和散文语言。吕进对诗的艺术媒介的论述，受到黑格尔的启发是可以确定的，尽管比黑格尔的论述要丰富得多，也要深入得多。概括说，这种影响体现在三个方面：

一是诗的言说方式。诗是独特的语言方式，这是黑格尔和吕进的共同看法。黑格尔要求“把诗的文字和散文的文字以及诗运用语言的方式与散文思维中运用语言的方式区别开来”[③]。散文语言的规范是精确，诗歌语言倾向于形象，因此黑格尔强调诗歌语言的特性，他指出：“诗用语言，不能像日常意识那样运用语言，必须对语言进行诗的处理，无论在词的选择和安排上还是在文字的音调上，都要有别于散文的表达方式。”[④]黑格尔特别强调诗的“词的安排”，“词的安排是诗的一种最丰富的外在手段。”[⑤]对黑格尔的这些看法，吕进是认同的，并提炼出自己的观点，“诗是语言的超常结构。它是对一般语言的语法结构和修辞法则的创造性破坏。于是，人们从用惯了、用烂了的一般语言产生的迟钝效力中得到解脱，在对语言的陌生感中敏锐自己的美感。”[⑥]吕进的“诗是语言的超常结构”，是对诗的艺术媒介特点的总的概括，指一般语言的非一般化，它是抒情诗语言的正体。吕进的这个观点，诚然吸收了黑格尔的看

① [德]黑格尔：《美学》（第三卷），朱光潜译，商务印书馆1982年版，第51-52页。
② [德]黑格尔：《美学》（第三卷），朱光潜译，商务印书馆1982年版，第53页。
③ [德]黑格尔：《美学》（第三卷），朱光潜译，商务印书馆1982年版，第56页。
④ [德]黑格尔：《美学》（第三卷），朱光潜译，商务印书馆1982年版，第17页。
⑤ [德]黑格尔：《美学》（第三卷），朱光潜译，商务印书馆1982年版，第65页。
⑥ 吕进：《抒情诗的艺术媒介》，载《中国现代诗学》，重庆出版社1991年版，第73页。

法,但也吸纳了美国新批评理论家韦勒克和沃伦的观点,更多的是对宋人魏庆之的《诗人玉屑》"诗家语"的内涵的提升,是吕进与中外诗学家、理论家广泛对话的结果。在此基础上,吕进对新诗初期胡适的"作诗如作文"的观点进行了辨析,分析了它给初期新诗创作和理论建设带来了迷茫以及长期给新诗留下的后遗症。为此,吕进呼吁新诗的文体建设,强调诗人的文体自觉。

二是诗歌语言的音乐性。从"诗是语言的超常结构"出发,吕进阐述了诗歌语言的媒介特征即音乐性和弹性。在《美学》中,黑格尔对诗的音律进行了辩护,"说诗的音律妨碍自然流露,这是不正确的,一般说来,真正有才能的诗人对于诗的感性媒介(音律)都能运用自如"[①],吕进由此出发,提升和完善了黑格尔的看法,提出诗的音乐性是诗的艺术媒介的本质特点,"内视点是心灵解除了它的物质重负的视点,是富有音乐精神的视点;与此相应,音乐性也成为诗的首要媒介特征。音乐性,是诗歌语言与非诗语言的主要分界。"[②]因为诗的音乐性,才有诗歌的不可转述性和抗译性。吕进对诗的音乐性的阐述是非常丰富和深刻的,认同朱光潜的"诗是有音律的纯文学"[③]的观点,指出诗的外在节奏才是诗的定位手段,才是诗的专属,并对郭沫若新诗的"裸体美人"理论、艾青的"散文美"理论提出质疑和反思。

三是诗歌语言的弹性。黑格尔对诗歌语言的弹性偶有提及,但未作探究。黑格尔在区分诗的思维方式和散文的思维方式时指出,"适合于诗的对象是精神的无限领域。它所用的语文这种弹性最大的材料(媒介)也是直接属于精神的,是最有能力掌握精神的旨趣和活动。"[④]这段文字吕进在《新诗的创作与鉴赏》中也引用了,说明吕进对诗歌语言的弹性理论的关注始于80年代初。吕进认为"诗歌媒介的另一个重要特征是弹性。换个角度,弹性是诗歌语言与散文语言的又一分界。"[⑤]吕进从中国诗歌的言与意、隐与显、象外意、言外旨等方面探讨了诗歌的弹性技巧。吕进从诗歌与读者之间的互动,探讨了诗歌鉴赏活动中的弹性。吕进对诗歌的弹性分为词语的弹性、句构的弹性以及由诗歌媒介创造的意象的弹性。吕进利用中国古典诗学理论资源,丰富了黑格尔

---

① [德]黑格尔:《美学》(第三卷),朱光潜译,商务印书馆1982年版,第70页。
② 吕进:《抒情诗的媒介特征(上)》,《中国现代诗学》,重庆出版社1991年版,第81页。
③ 朱光潜:《诗与散文》,载《诗论》,生活·读书·新知三联书店1984年版,第111页。
④ [德]黑格尔:《美学》(第三卷),朱光潜译,商务印书馆1982年版,第19页。
⑤ 吕进:《论诗的文体可能》,载《新诗文体学》,花城出版社1990年版,第44页。

弹性理论的内涵,并赋予其现代诗学品格。

第二,受到黑格尔关于诗的“内心生活”的启发,吕进提炼出诗的“内视点”学说。

在黑格尔的《美学》中,无论是诗与音乐的同构,还是诗与绘画的异质,诗总是和内心生活或者内心的情感和观照联系在一起的。黑格尔认为:

> 一方面诗和音乐一样,也根据把内心生活作为内心生活来领会的原则,而这个原则却是建筑、雕刻和绘画都无法遵守的。另一方面从内心的观照和情感领域伸展到一种客观世界,既不能完全丧失雕刻和绘画的明确性,而又能比任何其他艺术都更完满地展示一个事件的全貌,一系列事件的先后承续,心情活动,情绪和思想的转变以及一种动作情节的完整过程。①

对黑格尔的这段文字,朱光潜是这样阐释的:

> 诗与绘画和音乐同属于浪漫型艺术,是绘画和音乐两个极端在更高阶段上的统一。绘画提供明确的外在形象,但在表现内心生活方面还有欠缺,于是才有音乐;音乐在表现内心生活的特殊具体方面又欠明确,于是才有诗。作为语言的艺术,诗既能像音乐那样表现主体的内心生活,又能表现客观世界的具体事物,所以诗是艺术发展的最高峰,是抽象普遍性和具体形象性的统一。②

朱光潜的解读是非常到位的,突出了诗在表现主体内心生活方面所具有的无可比拟的优势。黑格尔关于诗是表现内心生活的观点,他后来在抒情诗的论述中更明晰更深入:

> 心灵就从对象的客观性相转回来沉浸到心灵本身里,观照它自己的意识,就出现了要满足表现的要求,要表现的不是事物的内在面貌,而是事物的实际情况对主体心情的影响,即内心的经历和对所观照的内心活动的感想,这样就

① [德]黑格尔:《美学》(第三卷),朱光潜译,商务印书馆1982年版,第5页。
② [德]黑格尔:《美学》(第三卷),朱光潜译,商务印书馆1982年版,第5页。

使内心生活的内容和活动成为可以描述的对象。①

对黑格尔关于抒情诗的论述，朱光潜解读为抒情诗的主体性原则，“抒情诗依据的是主体性原则。主体返躬内视，察觉了原来混沌一团的朦胧的情感和观感，因而可以用诗的语言把它表现出来。”②这种主体性原则，其实就是王国维所说的“以我观物，故物皆著我之色彩”（《人间词语》），这个“我”就是“返躬内视”，打上内心生活的烙印。

吕进根据民族古典的“诗言志”“诗缘情”的诗学观和黑格尔对抒情诗“内心生活”的阐释，提炼出“诗的审美视点”学说。也就是说，用民族古典诗学理论改造黑格尔的抒情诗美学，用黑格尔的抒情诗美学重审民族的“诗言志”“诗缘情”说，从而推出现代诗学的“诗的审美视点”说。

吕进最早提出“诗的审美视点”是在《诗的审美视点》一文中，然后在《论诗的文体可能》中再次展开，最后在《中国现代诗学》中第二章《抒情诗的审美视点》、第三章《抒情诗的视点特征》中深度阐述。吕进从审美视点的角度，把文学分为外视点文学和内视点文学，前者指非诗文学，后者指诗和其他抒情文体。在吕进看来，外视点文学叙述世界，具有较强的历史反省功能；内视点文学体验世界，披露心灵世界的丰富。诗的审美视点是内视点。“内视点决定了作品对诗的隶属度，或者说，内视点决定了一首诗的资格程度。”③吕进对诗的内视点特征的概括，比如心灵的直接表现，“所谓内视点，也可以说就是直接观照心灵的视点。”④这里所说的“直接观照心灵”和黑格尔所言的“内心生活”何其相似乃尔。吕进所言的“心灵是诗的直接内容，诗是内在体验的直接外化”⑤，这种看法和黑格尔的观点也有类似之处，黑格尔认为：“真正的抒情诗人就生活在他的自我里，按照他的诗性的个性去掌握他的内心世界与外在世界的情况。”⑥吕进对诗的审美视点的存在方式的分析，既有中国传统诗学心物交感理论的因子，也受到黑格尔的影响。吕进认为，抒情诗的内视点有三种存在

① [德]黑格尔：《美学》（第三卷），朱光潜译，商务印书馆1982年版，第188页。
② [德]黑格尔：《美学》（第三卷），朱光潜译，商务印书馆1982年版，第5页。
③ 吕进：《论诗的文体可能》，载《新诗文体学》，花城出版社1990年版，第27页。
④ 吕进：《论诗的文体可能》，载《新诗文体学》，花城出版社1990年版，第33页。
⑤ 吕进：《论诗的文体可能》，载《新诗文体学》，花城出版社1990年版，第32页。
⑥ [德]黑格尔：《美学》（第三卷），朱光潜译，商务印书馆1982年版，第196页。

方式:第一种是以心观物,即现实的心灵化;第二种是化心为物,即心灵的现实化;第三种是以心观心,即心灵的心灵化。应该说第三种以心观心的存在方式,吕进受到黑格尔的影响。其一,黑格尔在《美学》中有类似的论述,比如:

诗使心灵这个主体又成为它自己的对象(以心观心),但是诗却不仅是从主体和内容(对象)的一团混沌中把内容拆开抛开,而且把内容转化为一种清洗过的脱净一切偶然因素的对象,在这种对象中获得解放的内心就回到它本身而处于自由独立,心满意足的自觉状态。①

黑格尔把抒情诗定位于诗人内心生活的自我观照,提出以心观心的诗学原理,这个理论是可以接受的,但解释并不清晰,甚至也不到位,而吕进对"以心观心"的阐释简洁明了,意蕴丰富,吕进认为"以心观心是从原生态心灵向普视性心灵升华的过程。"②这种解释带有诗学向哲学位移的特点,符合中国诗学的精神实质,符合中国传统道家、儒家人格修养的指向,说得简单一点,就是由己及人,从个体到群体,从自我到非我。其二,吕进也提到了黑格尔关于抒情诗的主体性、个体性和亲切感的三个要求。从黑格尔《美学》第三卷下册的原著看,黑格尔谈论抒情诗偏重主体性,即抒情诗人的内心活动,这恰恰说明了吕进吸收了黑格尔美学的合理内核。

当然,吕进关于诗的审美视点的学说,其学术来源非常丰富,有日本文艺学家滨田正秀、苏联文学批评家杜勃罗留波夫等人的观点,有中国诗人何其芳、艾青、臧克家等人的见解,还有鲁道夫·阿恩海姆的艺术美学理论。这些都说明吕进与中外文学理论家、美学家开展对话,整合和吸纳各家学说的合理内核,重建具有中国气派和风格的现代诗学。

第三,受到黑格尔关于诗的"玄学思维""哲学思维"的启发,吕进提出"诗的最深内蕴(由此生发出各层次、各侧面)是哲学"③的观点。

黑格尔在《美学》第三卷(下)第三章" 诗"中提出"玄学的思维"这个概念,"玄学思维只是真理和现实世界在思维中的和解,诗的创造活动却是真理和现

① [德]黑格尔:《美学》(第三卷),朱光潜译,商务印书馆1982年版,第188-189页。
② 吕进:《抒情诗的审美视点》,载《中国现代诗学》,重庆出版社1991年版,第30页。
③ 吕进:《抒情诗的媒介特征(上)》,载《中国现代诗学》,重庆出版社1991年版,第87页。

实世界在现实现象本身中的和解，尽管这种和解所采取的形式仍然只是精神性的。由此可见，诗和散文诗是两个不同的意识领域”，“要把玄学思维仿佛在精神本身上重新具体化为诗的想象”[①]。根据朱光潜的解释，“玄学的思维”就是辩证思维、辩证逻辑，即最高哲学。黑格尔的本意是指诗要用形象思维、感性思维，但也不排除诗也用近乎哲学的理性思维，诗要在形象思维中突出理性。后来黑格尔直接提出“哲学思维”，它“比情感和观感所涉及的想象所处的地位还要高”，它是诗的精神形式之一，“把他的哲学意识中的内容和和结果表现为被心情和观感，想象和情感所渗透的东西，才能使全部内心生活获得完整的表现。”[②]黑格尔的“玄学的思维”和“哲学思维”在概念表述上不同，但意义是一致的。在黑格尔看来，诗是想象的艺术，形象是具体的，但哲学比“想象所处的地位还要高”，是诗的精神形式，是抽象的。吕进或许从这里受到启发，结合中国古代的老庄思想和诗学精神，提出诗的“表层结构的基础是节奏式，深层结构的基础是哲学”[③]的看法。后来吕进又有所补充和发挥，认为“诗与哲学的血缘最近。诗的最深内蕴（由此生发出各层面、各侧面）是哲学”[④]。吕进的这个诗学命题是站得住脚的。“天人合一”是中国哲学的核心，也是中国诗歌的最高境界，中国古典诗歌的丰富和深厚，究其原因，是有“天人合一”哲学的支撑。相对而言，20世纪中国新诗在这方面暴露了不足。西方诗歌的形而上气质，也是由哲学带来的。海德格尔有一句话“诗歌与哲学是近邻”，这句话被现代著名诗人郑敏用来概括她数十年来的心灵旅程。吕进的“诗的深层结构的基础是哲学”，偏重于诗人的哲学素养，也就是诗人的生命体验、艺术功力和对大自然的敬畏等。吕进认为，“没有哲学修养，就很难在天人关系的总体观上开拓诗的天地”，“诗人的文化修养既决定着他的内在视野的开阔性，也决定着他感应世界的敏锐性与深邃性。”[⑤]

第四，受到黑格尔关于“抒情诗的文化教养”的启发，吕进阐述了新时期“抒情诗人的修养”。

黑格尔在《美学》第三卷（下）第三章《诗》中花了一点篇幅，讨论“产生抒情

① ［德］黑格尔：《美学》（第三卷），朱光潜译，商务印书馆1982年版，第24-25页。
② ［德］黑格尔：《美学》（第三卷），朱光潜译，商务印书馆1982年版，第206页。
③ 吕进：《论诗的文体可能》，载《新诗文体学》，花城出版社1990年版，第32页。
④ 吕进：《抒情诗的媒介特征（上）》，载《中国现代诗学》，重庆出版社1991年版，第87页。
⑤ 吕进：《抒情诗人的修养》，载《中国现代诗学》，重庆出版社1991年版，第273页。

诗的文化教养水平”,把抒情诗的主体也就是抒情诗人在民族生活中的地位做了分析,观点很有启发性。比如,黑格尔对抒情诗人情感的分析,他指出“把心灵中最凝聚的亲切情感表现出来,我们见到的却不是某一个人用艺术方式来表现主体个人的特性,而是这个人完全能代表一种民族情感”①,把诗人和他的民族联系起来,把诗人的个体性和民族的群体性联系起来,黑格尔的这种看法至今新鲜。黑格尔以古希腊荷马为例,直陈“抒情诗人的高尚处就是这种突出的心灵伟大”。②吕进受此启发,结合新时期新诗的发展现状,先后写了《大诗人的特征》《诗,生命意识与使命意识的和谐》《抒情诗人的修养》《诗人的人格建设》等篇章,分别收入《新诗文体学》和《中国现代诗学》中。黑格尔的点到为止的提及,演变为吕进的条分缕析的论述。在中国现代诗学中,谈论诗人修养的文献较早的有宗白华写于1920年的《新诗略谈》,其中关于诗人人格养成的方法,可谓先见之明。其后郭沫若、闻一多、梁实秋、艾青等都有一些零零散散的论述。50—60年代,谈论诗人的修养,大多带有政治色彩,动辄就是“人民性”“阶级性”“战斗性”等,基本上没有学理可言。到了80年代,诗人也好,诗评家也好,多数沉醉在诗歌热、美学热中,对诗人的人格修养、人格建设关注不够。吕进的《抒情诗人的修养》是一篇专论,有2万余字,丰富了现代诗学对诗人人格修养的研究,即使置于20世纪新诗理论批评史,这篇文章也是值得一提的。吕进从日常生活和价值生活、现实人格和审美人格的角度,区分了常人与诗人,对清代钱泳的“文要养气,诗要洗心”的说法赋予现代内涵。吕进从非个人化和使命意识两个方面阐述了诗人人格精神。非个人化,就是常人情感向诗人情感的转变,个人情感向艺术情感的转变,诗是在这种转变中产生的。诗人的使命意识,体现在诗人与时代同步,与民族同心,能奏出时代主旋律的诗人往往被称为时代的良知,民族的喉舌。吕进在这篇文章中,引用了恩格斯的经典文论和苏联著名文学批评家别林斯基的论述,引用了英国诗人艾略特的名言,举证了艾青的诗,引用了刘勰《文心雕龙·知音》和严羽的《沧浪诗话》的论述,以现代诗人徐志摩、戴望舒、艾青、臧克家、何其芳为例,通过中西对话,古今沟通,较为全面地阐述了诗人的人格修养。这,就是吕进对中国现代诗学的重建。因此从黑格尔的“抒情诗的文化教养”到吕进的《抒情诗人的修养》,

① [德]黑格尔:《美学》(第三卷),朱光潜译,商务印书馆1982年版,第202页。
② [德]黑格尔:《美学》(第三卷),朱光潜译,商务印书馆1982年版,第208页。

不能说没有联系，两者在诗人“民族情感”和“心灵伟大”的价值取向上，呈现出惊人的一致。

总之，黑格尔美学思想给吕进诗学以良好影响，吕进获得了开阔的学术视野，辩证的思维方式，严谨的逻辑论证，走出了中国古典诗学吉光片羽似的散论模式。黑格尔的《美学》关于内心观照、物质媒介、文化教养等方面的阐述给吕进启发颇多。吕进这种鲁迅所言的“拿来主义”文化态度是值得肯定的，吕进的“拿来”不是要西方化，而是要去西方化，为我所用，建立现代诗学的中国版，这一点正如熊辉所说的“吕进先生将西方美学思想与传统诗学精神统一到当代人的诗思根基和感性审美生成上，系统地阐释了新诗作为新的艺术品种在审美体验、艺术表达、艺术分类以及艺术风格等活动系统中所具有的独特品质，从而建构起既非传统又非西方的全新诗学体系。”[①]

① 熊辉：“中国现代诗学体系的建构——论黑格尔对吕进诗学思想的影响”，载《中外诗歌研究》2008年4期。

莱辛及俄苏文论对吕进诗学思想的影响[①]

董莎莎

一、莱辛的影响

吕进认为诗画有相通之处，但从根本上讲是异质的。这种异质主要表现在诗与画的内容、塑造的形象、塑造形象的媒介三个方面的极大差别。莱辛《拉奥孔》中“诗与画”异质的关系论的辨析在前两个方面为吕进的这一观点提供了借鉴和启示。

在诗与画表达的内容方面。莱辛在《拉奥孔》中有这样一句精辟之论：“诗人啊，替我把美所引起的热爱和欢欣描绘出来，那你就已经把美本身描绘出来了”。[②]莱辛这句简短的话语直接指出了诗的内容不像绘画那样是客观事物本身，而是客观事物的美所引起的“热爱和欢欣”，也即美感，也就是说诗歌的主要内容是诗人内心的情感。可以说莱辛的这一观点，为吕进的“感情是诗的直接内容”这一对诗的本质探讨的观点提供了有益的启示和有力的证据。

在诗与画塑造的形象方面。莱辛在《拉奥孔》中认为：“诗人既然只能把物体美的各个因素先后承续地展出，所以他就完全不去为美而描写物体美。他感觉到，这些因素，如果按照先后次第去安排出来，就不可能产生它们在按并列关系去安排出来时所产生的效果。”[③]这段话道出了诗与画塑造形象的不同，诗是按先后次第安排画面的，而画是按并列方式安排画面的。绘画描绘一片景象在空间中的铺展，它采取同时并列的方式展开画面；诗歌表现一连串景象

① 本篇为董莎莎硕士学位论文《论吕进诗学的学术来源》节选，西南大学2011年。

② ［德］莱辛：《拉奥孔》，朱光潜译，人民文学出版社1979年版，第111页。

③ ［德］莱辛：《拉奥孔》，朱光潜译，人民文学出版社1979年版，第111页。

在空中的持续发展，他采取先后承续的方式展开画面。由此，吕进得出，相对于绘画塑造的景物形象是视觉形象而言，诗歌塑造的则是视觉形象的流动——随诗人之情的昂奋、低沉、中断、疾飞而流动。

莱辛除了在诗的本质方面给吕进诗学提供了学术营养之外，还在其他方面也产生了一定的启示。比如莱辛认为“颜色不是声音，眼睛不是耳朵。”不同门类的艺术媒介，是各有质的规定的。绘画的媒介是色彩和线条，音乐的媒介是声音，舞蹈的媒介是形体，文学的媒介是语言等等。结合新诗等各种艺术发展的规律，吕进认为艺术媒介给某一门艺术门类带来局限性的同时，但是也带来独特性和丰富性。

二、俄苏的启示

俄苏诗歌与文论对吕进诗学有着特殊的启示和影响。这有两方面的原因：一方面是吕进俄语出身，精通俄国文学，这就必然对他的诗学观念的形成产生或显或隐的影响；另一方面，中国与苏联有着共同的社会制度——社会主义制度和共同的指导思想——马克思列宁主义，这让俄苏诗歌与文论相对于其他西方诗学理论对中国诗学的借鉴意义更大。总体来讲，俄苏诗歌与文论对吕进诗学体系的形成的影响主要体现在以下三个方面：

首先，通过马雅可夫斯基和普希金等一些俄苏诗人的研究，来从中寻找可供中国新诗借鉴的规律。

马雅可夫斯基是吕进诗学中提到次数最多的俄苏诗人。吕进对他的研究包括很多方面，比如他的讽刺诗、儿童诗等等。这些研究对吕进诗学观点的形成都有所影响和启示，其中影响比较明显的是通过对马雅可夫斯基艺术道路的分析，来说明“社会主义新诗应该在音乐美、排列美、语言美的基础上具有大众化的个性特征”。吕进认为，马雅可夫斯基的艺术道路可以分为三个时期。一是未来派时期。此时的他表现为一种不可一世、自命不凡的总体状态，经常以一种令人瞠目结舌的滑稽形象示人。他的诗里交织着反传统和虚无主义的思想，尽管仇视沙皇俄国，但他所表达的他认为的“真实之情”并没有代表当时人民的“真实之情”。二是十月革命之后。波澜壮阔的革命使马雅可夫斯基的内心产生了极大的震动，他开始产生想要向读者倾吐革命在他内心引起的震荡,想成为人民"真情"的表达者,但他采取的晦涩的诗歌形式使得他这一想法无法实现。于是,马雅可夫斯基继续探索着,希望能找到适合表达人民之情的诗歌形式。三是20世纪20年代。这一时期马雅可夫斯基更加成熟了,他寻找到了大众化的诗歌形式——"楼梯体"来抒发人民的心声,成了真正的社会主义诗人。马雅可夫斯基最后以"大众化"的形式追求而获得了成功的蜕变,加上他又是苏联社会主义诗人的杰出代表,吕进以此来讨论中国社会主义诗歌的大众化问题,便有了较强的说服力。

吕进认为诗的叙述是抒情中的叙述,主要旨趣不在叙述客观世界,而是通过叙述以抒情。为了说明这一问题,吕进以普希金的叙事诗《波尔塔瓦》的前两节为例进行了分析。吕进指出:"第一个诗节只以九行司法总监高楚贝的富有,诗显得有些匆忙。从第一节的第十行开始,转入对高楚贝女儿玛丽娅的介绍,这是爱情故事的女主人公,诗笔突然停留下来……诗用了三十行左右来描绘玛丽娅的美,迸发出抒情火花。这正是诗。它的主要注意力在于抒情,在于对所叙之事的歌唱。"[①]吕进对普希金叙事诗的分析,不仅廓清了诗的主要兴趣不在叙事而在对所叙之事的情感反应的吐露,而且成为他诗学观点的有力证据。

其次,吕进接受了苏联社会主义诗学理论的影响。《重庆日报》曾在头版发文章说,吕进的《中国现代诗学》"推出一个以马克思主义文艺观作指导的比较严整的中国现代诗学体系"。吕进中国现代诗学体系中的社会主义诗学观点很大程度上借鉴和融合了俄苏文论中的社会主义文艺思想,比如"以诗人之情抒发人民之情""大众化"的诗歌形式、诗的"典型化"等观点。

社会主义文艺思想是苏联诗学理论中处于指导地位的诗学思想,它以人民为出发点和落脚点,强调诗与现实的关系,体现了苏联文论的一般特征。加里宁高度肯定了别德内依这位第一个荣获红旗勋章的诗人,称他的诗歌"也许是在历史上第一次这样明显地把自己的命运同争取自己解放的命运的战斗的无产阶级连接在一起。"这里同样触及了一个普遍意义的问题:诗人之情与人民之情、诗的命运与阶级(人民)的命运联结在一起,是社会主义新诗的神圣使命。高尔基认为诗人"不要把自己集中在自己身上而要把全世界集中在自己

① 吕进:《新诗的创作与鉴赏》,重庆出版社1982年版,第26页。

身上。"[①]这第二个集中就是典型化。诗，要从诗人感情的真实性达到更高的人民感情的真实性，诗人与人民的真实之情相通程度越高，典型化程度也就越高。苏联的这些以人民为本的相关的社会主义诗学理论为有着相同社会制度和指导思想的中国诗学的探索提供了更加匹配的资源。吕进在借鉴这些资源的基础上，提出："诗人要从社会主义倾向出发，把自己的痛苦、欢欣、愤怒、喜悦、不幸、幸福植根于人民之中，让自己的独特音符组成一曲曲别具一格的人民之歌"[②]；社会主义新诗要"体现时代精神"等相关观点。这些观点同样也是以社会主义人民为本，从本质上讲是与俄苏社会主义诗学思想相通的。另外，俄国批判现实主义批评家别林斯基在《莱蒙托夫诗集》中说："对于只发挥自己个人哀愁的人，我们可以借用莱蒙托夫的话来说：'你痛苦不痛苦，与我们有什么关系'。"这里从反面表明了诗人不应只抒发个人感情，暗示着诗人应该代表人民大众而创作。

当然，除了受苏联社会主义文艺思想的影响外，吕进在论述自己的诗学观点时，也将苏联诗学家的一些具体诗学观点作为论据支撑，提高了论述的说服力。

最后，吕进对贺敬之、郭小川受苏联诗歌形式影响的诗体探索给予了肯定。吕进以新诗文体建设为目标的诗学体系的形成，自然少不了要对新诗艺术实践里诗人们对诗体的探索和实验的关注和总结。而对于贺敬之、郭小川的对苏联诗歌形式借鉴的分析与肯定，从深层意义上来说是对苏联诗歌形式的认可和接纳。

贺敬之和郭小川是新诗史上对苏联诗歌形式借鉴较多的诗人，他们具体的诗体实验是对马雅可夫斯基"楼梯体"的借鉴和转换。"楼梯体"最先始于法国未来派诗人阿波里奈尔，他的图案诗是诉诸视觉，而马雅可夫斯基则结合俄语的重音体系创造了自己的以音步为节奏单位的音节重音诗体。贺敬之和郭小川正是看到了这种诗歌形式波澜壮阔的气势和称颂的节奏很适合中国当时的豪放激情。于是就开始模仿"楼梯体"，但马上就遇到了问题，因为汉语没有重音，这就需要对这一诗体进行"本土化"的转换。吕进总结和肯定了贺敬之

① [俄]高尔基：《高尔基文学书简》（上卷），曹葆华、渠建明译，人民出版社1962年版，第497页。

② 吕进：《新诗的创作与鉴赏》，重庆出版社1982年版，第126页。

所进行的两方面的“转换”:“一方面将阿波里奈尔与马雅可夫斯基交错,即听觉效果和视觉效果的交错;另一方面在‘交错’中继承中国古典诗歌的一些传统技法,比如‘意境’等,并对其进行现代化的处理。”[①]经过不断实践,贺敬之形成了具有中国特色的“楼梯体”,像《桂林山水歌》《三门峡歌》就是成功的作品,当然这已不是苏联马雅可夫斯基的“楼梯体”了,它更多地融入了中国的本土特色。吕进认为,郭小川的“转换”则更加的彻底,虽然他的诗体探索始于“楼梯体”,但是后来的实践和探索几乎完全抛弃了“楼梯”,而创造了“短句体”,将新民歌的营养纳入诗体的实践,最后形成了成熟的“郭小川体”。

吕进对贺敬之、郭小川对苏联“楼梯体”诗歌形式探索的成功实践给予了充分的肯定,不仅为诗体建设提供了参考的范例和经验,而且成为他“诗体重建”诗学观点的有力证据,这中间包含着吕进对苏联“楼梯体”诗歌形式的认可和接受。

---

① 吕进:《文化转型与中国新诗》,重庆出版社2000年版。

滨田正秀对吕进诗学思想的影响[①]

张德明　姚家育

滨田正秀是日本知名文艺理论家,《文艺学概论》是他的学术著作之一。滨田正秀在日本玉川大学讲授《文艺学》课程多年,《文艺学概论》在1977年由玉川大学出版部出版。后来经陈秋峰、杨国华翻译,中国戏剧出版社于1985年8月出版中文本。在20世纪80年代我国引进的现代外国文艺理论著作中,也许滨田正秀的《文艺学概论》并不引人注目,但它进入吕进的诗学视野,并成为吕进现代诗学的理论资源之一,让人有些意外。在我看来,吸引吕进的是这本著作的学术价值。《文艺学概论》文末有一篇"译后记",译者陈秋峰、杨国华从三个方面对滨田正秀的《文艺学概论》的特点进行了归纳,可能就是这篇《译后记》让吕进眼前一亮,灵光一现,引起了阅读的兴趣和学术思想的共鸣。

滨田正秀的文艺学思想对吕进诗学的影响,主要体现在两个方面:

其一,视点理论。在滨田正秀的《文艺学概论》中,"视点"是作为表现艺术亦即作为小说的特点提出来的,他的"视点"一词来源于拉伯克的《小说技巧》,滨田正秀肯定了拉伯克关于"视点"原初的性质即作者与故事之间的关系问题。在此基础上,滨田正秀提出小说是一种"外视点文学":

> 小说的视点,如同绘画和电影一样,无疑是受视觉艺术影响的。叙事诗、社会小说和行为小说,主要是从外部来描写事件和人物的,是一种外视点文学。而描写感情、感觉和形象活动的心理小说,是一种把视点放在传奇的人的精神内部的文学。[②]

---

① 本篇选自张德明、姚家育《吕进诗学研究》第一章第一节,人民出版社2016年版。题目为编者所加。

② [日]滨田正秀:《文艺学概论》,陈秋峰、杨国华译,中国戏剧出版社1985年版,第41页。

应该说滨田正秀对“视点”的阐释偏重于小说，把小说看作是外视点文学，并充分肯定了小说中“视点”的作用：“小说的视点既是上帝的视点，又是恶魔的视点，既是肉体的视点，又是精神的视点。”[①]滨田正秀并没有提出“内视点文学”这个概念，而且他把小说作为表现艺术的文体进行讨论也不完全准确，事实上小说是再现的成分更多一些，他的合理之处是把描写外部事件和人物的小说、叙事诗称之为“外视点文学”。

吕进提出“抒情诗的审美视点”学说，并把抒情诗称为“内视点文学”，是他的原创，也是中国现代诗学理论的一个突破。作为文艺理论的“视点”这一术语，在欧美文艺理论著作中不时出现，包括流传甚广的韦勒克、沃伦的《文学理论》，滨田正秀是否读过韦勒克、沃伦的《文学理论》不得而知，是否受韦勒克、沃伦的影响更未可知，但刘象愚等人翻译的韦勒克、沃伦的《文学理论》进入吕进的学术视野，应该比滨田正秀的《文艺学概论》要早。一则因为前者于1984年11月北京三联书店第一次出版，后者于1985年3月中国戏剧出版社出版，两者进入国内学术界有先后之别，而且学术著作的影响力有大小之分；二则吕进参阅过韦勒克、沃伦的《文学理论》，这在吕进著作的注释中明显可见，但滨田正秀的《文艺学概论》对吕进的影响似乎比韦勒克、沃伦的《文学理论》要大，这不仅体现在吕进对“视点”这一理论的深入阐释上，而且体现在吕进行文轻快活泼带有鲜明的个人体悟上。吕进对东方诗学似乎有一种与生俱来的亲近感，东方诗学的感悟方式、体验方式让吕进容易找到表达的感觉。

滨田正秀关于“视点”理论止步的地方，恰恰是吕进前行的地方。如前所述，滨田正秀提出“外视点文学”这个概念是他的发现和创造，但他把小说、诗歌等文类统称为表现艺术，一定程度上遮蔽了两者之间质的差异；滨田正秀似乎也有所察觉，于是他又补充说“描写感情、感觉和形象活动的心理小说，是一种把视点放在传奇的人的精神内部的文学”[②]——这正是吕进起步的地方，以感情、感觉等心理活动所擅长的不是诗吗？诗歌较之小说等叙事文类的神奇微妙的地方，是在它的“精神内部”，即诗人心灵世界的丰富性。于是吕进得出“诗是内视点文学”这个结论，滨田正秀未曾捅破的窗户被吕进捅破了。从内

① ［日］滨田正秀：《文艺学概论》，陈秋峰、杨国华译，中国戏剧出版社1985年版，第41页。
② ［日］滨田正秀：《文艺学概论》，陈秋峰、杨国华译，中国戏剧出版社1985年版，第41页。

视点出发,诗歌和散文的分野更清晰更明确,吕进指出:“诗在散文未及、未尽、未能、未感的地方显露自己的价值:它是外在世界的内心化、体验化、主观化、情态化”,“内视点是心灵视点,精神视点”,”散文在外在世界徘徊,诗在内心世界独步。”[①]从内视点出发,吕进对诗的观照和洞察是独特的,也是深刻的。

1998年吕进在《西南师范大学学报》(人文社会科学版)发表《论诗的文体可能》一文,对诗的视点及其视点特征,首次做了探讨,“内视点”作为中国现代诗学的一个理论概念,首次在这篇论文中得到阐释。吕进关于诗的审美视点的学说是非常丰富的,远非滨田正秀的视点理论能比。吕进吸收了滨田正秀的有关论述或者在滨田正秀的《文艺学概论》这里得到启发是事实,但吕进的诗的内视点理论还吸收了韦勒克、沃伦的《文学理论》、爱克曼辑录的《歌德谈话录》、莱辛的《拉奥孔》、鲁道夫·阿恩海姆的《艺术与视知觉》等西方文艺理论著作的有关精辟论述,也吸收了中国传统诗话中诗与禅返躬内省的理论。这里不一一展开。

其二,抒情诗理论。滨田正秀在《文艺学概论》中,对抒情诗的界定是有新意的,他认为“所谓抒情诗,就是现在(包括过去和未来的现在化)的自己(个人独特的主观)的内在体验(感情、感觉、情绪、热情、愿望、冥想)的直接的(或象征的)语言表现。”[②]这个概念显然区别于20世纪80年代初国内有些文学理论教材对诗的界定,它触及了诗的本质内涵。在吕进著述的注释中,也出现过滨田正秀关于抒情诗的定义,可见吕进是认同和接受的。吕进接受了这个定义中的“主观”“内在体验”等合理内核。但吕进有他自己的理解和发现,有更深刻独到的阐释,他认为“没有主观性,就没有诗。贬低、取消主观因素在诗美创造中的作用,就从根本上削弱或毁灭了诗”,“诗是主观体验,这体验有别于常人的一般的体验,诗的体验是一种主观性的超验。它不但是主体与客体的沟通,而且是对二者的创造。”[③]从吕进诗学体系的动态构建来看,吕进对滨田正秀抒情诗理论的吸收和改造,包括两个方面:一是诗的语言理论,二是诗的灵感理论。

先说诗的语言理论。滨田正秀对诗的语言的论述,整体上比较平庸,但也

---

① 吕进:《抒情诗的审美视点》,载《中国现代诗学》,重庆出版社1991年版,第22页。
② [日]滨田正秀:《文艺学概论》,陈秋峰、杨国华译,中国戏剧出版社1985年版,第47页。
③ 吕进:《抒情诗的视点特征》,载《中国现代诗学》,重庆出版社1991年版,第36页。

有一丝亮点，比如他认为诗的语言"是非日常的、非实用的、非学术的，它最大限度地发挥了语言所具有的独特机能，得以表现艺术世界"[①]，接着分析了诗的"声音要素"和"意义要素"。吕进对诗的语言的论述，应该说受到滨田正秀的启发，但吕进是从艺术媒介以及诗与散文文体比较的角度进行探讨的，避免了滨田正秀论证方法的单一性和观点的机械性，丰富和发展了现代诗学的语言观。吕进认为：

所谓诗的语言方式，就是诗独特的用词方式、语法规范和修辞法则。具体说来一般语言在诗中成为内视语言，灵感语言，实现了（在散文看来的）非语言化、陌生化和风格化。非语言化，就是诗歌语言的意味强化，意义弱化；它的体验功能发展到最大限度，交际功能退化到最大限度；它由推理性符号转换为表现性符号。[②]

两相比较，两者论述诗歌语言在外延上有类似之处，其中个别语词如"非""最大限度""表现""意义"等一致；不同之处是内涵不一样，前者浅后者深，同时表述风格也不一样，滨田正秀是叙述性的，吕进是体验式的。更不同的是，滨田正秀是点到为止的泛泛而论，而吕进从艺术媒介以及新诗文体角度，对诗歌语言的论述多达数万字，从诗的灵感、诗的寻思到诗的生成，构成新诗创作语言学、心理学的完整链条，是吕进诗学大厦的组成部分。

再说诗的灵感理论。《新诗的创作与鉴赏》中的"创作篇"中第五章"诗的灵感"，是吕进对诗的灵感的专题探讨；《中国现代诗学》的第八章"抒情诗的生成（上）"也是吕进对诗的灵感进行详尽探讨的章节。两相比较，前者材料丰富，引用了中外不少诗人的自述，比如郭沫若、歌德、臧克家、雷抒雁等。吕进把诗的灵感的发言权还给诗人，请诗人自述创作的灵感，然后吕进对诗的灵感进行理论概括，在吕进看来，诗的灵感是"诗人的主观世界与客观世界最愉快的邂逅，是诗人形象思维活动由量变到质变的飞跃所产生出来的高度创造力。"[③]后者注重理论的提升和抽象，材料更精当更有代表性，更能体现吕进对中国古代

① [日]滨田正秀：《文艺学概论》，陈秋峰、杨国华译，中国戏剧出版社1985年版，第50页。
② 吕进：《抒情诗的艺术媒介》，载《中国现代诗学》，重庆出版社1991年版，第71页。
③ 吕进：《诗的灵感》，载《新诗的创作与鉴赏》，重庆出版社1982年版，第147页。

文论、诗论精湛的修养和学识，尤其是把诗的灵感和庄子有关虚静理论联系起来，并吸收著名学者钱锺书在《七缀集》中对虚静的有关论述，拓展了诗的灵感的理论内涵。

吕进对诗的灵感的论述，表面看和滨田正秀的文艺学思想无关，但其实延伸和发挥了滨田正秀的视点理论。在《中国现代诗学》中，吕进讨论诗的灵感之所以比《新诗的创作与鉴赏》要深刻得多，一个重要原因是：吕进把诗的灵感与诗的视点接通起来，再把诗的视点与中国古代文论的虚静理论接通起来，甚至用古代诗论、文论中的禅悟来深化视点理论。吕进在《中国现代诗学》中，对诗的灵感的论述，较之《新诗的创作与鉴赏》，至少有两个方面值得我们重视：一是“诗的灵感”的定义的改变。在《中国现代诗学》中，除了保留《新诗的创作与鉴赏》中诗的“灵感是诗人的主观世界与客观世界最愉快的邂逅”之外，增加了“是诗人消除心物冲突后的心灵升华”[①]一句话；二是论述了灵感的模糊性特征，指出“模糊性则是诗的灵感所特有”，立论的前提是“诗与散文的一个根本区别，就在于散文是外视点文学，而诗是内视点文学。因此，作为无对象的心灵艺术，模糊性是诗的本质特点之一。”[②]通过前后不同论述的对比，吕进改造和发展了滨田正秀的视点理论，使之中国化、本土化和现代化，增添了现代诗学的审美内涵。

总之，滨田正秀的《文艺学概论》中的“视点”理论对吕进诗学是有影响的，但经吸纳和本土化改造，吕进诗学以审美内视点为起点，然后延伸到抒情诗的语言和灵感，吕进不但全面超越了滨田正秀既有的观点，而且为异域诗学理论的中国化和现代化做出了难能可贵的探索。

① 吕进：《抒情诗的生成(上)》，《中国现代诗学》，重庆出版社1991年版，第136页。
② 吕进：《抒情诗的生成(上)》，《中国现代诗学》，重庆出版社1991年版，第144页。

辩证思维与吕进诗学思想①

董莎莎

辩证法作为一种艺术的思维方式，不仅对艺术理论进行多样统一的深入开拓，同样也凸显出一种深刻的艺术智慧。辩证法也从宏观、微观及智慧人生三个方面对吕进诗学思想产生了重要的的影响。

第一，辩证法作为吕进诗学体系的方法论基础。

诗评家蒋登科教授曾做过这样的评述："吕进诗学体系的形成与对具体诗学问题的解决都体现出对艺术辩证法的尊重，辩证法思想是吕进诗学研究的哲学基础（尤其是方法论基础）。他既注重诗学研究的原创性，也注重诗学发展的继承性；既倾心宏观审视，也注重微观分析；在开放的文化环境下，他的诗学体系以中国现代诗歌作为主要研究对象，同时也不忽略对外国（尤其是西方）诗学主张、诗学艺术经验的借鉴，从而形成独特的学术品格。"②这段话比较概括而完整地说明了辩证法是吕进诗学体系的哲学方法论基础，它在其诗学体系中起到提纲挈领和宏观调控的作用。

中国现代新诗是新文化运动的产物，是文学变革的急先锋，而新文化运动是在中国传统文化的主导地位遭到质疑后，在"打倒孔家店"而"别求新声于异邦"的"进步"思潮的推动下产生的。这就使新诗自诞生之日起就处于既非传统又非西方的全新文化语境，而作为急先锋的新诗在产生过程中必然以丧失某些本质的东西为代价。吕进先生正是在认清新诗产生的历史与现实的文化语境之下，提出了"转换"思想，即"坚定地继承本民族的优秀诗歌传统，但主张传统的现代化转换；大胆的借鉴西方的艺术经验，但主张西方艺术经验的本土

① 本篇原题目为"辩证法与吕进及其诗学体系"，载《重庆三峡学院学报》2010年第5期。
② 蒋登科："吕进与中国现代诗学体系的建构"，载《西南师范大学学报》2000年第5期。

化转换。”[1]这是作为“上园派”主将之一的吕进先生对中国新研究所持的基本态度和主张，并且以科学的怀疑精神与正面建树意识的结合建构其中国现代诗学体系，在这一建构过程中这一转换思想无处不在。正是因为这一“转换”的基本态度所具有的深刻的哲学辩证法内涵，才使其诗学体系更具艺术生命力和张力，为中国现代诗学的重建提供了明确的思路，具有深远的指导意义。正如吕进在其诗学体系代表作《中国现代诗学》开篇第一章所说：“创构中国现代诗学体系的重要前提，是在与西方诗学的比较中把握中国传统诗学的精髓，以便在开放中建立中国现代诗学的民族性框架。”这一辩证的态度和主张就是吕进在诗歌研究过程中的指导思想和立足点。

在改革开放的新时期，中国新诗、诗学进入了一个全新的开放的文化语境之中，中国诗坛上出现了正反两方面的丰富的诗歌、诗学现象，为诗歌艺术探索和现代诗学的艺术发展提供了契机，同时也呼唤着新诗研究的新变，使人们更加开阔、深入地总结新诗发展的历史和规律。在20世纪80年代的中国诗坛上存在三大理论群体，以形成的时间先后为序，它们是：传统派、崛起派、上园派。传统派以对民族文化传统的纵的继承为其诗学建构的鲜明特征；崛起派以对西方现代化的横的移植为其诗学建构的鲜明特征；后起的“第三”即上园派吸纳了传统派和崛起派的长处，摒弃了他们的不足，以求实、创新、兼容、辩证的“转换”思想来建构诗学体系，从而显示出了较强的生命力和巨大的艺术涵盖面。黄子健、佘德银、周晓风合著的《中国当代新诗发展史》中写道：“新时期诗歌理论批评中所谓稳健派（主要指上园派）代表了企图超越崛起派和传统派各自偏颇的“第三条道路”的努力方向。该诗派理论批评的突出特点是力求平稳，力戎片面。“求实、创新、多元”则大体反映了这一派诗论的基本风貌。”[2]上园派作为“第三”是在传统派与崛起派双峰对峙时并已凸显出各自的局限之下产生的，它的出现具有重要的诗学和辩证的哲学意义。“第三”可以活跃全局，可以开阔空间，可以探寻新路，带来新的生态平衡。可以说上园派的产生是中国诗学历史发展的必然，并且其辩证的求实态度使其诗学理论主张自提出起就得到了广泛的呼应、认同与接受。

吕进诗学体系的建构从草创，到成熟，到逐步深化和完善，是一个动态的

① 吕进：“中国新诗研究：历史与现状”，载《理论与创作》1995年第4期。

② 黄子健、佘德银、周晓风：《中国当代新诗发展史》，成都科技大学出版社1993年版。

发展过程。《文艺报》曾发表评论说“关于新诗的本质的探讨，从建国初的亦门到50年代的何其芳，再到80年代的吕进，所经历的简—繁—简的辩证发展过程，是诗评家们向这一哥德巴赫猜想极地跋涉靠近的一个个营地”。[①]吕进的以新诗的本质探讨为线索的中国现代诗学体系的整个形成、发展和成熟过程就是以这种“转换”的辩证法思想作为其宏观的哲学方法论基础而建构的，其诗学体系熔铸了中国传统诗学与西方传统诗学和现代诗学成果，在“通”中求“变”，在对自下而上的感性经验的总结中抽象出其系统性和科学性，实现了“本土化”与“现代化”的结合。吕进先生在《中国现代诗学》导言中曾对自己的诗学体系做了这样的概括：1.突破了习见的抒情说，在诗和现实的审美关系上，提出诗的内容本质在于它的审美试点（即观照方式）；2.突破了习见的精练说，在艺术媒介上，提出诗的形式本质在于它的语言方式的新说；3.在抒情诗的生成上，提出灵感分为体验性灵感和创造性灵感以及中国新诗常见的修辞方式的美学本质都是虚实相生的新说；4.在抒情诗的最新轨迹上，提出正题—反题—合题的三段式新说；5.突破了习见的烦琐分类标准，提出以审美视点和语言方式作为诗的分类标准的新说；6.填补了中国现代诗学体系在风格研究上的空白。[②]吕进正是在全面考察中国传统的诗学成果和西方诗学经典的基础上，在尊重诗歌的抒情性、精练性等特征的同时，主要通过诗与非诗文体的比较，从视点特征、语言方式等方面获得了对于诗的本质的全新认识，清晰地凸现出诗歌的文体特征。傅宗洪曾发表文章说“在诗学形态上，注意保持和发展中国新诗的领悟性特征，摒弃了对西方诗学术语的生搬硬套，也摒弃了西方诗学那种以公式和概念抽象鲜活的诗歌现象，戕害诗歌本身的浑然完整的方式，虽然著者对西方诗学的精蕴不无借鉴（如重系统性，重逻辑推理，重哲学精神等）。”[③]由此可见，吕进的诗学体系对一切进行辩证的批判与吸纳，不崇拜任何东西，尊重新诗的客观规律，实事求是地从正反两个方面看待问题，有破有立，有张有弛，既自如地挥洒诗人般的激情，又处处点燃理论家的理性之光。“他的诗学理论以开阔的视野，公允的观点，广泛的适应性而为人所称道。他不恋“旧”、

---

① 袁忠岳：“反理性诗歌的出路”，载《文艺报》1988年7月2日。

② 吕进：《中国现代诗学》，重庆出版社1991年版，第2页。

③ 傅宗洪：“一部‘通’中求‘变’的诗学论著——读吕进新著《中国现代诗学》”，载《当代文坛》1992年第6期。

亦不唯“新”,而是科学的对待各种诗学现象,具有强烈的辩证色彩,这是他的诗学主张呈现出流动中的一致性。”[①]在对艺术辩证法的尊重中,在中西诗学、传统与现代诗学、诗与非诗文体的比较中做到通中求变、博中求新,使其诗学理论体系呈现出一种求实、创新、兼容的学术品格。

第二,辩证法在吕进诗学观念中的具体表现。

吕进在具体诗学观念和问题的论述中,往往通过比较研究方法,在矛盾对比中凸显事物的本质规律,使事物的本质特征更加清晰。有几个大的见解对于辩证法的体现尤为充分:诗与画、诗与音乐及造型艺术的区别;诗歌的分类;创作与鉴赏的互动;对于新诗的思想性和艺术性的辩证看法;诗歌虚与实的艺术辩证法;新诗的“常”与“变”以及对当前诗潮和诗歌现象的态度等等。

吕进在辨析“诗如画”与“诗与音乐等质”及“诗与造型艺术”时经过一番中西、古今的比较、辨析之后提出自己的主张,他认为“诗如画不是科学的界说,诗是画的降低——它要表现客观现实,但不长于精细的描绘客观现实。但它更是画的‘提高’——对于诗,直观世界太局促了,他从画中解放出来;从直观的物质的狭小天地中解放出来,从贫乏的直观的小溪奔向广阔的感情大海。诗与音乐等质也不是科学的界说,诗是音乐的‘降低’,——它追求音乐美,但又比不上音乐的丰富与悠扬,但它更是音乐的‘提高’;对于诗一般的感情世界太空泛了,它从音乐解放出来,给感情世界以更深、更充实的内容和明确清楚的外貌。破中有立、双向展开,在同一中看到差异,在差异中把握同一。”又譬如论述灵感时,不但从词源学上剔除其神秘色彩,还进而认识到:“灵感是主观世界与客观世界的美丽邂逅,是诗人形象思维活动由量变到质变的飞跃所产生出来的高度创造能力。”对于一首诗来说,灵感是因;对于客观世界来说,灵感是果。

对于诗歌的分类,他从审美试点的角度将诗分为内视点诗歌与双重视点诗歌。前者包括小诗、山水诗、咏物诗和爱情诗,后者包括叙事诗、剧诗、寓言诗、讽刺诗和散文诗。尤其是后者,提出了双重视点诗歌的概念,不但揭示了这几种诗歌样式的独特特征,而且对以内视点为特征的诗歌的一些例外情形进行了概括,全面而完整的对诗歌的分类进行逐一论述。以语言方式为标准,吕进将诗歌分为漂泊诗与固定诗、自由诗与格律诗、素体诗与有韵诗、无标点

① 蒋登科:“对吕进诗学体系的简单理解”,载《当代文坛》1996年第5期。

诗与有标点诗、默读诗与朗诵诗、打油诗与艺术诗、游戏诗与严肃诗、从文体对应的角度对诗歌进行分类，有助于从比较的角度对各类诗歌进行全方位透彻有效的研究。另外，对包括抒情诗在内的多种中国传统诗体的打量，带来研究视野的开阔性和学理性，具备更多的学术性和合艺术规律性。

立足于创作与鉴赏的互动，两者相互依存、互相联系，在良性互动中演化诗歌的基本规律，揭示内部奥秘，从中更清楚地从现象到本质的认识诗歌的真实情况。只有对创作现象、手法的洞若观火般的剖析，才能深刻地揭示出诗歌的美学规律；也只有对诗歌鉴赏规律高屋建瓴的宏观洞察，才能有力地启发创作主体更加在意从寻思到寻言过程中讲究创作手法等的承继与创新。并且我们可以从吕进的诸多成果中归纳为两个方面，一方面是诗学著作：《新诗的创作与鉴赏》《新诗文体学》《中国现代诗学》《对话与重建》等；另一方面是诗歌的鉴赏与编选：《外国名诗鉴赏辞典》《爱我中华诗歌鉴赏》《新诗三百首》《新中国50年诗选》等。从中我们可以看出，吕进始终从创作与鉴赏相互拉动的流变过程中去把握中国新诗，其诗学主张相应的得到刷新，自觉寻找并站在富于现代气息的崭新的起跑线上，使吕进诗学体系具有不断伸展的宏大空间。

新诗的思想性与艺术性的辩证关系在不同时期可谓是此消彼长。新时期以前，无论是新中国成立前的为争取民族独立的战争年代还是新中国成立后的祖国建设时代，人们都过分地强调诗的思想性，强调诗歌应该承担更多的政治功能，政治标准第一，艺术标准第二；而在新时期之后，又否定思想性，只重诗歌的艺术性和直觉而忽视诗歌应有的社会责任感的不良倾向。吕进指出诗歌在坚持其立身的艺术性之外还要有思想和哲理的内涵，但必须超越时代“思想的平均数”，并且诗歌的思想应是感情的晶体、机智语言的晶体。独立于感情之外，独立于具体形象之外，独立于机智语言之外的思想。他能坚持辩证的认识诗中思想表现的规律，在情感、形象、音乐等诗歌生活的主要方式之外，坚持中国古典诗歌所传承的一种崇尚“国”“家”的诗歌精神，是难能可贵的。

诗歌虚与实的艺术辩证法。吕进将虚实相生的修辞方式分析成虚实形象与虚实手法进行研究。虚实意象都有自己的“度”。过实则庸，“钟厚必哑，耳塞必聋。万古不坏，其惟虚空”；过虚则妄，过虚就会由虚拟走向怪诞，由空灵走向晦涩。虚实相生也是新诗创作的重要手法，它是指虚实两类诗歌形象相互支持、交错与转化。虚实形象的相对性和它的具体形态的丰富性带来虚实相生的无穷性。虚实相生包括了景情、形神、物我、浓淡、繁简、奇正等的相互交错与转化的艺术辩证关系，富于诗以变幻无穷的魅力。

对新诗的“常”与“变”的辩证分析。吕进认为“变”是新诗的根本，一代有一代的诗歌。但在“变”中还有一个“常”的问题。“变”就是“常”，而且是一种永恒的“常”。中国新诗的繁荣程度取决于它对新的时代精神和审美精神的适应程度。但是，中国新诗的“变”又和中国诗歌的“常”联系在一起。诗既然是诗，就有它的一些“常态”的美学元素。重新认领这些“常”，是当下新诗拯衰起弊的前提。中国诗歌的“常”来源于又外在于古典诗歌，活跃于又隐形于现代诗歌当中。也就是说，“常”不是诗体，不是古典诗歌本身，“常”是诗歌精神，是审美精神。在诗歌精神上，中国诗歌从来崇尚家国为上。中国诗歌的评价标准从来讲究“有第一等襟抱，才有第一等真诗”，以匡时济世、同情草根的诗人为大手笔。这是中国诗歌的一种“常”。在现代社会，尽管现实多变，艺术多姿，但这个“常”是难以违反的。诗之为诗，在形式上也有一些必须尊重的“常”即格律，没有形式感和音乐感的人绝对称不上是诗人。中国诗歌在传播上也有“常”。有小众化的诗，更有大众化的诗。想想古代的传播媒介的单一，更值得深思。重建写诗的难度，重建读诗的易度，这是新诗必须注意的我们民族诗歌之“常”。以上吕进对新诗的“常”与“变”的辩证分析让我们认识到：新诗在“变”中就有时时回望“故乡”的必要。

对当前诗潮和诗歌现象的洞察，主要是多侧面地探讨新时期以来新诗发展的轨迹。对于文坛纷繁复杂的现象，臧克家曾说“在这种复杂的情况之下，吕进能以他的洞察力，对各种现象分析研究，是其所是，非其所非，态度比较科学而公允”[①]对于丰富的诗歌现象，他提出“有偏爱，不偏废”的主张，抱着一种辩证兼容性的态度，尊重诗歌艺术发展的事实，将各个流派、各种风格的创作都纳入自己的理论视野中，从而回过头去丰富自己的诗学体系，不断地变化创新，使其诗学体系更具科学性和合理性。比如吕进发表的一些论文探讨诗的大众化与小众化、诗歌传统与传统诗歌、诗运的三段式、诗：生命意识与使命意识的和谐、诗剧与剧诗、论“新来者”等等问题。通过比较，在矛盾对比中多侧面地凸显事物的本质规律，使事物的本质特征显现得更加清晰，对热点问题给予比较客观的评介，这些论述体现了吕进在诗学研究中一贯坚持的辩证思想，

① 臧克家：“吕进的诗论与为人”，载《当代文坛》1989年第4期。

不偏于一面,而是尊重诗歌发展的客观规律和诗歌自身的文体规律。

第三,辩证人生:一株开"双色花"的树。

吕进先生曾说过:以入世的双手创造人生,以出世的双眼观察人生。这同样是他自己充满智慧人生的真实写照。如果说吕进的诗论充满了辩证的思辨色彩,同样吕进的人生也闪耀着辩证的光芒,就像报刊所评述的那样,他是一株开"双色花"的树。

古典与现代。吕进教授在古典与现代中穿越,可以与李白、杜甫把酒问诗篇,也可以玩转现代科技,当前新型的交流方式能为他所用,例如网络交流和短信交流。他的身上有着丰厚的古典文学的雅致,也有现代气息的时尚。对一切都有一种海纳百川的气势,好比一台兼容性很强的电脑,可以接纳各种各样的信息资源。

中国与西方。吕进先生毕业于外语系,并在该系执教多年,西方文化的打量浸润,再加上东方文化的渊博积淀,使他博览古今,通晓中西。中西文化在他这里融会贯通,碰撞出很有见地的思想观点,是他的诗学体系得以完整建构的一个重要基础。

作诗与论诗。一般而言,写诗与论诗很难在同一个人身上有较高成就的统一:要么做一个纯粹的诗人,要么做一个纯粹的诗评家。而在吕进先生身上,这一统一却奇妙地出现了。他曾就如何揭示诗的秘密这样说过:不仅不能用枯燥乏味的空洞理论去使寓于这一秘密的魅力消失,相反经过诗论的照射,这一秘密应当变得更加妙不可言。这也正是由于他的诗人气质,使他可以在诗之内谈诗,他的诗论有诗一般的语言,在给读者以理论启示的同时,也给读者以美的享受。

教学与科研。作为海内外知名的时诗评家,吕进教授在自己的科研领域有着很大的收获:1993年的"世界诗歌黄金王冠";在日本、俄罗斯、美国、韩国的访问和讲学均受好评;主持省级和国家重点科研项目若干;专著很多,从1982年开始的《新诗的创作与鉴赏》成名,到《中国现代诗学》的成熟,这前后都有无数相关论述问世。教师和学者的双重身份,使得吕进教授不仅在自己的科研方面有很大的成就,同时也成为很多学生的一代恩师。吕进的教学效果好,是历届大学生和研究生所公认的,很多学生在回忆时都说吕老师课堂教学生动、活泼、激情、深刻,是一种崇高的艺术享受,既丰富了知识,又陶冶了情操。除此之外,吕进教授还对硕士研究生学位课程进行有效的改革,这一改革获得了国家级优教成果奖。吕进教授独辟蹊径开设了“独立研究”课程,以学位论文的开题为中心,以在导师指导下的共同研究和个别读书为基本方式,大大提高了硕士论文的质量。

教书与育人。吕进教授不仅教中国新诗研究所的研究生如何做学问,更看重教他们如何做人。他不仅是研究生学术的导师,也是他们人生的向导。吕进教授以身作则,在为学、为人方面都是学生的典范,慈爱与严谨并重,总是能在学生人生的关键时刻给他们以教导和帮助。吕进教授认为,教书过程中的育人工作的中心在良好的学风的培养上,这是专业教师的教书育人工作的关键所在、灵魂所在。吕进老师亲手创办并已成为其生命中的一部分的中国新诗研究所至今学风纯正,受到国内学界的普遍赞扬。他的这种以自身的情感优势、知识优势和经验优势的教学方法使得他自己的育人工作有亲切性、渗透性和经验性。吕进在教导学生时说:“尽管社会上普遍认为读书吃亏,不划算,但研究生作为高层次人才就应该有一种超凡脱俗的追求境界。这种境界就是‘心中别有欢喜事,向上应无快活人’,也就是说,我们在从事事业的必然王国通往自由王国的道路上付出的种种艰辛,必将取得一般人所没有同时也不肯能理解的‘欢喜事’——成果。这是一种极高的精神享受。而要得到这种精神享受,必定会失去一些世俗的快活。”吕教授辩证的得失观是那样的通达,学生们马上就能理解并接受了,并能静下心来安心地做学问。

邹建军对吕进的诗学主张给出了这样的评价:吕进作为当代诗坛的一个诗论实体,其意义将远远超过其诗论本身——诗论本身很难超越时代,它总有这样那样的局限,它本身就只标志一个时代——作为学派主体的吕进之精神更具价值,他很可能超越时空,波及后世。[①]总之,无论是从吕进的诗学体系中,还是从其人生的经历中,都可以很明显地发现和感受到辩证法与吕进及其诗学体系丝丝入扣的联系,这也是他的诗学体系具有很强的科学性、生命力并能够被大多数人接受的关键所在。

① 邹建军:《中国新诗理论研究》,长江文艺出版社1993年版,第86页。

“诗言志”“诗缘情”与吕进诗学的审美视点论①

张德明　姚家育

吕进毕生致力于中国现代诗学的建构。众所周知，和中国现代诗学有血脉姻亲关系的无疑是民族古典诗学。吕进通过与民族古典诗学的对话，重建富有民族性和现代性的中国现代诗学。中国古代诗学对吕进诗学的影响是多方面的，如果从对话与重建的角度看，我们无妨进行溯源和比较：古典诗学的“情志说”与吕进诗学的审美视点；古典诗学的“言意”观与吕进诗学的艺术媒介；古典诗学的社会功能与吕进诗学的精神重建。通过比较，中国古典诗学对吕进诗学的影响，或许更为清晰。

吕进首次提出“诗的审美视点”是在《诗的审美视点》一文中，提出“诗的审美视点即内视点”②的看法。从注释看，这篇文章写于1987年或1988年。1988年，吕进发表《论诗的文体可能》一文，语词表述上“诗的内视点”取代了“诗的审美视点”的提法：“所谓内视点，也可以说就是直接观照心灵的视点。”③两相比较，后者的提法比前者要清晰不少。在这篇文章中，吕进第一次把“内视点”和古典诗学的“言志说”“缘情说”联系起来：

中国古代最有代表性的两个诗论都承认诗是心灵体验的直接表现。起源最早的(可能产生于周代的)“言志说”和晋代陆机的“缘情”说均如此。《说文》

① 本篇选自张德明、姚家育《吕进诗学研究》第一章第二节，人民出版社2016年版。题目为编者所加。

② 吕进：《诗的审美视点》，载《新诗文体学》，花城出版社1990年版，第5页。

③ 吕进：《论诗的文体可能》，载《新诗文体学》，花城出版社1990年版，第33页。

干脆说“诗，志也”，比毛诗序的“诗者，志之所之也。在心为志，发言为诗”更直接。段玉裁说：“序析言之，许(慎)浑言之也。”自是不移之论。对“志”历来有各种界说，但多以“情志”并称。所以，与“诗缘情以绮靡”一样，也是以感情的对象化作为诗的使命。也就是“内视点”的古代说法。[①]

在这里，吕进基于中国现代诗学的建构，与古代诗学进行对话。在《中国现代诗学》的第二章《抒情诗的审美视点》一文中，吕进对“内视点”的理论渊源进行阐述，其中之一就是民族古典诗学：

我国古代“言志说”和“性情说”两个抒情诗理论实际上都是对内视点的发现，二者的区别无非是一个强调情的规范化，一个强调情的未经规范的自然本质而已[②]。

自此，吕进搭建起诗的内视点与古典诗学“诗言志”“诗缘情”沟通的桥梁。

“诗言志”说是中国诗学“开山的纲领”(朱自清语)。“诗言志”作为一个诗学命题的提出，始见于《今文尚书·尧典》：“诗言志，歌永言，声依永，律和声。”此后它在司马迁的《史记·五帝本纪》、郑玄的《诗谱序》、刘勰的《文心雕龙·明诗》等典籍中出现，后人对它的解释可谓见仁见智。尽管诗的抒情性早早确立了，但提出“诗缘情”是西晋陆机，他在《文赋》中称“诗缘情而绮靡，赋体物而浏亮”。朱自清对陆机的“诗缘情”给予了充分肯定，认为是“诗言志”之外的一个新目标。至此，中国古代两个著名的诗学理论或双峰并峙，或此起彼伏。总体上看，“诗缘情”说占据中国古代诗学理论的要津。“诗缘情”的提出，确定了抒情诗的主体地位，抒情诗并向其他文体渗透，形成了中国文学的诗性特征。

今人陈良运对陆机的“诗缘情”说，从中国诗学的整体着眼，做出了高度评价，认为“诗之美，实质上是诗人情感之美，或说，‘情’是诗歌生命力的美感表现，陆机是中国诗学史上自觉进入这诗歌美学命题的第一人。”[③]陈良运是从新

① 吕进：《论诗的文体可能》，载《新诗文体学》，花城出版社1990年版，第48页。

② 吕进：《抒情诗的审美视点》，载《中国现代诗学》，重庆出版社1991年版，第22页。

③ 陈良运：《“诗缘情而绮靡”》，载《中国诗学体系论》，中国社会科学出版社1998年版，第146页。

诗创作起步转入中国诗学研究的，早期以新诗研究知名，是“上园派”诗学理论家之一，著有《新诗的哲学与美学》等。后来转入中国诗学批评史研究，成绩不凡。陈良运所言的诗之美即情感之美，换一种表达方式，诗的视点就是情感视点即内视点。陈良运的见解和吕进的观点，是相通的。

吕进所言“情志并称”符合古代诗学理论实际。挚虞在《文章流别论》中指出“夫诗虽以情志为本，而以成声为节”，刘勰在《文心雕龙·附会》中也提到“以情志为神明，事义为骨髓，辞采为肌肤，宫商为声气”，此后“情志”并称，互为一体。较早对“情志”做出解释的是孔颖达，他在注疏《左传正义·昭公二十五年》时云“在已为情，情动为志，情志一也”。“志”较多群体政教伦常，“情”更多个体生命体验，无论是群体使命意识还是个体生命意识，诗总是由内而外的，心灵的触动是诗的起点，古人所言的“诗以情志为本”也就是诗的内视点。

吕进认为，抒情诗的内视点方式有三种：以心观物，化心为物，以心观心。吕进这种诗学的的理论渊源，来自古代诗学的心物交感理论。刘勰在《文心雕龙·物色》中写道：“诗人感物，联类不穷；流连万象之际，沉吟视听之区。写气图貌，既随物以宛转，属采附声，亦与心而徘徊”，这里的“随物以宛转”则化心为物，以物为主；“与心而徘徊”就是以心观物，以心为主。这种心物交感，都是传统诗学中的“兴”，即兴发感动，是内心与外物的双向交流和共感。以心观心，即返躬内视，禅悟顿悟，妙手偶得。当然，吕进关于诗的三种内视点方式，不是截然分开的，而是相互交融相互转换的。

概言之，诗的审美视点即内视点，是吕进对现代诗学理论做出的重要贡献。吕进的理论动机是对新诗长期以来“作诗如作文”谬论的清算，从学理上确定新诗的文体可能。诗的内视点理论，是吕进对中国古代诗学“诗言志”“诗缘情”理论的现代诠释，反过来，恰恰证明了中国古典诗学对吕进诗学的影响。

“言不尽意”与吕进诗学的艺术媒介论[①]

张德明　姚家育

诗的艺术媒介，是吕进诗学的重要组成部分。如果说，诗的内视点侧重于诗的体验，那么，诗的艺术媒介偏重于诗的传达。诗心体验人皆有之，但不是每个人都是诗人，把心上的诗变成纸上的诗，需要传达，需要艺术媒介，而诗没有现成的媒介，只有向一般语言借用媒介。因此吕进认为“诗是语言的超常结构”[②]。有些文学理论教材认为“诗是最高的语言艺术”，其实这是一种似是而非的观念。无可否认，曹雪芹的《红楼梦》是最高语言艺术，但不是诗；孔子的《论语》是最高语言艺术，也不是诗。这里的诗，指文体意义上的诗。因此，“诗是语言的超常结构”比“诗是最高的语言艺术”更具文体意义和学理价值，更有科学性。从艺术媒介的角度，吕进区分了诗歌语言和散文语言的不同本质，厘清了诗歌语言的文体属性，认为“散文有文学语言作媒介，诗却没有现成的媒介；诗以一般的语言组构独特的语言方式。可以说，作为艺术品的诗是否出现，主要不在它‘说什么’，而在‘怎么说’。离开独特的语言方式，诗便不复存在。”[③]所谓诗人，永远是“常恨言语浅，不及人意深”的人，是在诗的艺术媒介面前既无可奈何又雄心勃勃的人。诗是无言的沉默，没有“忘言”就没有诗；诗是本真存在的言说，没有“寻言”也没有诗。从“忘言”到“寻言”，是诗的生成法则，恰如吕进所说的：“诗人获得审美体验时是‘忘言’的，诗人将体验物态化时又得从‘忘言’走向‘寻言’。而‘寻言’由于诗没有现成的艺术媒介变得十分艰

---

① 本篇选自张德明、姚家育《吕进诗学研究》第一章第二节，人民出版社2016年版。题目为编者所加。

② 吕进：《论诗的文体可能》，载《新诗文体学》，花城出版社1990年版，第41页。

③ 吕进：《熟读〈新诗三百首〉，不会吟诗也会吟——〈新诗三百首〉前记》，载《吕进文存》（第三卷），西南师范大学出版社2009年版，第438页。

难。从这个角度,可以说诗人就是饱受语言折磨的人,或者,诗人就是与语言搏斗并且征服语言的人。"[①]从"忘言"到"寻言"的过程,就是从"言"到"意"的过程,而"言"和"意"之间的桥梁是"象",即古人所言的"立象以尽意"。吕进诗学的诗的艺术媒介,本质上是古代诗学"言""意"关系的现代阐释,是"言不尽意"的现代形态。

最早提出"言不尽意"的是庄子,《庄子·天道》云:"世之所贵者,书也。书不过语,语有贵也。语之所贵者,意也。意有所随,意之所随者,不可以言传也。"在庄子这里,"言不尽意"是一个哲学命题。"言不尽意"在《易经·系辞上》中也有表述:"子曰'书不尽言,言不尽意。'然则圣人之意,其不可见乎？子曰:'圣人立象以尽意'"。庄子的这种观点,是魏晋玄学思想的源头。而魏晋时期是文学的自觉时代,受玄学思想的影响,"言不尽意"从哲学命题向文学命题转变,在陆机和刘勰那里,被提到美学的层面得到讨论。陆机在《文赋》中所言"文不逮意"也就是"言不尽意"的意思。诗歌所传达的并不是日常生活经验,而是诗人的诗性生命体验,这种体验是人人心中有、个个笔下无的,是非个人化的,因此"言不尽意"具有了诗学价值。

中国古典诗学的"言不尽意"对吕进诗学的艺术媒介的影响主要体现在三个方面:

一是在诗与禅层面上,推崇体验和感悟。面对源远流长、异常丰富的民族古典诗学,中国现代诗学想要寻求突破,当然难乎其难,而唯其困难重重,才有价值和意义,才有前途和生命力。对此,吕进有清醒的认识,他说:"中国传统诗学太丰富了,它的触角伸向诗学的每一个领域。这可能成为中国诗学寻求新变所因袭的重负,但首先是中国诗学寻求新变的一种富有。"[②]不以传统诗学为"重负",而以之为"富有",寻求启发和创新,正是吕进建构现代诗学的路径之一。中国古典诗学,是真正意义上的形象诗学,诗和禅走得很近,这和民族文化、哲学、语言文字有深刻的联系。吕进认为,"诗禅相同也好,诗禅相似也好,都是在'悟'字上实现诗禅相通。禅学的核心就是'悟'。"[③]"中国诗学的'悟',是不用公式和概念去破坏那无言的体验。它力求使诗保持为诗,让诗的

① 吕进:《抒情诗语言的正体》,载《中国现代诗学》,重庆出版社1991年版,第115页。
② 吕进:《诗学:中国与西方》,载《中国现代诗学》,重庆出版社1991年版,第16页。
③ 吕进:《诗学:中国与西方》,载《中国现代诗学》,重庆出版社1991年版,第13-14页。

魅力在‘悟’中更加妙不可言，而不是相反。‘悟’是审美主体与审美客体的一种融合，是诗学家进入诗的内部化为诗本身。”这正是吕进对古典诗学民族特色的深刻体认，也是吕进现代诗学的自觉追求。严羽的《沧浪诗话》以禅喻诗，堪称精妙，着眼于诗美体验的不可传达，“学诗浑似学参禅，妙处难于口舌传”（游潜《梦蕉诗话》），但诗终究要借助语言媒介来表现，因此只能以“不说破”代替“说不破”。对这一悖论，吕进阐明了诗与禅的相异之处，“诗是无言的静默，是只可意会的体验。在这一点上，诗与禅是相通的。但诗人不能像禅家那样在‘悟’字上驻足，他在‘忘言’之后还得寻言。”①“寻言”就是诗的艺术媒介。那么，诗的艺术媒介有何奥秘呢？吕进以其感悟和体验，给人以睿智的回答和不尽的回味：

诗歌有非语言化、陌生化和风格化的语言，它拒绝散文语言的价值标准，它在内视世界里活跃，因此，它是自由的艺术。但是，诗歌语言却是很不自由的语言。可以说，诗凭借语言媒介成了最自由的艺术，但是语言却由于成为诗的媒介而成了最不自由的语言。②

二是在诗思寻言上，推崇言外意和象外趣。如上所述，禅是一片化机，有悟无言；诗是一派天机，有悟还得有言。言不尽意，非言不尽意，而意不尽言也。这种意不尽言的诗学旨趣，用刘勰的话说就是“文外之重旨”，古典诗学由此生发出言外之意，象外之象，味外之旨，韵外之致，这种诗学追求使古典诗歌含蓄空灵，诗论亦然。所谓“但见性情，不睹文字”，“不著一字，尽得风流”，“言近而旨远”，“含不尽之意见于言外”等等，都是古典诗学对不可言说的言说的形象描述。诗重暗示，贵含蓄，以“不说破”来代替“说不破”。且看吕进从诗的艺术媒介的角度对言外意和象外趣的阐释：

诗的真味是诗人的审美体验。而这是一种不可言出的内视体验，所谓“只可意会，不可言传”。可以说，诗的创作总是面临这样一个奇妙的难以克服的矛盾：欲言那“不言”，欲唱那无声。于是，诗人一般就走两条路：或者，去写那

① 吕进：《抒情诗的生成》（下），载《中国现代诗学》，重庆出版社1991年版，第167页。
② 吕进：《抒情诗的艺术媒介》，载《中国现代诗学》，重庆出版社1991年版，第76页。

引起诗美体验之“象”;或者,去写那诗美体验引起之“意”。诗美体验不可言,于是或言它的因,或言它的果,以期导引读者领悟这内视体验。换句话说,诗人写象言意,他的诗笔下的象与意其实只有暗示性、指示性意义,象外、意外才真正是诗之所在,所谓“象外精神言外意”。①

这是深得诗之“真味”的妙语。既是对古典诗学言不尽意的深刻体悟,又是对诗的艺术媒介、诗的内视点的现代阐释。立片言以居要,寓万千于简一。吕进历来反对诗论的晦涩,真正的诗学理论呈现的面貌都是朴素的,所谓大道至简、返璞归真是也。

三是在话语方式上,推崇诗话和类概念。诗话,既是中国古典诗学的话语形态,也是中国诗学的理论范式。在体系建构上,西方诗学泛指文学艺术,无论是亚里士多德的《诗学》还是黑格尔的《美学》,都具有体系庞大、逻辑严密的特点,注重概念的厘定和辨析,注重抽象演绎和推理,西方人的科学思维得到充分展示。中国古典诗话,所话者诗也,非诗文体理论著作一般称“文”或“艺”,比如《文赋》《文心雕龙》《艺概》等,只有诗才享有诗话的特权。我国古代诗话特别发达,诗话著作汗牛充栋。诗话是中华民族思维特质和艺术气质最集中的体现。古代文论和诗话,广泛地使用类概念或准概念,具有鲜明的民族特色。吕进的现代诗学无论是体系建构还是术语使用上,都吸收了民族诗话的优点,这一点不难辨别。据不完全统计,吕进在其著述中征引的中国古典诗话不下百余种,或详或略,或述或释。在民族诗话中,类概念使用广泛,“中国传统诗学喜欢运用类概念”,“类概念具有模糊性,对诗学而言,模糊也许就是精确,更接近诗美本身。”②吕进的观察和理解是精准的,类概念的使用和民族文化、哲学有关,与形象思维有关,应该说是民族智慧的结晶。中国诗学中的意象、意境、物境、境界等都是类概念,它的内涵在具体上下文中,这些从来没有被科学界定的概念,体现的恰恰是中国诗学的丰富性和开放性。有学者就中国古典诗话对吕进诗学的影响及其诗学意义,做了深刻分析,指出:

以感悟为诗性言说的基础,以象喻式批评为主要话语方式,以类概念为范

① 吕进:《抒情诗的媒介特征(下)》,载《中国现代诗学》,重庆出版社1991年版,第98页。

② 吕进:《诗学:中国与西方》,载《中国现代诗学》,重庆出版社1991年版,第14-15页。

式策略，以“以少总多”为学术笔法，由此建构起来的吕进诗学，体现了鲜明的“诗话”特征，既赋予了吕进诗学话语独特的学术品位和理论个性，使他在中国现代诗学领域占据着重要位置，也给中国现代诗学的学术发展和理论创新积累了宝贵经验。[①]

吕进诗学的审美视点，就是一个类概念，它有黑格尔的元素，但和黑格尔的本义不同；它有滨田正秀的影子，但和滨田正秀有别；它和古典诗学“肉眼闭而心眼开”有本质联系，但古典诗学没有“视点”这个概念。吕进没有对审美视点进行科学的界定，但他谈论诗与散文的本质区别，谈论诗歌语言的弹性和音乐性，谈论诗家语等，都是从诗的审美视点切入的，视点没有机械的定义，但含义丰富，无处不在。这是吕进诗学的特色之一，揭示了民族古典诗学对吕进诗学的深刻影响。

① 张德明：“论吕进诗学话语的‘诗话’特征”，载《西南大学学报（社会科学版）》2013年第4期。

“情志为本”与吕进诗学的精神重建论[①]

张德明 姚家育

1997年,吕进在《新诗呼唤拯衰起弊》一文中,首次提出“诗歌精神重铸”的诗学命题;2004年,吕进在《中国现代诗学的两个课题》一文中,把诗歌精神重建作为21世纪中国现代诗学的前沿课题之一;2005年吕进在《三大重建:新诗,二次革命与再次复兴》一文中把“诗歌精神重建”作为“三大重建”目标之一。由此可见,“诗歌精神重建”是吕进在20—21世纪之交萦回思考的诗学命题。2008年,吕进在回顾自己的学术道路时,写下这样两段文字:

关于新诗的振衰起弊的讨论为新诗“号脉”,指出了存在的种种弊端。比如中国新诗不见“中国”:中国的现状与历史,中国人的生存状态、生活状态、情感状态,中国人身外的文化世界和身内的精神世界,都在个人化的写作中被消解了。不要“中国”,却又埋怨诗在当代中国走向边缘,岂非逻辑混乱。

关于诗歌精神重建,我提出,中心是对于诗歌与社会、时代、个人的科学性把握。诗歌从来都是以它的从个人出发的独特审美对社会心理的精神性影响来对社会进步、时代发展内在地发挥自己的作用,实现自己的社会身份,从而成为社会与时代的精神财富。[②]

这里体现了吕进不但对新诗当下现实保持强烈关注,而且为新诗的前途忧心忡忡。这种担忧不无道理。新诗从80年代中后期以来,语言的探索与实验有深度与广度,新诗“向内转”本来有其合理性,但一旦过头,新诗就和社会

① 本篇选自张德明、姚家育《吕进诗学研究》第一章第二节,人民出版社2016年版。题目为编者所加。

② 吕进:“守住梦想——我的学术道路”,载《东方论坛》2008年第6期。

现实渐行渐远,和群体生活无关痛痒,失去了诗歌应有的温情和力量。诗与社会的话题,或者说诗的社会功能,本来是旧话题,但也是历久弥新的话题。21世纪初,吕进关于诗歌精神重建的命题,是古典诗学的功能论在现代中国的回响。

中国古典诗学的优良传统之一,是重视诗的社会功能,强调情志合一。

人们对"诗言志"的"志"的理解,一般是指社会政教伦常,即《毛诗序》所言的"发乎情,止乎礼义"。《诗大序》从理论上确定了儒家诗教的正统地位,诗歌应为伦理政教服务,诗被抬高到无以复加的地步:"故正得失,动天地,感鬼神,莫近于诗。先王以是经夫妇,成孝敬,厚人伦,美教化,移风俗。"在这种观念驱使下,诗沦为政教的附庸。孔子的诗学思想,主要体现在兴、观、群、怨上。《论语·阳货》云:"子曰:小子何莫学夫诗——诗,可以兴,可以观,可以群,可以怨,迩之事父,远之事君,多识于鸟兽草木之名。"孔子对诗的社会功用的认识,体现在两个方面:一是强调诗的伦理、教化作用;二是通过影响人的情感和心理,实现诗的净化功能。前者打上深深的时代烙印,后者至今具有生命力。可以说,"诗言志"作为民族诗学的元命题,在诗与社会联系上,确定了诗的道德价值。

陆机提出的"诗缘情",显然是对"诗言志"的反拨,上承屈原《离骚》的政治情感,中为汉末、魏晋五言诗的个体情感代言,下启唐代律诗绝句,这里的"情"不再是某种道德观念或政治伦理的图解,而是个体生命的独特体验和性情的自然流露。"诗缘情"说的提出,标志着诗歌本体审美价值的确立。

"诗言志""诗缘情"的并峙而立,或合流归一,形成了中国古代诗学的审美观。这种审美观,挚虞在《文章流别论》中称之为"情志为本",强调"诗言志""诗缘情"的融通交汇,或以"志"为本,或以"情"为根。如果说,"志"指向群体生活,更多社会性的群体意愿,那么,"情"则指向个体的本真存在和生命体验。中国诗学是情志的统一,是群体与个体、理性与感性、天道与人道的交汇和共鸣。优秀的诗人,既"言志"又"缘情"的,比如杜甫,一方面恪守儒家诗教,希望自己的诗歌有益于社会,"致君尧舜上,再使风俗淳";另一方面又把个人情感与国之命运联系在一起,"万里悲秋常作客,百年多病独登台"。现代诗人艾青亦然,"为什么我的眼里常含泪水"是诗人个人之"情","因为我对这土地爱得深沉"是中华民族救亡图存之"志"。

吕进用"两立式存在"来描述中国诗歌自《诗经》《楚辞》以来的传统,"中国诗歌自'风骚'开始从来就是两立式存在:社会抒情诗与自我抒情诗的互补结构。前者关注外时空,后者关注内时空;前者干预社会,后者干预心灵。"[①]这里的"两立式存在",就是古代诗学的"言志"和"缘情"。

对20世纪中国新诗的审美价值,吕进用"社会关怀"和"生命关怀"来概括新诗与社会的联系:

诗歌总是具有双重关怀:生命关怀和社会关怀。时代对于诗歌总是有严格的选择:在不同的时代,诗就会偏重不同的关怀。现代中国长期处在战争和动荡中,表现社会关怀的诗长期充当主流话语是最自然不过的诗歌现象。但是,不能让抒写生命关怀的诗埋没,而且,就本质来说,诗是最人性的艺术,是人的本真存在的言说,是人的终极价值的产物。因此,即使是抒写社会关怀的诗,也应当通过人性的渠道、生命的渠道、诗的渠道实现与社会的联结[②]。

这里的"社会关怀"和"生命关怀",前者偏重"志",后者侧重"情","双重关怀"就是"情志为本",就是"情""志"的统一。

吕进关于新诗精神重建的诗学命题,是基于20世纪80年代后期以来新诗的精神危机提出来的,有鲜明的现实语境,有突出的诗学价值:

新诗出现的精神危机主要表现为新诗的社会身份和承担品格的危机。在艺术上有了长足进步的同时,新诗又在相当程度上脱离了社会与时代。诗回归本位,绝不是诗回归诗人狭小的自我天地。回归本位以后的新诗如何更好地体现先进文化的前进方向,重建与社会、时代的诗学联系,重建诗的承担精神,在"诗就是诗"的前提下,增添诗的社会含量和时代含量。[③]

吕进在充分肯定90年代以来新诗艺术进步的同时,坦陈新诗在承担时代

① 吕进:《新诗,与新中国同行》,载《现代诗歌文体论》,广西师范大学出版社2003年版,第164页。

② 吕进:"二十世纪下半叶的中国新诗研究",载《文学评论》2002年第5期。

③ 吕进:"现代诗学的两个前沿问题",载《河南社会科学》2004年第3期。

精神、保持社会联系上的不足，新诗一度偏枯，犹如温室的花朵，鲜艳而没有活力，纤弱而难以承受风霜。有些诗人小处敏感，大处茫然，在文化转型、民族崛起的时代际遇中变得自恋和冷淡。新时期以来新诗研究界有“南吕北谢”之美称，谢冕不遗余力地为新诗的艺术探险鼓噪，为诗人取得的点点滴滴的进步鼓掌，体现了一个新诗批评家扶植新人、奖掖后进的热情和激情，继承了北大新诗胡适、废名开创的不破不立、欲立先破的先锋精神；吕进致力于新诗文体建设，返本开新，守常求变，审视新诗之得失，权衡创作之利弊，不偏不倚，持正守中，继承了闻一多开创的新诗传统，重视新诗诗体建设和诗人人格建设，破中有立，立为根本。“南吕北谢”呈现的是新诗研究的“两立式”结构，是两种互为补充的学术范式，吕进、谢冕和其他学者共同推进了新时期新诗研究。对此，我们不难理解吕进提出的新诗精神重建的诗学价值。

对于90年代以来甚嚣尘上的新诗个人化写作，吕进保持清醒和冷静，看到了新诗艺术探险中的生机，也看到了生机中的危机，这个危机就是诗人的自抚摸现象弥漫开来，愈演愈烈。诗人在自我中沉迷，淡出社会，在某些理论家的误导下，以艺术创新之名，割裂诗与社会的正常联系，漠视诗歌应有的社会功能。对此，吕进进行了辩证反思：

> 无论有多么个性化的文体特征，诗却与其他文体一样，与社会、与时代处于无须、无法割断的联系中，其区别无非是联系渠道的不同而已。并非诗一沾上社会与时代就会贬值甚至毫无价值。因为，一方面，诗是一种社会现象，诗人总是属于自己的时代；另一方面，关心中国改革开放的中国读者要求诗不仅具有生命关怀，也要具有社会关怀；最后，中国诗歌史、新诗史上的不少名篇佳作都是以艺术地关注社会、拥抱时代获得读者承认和喜爱的。[①]

吕进这里提到的“社会关怀”“生命关怀”，依然是中国古代诗学“诗言志”“诗缘情”的传统的回响，就是古典诗学的“情志为本”，只是“言志”“缘情”被赋予了新的含义，是中国古典诗学诗教传统的现代阐释。诗人关心自己，也应该关心他人；入乎其内，出乎其外；食人间烟火，与时代拥抱。诗人的胸怀与艺术

① 吕进：“三大重建：新诗，二次革命与再次复兴”，载《西南师范大学学报（社会科学版）》2005年1期。

成就是成正比例的，古人所言的有第一等襟抱，方有第一等真诗，诗人者不失其赤子之心也，都是这个道理。今天，当然不再提倡“诗无邪”的封建道德，但民族古老的诗教传统依然有它的合理性，“兴观群怨”的诗的功能应该被赋予现代价值。吕进诗学的生命关怀与社会关怀、文体自觉与时代自觉的命题，在全球化的今天，越发体现出它的文化价值。

艾青对吕进诗学思想的影响①

张德明 姚家育

吕进对艾青的接受，早期偏重以艾青的诗及其《诗论》尝试建立自由诗的审美规范，中后期则对艾青的"散文美"理论持保留意见，而倾心于艾青新诗的格律化倾向。吕进诗学思想中，始终把艾青作为诗人人格建设的典范。

艾青进入吕进诗学研究的视野，是在1980年。同年10月，吕进就艾青的诗集《归来的歌》写了评论文章《令人欣喜的归来》。从文章看，吕进用艾青的《诗论》阐释艾青的诗。这个思路，说它稚嫩，但稚嫩得可爱；说它奇特，又确实与人不同。暂且不论这篇评论写得如何，从文章透露的信息看：吕进喜欢艾青的诗，熟读艾青的诗，对艾青的《诗论》下过功夫。吕进熟读艾青的诗，不但指艾青的诗集《归来的歌》，还有《艾青诗选》。这篇文章，吕进完整地引用了艾青《诗论》中的三段文字，甚至用艾青的"主观世界与客观世界最愉快的邂逅"来指代"灵感"，可见吕进对艾青《诗论》的偏爱。在《给新诗爱好者》一书中，有一篇附录《诗人艾青》，这篇附录后面有一个"译者附记"："原文题目为《艾青的诗及其翻译》，这里译出的是该文的第一部分。"②吕进是俄语专业毕业的，吕进翻译这篇文章不但是把苏联学者研究艾青的学术成果介绍给中国学者，更是吕进喜欢艾青及其诗歌的个性流露。可见，吕进诗学研究之初，打上了艾青的烙印。

吕进早期尝试以艾青的诗阐释自由诗的美学要素。在吕进数量不菲的诗学短论中，艾青的诗是最常被征引的。《披文以入情》援引了艾青的诗《向太阳》，《意象的技巧》引用了艾青的诗《雪落在中国的土地上》，《无理而妙》征引了艾青的诗《一个黑人姑娘在歌唱》，《"点"大于"面"》援引了艾青的诗《小白

① 本篇选自张德明、姚家育《吕进诗学研究》第一章第三节，人民出版社2016年版。题目为编者所加。

② 吕进：《诗人艾青》，载《给新诗爱好者》，重庆出版社1984年版，第200页。

花》,《不即不离》引用了艾青的诗《山核桃》,《片言百意》引用了艾青的诗《古罗马的大斗技场》,《诗出侧面》援引了艾青的诗《给女雕塑家张得蒂》,《"不尽意"与"达意"》援引了艾青的诗《树》。这些不完全统计,来自吕进的专著《一得诗话》。《一得诗话》是偏重新诗赏析的普及读物,吕进选择艾青的诗作,作为赏析的文本,无疑是有眼光的。从诗美的角度说,民族古典诗歌和新诗应该是共通的,所以吕进选择新诗史上有成就的诗人的作品,尤其是新时期以来诗人的新作,避免了其他学者同类著作中只谈古诗不谈新诗的弊端。《一得诗话》应该属于吕进建构现代诗学体系的素材准备。在吕进的《新诗文体学》和《中国现代诗学》中,艾青的诗就成了"常客",艾青的《诗论》成了重要的理论资源。比如,在《新诗艺术表现中的虚与实》一文中,吕进先引用了艾青《诗论·主题与题材》中的一段论述,然后以艾青的诗《古罗马的大斗技场》和《墙》为例,阐述前者偏重实写,后者侧重虚写;言犹未尽,吕进再以艾青的诗《大西洋》为例,阐述虚实相生的表现手法;最后又以艾青的诗《仙人掌》和《拣贝》为例,阐释艾青的诗美。再如,在《抒情诗的审美视点》中,吕进以艾青的《光的赞歌·回声》为例,阐释抒情诗遵循体验第一的规范。吕进对艾青诗歌的解读,看重自由诗之为诗的美学要素,认为艾青丰富和发展了新诗的表现技巧,继承和发扬了民族诗歌的审美传统。

在吕进的诗学体系中,艾青是诗人人格建设的典范。新时期新诗对历史的反思中,艾青充当了"第一提琴手"。

从流放到归来,艾青弹琴的手居然一点也不僵硬。《烧荒》《鱼化石》《希望》《海水和泪》《盆景》《墙》《古罗马的大斗技场》《光的赞歌》,使艾青成为诗歌交响乐队的"第一提琴手"。艾青依然是艾青。而且,更富有哲人气质,更深沉。在理论上,他写了关于《诗人必须说真话》的专论。[①]

因此吕进认为,在新时期新诗对历史的反思中,艾青做出了实践和理论上的双重贡献。吕进以艾青为例,阐述了大诗人是主体自觉性和时代自觉性的统一。

---

① 吕进:《新时期十年:新诗,发展与徘徊》,载《新诗文体学》,花城出版社1990年版,第163页。

> 艾青之所以成为艾青，正在于他对旧中国农村的审美化程度很高的忧郁，正在于他对太阳与火把的向往。从在牢狱里呈给大堰河的礼赞到归来后呈给光的礼赞，艾青的诗是时代的情绪和沉思。[①]

在《中国现代诗学》中，吕进以艾青的诗《光的赞歌》为例，认为“诗人的使命意识最突出地体现在那些奏出时代主旋律的篇章——这样的诗人往往被誉为民族的代言人，时代的良知”，“诗人歌唱的情感是一种非个人化的艺术情感，充满着强烈的使命感，所以，这歌声中有一种令人仰慕的人格精神。”[②]

吕进尽管没有像骆寒超一样，写出艾青新诗研究的专著；也没有像龙泉明一样，写出艾青新诗研究的专章，但艾青进入吕进的诗学视野，比骆寒超和龙泉明要早。骆寒超眼中的艾青，是诗人创作论的艾青；龙泉明眼中的艾青，是新诗发展史的艾青；吕进笔下的艾青，是新诗文体建设的艾青。以新诗文体研究独擅的吕进将论文《论艾青的叙事诗》收入其《现代诗歌文体论》一书中，可见吕进对艾青的看重。近年来，吕进写了不少诗学随笔，旁涉诗坛掌故，其中《右边出事的艾青》是上乘之作。

吕进后期诗学研究中，对艾青的“散文美”理论是扬弃的，较多关注艾青诗歌中的格律化倾向，在吕进看来，“郭沫若和艾青先后提出的‘裸体美人’论和‘散文美’论，占领了自由诗的理论要津，在推动新诗发展的同时，也对自由诗的无规范状况的形成产生了影响。”[③]所以，艾青对吕进现代诗学的影响，偏重于新诗文体建设中的艾青，即自由诗之为诗的审美要素和诗人人格建设的诗学价值。

---

① 吕进：《大诗人的特征》，《新诗文体学》，花城出版社1990年版，第192页。

② 吕进：《抒情诗人的修养》，《中国现代诗学》，重庆出版社1991年版，第266页。

③ 吕进：《论新诗的诗体重建》，《现代诗歌文体论》，广西师范大学出版社2003年版，第148-149页。

刘半农、闻一多、何其芳对吕进诗学思想的影响[①]

张德明 姚家育

2003年，吕进发表《论中国现代诗学的三大重建》，2005年吕进发表《三大重建：新诗，二次革命与再次复兴》。“三大重建”理论的提出，是具有历史意义和时代意义的诗学课题，其中“诗体重建”理论是吕进诗学形式思想的总结。

“诗体重建”的内涵是什么？吕进认为，“新诗是从‘诗体大解放’中诞生的。从‘诗体大解放’到‘诗体重建’是合乎逻辑的发展，没有形式感的诗人绝对不是优秀诗人。提升自由诗、完形格律体新诗、增多诗体，是诗体重建的三大美学使命。”[②]吕进的“诗体重建”理论将对21世纪新诗形式建设具有重要意义。从现代格律诗理论的发展看，吕进“诗体重建”的诗学思想，吸收了刘半农、闻一多、何其芳等诗学理论的合理内核。

第一，吕进的“增多诗体”的主张来自刘半农。吕进认为：“新诗80多年中，不乏在诗体重建上创作实验和理论探索的先行者，刘半农就是最早的一位。他的《我之文学改良观》是一篇最早的讨论诗体重建的文献。他提出的‘破坏旧韵，重造新韵’‘增多诗体’等主张，现在也具有诗学价值。”[③]由此可见，刘半农“增多诗体”的诗学价值引起了吕进的共鸣。

刘半农的《我之文学改良观》一文，原本是响应胡适、陈独秀、钱玄同提出的“文学革命”“文学改良”主张的，壮大了新文化运动的声势，他在文中提出“韵文之当改良者三”：“第一曰破坏旧韵，重造新韵”；“第二曰增多诗体”；“第

① 本篇选自张德明、姚家育《吕进诗学研究》第一章第三节，人民出版社2016年版。题目为编者所加。

② 吕进：“守住梦想——我的学术道路”，载《东方论坛》2008年第6期。

③ 吕进，刘静：《余光中的诗体美学》，载《对话与重建——中国现代诗学札记》，西南师范大学出版社2002年版。

三曰提高戏曲对于文学上之位置"[①]。刘半农这种观点对早期白话诗颇具建设性,体现了刘半农的文体意识。刘半农的"增多诗体"以英国诗歌、法国诗歌和中国古典诗歌为参照,希望创造出新诗繁复多样的诗体来。吕进之所以对刘半农的"增多诗体"旧话重提,是由21世纪初新诗的历史处境决定的,自由诗的"一枝独秀"和现代格律诗的气息奄奄,不利于新诗生态的多元化。"增多诗体"诗学的价值,在于鼓励诗人在新诗文体上探索和实验,创造出具有民族特色和时代精神的相对成熟的诗体来。

第二,吕进的"诗体重建"思想吸收了闻一多的现代格律诗理论。吕进认为,"闻一多将新诗从'爆破'推向'建构',从'破格'推向'建格',将新诗推入了第二纪元 。闻一多以'三美'为核心的现代格律诗理论, 至今对于中国现代格律诗建设保持了一定影响。"[②]应该说,这种看法符合历史实情。但是,真正体现吕进对闻一多诗学批评且有较多独立见解的文章是《作为诗评人的闻一多》。吕进把闻一多置于整个20世纪、21世纪的诗歌现象、诗学现象中考察,挖掘闻一多对当下新诗建设尤其是新诗诗体建设的意义,从而避免了从新诗史打量闻一多的单一视角。闻一多是20世纪新诗史上罕见的多面手,较之艾青,闻一多是全才、通才。闻一多诗学理论的穿透力和影响,在21世纪还会持续发酵。吕进的《作为诗评人的闻一多》重审了闻一多诗学理论于现代诗学本体论、发展论的重要价值。吕进认为闻一多是系统、完善、深入、具体地提出现代格律诗理论的第一人,充分肯定了闻一多建设现代格律诗、探索具有诗质的自由诗的多元思想。吕进论证了闻一多对新诗外在节奏的理论内涵和价值,在此基础上,阐述了自己的诗学思想:

外在节奏才是诗的专属。正是后者充当了诗与散文在形式上的分界线。可以武断地说,内节奏只能称为文学艺术的音乐精神,外节奏才能称为音乐性。没有音乐性,诗就不再成其为诗了。[③]

---

① 刘半农:《我之文学改良观》,载《中国新文学运动史资料》,上海书店1982年版,第70-73页。
② 吕进:"论中国现代诗学的三大重建",载《文艺研究》2003年第2期。
③ 吕进:《作为诗评人的闻一多》,载《现代诗歌文体论》,广西师范大学出版社2003年版,第201页。

吕进从闻一多对诗的“工具”与“做”的论述中，引申出对诗歌传达中的限制与自由的辩证思考，从而对自由诗的“自由”进行清洗：

诗人，这里指现代格律诗人，尤其指自由诗人，要有形式制约感。对于诗而言，从来没有绝端的、漫无边际的“自由”。失去形式制约感的诗人不是真诗人。在他获得了他认定的自由的时候，他失去了写诗的自由。格律诗与自由诗的确有所不同。然而在同为诗歌上它们没有区别。[①]

总之，闻一多对吕进诗学的影响，较为集中地体现在这篇文章中，其后吕进提出诗体重建的诗学思想，从闻一多这里找到了历史依据，增加了说服力和厚重感，也为当下新诗诗体建设乃至新诗的出路找到了路标。

① 吕进：《作为诗评人的闻一多》，载《现代诗歌文体论》，广西师范大学出版社2003年版。

何其芳现代格律诗理论对吕进诗学思想的影响[①]

张德明　姚家育

20世纪30年代，何其芳和卞之琳、李广田共同出版诗集《汉园集》，因此三人并称为“汉园三诗人”。1938年何其芳和卞之琳奔赴延安，从事抗战宣传活动和文化艺术工作。面对抗战根据地的人们，何其芳的诗学观念大有改变。1944年何其芳对新诗的形式进行反省，他说：

> 中国的新诗我觉得还有一个形式问题尚未解决。从前，我是主张自由诗的。因为那可以最自由地表达我自己所要表达的东西，但是现在，我动摇了。因为我感到今日中国的广大群众还不习惯这种形式，不大容易接受这种形式。而且自由诗本身也有其弱点，最易流于散文化。恐怕新诗的民族形式还是要建立。这个问题只有大家从研究与实践中来解决。[②]

何其芳对新诗形式的反省为其在50-60年代探索新诗的形式建设尤其是现代格律诗的建设埋下了伏笔。在50—60年代关于新诗形式问题的讨论中，何其芳的观点主要有：一是认为读者更习惯于格律诗；二是古典诗歌五言七言律诗绝句有局限，不足以解决新诗的形式问题，因此要重建现代格律诗；三是既要符合现代汉语的特点，又要有鲜明的节奏和押韵。1953年何其芳在《关于写诗与读诗》一文中，比较系统地谈到了他的现代格律诗主张：

---

① 本篇选自张德明、姚家育《吕进诗学研究》第一章第三节，人民出版社2016年版。题目为编者所加。

② 何其芳：《谈写诗》，载《何其芳文集》（第四卷），人民文学出版社1983年版，第62页。

虽然自由诗可以算作是中国新诗之一体，我们仍很有必要建立中国的现代格律诗；但这种格律诗不能采用古代的五七言体，而必须适合现代的口语特点；现代的口语的基本单位是词而不是字，而且两个字以上的词最多，因此我们的格律诗不应该是每行字数整齐，而应该是每行的顿数一样，而且每行的收尾应该基本上是两个字的词；中国古代的诗都是押韵的，中国的语言同韵母的字很多，押韵并不太困难，因此我们的格律诗应该是押韵的，而不必搬运欧洲的每行音组整齐但不押韵的无韵诗体。[①]

何其芳的现代格律诗理论，较之闻一多又推进了一步，注重现代汉语口语的特点，注重诗行顿数相等，注重押韵。何其芳的现代格律诗理论，在艺术实验上具有可操作性。

如果说，吕进的诗体重建理论是对闻一多诗学理论的阐释和延伸，那么，吕进的新诗格律诗思想较多吸收了何其芳的现代格律诗理论。

从《新诗的创作与鉴赏》的写作和成书来看，现代格律诗进入吕进的学术视野是比较早的，吕进吸收了何其芳《诗歌欣赏》《关于写诗与读诗》的一些见解，这不但从《新诗的创作与鉴赏》参考文献中可见，而且体现在吕进诗学观点的表述中。在《新诗的创作与鉴赏》中，“现代格律诗”被作为“本质篇”中第三章“诗的形式”的第四节进行专题讨论。吕进首先论述了现代格律诗存在的必要性和必然性：“自由诗并不能全部取代格律诗。这是因为：1.现代生活的某些内容更适宜于用格律诗来表现；2.很多读者习惯于格律诗传统。”[②]然后梳理了新诗史上闻一多和何其芳建设现代格律诗的主要观点和贡献，吕进认为：“格律诗派的主要贡献是在西方现代格律诗的经验与汉语诗歌的结合方面。50年代，何其芳在这一课题上也有较为宝贵的理论贡献。”[③]最后，吕进对20世纪现代格律诗理论的诗学价值进行了概括：“(1)格律，是我们民族诗歌的重要特点，也是民族诗歌欣赏习惯的重要特点”；“(2)中国新诗史的一个现象值得注

① 何其芳：《关于写诗与读诗》，载《何其芳文集》(第四卷)，人民文学出版社1983年版，第467页。

② 吕进：《中国现代格律诗》，载《新诗的创作与鉴赏》，重庆出版社1982年版，第120页。

③ 吕进：《中国现代格律诗》，载《新诗的创作与鉴赏》，重庆出版社1982年版，第120页。

意:在节奏和押韵上讲求一定的规律的自由诗(或称'半自由体')与日俱增。闻一多、徐志摩、郭小川等用这类形式写出了不少受人欢迎的诗章";"(3)不应笼统地说,格律会给新诗造成限制。实际上,世界上任何一种文学样式都会有它作为一种'样式'的限制";"(4)中国现代格律诗的探索焦点,是如何借鉴中国古典诗歌、西方现代格律诗和民歌的某些特点,运用现代汉语,建立一定格律以充分表现当代人的诗情";"(5)建立与自由诗并存的现代格律诗,主要是艺术实践问题。"[①]置于1981年撰写的《新诗的创作与鉴赏》的语境中,吕进对现代格律诗的理论阐释起点高,成熟早,识见深,善于从纷繁复杂的诗歌创作现象中提炼出体现艺术规律的本质的东西,这为他后来系统阐述诗体重建的理论奠定了坚实的学术基础。

《现代格律诗的新足音——黄淮〈九言抒情诗〉序》是吕进的一篇短文,这篇短文也许并不引人注目,但它却是一篇力作,标志着吕进在继《新诗的创作与鉴赏》之后对现代格律诗理论思考的深化。

在《现代格律诗的新足音——〈黄淮九言抒情诗〉序》一文中,吕进的现代格律诗思想包括以下几个方面:第一,对自由体新诗偏枯的现象进行反思和批评。吕进认为,"中国新诗有个奇特现象:只有自由诗","格律诗在中国式微,自由诗成为中国新诗的全体(不只是一体、不只是主体了)"[②]。第二,从文体学的角度肯定诗人创作现代格律诗的意义。吕进指出:"新诗格律学只能是描述性科学:它的使命在于概括、抽象业已出现的诗歌现象,而绝不是人为地设想、规定某种格律模式。因此,诗人的艺术实验在中国现代格律诗的创立过程中具有第一位意义。"[③]吕进考察了新诗的发展趋势,认为大体讲求一定格律的半自由体新诗,是未来新诗发展的一个方向。第三,吕进对现代格律诗的实质进行了理论探讨。在对"格律"进行厘定后,吕进从"节奏式""韵式""段式"三个方面界定现代格律诗的外延,然后从现代汉语语音的角度,深入探讨格律诗的实质,指出:"诗歌格律实质上是诗歌形式技巧中的部分语音问题,所以诗的格

① 吕进:《中国现代格律诗》,载《新诗的创作与鉴赏》,重庆出版社1982年版,第120-122页。
② 吕进:《现代格律诗的新足音——黄淮〈九言抒情诗〉》,载《新诗文体学》,花城出版社1990年版,第144页。
③ 吕进:《现代格律诗的新足音——黄淮〈九言抒情诗〉》,载《新诗文体学》,花城出版社1990年版,第145页。

律的主要依据是语言文字的语音特点"，"创立中国现代格律诗就必须把握现代汉语言文字的语音特点。"[①]从学术的传承和创新看，吕进对20世纪早期刘半农"重造新韵"的主张赋予了新的阐释和含义，弥补了朱光潜的《诗论》中对新诗音韵未置一词的空白，具有一定的理论价值。

综上所述，刘半农、闻一多和何其芳对吕进现代诗学思想的影响，是明晰可见的。吕进的"诗体重建"的诗学思想一定程度上整合了刘半农、闻一多和何其芳的诗学理论，有坚实的理论基础，也有深刻的现实意义。

① 吕进：《现代格律诗的新足音——黄淮〈九言抒情诗〉》，载《新诗文体学》，花城出版社1990年版，第146页。

梁实秋新人文主义观点对吕进诗学思想的影响①

张德明 姚家育

从吕进的著作来看，直接征引梁实秋的有关论述不多，是否可以说梁实秋的文艺批评思想或者说他所秉持的新人文主义思想对吕进没有影响？不是。当新诗面临相似的历史语境时，梁实秋的诗学理论似乎又找到了历史的回音，那就是吕进诗学。梁实秋对五四早期白话新诗的反省、批评和吕进对20世纪80年代中后期"第三代诗"、90年代"先锋诗"的思考，两者所持的文化立场和诗学观念，表现出一定程度的相似性。

概而言之，梁实秋的新人文主义思想对吕进现代诗学的影响，主要体现在新诗形式观念、语言观念和诗人人格建设三个方面。

先说新诗形式观念。

对五四一代文学批评家来说，梁实秋的新诗文体意识是比较突出的，尤其是他的新诗形式观念要比同时期其他诗人和理论家要清醒。白话新诗从无到有，是一个具有文化里程碑意义的事件，新诗从而取代旧诗成为20世纪中国人们表达思想感情的主要诗歌形式。五四前后，白话新诗充当"文学革命"的急先锋，成为第一爆破手，完成了中国文学、中国文化现代转型的历史使命。早期白话新诗的兴奋点在白话而不在诗，非诗化倾向引起了不少诗人和学者的反省。针对胡适的"诗体大解放"，梁实秋是持批评态度的，他认为：

旧诗之种种无聊的过度的不合时宜的桎梏，固有解脱之必要，且此种解脱之趋势在适之先生之前亦已略发起端倪，但是我们却不该于解脱桎梏之际而遂想打破一切形式与格律。自由是要的，放肆是要不得的；镣铐是要不得的，

① 本篇选自张德明、姚家育《吕进诗学研究》第一章第三节，人民出版社2016年版。题目为编者所加。

形式与格律仍是要的。[①]

梁实秋为新诗的形式和格律辩护,并把新诗的形式看作诗的“躯体”:

诗,就是以思想情绪注入一个美的形式里的东西。这形式若适当,不但不对内容发生束缚的影响,而且还能使那一缕缕的思想,一团团的情绪得一美丽动人的躯体。[②]

较之郭沫若的“裸体美人”论,梁实秋的这种观点具有诗学价值。梁实秋虽然没有像闻一多一样提出新诗格律的“三美”理论,但他和闻一多所持的新诗立场并无二致。尽管“新月”诗派的新诗格律化运动盛极一时,但随着闻一多改行、徐志摩丧命而渐渐偃旗息鼓,到了20世纪30年代,现代派诗歌崛起,自由体新诗成为诗坛的主角。此时的梁实秋,对散漫、没有节制的自由诗不无批评:

白话诗运动起初的时候,许多人标榜‘自由诗’(Vers libres)作为无上的模范。……我们的新诗,一开头便采取了这样的一个榜样,不但打破了旧诗的格律,实在是打破了一切诗的格律。这是不幸的。因为一切艺术品总要有它的格律,有它的形式,格律形式可以改变,但不能根本取消。我们的新诗,三十年来不能达于成熟之境,就是吃了这个亏。[③]

梁实秋的新诗形式观念,是他新人文主义思想中理性、节制精神的体现。

“诗是以形式为基础的文体”,这是吕进诗学著述中多处可见的一句话。对新诗文体的反思和重构,是吕进现代诗学思想的重要内容,而这种反思,吕进是从新诗的原点出发的,也就是反思五四新诗爆破之后在形式方面所留下的历史后遗症以及近百年来新诗形式诸多悬而未决的问题。21世纪初,吕进提出“诗体重建”的课题,是对新诗形式问题的总结和前瞻。梁实秋认为,诗歌

① 梁实秋:《现代文学论》,载《梁实秋批评文集》,珠海出版社1998年版,第163-164页。
② 梁实秋:《现代文学论》,载《梁实秋批评文集》,珠海出版社1998年版,第167页。
③ 梁实秋:《文学讲话》,载《梁实秋批评文集》,珠海出版社1998年版,第228页。

无分中外，只有新旧，强调新诗在借鉴外国诗歌艺术技巧的同时，更要向旧诗即民族古典诗歌学习，这种以民族诗歌审美传统为本位的价值立场，和吕进倡导的域外诗歌艺术经验的本土化、民族古典诗歌的现代化，两者的新诗审美理想何其相似乃尔。

再说新诗的语言观念。

梁实秋的新诗语言观念主要体现在两个方面：一是强调新诗的音乐性，音乐性是诗歌语言区别于散文语言的显著标志，梁实秋认为："我们没有理由反对诗之音乐性，诗虽然在今日不能再'被诸管弦'，不能再有'旗亭画壁'那样的韵事，但至少还可以'朗诵'，可以吟咏。"[①]梁实秋这种观点是对"五四"早期新诗"作诗如作文"的反拨。梁实秋在清华大学读书时开始关注新诗音乐性问题，1923年1月梁实秋在《清华文艺增刊》上发表《诗的音韵》一文，这是他现存较早的一篇新诗理论文献，可见他早期对新诗理论的鼓吹和热情，他后来热心于新诗批评便是顺理成章的事。在这篇短文中梁实秋提出"要创造新诗的新音韵"，如果在"韵脚""平仄""双声叠韵""行的长短"[②]四个方面着力，就能达到目的。梁实秋的这种观点和刘半农的"创造新韵"的见解如出一辙，梁实秋是否受刘半农的影响不得而知，但梁实秋在这篇文章里提到诗的"音乐的美"，把诗的音乐美和音韵联系在一起，是有创见的。二是推崇新诗语言的自然，反对晦涩和欧化。胡适的白话诗理论，以寻求言文一致、语言表达自然作为新诗的合法性基础。在早期创作中，新诗只有白话没有诗的现象普遍存在，20年代象征派诗歌的语言摆脱了白话的幼稚，但某种程度上走向了中西杂糅、文白夹杂的误区。徐志摩是天才型的诗人，他全面实践了闻一多的新格律诗主张，诗歌语言富有音乐性，既清新又自然。1930年代现代派诗歌崛起，新诗语言的晦涩和欧化现象渐趋严重。梁实秋对胡适白话新诗的"自然"理论是认同的，但他对"自然"的理解不同于胡适，梁实秋认为"文字要求'自然'，这'自然'是琢磨后的'自然'，不是原始粗陋的'自然'"[③]，并非胡适所言的"有什么话，说什么话"。这种"自然"观缘于梁实秋的新诗审美观，在他看来新诗要明白清楚而又含蓄有味，不宜艰深晦涩故弄玄虚，因此他对现代派诗歌的欧化倾向是持批评

① 梁实秋：《文学讲话》，载《梁实秋批评文集》，珠海出版社1998年版，第226页。
② 梁实秋：《诗的音韵》，载《梁实秋批评文集》，珠海出版社1998年版，第2-3页。
③ 梁实秋：《"五四"与文艺》，载《梁实秋批评文集》，珠海出版社1998年版，第250-251页。

态度的，“十几年来，新诗反有趋向糊涂晦涩的趋势。”[①]“近来有人专往晦涩的路上走，以为晦涩即是深奥，其实这是极不健康的现象。”[②]“模仿拙劣的翻译文字，弄到句子冗长意义晦涩的地步，或是不必要的模仿欧美人的语气，弄到趣味恶劣的地步，那都可以说是品斯下矣！”[③]梁实秋对新诗象征派、现代派诗歌语言晦涩的批评，尽管责之甚苛，但也算有感而发。从维护民族诗歌语言纯洁性角度看，他的良药苦口、忠言逆耳似的批评对推进中国现代诗学是有建设意义的。

吕进对诗歌语言的论述有很多独到之处，撇开纯粹的理论阐述，单单着眼于吕进对“第三代诗”语言的口水化、散文化、非诗化、粗俗化的批评，我们发现，在倡导新诗语言的健康和尊严上，梁实秋和吕进是一致的。

次说诗人的人格修养。

梁实秋对诗人人格的阐述是从文学表现人性的角度展开的，在梁实秋看来，“文学是人性的描写”[④]，“人有理性，人有较高尚的情操，人有较严肃的道德观念，这便全是我们所谓的人性。”[⑤]围绕诗人人格建设，梁实秋从两个方面展开：一是区分诗人情感和常人情感，“诗人写的情感是人类共有的常态的情感，不是他自己特殊的或怪癖的或反常的情感经验。”[⑥]二是提出诗人要加强人格修养，认为诗人在修养上需要具备下述条件：“第一，一个诗人对于人生要有浓厚的兴趣”；“第二，诗人要摈弃名利观念”；“第三，诗人要培养正义感”。[⑦]在梁实秋看来，诗人和诗是互为彼此的，诗人修养的好坏，在诗的境界和品格上都有体现，“诗和诗人是不能分开的。要作诗，先要作诗人。诗人除了他的必需有的运用文学那一套技能之外，还更要紧的是培养他的人格。”[⑧]应该说，加强诗人的修养，推进新诗建设，这一点上梁实秋和闻一多、宗白华并没有不同，但从文学表现人性的角度来阐释，梁实秋的观点更有穿透力和说服力。

诗人人格修养，原本就是诗学理论的重要方面，古今中外概莫能外。新诗史上，郭沫若、宗白华和田汉的《三叶集》中早有讨论，梁宗岱的《诗与真》《诗与

① 梁实秋：《现代文学论》，载《梁实秋批评文集》，珠海出版社1998年版，第167页。
② 梁实秋：《文学讲话》，载《梁实秋批评文集》，珠海出版社1998年版，第224页。
③ 梁实秋：《“五四”与文艺》，载《梁实秋批评文集》，珠海出版社1998年版，第251页。
④ 梁实秋：《文学讲话》，载《梁实秋批评文集》，珠海出版社1998年版，第221页。
⑤ 梁实秋：《文学讲话》，载《梁实秋批评文集》，珠海出版社1998年版，第222页。
⑥ 梁实秋：《文学讲话》，载《梁实秋批评文集》，珠海出版社1998年版，第224页。
⑦ 梁实秋：《诗与诗人》，载《梁实秋批评文集》，珠海出版社1998年版，第245-247页。
⑧ 梁实秋：《诗与诗人》，载《梁实秋批评文集》，珠海出版社1998年版，第248页。

真二集》中也有论述,朱光潜的《诗论》和郭小川的《谈新诗》偶有涉及。谈得比较多的是艾青的《诗论》和臧克家的《学诗断想》,但诗人谈诗以吉光片羽的随想录居多。在80年代美学热、诗歌热的语境中,诗论家关注较多的是诗艺诗美,从那时出版的诗学理论著作中可见一斑,比如杨匡汉的《诗美的积淀与选择》、杨光治的《诗艺·诗美·诗魂》、陈良运的《诗的哲学与美学》等,一定程度上对诗人人格修养、人格建设的关注并不多。从20世纪80年代中后期到21世纪初,基于对"第三代诗"和90年代先锋诗的反思,对诗人人格修养保持较高理论热情的有两位诗学批评家:一个是吕进,另一个是郑敏。吕进在他的专著《新诗文体学》和《中国现代诗学》中都有对诗人人格修养、人格建设的专论,郑敏在其专著《思维·文化·诗学》中也不乏卓见。

吕进从新诗史的角度考量,以艾青、臧克家为例,认为大诗人有三个基本特征:"对外部世界持开放态度","对读者持开放态度","对民族传统持开放态度"[①]。吕进认为浮躁是八十年代难以推出大诗人的时代病,因为大诗人的产生需要很多积累:"首先是人生积累","其次是文化积累","再次是哲学修养"[②]。在吕进看来,"诗人,总是关注民族和人类命运与心灵的哲人","诗是艺术,不是技术;诗是心灵与心灵、人格与人格的呼应","一个民族需要诗人,是这个民族心理健康、心智发育良好的象征","真诚与博爱应该是目前诗人最需要的人格精神"[③]。诗坛要走出沉寂,吕进认为"必须呼唤诗人的人格建设"。在80年代新诗美学热潮中,这种冷静、清醒的诗学家是不多的,从喧哗中看到沉寂,从繁华中看到危机,这是吕进区别于其他诗学家之所在。他对诗人人格建设的呼吁,时至今日都没有时过境迁,依然热言在耳,作钟磬音。

《诗,生命意识与使命意识的和谐》一文写于1989年1月,是吕进从整体上、宏观上对80年代诗坛进行反思的文章。吕进没有从纯理论的角度进行阐述,而是紧密联系"第三代诗"退潮后留下的印迹,对现代诗学的一些重要问题进行探索。

比如,吕进把诗人人格分为现实人格和审美人格,对诗人就是常人的流俗观点质疑:

---

① 吕进:《大诗人的特征》,《新诗文体学》,花城出版社1990年版,第191-193页。

② 吕进:《新诗的沉寂年代》,《新诗文体学》,花城出版社1990年版,第201页。

③ 吕进:《新诗的沉寂年代》,《新诗文体学》,花城出版社1990年版,第202页。

八十年代流行一种说法:诗人就是普通人,不要把诗人说得太高。然而,诗人如果能与普通人完全同义,世界还需要诗人干吗?这个事实的含义十分清楚。[①]

又如,吕进对诗的功能亦即诗的价值进行阐述,提出了新颖有价值的看法:

诗既有宣泄功能,又有净化功能……宣泄不是诗歌的终端目标,宣泄的目的是将诗美光亮投进读者心灵,提高读者对美的领悟性,净化读者心灵。

诗是对人性的追求与补偿。诗人的职责在于提高同时代人的人生质量,以人格力量和道德力量帮助读者。[②]

在此基础上,吕进对50年代末的“伪现实主义”诗歌和80年代中期的“伪现代主义”诗歌提出批评,认为诗人的力量是人格的力量,诗的力量是真诚的力量,诗的语言是纯净的民族语言。

《抒情诗人的修养》《诗人的人格建设》分别构成了吕进《中国现代诗学》第十四章的主体内容及附录,也是20世纪现代诗学理论著作中不多见的专题专章,篇幅尽管不长,但不无特色。在《抒情诗人的修养》中,吕进对诗人与常人进行了辨析,突出了诗人的人格特征。吕进认为:“诗人是常人,这是就其现实人格而言。但是当诗人作为诗人而站立在人群中的时候,他就必须通过非常人化去获得审美人格”,“诗人的人格精神的核心,一是他作为诗人在诗中的状态,二是他作为诗人对自己使命的把握。前者就是诗人的非个人化问题,后者就是诗人的使命意识问题。”[③]从诗人的使命意识出发,吕进引申出一系列具有诗学价值的闪光论述,比如“原生态的个人感情不可能成为艺术的对象”,“诗人决不能只是自己心灵的迷恋者和乳母”,“优秀的诗人总是与时代同步、与民族同心的”,“诗是诗人对现实世界的一种美的升华与净化”[④]。这篇文章,吕进

① 吕进:《诗,生命意识与使命意识的和谐》,《新诗文体学》,花城出版社1990年版,第208页。
② 吕进:《诗,生命意识与使命意识的和谐》,《新诗文体学》,花城出版社1990年版,第210页。
③ 吕进:《抒情诗人的修养》,《中国现代诗学》,重庆出版社1991年版,第262-263页。
④ 吕进:《抒情诗人的修养》,《中国现代诗学》,重庆出版社1991年版,第264-265页。

以诗人的人格修养开其端，以诗人的艺术修养（含文化修养、哲学修养）结其尾，对诗人的修养进行了深入而透彻的阐释。作为附录的《诗人的人格建设》，近似一篇短评，一方面体现了吕进对《抒情诗人的修养》一文思考的深入，可以看作是这篇文章的余论；另一方面针对"第三代诗"的某些流弊，提出对策和建议，增强文章的针对性和现实意义。针对不少"第三代诗"内容上的无病呻吟和沉迷个人小天地现象，谢冕把它概括为"自我抚摸"，吕进把它概括为"自我迷恋"，两位诗学家的认识和判断惊人一致。吕进对80年代诗坛的乱象提出批评：

近年诗坛上矫情的作品委实不少："超前"的"失落"，做作的"孤独"，人工的"荒诞"。进一步说，近年诗坛上的矫情人也不少：以最出世的宣言求得最入世的获取；以最反权威的姿态遮掩最强烈的权威欲望，等等。中国诗人群中出现了一些自我迷恋者。[①]

吕进在肯定"第三代诗"创作生命体验有所深入的同时，也指出"第三代诗"审美人格建设滞后的问题，因此诗人的人格建设成为90年代现代诗学的重要课题。

两相比较，梁实秋和吕进对诗人人格的论述，二者在论述的角度上有相近之处，在诗人与常人、诗人的修养方面都有鲜明的观点。梁实秋的论述属于诗学随笔，较多个人的感想和体会，点到为止；吕进的论述属于诗学理论，层层深入，结构严谨，逻辑性强。梁实秋偏重从文学表现人性的角度来阐释，带有鲜明的新人文主义色彩；吕进的诗学同样具有人文主义思想光辉，主要是针对"第三代诗"反崇高、反语言、低俗化的宣言和创作而言的，吕进诗学的现实性和时代感强，理论价值凸显。

概言之，梁实秋的新人文主义思想对吕进的现代诗学是有潜在影响的。缘由有三：

第一，从新诗发生学层面看，对五四白话新诗的反思，是两者诗学理论的起点。梁实秋是五四时期成长起来的文学批评家，他对新诗批评的贡献不可低估。在清华大学就读时，梁实秋与闻一多分别就康白情的诗集《草儿》、俞平

---

① 吕进：《诗人的人格建设》，《中国现代诗学》，重庆出版社1991年版，第276页。

伯的诗集《冬夜》进行评论，后来合作刊出《〈冬夜〉〈草儿〉评论集》，成为早期新诗批评文献。梁实秋对胡适的《尝试集》、冰心的诗集《繁星》《春水》和郭沫若的《女神》都进行评论。从美国哈佛大学留学回来后，梁实秋写了一些诗学随笔和论文，多数是对五四前后新诗创作的批评和理论阐发。而吕进的新诗研究也是从阅读五四早期白话新诗及其新诗理论文献起步的，吕进自述他在1981年前，“我系统地阅读了从田汉、宗白华、郭沫若著《三叶集》、谢楚桢著《白话诗研究集》、闻一多与梁实秋著《〈冬夜〉〈草儿〉评论集》、汪静之著《诗歌原理》、草川未雨著《中国新诗的昨日今日和明日》以降几乎所有能找到的新诗论著”[①]。可见吕进诗学研究的起点在五四，这和梁实秋无异，而且梁实秋的诗评也在吕进的阅读范围内，吕进或多或少受其影响是不辩自明的。

第二，从民族文化立场看，守护和发展民族诗歌审美传统和人格理想，是两者共同的选择。梁实秋是美国哈佛大学白璧德的弟子，深受乃师新人文主义思想影响，崇尚古希腊经典，推崇孔子。在诗学理论上，守护民族诗歌审美传统，比如格律、音韵、形式等，坚持新诗向古典诗歌学习的发展方向，价值取向上捍卫民族传统文化。较之梁实秋，吕进的诗学理论更具开放性和科学性，“最重要的就是如何在开放环境中保持、扬弃、丰富、发展本民族诗歌的优秀传统”[②]，“在开放环境中推动诗歌的新变，有两个相互联系的侧面，一是外国艺术经验的本土化，一是民族传统的现代化。”[③]吕进对民族诗歌传统是从文化的角度考量的，在吕进看来，“民族传统首先是一种文化精神，一种道德审美理想”，“中国诗歌的优秀传统的首要表现，是诗以国家和整个人群社会为本位。它对个人命运的咏叹和同情，常常是和国家兴衰的关注联系在一起的。”[④]在坚守民族文化的价值本位上，吕进和梁实秋无异，两者的诗学理论都具有人文主义光辉。

第三，从新诗发展境遇看，“现代派”诗歌和“第三代诗”的语言流弊，前者体现在晦涩上，后者体现在凡俗化、口水化上，是两者先后面对的诗学问题。如前所述，梁实秋对新诗的欧化倾向和艰深晦涩是大加批评的，因为他所持守

① 吕进：“守住梦想——我的学术道路”，载《东方论坛》2008年6期。
② 吕进：《传统诗歌与诗歌传统》，《中国现代诗学》，重庆出版社1991年版，第198页。
③ 吕进：《传统诗歌与诗歌传统》，《中国现代诗学》，重庆出版社1991年版，第199页。
④ 吕进：《传统诗歌与诗歌传统》，《中国现代诗学》，重庆出版社1991年版，第202页。

的是民族诗歌的语言美学和形式美学;吕进对“第三代诗”的批评,主要集中在新诗语言的凡俗化倾向,亦即新诗语言的非诗化倾向上,因此吕进呼吁诗人要珍爱民族语言,重视诗歌语言的净化机能。较之梁实秋对现代派诗歌语言晦涩的大加鞭挞,吕进对“第三代诗”语言凡俗化的批评算是温和的、善意的。

综上所述,梁实秋的新人文主义思想对吕进的现代诗学是有潜在的影响的,梁实秋的新诗理论和新诗批评是吕进现代诗学的学术资源之一。

二、观　念

在数十年的辛勤耕耘中,吕进取熔中外、承先启后,通过学术论文,诗学著作,专题演讲,国际论坛等多种方式,在中国现代诗学领域发表了一系列重要见解,其中影响较大的有关于诗的定义:“诗是歌唱生活的最高语言艺术,它通常是诗人感情的直写”,以及与此相关的诗的分类、形式、结构、语言、功能等诸多方面的分析与阐释,进而还深入探讨了诗的审美视点、弹性技巧、媒介特征、诗家语、生命意识与使命意识、自由体与格律体新诗的双极发展等有关新诗文体建设的种种问题。此外,吕进还提出新诗呼唤振衰起弊,并将其凝练成“二次革命”与“三大重建”(“诗体重建”“精神重建”“传播方式重建”)的具体方略。再者,吕进还敏锐地发现新时期诗歌中存在一个被朦胧诗人、归来者诗人遮蔽了光彩的诗人群落,因为没有统一的称号,他们往往被矮化、被忽略。吕进不仅将这批诗人命名为“新来者”,还选编出版包括一百位诗人诗作的《中国新时期“新来者”诗选》(西南师范大学出版社,2014)。凡此种种,都表明吕进是一个原创意识非常鲜明的学者,他所提出的一系列诗学观念,已经产生巨大影响,值得我们进行深入辨析与阐释。

略述吕进诗学观①

邹建军

新时期十年,中国新诗理论批评空前活跃,诗歌理论、诗歌评论、诗歌翻译都进入了新的发展阶段。吕进教授——中国新诗研究所原所长正是在这三方面都卓有成就的诗歌学者。但若问吕进给当代中国诗坛带来了什么,那我只好先讲其诗学观——因为他对中国新诗基础理论的研究有重要建树。如果说郭沫若、亦门、闻一多、何其芳、艾青是中国新诗的理论家,那吕进可以毫不逊色地和他们排在一起。吕进诗学观的创见很多,主要集中在诗的本质论、诗艺规律论、诗歌文体论。以下略作述评。

一、诗歌本质观

诗是什么? 任何有出息的诗论家都力求回答。吕进说:"诗是歌唱生活的最高语言艺术,它通常是诗人感情的直写。"②在这里,吕进考虑到了诗反映社会生活的途径的独特性,诗反映社会生活的媒介的独特性,诗的作者与作品的关系的独特性,因而比较完整地揭示了诗的本质,概括了诗歌最为根本的特征。因此,它是一个具有创见的诗歌定义。

首先,它揭示了诗的内容本质——抒情性。"歌唱"不可轻看,它不与"暴露"相对,而与"叙述"相对,并且歌唱的内涵很丰厚。所谓"歌唱"就是化生活为感情,就是生活的心灵化。感情不仅仅是从生活到诗的中介,而且是诗的直接内容。诗不但以抒情态度去认识现实,而且以歌唱现实去反映现实。诗虽

---

① 本篇原题目为"吕进:意正论深枝叶茂",载《中国新诗理论研究》,长江文艺出版社1993年版。

② 吕进:《新诗的创作与鉴赏》,重庆出版社1982年版,第20页。

然直接来源于生活,但它常直接表现人的感情;诗不长于细致地叙述客观现实,而长于细致地叙述感情浪花。诗歌唱生活的感情是无限丰富的,或喜或忧,或憎或爱,或笑或哭;诗歌唱生活的方式也是多样的,移景入情,由景生情,情景交融,直抒胸臆,等等。因此,论诗是歌唱生活的艺术,言简意赅。

其次,它揭示了诗歌形式的本质特征——音乐美。音乐美将诗的语言和散文的语言隔开,使前者变为抒情的语言、谈心的语言,而后者只是叙述的、办事的语言。音乐美是流动的情感的节奏,音响的显露,它加强、表现、升华诗的抒情美。由节奏和韵律所规范,诗的排列美在引起读者听觉美感时,也引起读者的视觉美感。而听觉美与视觉美的交叉,外在音乐美与内在抒情美的融合,使诗的语言成为最优美的语言。诗的语言的独特词序、语法、排列都出于音乐美的要求。所以,诗的最高语言艺术表现在音乐美,也表现在精练性与精致性。

再次,它揭示了诗人与作品关系的独特性——诗通常是诗人感情的直写。诗歌唱生活,它不必像其他文学样式那样去塑造人物,安排故事。它塑造的是抒情主人公形象,并且通常就是超越诗人自己的"诗人自己"的形象,至少也较多地融进了诗人的人格、个性、经历、气质……

吕进的诗歌定义直接导源于何其芳。何其芳在《关于读诗与写诗》中说:"诗是一种最集中地反映社会生活的文学样式,它饱和着丰富的想象和感情,常常以直接抒情的方式来表现,并且在凝炼与和谐的程度上,特别是在节奏的鲜明上,它的语言有别于散文的语言。"吕进认为,何氏定义"最集中地反映社会生活"没有充分概括出诗歌反映生活的特征,对"有别于散文语言"的诗歌语言的特征概括得不够简练。吕进"歌唱"论,很可能受到何其芳论叙事诗"不是在讲论一个故事,而是在歌唱一个故事"的启示,并且也受到了"饱和着丰富的想象和感情"的指引。吕进的"最高语言艺术"论,在很大程度上得力于外语词"poetes",他说过:"'诗'这个词导源于一个很古的希腊词'poctcs',意即精致的讲话。"[①]当然也是在何其芳"精练与和谐的程度上,特别是在节奏的鲜明上"之类论述的基础上的概括与发展。

吕进的"它通常是诗人感情的直写"也是何氏"它饱和着丰富的想象和感情,常常以直接抒情的方式来表现"的进一步简练化界说。的确,吕进正是在批判前人"诗如画""诗与音乐等质"等观点的前提下才提出其诗的本质观念

① 吕进:《新诗的创作与鉴赏》,重庆出版社1982年版,第29页。

的。他认为,"诗如画"不是科学的界说,诗是画的"降低"——它要表现客观现实,但不长于精细地描绘客观现实,但它更是画的"提高"——对于诗,直观世界太局促了。它从画中解放出来,从直观的物质的狭小天地中解放出来,从贫乏的直观的小溪奔向广阔的感情大海。"诗与音乐等质"也不是科学的界说。诗是音乐的"降低"——它追求音乐美,但又比不上音乐的丰富与悠扬;但它更是音乐的"提高":对于诗,一般的感情世界太空泛了。它从音乐中解放出来,给感情世界以更深、充实的内容和明确、清楚的外貌。所以说,吕进吸收与扬弃前人成果而提出的诗歌定义——即他关于诗本质的学说,以精练的语言揭示了诗的特有属性,概括了诗在内容、形式方面的特征,是比较简当与科学的。而简当、科学的诗歌定义,对提高诗歌创作和诗歌评论质量具有不容忽视的重要性。

二、诗艺规律技巧论

新时期出版的诗的理论专著已经很多,但在吕进《新诗的创作与鉴赏》之前,却只有尹在勤《新诗漫谈》(1979),谢冕《北京书简》(1981),杨志杰、雷业洪《诗歌概论》(1982)等数种。毫无疑问,吕著是对它以前诗论研究的重大突破与发展。这不仅表现在它的诗的本质突破了诗画一体说,也突破了诗乐等质说,还去掉了郭沫若、何其芳诗定义的苍白部分,而显得更加简当与科学,还具体地表现在他揭示了新诗本身的艺术规律与技巧。所以说吕进的《新诗的创作与鉴赏》标志着中国诗歌理论发展的一个新时代。他创造性地揭示的诗艺规律与技巧有:

1.诗歌以独特方式表现有独创性的思想。新时期以前,人们千篇一律地强调诗的思想性,而所谓的思想性是人人皆知的指示与语录。而在近几年,又有否定思想,只重直觉的不良倾向。吕进指出,诗歌要有思想与哲理内涵,但必须超出时代"思想的平均分数",并且诗歌的思想应是感情的晶体、形象的晶体、机智语言的晶体。独立于感情之外、独立于具体形象之外、独立于机智语言之外的思想,不能成为诗歌的思想。吕进还认为,议论也是诗歌唱生活的一种方式。诗中包含的议论一般不游离于形象之外,以议论为主或通篇都发议论,使用的是形象化、感情化、音乐化的机智有趣的语言。能认识到诗歌离不开有独创性的思想,独创性的思想的独特表现方式以及诗中议论的要求,表明吕进是一个不赶潮流的头脑清醒的诗论家。并非说吕进主张诗都要表现思想和议论,而只是说在从一个极端走向另一个极端(即从诗表现思想到诗不能表现思想,从诗全议论到诗与议论绝缘)的阶段,他能坚持辩证地认识诗中思想表现的艺术规律,在情感、形象、音乐等诗歌唱生活的主要方式之外,认识到议论也是其中次要的一种,是难能可贵的,这理论的价值在今天更显得重要。

2.诗创作中灵感的产生及其特征。灵感是什么?灵感是诗人的主观世界与客观世界最愉快的邂逅,是诗人形象思维活动由量变质所产生出来的高度创造能力。吕进说:“灵感这个词,在英语里写作‘inspiration’,俄语里写作‘вдохновение’。英语和俄语里的‘灵感’一词的词根都是‘吸入’的意义。离开从客观世界的‘吸入’无所谓灵感。对于一首诗来说,灵感是因;对于客观世界来讲,灵感是果。”[①]在这里,吕进独到地揭示了灵感与客观世界的相互关系,说灵感是客观世界地壳变动、应力超限引起的“心灵的地震”。这就超出了常人对灵感的理解。其次,吕进还指出,灵感虽源于客观,却有某种不可预知性和难以捉摸性,它是突发的、易逝的、强烈的、不重复的。这是一切灵感共有的特征。但诗的灵感较之其他品种的语言艺术灵感,是带有强烈的抒情性与音乐性的灵感,并以某一佳句在跳出为其特征,有的竟会至于在梦中觅得佳句。说诗的灵感常常是在抒情性和音乐性的伴和之下产生,初看觉牵强,再深入考察诗人的创作实际,才知此乃精解。它把准了诗人的脉动,触及了诗人的心电。诗人应更好地认识到这一诗艺规律,善于及时地捕捉灵感之鸟,写出更多更好的诗意葱茏的诗作。

3.诗歌虚与实的艺术辩证法。诗中的虚实关系,以前也有人论过,但见解平平。吕进将它分析成虚实形象与虚实手法进行研究。他指出,诗人的主观感情通常要通过诗歌形象来实现客观化和对象化。诗的形象包括抒情主人公形象的景物形象,而这两者都有虚实之分。实的诗歌形象具有再现性与直接性的品格,再现性就是说它酷似现实,直接性就是论它是呈现于读者面前的语言塑造的可视外形。虚的诗歌形象有两类,一类的基本品格是表现性,一类的基本品格是间接性。表现性形象具有虚构性,是灯下影;而间接性形象是无象之象。虚实形象都有度,即完美地对诗情予以物质材料的表现,过实则庸,过

① 吕进:《新诗的创作与鉴赏》,重庆出版社1982年版,第147页。

虚则妄。虚实相生也是新诗创作中的重要手法,它是指虚实两类诗歌形象互相支持、交错与转化。虚实形象的相对性和它的具体形态的丰富性带来虚实相生的无穷性。虚实相生包括了情景、形神、大小、内外、远近、有限无限、具体抽象等等的艺术辩证关系,常赋予诗以巨大魅力。吕进关于虚实关系的细致论述、见解是建设性的。

4.构界的方式及其创新的方法。历代都有人论及诗的构思,但他们不是大谈构思的基础,就是大讲构思的“关键”,使诗的构思研究浮于表面。吕进同样认为构思的成功只属于生活、艺术领域的勤奋者,但他指出构思的方式是想象。说英语和俄语中“诗人”都同时有“富于高度想象力的创造家”的词汇意义,所以诗的构思的高、妙、远、近,其实都是就想象的程度和范围而言,这正是吕进作为杰出诗论家的高明所在。因为想象是生活形象的拆卸、省略、组装、着色,想象力是生活形象的回忆力与组合力,想象才是构思的基础和关键。在此前提下,吕进指出了构思创新的几种方式:反笔、侧笔、意外笔、交错笔、对话体,其中前三种一般化,后两种就是他的创见了。既写此,又写彼,让此与彼在和谐中增浓诗意,在矛盾中增浓诗情,让经纬织出诗的锦绸,即是交错笔;运用个性化的对话构成想象形象的抒情,则是对话体。此二种丰富了新诗的构思艺术宝库。

5.诗的弹性技巧。吕进在《新诗的创作与鉴赏》“精练美”一节讲了弹性,后在《给新诗爱好者》论诗美时又讲了弹性,最后专写《论诗的弹性技巧》,收入《上园谈诗》,可见弹性理论在吕进这里有一个逐渐发展的过程。总而观之,所谓弹性,是指同一诗歌形象、同一诗行或词语并涵几种能够复合的内涵的语言技巧。弹性技巧致力于事物之间、情感之间、物我之间在语言上的联系与重叠,致力于语言的“亦一亦万”,“似此似彼”的模糊美,它是诗的语言所特有的精练美。新诗语言的弹性有三个来源:(1)运用比喻而获得弹性;(2)语义双关而获得弹性;(3)违反语法常规而获得弹性。弹性技巧的运用有四种常见方式:(1)这一形象与那一形象的联系与重叠;(2)具体与抽象的联系与重叠;(3)不同语言现象的联系与重叠;(4)这个词语与那个词语在语音上的联系与重叠。弹性技巧的旨趣在于给读者足够的鉴赏暗示,鼓励读者到“象外”“景外”“味外”“诗外”“笔墨之外”去进行再创造,得到丰富多样的美感享受。这即是吕进弹性技巧理论的主要内容。从弹性的定义到弹性技巧的四个方式、弹性美的三个来源，再到弹性美的宗旨，吕进的论述是成体系的。他的弹性技巧见解来源于黑格尔、闻一多、别林斯基以及刘勰，但这里的论述已完全超出了前人，也可以说是吕进的创新了。

同时，与新诗的弹性美相联系，吕进提出的排列美的概念，这不同于闻一多所论的“建筑美”。新诗采取西方诗的分行排列方式，似乎众人皆知，但谁也没有像吕进这样做深入细致的研究。新诗为什么分行排列？因为分行排列有助于强调诗人感情的跳跃中的重要词句的分量，有助于加强诗的节奏感，有助于显示优美的韵脚。新诗的排列美是由诗的抒情美和音乐美所决定的，是对诗的精练美的有力补充，也是对诗的弹性美的扩展。这里，吕进揭示了分行排列的重要审美价值。吕进还指出了新诗排列的五种方式：半自由体、高低行、楼梯式、对称体、图案体，丰富了诗行排列的技巧。

另外，吕进还精到地指出了诗学中的标点与语言学中的标点的同与异。诗学中的标点，包括了语言学中的大部分符号和全部点号。但它们不再仅止于语言学中的标点的用途，在诗中有独特的作用。如诗中的破折号就好像诗人抒情逻辑的线索的形象化，它把诗中似乎不相关的意象串通起来，实现诗行的大幅度的感情跳跃，有时还用来突出它后面诗行的对偶或排比关系。诗中的省略号也往往并不表示具体文字的省略，而表现诗行的言外之意，味外之旨。吕进关于诗的标点的论述，指出诗的标点是表现诗的抒情性的音乐性的符号，揭示了诗中标点符号的美学价值。

吕进的技巧规律的理论，是对前人技巧规律理论的批判继承与重要拓展，不仅拓宽了诗艺规律的领域，也挖掘了诗艺规律的真理性宝藏、可以说是他继诗的本质观后对中国新诗理论体系的卓越贡献。

三、诗歌文体特征论

诗歌是一种古老的文化现象，又是中国古典文化的代表体式，对它的分类研究早有所成。但新诗的文体理论(包括新诗文体的美学特征和新诗文体的发展轨迹与多元创造)却不甚发达。1989年，当代另一著名诗论家古远清出版了《诗歌分类学》，它是将古今中外诗歌集为一体进行分类研究的专著。与他同时作新诗文体理论探索的吕进，由花城出版社推出《新诗文体学》，对新诗的视点、媒介和分类进行了深入研究，《写作》于1990年连载这方面的系列论文。

这本专著我们尚未见到，但我们注意到他研究诗文体的立足点是较高的。他说："新诗在新文学的各种文体中能否保持自己的地位与光荣，就得取决于它在多大程度上与时代同步、与文学发展同步、与读者的审美趣味的转移同步。凝固意味着衰亡。多元创造(包括超越分类学的广采博纳)意味着兴盛。"[①]可见他研究新诗文体是为了新诗的地位，并具有发展的意识。他是系统研究新诗文体的第一位中国学者。吕进对叙事诗、讽刺诗、寓言诗、剧诗、小诗等诗体的特征做了独到的探索。

1.叙事诗。吕进首先指出了叙事诗这一古老品种在历史发展中所积淀的三大特点，即抒情、结构和语言上的光彩。叙事诗同样是歌唱生活的最高语言艺术，它要在抒情中叙事，在叙事中抒情，具有浓郁的抒情气质。叙事诗的结构与抒情诗及其他叙事作品有别：情节是跳跃的，剪裁有利于抒情，细节描写特别生动而富有诗意。叙事诗的语言是富于音乐美的精练语言，宜于吟诵。其中的人物语言不仅是个性化的，而且是经过诗的提炼与升华而达到诗化的。对这一不被重视的诗体，吕进再次倾注了热情。写了《叙事诗的双重性》和《叙事诗的结构艺术》[②]，如果说以前吕进只抓住了叙事诗的一般特点，那这次就触及了它的本质特征。他指出叙事诗的基本品格是双重性，即将客体性和主体性和谐统一起来。的确，它是客观的东西与主观的东西，现实生活与诗人内心生活，事件与感情的和谐。双重性酿成了叙事诗特殊的美，但这美要求它用抒情语言代替单纯叙述的语言，用灵感语言代替世俗语言，叙述语言应有高度的形象性、抒情性和哲理性。其二，吕进进一步丰富了叙事诗三大结构特点的意见，认为叙事诗要保证抒情在叙事诗结构里的中心地位，只有让所叙之事在诗的抒情旨趣中就范，并对人物作严格选择，寓丰富于单纯，对故事作大幅裁剪，使情节成几个特写镜头，又让简洁的情节叙述与铺张的片断描写结合交错。吕进对叙事诗结构的研究，特别是他提出的叙事诗双重性的理论，是对叙事诗理论体系的重要建树。

2.讽刺诗。吕进首先揭示了讽刺诗的本质，认为它是以嘲讽的态度来批判被否定的事物，是诗的漫画，漫画的诗，是特殊品种的抒情诗。笑是讽刺诗特有的武器。其次，吕进指出讽刺诗歌唱现实生活的独特手法是夸张、归谬法和

① 吕进："《新诗文体学》跋"，载《中外诗歌交流与研究》1989年第2期。

② 此二文收入《一得诗话》，四川文艺出版社1985年版。

以言写形。如果说夸张还属常人之见,那后两者就是吕进之新解。所谓归谬法,就是将讽刺对象的谬论,按照他的逻辑予以引申,得出更明显、更为荒诞不经的谬论。这在内部讽刺诗中常显威力。所谓的言写形,是将讽刺对象口语加以个性化、夸大化,然后运用它来惟妙惟肖地为讽刺对象画形传神,使读者如闻其声,如见其态。这二种特征性技巧,丰富了新诗的技巧理论。

3.寓言诗。吕进首先揭示了寓言诗与讽刺诗的异同。它们都追求严肃的笑,深刻的笑,震撼心灵的笑,此乃同。异在:讽刺诗的眼光往往落在丑陋事物的种种表里、言行的矛盾上,它着力塑造讽刺形象,对丑人陋行予以鞭笞。寓言诗则意在讽喻与歌颂,一是针砭生活的弊端;二是进行道德性劝喻,给人以美德;三是在矛盾对比中塑造先进的美的诗歌形象这一比较,使寓言诗的独立价值更显突出。其次,吕进剖析了寓言诗的艺术性,一是拟人化,生物、无生物都常被当作人那样去描写;二是寓深于浅,把深刻的哲学意味寓于浅显故事里;三是提炼口语,总是以言写形;四是格律美,因为寓言一般是浓缩的叙事诗,寓言诗比抒情诗更诉诸听觉,寓言诗的哲理内涵要求在它的外观上给人以稳重感、平正感,所以寓言诗一般是格律诗。这些论述,特别是关于寓言诗格律美的见解,带有吕进的独特风采。

4.剧诗。他首先认为剧诗是剧对诗的影响与渗透的成果,是诗借助剧的某些艺术手段丰富、发展自己的产儿。然后,他在诗剧与剧诗的比较里提示了剧诗的艺术特征,即:第一,剧诗有戏剧冲突,但不一定完整,更不复杂,因为剧诗歌唱故事,不像诗剧演出故事;第二,剧诗的登场人物实际并不登剧场,它们可以实,也可以虚,不受舞台限制,并且多半具有象征内涵;第三,剧诗的台词可以不考虑动作性和直观性,都是诗。吕进关于剧诗的论述,是近几年对此诗体较完整的探讨,对剧诗的发展很有益处。

吕进作为“上园派”的主将之一,其诗观可以代表上园诗观。我们无法说他的诗观是现实主义还是浪漫主义,是现代主义还是象征主义,只能说它植根于中外传统文化的肥沃土壤,植根于当代的诗歌创作与翻译实践,具有开创精神和开放意识。求实,创新与多元化,可以说是吕进诗观的总体倾向。吕进作为当代诗坛的一个诗论实体,其意义将远远超过其诗论本身——诗论本身很难超越时代,它总有这样那样的局限,它本身就只标志一个时代——作为学派主体的吕进之精神更具价值,它很可能超越时空,波及后世。

诗的定义、形式与结构[1]

张德明 姚家育

一、诗的定义

《新诗的创作与鉴赏》是吕进的成名作，是新时期以来国内第一部系统研究新诗文体理论的专著，它对引领读者正确认识新诗、提高新诗鉴赏水平、培养纯正的审美趣味具有导夫先路的作用。这部专著以其深入浅出的理论、亲切温婉的叙述，对普通读者具有亲和力。话题虽旧，但非老生常谈，而是旧中出新，吕进在常见的诗学理论中不掠前美，不袭前说，言必己出，陈言务去，以一己之体验发前人之未见，因此这部专著的理论价值不俗。

如果说《新诗的创作与鉴赏》是吕进诗学理论体系的雏形，那么该书的开篇第一章“什么是诗”是为吕进诗学理论大厦奠基的“第一柱”——无论吕进诗学理论体系多么繁复，吕进诗学话题的展开、诗学意义的探讨乃至学术视野和方法，都在该书的第一章“什么是诗”中埋下伏笔，可以说它为吕进诗学体系的个性风格定调。

什么是诗？如何界定诗的内涵和外延？从古今中外已有的成果来看，这是一个纷繁复杂、人言人殊的概念，也是诗学研究领域的“哥德巴赫猜想”，无数诗学理论家都有征服这一“哥德巴赫猜想”的冲动和信心。在这一“哥德巴赫猜想”面前，吕进无疑属于胜利者。

“诗是歌唱生活的最高语言艺术，它通常是诗人感情的直写。”[2]这是吕进的答卷。

---

① 本篇选自张德明、姚家育《吕进诗学研究》第三章，人民出版社2016年版。题目为编者所加。

② 吕进：《诗的本质》，《新诗的创作与鉴赏》，重庆出版社1982年版，第20页。

也许有人认为这个定义太简单、太平凡，但是这个概念于今看来依然概括了诗之为诗的特征，体现了新诗百年发展主潮的事实，不但有含金量，而且保鲜度和生命力都不逊色。较之1980年代国内高等院校中文系普通使用的文学理论教材，比如以群主编的《文学的基本原理》，蔡仪撰写的《文学概论》等，这些教材从文学体裁的角度对诗进行了界定，术语使用上偏重形象、意境等传统文论话语，详尽而完备，知识无误，但概念厘定基本和新诗无关，更与新诗的发展现实无涉，诗的概念停留在正确的废话上——面面俱到，没有突出诗的本质属性，更忽略了20世纪以来新诗已经取代古典诗歌成为诗歌创作主要形式的客观事实。

吕进的这个定义，是　个与时俱进具有学术个性和含金量的概念。

首先，这个定义以其理论创新得到认可和肯定。1982年10月，重庆出版社首次出版吕进的专著《新诗的创作与鉴赏》，这本专著最引人注目的是“本质篇”中第一章“什么是诗”，这个定义得到了诗学理论家的关注和讨论，并走进了大学“文学概论”的课堂。《新诗的创作与鉴赏》推出来之后，吕进收获到了学术同行和诗友之间的一些宝贵意见，这些意见和看法原本是私人书信，后来经由《当代文坛》发表，引发了对诗的讨论和争鸣。有些争鸣文章，后来收录在吕进编的《上园谈诗》一书中。通过争鸣，吕进的“诗的定义”得到了广泛认可和肯定，并成为20世纪80年代以来关于诗的经典定义之一。

争鸣的焦点是对“诗的定义”的赞赏及不同看法。

比如，袁忠岳认为，“‘诗是歌唱生活的最高语言艺术，它通常是诗人感情的直写。’对此，我是赞同的，但也有修正。其中‘歌唱’二字抓得准、抓得好。”①同时，袁忠岳认为“‘歌唱生活’似乎不太全面，有偏向‘诗如画’之嫌”，并建议改为“诗是歌唱生活与心灵的最高语言艺术”②。

对袁忠岳的意见，诗人穆仁表示不同的看法：“我不赞成在‘诗是歌唱生活的最高语言艺术’的定义中加上‘心灵’二字。”③

---

① 吕进：《关于〈新诗的创作与鉴赏〉的通信》，载《上园谈诗》，重庆出版社1987年版，第315页。

② 吕进：《关于〈新诗的创作与鉴赏〉的通信》，载《上园谈诗》，重庆出版社1987年版，第316页。

③ 吕进：《关于〈新诗的创作与鉴赏〉的通信》，载《上园谈诗》，重庆出版社1987年版，第326页。

刘光致对吕进关于“诗的定义”表示极大赞赏，“我之所以特别赞赏‘歌唱’二字，就是因为它包含着情感性和音乐性，准确地概括了诗的基本特征。情感性是内容的基本特征，音乐性是形式的基本特征，‘歌唱’正是它的统一。这两个字多么简练！既有丰富的理性内容，又很富于形象，用得多么好啊！”[①]刘光致并对吕进欣然相告，“您的大作对我的教学有很大的帮助，我早就在教学中采用了你的基本观点”，“我在教‘文学概论’时，讲诗的定义，只用了‘诗是歌唱生活的最高语言艺术’一句话”[②]。

而在吕进致袁忠岳的书信中，吕进对“诗的定义”做了新的阐释和解读：“书中的‘定义’，我是从三个方面思考的：一是诗反映社会生活的途径的独特性；二是诗反映社会生活的媒介的独特性；三是诗的作者与作品关系的独特性。”“所谓‘歌唱’。就是化生活为感情，就是生活的心灵化。即是说，感情不仅仅是从生活到诗的中介，而是诗的直接的内容。”[③]

饶有意思的是，这些有关诗的学术交流和探讨，从书信的落款日期看，从1984年持续到1986年，一本诗学专著的问世，引起三年多持续不断的讨论和争鸣，这在中国现代诗学史上是不多见的。

更有意思的是，2008年6月吕进在回顾自己的学术道路时，对这个“诗的定义”作了自我诠释及补充：

其实，这个定义对诗的美学本质有三个方面的考虑。一、诗与生活的关系；二、诗与语言的关系；三、诗的作者与作品的关系。定义的后半句正是谈的作者与作品的关系。

如果说，诗歌定义是《新诗的创作与鉴赏》的核心，那么，“歌唱”就是这个定义的核心。

第一，所谓“歌唱”，就是化客观为主观，化事件为感情，化物理世界为心灵世界，它与“叙述”相对。

第二，所谓“歌唱”是指诗的音乐美。[④]

---

① 吕进：“关于《新诗的创作与鉴赏》的通信”，载《上园谈诗》，重庆出版社1987年版，331页。

② 吕进：“关于《新诗的创作与鉴赏》的通信”，载《上园谈诗》，重庆出版社1987年版，331页。

③ 吕进：“关于《新诗的创作与鉴赏》的通信”，载《上园谈诗》，重庆出版社1987年版，322页。

④ 吕进：“守住梦想——我的学术道路”，载《东方论坛》2008年第6期。

应该说，吕进的自我陈说对我们准确了解“诗的定义”的内涵和外延很有帮助。在吕进看来，前面的三个“关系”是诗的外延，“歌唱”是诗的内涵。

综合诸多诗学学者在1980年代的讨论交流以及2008年吕进的自我陈说，“诗的定义”之所以迥异于文学理论教材习见的“意象说”“意境说”，是因为它从新诗文体着眼，从诗的内涵和外延两方面来把握诗的本质特征。因此，它是一个原创性高的定义，发前人之未发，道前人之未道。

有比较才有鉴别。吕进的《新诗的创作与鉴赏》成稿于1981年，出版于1982年，倘若参照1980年前后出版的同类诗学理论著作对诗的界定，更能体现吕进的“诗的定义”的创新性。比如易征的《诗的艺术》，由广西人民出版社出版于1978年，他的第一篇文章是《诗要用形象思维》，作者从形象思维的角度来界定诗歌，立论的依据是《诗经》中的比、兴手法和《毛主席给陈毅同志谈诗的一封信》，虽然这个观点正确，但没有新意。曹长青、谢文利所著的《诗的技巧》由中国青年出版社出版于1984年，本书的第一章“诗与诗人”首先阐释的就是“什么是诗”，他们对诗的界定用三个长句来表达，近100字，可见他们整合了文学理论教材的界定，这个定义没有知识性错误，但面面俱到，可谓大而全。1987年工人出版社出版的吴思敬的《诗歌的基本原理》，吴思敬认为“诗是生命的律动”[①]，使用的是类概念，是郭沫若“内在律”的别称，在心理诗学层面上有创新。因此，综合1980年代现代诗学理论著作，吕进的“诗的定义”是第一个从文体角度以新诗为言说对象的定义，突破了以形象、意境、意象等古典诗学术语界定诗歌的习见，其中“歌唱”一词尤其鲜活灵动，跳出了纯理论概念难免刻板的窠臼。

其次，这个定义的诗学高度来源于对诗的共时性考察。

把诗歌这一语言艺术与音乐、绘画比较，更能体现诗之为诗的特质。古今中外不少美学家、理论家都乐此不疲。我国古典诗歌理论有“诗中有画”一说，源于苏东坡评价唐代王维的诗：“味摩诘之诗，诗中有画；观摩诘之画，画中有诗。”18世纪德国美学家莱辛著有《拉奥孔》一书，又名为“论画与诗的界限”，专题探讨诗与画的同构与异质，当然这里的“诗”泛指文学。从比较文学、比较美学的角度，探讨诗与画之异同，宗白华、朱光潜和钱锺书都深有创见，宗白华的

① 吴思敬：《诗歌基本原理》，工人出版社1987年版，第73页。

《美学散步》、朱光潜的《〈拉奥孔〉译后记》、钱锺书的《旧文四篇》都是这方面的力作。但从中国现代诗学的角度,借助图画这一造型艺术来探讨诗的特征,最早是宗白华——宗白华在《新诗略谈》中,认为“想在诗的形式方面有高等技艺,就不可不学习点音乐和图画(及一切造型艺术,如雕刻建筑),使诗中的词句能适合天然优美的音节,使诗中的文字能表现天然画图的境界。”[①]其后是闻一多。闻一多在《诗的格律》一文中,旗帜鲜明地提出了新诗的“音乐的美”“绘画的美”“建筑的美”。闻一多的“三美”理论是20世纪新诗形式建设具有理论光辉的诗学理论,这和闻一多本人是诗人兼画家有关。

吕进在《新诗的创作与鉴赏》的第一章“什么是诗”中,对种种不同的“诗的界说”择其要者进行了“回眸”,这是一种必要的学术清理,是对前人学术成果的尊重,目的是在前人止步的地方前进。如果说钱锺书的《中国诗与中国画》是比较文学领域阐述的最为透彻的长篇宏文,那么宗白华的《美学散步》是从诗、画、音乐等方面对中国艺术精神阐述非常到位的一本传世之作。吕进的“回眸”,意在从媒介的角度,打量诗、画、音乐的异质与渗透。在诗学基础理论研究方法上,吕进和朱光潜趋同,重比较,重阐释。与朱光潜的学理深究不同,吕进意在简明到位地勾勒诗、画、音乐在媒介表现上的不同,表述上主要运用富有体验性和感悟性的诗话式的语言。通过诗与画在内容、在塑造形象、在媒介上的多方面的比较,吕进对“诗如画”这一中外已成定论的观点质疑,认为“‘诗如画’是不科学的界说”,进而大胆地提出自己的创见:“诗是画的‘降低’——它要表现客观现实,但不长于精细地描绘客观现实;但它更是画的‘提高’:对于诗,直观世界太局促了。它从画中解放出来,从直观的物质的狭小的小天地中解放出来,从贫乏的直观的小溪奔向广阔的感情大海。”[②]在著名美学家宗白华和徐复观的眼中,“诗如画”包含着中国艺术精神,宗白华用“空间意识”来阐释,徐复观用“融合”一词来立论,应该说都是一家之言。在吕进的笔下,他用“提高”与“降低”“小溪”与“大海”等形象化的语言来描述诗与画的区别,贴切又生动;同时“直观”一词巧妙地指出画是空间艺术,暗示音乐是时间艺术,为下文探讨诗歌与音乐的区别埋下伏笔。

在吕进看来,诗与音乐等质是不科学的界说,“诗与音乐显然的异质之处,

① 宗白华:《新诗略谈》,载《美学散步》,上海人民出版社1981年版,第245页。
② 吕进:《诗的界说举隅》,载《新诗的创作与鉴赏》,重庆出版社1982年版,第12页。

是诗虽然寻求音乐美，但它不是单纯的声音艺术。诗并不把声音当作表达内容的唯一媒介或主要媒介，对诗来说，这一媒介是语言。”[①]但诗具有音乐美，因为诗的形式本质就是音乐美。

通过与绘画和音乐的比较，吕进确定了诗的艺术属性，在他看来，诗不但是普遍的艺术，也是最高的艺术，是“时间艺术”和“空间艺术”的统一。比较的目的，是为后文提出“诗的定义”奠定基础。

总之，吕进的“诗的定义”的诗学高度缘于他开阔的学术视野和比较的研究方法，吕进直接从莱辛、黑格尔、歌德、鲁迅、宗白华、朱光潜等中外文艺批评家的经典著作中吸取滋养，因此他的“诗的定义”和流行的一般院校的文学理论教材对诗的界定拉开了距离。

再次，这个定义的诗学厚度来源于对诗的历时性梳理。

新诗自诞生以来，现代诗人或学者对什么是诗的问题，不乏一些独立见解，并具有一定的诗学价值。这里不妨列举几例。

“诗=(直觉+情调+想象)+(适当的文字)”[②]，这是郭沫若眼中的诗。郭沫若以其诗集《女神》奠定了在新诗上的地位，他认为诗不是“做”出来的，而是“写”出来的，推崇心中诗意诗境的纯真的表现，在他眼里真诗都是生的颤动、灵的喊叫。所以郭沫若的这个概念，既是诗的，又是反诗的;心理学层面是诗的，语言学层面是非诗的。

“诗是具有音律的纯文学”[③]这是朱光潜的“诗的定义”。朱光潜从诗与散文的分野入手，肯定了诗之为诗的本质特征——音乐性，朱光潜在其《诗论》中对中国诗歌的音乐性阐述甚详，令人信服，应该说朱光潜的“诗的定义”是极具现代诗学意义的。

在艾青看来，“诗是由诗人对外界所引起的感觉，注入了思想感情，而凝结为形象，终于被表现出来的一种‘完成’的艺术”[④]。这里是指诗的生成，指诗歌寻思寻言的过程，它是诗人之论，熔铸了艾青自己的心理体验和创作经验。

---

① 吕进:《诗的界说举隅》，载《新诗的创作与鉴赏》，重庆出版社1982年版，第16页。

② 杨匡汉，刘福春:《中国现代诗论》(上编)，花城出版社1985年版，第55页。

③ 朱光潜:《诗论》，生活·读书·新知三联书店1984年版，第111页。

④ 艾青:《诗论》，人民文学出版社1982年版，第172页。

诗是一种最集中地反映社会生活的文学样式，它饱和着丰富的想象和感情，常常以直接抒情的方式来表现，而且在精练与和谐的程度上，特别是在节奏的鲜明上，它的语言有别于散文的语言。[①]

何其芳对诗的界定，在当代文论史上影响颇大，几乎成为文学理论教材的金科玉律，这是与何其芳作为著名学者、诗人以及他在中国社会科学院文学研究所的地位决定的。应该说，何其芳对诗的界定体现了其深厚的学养和水平，但在理论概括方面稍逊朱光潜。

吕进的“诗的定义”显然吸纳了上述四家学说的合理内核，在此基础上推陈出新，表达自己的观点。

吕进吸收了郭沫若的“抒情”说。在郭沫若看来，“诗的本职专在抒情”[②]，“抒情诗是情绪的直写”[③]。而在吕进的“诗的定义”中，“诗通常是诗人感情的直写”，“直写”二字来自郭沫若无疑，但吕进对郭沫若的概念有所校正和选择，吕进认为“诗的内容本质在于抒情，它是生活的感情化”[④]，应该说后者更严谨。诗是以形式为基础的文体，五四时期郭沫若推崇自由体新诗，不受形式束缚，追求绝端的自由、绝端的自主，标举“裸体的美人”，这在五四时期无可厚非，但对新诗的文体建设价值不大。所以吕进强调“诗的内容本质在于抒情”，既吸收了郭沫若的合理观点，又暗含对郭沫若忽略新诗形式的批评。

吕进认为“诗是最高的语言艺术首先表现在它的音乐美”[⑤]，并以何其芳的诗《欢乐》为例进行解读。吕进从音乐美的角度来区分诗歌语言和散文语言，应该说继承了朱光潜和何其芳的诗学观。从学理的探究看，朱光潜建树颇多，他的《诗论》几乎就是一本诗歌音乐美的专论，但朱光潜言说的对象是中国诗，准确说是中国古典诗歌，新诗只是稍稍提及而已。吕进的言说对象是中国新诗，新诗应该在形式美、音乐美方面有大的作为，以取得与民族古典诗歌同样的成就。吕进的这种变中求通的诗学思想，他后来阐述为民族诗歌传统的现代化。

---

① 何其芳：《关于写诗和读诗——一九五三年十一月一日在北京图书馆主办的讲演会上的讲演》，载《何其芳文集》（第四卷），人民文学出版社1983年版，第450页。

② 郭沫若：《论诗三札》，载《中国现代诗论》（上编），花城出版社1985年版，第60页。

③ 郭沫若：《论节奏》，载《中国现代诗论》（上编），花城出版社1985年版，第111页。

④ 吕进：《诗的本质》，《新诗的创作与鉴赏》，重庆出版社1982年版，第20页。

⑤ 吕进：《诗的本质》，《新诗的创作与鉴赏》，重庆出版社1982年版，第30页。

总之，吕进的“诗的定义”吸纳了前人的合理内核，有修正，有补充，推陈出新，是一个具有学术史价值和诗学价值的概念。

最后，这个定义的诗学个性缘于它是开启吕进诗学体系之门的钥匙。

1995年5月，西南师范大学出版社推出《吕进诗论选》，这是吕进诗学研究的第一个个人选本。《吕进诗论选》是继《新诗的创作与鉴赏》《新诗文体学》和《中国现代诗学》之后吕进诗学研究重要成果的集中展示。阿红以“一个新体系的构建”为题为该书作序，率先提出吕进诗学体系的概念，其后蒋登科撰文《对吕进诗学体系的简单理解》，首次对吕进诗学体系进行比较详细的解读。因此可以说《吕进诗论选》的推出，标志着吕进诗学体系的成形，标志着吕进作为一个优秀的现代诗学理论家的成熟。

那么，开启吕进诗学之门的钥匙是什么呢？

《吕进诗论选》分五辑，其中第一辑的开篇之作是“什么是诗”。这无异于告诉我们，“诗的定义”才是开启吕进诗学体系之门的钥匙。

早在1984年8月吕进写给穆仁的信中，曾经提起：“由这一点出发，可以引出一系列诗学命题，诗人与人民，诗人与时代，诗人与世界……既然和其他文学样式不同，诗通常是诗人感情的直写，‘定义’的核心是‘歌唱’，各个侧面都是由此生发出来的。”[①]吕进的这段夫子自道未必引人注意，但此言不虚。

“诗的定义”是吕进新诗文体研究的理论高地。据此俯视而下，许多新诗的内部问题和外部问题，经由文体重审，缠夹不清、似是而非的诗学理论误区渐次被澄清。

吕进认为，“诗不直接反映生活，而是直接表现人的情感”，“诗的内容本质在于抒情，它是生活的感情化”[②]。基于这种认识，吕进把抒情诗作为现代诗学讨论的重中之重，抒情诗的审美视点及其特征，抒情诗的艺术媒介与媒介特征，抒情诗的生成，抒情诗的轨迹，抒情诗人的修养，等等，这些重要的诗学理论问题，在吕进的《中国现代诗学》一书中得到全面而深刻的阐释，其中在抒情诗的审美视点与艺术媒介两个方面，吕进识见尤深，在前人裹足不前的地方探险，披荆斩棘，开辟出现代诗学理论的一片新天地。内视点也好，艺术媒介也好，前辈学者比如宗白华、朱光潜等，笔下虽偶有涉及，但始终没能讲清楚，或

① 吕进：《关于〈新诗的创作与鉴赏〉的通信》，载《上园谈诗》，重庆出版社1987年版，325页。

② 吕进：《诗的本质》，载《新诗的创作与鉴赏》，重庆出版社1982年版，第20页。

许是因为战争年代无暇他顾，或许是因为史无前例的“文化大革命”无情地剥夺了学术年华，或许是有意留待后人详而述之，到了20世纪八九十年代，吕进完成了这个使命，把抒情诗的内视点和艺术媒介等美学问题阐述清楚了。吕进能把这个问题讲清楚，一个重要的原因是基于他对诗的个性化认识：“诗反映生活的特征：它不是叙述生活，而是歌唱生活。”[①]

之所以说吕进的“诗的定义”是一个性化的原创定义，是因为他的有关新诗文体理论的研究，基本上是从这个定义出发而逐层展开和深入的，比如《论诗的文体可能》《诗的弹性技巧》《新诗艺术表现中的虚与实》《论诗美》《感情，诗的直接内容》《诗家语》《诗的生成》《诗的寻思》《诗的寻言》《诗，生命意识与使命意识的和谐》《诗人是文明的“原始人”》等等，这些独立成篇的论文，或从诗与生活的关系立论，或从诗与语言的关系探讨，或从诗作与诗人的关系剖析，既体现吕进诗学研究的横向拓展，又见证吕进诗学研究的纵向深入。

总之，从新诗抒情诗的角度看，吕进的“诗的定义”体现了20世纪八九十年代中国现代诗学文体理论的高水准，构成了吕进现代诗学理论体系的“第一柱”。

二、诗的形式

“诗是以形式为基础的文体”，这是吕进诗学思想的总纲。诗的语言是形式，也是内容；内容寓于形式中，没有形式就没有诗；诗与非诗的差别不在内容，而在形式，没有形式的规约，诗与非诗的界碑就抹平了。新诗文体学研究，是新诗之为诗的形式特质研究。这种形式特质，既是民族诗歌源远流长的审美积淀，也是中国读者鉴赏和接受诗歌的阅读习惯，是民族诗歌生命力的血脉所在。吕进的现代诗学，一定程度上是新诗之为诗的形式诗学，但不是形式主义诗学。爱情、友情、亲情、乡情、家国情怀，是任何文学体式共有的主题和内容，但用新诗来传达，就得遵循诗的规则，是诗而非散文，而非小说，而非戏剧。诗人的情感不是形式的，但诗人情感的传达是有形式的，要符合诗歌形式的要求，应具有诗歌形式的审美特质。所谓像诗一样，终究不是诗，是诗的意蕴向非诗文体的渗透，是非诗文体获得诗的审美内涵的体现。就诗来说，吕进现代诗学是形式诗学；就诗人来说，吕进现代诗学不是形式主义诗学。前者，

---

① 吕进：《诗的本质》，载《新诗的创作与鉴赏》，重庆出版社1982年版，第21页。

吕进强调对新诗之为诗的文体规范,对诗歌形式要素的倚重;后者,吕进强调诗人的人格修养、人格魅力,诗人以家国关怀为上,以民族代言人为尊。吕进诗学是建立在新诗形式基础之上的传承民族审美理想和道德理想的现代诗学,而诗的形式是吕进诗学大厦的底座。

总括说来,吕进对诗的形式的研究,首先是从诗与画、诗与音乐的异质入手,同时厘清诗与散文的差异,进而提炼出视点和媒介两个诗学概念,建立自己的诗学理论支点。研究方法上,较多借鉴了朱光潜、宗白华、闻一多、钱锺书和莱辛的方法,并吸收了他们的研究成果。但审美视点、媒介、弹性等诗学概念的提出和内涵的阐释,是吕进在前人止步的地方推进的学术创新。吕进对新诗形式探究的目的,是推进新诗的民族化、现代化建设。下面分而述之。

第一,诗与画与音乐的异质。

作为最高语言艺术的诗,它与其他艺术门类比如图画、音乐等有何本质区别,这是论诗的逻辑起点。有比较才有鉴别,而且把诗与画放在一起论述,是中外诗学家、美学家的共同旨趣。宋代大文豪苏轼以"诗中有画""画中有诗"来评价王维的诗。古罗马美学家贺拉斯在《诗艺》中就有"诗歌就像图画"的观点。莱辛的名著《拉奥孔》又名《论诗与画的界限》。朱光潜在他的《诗论》中,第七章专门讨论"诗与画——评莱辛的诗画异质说"。《旧文四篇》是钱锺书的一本文艺批评论著,其中第一篇文章就是"中国诗与中国画"。宗白华是著名美学家,《美学散步》是他的代表著作之一,其中收录有1949年他写的《中国诗画中所表现的空间意识》一文。黑格尔的皇皇巨著《美学》更是花了不少篇幅讨论诗与画。《新诗的创作与鉴赏》是吕进的成名作,该书"本质篇"的第一章"什么是诗"之第二节"诗的界说举隅"中,就诗与画、诗与音乐等质进行了辨析。吕进对前人的观点进行了梳理、归纳和明辨,提出诗画异质说,认为"'诗如画'是人类艺术不成熟阶段的产物,是诗歌本质尚未被充分把握的时代的产物。""诗画有相通处,但从根本上讲,它们是异质的。这种异质表现在它们的内容、塑造的形象、塑造形象的媒介的极大差别。"[①]在名家众说纷呈的背景下,要提出自己的看法有难度,唯其有难度,才有价值,对此,吕进做出了自己的判断:"'诗如画'不是科学的界说。诗是画的'降低'——它要表现客观现实,但不长于精细地描绘客观现实;但它更是画的'提高':对于诗,直观世界太局促

① 吕进:《诗的界说举隅》,载《新诗的创作与鉴赏》,重庆出版社1982年版,第7页。

了。它从画中解放出来，从直观的、物质的狭小天地中解放出来。”[①]吕进这种观点至今保鲜，置于80年代初期更是难能可贵。及至80年代中期，吕进发现绘画和散文在审美视点上有诸多相似之处，也就是说，绘画和散文靠近的时候，也就是诗与散文拉开距离的时候。

诗与音乐的联姻，要早于诗与画。“诗言志，歌永言，声依永，律和声”，《今文尚书·尧典》中的这段文字，是我国诗歌和音乐联姻的最早文献。远古时期，“诗”则“寺”，是庙堂的祭辞和祷告，是唱出来的。朱光潜在《诗论》中考察了原始诗歌所保留的诗、乐、舞同源的痕迹。诗是时间的艺术，画是空间的艺术，这是西方古典美学的主流观点。如果说美学家偏重诗和音乐的同构，那么诗学家注重诗和音乐的异质。在吕进看来，“诗虽然寻求音乐美，但是它不是单纯的声音艺术。诗并不把声音当作表达内容的唯一媒介或主要媒介，对诗来说，这一媒介是语言”，“诗的语言是义与音的交融，因此，诗所表达的情感内容就远比音乐具有明确性”[②]。这是吕进80年代初的观点，到了80年代中后期，他从审美视点的角度，对诗与音乐的异质性有了更深刻的阐释，“诗与音乐明显异质：诗是一次完成的（音乐是二次完成的）；诗的媒介不是单纯的声音（音乐的声音直接成为目的）；诗使情感状态得到具象化（音乐是抽象的）”。[③]也就是说，作为内视点的诗与音乐，诗依然有自己的特性，尽管不及音乐纯粹，但遵循情感第一的原则，表现内心体验。

第二，诗与散文的异质。

诗与散文的异质，是新诗文体学的基础理论之一，也是中国现代诗学的重要理论问题。中国现代诗学中，20年代穆木天作为早期象征派诗人，理论修养不俗，有较好的新诗文体意识，他要求划清诗与散文的分界，他希望中国诗人找到一种诗的思维术、诗的逻辑学。“诗的世界固在平常的生活中，但在平常生活的深处。诗要暗示出人的内生命的深秘。诗是要暗示的，诗是最忌说明的。说明是散文世界里的东西。”[④]应该说，穆木天的诗学见解比之同期的郭沫若要胜出一筹。三四十年代朱光潜在《诗论》的第五章“诗与散文”中探讨二者

① 吕进：《诗的界说举隅》，载《新诗的创作与鉴赏》，重庆出版社1982年版，第12页。

② 吕进：《诗的界说举隅》，载《新诗的创作与鉴赏》，重庆出版社1982年版，第16页。

③ 吕进：《论诗的文体可能》，载《新诗文体学》，花城出版社1990年版，第26页。

④ 穆木天：《谭诗——寄沫若的一封信》，载《中国现代诗论》（上篇），花城出版社1985年版，第98页。

的差异。这是朱光潜的得意之作，他曾在清华大学做过专题学术演讲，朱自清的日记中有记载。应该说，朱光潜对诗与散文的异质性研究，代表了20世纪上半叶最高的理论水平。

80年代以来吕进在这个领域持续耕耘，取得厚重的成果，无论是深度还是广度上均超越了前人，代表了20世纪新诗文体领域基础理论研究的高水准。

首先，吕进从审美视点上论述了诗与散文的异质。

审美视点是创作主体与客体之间的一种审美观照方式。吕进把审美视点分为内视点和外视点。内视点偏重音乐，外视点偏重绘画。诗与音乐接近内视点，散文与绘画接近外视点。吕进认为：

> 诗与散文在审美视点上十分不同：前者偏向表现内心生活的音乐，后者钟情再现外在世界的绘画。也可以说，散文叙述世界，而诗体验世界；散文以它较强的历史反省功能显示自己的优势，而诗以它对世界的心灵反应证明自己的存在；散文展示外宇宙的丰富，而诗披露内宇宙的精微。①

吕进的这段话从理论上阐释了穆木天所说的诗的逻辑学，尤其是“人的内生命的深秘”。所谓诗的逻辑学，诗的思维术，其实就是诗的视点。艾青论诗注重感觉，他认为“如果诗人是有他们的素质的，我想那应该是指他们对于世界的感觉的特别新鲜，和对于文字的感觉的特别亲切”②，在这里前一个“感觉”指内心体验，后一个感觉指“诗家语”。艾青虽然不是诗学理论家，但他是诗人，他创作经验丰富，他把这种“感觉”当作诗人的“素质”，即诗人区别于散文家、小说家之所在，不能不说独具慧眼。诗人总是诗学理论最高的裁决者。

其次，吕进从艺术媒介上阐释了诗与散文的异质。

诗与散文的差异，中外都有一些形象的表述。比如吴乔在《围炉诗话》中把散文比喻为煮饭，把诗歌比喻为酿酒；法国象征主义诗人瓦莱里把散文喻之为走路，诗歌喻之为跳舞。这些比喻接近诗与散文的异质。吕进不仅从审美视点上区别了诗与散文，而且从艺术媒介上阐释了两者之间的差异。吕进认为：

---

① 吕进：《熟读〈新诗三百首〉，不会吟诗也会吟》，载《吕进文存》〈第三卷〉，西南师范大学出版社2009年版，第438页。

② 艾青：《诗论》，人民文学出版社1980年版，第177页。

> 诗与散文的艺术媒介十分不同。散文有文学语言作媒介,诗却没有现成的媒介;诗以一般的语言组构独特的语言方式。可以说,作为艺术品的诗是否出现,主要不在它“说什么”,而在“怎么说”。离开独特的语言方式,诗便不复存在。一般语言一经纳入这种语言方式,就获得了非语言化、陌生化、风格化的品格,由实用语言幻变为灵感语言。[①]

从艺术媒介看,诗歌没有现成的媒介,一般文学语言不构成诗的媒介,诗从文学语言中借用媒介,也就是说诗是超越一般文学语言的特殊媒介。例如,李白的诗句“凤去台空江自流”,三个蒙太奇镜头构成一组画面,叶维廉从语言的角度进行了分析,“诗人设法将自己投射入事物之内”,“抽取一些联结的媒介,他依赖事物间一种潜在的应合,而不在语言的表面求逻辑关系的建立。”[②]诗和散文不同,“凤去”“台空”“江自流”这种“潜在的应合”是诗的媒介特征。

最后,诗家语是诗歌语言区别于散文语言的显著标志。

叶维廉在《中国诗学》中说到一件有趣的事情,他和洛夫、张默陪郑愁予去大贝湖游玩,“我们看到湖边上有一个牌子,上面写着‘禁止的鱼’,我说‘这是现代诗的语言呀!’但走近一看,不是‘禁止的鱼’而是‘禁止钓鱼’,‘禁止的鱼’是诗的,‘禁止钓鱼’却变成散文了。”[③]叶维廉说的完全正确。“禁止钓鱼”是叙述,“禁止的鱼”是体验,前者是客观描绘,后者是主观想象。美籍华人、著名学者叶维廉是双语写作的诗人,“禁止的鱼”是诗家语。诗家语是诗歌语言的表征,吕进指出:“散文要很好地描绘、叙述外在世界,在具象化过程中就要注重习以为常的生活逻辑和思维逻辑。而构成诗的结构的规律,本质上是非逻辑的。诗是主观体验,诗富梦幻色彩,它拒绝习见的逻辑。”[④]“禁止钓鱼”是生活逻辑,是散文的语法结构;“禁止的鱼”是非逻辑的,不合散文语法,但合乎诗的

---

① 吕进:《熟读〈新诗三百首〉,不会吟诗也会吟》,载《吕进文存》(第三卷),西南师范大学出版社2009年版,第438页。

② 叶维廉:《中国现代诗的语言问题》,载《中国诗学》,生活·读书·新知三联书店1996年版,第263页。

③ 叶维廉:《中国现代诗的语言问题》,载《中国诗学》,生活·读书·新知三联书店1996年版,第268页。

④ 吕进:《论诗的文体可能》,载《新诗文体学》,花城出版社1990年版,第31页。

逻辑;不具有文法意义,但具有诗的意味。

第三,诗的形式的核心:音乐性。

通过诗与散文的比较,朱光潜认为诗为有音律的纯文学,“音律的最大的价值在它的音乐性”[①]。通过诗和音乐的比较,朱光潜认为诗与乐的共同命脉是节奏。朱光潜从生理学和心理学的角度,把节奏分为主观节奏和客观节奏。在朱光潜看来,诗的节奏是语言的节奏和音乐的节奏的统一,构成节奏的要素主要有声、韵、顿等。应该说,朱光潜从文艺心理学的角度,运用中西比较的方法,对“中国诗”的形式要素的分析是透彻的。朱光潜《诗论》的言说对象是中国诗,也就是中国古典诗歌,新诗只是旁涉而已。

和朱光潜不同,吕进是从审美视点和艺术媒介的角度来讨论诗的形式的,而且是中国新诗的形式。新诗,是吕进言说的对象,古典诗歌仅是旁参和佐证。

诗是以形式为基础的文体。离开形式,诗便会立即消失。外视点文学将审美体验化为内容,内视点文学将审美体验化为形式。对艺术媒介的把握是对诗的把握的中心。[②]

在吕进的诗学思想中,诗的形式的核心是音乐性。

音乐性,是诗歌语言与散文语言的主要分界,是诗首要的媒介特征。

音乐性,是中国古诗的优势,也是中国新诗的贫瘠。

新诗的音乐性包括内在音乐性和外在音乐性两个层次。内在音乐性指的是诗情呈现出的音乐状态。外在音乐性指的是诗的段式与韵式。内外音乐性的中心是节奏。[③]

通过这三段文字,吕进把新诗的形式特征概括得简明到位。吕进对新诗形式的看重,就是对新诗音乐性的看重,就是对新诗文体建设和新诗未来的看重。

吕进从诗与音乐相近的视点出发,敞开诗歌音乐性的大门,发现了不少惊

① 朱光潜:《诗与散文》,载《诗论》,生活·读书·新知三联书店,1984年版,第121页。
② 吕进:《抒情诗的艺术媒介》,载《中国现代诗学》,重庆出版社1997年版,第71页。
③ 吕进:《抒情诗的媒介特征(上)》,载《中国现代诗学》,重庆出版社1997年版,第78页。

人的奥秘。朱光潜在《诗论》中花了大量篇幅讨论中国诗的节奏与声韵，以及中国诗何以走上“律”的道路，功底非常深厚，学贯中西不是虚名，在他之前对中国诗的音乐性（声、韵、顿）进行系统研究是少有人涉足的领域，朱光潜有拓荒之功，无人可以取代。但从读者接受的角度说，朱光潜的论述未免有一种钻牛角尖的感觉。也许吕进对诗歌音乐性的阐述不及朱光潜之深，也不及朱光潜之透，但比朱光潜要清得多。且读下面一段文字：

“音乐性是诗与散文的主要分界。从诗歌发生学看，诗与音乐从来就有血缘关系。依照流行的说法，诗的音乐性的中心是节奏。节奏有内外之分。内在音乐性是内化的节奏，是诗情呈现出的音乐状态，即心灵的音乐。外在音乐性是外化的节奏，表现为韵律（韵式，节奏的听觉化）和格式（段式，节奏的视觉化）。内在音乐性就是音乐精神，它其实是一切艺术的最高追求。一切高品位的艺术都因心灵性而靠近音乐。只有外在音乐性才是诗的专属，它是诗的定位手段。[①]

在这里，吕进把诗的音乐性以及一切艺术的音乐精神，三言两语讲得清清楚楚、清清爽爽、清清透透，丝毫不缠绕，这很不简单。诗，本来是不容易说清的；诗的音乐性，更是说不清的——二者的主观性、抽象性太强，不容易把握，但吕进用不到200字的篇幅说得明明白白。对诗的音乐性的阐释，是吕进为中国现代诗学做出的重要理论贡献。音乐性，也是吕进诗学中形式因素的核心。

三、诗的结构

第一，吕进对诗的结构的描述。

吕进把诗的结构分为表层结构和深层结构两个部分，前者包含诗的外在节奏和内在节奏，后者由意象、主观体验和哲学构成。在《中国现代诗学》一书中，吕进把诗的结构用一个图表来呈现[②]：

---

① 吕进：《从“诗体解放”到“诗体重建”》，载《文化转型与中国新诗》，重庆出版社2000年版，第388页。

② 吕进：《抒情诗的媒介特征（上）》，载《中国现代诗学》，重庆出版社1991年版，第86页。

抒情诗	表层结构	外在节奏(段式,韵式)
		内在节奏(诗情呈现的音乐状态)
	深层结构	意象(诗美世界) 主观体验(内视世界)
		哲学(审美观)

吕进把这个结构称为诗的多层面结构。吕进认为,“诗的表层结构的基础是节奏,由内在节奏而外在节奏,后者是诗的定位手段”,“在各种文学样式中,诗与哲学的血缘最近。诗的最深的内蕴(由此生发出各层次、各侧面)是哲学。深层结构的表层是意象,而意象则由诗人主观体验而来。”[①]也就是说,诗的结构是一个由表及里、由浅及深的整体——对诗人创作来说,是二而一、一而二、互为一体同步完成的,没有先后之分;对读者鉴赏来说,从诗形的分析到诗质的领悟,由外而内,产生审美愉悦,引起共鸣,净化情感。因此吕进所言的诗的多层面结构,其实质就是诗的整体结构。

诗的多层面结构,吕进在他的《新诗文体学》中,称之为非逻辑结构,吕进也用一个图表来显示[②]:

诗歌	表层结构	段　式(诗行,诗段)
		节 奏 式(狭义节奏式,韵式)
	深层结构	主观体验(内视世界)
		哲　学(审美观)

吕进对诗的结构的解读是:“表层结构的基础是节奏式,深层结构的基础是哲学。表层结构的实质是音乐性与弹性的诗歌语言,它是诗的定位手段。深层结构的实质是内视性、体验性,它是诗的深度。”[③]这段文字言简意赅,对诗

① 吕进:《抒情诗的媒介特征(上)》,载《中国现代诗学》,重庆出版社1991年版,第87页。
② 吕进:《论诗的文体可能》,载《新诗文体学》,花城出版社1990年版,第31页。
③ 吕进:《论诗的文体可能》,载《新诗文体学》,花城出版社1990年版,第31页。

的表层结构、深层结构的构成及其实质,做了清晰的解读。

如果将上述两个表格进行对比,我们会发现吕进对诗的结构的思考不断深入,对自己的观点进行了修正和完善。这一细则,体现出一个学者求实创新和严谨精进的学术品格。前一表格收入1991年出版的《中国现代诗学》中,后一表格收入1990年出版的《新诗文体学》中,时隔一年,时间短矣,但修改痕迹明显可见,而且解读也有所不同。

以外在节奏和内在节奏来区分诗的表层结构,显然比以段式和节奏式来区分要合理和科学。段式(诗行、诗段)是新诗最基本的外在特征,即分段(节)和分行。但外在节奏和内在节奏能把新诗诗体区分开来,自由体诗诗无定节,节无定行,但有诗情起伏,有内在的音乐状态,比如郭沫若的《女神》和艾青的多数新诗,尤其是艾青写于抗战时期的诗篇,尽管不押韵,没有韵脚,分节分行都有随意性,但诗情的音乐状态强烈,有冲击感和震撼力。所以吕进以外在节奏和内在节奏来区分诗的表层结构,实际上就是区分了新格律诗、半格律半自由诗和自由诗,把新诗史上不同流派和风格的诗都囊括进去,这无疑具有科学性和概括力。

在诗的深层结构中,两相比较,多了"意象(诗美世界)"。"意象"使"主观体验"具象化。诗心体验呈现于意象,意象是诗的物化形态,使看不到听不见的诗心体验变得可触可感。诗是意象的艺术,没有意象,犹如小说没有人物、故事和情节。这一修改之处,体现了吕进对诗歌艺术规律的深刻理解和把握。

第二,诗的结构的要素分析。

这里以吕进的《中国现代诗学》中抒情诗的结构为准,进行简要的分析。

1. 表层结构。诗的表层结构的实质是音乐性,音乐性的中心是节奏,而节奏有外在节奏和内在节奏之分。段式和韵式构成诗的外在节奏。段式是指新诗分节分行。自由体诗诗无定节,节无定行,自由性和流动性强,诗节或长或短。长的达数行乃至十几行不等,短的诗节只有区区一行两行,而且行无定字,行无定句。在形式上,把这种无定段(节)、无定行、无定字,形式上随意、散漫和自由的新诗称之为自由诗。自由诗是新诗的舶来品,是白话新诗"诗体大解放"的产物,早期新诗诞生之初,受外国诗歌的影响,比如美国诗人惠特曼的《草叶集》。自由诗顺应了五四时期打破桎梏、解放思想的时代要求,郭沫若的诗集《女神》奠定了自由诗的历史地位,成为新诗的奠基之作,自此自由诗成为新诗的主要诗体。

新格律诗,或称现代格律诗,也是新诗的重要诗体。较之自由诗,新格律诗在诗节上或整饬归一或错落有致,有视觉上的建筑美;在音韵上,基本上有规律可循,或抑扬顿挫、朗朗上口或一唱三叹回旋往复,音乐性比较突出。现代格律诗创作,新诗文体意识的觉醒,是从“新月派”诗人闻一多、徐志摩等人开始的,他们的新格律诗创作,不但有鲜明的理论主张,追求新诗的“音乐的美”“绘画的美”和“建筑的美”,而且创作上取得了不俗的成绩,时至今日,后人无出其右者。

如果说现代格律诗的节奏主要体现于外在的段式和韵式上,那么自由诗的节奏以内在节奏为主。也就是说,自由诗并非没有节奏,自由诗的节奏以诗情的内在起伏所呈现的音乐状态为主。对新诗内在节奏的追求,以郭沫若和戴望舒较为突出,艾青是集大成者。但艾青后期新诗创作,格律化倾向比较明显,一定程度上体现了向现代格律诗的回归。

五四时期郭沫若对自由诗的鼓吹,可谓惊世骇俗,比如“诗应该是纯粹的内在律,表示它的工具用外在律也可,便不用外在律,也正是裸体的美人”,“我想我们的诗只要是我们心中的诗意诗境之纯真的表现,生命源泉中流出来的Strain,心琴上弹出来的Melody,生之颤动,灵的喊叫,那便是真诗,好诗”[①]。郭沫若标举“内在律”,也就是内在节奏,鼓吹“裸体的美人”,亦即自由诗。郭沫若的这种观点,是他五四时期狂飙突进、个性解放的体现,他对个性的追求和对诗的追求是一致的。但从诗学角度来说,它不具有普适性,不能当作诗的基本原理,仅仅是郭沫若在特定时期个人化的追求。事实上,就在同一时期,郭沫若也写了一些音韵和谐、节奏鲜明的新诗,比如《天上的街市》等。

戴望舒的《雨巷》是自由诗,但有鲜明的节奏,一韵到底,回环往复,叶圣陶赞誉甚高。戴望舒后来深受法国象征主义诗歌的影响,不再注重新诗的外在节奏,而追求新诗的内在节奏,即诗情的起伏上。他认为,“诗的韵律不在字的抑扬顿挫上,而在诗的情绪的抑扬顿挫上,即在诗情的程度上”,“新诗最重要的是诗情的Nuance而不是字句上的Nuance”,“韵和整齐的字句会妨碍诗情,或使诗情成为畸形的。”[②]以戴望舒为代表的“现代派”诗人重表现手法的暗示隐

---

① 郭沫若:《论诗三札》,载《中国现代诗论》(上编),花城出版社1985年版,第52-54页。

② 戴望舒:《望舒诗论》,载《中国现代诗论》(上编),花城出版社1985年版,第161页。

喻,重诗情的内在起伏,重语词的精致婉约,诗形不整饬也不芜乱,一定程度上体现了30年代自由诗的艺术成就。

艾青以新诗的"散文美"理论和追求把自由诗推向高峰,是自由诗创作取得最高成就的诗人,也是20世纪享有世界声誉的诗人。他的自由诗,不是说不要诗的形式,而是不要诗的形式主义;不是说不要诗的音韵节奏,而是不被音韵所束缚;他更多的是吸收散文语言自然、形象、健康和富有生活气息的特点。抗战时期,艾青的自由诗把中华民族的抗争和新生表现出来了,诗情饱满、充沛,回肠荡气,有鲜明的内在节奏。

诗是有语言的节奏,有节奏的语言,新诗无论是自由诗还是现代格律诗,节奏是诗的命脉。现代格律诗和自由诗,在结构上诚如吕进所言,前者偏重外在节奏,后者侧重内在节奏。

2.深层结构。

在吕进看来,诗的深层结构由意象(诗美世界)、主观体验(内视世界)和哲学(审美观)组成。如果说诗的表层结构回答了什么是诗,那么,诗的深层结构回答了诗是如何形成的。

意象是中国具有民族特色的诗学术语,是意中之象,是经过诗人感情的化合与点染而注入诗人意趣和情操的物象,它是诗美的载体,没有意象就没有诗,意象是诗美的呈现。优秀的诗人,总有自己独具特色的意象,田园的一树一木,一花一草,熔铸了陶渊明毫无挂碍、一派天机的诗情。艾青笔下的太阳、土地和火把,还有他忧伤的歌,是一个民族苦难而又不屈的象征。意象是诗人诗心体验的产物,是心与物的交融,是心与心的感应,是一个丰富而独特的心灵世界。"采菊东篱下,悠然见南山","悠然"是陶渊明刹那间的主观体验;"人烟寒橘柚,秋色老梧桐",一"寒"一"老"是李白漂泊无归的心灵写照,是诗人特有的体验。这种主观体验,是诗人心灵世界的展示,心灵体验强烈与否,深刻与否,与诗的价值大小成正比。"雪落在中国的土地上/寒冷在封锁着中国呀",如果没有家国之忧,如果没有与千千万万难民同胞一起流浪的经历,艾青不会有这种诗句,这里的切肤之"寒"不仅指冬天的气候,更是诗人的心灵体验。

诗人审美观的终极底蕴是哲学,吕进把哲学看作诗歌结构的最深层,无疑是有见地的。中国古典诗歌之所以脍炙人口,传诵不衰,从根本上讲它有中国文化的底蕴和中国哲学的底蕴,这不是百年新诗暂时能抗衡的。天人合一的中国哲学,深深影响着中国的诗歌艺术。对新诗创作来说,诗人的传统文化底蕴、中外哲学修养、国际视野,都是推进新诗发展的重要因素。

第三,吕进的诗的结构的诗学价值。

1.突破了古典诗学诗歌结构起承转合的陈说。

众所周知,中国古典诗歌的成熟诗体是律诗和绝句。对中国古典诗歌的结构,古人一般用起、承、转、合来概括。元朝杨载在《诗法家数》中首列起承转合为律诗要法——首联破题,颔联接题,颈联转题,尾联结题。明人范德机的《木天禁语》在杨载的基础上,也是用起、承、转、合四字来概括诗的结构和作诗方法:以律诗言之,首联为起,颔联为承,颈联为转,尾联为合,并援引杜甫的诗和《诗经》为例进行分析。到了清代,诗学理论家叶燮在《原诗》中也持这种见解,认为律诗首句如何起,三四句如何承,五六句如何接,末句如何结。自此,起承转合成了诗法,成了诗歌做法及其结构安排的习见。到了晚清,邹弢更是把诗的结构绝对化,他认为无论五古、七古、五七律绝,总不外作文之法起承转合四字。这样,诗的结构和散文的结构渐渐固化,而且混为一谈。当然,也有一些诗学家,对这种机械的观点持批评态度,比如王夫子和沈德潜,前者主张以情事为起合,要求生气灵动,妙合无垠;后者要求行所不得不行,止所不得不止,羚羊挂角,无迹可求。从上述简单的梳理来看,古典诗学关于诗的结构的论述相对还是单一的,起承转合的结构论固有其合理性,但不能绝对化,而且诗的结构和散文的结构应该有所区别,不能放之四海而皆同。

吕进对诗的结构的描述,符合百年新诗发展实际,符合新诗自由体诗和现代格律诗的结构要素,吕进对古典诗学起承转合的机械结构论保持警惕,从表层结构和深层结构两个方面来概括诗的结构,尽管不是十全十美的,但突破了古典诗学起承转合结构论的成见,是现代诗学理论的重要收获。

2.从文体角度把诗的结构提升到新诗本体高度。

在《新诗文体学》中,吕进把诗的结构称之为非逻辑结构,同时是一个多侧面的审美结构。前者是从诗与散文的文体差别着眼的,后者是从诗与读者的互动关系着眼的。诗的结构为什么称之为非逻辑结构呢?且听吕进的解释:“散文要很好地描绘、叙述外在世界,在具象化过程中就要注重习以为常的生活逻辑和思维逻辑。而构成诗的结构的规律,本质上是非逻辑的。诗是主观体验，诗富梦幻色彩，它拒绝习见的逻辑。”[①]由此可见，所谓非逻辑结构也就是非散文结构。诗与散文的审美视点是不同的：诗是内视点，体验世界；散文是外视点，叙述世界。关于诗与散文的文体差异，1926年象征派诗人穆木天有不少精辟的见解，他认为“诗的世界是潜在意识的世界。诗是要有大的暗示能。诗的世界固在平常的生活中，但在平常生活的深处。诗是要暗示出人的内生命的深秘。诗是要暗示的，诗是最忌说明的。说明是散文的世界里的东西。诗的背后要有大的哲学，但诗不能说明哲学。”[②]这段文字对诗区别于散文的文体特征做了生动的阐述。吕进显然吸收了穆木天的合理内核，并把它提升到诗的内视点高度，提出诗的结构是非逻辑结构的看法。

著名学者和诗人郑敏认为，诗与散文的分野是因为诗的内在结构，“诗与散文的不同之处不在是否分行、押韵、节拍有规律，二者的不同在于诗之所以成为诗，因为他有特殊的内在结构（非文字的、句法的结构）”[③]。郑敏以古今中外诗歌为例，分析了诗的两种内在结构：一种是展开式结构，另一种是高层式结构，最后得到的结论是“诗的内在结构不是文字，也不是思想，而是化成了文字的思想，与获得思想的文字以及它们的某种逻辑的安排。”[④]郑敏的这个观点和吕进关于诗的结构尤其是深层结构的看法是一致的，“化成了文字的思想”指诗人的审美观和哲学，“获得思想的文字”指诗的意象。但郑敏忽略了诗之为诗的表层结构，片面强调它的内在结构即深层结构，似乎有些偏颇了。

吕进从诗歌与散文的审美视点出发，把诗的结构分为表层结构和深层结构，应该说这是具有新诗本体特征的理论创新。

3.强调诗外功夫，凸显诗人文化修养的重要性。

吕进的新诗文体研究，不是静态的新诗语言研究，而是动态的文体建构研究。吕进不但对新诗的文体要素进行研究，而且对诗人的文化素养、人格心理开展研究，即使他对新诗诗人的评论，比如他对闻一多、臧克家、余光中等诗人

---

① 吕进：《论诗的文体可能》，载《新诗文体学》，花城出版社1990年版，第31页。

② 穆木天：《谭诗——寄沫若的一封信》，载《中国现代诗论》（上篇），花城出版社1985年版，第98页。

③ 郑敏：《诗的内在结构——兼论诗与散文的区别》，载《诗歌与哲学是近邻——结构-解构诗论》，北京大学出版社1999年版，第3页。

④ 郑敏：《诗的内在结构——兼论诗与散文的区别》，载《诗歌与哲学是近邻——结构-解构诗论》，北京大学出版社1999年版，第24页。

的评论,也是从文体着眼的。新诗文体学是吕进现代诗学的基石。在吕进的现代诗学中,诗和诗人是新诗研究的两个侧面,是互为一体的,因此不难理解吕进把哲学作为诗的深层结构之一,因为哲学和诗在本源上同宗的。现代著名诗人郑敏借用海德格尔说得既形象又贴切的一句名言"诗歌与哲学是近邻"来指称自己多年来的学术研究和创作。吕进所言的诗的结构中的哲学,是指诗人的审美观,也可以看作诗人的艺术修养、人格修养等。宋代诗人陆游有句诗是"汝果欲学诗,工夫在诗外","诗外"即指人生阅历、文化水平、艺术修养、人格心理等。吕进把诗人的艺术修养和人格修养看作诗外工夫。吕进吸收了梁实秋、康白情、宗白华、艾青等人的见解,从民族诗歌传统和当下新诗创作出发,融入自己的理解,"没有哲学修养,就很难在天人关系的总体观上开拓诗的天地","在拥有生活积累和写诗才能的情况下,诗人的文化修养既决定着他的内在视野的开阔性,也决定着他感应世界的敏锐性与深邃性。"[①]也就是说,诗人的艺术修养和人格修养,决定他的审美观,而审美观是诗人才情、功力和趣味的综合表现,有什么样的审美观就有什么样的诗,诗的意象的选择,音韵的安排,境界的大小,都体现在诗人的审美观上。天人合一是中国哲学、中国文化的总纲,也是中国艺术的精神实质。"天地与我并生,万物与我为一",这种天人合一的思想为民族古典诗歌注入了时空意识、生命意识和超脱精神,成就了古典诗歌的灿烂华章。在吕进的现代诗学中,诗的结构不是静态的机械的结构,而是动态的文体建构,其中关乎诗人艺术修养、哲学修养的审美观,是新诗文体建设中不可忽略的重要因素。

---

① 吕进:《抒情诗人的修养》,载《中国现代诗学》,重庆出版社1991年版,第273页。

诗的语言、功能及分类[①]

张德明　姚家育

一、诗的语言

从“诗是歌唱生活的最高语言艺术”到“诗是语言的超常结构”到“诗家语”，这是吕进对诗歌语言的阐释。从诗学观点的提出看，三者几乎同步；但从现代诗学的内涵看，又是渐次深入的，贯穿吕进诗学体系的始终。吕进对诗歌语言的阐述，之所以较之其他诗学理论家有更多的发现和创见，是因为他在古代诗论、西方文论、审美视点和艺术媒介之间架构起诗歌语言的四维空间和立交桥。

第一，“诗是歌唱生活的最高语言艺术”。

“诗是歌唱生活的最高语言艺术，它通常是诗人感情的直写。”[②]这是吕进早期对诗的本质的概括，也是吕进早期的诗歌语言观。“歌唱”两字，是这个定义的灵魂，画龙点睛，鲜活灵动，如神来之笔，吕进刹那间找到了一个最贴切、最灵动、最有表现力的词语来表达他对诗的思考。冒出地表的“歌唱”一词，平常潜藏在吕进的地壳里。艾青的《诗论》中有这么一句话：“我生活着，故我歌唱。”[③]艾青是为20世纪中国新诗赢得世界声誉的诗人，也是20世纪中国新诗创作中富有成就的诗人。“我生活着，故我歌唱”是艾青的自画像，艾青终其一生，为祖国歌唱，为民族歌唱。吕进敬重艾青，是无须争辩的事实。艾青的诗

① 本篇选自张德明、姚家育《吕进诗学研究》第四章，人民出版社2016年版。题目为编者所加。

② 吕进：《诗的本质》，载《新诗的创作与鉴赏》，重庆出版社1982年版，第20页。

③ 艾青：《诗论》，人民文学出版社1982年版，第184页。

和诗论，是吕进乐意援引的材料，这在吕进的诗论中屡见不鲜。《令人欣喜的归来——读艾青〈归来的歌〉》是吕进早期的一篇论文，从落款看写于1980年10月16日凌晨；《右边出事的艾青》是2012年吕进发表在《重庆晚报》上的一篇回忆性散文，文章第一句话是“如果要求只举出一位中国现代诗人，那么，我觉得应该是艾青，他算是新诗最重要的领潮人吧。”[①]艾青在吕进心中的地位于此可见。因此，如果说吕进的“诗的定义”是吕进迈入新诗理论批评界的入场券，那么这个定义背后有艾青的影子。

“歌唱”是艾青的姿态，是艾青作为一个诗人的标志性身份。他的《光的赞歌》中有这样的诗句：“我也曾经用嘶哑的喉咙歌唱/在不自由的岁月里我歌唱自由/我是被压迫的民族我歌唱解放/在这个茫茫的世界上/我曾经为被凌辱的人们歌唱/我曾经为受欺压的人们歌唱/我歌唱抗争，我歌唱革命/在黑夜把希望寄托给黎明/在胜利的欢欣中歌唱太阳”，这些诗句吕进在《抒情诗人的修养》一文中也引用过，吕进是把艾青作为诗人人格修养的标杆的。艾青的《光的赞歌》写于1978年，发表在1979年第1期的《人民文学》上，是艾青“归来”后的代表作之一，后被收入诗集《归来的歌》，1980年由四川人民出版社出版。1980年10月，吕进为艾青的诗集《归来的歌》写了评论。吕进对艾青这一“歌唱”的诗人是敬佩的，对艾青《诗论》中“我生活着，故我歌唱”这一诗人之论是熟稔的。因此，吕进的“诗的定义”中的“歌唱”一词或许受到艾青的启发，也许从艾青这里获得灵感。

艾青的“我生活着，故我歌唱”仅仅是诗人感性之言，并不具备理论层面的诗学价值，而吕进的“诗是歌唱生活的最高的语言艺术”中“歌唱”一词是一个内蕴深厚的诗学术语，为什么有这种差异呢？这和吕进接受和扬弃何其芳的诗学理论有关。

什么是诗？何其芳有他的理解和看法，“诗是一种最集中地反映社会生活的文学样式，它饱和着丰富的想象和情感，常常以直接抒情的方式来表现，而且在精练与和谐的程度上，特别是在节奏的鲜明上，它的语言有别于散文的语言”[②]。何其芳的这个定义，是八十年代众多文学理论教材乐于援引的经典定

① 吕进：《岁月留痕》，西南师范大学出版社2013年版，第47页。

② 何其芳：《关于写诗和读诗》，载《何其芳文集》（第4卷），人民文学出版社1983年版，第450页。

义。吕进对何其芳的观点,有选择性地吸纳和扬弃,吸纳的是“常常以直接抒情的方式来表现”,扬弃的是“最集中地反映社会生活的文学样式”。应该说,“反映社会生活”不是诗的长处,而且“反映”带有客观再现的特点,更适合叙事文体比如小说等。诗以主观表现见长,吕进的“歌唱”一词突出了诗歌抒情主体的地位和作用,是准确的、形象的、贴切的。对此,吕进有自己的解释,他说:

我提出“歌唱”是诗反映生活的独特途径,这是指的诗的抒情性,在我看来,这是诗的内容本质。“歌唱”是与“叙述”相对而言,有的读者以为是与“暴露”相对而言,实属误解。

所谓“歌唱”,就是化生活为感情,就是生活的心灵化。即是说,感情不仅仅是从生活到诗的中介,而且是诗的直接内容。①

在这里,吕进的“歌唱”一词具有了诗学价值和意义:“歌唱”是抒情性的代名词,抒情性是诗的本质属性;“歌唱”是诗人的主观体验,是心物交感的结果。应该说,吕进的“诗的定义”排除了叙事文体的杂质,比何其芳的定义更准确一些。

艾青的“我生活着,故我歌唱”,是不具有诗学价值的诗人随感,吕进通过对何其芳诗学理论的创造性吸收和扬弃,提出“诗是歌唱生活的最高语言艺术”这一观点,既保留了艾青诗人之言的感性特征,又呈现出诗学家逻辑思辨的理论风采,从而具有诗学意义和价值。

吕进认为,诗作为最高的语言艺术,主要体现在两个方面,一是诗的音乐美,二是诗的精练美。在吕进看来,前者是诗歌语言和散文语言的主要分野,音乐美使诗的语言变成抒情的语言,谈心的语言;而散文语言则变成叙述的语言,办事的语言。精练美是指诗歌语言以一当十,以少胜多。80年代初吕进这些闪光的论述,今天看来,无疑是他在诗学道路上艰难跋涉的第一步。

第二,“诗是语言的超常结构”。

如果说“诗是歌唱生活的最高语言艺术”体现了80年代初吕进的诗学语言观,那么“诗是语言的超常结构”则是90年代前后吕进的新诗语言观。从“诗是

① 吕进:《关于〈新诗的创作与鉴赏〉的通信》,载《中国现代诗学》,重庆出版社1991年版,第51-52页。

歌唱生活的最高语言艺术”到“诗是语言的超常结构”，不单单是吕进诗学语言观念的因时刷新和与时俱进，而且体现了吕进现代诗学思想的演进轨迹和守常求变的学术追求。

“诗是语言的超常结构”这一诗学观点，最早见于吕进的论文《论诗的文体可能》，这篇文章发表于1988年第3期的《西南师范大学学报》，后来收入专著《新诗文体学》中，成为吕进的代表作之一。论文从诗与散文在美学建构上的异质出发，探讨新诗之为诗的文体可能，鞭辟入里，层层深入，新见迭出，迄今为止依然是新诗文体学领域的优秀论文。从媒介的角度，吕进提出“诗是语言的超常结构”[①]的观点，这是一个具有诗学本体意义的语言观，它的主要内涵，大抵上包括四个方面：

1. 诗没有现成的媒介。“绘画的媒介是色彩和线条，音乐的媒介是声音，舞蹈的媒介是形体，文学的媒介是语言，等等。诗却是没有现成媒介的艺术。如果把诗歌语言当作字典语言对待，就会闹笑话”[②]，散文语言和诗歌语言之间的本质差异，使诗没有现成的媒介，诗只好向一般语言借用艺术媒介。

2. 诗的艺术媒介是它独特的语言方式。在吕进看来，“所谓诗的语言方式，就是诗独特的用词方式、语法规范和修辞法则。具体说来一般语言在诗中成为内视语言，灵感语言，实现了（在散文看来的）非语言化、陌生化和风格化。”[③]吕进从非语言化、陌生化和风格化三个方面概括诗的语言方式。那么，什么是诗的非语言化、陌生化和风格化？对此，吕进有自己独到的解释：“非语言化，就是诗歌语言的意味强化，意义弱化；它的体验功能发展到最大限度，交际功能退化到最大限度；它由推理性符号转换为表现性符号”，“非语言化使一般语言披上了诗的光彩，蕴涵了诗的韵味。”[④]也就是说，诗是一般语言的非一般化，它是诗人内心诗美体验的外在呈现，是读者心上有、笔下无的具有无限韵味的美的世界。在吕进看来，“陌生化，就是诗歌语言对散文语法与修辞规范的抛弃，或者说，就是诗歌语言遵循自己独特的语法与修辞规范”[⑤]。古典诗论中没有“陌生化”这一表述，但和“陌生化”有一个近似的概念，叫“无理乃妙”。所谓

① 吕进：《论诗的文体可能》，载《新诗文体学》，花城出版社1990年版，第41页。
② 吕进：《论诗的文体可能》，载《新诗文体学》，花城出版社1990年版，第41页。
③ 吕进：《抒情诗的艺术媒介》，载《中国现代诗学》，重庆出版社1991年版，第71页。
④ 吕进：《抒情诗的艺术媒介》，载《中国现代诗学》，重庆出版社1991年版，第71页。
⑤ 吕进：《抒情诗的艺术媒介》，载《中国现代诗学》，重庆出版社1991年版，第73页。

“无理”就是指诗歌摆脱了散文的逻辑——散文的修辞方式和语法规范，打破常规带来诗的审美张力。吕进认为，“风格化，就是诗歌语言独立价值的实现。”[①]也就是说，“风格化”就是诗人个性化的标志，比如艾青抗战时期的诗歌，“太阳”“土地”“火把”等形成艾青诗歌特有的意象系统和忧郁气质，口语的自然、流畅带来艾青诗歌的散文美。

3.诗的独特的语言方式取决于审美视点。吕进认为：“外视点文学将审美体验化为内容，内视点文学将审美体验化为形式。对艺术媒介的把握是对诗的把握的中心。诗人在审美活动中的体验没有凝固为音乐、没有显形为绘画，而是构成诗，和诗人使用的艺术媒介的性质直接相关。”[②]“作为艺术品的诗能否出现，取决于诗人的审美视点和诗人将诗美体验告诉读者的语言方式。内视点是心灵解除了它的物质重负的视点，是富有音乐精神的视点；与此相应，音乐性也成为诗的首要媒介特征。音乐性，是诗歌语言与非诗语言的主要分界。”[③]诗歌和心理学有天然的联系，古人云“在心为志，发言为诗”就是这个意思。诗歌创作也好，诗歌欣赏也好，本质上都是心理活动。从心上的诗到纸上的诗，前者是心理体验，后者是语言传达。不是独特的语言传达方式就不可能产生诗，充其量是散文，乃至蹩脚的散文；内视点摆脱外在物质的束缚，返躬内省，在情感世界里发酵，情感酵素凝结为诗。吕进的审美视点理论揭示了诗歌生成的心理学奥秘。审美视点和艺术媒介的一而二、二而一，是诗人寻思、诗思寻言的统一。

4.一般语言的非一般化，至言无言，至苦无迹，是抒情诗语言的正体。新诗草创初期，胡适鼓吹“作诗如作文”，无疑具有文化学意义，白话文突破文言文的藩篱而成为现代中国人的生活语言和工作语言；但从诗学角度看，胡适严重抹平了诗歌和散文的界限，给新诗带来长期的后遗症。现代诗学学者对胡适的观点多有反思，穆木天不无偏激地认为胡适是新诗的罪人。但穆木天认为写诗要用诗的思维术，是有见地的。但什么是诗的思维术，不少学者又语焉不详，对此吕进做出了自己的回答：“诗歌有非语言化、陌生化和风格化的语言，它拒绝散文语言的价值标准，它在内视世界里活跃，因此，它是自由的艺术。

① 吕进：《抒情诗的艺术媒介》，载《中国现代诗学》，重庆出版社1991年版，第74页。
② 吕进：《抒情诗的艺术媒介》，载《中国现代诗学》，重庆出版社1991年版，第71页。
③ 吕进：《抒情诗的媒介特征(上)》，载《中国现代诗学》，重庆出版社1991年版，第81页。

但是,诗歌语言却是很不自由的语言。可以说,诗凭借语言媒介成了最自由的艺术,但是语言却由于成为诗的媒介而成了最不自由的语言。”[①]这就是说,语言在诗和散文中的地位、作用是一样的,对诗来说语言既是内容又是形式,语言是媒介又是目的,诗是语言的超常结构,这是诗歌区别于散文的重要文体特征。“语不惊人死不休”是诗人的追求,恰如吕进所说的“诗人获得审美体验时是‘忘言’的,诗人将体验物态化时又得从‘忘言’走向‘寻言’。而‘寻言’由于诗没有现成的艺术媒介变得十分艰难。从这个角度,可以说诗人就是饱受语言折磨的人,或者,诗人就是与语言搏斗并且征服语言的人。”[②]这种至言无言、至苦无迹、大巧若拙、平淡天然的语言,才是抒情诗语言的正体。

总之,在《新诗文体学》和《中国现代诗学》中,吕进从艺术媒介和审美视点的角度,深入探讨诗之为诗的语言特征,取得了厚重的理论成果,将前人的研究大大推进了一步,标志着吕进作为一个独具个性和创见的诗学理论家的成熟。

审美视点和媒介是吕进诗学思想的基点;“诗是语言的独特方式”,“诗是语言的超常结构”,是吕进对诗的语言的本质概括,具有重要的诗学意义。吕进对民族古典诗论熟稔于心,引用的古典诗论尽管不多,但很精当,源于他对民族诗论深刻的理解和恰到好处的应用,用两个字来概括吕进之于民族古典诗论,那就是“能出”,这是吕进不同于陈良运和李元洛的地方。在“上园派”诗学理论家之中,陈良运的古典文论、诗论的功底最厚,他大学时期热爱新诗并创作,80年代早中期从事新诗理论批评,但他能“入”不能“出”,所以后来和新诗理论批评渐行渐远,在古代诗论研究上取得了令人瞩目的成果。李元洛的古典诗学功力深厚,精于鉴赏,是80年代早期有知名度的新诗批评家,但他也不能“出”,被古典诗歌、散文罩住,转向诗化散文的写作,最后和新诗理论形同陌路。所以,如果对民族古典诗论不能“出”的话,那么对现代诗学理论的建构也难以走远,这是吕进给后来人的启发。

吕进之于西方文论,如果用两个字来概括,那就是“能入”。吕进阐释诗的语言特征,征引了索绪尔、雅各布森的语言学理论,援引了美国新批评理论家韦勒克、沃伦的观点,还有俄国形式主义文论家的看法,更有德国诗人歌德的

① 吕进:《抒情诗的艺术媒介》,载《中国现代诗学》,重庆出版社1991年版,第76页。
② 吕进:《抒情诗的语言的正体》,载《中国现代诗学》,重庆出版社1991年版,第115页。

见解，凡此等等，不能不说吕进的诗学视野开阔，理论修养精湛，对西方文论采取兼收并蓄的态度，唯其能入，才不被西方文论一叶障目。吕进的诗的语言理论，表面上看是诗思寻言，其实还暗合了德国存在主义哲学家海德格尔关于诗歌与语言的一些观点。吕进的诗思寻言还有另一层意思，则语言寻诗，也就是说，语言要听取诗的召唤。吕进的诗学语言观和海德格尔哲学语言观的异同，留待有心人来阐释。

第三，“诗家语”。

“诗家语”是吕进诗学体系中具有标志性的诗学术语之一。“诗家语”作为单篇论文，最早见于1984年重庆出版社出版的吕进的《给新诗爱好者》一书，且这篇文章标有具体的写作时间：1983年8月22日。从此，“诗家语”这一术语散见于吕进的论文和专著中。2013年12月4日，吕进在《重庆晚报·副刊》发表《漫说“诗家语”》，这是一篇带有启智色彩的诗学随笔。从《诗家语》到《漫说诗家语》，两者时差整整30年。2014年，吕进在《文艺研究》第5期发表《论“诗家语”》一文，这是一篇万余字的优秀论文。如果说写于1983年的《诗家语》属于吕进的试笔之作，充满诗美的发现，而内容未曾展开；如果说《漫说诗家语》是一篇诗学随笔，深入浅出，雅俗共赏；那么，《论“诗家语”》则是严谨规范的论文，是对“诗家语”现代诗学意义的深入开掘。从共时性角度讲，“诗家语”这篇大文章吕进写了30年；从历时性角度讲，“诗家语”从宋代王安石穿越到21世纪的吕进，可谓“千年等一回”。诗学研究有很多范式，不同的学者有不同的追求，有些喜欢跑马圈地，天女散花，不时切换研究领域；有些喜欢掘地凿井，数十年如一日，穷年不舍——吕进属于后者。

“诗家语”语出宋人魏庆之所著的《诗人玉屑》卷之六：“王仲至召试馆中，试罢，作一绝题云‘古木森森白玉堂，长年来此试文章。日斜奏罢《长杨赋》，闲佛尘埃看画墙。’荆公见之，甚叹爱，为改作‘奏赋《长杨》罢’，且云：‘诗家语，如此乃健。”[①]这是一则诗歌掌故，记录王安石为士子改诗的事情。王安石确实是行家里手，他稍稍调整语序，原诗的意蕴则大有改观，并说是“诗家语”。何谓“诗家语”，王安石没作解释。在浩如烟海的诗话典籍中，也没有人对“诗家语”进行阐释，这一具有诗学意义的术语差不多被遗忘了。从魏庆之的《诗人玉屑》的语境看，“诗家语”的本义指诗与散文的不同语言范式，诗要遵循诗的语

① 魏庆之：《诗人玉屑》（上卷之六），上海古籍出版社1978年，第143页。

言方式,避免散文语言的侵入。

把“诗家语”从布满尘埃的典籍中打捞出来,并赋予现代诗学价值,此功当属吕进。

在《论“诗家语”》一文中,吕进的主要观点是:作为言说方式的“诗家语”,来自一般语言,但又有自己独特的词汇、语法、逻辑、修辞,它是一般语言的最高程度的提炼与强化,此其一;其二,“诗家语”是超越一般语言的一般语言,是极端的自由与极端的不自由的统一;其三,诗的内蕴要清洗,“诗家语”也要清洗,常见的有时空清洗和形象清洗,在清洗的同时,建构诗的言说方式就要从一般语言里进行诗意的选择;其四,诗家语富有音乐性和弹性,前者指诗的节奏,后者指诗歌语言的暗示性,以“不说出”来传达“说不出”。

暂且不议《论“诗家语”》一文的诗学价值,先看看它的现实意义和方法论价值。吕进发表在《重庆晚报》上的《漫说诗家语》一文是这样结尾的:“为说心中无限事,随意下笔走千里,这绝对不是把握了诗家语精妙的诗人。”明眼人都知道,这是不动声色的有感而发,是对目下新诗拖沓冗长的含蓄的批评。“为说心中无限事”,即诗是最自由抒发内心世界的艺术;“随意下笔走千里”是诗人对诗歌篇幅最不自由的背叛。诗是“空白”的艺术,是一与万的统一,不明“诗家语”的精妙,诗则越界为分行的散文。就方法论价值来说,吕进为民族古典诗论的现代化打开了一扇窗。古代文论的现代化转换,在文论界喊了很多年,但成效不理想,某种程度上讲,依然是把刘勰的还给刘勰,把严羽的还给严羽,把司空图的还给司空图,把王夫之的还给王夫子,如此等等,原地踏步。古代诗论如果不结合百年新诗的发展历史,难有春天到来花满开的生命力。从吕进对“诗家语”的阐述看,民族诗论现代化的道路还很长,吕进给后人树立了榜样。

总之,吕进对“诗家语”的阐释,是守护诗歌语言纯洁性、纯净性、纯正性、纯粹性的高贵血统,提防散文意识、叙事文学对诗歌领地的入侵,带有鲜明的文化理想主义情怀。

二、诗的功能

1987年3月,吕进发表《诗学的三个基本意识》一文,提出现代诗学研究要有创新意识、求实意识和多元意识;2013年12月4日,吕进在《重庆晚报·副刊》

发表诗学随笔《诗的公共性》一文，提出公共性是诗的生命底线，是诗的社会性存在的基础。两篇文章写作的时间跨度，前后有二十余年，但提出的问题有一些是相同的，比如：一个社会、一个民族为什么需要诗？读者需要什么样的诗？诗人何为？吕进的探索与回答，关涉诗的社会属性、价值和功能等，它们构成了吕进诗学体系的组成部分之一。在吕进看来，诗的功能既有社会功能，也有审美功能，诗的功能与诗的价值是同步的。

第一，诗的社会功能。

70年代末，新诗度过了寒冬迎来了春天。80年代早期，新诗唱响了春天的故事。新诗创作的丰收，带来了理论研究的活跃。新时期诗歌理论研究，建树收获多，但遗留问题也不少。面对新情况，吕进提出了自己的思考："新时期诗歌力图全面恢复诗的社会功能。在这样的努力下，对诗与时代、诗与人民、诗与诗人等一系列至关紧要的命题就需要有崭新的回答。"①可见吕进对诗的社会功能的探讨，是围绕诗与时代、诗与诗人、诗与读者等层面而展开的。

1.诗与时代。

诗与时代是一个古老的话题，这个话题得从"诗言志"说起。

按照朱自清先生的说法，"诗言志"是中国诗学的"开山的纲领"(《诗言志辨》)。何谓"志"？许慎《说文解字》将"志"释为"从心，之声"，"之"在甲骨文里是"往"的意思，所以"志"就是"心之所往"。闻一多先生在《歌与诗》一文中认为"志"有三个意义：记忆、记录和怀抱。当然，这里的"怀抱"还不包括个人抒情，仅仅指向群体性的功利性的意愿。远古时期，没有"诗"，只有"寺"，说明"诗"是原始宗教活动的祷告或祈愿，后来才有了带"言"字偏旁的"诗"，也就是《毛诗序》所说的"在心为志，发言为诗"。所以"诗"最早是一种庙堂乐章。

"诗言志"的完整表述最早是在《尚书·尧典》："诗言志，歌用言，声依永，律和声"。《毛诗序》云："故正得失，动天地，感鬼神，莫近于诗。先王是以经夫妇，成孝敬，厚人伦，美教化，移风俗。"这里强调的是诗的政教作用。从《尚书·尧典》到《毛诗序》，"诗"有了基本定型的理论形态。孔子论诗以"思无邪"(《论语·为政》)来概括，后来发展为中和之美的温柔敦厚的诗教，也就是《论语·八佾》所言的"乐而不淫，哀而不伤"，确定了诗的颂美和怨刺并存的社会功能；再后来又增加"兴""观""群""怨"的辅助功能，以供君子立身行事及执政者教化

① 吕进：《诗学的三个基本意识》，载《新诗文体学》，花城出版社1990年版，第153页。

天下之用。“诗言志”的政教作用与审美功能并具，奠定了中国诗学的基本取向，也成为诗与时代割舍不断的千古渊源。

对诗与时代这一源远流长的古老话题，吕进有何新说呢？

吕进从民族诗歌传统和百年新诗实际出发，用“时代自觉”“生存关怀”“使命意识”等术语来刷新既有的诗歌观念，强调新诗与时代保持密切联系，发挥为民族代言、感人向善的作用。

近百年的历史，是中华民族争取民族解放和独立的历史，是中华民族新生和崛起的历史。百年新诗的主潮、主调和民族命运休戚相关，诗人对民族命运的关注、对民族苦难的沉吟、对民族新生的欢呼是新诗的主旋律，诗人以其强烈的使命感和时代体验，成为民族的代言人。闻一多、艾青、戴望舒、穆旦、何其芳、臧克家、舒婷、北岛……在他们的诗篇里，有民族苦难的热泪和民族解放、民族新生的讴歌。《死水》《我爱这土地》《我用这残损的手掌》《赞美》等都是为民族代言的优秀诗篇，今天读来依然回肠荡气，鼓舞人心。百年新诗遗传了古典诗歌的优良基因，承继了民族诗歌的优秀传统，对新诗的中国风格，吕进指出：

中国诗歌追求与时代同步，与人民同心，由是，它十分重视教化功能……诗是笑声与泪珠的凝结，诗是美的天使。从传统的道德审美理想出发，中国诗歌总是期望感人向善，净化心灵。①

当民族的生存压倒一切的时候，诗人们走出书斋，走出个人的小天地，走向抗日的大战场，为民族的解放和独立鼓与呼、唱与歌，于是有了艾青，有了戴望舒，有了穆旦，有了何其芳，有了臧克家。诗人的时代自觉，诗人的社会关怀，成为新诗的风向标。“优秀的诗人，总是与时代同步、与民族同心的。在写诗的时候，诗人会将自己作为审视对象，返躬内视，将自己作为常人的朦胧混沌的体验提高、净化为诗美体验，而后再用诗的媒介将这一体验传达给读者。”②诗在承担时代使命的时候，只能以诗的方式来承担，以诗美来传达，进而实现诗与时代的功能。新时期的“归来者”诗人和“朦胧诗”诗人，给新诗创作

① 吕进：《传统诗歌与诗歌传统》，载《中国现代诗学》，重庆出版社1991年版，第205页。

② 吕进：《抒情诗人的修养》，载《中国现代诗学》，重庆出版社1991年版，第265页。

带来了生机和活力，在表达民族忧患和民族精神上得到认可，正如吕进所言的“新时期的动人歌唱无一例外地都出现在人生探索与时代探索的交叉点上，出现在丰富的人生体验与丰富的时代经验的交叉点上。”[①]新诗这种融时代自觉和文体自觉、时代经验和人生体验于一体的追求，是古老的“诗言志”的现代形态，是对民族诗歌传统的开放，也是对现代社会的开放，有开放就有包容，能包容就能成长，如长江之水，滔滔不绝。

2.诗与诗人。

如果说诗与时代的关系，一般指诗与社会生活的联系；那么诗与诗人的关系，则偏重诗与诗人内心生活的联系。前者侧重“诗言志”，后者强调“诗缘情”。“诗缘情”是陆机提出来的，他在《文赋》中提出“诗缘情而绮靡，赋体物而浏亮”的观点。朱自清在《诗言志辨》中对陆机的“诗缘情”评价颇高，认为陆机指明了当时五言诗的方向。今人陈良运在朱自清的基础上深入开掘，认为“诗缘情”是中国诗歌美学的宣言，诗之美首先是诗人情感之美，“诗缘情”使“诗咏性情”摆脱了政教的束缚而进入诗美的世界。

从百年新诗发展的历史看，诗人对社会生活的关怀和对内心生活的关切，是并行不悖的。如果说现实主义诗人较多关注社会生活的广度，表现出较多的生存关怀；那么现代主义诗人更多关注内心生活的深度，表现出较多的生命关怀。“七月派”诗人和“九叶派”诗人，他们同中有异，异中有同，他们对家国民族命运的关注和呼喊是共同的，对内心生活的省察和体验是不同的。前者用诗歌去战斗，充满热血和激情；后者用诗歌去探险，在艺术世界里潜游。“归来者”诗人和“朦胧诗”诗人更多对历史的反思和民族的期盼；“第三代诗”更多自我沉醉和内心的烛照。只要是诗的，具有审美价值，都是合理的，恰如吕进所说的“对诗而言，内容与形式是否完美统一，决定着一首诗的完整性与审美价值。‘性情’纳入诗的语言方式，才有诗；审美价值高的‘性情’纳入优美的诗的语言方式，才有好诗”，“诗的‘性情’既不是先天的自然感情，也不是后天的社会感情。二者并不能直接入诗。中国诗论讲的‘情兴’，就是心物冲突消除后的一种升华与净化。”[②]诗人因情起兴，经过处理的没有杂质的纯净的情感，是真切的美好的情感，无论是社会情感还是个体情感，都具有审美价值，都具有

① 吕进：《新时期十年：新诗，发展与徘徊》，载《新诗文体学》，花城出版社1990年版，168页。
② 吕进：《抒情诗人的修养》，载《中国现代诗学》，重庆出版社1991年版，第262页。

诗性。诗是诗人个体情感最强烈的语言艺术,情感由内而外,诗人入乎其内,出乎其外,生命体验和时代体验在诗中融为一体,这样的诗才具有感染力。对“第三代诗”,吕进肯定了新诗在生命体验方面所取得的进步,同时指出这种探险不能偏离诗的轨道,要防止语言的非诗化和情感的丑陋化的侵入。“诗是诗人对现实世界的一种美的升华与净化”[①],不管诗人的情感如何隐秘,但前提是真诚的、美好的,而非粗鄙的、丑陋的。人们欣赏李商隐的《无题》诗,尽管难懂,但它是好诗,因为诗人的情感是美好的,是可以咀嚼和回味的,丝毫不因为诗人内心的隐秘而影响其艺术价值。这,或许就是吕进所言的诗的情感的升华和净化,正是这种情感,诗人和诗达成了默契。

3.诗与读者。

诗歌发挥社会功能的桥梁是读者。没有读者的诗,只能是半成品或次品或废品。诗的鉴赏离不开读者,诗的接受与传播更离不开读者。读者参与诗的再创造。诗人对读者的拒绝,只会带来读者对诗的排斥。没有读者的诗,只能是纸上的文字或符号。诗在寻找读者,读者在寻找诗,读者和诗的相遇,才是最美的相遇。吕进是新时期以来罕有的重视读者、尊重读者、具有读者意识的现代诗论家,他有许多关于诗歌鉴赏、诗歌传播和诗歌读者的阐释,精妙绝伦,启人深思。这里稍举两例。比如,“诗人不但为读者创造诗,也为诗创造读者”,“一代读者的追求影响诗的审美取向,一代读者的响应性状态提高诗的审美价值。优秀诗人并不故意去造成‘轰动效应’,但是他珍视读者的共鸣。优秀诗人用心灵写作,以形式表达心灵”[②]。即使用这段话来观照民族古典诗歌,道理也充分。古典诗歌的成熟,是律诗绝句形式的成熟;而这种形式的成熟,与其说是诗人创造的,不如说是诗人和读者共同创造的,成为民族诗歌审美心理积淀,成为“有意味的形式”。反观新诗的不足,其中之一是没有相对成熟的形式,影响新诗的传播和接受。再如,“诗对读者的选择,读者对诗的选择,是关系诗歌兴衰的选择。如果诗只是诗人的一种个人的自娱,或者只是诗人小圈子中的自赏,诗就不可能在诗人与读者之间建立默契。”[③]这段话吕进说在

① 吕进:《抒情诗人的修养》,载《中国现代诗学》,重庆出版社1991年版,第265页。

② 吕进:《抒情诗人的修养》,载《中国现代诗学》,重庆出版社1991年版,第267页。

③ 吕进:《在求实的气氛中勇敢探索——中国新时期诗歌研讨会开幕词》,载《中国现代诗学》,重庆出版社1991年版,第262页。

80年代末，当时诗坛存在的问题，迄今依然有增无减。诗坛的沉寂，新诗所遭遇的读者的冷遇，新诗的边缘化处境，一定程度上是诗与读者的阻断。新诗如何创造读者，尊重读者，赢得读者，依然是新诗发展的重要课题。吕进对诗歌读者问题的阐释，既有重要的理论意义，更不无深刻的现实意义。

第二，诗的审美功能。

如果说诗的社会功能体现诗的时代自觉，那么诗的审美功能体现诗的文体自觉。在吕进看来，诗的审美功能主要有二：

一是诗与语言。诗既可以宣泄，也可以净化，但宣泄的目的是净化。从创作层面讲，“诗人写诗往往是为了解脱外部对情感的重负，是为了一吐积愫”[1]，吕进这种看法符合诗歌创作实情，也就是古人所说的“诗可以怨”。钱锺书有一篇名文《诗可以怨》，详尽探讨了诗歌宣泄情感的功能，古今中外的诗例信手拈来，侃侃而谈。刘勰所言的“蚌病成珠”，韩愈所言的“不得其平则鸣”，欧阳修所言的“诗必穷而后工”，都是指诗对情感的宣泄。但“宣泄不是优秀诗歌的终端目标，宣泄的目的是将诗美光亮投进读者的心灵，提高读者对美的领悟性，净化读者的心灵”[2]。而语言是实现诗歌净化功能的唯一的媒介，“优秀诗歌的语言足以影响一个民族的语言习惯和语言质量，所谓‘不学诗，无以言’”，“诗要实现净化语言的功能，诗人就要珍爱民族语言，提高自身的语言水平”[3]，如果说诗的使命是净化，那么承担这一使命的是语言，语言是实现诗美的通途。诗的探索和实验，主要表现在语言上，“在不少诗人笔下，语言的语义性减弱，体验性增强；指称性减弱，表意性增强；‘意义’减弱，‘意味’增强；意指错位赋予诗歌语言陌生化与风格化”[4]。吕进对“朦胧诗派”诗人和“第三代诗”诗人的语言创新，给予了充分肯定，认为具有文体自觉的诗学意义。

二是诗与传统。这里指新诗要对民族诗歌、民族艺术的优秀传统持开放的态度。开放的态度，包含在批判中继承，在继承中批判，既不能泥古不化，又

---

① 吕进：《诗，生命意识与使命意识的和谐》，载《新诗文体学》，花城出版社1990年版，第210页。

② 吕进：《诗，生命意识与使命意识的和谐》，载《新诗文体学》，花城出版社1990年版，第210页。

③ 吕进：《诗，生命意识与使命意识的和谐》，载《新诗文体学》，花城出版社1990年版，第211页。

④ 吕进：《新时期诗歌的逆向展开》，载《新诗文体学》，花城出版社1990年版，第181页。

不能全盘抛弃,要有选择性地兼收并蓄。“人生代代无穷已,江月年年只相似”。“今人不见古时月,今月曾经照古人。”民族诗歌优秀传统,犹如天空中的明月是永恒的,是民族审美意识的心理积淀,蕴含民族诗歌的人格理想和审美趣味,是新诗发展的源头活水。吕进诗学思想的开放性和丰富性,体现在他对民族诗歌优秀传统的尊重上,他的诗学思想既是历史的,又是美学的,因此具有时代的穿透力。“中国新诗只有将优秀传统作为拥抱当代的立足点,才可能更彻底更有效地自我刷新。每一个时代诗的发展,都要受到先前的诗歌优秀传统的制约。任何一位诗人,不管他多么有天才,他都生活在传统中,他都得依靠传统诗歌业已取得的艺术经验和成就,从而在艺术的道路上实现民族诗歌审美发展的接续。”[①]这段话吕进说在80年代中后期,但现在来看依然没有过时,今后也不会过时。吕进尊重传统,他的诗学思想具有辩证法魅力。有些前卫诗人抛弃传统,奢谈创新,好像是要抓住自己的头发想要飞离地球一样,让人笑掉大牙。对民族诗歌优秀传统的尊重,就是对历史的尊重,民族诗歌优秀传统犹如血脉,流淌在每一个诗人的身上。

第三,诗的功能与诗的价值。

吕进认为诗的功能是多方面的,比如陶冶性情,净化心灵,歌唱生活等,它与诗的价值成正比例。从诗的使命意识看,诗人的位置与他所承担的社会使命是一致的,优秀的诗篇是能奏出时代主旋律的篇章,优秀的诗人被誉为民族的代言人和时代的良知,比如艾青、臧克家、闻一多、穆旦等;从诗的生命意识看,追求诗的纯粹性和永恒性,进行语言探险和实验,表现出新诗文体自觉,诗人的主观体验和自我观照,促使新诗的本质回归,提高新诗的审美价值,这些都是新诗应有的审美功能。总之,诗不能回避社会使命,理当寻求社会价值,但必须遵循诗的艺术规律;诗要提高审美属性,纯诗的追求无可厚非,但诗人是社会关系的总和,不能淡化甚至漠视诗歌应有的社会功能。在吕进看来,诗是社会功能和审美功能的统一,是时代自觉和文体自觉的统一,是诗人使命意识和生命意识的统一。21世纪初,吕进提出了诗歌精神重建的重大诗学命题,吕进认为:

作为心灵艺术的诗歌理应在这个大时代背对嘲弄意义、反对理性、解构崇

① 吕进:《传统诗歌与诗歌传统》,载《中国现代诗学》,重庆出版社1991年版,第214页。

高、取消价值的思潮，承担起自己的美学责任，创造中国诗歌的现代版本和现代诗歌的中国版本。应当指出，中外优秀诗歌无一例外地都具有“不纯性”——杰出的诗人不但要关怀艺术技法，还要关怀人的终极价值，更要发挥公共文化人、社会良知的功能，通过诗的渠道投入时代大潮，消解旧价值观，建构新价值观，参与对现实的“诗意的裁判”(恩格斯语)和人们精神家园的建造。①

诗歌精神重建的命题，其实就是要实现诗的审美价值和社会价值的统一，在两者之间寻找最佳的平衡点，主流诗人应该校正自己在时代的位置，创造出无愧于这个时代这个民族的优秀诗作。

三、诗的分类

新诗分类学是吕进现代诗学体系的组成部分之一。从80年代初成名的现代诗学学者的著作来看，专章专节探讨新诗种类的著作是不多的，个中原因主要是每个学者现代诗学研究领域的侧重点不同。在我有限的阅读中，对新诗分类学有一定兴趣并进行专门探讨的学者，除了吕进之外，要数吴开晋了。吴开晋在其《现代诗歌艺术与欣赏》一书中，将叙事诗、散文诗、讽刺诗、寓言诗、哲理诗、儿童诗纳入诗的体裁与类别中逐一探讨，做出阐释，代表了80年代中期新诗分类学研究的水平。但明眼人一看就知道，吴开晋的分类没有标准可言，有些随意性，而且将小诗排除在外，不符合新诗发展实际。吕进对新诗的分类研究，比其他学者起步早，在这个领域里多年耕耘，凿井掘泉，因此比其他学者收获也多。1982年吕进出版的《新诗的创作与鉴赏》中，创作篇的第八章“诗的品种”属于专章探讨；在1990年出版的《新诗文体学》中，吕进就叙事诗、小诗、寓言诗、散文诗、现代格律诗等做了专题阐述；在1991年出版的《中国现代诗学》中，吕进用三章(第十五章、第十六章、第十七章)篇幅，对诗的分类进行了探讨，是迄今为止最为详尽的新诗分类研究；2000年后吕进致力于新诗诗体研究，这是他新诗分类学研究的自然延伸和批评实践。因此，新诗分类学研究不但是吕进诗学研究的重要领域，而且是他现代诗学思想的组成部分，他在

① 吕进:《现代诗学的两个前沿问题》，载《河南社会科学》2004年第3期。

这个领域的辛勤耕耘和取得的成果,让人肃然起敬。

第一,分类的标准。

吕进把审美视点和诗的语言作为新诗的分类标准。这一分类标准具有简明性和可操作性,可以从繁复芜杂的新诗创作中抽象出具有诗学意义的新诗品类,夯实新诗研究的文体基础。

从百年新诗的发展看,胡适的《尝试集》是中国第一部个人诗集,尽管他的有些诗作还带有旧体诗的痕迹,但白话站稳了脚步,在诗的面前抬起了头,白话文取代文言文成为现实,成为各体文学使用的语言。胡适作为新诗的"开山祖师爷",无论是创作还是理论都是有历史贡献的。1921年出版的郭沫若的诗集《女神》,成为新诗的奠基之作。继而小诗风靡一时,冰心的《繁星》《春水》、宗白华的《流云小诗》等等,都是小诗的翘楚之作;此时前后,散文诗也蔚为壮观,数量不菲,鲁迅的《野草》成为散文诗的经典。及至"新月"诗派成长壮大,现代格律诗创作呈一时之盛。30—40年代,无论是现实主义诗歌还是现代主义诗歌,无论是抒情短诗还是长篇叙事诗、讽刺诗、街头朗诵诗,这些诗歌都和国家民族命运在一起,新诗创作呈现空前的活跃。50—60年代初,新诗有短暂的回光返照,诗的民族形式讨论活跃,政治抒情诗取得一些成果,贺敬之、郭小川的"楼梯体""新辞赋体"新诗在形式上有创新。"归来者"诗人和"朦胧诗"诗人,带来了新时期诗歌的繁荣,80年代耿林莽、郭风的散文诗、孔孚的山水诗有一定的特色。"第三代诗"喧哗骚动,标志着新诗"向内转"。90年代的先锋诗在叙事上有创新,带来了新诗审美的异质性。自90年代至今,新诗自由诗一体独大,现代格律诗势单力薄。吕进提出"诗体重建"的设想,引起国内外诗界的广泛关注和思考。一百年来新诗取代旧诗,成为现代中国人表达思想感情的主要诗歌体裁,这种风景,借用陶渊明的《桃花源记》来说,就是"忽逢桃花林,夹岸数百步,芳草鲜美,落英缤纷"。

但问题来了,面对品类繁多的新诗,如何分类?既要尊重事实,把握规律,突出主线;又要避免芜杂,分清主次,有科学依据——看似简单的问题,其实不简单。

吕进从审美视点和诗的语言的角度对新诗分类,简洁明了,具有学理性,这取决于吕进对诗的本质规律的把握。一是坚持中国诗歌"大而化之"的分类学传统。这种分类标准,最早可以追溯到《诗经》,后人把《诗经》分为风、雅、颂三类,是从表现内容上区分的。沈约的“四声八病”理论带来了诗歌格律化契机,为唐代律诗、绝句的成熟奠定了基础。所以同样是五言诗或七言诗,唐以前称之为古体诗,唐和唐以后称之为近体诗。这是从格律上区分的,也是大而化之的分类标准。二是承传中国诗学感悟性特点。中国诗学批评术语,偏重描述性和体验性,不是逻辑的严密的界定,而是感性的模糊的描绘,具有准概念或类概念的特点,这种特点和中国文字的属性有关,和中国天人合一的哲学有关。吕进的新诗分类基于两个向度:首先是“中国诗的一般规律和中国新诗区别于中国古诗所独具的特殊规律,也包括不同类型的新诗更为特殊的个别规律”[①];其次是既“注意到诗歌分类的历史性”,又“注意到诗歌分类的模糊性和例外性”[②]。吕进新诗分类学是中国诗学民族传统和现代特质、共性和个性的合一,具有科学性和开放性品格。

从审美视点考察,吕进将新诗分为内视点诗歌和双重视点诗歌。

内视点诗歌,偏重诗人内心世界的披露,偏重诗歌的音乐性,广义的抒情诗及其抒情诗的变体,都属于内视点诗歌,比如小诗、山水诗、爱情诗、咏物诗等。

双重视点的诗歌,是指以内视点为基础、以外视点为补充、音乐性和形象性并具的诗歌,主要有叙事诗、散文诗、寓言诗、讽刺诗、剧诗等,这些诗歌不同程度上有叙事性存在。

从语言方式来分类,切入的角度比较多。比如,从有无格律的角度,新诗可以分为自由诗和现代格律诗。自由诗诗无定节,节无定行,行无定字,一般以诗情的内在起伏为原则来建行定节,偏重内节奏;格律诗遵循一定的韵式和段式,或整齐归一或参差有致或对称回环,用韵也有规律可循,偏重外节奏。

第二,新诗分类举隅。

吕进对新诗的分类研究,不是为分类而分类,而是通过分类,通过不同种类诗歌的比较,从个性中发现共性,从共性中找到个性,来把握新诗的文体特征,为新诗的文体研究奠定基础。吕进对新诗的分类学研究,不乏精彩独到的发现和阐述,这里仅以叙事诗和现代格律诗为例,略加分析。

---

① 吕进:《诗的分类》(上),载《中国现代诗学》,重庆出版社1991年版,第278页。
② 吕进:《诗的分类》(上),载《中国现代诗学》,重庆出版社1991年版,第279页。

1.叙事诗。

吕进对叙事诗颇有研究，而且从《新诗的创作与鉴赏》的“创作篇”第八章第一节“叙事诗”来看，无论是观点还是材料，无论是语言表述还是结构安排，吕进呈现出早熟的诗学家的气质。“叙事诗”一节毕竟写于1981年，其时以艾青领头的“归来者”诗人带来了新诗创作的春天，但新诗理论研究的春天并没有如约而至。前人虽有一些零星的对叙事诗的论述，但一般停留在主观印象的描述上，且理论深度不够，比如茅盾的《叙事诗的前途》。从新诗创作来看，叙事诗的创作从20—40年代都有长篇佳作，朱湘的《王娇》、孙毓棠的《宝马》、艾青的《火把》、李季的《王贵与李香香》等堪称代表；在60年代，闻捷的《复仇的火焰》、李季的《杨高传》等都名重一时，这些长篇巨构是新诗史上的力作，因此加强对叙事诗的研究很有必要。可以这样说，吕进对叙事诗的研究起步早，在新时期文体理论研究中具有拓荒的性质，完全不同于60年代对叙事诗的政治社会学研究；而且叙事诗研究难度大，可资借鉴的理论资源不多。

且看吕进在《叙事诗》一文中，或详或略分析的叙事诗作品：《古诗无名人为焦仲卿妻作》，《木兰诗》；郭小川的《白雪的歌》《一个与八个》《月下》《秋日谈心》；马雅可夫斯基的《列宁》；艾青的《吹号者》《他死在第二次》《火把》；普希金的《茨冈》《高加索的俘虏》；邓海南的《红蝴蝶》；力扬的《射虎者及其家族》；李季的《王贵与李香香》；阮章竞的《漳河水》；张志民的《死不着》。吕进在这篇文章中从抒情、结构、语言三个方面分析了叙事诗的文体特征，理论上吸收了《汉书·艺文志》、何其芳、黑格尔的有关论述，横向上将叙事诗与鲁迅的小说《阿Q正传》进行了比较。置于1981年新诗研究复苏的初期，吕进对叙事诗的研究，无论是纵向、横向的比较研究方法，还是列举的中外叙事诗作品，以及文章结构的安排，都体现出吕进作为一个诗学家的开阔的视野和善于从繁复的诗歌作品、诗学现象中抽象出本质规律的整合能力。吕进将诗歌分类学看作中国诗学体系的重要组成部分，这种思想萌芽于《新诗的创作与鉴赏》，成熟于《中国现代诗学》，在20与21世纪之交的若干论文中比如《从文体看中国新诗》《论新诗的诗体重建》《论中国现代诗学的三大重建》得以完善。

如果说《新诗的创作与鉴赏》对叙事诗的讨论以材料丰富见长，那么收入《新诗文体学》中的《论叙事诗》一文，以观点的鲜明、深刻而独树一帜。比如，吕进认为叙事诗是“用两只眼睛看世界”：“抒情诗的着眼点是内心生活，它不打算对外在现实进行广泛、细致的描绘与叙述。叙事诗却用两只眼睛看世界：一只观察内心生活，一只观察外在现实。叙事诗是情与事有辩证意味的斗争与和谐”，“它仿佛是现实世界，其实是诗的太阳重新照亮的世界”[①]。看得出来，吕进对叙事诗的论述，从注重材料的分析到注重理论的提升，从现象的描述到诗美本质的概括，显示出清醒的文体意识，体现出一个现代诗学理论家的不断成熟。

在《中国现代诗学》中，吕进对叙事诗的论述，重点在叙事诗诗美特征的概括，吕进认为“叙事诗有三个美学特征：叙事结构的抒情性，意象的复调性，语言方式的二重性”，并认为“双重性的审美视点是叙事诗最本质的诗美特征”[②]。通过前后对比，可见吕进对叙事诗的思考稳中求变，“两只眼睛”和“双重性的审美视点”是前后一致的地方，但“意象的复调性”即叙事诗意象的自指性和他指性是一个新观点，体现了吕进对叙事诗的思考不断走向深入。

2.现代格律诗。

在90年代早期出版的《中国现代诗学》中，吕进对现代格律诗的观点主要体现在三个方面：第一，格律诗的出现的必要前提是全民族有一个公认的格律标准，从这个角度讲，中国迄今还没有真正意义上的现代格律诗；第二，中国现代格律诗的格律标准的确立，需要长期的丰富的艺术实践。因此，诗人的实验具有第一位的意义；第三，诗歌格律的实质就是诗歌形式技巧中的部分语音问题。中国现代格律诗的实验必须建立在现代汉语言文字语音特点的基础上。进入21世纪以后，吕进对现代格律诗又有许多新的看法，这里列举一例：“无论哪种民族的诗歌，格律体总是主流诗体，何况在中国。中国新诗极需倡导、壮大现代格律诗，争取在现有基础上将现代格律诗建设迅速推向成熟。严格地说，自由诗只能充当一种变体，成熟的格律诗才是诗坛的主要诗体。”[③]吕进提出“诗体重建”的构想，其中之一就是“倡导格律诗”，这是平实之论，无论同意不同意，自由诗“一枝独秀”是诗坛的偏枯现象，不应该如此。没有成形的现代格律诗，自由诗越来越在自由的道路上裸跑，和诗脱轨，这不利于新诗的健康

① 吕进：《论叙事诗》，载《新诗文体学》，花城出版社1990年版，第87-88页。
② 吕进：《诗的分类》(中)，载《中国现代诗学》，重庆出版社1991年版，第294页。
③ 吕进：《论新诗的诗体重建》，载《现代诗歌文体论》，广西师范大学出版社2003年版，第153页。

成长和发展。吕进提出的“诗体重建”的构想，是一个富有诗学价值的真命题，但目前不具备重建现代格律诗的外在条件：一则社会普遍浮躁，能沉下心来探索现代格律诗的诗人不多，尤其是有才华的年轻诗人不多，格律诗建设更需要创新性思维，需要智力、体力和精力；二则现代格律诗建设需要闻一多似的领头人，需要诗人、诗学家、语言学家、语音学家、传统媒体、现代媒体的多方联动，需要一种实诚的探索的氛围。

吕进对现代格律诗的关注和思考，同步于他的现代诗学研究，并一以贯之。在1982年出版的《新诗的创作与鉴赏》中，“现代格律诗”单列于“诗的形式”之一节；在1990年出版的《新诗文体学》中，《现代格律诗的新足音》一文，标志着吕进的现代格律诗诗学思想的成熟，在这篇文章中他提出了许多有价值的看法和观点，他后来关于现代格律诗的思考和提出诗体重建的构想，都是此文的延伸和发挥。进入21世纪，吕进用自由诗比参现代格律诗，用现代格律诗反思自由诗，体现了吕进现代诗学辩证法思想。吕进是继闻一多、何其芳之后对现代格律诗理论深有建树的诗学家，这应该引起诗学理论界的关注和热情。

第三，吕进新诗分类学的意义。

吕进的新诗分类研究，是对新诗文体发展规律的描述和把握，拓展了新诗研究的畛域。在现代诗学学者中，对新诗种类进行整体研究的并不多；在单一诗体研究上，有些学者的成果值得肯定，比如许霆对十四行体新诗的研究和对现代格律诗的研究。吴思敬的《诗歌基本原理》是一部出版比较早的诗学理论著作，作者建构现代诗学基础理论的努力清晰可见，但对新诗的种类一字不提，难免是一个小小的遗憾。吴开晋的《现代诗歌艺术与欣赏》是80年代中期出版的诗学专著，内容丰富，他对诗的格律和诗的体裁有专章探讨，但开拓深度不够，停留在常识性的叙述上。2005年杨匡汉的《中国新诗学》出版，洋洋洒洒近30万字，属于颇有深度的专题探讨，但对新诗种类一字不提，也留下了一点缺憾。中国新诗发展史，一定程度上是新诗诗体发展史。谢冕长于新诗史研究、新时期诗歌研究、新诗思潮研究和诗人论，对推进20世纪新诗研究做出了重要贡献，但新诗种类没有进入他的研究视野。谢冕在《地火依然运行》一书中，提出现代意象诗、现代史诗、现代学院诗、现代工业诗、现代军旅诗、现代边塞诗等概念，这些都是对诗歌表现题材的分类，不是严格意义上的诗的品类。值得一提的是王光明的《现代汉诗的百年演变》，对自由诗、格律诗、散文诗进行专章探讨,颇有学理深度。因此,新诗种类研究属于现代诗学研究的薄弱环节,吕进以自己多年不舍的努力和探索精神,辛勤耕耘。20世纪80—90年代吕进注重新诗品类研究,21世纪以来吕进注重诗体研究,都取得了可喜的成果,为后来者深入研究奠定了坚实的基础。

吕进的新诗分类研究,属于新诗文体研究的范畴。在研究路径上,他注重作品,看重个案,通过文体理论对作品的观照,抽象和提炼出新诗种类的一般诗美和特殊诗美,这在诗学研究上具有方法论价值,给后人颇多启发。

吕进的新诗分类研究,是吕进诗学研究领域和特色的呈现。新诗文体研究,属于新诗基础理论研究,是对新诗之为诗的文体特征的把握。新诗的发生和动态演进,新诗思潮的萌生和变革,一定程度体现在新诗种类上。对新诗种类的研究,可以深化和推进新诗其他领域的研究,也可以对新诗未来发展做出前瞻性的思考和判断。

大约从1997年开始,吕进将大部分精力放在新诗诗体个案研究上,主要成果体现在《文化转型与中国新诗》一书上,这是中国现代诗学研究的一个大冷门,一方面体现了吕进不赶时髦不凑热闹的学术个性,不为表面的繁荣所迷惑,对于90年代以来热得烫人的先锋诗研究、“现代派”诗歌研究,吕进不为所动,而是着力于自己多年耕耘的新诗文体领域;另一方面,百年新诗创作经验的沉淀,不在新诗思潮流派上,而在新诗诗体探索上,对新诗诗体建设成果的清理,对推进新诗进步有积极意义,能给年轻诗人的创作提供一些实质性的帮助,使其少走弯路。而且,吕进从新诗文体共性的研究,到新诗诗体特性的研究,到“诗体重建”课题的提出,呈现出内在的诗学逻辑,是一个诗学家独立思考的学术品格的体现。

“诗家语”与审美视点①

张德明　姚家育

吕进诗学话语是有体系性和个性特色的,这不仅在于诗评家以富有学理性的诗学言说,对诸多诗学问题进行了鞭辟入里的剖析与阐释,诚如阿红曾这样称赞吕进诗学:“他建立的这个新诗学体系,具有鲜明的中国性、现代性、科学性、实践性”②;还在于他通过移借,化用一些诗歌术语,创设出不少具有理论表现力和学术阐释度的话语范式,这些范式包括“诗家语”“审美视点”“媒介”“弹性”“文体”等。本章将对这些话语范式加以细致分析,进而从一个特定角度将吕进诗学的理论深度和独创性特点呈现出来。

一、诗家语

在吕进的诗学话语中,“诗家语”应该是非常重要的理论范式。这一范式不仅反复出现于吕进的诗学论文与专著之中,而且毫不夸张地说,它还贯穿了吕进近四十年来的学术思考与诗学体系建构的始终。分析吕进“诗家语”观的理论内涵,不仅有利于我们深入认识吕进诗学思想的丰富性与深刻性,而且还有利于我们对当代诗歌创作做出更正确的价值评判,从而有力地促进其健康的发展与有序的提升。

众所周知,“诗家语”一词并非吕进的首创,而是出自宋代诗人王安石之口。宋人魏庆之编的《诗人玉屑》卷六中载:“王仲至召试馆中,试罢,作一绝题

① 本篇选自张德明、姚家育《吕进诗学研究》第五章第一、二节,人民出版社2016年版。题目为编者所加。

② 阿红:《一个新体系的构建——序〈吕进诗论选〉》,载《吕进诗论选》,西南师范大学出版社1995年版,第3页。

云：‘古木森森白玉堂，长年来此试文章。日斜奏罢《长杨赋》，闲拂尘埃看画墙。’荆公见之，甚叹爱，为改作‘奏赋《长杨》罢’，且云：‘诗家语，如此乃健。’”在王安石看来，“日斜奏赋长杨罢”才是劲健的“诗家语”，“日斜奏罢长杨赋”则只是平常乃至平庸的诗句。为什么同样的词语经过不同的编排，便会出现“如此乃健”的“诗家语”与意味淡寡的平常语之别呢？“诗家语”的美学玄机究竟存于何处？古人对此似乎并未确切言明。直到现代，才由著名学者周振甫先生作了细致阐发。在《诗词例话》里，周振甫设专节来论述“诗家语”之义，并指出：“王安石说的‘诗家语’，就是说诗的用语有时和散文不一样，因为诗有韵律的限制，不能像散文那样表达。要是我们用读散文的眼光去读诗，可能会忽略作者的用心，不能对诗作出正确的理解，那自然体会不到它的好处，读了也不会有真感受。”[①]这样的解释还是比较到位的。不过，作为重要诗学术语，很长时间以来，“诗家语”只是被用于古典诗词的创作、鉴赏与批评之中，而不被用于新诗之中。成功地将其移借过来，用以系统阐释新诗的创作与鉴赏的，正是吕进先生。从1982年出版的第一部著作《新诗的创作与鉴赏》，到2014年5月在《文艺研究》上发表长达16000余字的《论“诗家语”》长文，我们能清楚地认识到，“诗家语”已然构成了吕进诗学的重要理论符号，它在吕进的诗学话语建构中一直扮演着重要角色，具有不可忽视的学术功能。

吕进的第一部诗学专著《新诗的创作与鉴赏》由“本质篇”“创作篇”“鉴赏篇”三部分构成，其中属于“本质篇”的第三章“诗的形式”和属于“创作篇”的第六章“诗的修辞”已初步涉及“诗家语”的话题。“诗的形式”一章论及新诗所具有的音乐美、排列美和精练美等特征，并指出，“音乐美是诗的语言与散文语言的分水岭”[②]，“诗的篇幅小、文字少，每个词、每个句子都要十分精练。诗要洗刷成晶体，去掉一切拖泥带水的成分。诗中重要词句，通过各种排列方式（单独成行、重要词语的跳跃等）而得到突出。”[③]“诗的语言来源于日常语言，但前者不是后者的复制，而是后者的加强形式。诗的语言不同于日常语言，是由诗的抒情决定的有较高价值的艺术语言。它不但有音乐美、排列美，而且有一切

① 周振甫：《诗词例话》，中国青年出版社1962年版，第8页。

② 吕进：《诗的形式》，载《新诗的创作与鉴赏》，重庆出版社1982年版，第71页。

③ 吕进：《诗的形式》，载《新诗的创作与鉴赏》，重庆出版社1982年版，第90页。

文学样式都望尘莫及的精练美。”[①]“诗的语言的几种词义的并含，即诗的语言的弹性，是诗的语言特有的精练美。”[②]上述论说虽未标以“诗家语”的诗学范式来直接点明，但其实都是“诗家语”的题中应有之意。因为此中言及的“音乐美”“精练美”“弹性”等要素，正是吕进在后期谈论“诗家语”时反复阐释的内容。从这个角度上，我们不妨说，吕进《新诗的创作与鉴赏》的学术实践，为他后来提出“诗家语”概念并加以系统阐发作了厚实的理论铺垫。

1984年出版的《给新诗爱好者》是吕进的第二部学术专著，在这部专著中，吕进将“诗家语”列为单独一节来具体阐释，这可以看作吕进诗学话语建设的一个重要信号，它意味着“诗家语”作为一个具有极大理论阐释力的话语范式，正式出现于吕进的诗学言说之中。在这一节不足3000字的篇幅中，“诗家语”作为关键词就出现了20次之多，足见其频率之高。而围绕“诗家语”所做的理论概述，不仅言之凿凿、铿然有声，闪烁着灵性和智慧的光芒，从而构成了吕进诗学言说中极为精彩的部分，而且还为其后期诗学理论的不断发展和深化埋下了伏笔。例如下述语句，“诗家语来自日常语，但又有自己独特的词汇、语法、逻辑、修辞，它是日常语的最高程度的提炼与强化。”[③]“诗家语不但要表达感情世界，而且它自身的音乐美也形成鉴赏者的鉴赏内容。”[④]“只求‘文理能通’，实际上是在运用日常语，而并没有寻求到诗家语。诗家语并不总是接受通常‘文理’的裁判。”[⑤]“诗家语是超越日常语的日常语。”[⑥]“非日常语化的日常语，是诗家语的极诣。”[⑦]等等，都是吕进对新诗创作中的“诗家语”进行的精彩的学术概括和理论总结，为我们准确理解新诗的成功要诀和美学精髓提供了重要指南。

吕进的《一得诗话》出版于1985年，在这部专著中，诗评家以诗话的形式阐释了若干重要诗学问题，其中论及的“无理而妙”“诗出侧面”“‘不尽意’与‘达意’”等话题，都可以说是围绕“诗家语”来做文章的。如论述“无理而妙”时，吕

① 吕进:《诗的形式》,载《新诗的创作与鉴赏》,重庆出版社1982年版,第104页。
② 吕进:《诗的形式》,载《新诗的创作与鉴赏》,重庆出版社1982年版,第115页。
③ 吕进:《诗家语》,载《给新诗爱好者》,重庆出版社1984年版,第22页。
④ 吕进:《诗家语》,载《给新诗爱好者》,重庆出版社1984年版,第22-23页。
⑤ 吕进:《诗家语》,载《给新诗爱好者》,重庆出版社1984年版,第24页。
⑥ 吕进:《诗家语》,载《给新诗爱好者》,重庆出版社1984年版,第24页。
⑦ 吕进:《诗家语》,载《给新诗爱好者》,重庆出版社1984年版,第25页。

进提到了三种情态，即“情出常态”“诗出常格”“形出常规”，并总结为：“可以说，在大多数情况下，不摆脱常态、常规、常格的束缚，诗就成不了抒情艺术。”①吕进所说的“无理而妙”的三种情态，都是由“诗家语”所生发出来的，是由“诗家语”所促成的。没有“无理而妙”的诗家之语，抒情诗就无法呈现“情出常态”“诗出常格”“形出常规”的艺术妙境。因此，在论述完“无理而妙”的三种情态后，吕进接着对“诗家语”作了一定阐释，他说：“古人称诗家语为‘醉中语’。……在‘醒’者眼中，诗家语是违背常理、颠三倒四的语言。但这正是诗之‘善’者。”②在论述“诗出侧面”的诗学观时，吕进指出：“诗歌技法中有‘侧面用墨’。不落墨于吟咏之物，而着笔于它给人的印象或反响，或着笔于相关、相似、相反的事物，就是这种技法的精髓。”③这里隐含着这样的意思：“诗家语”一般情况下并非直接吟咏之物，而是“侧面用墨”之言。在此基础上，吕进后文中也特别指出了“锤炼‘诗家语’”的重要性④。谈到“不尽意”与“达意”的诗学话题时，吕进认为：“好诗，都是‘不尽意’与‘达意’的统一。”⑤在这一节的结尾处，吕进写道：“前引的孟子的话的全句是：‘言近而旨远者，善言也。’大诗人都是‘善言’者。”⑥也就是说，在吕进看来，大诗人都是善于使用“诗家语”的语言大师。

《新诗文体学》和《中国现代诗学》这两部专著，在吕进的诗学言说和体系建构中具有里程碑意义，两部著作分别出版于1990年和1991年，著作中不少章节都对“诗家语”作了更深刻的阐发。在《新诗文体学》中，吕进论及“诗的通感”时，开章明义指出：“‘诗善醉’。这‘醉意’的表现之一就是通感。”⑦随后，吕进阐释道：“诗家语”即为“醉言”，无论是“主观性通感”，还是“客观性通感”，都是以“诗家语”来表现“各种感觉的有无相通、彼此相生、此叩彼应”的⑧。在《论诗的文体可能》一节里，吕进指出：“诗是语言的超常结构”，在充分认可韦勒克、沃伦关于“诗是一种强加给日常语言的‘有组织的破坏’”的文学观念的基

① 吕进：《无理而妙》，载《一得诗话》，四川文艺出版社1985年版，第48页。
② 吕进：《无理而妙》，载《一得诗话》，四川文艺出版社1985年版，第48页。
③ 吕进：《诗出侧面》，载《一得诗话》，四川文艺出版社1985年版，第100页。
④ 吕进：《无理而妙》，载《一得诗话》，四川文艺出版社1985年版，第106页。
⑤ 吕进：《“不尽意”与“达意”》，载《一得诗话》，四川文艺出版社1985年版，第151页。
⑥ 吕进：《“不尽意”与“达意”》，载《一得诗话》，四川文艺出版社1985年版，第158页。
⑦ 吕进：《诗的通感》，载《新诗文体学》，花城出版社1990年版，第19页。
⑧ 吕进：《诗的通感》，载《新诗文体学》，花城出版社1990年版，第19页。

础上，吕进将这种“破坏”具体概括为两方面，即“破坏”词义、“破坏”语法，并认为：“破坏”的结果，产生了特殊的语言，中国人称为“诗家语”，西方人叫作“poetic diction”。[①]《论新诗语言的精练美》一节里，吕进将通向精练美的途径概括为“选词的独特性”“词的组合的独特性”“句法的独特性”三种[②]，其实正是在论述诗家语生成的几种方式。

作为国内第一部体系完备的“现代诗学”论著，吕进《中国现代诗学》的学术价值不言而喻，这部著作中的大量篇幅都可以说是围绕“诗家语”来立论的。第四章“抒情诗的艺术媒介”中写道：“诗没有现成媒介，它只好向一般语言借用艺术媒介。诗的创作就是诗美体验与一般语言的碰撞，碰撞的目标是使内在符号和外在符号相和谐。”[③]“所谓诗的语言方式，就是诗独特的用词方式、语法规范和修辞法则。具体说来，一般语言在诗中成为内视语言，灵感语言，实现了（在散文看来的）非语言化、陌生化和风格化。”[④]“内视语言”“非语言化、陌生化和风格化”正是“诗家语”的基本特征。第五章“抒情诗的媒介特征（上）”中，吕进主要论述抒情诗的“音乐性”问题，他认为：“新诗的音乐性包括内在音乐性和外在音乐性两个层次。”“内在音乐性是指诗情呈现出的音乐状态。音乐表现内心生活，并凭借最不便于造成空间形象的声音直接渗透到鉴赏者的内心。诗也是内心艺术，虽然它比音乐更带明确性和具体性。情绪的强烈起伏形成新诗的内在旋律。”[⑤]第六章“抒情诗的媒介特征（下）”中，吕进着重阐释了抒情诗的“弹性”特征。他指出：“诗的弹性包括词语弹性、句构弹性以及由语言创造的意象弹性。”[⑥]“诗篇弹性的炉锤之妙，全在事物之间、情感之间、物我之间在语言上的联系和重叠。”[⑦]吕进还深刻地指出，诗的弹性是创作现象与阅读现象的统一，“诗的弹性是一种创作现象。”“诗人的诗美体验和笔下的诗句（意象、意念）总是出现不对称性。……诗人在写作中总是这样：他表现什么，并不就写什么；诗人写什么，并不就是在表现什么。这就是所谓的意

① 吕进：《论诗的文体可能》，载《新诗文体学》，花城出版社1990年版，第40页。
② 吕进：《论新诗语言的精练美》，载《新诗文体学》，花城出版社1990年版，第52-56页。
③ 吕进：《抒情诗的艺术媒介》，载《中国现代诗学》，重庆出版社1991年版，第65页。
④ 吕进：《抒情诗的艺术媒介》，载《中国现代诗学》，重庆出版社1991年版，第71页。
⑤ 吕进：《抒情诗的媒介特征（上）》，载《中国现代诗学》，重庆出版社1991年版，第85页。
⑥ 吕进：《抒情诗的媒介特征（下）》，载《中国现代诗学》，重庆出版社1991年版，第92页。
⑦ 吕进：《抒情诗的媒介特征（下）》，载《中国现代诗学》，重庆出版社1991年版，第95页。

指错位。错位,可以将抽象的心灵体验具象化,而具象化就给了诗减少可述性、增大可感性的机会,也给诗摆脱文体局限的机会,同时也给诗带来了弹性。"[①]同时,"诗的弹性也是一种鉴赏现象。诗人只把自己的诗篇看作诗美创造的阶段性成果。他同样看重下一个阶段性使命——让诗篇将读者变为合作者,变为半个诗人。诗篇以弹性技巧有意地给读者足够的鉴赏暗示,怂恿读者到'象外''意外''言外''诗外'等诗句之外的弹性天地里漫游。"[②]吕进所阐释的抒情诗的音乐性与弹性等诗学命题,无不是对"诗家语"所具有的美学特征的高度概括和精彩剖析。

此外,《诗家语:一种特殊的言说方式》《"诗家语"的审美》《论"诗家语"》[③]等论文,也分别从不同角度,对"诗家语"之要义进行了集中阐释。由此可见,对"诗家语"的思考与阐发,贯穿着吕进学术生涯的始终,甚至可以说,"诗家语"已然构成了吕进诗学体系建构中最为关键、不可或缺的理论基石,构成了吕进诗学话语的核心范畴。

语言之于诗歌,其意义极为重大,这在中外诗家那里已是共识。宋人欧阳修语曰:"诗家虽率意,而造语亦难。若意新语工,得前人所未道者斯为善也。"(《六一诗话》)足见其对诗歌中独特语言之看重。德国人弗里德里希说:"语言的最高作用力是诗歌"[④],并认为"诗歌是一种偏远的建筑"[⑤],毋庸置疑,这"建筑"的基本材料正是"语言"。诗人诺瓦利斯甚至用带有神秘主义色彩的话语表述道,在一首诗里,"每个词都是召唤"[⑥]。因此我认为,吕进始终以"诗家语"为诗学关键词,来展开自己的理论言说,这既是诗评家具有的敏锐学术洞察力的生动体现,也是他对新诗本源性问题和理论内核有着深刻理解与独到发现的具体反映。

"诗家语"观已经在吕进的论文与著作中得到了系统和深入的阐发,那么,我们该如何理解这一诗学观念的理论内涵呢?在我看来,吕进"诗家语"观的

① 吕进:《抒情诗的媒介特征(下)》,载《中国现代诗学》,重庆出版社1991年版,第98页。
② 吕进:《抒情诗的媒介特征(下)》,载《中国现代诗学》,重庆出版社1991年版,第99页。
③ 三篇论文分别发表于《重庆邮电学院学报》2005年第1期,《人民日报》2009年11月16日,《文艺研究》2014年第5期。
④ [德]胡戈·弗里德里希:《现代诗歌的结构》,李双志译,译林出版社2010年版,第114页。
⑤ [德]胡戈·弗里德里希:《现代诗歌的结构》,李双志译,译林出版社2010年版,第126页。
⑥ 转引自胡戈·弗里德里希:《现代诗歌的结构》,李双志译,译林出版社2010年版,第29页。

理论内涵，主要体现在这样几个方面：其一，新诗的文体个性。在论述“诗家语”之于新诗关系时，吕进常常将散文语言与诗歌语言两者相提并论，在比较中鉴别出“诗家语”的独特性来，他说：“文学语言有两种：散文的和诗的。虽然二者都来源于生活语言，它们又有很大区别。我国古典诗论将诗歌语言称为‘诗家语’，指出它与散文有别，这颇有见地。一般地讲，散文语言是叙述语言，理智语言；诗歌语言是抒情语言，灵感语言。前者因此更接近生活语言，而后者则是生活语言的更高程度的升华，是散文语言的加强形式。”[①]将散文与诗歌两种文体的语言形式纳入一起加以观照，是较能说明“诗家语”的审美特性，从而清楚地认识到新诗作为一种特定的文学文体在语言运用上的不寻常之处的。与此同时，吕进始终强调“诗家语”对于建立新诗艺术个性的重大意义，某种程度上也体现着诗评家对新诗近百年发展历史的独特理解与深度反思。我们知道，新诗是在胡适“有什么话，说什么话；话怎么说，诗怎么写”的审美约定上生成并发展起来的，胡适的观念对于诗人放开手脚大胆创作起到了极大保障作用，但在一定程度上也使得中国新诗长期未能摆脱诗意单薄、诗性不足的痼疾。吕进指出：“在语言上，胡适在新诗初期提出‘诗国革命何自始，要须作诗如作文’。其实，这样的设想意味着中国新诗在艺术上的真正革命并没有开始。它给初期新诗创作和新诗理论建设带去迷茫，类似主张的后遗症是忽视新诗形式的理论建设和忽视新诗媒介学的意义，于是，新诗与散文的分界模糊了。”[②]意思是说，按照胡适的诗学设想，新诗将与散文一直混淆在一起，无法凸显出自我个性来。在此基础上，吕进反复强调“诗家语”的重要性，正是要突出新诗在形式和媒介上的独特性，突出新诗所具有的文体个性，以补救胡适当年的理论过失，从而将新诗创作迅速拉回到正确的轨道上去。而吕进等批评家在新世纪之初极力倡导的“新诗二次革命”论，某种程度上也可看作其一直坚持的“诗家语”观自然催生出的学术成果。

其二，新诗创作的美学要诀。诗歌创作的过程，就是从“寻思”到“寻言”的艰难过程，即将自己对于宇宙人生的深切体验与感受梳理清楚，然后用诗化的语言将这种体验与感受表达出来，“诗人在‘忘言’中寻思，在寻思之后还得重

---

① 吕进：《论新诗语言的精练美》，载《新诗文体学》，花城出版社1990年版，第50页。

② 吕进：《论诗的文体可能》，载《新诗文体学》，花城出版社1990年版，第49页。

新寻言”[1],如果说体验与感受是诗歌创作的基础与前提的话,那么,寻找到恰切的“诗家语”来表情达意则构成了诗歌创作中最关键的一环,也就是催生诗歌的艺术要诀。那么,如何在诗歌创作中让简明有效的“诗家语”浮出水面呢?吕进提出了“清洗”与“选择”两种路径。在《论“诗家语”》中,吕进指出:“诗歌创作的基本要义是黑格尔所说的‘清洗’。诗的内蕴要清洗,‘诗家语’也要清洗。诗是‘空白’的艺术,清洗杂质是诗的天职。体验世界常常是说不出的,高明的诗人常常善于以‘不说出’来传达‘说不出’。”[2]阐明了“清洗”的重要意义之后,吕进接着又着重分析了诗歌创作中的两种清洗方式,即“时空清洗”与“形象清洗”,并征引臧克家、艾青、徐志摩等人的诗作来具体说明。创作“诗家语”的另一路径是“选择”,吕进认为:“在清洗的同时,建构诗的言说方式就要从一般语言中进行诗意的选择。”[3]那么诗意选择的方式包括哪些呢?吕进重点分析了三种方式,即“词的选择”“词的组合的选择”“句法的选择”[4]等。由此可见,吕进的“诗家语”观,一定程度上为新诗创作提供了某种具有操作性的诗学方案。

其三,新诗的价值评判标准。客观地说,新诗并没有形成一种永恒不变的审美标准,这是因为:首先,新诗所要表现的现实生活是纷繁复杂的,它呼唤着多种多样的艺术表达,各种艺术表达也因此获得了存在的合法性;其次,人们的审美趣味是多种多样的,对新诗文体可能的认识也将是各自不同的;第三,文学的本质也是多元化的,并不存在唯一性,这也决定了文学语言的多样性。不过,对于发展不足百年的中国新诗来说,又必须建立一种相对稳定的价值批判标准,用以规范其创作和批评秩序。从这个角度上说,吕进的“诗家语”观,正是为中国新诗的价值评判提供的一种切实可行的审美标准。吕进认为,新诗应该具有“音乐美”“精练美”“弹性”等艺术优长,并说“音乐美是诗歌语言与非诗语言的主要分界”[5],“新诗语言以它的精练作为与生活语言的主要区别之一”[6],“一与万,简与丰,有限与无限,是诗家语的美学。诗人总是两种相反品

① 吕进:“论‘诗家语’”,载《文艺研究》2014年第5期。
② 吕进:“论‘诗家语’”,载《文艺研究》2014年第5期。
③ 吕进:“论‘诗家语’”,载《文艺研究》2014年第5期。
④ 吕进:“论‘诗家语’”,载《文艺研究》2014年第5期。
⑤ 吕进:“论‘诗家语’”,载《文艺研究》2014年第5期。
⑥ 吕进:《论新诗语言的精练美》,载《新诗文体学》,花城出版社1990年版,第59页。

格的统一:内心倾吐的慷慨与语言表达的吝啬。弹性是诗对其他文学样式的明显优势,是诗的能量与生命的显示。"[①]以吕进的"诗家语"观作为新诗衡量尺度,我们可以得出结论说,好的新诗应该是具有"音乐美""精练美""弹性"的诗歌,也就是以"诗家语"为基本的美学材料而构建起来的内容与形式和谐统一的诗歌。

其四,新诗鉴赏的基本立足点。从《新诗的创作与鉴赏》这第一部专著开始,吕进的诗学言说和理论建构都是将创作者和阅读者共同纳入观照视野的,都体现着诗歌创作学和读者反应批评二者的统一,他的"诗家语"观自然也不例外。在吕进看来,"诗家语"既是诗人创作过程中必须努力寻找和探求的独特话语方式,也是读者阅读和欣赏诗歌时重点关注的地方,"在诗这里,诗歌语言会不断提醒人们主要应注意自己的存在,赞叹自己的美丽:诗不是情感的'露出',而是情感的'演出';读诗,其实主要就是读诗的语言。"[②]尤其是对"诗家语"所具有的弹性特征的体味和领悟,读者阅读中的再创作发挥着不可忽视的作用,"诗的弹性有时也来自读者的创造。和其他文学作品的受众不同,诗歌读者在文化素质、艺术修养上的要求要高得多,被称作是'半个诗人'。诗篇大于诗人。有时候,诗人无意于弹性技巧,诗篇却因为遇到读者饱满的想象力而饱满起来,诗篇在读者的鉴赏活动中获得了比诗人的抒情初衷更大的内涵。扩展地说,不同鉴赏者的不同审美规范的交替带来了诗义的更大丰富。"[③]

其五,新诗的本体论建构。之所以吕进的诗学言说中,对"诗家语"的阐释占据了很大的篇幅,是因为诗评家不只是从表现论的层面来分析新诗的审美现象,更是从本体论的角度来言说新诗的语言形式特征和特定艺术功能的,换句话说,吕进是将新诗中的"诗家语"作为主要的诗学内核,来建构新诗本体论的。在谈论"新诗的文体自觉"时,吕进深刻地指出:"内视点和语言的超常结构规定着诗的文体可能性。因为是内视点文学,所以诗的历史反省功能不如散文。诗只能以它对时代的情感反应证明自己的优势。因为是语言的超常结构,所以诗必须具备音乐性和弹性,只有在这个轨道上才能谈诗歌语言的风格

① 吕进:"论'诗家语'",载《文艺研究》2014年第5期。

② 吕进:"诗家语:一种特殊的言说方式",载《重庆邮电学院学报》2005年第1期。

③ 吕进:"论'诗家语'",载《文艺研究》2014年第5期。

化与个性化。”[①]吕进的意思是说，诗歌语言的超常结构，以及由此生成的音乐性和弹性，构成了诗之为诗的内在根源和先决条件，“诗家语”为诗歌的文体独特性提供了可能性保障。

二、审美视点

在吕进的诗学话语中，“审美视点”也是一个不可忽视的诗学范式，甚至可以说是吕进独特的诗学体系构建中不可或缺的要素之一。诗评家阿红指出：“吕进营造的中国现代诗学理论体系，突出地表现在他凝视诗的海洋、文学的海洋，一下子从审美视点的差异，顿悟出诗和非诗文学的文体差异。审美视点是作者与实界的审美关系，感受实界的心理方式与表现实界的艺术方式。”[②]这段话着重强调了“审美视点”在吕进诗学体系建构中的重要意义。更有论者指出，吕进诗学中“最具创新性和学术影响力的是诗歌视点理论和诗歌媒介理论”[③]，这个观点我认为是站得住脚的。

事实上，吕进的“审美视点”理论来源于多学科之间的集中考辨与学理综合，立足于跨学科的理论视野，而不只是某种单一的诗学描述。吕进的一位早期弟子在一篇回忆老师的文章中，如此简明扼要地述说道：“（吕进的）视点理论涉及哲学、心理学、美学、语言学等诸多学科。”[④]确乎如此，我们从吕进“审美视点”所下的定义中就清晰地能窥见。吕进认为：“所谓审美视点，就是诗人和现实的美学关系，更进一步，就是诗人和现实的反映关系，或者说，诗人审美地感受现实的心理方式。在对于物质媒介感觉终止的地方，艺术才真正开始。换个说法，艺术与现实总是有缝隙的，这种缝隙的完全弥合，也就意味着艺术的毁灭。”[⑤]这段话告诉我们，从“审美视点”层面是可以把握诗人与现实的关系，“审美视点”由此具有了观照现实人生的方法论意义。同时，“审美视点”是

① 吕进：《论诗的文体可能》，载《新诗文体学》，花城出版社1990年版，第48页。

② 阿红：《一个新体系的构建——序〈吕进诗论选〉》，载《吕进诗论选》，西南师范大学出版社1995年版，第3页。

③ 熊辉：“西方美学观念的转换与中国现代诗学体系的建构——论黑格尔对吕进诗学思想的影响”，载《中外诗歌研究》2008年第4期。

④ 胡兴：“金秋时节忆恩师”，载《中外诗歌研究》2008年第4期。

⑤ 吕进：《抒情诗的审美视点》，载《中国现代诗学》，重庆出版社1991年版，第20-21页。

"诗人审美地感受现实的心理方式",这是从心理学和美学角度对"审美视点"的精彩诠释。

在对"审美视点"理论加以系统阐释时,吕进也注重从文体学角度出发,来思考诗歌与非诗文体(散文)之间的视点差异。吕进指出:"从审美视点观察,文学可以分为两类:一类是外视点文学,即非诗文学(尤其是戏剧);一类是内视点文学,即诗和其他抒情文体(尤其是抒情诗)。外视点文学叙述世界,内视点文学体验世界。外视点文学具有较强的历史反省功能,内视点文学以它对世界的情感反应来证明自己的优势。外视点文学显示客观世界的丰富,内视点文学披露心灵世界的精微。"[①]在这段话里,吕进以"视点"为理论观察视角,来言述诗与非诗的基本差异。他认为诗与非诗文体的差别在于视点上的内与外的分野,这分别强调了诗歌的心灵化特征与非诗文体的现实化特征。在此基础上,吕进反复强调的"外视点文学叙述世界,内视点文学体验世界""外视点文学显示客观世界的丰富,内视点文学披露心灵世界的精微"等观念,在相互比照的视野之中将诗歌尤其是抒情诗的审美个性鲜明地彰显了出来。

正因为"审美视点"上的差异性,诗与散文在艺术生成机制和对接世界的路径上构成了某种相对乃至互补关系,以"审美视点"来阐释诗歌便构成了一种能接近诗歌本体的学术基点。吕进论述道:

散文对外在世界的感受终止的地方(自愿的终止,无可奈何的终止,等等),正是诗的领地。诗在散文未及、未尽、未能、未感的地方显露自己的价值:它是外在世界的内心化、体验化、主观化、情态化。散文的外视点有超越时空和生活现象的极大自由,但在心灵生活中它的灵敏度却并不理想。如果说,散文探索"外宇宙",诗就在探索"内宇宙";如果说,散文寻觅外深化,诗就在寻觅内深化;如果说,散文在外在世界徘徊,诗就在内心世界独步。散文是作家与世界的对话,读者倾听散文;诗是诗人在心灵天地中的独白,读者偷听诗歌。

诗与散文的根本异质在审美视点的同中的不同,由此在审美对象、审美方式、审美体验、审美表现、审美功能上分道扬镳。离开审美视点而言诗只能是隔靴搔痒。在西方,所谓荷马方式和圣经方式其实也就是外视点文学和内视

① 吕进:《抒情诗的审美视点》,载《中国现代诗学》,重庆出版社1991年版,第21页。

点文学。不同审美视点带来不同的文体可能。[①]

吕进基于"审美视点"的学术基点，对诗歌文体与非诗文体的精彩辨析，并不只是为了在共时性层面上对各种文学文体进行全方位的烛照，而是为了从一个特定的孔道深入下去，来挖掘抒情诗的内在美学奥秘。于是，以"内视点"为关键词，吕进对诗歌的个性特征展开了一系列的论述。首先，吕进用"内视点"理论，对传统诗论中的"言志说"和"缘情说"进行了新的阐发。"内视点就是心灵视点，精神视点。我国古代'言志说'和'缘情说'两个抒情诗理论实际上都是对内视点的发现，二者的区别无非是一个强调情的规范化，一个强调情的未经规范的自然本质而已。"[②]在《诗言志辨》里，朱自清曾对"诗言志"这个传统诗学话语的来龙去脉进行了细致的考辨，并从"献诗陈志""赋诗言志""教诗明志""作诗言志"等几个层面对"诗言志"的内涵加以深入剖析。朱自清说："诗歌从外交方面看，诗以言诸侯之志，一国之志，与献诗陈己志不同。"[③]"酬酢的赋诗，一面言一国之志，一面也流露着赋诗人之志，他自己的为人。"[④]由此可见，"诗言志"之"志"包含的层面是多向度的。与此同时，朱自清也对"诗缘情"的由来作了一定阐述，他指出："'诗言志'一语虽经引申到士大夫的穷通出处，还不能包括所有的诗。《诗大序》变言'吟咏情性'，却又附带'国史……伤人伦之废，哀刑政之苛'的条件，不能断章取义用来指'缘情'之作。《韩诗》列举'歌食''歌事'，班固浑称'哀乐之心'，又特称'各言其伤'，都以别于'言志'，但这些语句还是不能用来独标新目。可以'缘情'的五言诗发达了，'言志'以外迫切地需要一个新标目。于是陆机《文赋》第一次铸成'诗缘情而绮靡'这个新语。'缘情'这词组将'吟咏情性'一语简单化、普遍化了，并櫽括了《韩诗》和《班志》的话，扼要地指明了当时五言诗的趋向。"[⑤]毫无疑问，朱自清在史料的挖掘整理上是功力深厚的，对"诗言志"与"诗缘情"这两个诗学话语的辨析也很到位。自然，朱自清是利用传统的学术方法来研究和阐释这两个诗学话语的，并

① 吕进：《抒情诗的审美视点》，载《中国现代诗学》，重庆出版社1991年版，第22页。
② 吕进：《抒情诗的审美视点》，载《中国现代诗学》，重庆出版社1991年版，第22页。
③ 朱自清：《诗言志辨》，华东师范大学出版社1996年版，第16页。
④ 朱自清：《诗言志辨》，华东师范大学出版社1996年版，第17页。
⑤ 朱自清：《诗言志辨》，华东师范大学出版社1996年版，第37-38页。

没有引入新的理论视角。从这个角度上说,吕进以审美视点理论来重新阐释“诗言志”和“诗缘情”两个抒情诗理论范畴,无疑是富有创新性的。

其次,采用审美视点理论,吕进还对现代新诗史上一些有影响力的有关新诗的定义进行了纠偏。例如,著名诗人何其芳曾于1953年在北京图书馆举办的讲座上对诗歌作了这样的定义:“诗是一种集中反映社会生活的文学样式,它包含着丰富的想象和感情,常常以直接抒情的方式来表现,而且在精练与和谐的程度上,特别是在节奏的鲜明上,它的语言有别于散文的语言。”[①]吕进认为,何其芳对诗歌下的这个定义并非是完全准确的,有一些值得商榷的地方。他说:“‘精练’‘想象’和‘感情’不是诗歌专利;诗是心灵性很强的艺术,它的审美视点是内视点,而不是外视点,和散文不同,诗与生活的‘反映’关系是通过‘反应’来实现的;诗与散文在语言上的区别不止于‘节奏’,二者在语言上的区别不在语言,而在不同的语言方式;定义对现代派诗歌和后现代诗歌缺乏概括力。”[②]在吕进看来,何其芳关于诗歌定义的不妥之处,就是没有将诗歌与散文的实际差别说清楚,只是用“精练”“想象”和“感情”等语词来概述诗歌的审美特性是远远不够的,因为“‘精练’‘想象’和‘感情’不是诗歌专利”;仅仅以“节奏”来言说诗歌的语言个性也是不够的,因为“诗与散文在语言上的区别不止于‘节奏’,二者在语言上的区别不在语言,而在不同的语言方式”。吕进尤其强调说,何其芳的定义对于现代派和后现代诗歌的艺术特性根本没有概括出来。吕进立足于审美视点的理论角度,将诗歌视作“心灵性很强的艺术”,因而他对何其芳诗歌定义提出的商榷,是显得有理有据的。

最后,也是最为重要的一点,吕进以“内视点”为基本的学理基础,对诗歌的创作过程进行了极其精彩的言说和诠释。在吕进看来,诗人进行诗歌创作最关键是找到诗歌的审美视点:“诗人要进入诗的世界,首先要获得诗的审美观点。不同的审美观点,使不同文学品种创作者在哪怕面对同一审美对象时,也显现出在审美选择和艺术思维上的区别。诗情体验变为心上的诗,还只是诗的生成的第一步。心上的诗要成为纸上的诗,就要寻求外化、定形化和物态化。审美视点是内形式,言说方式是外形式,即诗的存在方式。从内形式到外

① 何其芳:《关于写诗和读诗》,作家出版社1956年版,第27页。
② 吕进:“20世纪下半叶的中国新诗研究”,载《文学评论》2002年第5期。

形式,或曰从寻思到寻言,这就是一首诗的生成过程。诗体是诗歌外形式的主要因素。换个角度说,寻求外形式主要就是寻求诗体。”[①]诗人在创作时,一旦找到了审美视点,也就意味着找到了诗情抒发的正确路径,接下来将内心之情衍化为诗就比较顺畅了。诗人所找到的审美视点是什么呢?吕进告诉人们,就是“内视点”,或曰“心灵视点”“精神视点”:“所谓内视点,也可以说就是直接观照心灵的视点。外视点通过中介观照心灵,诗超越了这种中介。”“诗人由外在世界回归最深层的内心世界,他在内心世界独步时的自白就是诗。”[②]对于内视点的突出和强调,体现了吕进对抒情诗生成机制的独特领悟和科学认知。吕进不仅对抒情诗生成中内视点的重要性进行了反复强调,还系统地剖析了抒情诗“内视点”的三种方式,他指出:“抒情诗的内视点有三种存在方式。第一种基本方式是以心观物,即现实的心灵化。诗人以心观物时总是倾心于表现性较强的事物。第二种基本方式是化心为物,即心灵的现实化。以心观物的诗,其意象是具象的抽象;而化心为物的诗,其意象则是抽象的具象。第三种基本方式是以心观心,即心灵的心灵化。以心观心是原生态心灵向普视性心灵的升华。”吕进对“内视点”所具有的三种方式的细致划分,对于诗人如何进入诗歌创作世界并创造出较有质量的作品而言,是不乏深远的启示意义的。尽管吕进反复强调诗歌的审美视点就是内视点,也就是心灵视点或者精神视点,但他却不断提醒人们,诗歌创作并不是要与现实世界脱离关系,而是要与当下时代保持密切关联:“内视点是进入创作状态后启用的。诗人应当摆脱的误解在于:想从诗与外在世界的脱离中寻觅诗的永恒。内视点的灵敏度与诗人对外在世界的体验程度和把握外在世界的深刻程度一致。诗的最高价值在于言众人之未言与难言。诗只能在自己的时代里寻求不朽。”吕进的这段话,是对那些脱离现实、闭门造车的无病呻吟者提出的重要忠告,某种意义上也有助于我们更深入地理解诗歌的内视点特征。

此外,吕进的审美视点理论中,还涉及某些有关诗歌创作的技法问题。吕进曾说:“由审美视点所制约,诗不需要,不容许也不长于对外在现实进行广泛的描绘。先用散文眼光打量世界,然后再给这‘打量’以诗的装饰,这不是诗人

---

① 吕进:《对话与重建——中国现代诗学札记》,载《吕进文存》(第三卷),西南师范大学出版社2009年版,第323页。

② 吕进:《论诗的文体可能》,载《新诗文体学》,花城出版社1990年版,第33页。

的工作,而是伪诗人的路径。在外在现实中,诗人的内视点寻找着属于自己的对象。散文一般是在时间上成点而在空间上成面,诗与此恰成相对,是在空间上成点,时间上成面。诗寻求的往往只是单纯、简洁的'点',然后在时间中展意驰情。一种色彩、一点光亮、一点声音都可以成诗。"①在这里,吕进利用内视点理论,在比较诗与散文的差异中,将诗歌创作的基本原理极为简练和精到地陈述出来。吕进还说:"主观性和意象性,这就是抒情诗的两大视点特征。"②这句话既概述了抒情诗的一些特点,又强调诗人写作必须注重抒发主观情志,同时要善于利用意象来抒情表意的创作方略。

由此可见,"审美视点"构成了吕进诗学话语的重要范式,对"审美视点"内涵和要点的把握,对我们深入理解吕进诗学的精髓是意义重大的。

---

① 吕进:《抒情诗的审美视点》,载《中国现代诗学》,重庆出版社1991年版,第23页。
② 吕进:《抒情诗的视点特征》,载《中国现代诗学》,重庆出版社1991年版,第44页。

诗的弹性与媒介[①]

张德明　姚家育

一、诗的弹性

“弹性”在吕进诗学话语中有着不可忽视的分量，在对新诗的艺术质地、语言特性和鉴赏方法等方面的阐述中，吕进都使用了“弹性”这个诗学术语。众所周知，“弹性”是一个常用的物理学名词，它是指“物体在外力作用下发生形变，当外力撤销后能恢复原来大小和形状的性质”；同时，“弹性”也是一个经济学术语，是指“一个变量相对于另一个变量发生的一定比例的改变的属性”[②]。那么，什么是诗歌中的“弹性”呢？吕进解释道：“诗的语言的几种含义的并含，即诗的语言的弹性，是诗的语言特有的精练美。”[③]也就是说，诗歌的“弹性”体现为一首诗可以同时蕴含着多重意义，或者说，对于一首诗的阅读，读者可以从很多角度切入，窥见到不同的艺术风景。在吕进看来，诗歌的弹性美与其精练美是彼此关联的，相互诉说的，它们如同一枚硬币的两面，彼此依附在一起，“诗的语言的弹性美，实际上也可以属于诗的语言的精练美的范畴。”[④]自然，讲求语言的精练优美其实是一切文学创作的共同特征，这一点吕进也能清醒地意识到。不过，吕进又特别强调了诗歌作为“文学中的文学”在语言精练性追求上的至高无比，他说：“一切样式的文学都追求精练。然而，诗的精练程度最高。诗总是体现着两种对立元素的融合：一与万，少与多，辞约与意丰，有限与

---

① 本篇选自张德明、姚家育《吕进诗学研究》第五章第三、四节，人民出版社2016年版。题目为编者所加。

② 见百度百科，“弹性”。

③ 吕进：《诗的形式》，载《新诗的创作与鉴赏》，重庆出版社1982年版，第115页。

④ 吕进：《诗的形式》，载《新诗的创作与鉴赏》，重庆出版社1982年版，第119页。

无限,'尽精微'与'致广大';诗人总是兼有两种品格:内心倾吐的慷慨与语言付出的吝啬。古典诗论说:'意余于辞,虽浅而深。'就是对精练的一个说法。"①由此可见,理解了诗歌精练美的特性,也就大体懂得了诗歌弹性美的旨归。

诗歌弹性的获得主要来自这种文体特殊的语言构造,与散文相比,诗歌语言更含蓄简练,更有韵味,也更值得玩味,美学"弹性"也更鲜明,这正如吕进所说:"和散文语言相比,诗的语言是以一当十、以少胜多的。和散文语言相比,诗的语言更富弹性和跳跃,每个字都有广阔的天地。"②那么,诗歌语言是如何生成"弹性"的呢?在吕进看来,诗歌语言的弹性主要有三个来源:第一,运用比喻而获得弹性。吕进认为,诗歌中的比喻是不可或缺的,"比喻,在诗歌创作中具有极端重要性。其他文学样式(甚至科学著述)有时也用比喻,主要日的是加强语言的形象性和生动性。而诗中的比喻本身往往作为诗歌形象成为一首诗重要的、不可或缺的组成部分。对于不少诗人来说,取消了诗中比喻,诗篇本身也就不复存在了。"③而比喻的弹性生成出自其"喻之多边"性:"比喻的两个事物有时可以从多方面作比。钱锺书称这种语言现象为'喻之多边'。'喻之多边'带来弹性。"④吕进还以舒婷《落叶》上的诗句"残月像一片薄冰"为例来加以言说。吕进如此分析:"'喻之多边'使'薄冰'一词获得弹性。为什么残月像薄冰?读者可作多方面想象:A.残月与薄冰在颜色上相似;B.残月与薄冰在亮度上相似;C.残月与薄冰在形状上相似;D.春寒料峭,夜色沁凉,残月像薄冰一样给人冷意;E.诗人心灵中重现了过去的'阴暗的回忆,深刻的震撼',因而感到料峭,以致将残月看作薄冰等。实际上,这五种理解相互并没有排他性,它们可以并含。"⑤这个例子生动地揭示了比喻使诗歌语言充满弹性的功能与特征。第二,语言双关而获得弹性。吕进分析艾青《巴黎》("人们告诉我/因罢工而停电/已经第三天/劳资双方停止谈判/胶着在黑暗里")这首诗时说:"什么样的'黑暗'?一方面,指的是停电后的黑暗,另一方面,指的是资本主义巴黎

① 吕进:《毛泽东的"新体诗歌"观》,载《吕进文存》(第四卷),西南师范大学出版社2009年版,第45页。

② 吕进:《诗的本质》,载《新诗的创作与鉴赏》,重庆出版社1982年版,第32页。

③ 吕进:《诗的修辞》,载《新诗的创作与鉴赏》,重庆出版社1982年版,第201页。

④ 吕进:《精练美》,载《新诗的创作与鉴赏》,重庆出版社1982年版,第117页。

⑤ 吕进:《精练美》,载《新诗的创作与鉴赏》,重庆出版社1982年版,第117页。

的黑暗。词义双关使'黑暗'一词获得弹性。"[①]第三,违反语法常规而获得弹性。学俄语出身的吕进,对俄语的语法规范较为熟悉,他将汉语与俄语对照之后,阐述道:"比起俄语这样的语言来说,汉语语法不够严密,这正为诗的语言的弹性提供了特有的好条件。"[②]汉语语法本来就不够严密,这为诗人不遵常理、大胆组构语词提供了很大的机会,有创造力的诗人更是善于穿越语法的天然屏障而编制出别具一格的语言装配来,诗歌的弹性应运而生。吕进着重分析了白桦《阳光,谁也不能垄断!》一诗,指出诗人在这首诗中对"一点"这个词语的词类转换处理得极为绝妙,"白桦充分利用了汉语一些词语的属多种词类的状况,让'一点'从一个词类迅速转变为另一个词类,使诗情步步深入。""从召唤人们的副词'一点',引出体现现状的数量词'一点',再跳跃到表达人们行动意志的动词'一点'。词类变化赋予了'一点'以弹性。'一点'的词类在诗中的交叉是不满与希翼的交叉,困难与勇气的交叉,现状与未来的交叉。'一点'获得了弹性,而读者获得了玩味思索的天地。"[③]吕进充分肯定了弹性在诗歌美学中的重要性,他曾说:"弹性,是诗对其他文学样式的明显优势,是诗的能量与生命的显示。"[④]基于此,吕进提醒诗人深入懂得和准确使用弹性技巧是相当关键的,因为这种技巧已然构成了"写诗的基本技巧"[⑤]。吕进还从总体与细部等层面对弹性技巧作了系统阐释。总体来说,"弹性技巧致力于事物之间、情感之间、物我之间在语言上的联系与重叠,致力于语言的'亦一亦万''似此似彼'的'模糊'美。这种诗篇的炉锤之妙,全在'模糊'。"[⑥]具体而言,诗歌中的弹性技巧有几种表现形态呢?吕进将其概述为四种。第一,这一形象与那一形象的联系与重叠。吕进用富有诗意的语言描述了这种弹性技巧:"落墨于诗笺上的是一个完整的诗歌形象。借助弹性语言作桥梁,它又暗示着、朝向着另一

① 吕进:《精练美》,载《新诗的创作与鉴赏》,重庆出版社1982年版,第117页。
② 吕进:《精练美》,载《新诗的创作与鉴赏》,重庆出版社1982年版,第118页。
③ 吕进:《精练美》,载《新诗的创作与鉴赏》,重庆出版社1982年版,第119页。
④ 吕进:《新诗的创作与鉴赏》,载《吕进文存》(第一卷),西南师范大学出版社2009年版,第126页。
⑤ 吕进:《新诗的创作与鉴赏》,载《吕进文存》(第一卷),西南师范大学出版社2009年版,第127页。
⑥ 吕进:《新诗的创作与鉴赏》,载《吕进文存》(第一卷),西南师范大学出版社2009年版,第128页。

个深邃的世界，那里，有另一个或纷呈迭出一群形象在等待。”[①]第二，具体与抽象的联系与重叠。对于诗歌中具象与抽象的关系，吕进曾进行过富有辩证的诗学阐释：“诗是具象的抽象。太重于具象，就变成绘画；太重于抽象，就变成音乐。具象的抽象本身就包含二重性：笔下具象，笔外抽象，古人所谓‘象外’‘味外’‘诗外’‘笔墨之外’指的正是具象与抽象的交织。情隐景显，隐显交织就构成弹性。言近旨远，近远交织就构成弹性。”[②]对诗歌抽象与具象之间相关联的弹性技巧，吕进这样来解释：“诗的使命在于使心理结构模型化，在于使情感成为可见的东西。但是，许多情感活动和情绪状态难以为语言所表达。而这些‘不可言之理，不可述之事’，这些‘只可意会，难以言传’的内心生活又恰恰是诗所倾心的处所。于是，诗人求助于形象。形象是活生生的个性，它虽然在表达的明确性上也许逊色于语言，却能给读者以某种非语言所能传达的领悟。”[③]第三，不同语法现象的联系与重叠。吕进所指出的在诗歌创作中呈现的不同语法现象，即为“词类跳跃”“词序反常”“造句奇特”等，这些现象的出现，使诗歌的弹性得以产生。针对诗人刘舰平《北京时间》中的这几行诗句：“清晨/拥挤的公共汽车/挤干了北京时间的水平”，吕进精彩地分析道：“形容词‘拥挤的’和动词‘挤干了’在‘挤’字上巧妙重叠起来。原因与结果重叠了，现象与本质重叠了，北京风情与作者对它的评价重叠了，诗的弹性是由词类的变换而产生的。”[④]第四，这个词语与那个词语在语音上的联系与重叠。这就是我们常说的语言的谐音双关，这种语言现象也能生成诗歌的弹性。

有论者曾这样评价过吕进的第一部学术专著《新诗的创作与鉴赏》：“他遴选、鉴赏优秀诗人的经典作品，始终从创作与鉴赏相互拉动的流变过程中去把握中国新诗。”[⑤]这个评语是比较精准的。事实上，在整个诗学研究过程中，吕进始终是将创作与欣赏联系在一起来思考各种诗学问题，进行学术阐发的。在吕进的诗学话语范式中，“弹性”即是一个创作与鉴赏兼容的诗学概念。吕

① 吕进：《新诗的创作与鉴赏》，载《吕进文存》（第一卷），西南师范大学出版社2009年版，第128页。

② 吕进：《抒情诗的媒介特征（下）》，载《中国现代诗学》，重庆出版社1991年版，第96页。

③ 吕进：《论诗的弹性技巧》，载《上园谈诗》，重庆出版社1987年版，第303页。

④ 吕进：《论诗的弹性技巧》，载《上园谈诗》，重庆出版社1987年版，第307页。

⑤ 颜同林“吕进诗学体系建构中的奠基之作——重读〈新诗的创作与鉴赏〉”，载《重庆教育学院学报》2004年第1期。

进曾这样指出:“诗歌鉴赏过程中文本与读者的二重性的交织,就构成弹性。”“诗的弹性突出地显示了诗人与读者的互动关系。”[①]“从诗歌鉴赏的角度着眼,最好的诗人总能将读者变为合作者,变为半个诗人。……诗歌鉴赏过程中本文与读者的二重性的交织,也构成弹性。”[②]在前面的分析中我们不难发现,吕进有关诗歌语言弹性的三个来源的论述,主要是针对诗歌创作而言的,而吕进指出的诗歌中的四种弹性技巧,则是同时指向创作与鉴赏的。在《中国现代诗学》中,吕进明确阐明了弹性既指创作现象又指鉴赏现象的观点。他说:“诗的弹性是一种创作现象。诗人的诗美体验和笔下的诗句总是出现不对称性。意指错位给了诗摆脱文体局限的机会,同时也给诗带来弹性。”“诗的弹性也是一种鉴赏现象。诗的鉴赏活动既具有相应性的特征,即它要受到诗的审美结构的某种规范;诗的鉴赏活动又具有相异性的特征,它是鉴赏者对诗的感应、发现、创造与丰富。”[③]

吕进诗学话语中的“弹性”这一范式,与英美新批评中的几个概念,如“张力”“含混”等是有着某些相似的,我们试作比较。“张力”是新批评理论中极为重要的诗学概念,新批评理论家艾伦·塔特如此解释道:“许多通常被我们认为是好的诗——此外还有一些被我们忽视的诗——具有某些共同的特征,这就使我们能够给某个独一无二的特性起个名称,以便能更深刻地理解这些诗。我将把这种特性叫作张力(tension)……我用这个术语不是把它看作一个一般的比喻。它是通过去掉外延(extension)和内涵(intension)这两个逻辑术语的前缀得来的。我要说的当然是诗的意思就是它的‘张力’,即我们能在诗中发现的所有外延和内涵构成的那个完整结构。我们所能获得的最深远的象征含意并不妨碍字面意思的外延。我们也可以从字面意思开始,逐阶段地发展比喻的复杂含义:在每一阶段我们都能停下来讲述已经获得的诗的意思,并且在每一阶段意思都将是完整通顺的。”[④]可见,新批评理论家所谓的“张力”,也是指诗歌中所包含的复杂含义,在此基础上,我们似乎可以说,诗歌中词语的张力也是产生词语弹性的重要原因之一。与“张力”一样,“含混”也是新批评理论

① 吕进“弹性:诗人与读者的互动关系”,载《诗潮》1996年第12期。
② 吕进:《论诗的文体可能》,载《新诗文体学》,花城出版社1990年版,第45页。
③ 吕进:《抒情诗的媒介特征(下)》,载《中国现代诗学》,重庆出版社1991年版,第92页。
④ [美]艾伦·塔特:《诗的张力》,载《新批评》,四川文艺出版社1989年版,第118-119页。

中的关键术语，它与我们一般意义上说的含混即“语义模糊，表意不明”等意味是不一样的，而是指诗歌中的一种美学现象。吕进曾经谈过新诗语言的弹性与“含混”的关系，他说：“诗的语言的弹性不是含混。它包含的几种词义不是‘非此即彼’，而是‘亦此亦彼’的。正是这‘亦此亦彼’，才构成美丽的诗境，调动读者的想象力，促使读者在诗歌欣赏过程中进行艺术再创造的活动，给读者以丰富多样的美感享受。”①这段话中所说的“含混”即为一般意义上的，而非新批评理论意义上的。新批评理论家燕卜荪如此解释“含混”的诗学意味：“任何语义上的差别，不论如何细微，只要它能使一句话有可能引起不同反应。”②新批评所提出的“含混”诗学概念，有时也被翻译为“复义”，“‘复义’本身可以意味着你的意思不肯定，意味着有意说好几种意义，意味着可能指二者之一或二者皆指，意味着一项陈述有多种意义。”③“复义”意味着“一项陈述有多种意义”，与吕进所指出的诗歌语言的弹性就是“诗的语言的几种含义的并含”，二者是非常相似的。

不过必须指出的是，吕进诗学话语中的“弹性”理论，虽然与新批评的许多观念极为接近，但吕进提出这一理论，却并不是源自新批评的影响，而是来自黑格尔、闻一多、朱光潜等中外文学理论家的启示。在《美学》第三卷第三章中，黑格尔指出：“适合于诗的对象是精神的无限领域。它所用的语言这种弹性最大的材料（媒介）也是直接属于精神的，是最有能力掌握精神的旨趣与活动，并且显现出它们在内心中那种生动鲜明模样的。”④黑格尔较早指出了诗歌语言的“弹性”特征，对吕进的诗歌建构启示是很大的。在《文学的历史动向》一文中，闻一多也用“弹性”一词来概述诗的特征：“诗这东西的长处就在它有无限度的弹性，变得出无穷的花样，装得进无限的内容。”⑤朱光潜也曾写道：“就文学说，诗词比散文的弹性更大。”朱光潜还说：“美在有弹性”，“有弹性所

① 吕进：《新诗的创作与鉴赏》，重庆出版社1982年版，第116页。

② ［英］威廉·燕卜荪：《含混七型》，参见赵毅衡《新批评——一种独特的形式主义文论》，中国社会科学出版社1986年版，第161页。

③ ［英］威廉·燕卜荪：《复义七型（选段）》，载赵毅衡编《“新批评”文集》，中国社会科学出版社1988年版，第305页。

④ ［德］黑格尔：《美学》（第三卷），商务印书馆1979年版，第19页。

⑤ 闻一多：《文学的历史动向》，载《闻一多全集》（第10卷），湖北人民出版社1993年版，第29页。

以不陈腐”[①]。这些论述都是相当精彩的，可以说，上述中外文论家对文学所具有的弹性特征的描述与阐释，构成了吕进建构其诗学话语中的弹性理论的重要基础。

二、诗的媒介

所谓媒介，即是指在社会生活中引起人或事物双方发生关系的中介物（人或者事物）。传统意义上的媒介，即传播媒介。传播媒介是介于信息传播过程中传受双方之间的中介物，是承载并传递信息的物质载体。美国传播学家施拉姆认为，媒介就是插入传播过程之中，用以扩大并延伸信息传送的工具。[②]那么，诗歌有自己的媒介吗？诗歌的媒介到底是什么呢？该如何来认识这种媒介？这是诗论家进行诗学体系建构时必须要加以回答的问题。对于诗歌媒介的分析与阐释，也是吕进诗学思想的重要组成部分，“媒介”因此也成为吕进诗学话语中的一个值得重视的关键词。

在一般人看来，诗歌是有自己的媒介的，那就是语言。因为文学的媒介是语言，诗歌既然是文学中的一种类型，那么顺理成章，诗歌的媒介也就是语言。不过，吕进却不这样认为。在吕进的诗学理解中，诗歌是没有自己的现成媒介的，“艺术领域里，各类艺术都有自己的现成媒介（自然的或人工的）。绘画的媒介是色彩和线条，音乐的媒介是声音，舞蹈的媒介是形体，文学的媒介是语言，等等。诗却是没有现成媒介的艺术。如果把诗歌语言当作字典语言对待，就会闹笑话。”[③]形成这一诗歌观念的内在原因，恐怕在于，吕进把诗歌的独特言说形容成“诗家语”，这种“诗家语”，并非一般的日常话语，也不是普通语言能代替的。这样一来，诗歌就没有了属于自己的特定媒介。诗人为了组织自己的“诗家语”，顺利完成自己的诗情表达，就必须向其他地方“借用”媒介，“诗从其他语言那里借用媒介。从外观看，二者似乎同一；实际上，‘借’就是质变的过程。同样的语言一经纳入诗的句构，审美功能就发生变化，实现了（在散文看来）非语言化、陌生化和风格化。韦勒克、沃伦说得很形象：‘诗是一种强加给日常语言的‘有组织的破坏’。’‘借’就是‘破坏’。没有‘破坏’，诗就

① 朱光潜：《无言之美》，载《朱光潜全集》（第一卷），安徽教育出版社1996年版，第70页。
② 熊澄宇：《媒介史纲》，清华大学出版社2011年版，第3页。
③ 吕进：《论诗的文体可能》，载《新诗文体学》，花城出版社1990年版，第38页。

寻觅不到自己的媒介。”①

在吕进看来，诗从其他语言那里借用媒介时，并不是原有语言的直接照搬，为了达到其诗歌表达的要求，诗人必须对日常语言进行有意“破坏”。这种“破坏”表现为两种方式，一是“破坏词义”。“诗歌语言是一种特殊语言，它的交际功能已经退化到最大限度，它的抒情功能已经发展到最大限度。凭借诗中前后语言的反射，日常语言就披上了诗的色彩，蕴涵了诗的韵味，变成情人语言（而不是办事语言）。”②吕进以张烨《妙龄少女》（有“月光笼罩你天然卷曲的短发/你犹豫着走向我的琴声”“你会永远记住初练的琴声吗”等诗句）一诗为例，分析说：“诗歌中语言的指称表意功能已经微不足道。重要的是语言的意味。它主要不是外在世界的叙述，而是内心世界的叙述。是‘琴’，还是‘情’？是‘初练’，还是‘初恋’？‘指尖在弦上慌乱移动’和‘心灵深处的清泉’在什么琴音上联结？总之，诗里的语言诚然在叙述练琴，但是更在抒情，换了提琴把位后的琴声，朦胧温馨的初恋之情的萌动，柔柔地打动读者心灵了。诗里的语言的词义是从字典里无法查找的。”③

二是“破坏语法”。“优秀散文作品的语言往往成为语法教科书的例证。而诗歌语言却不太遵从散文语法，从散文角度看，诗是违‘法’的语言。”④吕进接着例举魏巍《给一个希腊孩子》（开头两行：“感谢这船只小小的停留/斯佩泽岛赐给我一个朋友”）阐释道：“这里的语言在大跨度地跳跃。如果散文语言是淙淙流水，诗歌语言就是相互遥望的星星。在字词的位置上，诗歌语言也被‘破坏了’。”⑤戴望舒《印象》一诗最后一节写道：

从一个寂寞的地方起来的
迢遥的，寂寞的呜咽，
又徐徐回到寂寞的地方，寂寞地。

吕进如此分析说：“（这首诗）独特而陌生的字词顺序，闪烁着诗的光泽。”

---

① 吕进：《论诗的文体可能》，载《新诗文体学》，花城出版社1990年版，第38页。
② 吕进：《论诗的文体可能》，载《新诗文体学》，花城出版社1990年版，第38页。
③ 吕进：《论诗的文体可能》，载《新诗文体学》，花城出版社1990年版，第39页。
④ 吕进：《论诗的文体可能》，载《新诗文体学》，花城出版社1990年版，第40页。
⑤ 吕进：《《论诗的文体可能》，载《新诗文体学》，花城出版社1990年版，第40页。

“诗篇调动全官感：在听觉上，声音由大到小；在视觉上，色彩由明到暗。而‘寂寞的呜咽’是全诗的‘串儿’，在最后一段为了强化这个‘串儿’，语序已经完全作了调整，和散文很不相同了。”[①]

一定意义上，诗人的“破坏”就是诗人的“创造”，诗人创造得何等精彩，取决于诗人破坏得何等奇特，因为“诗的构思过程，是心灵语言与日常语言碰撞获得灵感语言的过程”[②]。

诗歌向其他语言借用媒介，通过独特的“破坏”与“创造”，形成了属于自己的“诗家语”。在我看来，吕进所命名的“诗家语”，其实正构成了诗歌自己的媒介。这种媒介与其他艺术媒介有何差异？它自身又有着怎样的特性呢？吕进诗学对这两个问题进行了深入思考和细致阐发。

吕进首先将诗与画作比较，来比较阐释二者的媒介差异：

从塑造形象的媒介看，诗与画也不相同。绘画塑造形象的媒介是色彩与线条，诗歌塑造形象的媒介是语言。

色彩与线条，如同建筑材料之于建筑艺术，局限性较大。而语言这种媒介的自由天地开阔，它赋予诗歌以塑造各种深厚、复杂、微妙的抒情形象的契机。即以色彩而言，诗歌也十分重视色彩的和谐性与丰富性。但是，诗歌语言给诗歌形象涂上去的色彩有时只具有“情感价值”，它是“虚”的，而不具有“观感价值”，它不是“实”的。所以，用绘画眼光去对待诗中的色彩，就会过于执着于诗歌形象，而彷徨于诗歌的感情世界之外。[③]

在上述文字中，吕进先是强调了诗歌与绘画在媒介上的差异性：绘画的媒介是色彩和线条，诗歌的媒介是语言；接着又指出语言媒介在塑造形象上比色彩与线条这两个媒介有优势；最后还分析了同样是对色彩的“言说”，诗歌因携带情感而呈现“虚”意，或者说是虚实相生的，如果用绘画上的色彩美学来审视新诗，将必定会产生某种误读。

吕进还将诗歌与音乐比较，来鉴别出二者之间在媒介上的差异性：

① 吕进：《论诗的文体可能》，载《新诗文体学》，花城出版社1990年版，第40页。
② 吕进：《论诗的文体可能》，载《新诗文体学》，花城出版社1990年版，第41页。
③ 吕进：《诗的界说举隅》，载《新诗的创作与鉴赏》，重庆出版社1982年版，第10–11页。

诗与音乐显然的异质之处,是诗虽然寻求音乐美,但是它不是单纯的声音艺术。诗并不把声音当作表达内容的唯一媒介或主要媒介,对诗来说,这一媒介是语言。声音一经与语言结合,就由音调变成了语调。诗,并不只是,也不主要是声音的优美回环。诗的语言是义与音的交融,因此,诗所表达的情感内容远比音乐具有明确性。假如把音乐比喻成焦距不准的镜头摄下的景物,那么,诗就是在焦距准确的镜头下的留影。①

通过诗与音乐在诉诸听觉上的不同美学效果的比较,吕进得出了“诗的语言是义与音的交融,因此,诗所表达的情感内容远比音乐具有明确性”的结论。也就是说,从声音的塑造以及借助听觉而生成的美学反应来看,诗歌的语言媒介比音乐媒介更有优势。“诗家语”这种奇特的媒介,赋予诗歌独具一格的艺术品质,也使它能超越于其他艺术之上,而成为一种“最高的艺术”。吕进说:

西方美学家一般把艺术分为“空间艺术”与“时间艺术”。前者主要写静态,以色彩、线条作媒介,后者主要写动态,以声音作媒介。我们谈的绘画(也包括雕刻、建筑艺术等)是“空间艺术”,而音乐(也包括舞蹈等)是“时间艺术”。诗,则能像“空间艺术”那样表现客观事物,又能像“时间艺术”那样充分抒发主观情感,它是具体形象与抽象普遍性的统一,“空间艺术”与“时间艺术”的统一。

应当说,诗不但是普遍的艺术,也是最高的艺术。②

通过同其他艺术门类的比较,吕进对“诗家语”这种诗歌特有媒体的优势作了详尽的分析,让我们明确认识到诗歌作为文学种类在各种艺术中所处的尊贵的位置。那么,与其他文学文体比较,诗歌的媒介特征又是怎样的呢?吕进告诉我们,诗歌的媒介特征,主要体现在两个方面:音乐性与弹性。

吕进认为,音乐性是诗歌语言与非诗语言的主要分界,是诗歌文体区别于

① 吕进:《诗的界说举隅》,载《新诗的创作与鉴赏》,重庆出版社1982年版,第16页。
② 吕进:《诗的界说举隅》,载《新诗的创作与鉴赏》,重庆出版社1982年版,第17页。

其他文体的基本属性。“一些论者提出的其他分界，如形象性、精练性等，都不准确；散文同样寻求语言的形象性与精练性。可以作个实验，如果将《诗·周南·关雎》译成现代汉语，我们也就失去了这首诗。鲁迅曾不无幽默地说，假如将‘窈窕淑女，君子好逑’译成‘漂亮的好小姐呀，是少爷的好一对儿’，那么，到哪里投稿也会碰壁的。原因之一就在于诗是以形式为基础的文学，语言方式本身就是诗的重要内容。抽掉音乐性，诗就变成抽去水分的干枯的苹果。”①基于此，吕进认为，近百年中国新诗尽管取得了很大的成就，涌现出很多优秀诗人与诗歌作品，但是它还有一个致命的弱点，就是音乐性的匮乏，“音乐性，是中国古诗的优势，也是中国新诗的贫弱。或者说，音乐性是中国古诗最有成就的一环，又是中国新诗最捉摸不定的一环。音乐性贫弱，就会严重损害新诗的美质，从而减少新诗的读者群。”②在这个基础上，吕进提出中国新诗的文体重建，其中一个根本的技术环节，就是充实新诗的音乐性素质，也就是发展现代格律诗，丰富中国新诗的诗歌体式，在自由与格律之间获得平衡发展。

诗歌媒介的第二个特征是弹性，它也是诗歌语言与散文语言的又一分界。在吕进看来，诗家语是具象与抽象的交织，是眼前景与笔下情的融合，“情隐景显，隐显交织就构成弹性。言近旨远就构成弹性。”③诗歌语言的弹性，主要包括词语的弹性、句构的弹性以及由诗歌媒介创造的意象的弹性等三种。弹性的诗歌语言赋予诗歌多义性和朦胧美，把诗歌塑造成“最精致的语言艺术”。我们知道，“弹性”也是吕进诗学的关键词，这在前一节已有详论，此处不再赘复。

可以说，作为诗学话语的关键词，吕进对“弹性”一词的提炼与阐释，对于我们更准确和深入地理解诗歌表达的独特性和产生的与众不同的美学效果，起到了极大的启发和指导作用。

---

① 吕进：《抒情诗的媒介特征(上)》，载《中国现代诗学》，重庆出版社1991年版，第81–82页。

② 吕进：《抒情诗的媒介特征(上)》，载《中国现代诗学》，重庆出版社1991年版，第82页。

③ 吕进：《论诗的文体可能》，载《新诗文体学》，花城出版社1990年版，第45页。

以情为本:吕进诗学观的一种阐释[1]

向天渊

经过数十年的辛勤探索,吕进已经建立起独具个性的新诗诗学体系。

从新近出版的四大卷《吕进文存》[2]及其精编本《吕进诗学隽语》[3],我们可以约略发现这个体系大致涵括了有关新诗的“本质”“诗体”“技巧”“鉴赏”“发展”“批评”“传播”等全方位的论说。但是,仅仅论及这些方面似乎还不足以称得上是具有某种体系。所谓体系,必须是围绕某个基点展开的系统言论。那么,吕进诗学体系的基点又是什么呢?在我看来,那应该是关于“什么是诗?”的追问与回答。在《新诗的创作与鉴赏》(1982)中,吕进首次给出了他的答案:“诗是歌唱生活的最高语言艺术,它通常是诗人感情的直写。”尽管这个定义引起了一些争议与误解,吕进自己在《中国现代诗学》(1991)中也从“审美视点”“语言方式”等方面给予了进一步的甚至是“突破性”的阐释,但这个定义在整体上还是得到了一以贯之的坚持与维护。时至今日,有关吕进诗学体系的评论已经不少,但究竟该怎样理解这个基点与核心,似乎还留有继续讨论的空间。有鉴于此,笔者不揣浅陋,打算借鉴李泽厚提出的一个哲学范畴“情本体”,来谈谈自己的看法。

“情本体”是李泽厚继“实用理性”“乐感文化”之后提出的又一个阐释中国传统文化的重要范畴。与前两者颇为不同的是,“情本体”还寄予了李泽厚对未来文化建设的某种理想。尽管这是一个相当复杂的概念,但如下这段文字

---

① 本篇原题目为“以情为本——吕进诗学观的一种阐释”,载《重庆三峡学院学报》2014年第1期。

② 由西南师范大学出版社2009年8月出版。

③ 由曾心,钟小族主编。2012年先后由泰国留中大学出版社、中国台湾秀威资讯科技股份资讯有限公司出版。

还是揭示出了其主要内涵:“情本体是乐感文化的核心。所谓‘本体’不是Kant所说与现象界相区别的noumenon,而只是‘本根’‘根本’‘最后实在’的意思。所谓‘情本体’,是以‘情’为人生的最终实在、根本。”①

在李泽厚看来,情感虽然也被休谟、克尔凯郭尔、海德格尔等不少人讨论过,但始终未能成为西方哲学的主题,而“在中国,先秦孔孟和郭店竹简等原典儒学则对情有理论话语和哲学关切。‘逝者如斯乎’‘汝安乎’(孔)、‘道由情出’(郭店)、‘恻隐之心’(孟),都将‘情’作为某种根本或出发点。”②不过,自此之后“情”在中国哲学中也被排挤与打压,没有什么崇高地位。于是李氏自己建构出“人类学历史本体论”,“从根本上不赞同承续宋明理学的现代新儒家,不赞同以‘心性之学’来作为中国文化的‘神髓’……也不苟同于自然人性论,而主张回复到‘道生于情’的原典传统,重新阐释以情本体为核心的中国乐感文化。”③李泽厚还认为“情本体”有“伦理—宗教”和“伦理—政治”两个取向,而且他相信“这两个方向在组建中国现代性中将具有重大意义。因为以“情本体”为中心,可以逐渐构建某种新的内圣外王之道,形成多元繁复的现代或后现代的人性—社会结构。”④即他所谓的“现代性的‘中国生活方式’”问题。

我们之所以不厌其烦地征引李氏的话语,是因为这种以“情”为最终实在的本根之论,恰好可以拿来与吕进诗学的核心基点相比照。虽然从外在形式上看,两者在学术论域与学术旨趣上并无明显的交集之处,但就深层学理而言,两者不仅都承续了中国文化浓郁的抒情传统,而且在各自建立的学术系统中,都将“情感”放在最根本的核心地位。李泽厚“情本体”的观点,上文已经作了简单的梳理。下面我们来看吕进的相关论述。

在《守住梦想:我的学术道路》一文中,吕进系统地回顾了自己的诗学历程,在谈到自己的成名作时,有这样两句话尤其值得我们注意。一句是“《新诗的创作与鉴赏》最为人注意的是那个诗歌定义:‘诗是歌唱生活的最高语言艺术,它通常是诗人感情的直写。’”另一句是“如果说,诗歌定义是《新诗的创作

① 李泽厚:《人类学历史本体论》,天津社会科学院出版社2008年版,第203页。
② 李泽厚:《人类学历史本体论》,天津社会科学院出版社2008年版,第203页。
③ 李泽厚:《人类学历史本体论》,天津社会科学院出版社2008年版,第212页。
④ 李泽厚:《人类学历史本体论》,天津社会科学院出版社2008年版,第237-238页。

与鉴赏》的核心,那么,'歌唱'就是这个定义的核心。"①

如此说来,要理解吕进对"什么是诗?"的追问与回答,首先必须弄清他所谓"歌唱"的真正内涵。在《新诗的创作与鉴赏》中,吕进"综合诗歌研究的已有成就",提出自己的定义之后,又将其拆分为三个部分进一步予以细致的阐释。在"诗是歌唱生活的艺术"一节中,去掉具体诗歌例证的分析,我们发现这样一些有关诗歌本质的表述:"诗虽然直接来源于生活,但它一般并不直接反映生活,而是直接表现人的情感;诗不长于细致地叙述客观现实,而是长于细致地叙述感情浪花。换句话说,诗的内容本质在于抒情,它是生活的感情化。它通过表现人的情感去反映生活;它通过细致地叙述感情浪花去叙述客观现实。""它不是叙述生活,而是歌唱生活。""诗并不是一概拒绝对客观事物的叙述。诗的品种中就还有以叙述为特点的叙事诗。抒情中也常常略为带有情节。但是诗的叙述是抒情中的叙述,根本的旨趣仍在于精神世界,在于通过叙述以抒情。""诗的主要兴趣不在叙事,而在对所叙之事的情感反应的吐露。""它的主要注意力在于抒情,在于对所叙之事的歌唱。我们说诗是歌唱生活的艺术,强调的是抒情美。"②

将这些分散的文字集中起来之后,我们就会发现,吕进所反复强调的就是"诗的内容本质在于抒情"!这当然也可以说是"以'情'为本"了。套用李泽厚的说法就是"以'情'为诗歌的最终实在、根本"。

不过,将近十年之后,吕进在更加成熟的《中国现代诗学》一书的"导言"中,概括该著理论体系的几个重要部分时,首先指出的就是"突破了习见的'抒情说',在诗和现实的审美关系上,提出诗的内容本质在于它的审美视点(即观照方式)的新说。"③这里虽然用了"习见"一词,但在《守住梦想:我的学术道路》中,吕进先生却换成了这样的表述:"《新诗的创作与鉴赏》的关键词是'歌唱'。包括两个侧面:抒情美和音乐美。但是这两个侧面对诗的概括力有限,尤其是对一些新的诗歌现象,难以解读。《中国现代诗学》回避为诗下定义,它从两个视角对诗的美学本质进行了重新考察,力求推出诗学新思维。首先,这

① 吕进:"守住梦想:我的学术道路",载《东方论坛》2008年第6期。该文后来被放在《吕进文存》王小佳序文的后面,相当于作者自序。

② 吕进:《吕进文存》(第一卷),西南师范大学2009年版,第49-54页。

③ 吕进:《中国现代诗学》,重庆出版社1991年版,第2页。

本书突破了《新诗的创作与鉴赏》的‘抒情说’。因为,抒情并不是诗歌的专属,而且有的诗歌并不抒情。在诗和现实的审美关系上,我提出了诗的内容本质在于它的审美视点(即观照方式)的不同。”[①]这段话,至少包含了这样两层意思。第一是再次表明《新诗的创作与鉴赏》的核心“歌唱”的涵义就在于“抒情”;第二是《中国现代诗学》提出的“审美视点(观照方式)”问题主要是对自己早年这种“抒情说”的修正与突破。如此一来,我们还得进一步了解吕进有关“审美视点”的相关论述:“所谓审美视点,就是诗人和现实的美学关系,更进一步,就是诗人和现实的反映关系,或者说,诗人审美地感受现实的心理方式。”[②]“从审美视点观察,文学可以分为两类,一类是外视点文学,即非诗文学(尤其是戏剧);一类是内视点文学,即诗和其他抒情文体(尤其是抒情诗)。外视点文学叙述世界,内视点文学体验世界。外视点文学具有较强的历史反省功能,内视点文学以它对世界的情感反应来证明自己的优势。”[③]“内视点就是心灵视点,精神视点。我国古代‘言志说’和‘缘情说’两个抒情诗理论实际上都是对内视点的发现,二者的区别无非是一个强调情的规范化,一个强调情的未经规范的自然本质而已。”[④]“审美视点是内形式,言说方式是外形式,即诗的存在方式。从内形式到外形式,或曰从寻思到寻言,这就是一首诗的生成过程。”[⑤]

吕进有关审美视点的论述,十分丰富,限于篇幅无法详细列举。但仅从以上四段可谓层层推进的文字,就可以看出诗的审美视点问题,实际上将早年的“情感体验(情感化)与表达”换成了“审美体验(心灵化)与表达”。对此,《守住梦想——我的学术道路》中讲得更加明确:“诗遵从的是心灵化的体验方式,心灵化的审美选择与艺术思维。诗尽量去掉叙述性,增加可感性。诗人的体验不是淹没在叙述里,而是升华起来,净化起来,把外界世界吸收到融化到内心的世界里来,审美体验就是诗的直接内容。这里就不止于抒情了。审美体验是一个丰富的领域。”[⑥]

之所以会有这样的替换与扩充,是因为“心灵化的体验方式”或者说“审美

① 吕进:“守住梦想:我的学术道路”,载《东方论坛》2008年第6期。
② 吕进:《中国现代诗学》,重庆出版社1991年版,第20页。
③ 吕进:《中国现代诗学》,重庆出版社1991年版,第21页。
④ 吕进:《中国现代诗学》,重庆出版社1991年版,第22页。
⑤ 吕进:《吕进文存》(第三卷),西南师范大学出版社2009年版,第323页。
⑥ 吕进:“守住梦想:我的学术道路”,载《东方论坛》2008年第6期。

体验”包含着比“情感化的体验方式”更加丰富的领域。的确,诗不止于抒情,它还可以叙事,可以描写,当然也可以玄思。但正如吕进反复强调的那样,诗的叙述、状物、抽象必须是心灵化、主观化、意象化的:“内视点将人带到一个意想不到的地方,带到诗的世界。在这里,外在世界在心灵化过程中被进行分解和重新组合,物理时间和物理空间都失去了意义。在这里,诗人获得了第六感觉。”①“主观性和意象性正是诗与其他文体相比在审美视点上的突出特征。”②“抽象的情思只有转化为具象的意象才能具有诗的艺术有效性。直接的情思宣泄决不构成艺术,也不构成诗。诗人的最大艺术失措就是直接说出情思的名称。”③所谓的心灵化、主观性、意象性,的确是比早年的情感化、抒情性更加具体与完备,但仍然没有动摇“以‘情’为本”这一诗歌的核心基点。这或许也是《中国现代诗学》主要围绕抒情诗这一文体展开的根本原因。

当然,除了抒情诗之外,吕进还论及了叙事诗、讽刺诗、小诗、无题诗、散文诗、剧诗、歌诗、军旅诗、校园诗、女性诗歌等等。但即便如此,他在揭示每种诗体的个性特征的同时,仍然没有忘记强调它们的普适性特征,那就是“抒情性”。我们姑且拿与抒情诗反差较大的叙事诗、散文诗、剧诗等几种诗体为例,看看吕进的相关论述:“叙事诗是‘诗’,自然是内视点文学;但它又得‘叙事’,所以又是外视点文学。从‘诗’而言,它要表现内宇宙;从‘叙事’而言,它又要再现外宇宙。双重性的审美视点是叙事诗最本质的诗美特征。”④“叙事诗同样是歌唱生活的最高语言艺术。它的内容本质是抒情性。”⑤“叙事诗与其说是在讲故事,毋宁说是在唱故事,是在对一个简单的(甚或众所周知的)故事进行抒情。叙事诗的灵魂是抒情。离开抒情,干巴巴地叙事,叙事诗就难免要‘丧魂落魄’了。”⑥“散文诗对世界的审美把握既相同于抒情诗,又不同于抒情诗;既不同于散文,又相同于散文。可以说,散文诗是诗的主体性与散文的客体性、诗的表现性与散文的再现性在诗的熔炉中的统一。”⑦“剧诗是剧形式的诗,与

① 吕进:《中国现代诗学》,重庆出版社1991年版,第22页。
② 吕进:《中国现代诗学》,重庆出版社1991年版,第35页。
③ 吕进:《中国现代诗学》,重庆出版社1991年版,第41页。
④ 曾心、钟小族:《吕进诗学隽语》,泰国留中大学出版社2012年版,第62-63页。
⑤ 曾心、钟小族:《吕进诗学隽语》,泰国留中大学出版社2012年版,第64页。
⑥ 曾心、钟小族:《吕进诗学隽语》,泰国留中大学出版社2012年版,第65页。
⑦ 曾心、钟小族:《吕进诗学隽语》,泰国留中大学出版社2012年版,第75页。

诗剧有质的区别。……诗剧与诗有紧密关系，但是，它仍旧是剧的一个品种或变种。剧诗，就不是剧的分支了，它属于诗的家族，由诗的本质支配……”①

这些论述有的出自《新诗的创作与鉴赏》，有的出自《新诗文体学》(1990)，在《中国现代诗学》“诗的分类(上、中、下)”三章中，也基本上承续了这些观点。不难看出，在吕进诗学思想的开创与成熟期中，有关诗的本质的认识，始终没有离开“情感”这一首要原则。即使到了2005年，吕进在他的重要论文《三大重建：新诗，二次革命与再次复兴》中还坚持认为：“诗是一种心灵性、情感性很强的非常特殊的文学品种。如果说，散文是世界的反映，诗则是世界的反应。‘反映’更具客观性和逻辑性，‘反应’更具主观性和随意性。和散文相比，诗最缺乏宏大叙事的本领。散文叙述世界，诗吟唱世界。散文的第一原则是情节，诗的第一原则是情感。”②有了这个原则，无论是谈诗体、论技巧，还是勾勒新诗发展历程，亦或是探究诗歌语言的弹性、精神的重建、生命意识与使命意识、诗与读者的关系，等等，都能够做到收放自如、形散而神不散，充分显示出吕进诗学话语既深刻全面，又生动清新，有时还颇具幽默风趣的特色。比如：“在诗里，形象、诗律、语言都是围绕着情感转的，都是感情的凝固。感情，是诗歌形象的雕塑师。‘一切景语，皆情语也’。感情，是诗歌乐章的指挥者。‘嗟叹之不足故咏歌之’。感情，是诗歌语言的母亲。‘情见乎辞’，‘言为心声’。”③理性与感性、古典与现代就这样以令人轻松、愉悦的方式结合在一起。又比如：“诗总是这样：给你一颗露珠，让你想象黎明的清新；给你一个贝壳，让你想象大海的浩渺；给你一弯明月，让你想象夜空的静寂。”④“对于诗，更重要的不是对象的外貌，而是诗人的主观体验。外在世界的一切经诗人的主观体验而获得诗的生命，如同睡美人经王子的一吻而复活。同样的太阳，现实主义诗人在唱红色太阳，浪漫主义诗人在唱绿色太阳，现代主义诗人在唱黑色太阳——诗人们与其说在写太阳，毋宁说在展示太阳引起的主观体验。”⑤“诗，总是

① 曾心、钟小族：《吕进诗学隽语》，泰国留中大学出版社2012年版，第77页。

② 吕进：“三大重建：新诗，二次革命与再次复兴”，载《西南师范大学学报》2005年第1期，《新华文摘》2005年第8期。

③ 吕进：《给新诗爱好者》，载《吕进文存》(第一卷)，西南师范大学出版社2009年版，第338-339页。

④ 吕进：《新诗的创作与鉴赏》，载《吕进文存》(第一卷)，西南师范大学出版社2009年版，第300页。

⑤ 吕进：《新诗文体学》，载《吕进文存》(第二卷)，西南师范大学出版社2009年版，第157页。

两种对立倾向的和谐：一与万，简与丰，有限与无限；诗人，总是两种相反品格的统一：内心倾吐的慷慨与语言表达的吝啬。”①

这样的文字，运用比喻、拟人、排比等修辞手法将抽象的诗学道理生动形象地表达了出来，其感染力与穿透力远非理论文章可以相比，我们完全能够将之当作散文甚至散文诗来阅读。之所以能够锤炼出如此举重若轻的学术风格，应该是与吕进少年时期开始而且至今仍笔耕不辍的诗文创作经历有关。当然，本文的主要目的并不是探讨吕进诗学的话语方式，我们只想以此表明，吕进的诗学论著可谓是内在思想与外在形式达到了高度的统一，洋溢着浓郁的情感与情趣。这在某种程度上，也可以视作“情本体”的另一种体现方式吧！

我们既然已经对吕进诗学思想之“情本体”的表现进行了初步的描述，现在该是思考这种诗学观念是否合理并揭示其产生的文体背景以及文化原因的时候了。

我们都知道，吕进诗学探讨的对象是新诗。新诗产生于古今中外文化的大碰撞中，之所以冠之以“新”的称谓，是因为它被认定与传统格律诗歌大相径庭，具有西方自由诗的鲜明特征。这种判断并没有错，新诗因采用白话这一语言媒介，的确与文言古诗形成了巨大反差。但我们却不能以外在形式的不同，去遮蔽新诗与古典诗歌、古代文化之间仍然血脉相连的事实。众多研究成果已经揭示出新诗与古典诗歌之间繁复多样、或显或隐的内在关联。这就给我们提供了如下推论的依据，那就是建立在“新诗”这一文类基础之上的现代诗学，应该与依据古诗形成的古代诗学具有一脉相承或者说秘响旁通之处。那么中国古代诗学的基本特征究竟是什么呢？还是让我们先请出几位学界重量级人物，看看他们持有怎样的看法。

我们先看陈世骧（1912—1971）20世纪50年代在《中国的抒情传统》一文中提出的著名观点：“中国文学和西方文学传统（我以史诗和戏剧表示它）并列，中国的抒情传统马上显露出来。这一点，不管就文学创作或批评理论，我们都可以找到证明。”②“所以当希腊人一讨论文学创作时，他们的重点就锐不可当地压在故事的布局、结构、剧情和角色的塑造上。两相对照，中国的做法很不同。中国古代对文学创作的批评和对美学的关注完全拿抒情诗作为主要对

① 吕进：《新诗文体学》，《吕进文存》（第二卷），西南师范大学出版社2009年版，第175页。
② 陈世骧：《陈世骧文存》，辽宁教育出版社1998年版，第1页。

象。他们注意的是诗的音质,情感的流露,以及私下或公共场合中的自我倾吐。的确,听仲尼论诗,谈诗的可兴、可怨、可观、可群,我们通常不敢断定他讲的是诗的意旨或诗的音乐。对于仲尼而言,诗的目的在于‘言志’,在于倾吐心中的渴望、意念或抱负。所以仲尼着重的是情的流露。情的流露便是诗的‘品质说明’。由此观之,我们知道西欧的批评和中国文学批评在出发点上很不相同。随着一个一个世纪地向前推进,文学批评固然更进一步错综复杂地演化下去,然而批评基本的倾向永远脉络可寻。”[①]

之所以做这样长的引用,首先是想表明陈世骧所谓的中国——实际上是中国文学与文学批评——的抒情传统,正是后来捷克的普实克,中国台湾的蔡英俊、吕正惠、柯庆明、张淑香、龚鹏程,新加坡的萧驰,美国的高友工、厄尔·迈纳、王德威甚至包括中国大陆的李泽厚、陈平原等有关中国诗歌、文学、艺术以及文化史中的抒情传统、“情感—表现诗学”以及“情本体”等言论的先声。

吕进先生撰写《新诗的创作与鉴赏》之时,有关抒情传统的论述远未引起普遍关注,但这些言论的学术资源,诸如源远流长的诗词歌赋以及众多书法、绘画、小说等“抒情美典”,还有势力强大的兴观群怨、言志缘情、兴发感动、意象境界等文艺理论,以及西方近代以来兴起的浪漫主义文艺思潮、表现主义美学思想,同样为吕进所熟知。这就不难理解,陈世骧有关中国古典文学批评之“情感流露便是诗的‘品质说明’”这一基本倾向的把握,在吕进中国现代诗学的论述中得到了明显的呼应与回响。这表明新诗尽管吸取了西方诗歌与文化的某些因素,其与中国古代诗歌与文化之间则更具有某种类似李泽厚所谓的“亲子血缘”关系。李氏从儒家所重视的“亲子血缘”关系本身推演出自己的“情本体”学说,[②]而吕进则有意无意之间依据旧诗与新诗之间所具有的象征性“亲子血缘”关系,建立起与中国古代诗学一脉相承的“情本体”现代诗学体系,其中具有不可忽视的文学、诗学乃至于文化承传上的历史必然性。为了进一步彰显吕进这种“以情为本”的新诗诗学观念的合理性,我们有必要请出美国

---

① 陈世骧:《陈世骧文存》,辽宁教育出版社1998年版,第4-5页。

② 李泽厚说过:“孟子和后儒都着重说明,与墨子讲的‘博爱’的‘情’相区别,儒家的‘情’是以有生理血缘关系的亲子情为基础的。它以‘亲子’为中心,由近及远、由亲至疏地辐射开来,一直到‘民吾同胞,物吾与焉’的‘仁民爱物’,即亲子情可以扩展成为对芸芸众生以及宇宙万物的广大博爱。”参见《人类学历史本体论》一书中“关于情本体”的第二小节“什么样的情”。

著名学者、曾任国际比较文学学会会长的厄尔·迈纳。

在1990年出版的*Comparative Poetics: A Intercultural Essay on Theories of Literature*(《比较诗学:文学理论的跨文化研究札记》)一书中,厄尔·迈纳在跨文化视野下以比较诗学方法"论证当文学是在一种特殊的文学'种类'或'类型'的实践的基础上加以界定时,一种独特的诗学便可以出现。当亚里士多德从戏剧方面定义文学时,他建立了西方诗学……他将文学视为一种摹仿的学科……其他一切具有明晰发展的文学观的著名文化群落都把诗学奠基在抒情诗实践之上……其结果是产生了一种把情感原则与表现原则结合起来的诗学。这种'情感—表现'的诗学以或此或彼的形式,成为西方之外所有诗学体系的特征。这是一件奇特的事。不过也许更为奇特的是,世界上没有任何一种文化在叙事文学的基础上设想出一种诗学来。"①很明显,这种对西方"摹仿诗学"与非西方(主要指中国、日本、印度等东方国家)"情感—表现诗学"所做的区分与前引陈世骧的短文《中国的抒情传统》中的看法几乎是如出一辙,只是厄尔·迈纳用一本专著进行了系统的论证。《中国的抒情传统》是以英文首发的,厄尔·迈纳是否从中获得直接启示,不是本文的关切所在,而且我们更愿意相信如此相似的看法是"英雄所见略同"。

既然中外学者都对中国诗学强大的"抒情"或者说"情感—表现"传统,持有大体相同的认识,身处并浸润在这一传统中的吕进,构建起"以情为本"这种"情本体"新诗诗学体系,实在是理所当然和势所必然的事情。这也正如厄尔·迈纳所说:"当文学被看作一种自主性知识,当一个或几个天才人物从他们所处时代的最受尊敬的文学实践来定义文学的时候,尤其会产生一种系统性诗学。"②

---

① [美]厄尔·迈纳:《比较诗学——文学理论的跨文化研究札记》"中文版前言",王宇根、宋伟杰等译,中央编译出版社1998年版,第2-3页。

② [美]厄尔·迈纳:《比较诗学——文学理论的跨文化研究札记》"中文版前言",王宇根、宋伟杰等译,中央编译出版社1998年版,第313页。

守住与突围:吕进诗学关键词分析[①]

赵东

学术界对吕进诗学理论的论述已经很多,大多是针对吕进诗学的某一理论观点或是吕进诗学对现代诗学的贡献来考量。随着《吕进文存》的出版,如何从吕进诗学繁复的理论体系中找到一条路径,并能从整体上对吕进诗学做一个框架式的把握已经不断凸现出来。纵观吕进20世纪80年代以来的诗学理论著作和诗学观点,可以发现在吕进诗学体系的构建过程中,始终有一双若隐若现的翅膀在支撑着吕进诗学的形成。"守住"与"突围"正是助飞吕进诗学之翅的两翼,也是打开吕进诗学体系的两把钥匙。"善张网者引其纲,不一一摄万目而后得"。抓住了吕进诗学的这两个关键词,也就找准了进入吕进诗学的门径,对吕进诗学体系的种种歧义和谜团就豁然开朗了。

吕进诗学体系的建设大体上可以分为三个层面:新诗文体论、现代转换论、三大重建论(注:三大重建论包含了新诗文体论和现代转换论的部分内容,增加了新诗媒体重建论。为研究方便,仍然沿用三大重建论这个说法,不把媒体重建论单独分开论述。)。这三者是互为照应、相辅相成的有机组成部分。如果从吕进诗学的两大关键词"守住"和"突围"出发,解读吕进的诗学体系的三个互为表里的组成部分,可以很方便地进入吕进诗学体系,是研究吕进诗学体系的一条捷径。

一、守住

诗学理论在西方泛指各种文艺理论,而在有着数千年诗歌传统的中国,诗歌理论一向被视为畏途,原因大致有三:诗歌是文学的大道正途,不学诗,无以

① 本篇原题目为"守住与突围:吕进诗学关键词分析",载《中外诗歌研究》2011年第3期。

言,诗歌可以兴观群怨,是经天纬地的大学问。一般人不敢轻易涉足;诗歌是少数天才在灵感突现时的妙悟,如羚羊挂角,无迹可寻;诗歌无法通过陈述性语言得其圭臬,道可道非常道,诗无达诂。中国古代鲜见专门的诗歌理论著作,除钟嵘的《诗品》和司空图的《二十四诗品》外,大多是些零碎的诗话或是散文式作品。从这些凤毛麟角的中国诗学理论著作中,不难看出,中国诗学之路是一条布满荆棘的艰辛之路。中国诗学理论和一般的文学理论有一定的区别,这和诗歌自身的内在规定性有关。诗歌的确和其他文体在内容和形式上有着一定的差别,这也导致了诗歌理论在内容和形式上具有一定的独特性。吕进诗学一直坚持走回归诗学传统之路,贯穿吕进诗学的一根主线就是守住诗歌家园,不搞诗歌以外的东西,一切论述都绕诗歌展开,吕进在写作早期诗学论著《新诗的创作与鉴赏》中就考虑:“不能存诗外谈诗,不能在诗之上谈诗,不搞高堂讲章,不玩概念游戏。要抛弃纯概念,使用类概念,要在诗内谈诗。应当这样揭示诗的秘密:不仅不能用枯燥乏味的空论去使寓于这一秘密的魅力消失,相反,经过诗论的照射,这一秘密应当变得更加妙不可言。未来这本书,应当有诗的神秘光彩,有诗一般的语言,在给读者以理论启示的时候,也给读者以美的享受。”[①]从这段话中不难看出,吕进诗学体系从一开始就很谨慎地严守那片诗歌的净土。这是对中国数千年来诗学传统的尊重,也是对古今中外无数诗人和诗学理论家给后人留下的那份诗学遗产的热爱。吕进的中国现代诗学体系筑基于中外诗学理论传统,吕进诗学的一贯特色就是坚持继承传统、坚定精神操守。吕进诗学擅于用“诗家语”来谈诗,既有传统诗论的余韵,又不落前人窠臼:既有现代理论概念支撑,又不堕入学术术语遮蔽诗性妙悟之陷阱。当然,要做到这一点,就要求诗论者必须有一定的诗歌体验,吕进先生本人就是一位诗人,以诗论诗自然是信手拈来头头是道。

在新诗文体论上,吕进诗学强调“诗总是诗,它总是具有自身的文体特征和文体可能”。因此,不管新诗在文体的外在形式和表现内容上如何演变,“诗表现的心灵不但是原生态心灵的升华,也是升华了的心灵的符号化。”[②]吕进诗学在新诗文体方面的开拓坚持继承前人诗论,坚守诗歌的心灵书写,只有在这个基础上,诗歌的各种文体创造可能性才能实现,诗歌才不会变成非诗的东

① 吕进:“守住梦想——我的学术道路”,载《中外诗歌研究》2008年第3期。
② 吕进:“新诗文体的净化与变革——《新诗文体学》跋”,载《诗刊》1989年第12期。

两,变成诗歌以外的赝品。事实上,吕进诗学的这个论点对当下诗坛具有很重要的导向作用,在沉渣泛起的当下诗坛,良莠不分的诗歌样式大量出现,从客观上说是丰富了诗歌的表现方式,同时也带来了大量的非诗化因素和伤害诗歌的负面效应。

坚持心灵书写,坚守精神家园,这是吕进诗学的一贯特色,也是诗歌自身内在规定性的要求。美国诗人阿什伯利在一首诗里曾写道,“这首诗已把我/轻柔地放在你身边/这首诗就是你”在看似朴实无华的诗句中包含着对诗歌的崇敬和热爱,中国现代诗学和异域诗歌艺术巧妙地契合,诗学理论和诗歌艺术不经意间同时揭示了诗歌艺术的秘密。

在新诗的现代转换问题上,吕进诗学也是在坚持传统的基础上进行创新。吕进诗学旗帜鲜明地提出“坚定地继承本民族的优秀诗歌传统,但主张传统的现代转换;大胆地借鉴西方的艺术经验,但主张西方艺术经验的本土化转换!”①在中国诗歌现代转换这个问题上,吕进诗学毫不含糊地提出,坚持传统,走本土化之路。从中国新诗的发生发展来看,中国新诗的历史不断在提醒我们,中国现代诗歌绝不是古代诗歌,更不可能是西方诗歌。中国新诗是在对中国古代诗歌继承的基础上,在两方诗歌和外来文化的全面冲击下杀出一条血路,具备独立个性和自身特色的现代创造。

艾略特在他《传统与个人才能》一文中指出:“实在呢,假如我们研究一个诗人,撇开了他的偏见,我们却常常会看出:他的作品,不仅最好的部分,就是最个人的部分也是他前辈诗人最有力地表明他们不朽的地方。我并非指易接受影响的青春时期,乃指完全成熟的时期。”②艾略特的论述一语道出天机,所谓传统,并非只是那些过去的东西,诗人们不断在创新的同时,也是在创造新的传统,尽管这个传统还是来自于先辈的传统。

在新诗的三大重建问题上,吕进诗学仍然坚定不移地守住传统,“中国现代诗学需要科学地总结近百年积累的正面和负面的艺术经验,肯定应当肯定的,发扬应当发扬的,批评应当批评的,推掉应当推掉的;向伪诗学宣战,向商业化和‘窝里捧’的诗评宣战,摆脱边缘化的尴尬处境;探讨诗歌精神重建、诗

---

① 吕进:“中国新诗研究:历史与现状”,载《理论与创作》1995年4月。

② 吴家荣:《比较文学经典导读》,安徽教育出版社2008年版,第42页。

体重建和诗歌传播方式重建，推动当下中国新诗的拯衰起敝。”[①]三大重建是针对当下诗坛的疲弱现象提出的全新的现代诗学理念，这个重建是要建立在对近百年以来新诗的经验教训基础之上的，吕进诗学敏锐地发现了中国现代诗学和中国现代诗歌的相通之处，不了解现代诗歌和现代诗学自身，就无法实现中国现代诗歌和现代诗学的重建发展。

二、突围

吕进诗学在坚持传统和本土化的同时，从来都主张要广泛吸取外来诗歌和西方诗学的精华，为我所用。吕进中国现代诗学体系从来都不是“复古派”或“西化派”，盲目复古只能带来乌托邦式的“国粹主义”；盲目崇洋，只能走向过于激进的“犬儒主义”。二者的共同之处在于，不立足于现实，无法真正解决中国现代诗学面临的现实问题。

早在1997年，吕进先生就发表了《诗要突围》，这篇文章提出“三大突围”的观点，一要从商品化、物质化的世界中突围出来，“净化物质世界，升华心灵世界”；二要从现代传媒中突破出来，实现“新诗普及范围的扩大”；三要从自由诗体泛滥中突围出来，实现“诗体的多元化”。[②]

所谓“突围”，是从诗歌的现实出发，从问题本身出发，不盲目空发议论，有的放矢，以解决实际问题为学术宗旨，坚持从实践中来，回到实践中去的务实精神。近些年来，学术界出现了很多貌似强大的学术话语操作，很多研究是从学术到学术，以学术的自足性为借口，精心打造了一些大而无当的学术黑洞。处在社会转型期的中国，这种缺乏问题意识，只为满足个人学术兴趣的空头理论比比皆是。吕进诗学立足当下，理论结合实际，从一开始就杜绝了诗学理论研究空泛、浮华的倾向。

“突围”思想，也一直贯穿于吕进诗学的各个组成部分，“突围”和“守住”互为参照，共同构成吕进诗学大厦的两个重要支柱，也成为吕进诗学世界的两极。在新诗文体的论述上，吕进诗学在强调诗歌纯粹性的同时，也关注诗外功夫的修炼，“有些‘墙’外现象是净化对象，与此同时，另外一些‘墙’外现象却是新诗文体学新的描述对象，新的抒情方式。新的篇章结构，新的意象营造，新

① 吕进：“三大重建：新诗，二次革命与再次复兴”，载《西南大学学报》2005年第1期。
② 吕进：“诗要突围”，载《星星》1997年第6期。

的语言行为，乃至新的诗体等等。新诗文体学应当乐意充当‘墙’外的抽象与概括者。”[①]不难看出，吕进诗学在新诗的文体上保持着清醒的态度和开放的姿态，新诗的发展需要更多外来因素的刺激，从历代诗歌的发展来看也是如此，诗歌史上的每一次繁荣，无不与当时的社会环境、社会思潮乃至外来文化等因素密切相关，诗歌从来都不是“自闭症”的产物。

在新诗的现代转换问题上，吕进诗学的突围意识带有一定的前瞻性，“中国新诗文体学从新诗早期即有成绩。但是由于诗与诗学观念的误导。由于生存环境的艰难，始终比较零散，缺乏构架与深度。新诗文体学者正站在世界文明的水准线上重新测定中国和西方的诗歌文体学，抽象既有的诗歌现象，构筑一个现代的民族的中国新诗文体理论体系。”[②]吕进诗学的史论结合特征早就被学术界所关注，吕进诗学的现代转换思想是从历史的角度来观照当下，从全局的视野来打量中国现代诗学。现代转换本身就是一种“突围”，从零散的诗学观念中概括出现代诗学体系的新方法、新思路，从庞杂的诗歌现象中抽象出新诗理论体系的新观念。

在新诗的三大重建上，吕进诗学体现出全新的时代精神，“日益发展的网络诗对诗歌创作、诗歌研究、诗歌传播都提出了许多此前从来没有的理论问题。信息媒介的变化能够导致人的思维方式和审美方式的变化。作为公开、公平、公正的大众传媒，网络给诗歌带来了革命性的变化。网络诗以它向社会大众的进军，向时间和空间的进军，证明了自己的实力和发展前景。”[③]随着新媒体的出现，整个社会的审美趣味也发生了很大改变，不变的是人的心灵世界，变的是方式方法。如何顺应时代潮流，迎接新媒体带来的诗歌传播方式和诗歌审美价值体系的变革，吕进诗学给中国现代诗歌提供了新的课题。这个问题的重要性会伴随着网络的普及和信息传输的提速而日益凸显出来。

吕进诗学的意义在于它的承前启后性，吕进诗学的总体特征是继承性和开拓性的结合。吕进诗学立足当下，既是对近百年新诗理论的总结，也是对新诗未来发展的前瞻和预测，找准了吕进诗学的这个关键就发现了吕进诗学的脉搏所在，从而实现对吕进诗学体系的整体性把握。

---

① 吕进：“新诗文体的净化与变革——《新诗文体学》跋”，载《诗刊》1989年第12期。

② 吕进：“中国新诗研究：历史与现状”，载《理论与创作》1995年4月。

③ 吕进：“三大重建：新诗，二次革命与再次复兴”，载《西南大学学报》，2005年第1期。

吕进诗学观中的生命“本真”意识①

蔡明明

何为“诗”，这是从“诗”开始就一直追寻的话题。古今中外，由诗而延伸出来的领域很广，这使得诗学研究不断地深入开来。但是归根到底都是言说“诗”的方式。中国新诗诞生一百多年，可以说新诗的理论与新诗的起步是同时的。但是两者的相互促进的效果如今看来还不是很明显。我们总是试图在诗学论著中找到引领诗走向本质性的方法，但是什么是“诗”的本质呢？在吕进先生的诗学言说中，我们看到一种对诗“本真”的解读和探索，在深一层次中，理解到先生由人生“本真”的追求到诗性智慧的获得，又再次回归到诗与人生的同一关系上的诗学观念。

一、生命的“本真”与诗的“本真

首先，什么是“本真”？这里不谈有些学者提倡的“神本”“物本”和“人本”，因为“神”与“物”的纯粹方式，并不是语言可以说得清楚的。作为“人”，生命的存在是可以让我们能够体验到的。所以探讨的只是生命的“本真”。这个“本真”在历史的长河中走过，人无法真正地实现，只是无限地趋向而已。

其次，在西方的思想家中，这种趋向的终点是走向“神”，恢复到上帝起初创造人类时，没有罪的“本真”。而在中国古代的先贤中，他们更趋向于“道”。他们充满深情地感悟天地人和，以情为根本出发点开始对人何为“真”的探求。但是这种“本真”到底如何体现，它的载体是什么，我们又应该如何去体会它。中西方的哲人们在这条道路殊途同归，找到了共同的表达方式——诗的“本真”。

① 本篇原题目为“诗与人生——谈吕进先生诗学观中的生命‘本真’”，载《重庆教育学院学报》2010年第1期。

再次,在海德格尔那,他早期是以“良知的呼唤”这种本真言说,企图将沉沦于“闲谈”的这种非本真言说中的此在唤回到它的本真能在中去;到了晚期,他用了另一种方式就是——“诗性言说”。这种本真言说救赎那些沉浸在信息化、技术化、概念化言说之中的“贫乏时代”的人们。他思想的最终就是归到“神”的近处去。在这种诗性言说中,他看到了“神”“存在”“语言”之间有着内在的一致性。在中国古代中,诗性的言说是从“悟”发端。吕进先生就总结:“中国诗学的‘悟’,是不用公式和概念去破坏那无言的体验。它力求使诗保持为诗,让诗的魅力在‘悟’中更加妙不可言,而不是相反。‘悟’是审美主体与审美客体的一种融合,是诗学家进入诗的内部化为诗本身。”①

最后,由诗的“本真”到生命“本真”,吕进先生在诗歌的创作和研究中,探讨诗歌对于人生的浸染。回到现实生活中,从诗人的经历看他的诗语形成,从诗歌阅读者出发,感受思想、情感对于诗的依托,进而深入到诗歌对于生命、人生、世界感悟理解产生的影响,进而到一个社会的发展中,诗歌如何发挥它的功力。在生命意义上探讨诗歌,使得他的诗学观呈现出新的“本真”意蕴。从他对于诗人、诗情、诗语、诗品等方面言说中就体现了出来。

二、从对诗化人生的追问到诗性智慧的形成

“从儿时开始打造的诗美天地,可以说,大大改变了我的人生。诗会教人远离世俗,守住梦想。一个生活在诗的世界的人,对诗外世界就有了别番打量。这种打量,为我树立了理想人格的目标和典范;这种打量,使我别有向往,得以洒脱地直面那些难免令人不愉快的人和事,得以轻松地度过这一生中那些不轻松的岁月;这种打量使我常常‘忽略’一些诗外世界不应忽略的事。诗浸润了我一生。”②这是吕进老师在他的《守住梦想——我的学术道路》中写的一段话,它真实的让我们看到一位具有诗性智慧的学者的诗化人生。

第一,诗人。

作为一个诗人,吕进先生很早就意识到诗人是“本真生存”的执着者。在他的《诗人是文明的“原始人”》中写道:“与同时代的人相比,诗人更文明,也更

① 吕进:《中国现代诗学》,重庆出版社1991年版,第14页。

② 吕进:“守住梦想——我的学术道路”,《中外诗歌研究》2008年第3期。

'原始'。诗人比同时代的人更加文明，这自不待言，诗人总是民族的智慧和时代的良知。这里所说的诗人比同时代人更'原始'，是指他进入过程后前逻辑的心态。诗人此时似乎是来到世界的第一个人，他用惊喜的目光打量自己的周围。他似乎不懂得人们习以为常的基本常识与逻辑，而是对生活做出不同凡响的新颖领会与感应。诗人的诗是心灵的太阳重新照亮的世界。"[①]很少有人吃力不讨好地给"诗人"下定义。"诗人"不是一种职业，不是单纯的文人，他是"民族的智慧和时代的良知。"更进一步说，应该是作为"生命"的呐喊者为人生真诚的抒写。先生非常严谨地界定了，"是指他进入过程后前逻辑的心态"。诗人是常人，但是当他进入"诗"的过程"中，他就是一个生命的体验者，言说者。他的心灵是需要有光照的。诗人，只有带着这样心灵的光照才能够明明是一个贝壳，刘湛秋却说它是："一只海的耳朵/我把我的耳朵贴上去/那里响着海的歌。"[②]这就是诗人所见的世界万物，他们看到生命"本真"情感的存在。吕进先生诗学中的"诗人"是"凭借文明去寻觅'原始'"，"通过'原始'来表现文明。"[③]

第二，诗情。

"诗由情生"（袁枚）。诗贵在主情，这是中国诗歌的传统。从《新诗的创作与鉴赏》到《中国现代诗学》，吕进先生的诗学路程都延续着传统诗学的道路。"中国现代诗学应当保持以抒情诗为本、推崇体验性的诗学观念。"[④]"以情悟道"是中国古代诗论的中心点，对于诗歌理论，不是分析而是"体悟"，在"悟"中将"情"与人生意义、生命联系起来，达到对人类"本真"情感的理解。在吕进先生的《中国现代诗学》中，他就是以抒情诗为主导展开对诗的探讨的。并且创造性地提出"内视点文学"这样的说法。诗与其他文学的很大区别就是在于"内视点"，它关注人内在的本身情感，情动而诗成。

吕进先生给诗下的定义是："诗是歌唱生活的最高语言艺术，它通常是诗

① 吕进："诗人是文明的'原始人'"，载《对话与重建》，西南师范大学出版社2002年版，第154页。

② 吕进："诗人是文明的'原始人'"，载《对话与重建》，西南师范大学出版社2002年版，第154-155页。

③ 吕进："诗人是文明的'原始人'"，载《对话与重建》，西南师范大学出版社2002年版，第160页。

④ 吕进：《中国现代诗学》，重庆出版社1991年版，第3页。

人感情的直写。”[1]这个概念高度的概括了诗歌的本质特征——情感的直写。他说:“诗,是诗人笑出来或哭出来的,是笑声的凝结,泪珠的闪光。”[2]哭与笑是人最天然的表现,我们从一坠地就开始哭,在满足的时候就懂得了用笑回应。诗就是“哭”和“笑”出来的,它表现的是人的“本真”情感。诗,它可以是生命本真情性的宣泄和表达。人所具有的本真生命就是通过这样显现于诗的言说之中而得以彰显的。

第三,诗语。

诗性的言说,也是一种语言的言说。但是它又超过了语言本身的含义,而直指向宇宙生命。海德格尔说:“在贫乏时代里作为诗人意味着:吟唱着去摸索远逝诸神之踪迹。因此诗人能在世界黑暗的时代里道说神圣。”[3]这是海德格尔对于诗人诗语的意义的阐释。

在吕进先生的诗学观中,他引用王安石的话语,称之为“诗家语”。显然,诗的语言是有别于日常用语,也有别于其他的书面语言。先生认为“日常语长于表达外部世界,而诗家语表达的是感情世界。”[4]而且,“诗家语是超越日常语的日常语”,“诗家语产生于日常语,但是前者却抛弃了后者的内涵而获得另一种生命——诗的生命。”[5]可见,诗不仅是由文字组成的表述方式,而且是因着语言而获得了生命。“从另一个角度说,诗是语言的特殊形式,诗人以特殊方式运用一般语言,去道出那道不出的诗美体验,去言出那言不出的性情。”[6]如果说文学是一个民族思想的体现,那么中国古诗可谓是我们民族精神的精华。诗是思想、情感的一种外化形式,它已经超越了语言本身的意义,直通人的内心话语,是人类智慧的结晶。反观新诗,因出现“政治话语”和“个人话语”两个极端,使得诗无法到达它本身应企及的高度。

第四,诗品。

中国传统诗学都强调诗人的品格,诗品与人品总是紧密地联系在一起。

---

① 吕进:《新诗的创作和鉴赏》,重庆出版社1982年版,第20页。

② 吕进:“感情,诗的直接内容”,载《对话与重建》,西南师范大学出版社2002年版,第56页。

③ [德]海德格尔:“诗人何为?”,载《海德格尔选集(上)》,生活·读书·新知三联书店,1996年版,第410页。

④ 吕进:“诗家语”,载《对话与重建》,西南师范大学出版社2002年版,第63页。

⑤ 吕进:“诗家语”,载《对话与重建》,西南师范大学出版社2002年版,第65页。

⑥ 吕进:“诗人的修养”,载《对话与重建》,西南师范大学出版社2002年版,第161页。

“文要养气，诗要洗心”（钱泳）。吕进先生认为诗人应该“以圣洁的心去观照世界，才可以为天地之鉴，万物之镜，诗人才有可能在有限中见到无限，在微粒中悟出大千，在顷刻中感悟千古。”[①]他强调“诗人的非个人化”和“诗人的使命意识”，并非是要剥夺人的“个性”，也并非一些人所认为的政治意识。而是一种真实人性的呼唤，这种寻求人完美的声音是高尚的。在新诗发展走向“个人写作”浪潮的今天，先生真的是包含着深情发出这样的呐喊。如果诗没有对于完美人性和声音的追求，而单单只是个人情感的宣泄，那它就无法真正达到诗的本质，更加无法获得生命“本真”的追求。

“从传统的道德审美理想出发，中国诗歌总是期望感人向善，净化心灵。”[②]诗歌，并不是有好的语言能力就能写出来，它不是华丽语言的堆砌，更不是“为文造情”。何为诗，它是心灵直写。语言可以推敲，但是情感不可伪造。先生在他的诗学论著中尤其强调这一点。他强调“优秀的诗人用心灵写作，以形式表达心灵。”[③]

三、从诗歌的“三大重建”到“人”本真追求

吕进先生在1982年出版了他的第一部诗学专著《新诗的创作与鉴赏》。先生说道：“我考虑，不能在诗之外谈诗，也不能在诗之上谈诗，不搞高堂讲章，不玩概念的游戏。要抛弃纯概念，使用类概念，要在诗内谈诗。”“未来的这本书，应当有诗的神秘色彩，有诗的一般语言，在给读者以理论启示的时候，也给读者以美的享受。”[④]先生确实做到了，在80年代及以后的很多诗歌爱好者，都深受这本书的影响。接着，1991年出版的《中国现代诗学》，是吕进先生诗论著的代表作，这本诗学论著重在诗美的探求，拓展出诗歌研究的新纬度。后来，西南大学中国新诗研究所主办的首届“华文诗学名家国际论坛”上，先生正式提出了“新诗二次革命”的理念。认为诗歌发展至今，需要进行“三大重建”——诗歌精神重建、诗体重建、诗歌传播方式重建。从吕进先生诗学发展的三个阶

① 吕进：“诗人的修养”，载《对话与重建》，西南师范大学出版社2002年版，第162页。

② 吕进：“传统诗歌与诗歌传统”，载《对话与重建》，西南师范大学出版社2002年版，第75页。

③ 吕进：“诗人的修养”，载《对话与重建》，西南师范大学出版社2002年版，第166页。

④ 吕进：“守住梦想——我的学术道路”，载《中外诗歌研究》2008年第3期。

段来看，他始终坚持在“诗内谈诗”，没有离开诗的本质。这样是否对本文的论题产生怀疑。这是没有矛盾的，正是吕进先生对于“诗”本质的忠诚，才越趋向“真”。这个“真”已经超越了狭义的“诗”，回归到先生最初接触诗，为何喜欢诗，又如何“献身”于诗的整个过程，那就是他自己所说的“从儿时开始打造的诗美天地，可以说，大大改变了我的人生。诗会教人远离世俗，守住梦想。”先生潜心于诗中，才获得诗的智慧，又从诗性言说，最终才守住了人生的梦想，力求到达生命的“本真”。

吕进先生解读伊蕾的《陌生人之间》：“对于陌生人的呼唤，就是对温情，对理解，对人性的呼唤。”[①]从这可以看出，先生呼吁“新诗重建”，实际是对人内在心灵的呼唤，对生命“本真”的追寻。他孜孜不倦地走在“诗”这条路上，他不仅写诗，做诗评、诗论，他更是以一个诗人的品质在生活着。在他的诗学观中，我们可以获取到人生观，价值观。唯有坚守“诗”“本真”的学者，才可以不仅仅以他的论著去诠释诗，而且以生命的全部真诚投入到诗中，因此也使得他对于生命的“本真”理解在他的诗学观中体现出来。

狄尔泰说过“诗开放了更高更强的世界远景。……它把生命作为其出发点；个人对人类存在、对象世界、自然的关系，当被体验到时，就成为诗的创造的内在核心……诗人直接根据生命本性表现这种生命观，他是根据自身的生命结构去观察生命的。”（狄尔泰《存在哲学》）吕进先生就是把生命作为作诗言诗的出发点，去观察“此在”的生命。我们知道，人的力量是无法让我们真正到达“本真”的彼岸，但是这完全不阻碍我们对于“本真”的追求。我们可以在“此在”中追求彼岸的“真”，并无限地接近它。诗是文学，却是高于文学。它是语言的言说，更是生命的言说。透过诗，我们的生命获得一种趋向“本真”方式。吕进先生的诗学探究就是这种方式的体现，他努力创造自己的诗化人生，更是以诗的方式发出心灵的呐喊，诗的重建，贵在于人的重建。正如先生说，这条路是要放弃一些诗外世界的东西，但是却获得了一种诗意的栖居。

---

①吕进：《新诗的沉寂年代》，载《对话与重建》，西南师范大学出版社2002年版，第41页。

唐诗精神与新诗“三大重建”①

张中宇

一、“神来、气来、情来”与诗歌精神重建

《河岳英灵集》选诗“起甲寅(开元二年,714),终癸巳(天宝十二载,753)”,选录唐玄宗开元、天宝约40年间自常建至阎防24家诗234首,今本实存228首,编者“唐丹阳进士殷璠”。《河岳英灵集》选入李白、王维、孟浩然、王昌龄、高适、岑参、李欣、崔颢、祖咏、储光羲、常建等当时主要诗人的诗作,重要诗人唯不见杜甫,大概因为杜甫创作集中在安史之乱前后,大量优秀经典诗篇尚未出现,所以当时还没有受到充分注意,应该不是殷璠的有意冷落或编选失误。由于编选者具有非凡的眼光与理论水平,选录标准严格,《序》称“如名不副实,才不合道,纵权压梁窦,终无取焉”,据卢燕新统计,《河岳英灵集》“所选诗人皆为仕途不达的中下层文士”,与时代相近的唐人选本《国秀集》“所选盛唐五品以上诗人甚多”显著不同②,且在以诗立人的唐代,《河岳英灵集》不像有的选集,殷璠没有编入一首自己的诗。因而一般认为,《河岳英灵集》是唐人编选的唐诗选本中最受重视、影响最大的,选诗反映了盛唐诗的基本风貌。殷璠在《河岳英灵集·序》中有一段论述:“夫文有神来、气来、情来,有雅体、野体、鄙体、俗体。编纪者能审鉴诸体,委详所来,方可定其优劣,论其取舍。”推殷璠本意,其“神来、气来、情来”,本以区分诗歌不同内涵特征,有的诗专以述“情”,有的诗

---

① 本篇原题目为“唐诗精神、文体系统、传播方式与现代汉诗‘三大重建’”,载《诗学体系与话语方式的建构——〈吕进诗学隽语〉评论集》,泰国留中大学出版社2013年版。

② 卢燕新:“殷璠《河岳英灵集》的选诗心态”,载《山西大学学报(哲学社会科学版)》,2007年第6期。

以“气”见长，有的诗如“神”来之笔。后来研究唐诗的学者，则通常以“神来、气来、情来”描述“唐音”或“盛唐之音”的基本特征，因为这六个字作为一个整体，相当精练地概括了唐诗精神，或者说唐诗的灵魂。

目前，一般认为诗的本质是抒情。殷璠没有专门解释何为“情来”，但从他对具体诗人的评价，可以看出其对诗的“情来”有明晰的定义。殷璠评价崔曙诗“多叹词要妙，情意悲凉，送别登楼，俱堪泪下”，评常建诗“其旨远，其兴僻，佳句则来……属思既苦，词亦警绝”，评刘眘虚诗“情幽兴远，思苦词奇”，包含了三个要素：“情深（幽）”“兴远”“词奇”，即感情特别深厚，使用新鲜奇异的兴寄手法，文辞精辟传神，三者为“情来”的核心要素。仅有比平常的喜怒哀乐更深厚的感情，缺乏比兴、文辞的新奇精妙，还不能达到“情来”的效果。

“气来”主要是指周秦汉魏以来的所谓风骨。殷璠评高适诗“多胸臆语，兼有气骨”，评储光羲诗“格高调逸，趣远情深，削尽常言，挟风雅之迹、浩然之气”，不管评高适还是储光羲，都首先肯定了他们的“胸臆语”“情深”，即已具“情来”，然后指出他们“兼有气骨”“挟风雅之迹，浩然之气”。可见在殷璠的评价体系中，“情来”是诗歌不可或缺的基础，但诗的精神境界并非仅止于“情”，尚可大力提升。殷璠评价诗人“情来”固不惜重墨，但在评价“气骨”“风雅之迹”时，则明显以更高的境界视之，这从不吝文辞的褒益就可看出。例如评王昌龄诗“元嘉以还四百年内，曹刘陆谢风骨顿尽”，对唐人诗风骨超越前人的评价不但毫不吝啬，且甚为自豪。评价刘眘虚诗“情幽兴远，思苦词奇……唯气骨不逮诸公”，评綦毋潜诗“举体清秀，萧萧跨俗……历代未有，借使若人加气质、减雕饰，则高视三百年外也”，不但指出这些诗人不足，而且也明确指出提升的方向就是“气来”。殷璠还有意无意探索了“气来”的途径，他在评价储光羲诗“挟风雅之迹、浩然之气”之后，出人意料地补写了一段：“尝睹公《正论》十五卷，《九经外义疏》二十卷，言博理当，实可谓经国之大才。”这明显不是评诗，为何放在这样一部唐诗选的诗人评价之中？这是否殷璠有意解释储光羲诗“格高调逸，趣远情深，削尽常言，挟风雅之迹、浩然之气”的原因？如果是，那么，广博的学识，公平正义的是非判断，以天下为己任的胸怀，就应该是“气来”的前提条件。

既然殷璠“情来”“气来”的评价具有鲜明的层次性，那么显然，“神来”居于这个评价层次的顶端，是一个更高的标准。但殷璠对“神来”不但没有解释，甚至在诗人评价中也不直接提到,因而颇多争议。有的认为指一种“脱俗的、超然的艺术境界”。这并非没有道理,但远不全面,而且可能产生误解。殷璠既然把“神来”列为评价层次的顶端,而且在具体诗人作品评价中多采用“气来”“情来”论述,几乎不提“神来”,这样,仅仅理解为一般的“脱俗、超然”是不够的。笔者认为,“神来”是在“气来”“情来”基础上,在气骨、深情、兴寄、词采的基础上,具有超越现实矛盾的眼光,具有历史的、未来的胸怀,同时还具有某些浪漫主义的特性,这样构成的既立足现实情怀,又具有脱俗、超然的境界,即为“神来”。即“神来”的超然、脱俗,是以立足现实的情怀为前提的,而非仙神、玄虚之类。诗要达到“神来”的境界极不容易,所以殷璠评价诗人多次提到“情”“气”,但没有一位诗人的评价提到过“神”。尽管“神来”之笔不可强求,也不易达到,但作为一种顶端的目标设计,却为唐人诗确定了一个高标准或方向,这对于促进唐诗提升、繁荣仍然具有相当积极的意义。当然,从“格高调逸,趣远情深,削尽常言”“举体清秀,萧萧跨俗”等评价来看,殷璠大概认为其中一些要素在一些诗人作品中还是可能具有或接近“神来”的特征。殷璠评价李白也颇有意思,“白性嗜酒,志不拘检,尝林栖十数载,故其为文章,率皆纵逸,至如《蜀道难》等篇,可谓奇之又奇,然自骚人以还,鲜有此体调也。”《河岳英灵集》选李白诗仅13篇,著名作品只有《蜀道难》《行路难》《梦游天姥吟留别》《将进酒》等,与李白今传诗近千篇、名作极多相去甚远,显然由于殷璠居东南一隅,交通阻隔,信息、资料有限。尽管如此,以殷璠的敏锐,虽然评价较为简略,他已经注意到李白非同寻常,故称“奇之又奇”。大概,殷璠只是没有点破李白的“神来”罢了。

殷璠论唐诗境界的层次性,承袭了钟嵘以来的品评之风。殷璠不但对不同层次的特性具有或显或隐的规定性,也指出了诗歌“提升”的基本途径,这是唐人诗评的新进展。吕进指出,“优秀的中国文学艺术作品,都有一个诗魂……诗魂赋予文学艺术的高品位和高纯度。”[①]结合唐人诗歌实践来看,显然直指当代汉诗的实质。吕进认为,“作为艺术品的诗歌是否出现,取决于诗人对自己的提炼程度,取决于诗人的艺术化、净化、诗化的程度。”[②]在论“诗歌精神重建”

① 吕进:“论中国现代诗学的三大重建”,载《文艺研究》2003年第2期。

② 吕进:“三大重建:新诗,二次革命与再次复兴”,《西南师范大学学报(社会科学版)》2005年第1期。

时指出，诗人需要通过提升，“实现从现实人格向艺术人格的飞越与净化”，具有更高层面意义的“普视性”，与唐人对当时诗人的评价和要求，是不谋而合的。吕进提出现代诗歌不但需要强烈生命意识，还需要有“社会身份”和“承担品格”，对“嘲弄意义、反对理性、解构崇高、取消价值的思潮”提出批评，[①] 这种对一己感受的超越要求，与唐人的诗歌精神也是一致的。中国诗歌乃至中国文学学术，习惯于歌颂吹捧，回避问题。这种直面问题、似乎带有苛求的评价更具有诗学价值和批评精神。

二、“体裁系统的优势”与“诗体重建”

唐诗繁荣另一个很重要的原因，是它具有“体裁系统的优势”。钱志熙认为唐诗为“近体、古诗、乐府体三足鼎立的体裁系统”[②]。唐代称与音乐相关的诗，主要有“乐府”“歌诗”“歌行”。吴相洲认为，“歌诗泛指一切有音乐舞蹈表演的诗歌，只有作为朝廷音乐机构表演曲目的歌诗才能称之为乐府。……歌行出自乐府，但又不等同于乐府；本来带有音乐性质，但又偏重体裁而言。”[③]吴相州细致考察了“乐府”与“歌诗”的沿革与区别，指出自汉代以后，音乐机构已逐渐多样化，如唐代有太乐署、鼓吹署、教坊、梨园等，分属太常寺或由皇帝直接管理，不再合并称为“乐府”。因此，汉代以后，“乐府”一词已逐渐淡化“朝廷音乐机构”的含义，指向与音乐相关的诗歌样式。不管是唐人还是宋人，使用“乐府”一词都并不认真区分是否“作为朝廷音乐机构表演曲目”，其意义已大致近于“可歌的诗”或作为“歌体”的代称。“歌诗”唐人虽然使用，但不及乐府普遍。且“歌诗”的概念也比较复杂，有时指“可歌的诗”，有时是一个动宾结构，即“唱诗”，有时又泛指可歌与不可歌的诗，即“歌”与“诗”，并不稳定。“歌行”指具体样式，范围较窄。乐府则是沿用既久的与音乐相关的诗歌概念。这样来看，或许钱志熙使用“乐府体”指“可歌的诗”相关样式，仍然是可行的选择。因而，本文沿用钱志熙“近体、古诗、乐府体”来考察唐代诗歌体裁系统。但要指

---

① 吕进：“三大重建：新诗，二次革命与再次复兴”，载《西南师范大学学报（社会科学版）》2005年第1期。。

② 钱志熙：“论唐诗体裁系统的优势”，载《陕西师范大学学报（社会科学版）》，2005年第4期。

③ 吴相洲：《唐代乐府相关概念辨析》，《中国唐代文学学会第十六届年会暨“唐代西域与文学”国际学术研讨会论文集（上册）》（新疆乌鲁木齐2012年8月），第504-509页。

出，本文所谓“乐府体”，泛指“可歌的诗”相关样式（“歌体”），而不问与“朝廷音乐机构”是否有关，即包括狭义的乐府、歌行，其他各种可歌的诗体。

这里要特别指出两点。第一，唐代没有因为新体格律诗成熟废弃此前的“古体”。殷璠《河岳英灵集·序》称其选诗：“既闲新声，复晓古体，文质半取，风骚两挟。”王运熙对此诠释：“所谓新声，指当时已基本成熟的律诗，即后来所谓近体诗。这是从齐梁永明体发展而来的新体诗歌，在平仄、对仗、用韵方面都有严格的规定。殷璠对这种新体诗是肯定的，但他更重视的乃是古体诗。”[①]据卢燕新统计，《河岳英灵集》选诗“古体”占75.6%，超过三分之二，“近体”（“新声”）占24.4%，不足三分之一。可证殷璠确实更重视“古体”。唐人选本也有以“近体”为主的，如《国秀集》，据卢燕新统计，其选诗“近体”占83.5%。[②]从历代对《河岳英灵集》的评价来看，其选诗更能反映盛唐诗歌的基本风貌，即殷璠的选择更合当时的创作实际，唐人对“古体”的态度是相当积极且成果极丰的，数量也多于“近体”。第二，在唐代，李白、杜甫、白居易等均大量创作“乐府体”（“歌体”）。据吴相洲统计，“唐代诗人歌唱有歌、唱、吟、诵、咏等名称。‘歌’字在《全唐诗》中共出现819次，‘唱’字出现348次，‘吟’字出现691次，‘诵’字出现120次，‘咏’字出现567次。其中有时用作名词，指诗歌题目；有时用作动词，指诗歌创作，但更多的时候是指歌唱。”[③]以杜甫为例，钱志熙指出，“杜甫的歌行体诗，尤其是他的‘歌’体诗，摹拟歌词的特点是十分突出的，……杜甫称自己的诗为‘歌’，以歌者自居”，“在杜甫整个诗歌创作中，都贯穿着‘歌’的灵魂，构成杜甫诗歌的一种特质”，“与杜甫相似，盛唐其他诗人也同样具有以诗为歌，以歌者自居的意识”[④]。杜甫的《茅屋为秋风所破歌》，白居易的《长恨歌》《琵琶行》等都是家喻户晓的歌行体。唐人对古体、近体、乐府体（歌体）的选择，使唐诗构成“体裁系统的优势”。创作者有充分的选择余地，而且体裁之间互相补充，互相竞争，有利于文体的良性发展。这意味着，如果“今体”格律诗

① 王运熙：《河岳英灵集的编集年代和选诗标准》，载《中国古代文论管窥》，齐鲁书社1987年版，第172页。

② 卢燕新：“殷璠《河岳英灵集》的选诗心态”，载《山西大学学报（哲学社会科学版）》2007年第6期。

③ 吴相洲：“论唐代诗人之歌”，载《文学遗产》2010年第4期。

④ 钱志熙：“‘百年歌自苦’——论杜甫诗歌创作中‘歌’的意识”，载《中国文化研究》2004年第1期。

——偶尔也称“新声”，这是当时的“新诗”，不能以创作实绩证明自身的先进性，就有可能被超越甚至淘汰。因为古体具有“已经实践验证”的优势；歌行则有广泛的传唱基础，也获得某种程度的验证。唯有新体格律诗尚待验证，所以只能以创作来为自身的价值提供证明。在唐代，没有赋予一种样式不可动摇的“先进性”。

但中国现代诗歌从一开始就出现严重的“结构性失衡”。首先，在新文化运动时期，由于国家积弱积贫的长期压抑，当时的情绪与思潮具有显著的极端性，作为中国几千年思想基础的儒学也遭到不加分辨的彻底批判，“打倒孔家店”竟成时尚。在这样环境里的新文学运动，当然也受到极端思潮与情绪的波及。新文学运动先驱“设计”新诗的同时，对“旧体”样式也采彻底否定的态度，自新诗诞生以来在舆论上一直不容“旧体”，选择了单一、排斥，而不是共存、互补。这意味着，新诗诞生的环境，从一开始就缺乏唐人的包容气度。新诗设计者对“旧体”的彻底打击，导致中国现代诗歌存在先天性的设计缺陷。现代汉诗在文体方面切断它与传统的关系，否定了传统诗词样式产生新的重要成果的可能性。这是现代汉诗极不明智的选择。其次是漠视“歌的诗”，排斥“歌体”。新诗割裂“诗”与“歌”的联系，一个重要的原因是要通过这种拒斥，为废韵、散文化提供理由。因为只要得到广泛接受且有韵的“歌”作为现代汉诗不能分割的组成部分，废韵、散文化就难以找到合理的实践依据。即至少部分原因是为了回避矛盾，尤其是避免触及新诗发起者设计的宏观缺陷。现代汉诗对“旧体”和“乐歌”的非理性排斥，使它失去了如同唐诗的“体裁系统的优势”，成为孤独、无助的吟者甚或自言自语。

这里还要指出，概念的选择值得考虑。唐代格律新诗，通常称为“今体”或“近体”。偶尔使用“新声”，但极少，并不通行。唐代也不称“旧体”“旧诗”，而称“古诗”“古体”。在这样一个体系设计中，没有预设的褒贬取向，反而是“古体”受到的尊重往往甚于“近体”。这不仅仅是一个概念问题。新、旧之分，含有显著的褒贬、取舍。新的当然是进步的、好的，旧的当然是陈腐的，应该受到排斥。事实是，新诗不管如何失范，由于是“新诗”，不能容忍任何严厉的批评。“旧体诗”则始终摆不脱陈腐的阴影。“旧体诗”的严重弱势，被人为赋予的地位，助长了新诗的缺乏约束和严重失范。因而，“旧体诗”概念应该摒弃，例如像唐人称为“古诗”“古体”。事实上，“旧体诗”还是停留在宣传或僵化意识的层面，书店流通的古诗选本，通常称为古诗、唐诗、宋词，极少有“旧体诗一百首”这样的选本名称，足证“旧体”的接受度相当有限，并没有约定俗成，仅是人为贴上的不恰当的标签。“新诗”似早已约定俗成，称为新诗、自由诗的选本不少，已经极为通行。但学术界还是出现了“现代汉诗”“当代汉诗”“中国现代诗歌”等概念，虽然还是含有某种程度的褒义，但是比“新诗”带有强烈的进步性定性、明显的祖护性褒义要合理。一种样式是否具有进步性，不是依靠先入为主的定性，而是依靠它的表现、创作实绩。因此，“现代汉诗”较“新诗”为理性，应该是可以较长期使用的概念。

关于当代诗歌的“诗体重建”，吕进重点论述两个问题。一是在废韵、废除诗的形式、散文化思潮中，强调形式的意义。二是提出“提升自由诗，成形现代格律诗，增多诗体”①。从宏观来说，这显然是要改变单一的自由诗格局，向构成现代汉诗“体裁系统的优势”逼近。当然，“成形现代格律诗”是必要的，另一方面，恢复“古体”的“合法性”（包括为“古体”正名，摒弃“旧体”概念）及其活力也是有价值的。“增多诗体”是吕进文体重建思想的重点。一方面是考虑单一的样式不足以支撑现代汉诗的繁荣，另一个重要的考虑是“试验”，即在增多的试验中发现有活力、生命力强的样式。宋词具有词调无限增多的自由，据清万树所撰《词律》20卷，收660调，1180体。徐本立《词律拾遗》、杜文澜《词律补遗》以及徐棨《词律笺榷》分别进行订补，增添了一些“调”和“体”。陈廷敬、王奕清等奉敕编修《词谱》40卷（即《钦定词谱》），收826调，2306体。但实际上，真正广泛流行的词调仅有几十种，大量词调，还是增多的试验。这是科学的态度，因为谁也无法预先设定哪些样式是新诗最具活力的样式。让实践来选择，是实事求是的态度。在“增多诗体”这一选项之中，吕进特别注意“能歌的诗”。把“歌体”纳入到现代汉诗的“体裁系统”，同样也是考虑有利于构建现代汉诗“体裁系统的优势”。

三、关于传播意识与传播方式

中国诗人历来相当重视诗歌的传播。以唐代为例，其传播方式主要有：1.借助“歌”及歌妓；2.借助佛家寺院、道家庙宇及僧人、道士；3.借助著名楼阁、驿

① 吕进：“三大重建：新诗，二次革命与再次复兴”，载《西南师范大学学报（社会科学版）》2005年第1期。

馆、“通衢”之地等题诗；4.借助聚会、酬唱或编集、行卷等。以歌谣方式传播“诗”是最古老的方式，尤其是在远古时代，没有文字，没有造纸、印刷技术，没有现代传媒，非借助歌唱诗不能传播和保存。上古以远，歌谣几乎是唯一的传播方式和途径。随着社会发展，部落性的全民歌唱，逐渐有了专业分工，歌妓的水平当然要高于普通歌唱。因此，古老的部落咏唱方式就逐渐被更高水准的专业歌妓取代，继续成为诗歌的有效传播方式和途径。有唐一代，诗人与歌妓合作成为时尚，表明唐代诗人积极适应当时“先进”且效果显著的传播方式。钱志熙指出，“唐诗经常入歌，借乐流行。”[①]歌妓演唱水平高，接受者众多，传播快而远，唐代诗人明白其中奥妙。据中唐人薛用弱《集异记》记载，开元中，王昌龄、高适、王之涣到旗亭饮酒，亭中伶官（歌妓）十余人。三人相约：“我辈各擅诗名，不自定其甲乙，今者可以密观诸伶所讴，若诗人歌词之多者，则为优矣。”伶人先唱王昌龄、高适诗，王之涣于是指诸妓中最佳者说：“待此子所唱，如非我诗，吾即终身不敢与子争衡矣。脱是吾诗，子等当须拜床下，奉我为师。”不久这位伶人果然唱王之涣《凉州词》。《集异记》故事或属虚构，但是关于唐代诗人这类记载不少，实际上是因为当时具有产生这类故事广泛、深厚的现实基础，即诗人乐意与歌妓合作，且以与歌妓合作为荣。中唐元稹《重赠（乐天）》：“休遣玲珑唱我诗，我诗多是别君词。明朝又向江头别，月落潮平是去时。”元稹自注：“乐人商玲珑能歌，歌予数十诗。”（《全唐诗》卷四一七）白居易《醉戏诸妓》：“席上争飞使君酒，歌中多唱舍人诗。不知明日休官后，逐我东山去是谁？”（《全唐诗》卷四四六）白居易《与元九书》记载：“及再来长安，又闻有军使高霞寓者，欲聘娼妓，妓大夸曰：‘我诵得白学士《长恨歌》，岂同他妓哉？’由是增价。”[②]如果说《集异记》尚有虚构、夸张，白居易《与元九书》则是当时风气的可靠记录。这表明，唐代诗人与歌妓之间，实际上构成互补、互利的双赢格局，唐诗提升了歌妓的水平，歌妓传播客观上也刺激了唐诗创作的繁荣。即使在今天，高水平诗人进入歌词创作领域，对于当代歌曲的提升仍然是十分有利的。宋代诗人进入词的创作，迅速提高了词的境界，进而使词成为有宋一代最具代表性的样式，诗与歌都获益。这里要指出，唐代诗人与歌妓的高度合

① 钱志熙：“‘百年歌自苦’——论杜甫诗歌创作中‘歌’的意识”，载《中国文化研究》2004年第1期。

② 顾学颉：《白居易集》，中华书局1979年版，第963页。

作,还不仅仅是借助传播方式。词源于歌,但所谓仅仅源于西凉歌曲的说法太过狭窄。唐代诗人为了适合演唱,必然要做至少两件事:一是通俗以便接受,这使得唐诗避免了创作与接受的分离;二是需要对当时的定型唐诗,包括古体、近体进行某些改造,这潜在地推动了词的兴起和繁荣。所以可以说,词、曲等样式,实际上是诗人与歌唱"合作"的必然结果。宏观考察,周代四言诗,战国楚辞,汉魏乐府等,其实也是诗人与歌唱"合作"的结果。这些样式,几乎横跨了中国古典诗歌3000年历程。

但是,唐人并不仅仅满足于歌妓传播。唐人重视的另外一种传播方式是利用佛家寺院、道家庙宇。这些地方的特点是集中各阶层人士,为诗歌传播提供了良好的环境。而且僧人、道士云游各地,交游极广,可以把诗歌传播到更远的地方。李白到了宣州泾县水西山中很有名的一座寺院,挥笔就写:"李白题诗水西寺,古木回岩楼阁风。半醒半醉游三日,红白花开山雨中。"白居易《三月三十日题慈恩寺》、杜牧《题扬州禅智寺》也都以寺院题写传诗。白居易晚年将自己一生诗文集"家藏之外,别录三本"[①],分别藏于庐山东林寺、洛阳圣善寺、苏州南禅院。作于唐文宗开成元年(836)的《圣善寺〈白氏文集记〉》说:"吾老矣,将寻前好,且结后缘,故以斯文置于是院……纳于律疏库楼。仍请不出院门,不借官客;有好事者,任就观之。"[②]白居易将自己的诗文集藏于寺院,"其实就是把寺院作为一种最稳妥、最安全的信息存储点和信息发布地,作为一种传播的'信道'和信源的'中转站'"[③]。借助交通要道的著名楼阁、驿馆等题诗也是唐人喜欢的传播方式。崔颢到黄鹤楼,挥笔题写著名的《黄鹤楼》诗,李白慨叹"眼前有景道不得,崔颢题诗在上头"。这表明,在楼阁要冲题诗为当时风气,且还存在很强的竞争性。有这样的诗风,即便是李白,如果不能超越前人也不敢轻易涂鸦。宋之问《题大庾岭北驿》、许浑《秋日赴阙题潼关驿楼》等则是利用交通要道上的驿馆传播。此外,借助酬唱、聚会或编集等,也是唐人诗歌传播的方式。东晋王羲之著名的"兰亭雅集",唱和诗编成《兰亭集》,《兰亭集》今不传,仅留下《兰亭集序》,但王羲之的"兰亭雅集"直接启发了诗兴更浓的唐人。唐人尚酬唱和诗、宴饮联唱,这些诗往往编纂成集,如《翰林学士

---

① 顾学颉:《白居易集》,中华书局1979年,第1489页。
② 顾学颉:《白居易集》,中华书局1979年,第1479页。
③ 马承五:"唐代诗文的编集与传播",载《中州学刊》2004年第2期。

集》《大历年浙东联唱集》《吴兴集》《汝洛集》《洛中集》《洛下游赏宴集》等。这些活动增加了诗人的开放性，避免了孤独的个人创作，也有利于诗歌的传播。行卷是和唐代科举制度相关的个人诗文“自选集”，应试举人多将自己平日诗文加以编辑，写成卷轴，在考试前送呈有地位者，以求推荐，此后形成风尚，称为“行卷”。行卷贵精，少者一卷，诗数首，赋几篇，多者连篇累牍，如杜牧行诗1卷，150篇。依唐代科举制度，主试官员除详阅试卷外，可以参考举子此前的作品和才誉决定去取。这在客观上很有利于激励诗人创作优秀作品及其传播。撇开科举目的，行卷显然也是一种有意识的主动的个体传播，这种传播方式融入了精品意识，社会主流的接受意识。殷璠编《河岳英灵集》是当时的精选集。殷璠编集标准甚严，且不为权贵、人情降低标准，这在当时起到极好的导向作用。它无情地淘汰了平庸的诗人、诗作，保留了不少当时的精品，客观上也有利于唐诗的传播。唐代还有借助题画、题器物或作为教材范本等传播。整体来看，唐代诗人传播意识非常强，传播途径也十分广泛。

原始社会文学艺术形式为集体创作、集体传播、集体接受，虽然缺乏分工，但是构成了天然的文学艺术活动的完整链条。文学由原始社会的集体创作、传播、接受到个性化、专业化创作，是历史进步、社会化分工的必然结果，有利于推动文学艺术水平的提升。但同时，这种社会化分工也打破了文学艺术活动天然的完整链条。唐人以其强烈的传播意识和多样化传播方式，实现了文学艺术各环节的有效连通，这是唐诗充满活力的重要原因之一。与唐代相比，现代传播方式发生了根本性变化。出版发行、报刊、电视、网络等构成强大的现代传播力量。吕进强调传播方式的重建、传播意识的强化，重要的价值在于系统考虑文学艺术各环节的有效连通。艺术始终是个性化创作与社会化接受的综合产物。不管个性化、专业化创作达到何种水准，最终仍需返回社会。这就必须具有强烈的传播意识和借助现代化传播媒介。吕进充分注意到时代变迁、现代传媒的特性带来的机遇，提出诗人应积极实现与现代传播方式的融合，特别重视借助网络、歌唱这些当代生命力极强的传播途径，并且通过这些新的传播途径增多诗体，改变单纯“生产”而不关注传媒的单一作坊式创作心态。[①]

① 吕进：“三大重建：新诗，二次革命与再次复兴”，载《西南师范大学学报（社会科学版）》2005年第1期。

现代汉诗发展不管经历多少曲折，总是受到大众高度关注的文体。原因在于，汉语大概是一种天然的诗性语言，中华民族似乎也是长于抒情的民族，汉诗厚重的历史积淀则强化了大众对诗歌文体的期待。因此，诗这种文体的全民参与度历来非常高。目前"不歌"的诗固然缺乏精品，大多也缺乏广泛的读者。但"歌"的接受程度，不亚于中国历史上任何一个时代，这当然也得益于现代传媒如电视、网络的积极作用。"歌"的高度、广泛接受，从一个侧面证明了诗歌文体的当代活力，也展示了"诗"的厚实基础及其未来。现代汉诗的全面繁荣，还有赖于具有进步性、前瞻性的学术研究及评论。当代关于诗歌的学术工作，以诗集编纂，资料整理，诗歌史编写，诗人、思潮的评论为多，宏观、系统思考现代汉诗的问题和未来发展的研究尚不充分。吕进提出中国诗歌的"三大重建"，系统性面对中国当代诗歌的三大核心问题，其理论体系与唐代诗歌实践一脉相通，具有很强的现实价值，也具有宏观的开拓性，是值得关注的现代汉诗理论。

三、体　系

吕进的新诗研究是一个循序渐进、拾阶而上的过程，在数十年的探索中，他围绕“新诗文体”这一根本问题，有意识地建构中国现代诗学体系，用他自己的话说，这个体系“力求沟通中国传统诗学和现代诗学，在‘通’中求‘变’；力求融合中国现代诗学和西方诗学的精髓，在‘博’中求‘新’。”(《中国现代诗学·导言》)皇天不负有心人，吕进诗学思想已经自成体系，不仅如此，他的话语方式也独具魅力，观念与形式两相结合，呈现深刻而多样的诗学及美学特征，同样用他自己的话说，就是“在诗学观念上，以抒情诗为中心；在诗学形态上，注意保持和发展中国诗学的领悟性特征。”(《中国现代诗学·导言》)很明显，这个体系对新诗的创作、鉴赏、批评以及研究都具有非常重要的价值与启示。

吕进诗论的审美特征[①]

周晓风

吕进是中国当代诗学研究的大家。吕进先生自20世纪70年代末开始发表诗歌评论，三十多年来潜心中国现代诗歌评论和诗学研究，先后发表了上百篇诗歌评论文章，出版了《新诗的创作与鉴赏》(重庆出版社，1982)、《给新诗爱好者》(重庆出版社，1984)、《一得诗话》(四川文艺出版社，1985)、《上园谈诗》(重庆出版社，1987)、《新诗文体学》(花城出版社，1990)、《中国现代诗学》(重庆出版社，1991)、《吕进诗论选》(西南师范大学出版社，1995)、《文化转型与中国新诗》(重庆出版社，2000)、《现代诗歌文体论》(广西师范大学出版社，2003)、《中国现代诗体论》(重庆出版社，2007)等数十部诗学论著，构建起以诗歌文体论为中心的诗学体系，并且在重庆创建了国内第一家中国新诗研究所，苦心经营至今，培养了大批诗歌后学，自成一家。吕进诗论也已成为中国当代诗学的一棵大树，受到海内外诗歌界的关注和重视。

泰国诗人曾心先生热心诗歌事业，尤其对吕进诗论情有独钟。他和吕进先生的高徒钟小族一道，花费大量时间精力，从几百万字的《吕进文存》和吕进先生的其他文稿中选编了这本《吕进诗学隽语》(泰国留中大学出版社，2012)，为喜欢诗歌和希望学习使用吕进诗论的读者提供了极大的方便和乐趣。不少专家和读者对《吕进诗学隽语》的编辑出版给予了充分肯定和积极评价，同时也指出了该书的编纂还存在一些有待进一步改进和完善的地方。这些意见我都很赞同。但我想说的是，《吕进诗学隽语》其实也比较充分体现了吕进先生诗论的风格，不仅包含了丰富的时代特色和诗学内涵，而且还具有鲜明独特的审美特色。

① 本篇原题目为“略谈吕进诗论的审美特色——读《吕进诗学集语》有感”，载《诗学体系与话语方式的建构:〈吕进诗学隽语〉评论集》，泰国留中大学出版社2013年版。

说吕进先生的诗论包含了丰富的时代特色和诗学内涵，这是说吕进诗论紧扣时代风云，密切关注中国当代诗歌发展现状，以极大的热忱评析当代诗人的创作，纵论当代诗歌潮流的演变，参与和发起当代诗歌理论批评话语的对话，在构建起富有特色的诗学体系的同时，推进了当代诗学的发展。说吕进先生的诗论具有鲜明独特的审美特色，则是说吕进先生的诗论并非一般学术论著，而是追求把诗论写得像诗一样活泼有趣，富有审美感知的特点。吕进诗论的审美特色首先表现在诗论话语形态上明显具有诗与诗论相统一的特点。在《吕进诗学隽语》中，类似的诗论比比皆是。如其中关于诗与音乐和绘画的关系的两段文字：

诗是画的“降低”——它要表现客观现实，但不长于精细地描绘客观现实；但它更是画的“提高”：对于诗，直观世界太局促了。它从画中解放出来，从直观的物质的狭小天地中解放出来，从贫乏的直观的小溪奔向广阔的感情大海。[①]

诗是音乐的“降低”——它追求音乐美，但又比不上音乐的丰富与悠扬；但它更是音乐的“提高”：对于诗，一般的感情世界太空泛了。它从音乐中解放出来，给感情世界以更深邃、充实的内容和明确、清楚的外貌。[②]

与中国传统的以诗论诗相比，吕进先生的这些诗论隽语在形态上虽然并不是以诗论诗的诗学话语，但却仍然是形象的、生动的和富有诗意的，也可以说是一种特殊的审美形态的诗论，从而成为具有审美风格的诗论。而导致这种特殊的审美形态的诗论的原因，既有诗心的领悟和诗意的表达，也跟现代诗论白话语言的运用不可避免地包含了更多理性思辨内涵有关。这又造成吕进诗论审美特色的另一个突出表现，即在思维方式上具有理性思辨与审美体验相统一的特点。这里所说的理性思辨，是说诗论中毕竟有讲道理的成分，讲的是诗之为诗的某些道理。但这种讲道理又不同于一般的讲道理，尤其不同于只是运用概念和逻辑的方式讲道理，而是讲得既形象生动，又含蓄而富有审美意味。如在谈到“诗与诗人”的时候，吕进先生这样写道：“诗与诗人之间必有

① 曾心、钟小族：《吕进诗学隽语》，泰国留中大学出版社2012年版，第10页。
② 曾心、钟小族：《吕进诗学隽语》，泰国留中大学出版社2012年版，第12页。

缝隙,否则,诗就不是艺术。诗绝不仅仅是诗人,只有诗人个人身世感的作品对于诗的隶属度是不高的。”[①]这里的诗论语言是形象生动和有趣的,但所讲的却是一个关于诗的大道理。许多文论家喜欢讲风格即人格,诗歌乃心声。一般说来这种说法也是不错的,但如果进一步把这道理简单化到只有思想品德好(也就是思想言行完全符合公众道德规范)的人才可能写出美妙的诗句,就与诗歌的审美规律相去甚远了。原因就在于诗人不等于诗。诗歌的审美风格并不是诗人的所谓人格的直接显现,而是由诗人的创作个性(人格中符合审美规律的那一小部分)与诗歌创作特定题材所要表达的特定情感内涵以及所选择的诗体方式等所共同按照美的规律构成的。把一般所说的诗人的人格用来解释具体的诗歌创作只能是大而无当,而如果只是着眼于诗人的所谓个性特征更是容易陷入恩格斯所说的“恶劣的个性化”。所以吕进先生这里强调,“诗绝不仅仅是诗人,只有诗人个人身世感的作品对于诗的隶属度是不高的。”

吕进诗论审美特色还有一个值得注意的特点,那就是他的诗论在内涵上既入乎诗内,而又出乎诗外,既包含了丰富的历史文化和社会生活内涵,又表现出作者对诗歌艺术规律的独到发现和感悟。诗歌本来就是一种复杂的社会文化现象,“离开非诗美范畴就难以阐明诗美范畴,因为二者是如此的紧密相连。”[②]所以,在《吕进诗学隽语》“诗美篇”中,有大量文字谈到“诗与真”“诗与画”“诗与音乐”“诗与散文”“诗与禅”“诗的情感”等内容。在“诗运篇”“诗人篇”等处也有不少篇幅谈到诗歌与时代、与自然、与社会生活的关系。如在“小诗”一节中,吕进先生专门谈到,“中国新诗的小诗的渊源之一则是印度小诗(梵文叫偈陀,本是佛经中的唱词)。人们常常议论西方诗歌对中国新诗的影响,其实,中国新诗也从东方诗歌汲取过营养,小诗就是见证。”[③]在“诗人是文明的原始人”一节里,吕进先生讲到一个很有意思的话题。其中这样写道:“与同时代人相比,诗人更文明,也更‘原始’。诗人比同时代人更文明,这自不待言,诗人总是民族的智慧和时代的良知。这里所说的诗人比同时代人更‘原始’,是指他进入创作过程后的前逻辑心态和思维方式。诗人此时似乎是来到世界的第一个人,他用惊喜的目光打量自己的四周。他似乎不懂得人们习以

① 曾心、钟小族:《吕进诗学隽语》,泰国留中大学出版社2012年版,第27页。
② 曾心、钟小族:《吕进诗学隽语》,泰国留中大学出版社2012年版,第7页。
③ 曾心、钟小族:《吕进诗学隽语》,泰国留中大学出版社2012年版,第71页。

为常的基本常识与逻辑,而是对生活做出不同凡响的新奇领会与感受。诗人的诗是心灵的太阳重新照亮的世界。”[1]这里所说的诗人的“原始”,其实也就是意大利哲学家维柯在《新科学》中所论述的“诗性的智慧”。“诗性的智慧,这种异教世界的最初的智慧,一开始就要用的玄学就不是现在学者们所用的那种理性的、抽象的玄学,而是一种感觉到的想象出的玄学,像这些原始人所用的。像这些原始人没有推理的能力,却浑身是强旺的感觉力和生动的想象力。这种玄学就是他们的诗,诗就是他们生而就有的一种功能(因为他们生而就有这些感官和想象力);他们生来就对各种原因无知。无知是惊奇之母,使一切事物对于一无所知的人们都是新奇的。”[2]俄国形式主义所说的“陌生化”语言和符号学美学所说的“表现性符号”,以及新批评派诗人燕卜逊所说的“含混的”语言,其实都是指的这种新奇的“原始思维”所创造的充满想象力和富有体验性的诗的语言。这已成为现代诗歌美学一种常识。

所以,现代诗歌理论批评看上去很容易,似乎人人都可以写一通有关诗歌的长篇大论,但现代诗歌理论批评其实很难做好。这源于许多读诗的人根本就没有对现代诗歌有很好的理解,更不用说也没有很好的表达。在我看来,诗歌创作固然无法“不落言筌”,论诗更要把语言运用得巧妙才可以度人。因此,最好的诗论可能是所谓“以禅论诗”,“惟在妙悟”;其次是以诗论诗,以诗的灵感方式论诗,用鲜活的审美形态论诗,或许可以更接近诗的境界;而那些以长篇大论式的语言花费许多篇幅才可能勉强接近对诗的理解的诗论就显得非常笨拙了。更有甚者,花费了许多笔墨仍然不能得其要领的诗论,只能算是诗论中的废品了。中国当代诗学风云际会,潮流不断翻新。吕进先生的诗论坚守审美体验根砥,坚持持中论诗立场,使吕进诗论不仅进入了中国诗学的悠久传统,而且表现出难能可贵的创新,从而具有了历久弥新的学术的和诗学的价值。

---

① 曾心、钟小族:《吕进诗学隽语》,泰国留中大学出版社2012年版,第127页。

② [意大利]维柯:《新科学》,朱光潜译,人民文学出版社1987年版,第162页。

吕进诗学理论的几个特点[①]

万龙生

《吕进诗学隽语》的编者曾心在序言里说:“吕进是一个有自己完整诗学体系的人,这在当今的中国诗学界并不多见。尤其是他的文体理论,非常深刻而周全,既是现代的,又是传统的。”还说,以他为代表的“上园派”成为新时期中国诗坛与“传统派”“崛起派”并立的重要诗学学派;进入新世纪,吕进又提出了以振衰起弊为旨归、以诗歌精神重建、诗体重建、诗歌传播方式重建等“三大重建”为内容的“新诗二次革命”,掀起了新诗从“破格”转向“创格”的浪潮。对于吕进诗学理论建树的这种概括,我以为很准确。

我还想补充一个事实:正如吕进发现的新时期诗人群落中除归来者、朦胧派之外的“新来者”一样,他在诗歌理论阵营,也是一位引人注目、成就卓著、后来居上的新来者。

打从1980年代的成名作《新诗的阅读与鉴赏》开始,30年来,吕进在探索的道路上就一直没有止步,直至构建自己的诗学理论体系,著作繁多,出了专门研究,很难得窥全豹。出于吕进诗学理论的珍重,泰国诗人曾心爬梳剔抉,分门别类,聚珠成链,编纂出版了这本薄薄的然而又是重重的《吕进诗学隽语》,便于学习领悟思考,能够含英咀华,可谓善莫大焉。

我们从研读吕进论著以及这本“语录”,可以发现吕进在学术上的几个十分宝贵的显著特点、优点:

一是如许多论者所共同感觉到的语言风格之生动、流畅、犀利,毫无为人所厌恶、诟病的学究腔、引证癖;而且在行文中,每出隽语箴言,如同吉光片羽,电光火石,警策精辟,给人以深刻印象。而这正是此书编纂的依据所在,或者

① 本篇原题目为“吕进诗学理论的五大特点兼及其对于格律体新诗的有力支撑”,载《诗学体系与话语方式的建构:〈吕进诗学隽语〉评论集》,泰国留中大学出版社2013年版。

可称其“物质基础”吧。

二是吕进对于艺术辩证法的运用，使他往往能高屋建瓴，具有宏观与战略的视野，来观察问题，判明症结所在。例如新诗的“破”与“立”“变”与“常”“大众化”与“小众化”的辩证关系，就破除了一元、单极的僵化观念，使人耳目一新，由衷信服。

三是吕进善于利用前人的研究成果，在已有基础上有所发展，有所前进，有所突破。例如何其芳关于现代格律诗曾有这样的论述：“一个国家，如果没有适合它的现代语言的格律诗，我觉得这是一种不健全的现象，偏枯的现象。”而吕进在此基础上则从中国诗歌的发展历史找出规律，进一步指出改变这一不正常现象的前景：“尽管在现代汉语条件下，建设新诗的规律有其艰巨性，但是更有其必然性。”

四是能够见人所未见，言人所未言，有所发现，提出创见。作为一个理论家，这可以成为够吃一辈子的老本了。最明显的例子是关于“新来者”的论述。吕进独具慧眼，发现新时期诗人群落中除归来者、朦胧派之外，还有一些断断不可忽略的“新来者”，使他们得其所哉，也使原来的新诗群体由大体上“二分天下”到“鼎足而三”。有趣的是，吕进自己在诗歌理论阵营，也是一位引人注目、成就卓著、后来居上的新来者。

五是难能可贵的敢于反潮流的理论勇气。这主要体现在对于新诗“二次革命”的鼓吹、倡导上。吕进这方面的论述诗歌理论界可谓已经耳熟能详，就不再举例论证了。

最后，作为格律体新诗的研究者与实践者，我从吕进的诗学论著中找到了强有力的理论支撑，借此机会着重指出：

《吕进诗学隽语》的“新诗的破与立”部分摘录了为《“东方诗风”格律体新诗选》撰写的序言中的一段：“破多立少的新诗必须在‘立’字上革命，新诗人必须要有形式感，必须要有融合‘变’与‘常’的智慧与功力，这样，漂泊不定的新诗才能立于中国大地之上，才能适应时代的审美，在诗坛上充当主角。格律体新诗的成形就是一种必需的‘立’，涉及新诗生存与生长的‘立’。”

另外，在“格律体新诗”部分摘录了另一段话，可以说与当前格律体新诗理论的“三分法”和“无限可操作性”原理遥相呼应：“格律体新诗除了必须是诗（绝对不能只有诗的形式）这个大前提以外，在形式上可能有两个美学要素：格式与韵式。格式和韵式构成格律体新诗的几何学限度。所谓格式，就是与篇无定节，节无定行，行无定顿的自由诗相比，格律体新诗寻求相对稳定的有规律的诗体。格式很多，无非是整齐节奏和参差节奏，这样产生出无穷多的样式。”

这一部分还摘录了他为《新时期格律体新诗选》撰写的序言《格律与现代》中的一段话：“现代人需要格律诗。因为，现代人的有些诗情只有格律诗才能完美地表达；因为，中国读者主要习惯于欣赏格律诗美。格律与现代并不矛盾。现代格律诗主要不是一个理论问题，而是一个艺术实验问题。”

此外，关于格律体新诗还有不少论述。例如：“新诗格律学只能是描述性科学：它的使命在于概括、抽象业已出现的诗歌现象，而不是人为地设想、规定某种格律形式。”而“人为地设想、规定某种格律形式”恰好是一些人对格律体新诗的严重误解。

他还说：“歌德有两行诗：‘在限制中才能显出身手，只有法则能给我们自由。’优秀的文学作品，正是善于娴熟地利用这种限制来完美地表现内容。限制与灵巧，法则与自由，二者的和谐恰好带来文学作品的美。”这就有力地澄清了“格律限制思想”这种违背常识，人们又往往习焉不察的幼稚、糊涂观念。

吕进还指出：“无论哪种民族的诗歌，格律体总是主流诗体，何况在中国。中国新诗极需倡导、壮大现代格律诗，争取在现有基础上把现代格律诗建设推向成熟。严格地讲，自由诗只能充当一种变体，成熟的格律诗才是诗坛的主要诗体。”把颠倒了的主次关系再颠倒过来，言人所不能，言人所不敢言，我实在佩服得紧。这些精辟的论述，对于格律体新诗的发展具有不可忽视的指导意义和鼓舞作用。

吕进:新诗文体论的建设者[①]

古远清

吕进(1939—),四川成都人。1963年毕业于西南师范大学(今西南大学)外语系,现为西南师范大学教授和该校中国新诗研究所所长。主要著作有:《新诗的创作与鉴赏》(重庆出版社,1982)、《一得诗话》(四川文艺出版社,1985)、《新诗文体学》(花城出版社,1990)、《中国现代诗学》(重庆出版社,1991)、《吕进诗论选》(西南师范大学出版社,1995)、《文化转型与中国新诗》(重庆出版社,2000),主编《上园谈诗》(重庆出版社,1987)、《新诗三百首》(河北人民出版社,1996)等。

吕进的诗论起步于1970年代中期.成熟于1990年代。他是一位有理论雄心建构诗学体系的诗论家。他把诗学原理、诗歌现状批评与新诗史研究结合起来,为中国现代诗学迈向学术之境做出不懈的努力。他的第一部著作《新诗的创作与鉴赏》,重视揭示新诗本身的艺术规律,进行有说服力的论证。比如对诗的本质问题,他就敢于标新立异,提出新的定义:

> 诗是歌唱生活的最高语言艺术,它通常是诗人感情的直写。[②]

用"歌唱"去说明诗的特点。不仅因为是诗和音乐同时从劳动中产生。还因为诗后来虽然不再与音乐结合在一起,但它仍具有抒情性和一定的音乐性。作者在后面论述各种诗体的特点时,也紧扣了这一点。最后一句则在一定程度上说明了诗作者与作品关系的特殊性。当然,这种解释还可以进一步商讨。有人就曾认为吕氏的定义不妨改为"诗是歌唱生活与心灵的最高语言

① 本篇原题目为"吕进:新诗文体论的建设者",载《中外诗歌研究》2011年第2期。
② 吕进:《新诗的创作与鉴赏》,重庆出版社1983年版,第20页。

艺术"[1],才较为确切。但不管怎样,在人们仍十分服膺何其芳关于诗的定义的情况下,吕进的看法值得重视。至少它可以作为进一步丰富、完善诗的定义的一个基础。因为何其芳的定义尽管比较科学和完善,但它并不就是人们认识诗的本质的终点。

重视从诗人的创作和读者的审美鉴赏角度对构思、灵感、修辞、品种诸问题进行细致的剖析,力图确立某些创作法则,带有技巧性和实用性,这是《新诗的创作与鉴赏》的另一特点。此外,吕进还辩证地处理了诗的内容与形式的关系,既强调了诗人要抒人民之情,同时又花了许多笔墨谈灵感的特点和获得、构思的方法和创新,以及叙事诗应如何从抒情、结构、语言等方面去把握特点。此书谈的灵感、通感、小诗等问题,也是以往出版的同类著作较少提及的。作者在探讨时,分析细腻,重在点的深入。比如谈灵感讲清了突发性、强烈性、不重复性和抒情性与音乐性之间的关系。谈构思的创新,比较全面地总结了创新的几种基本艺术经验。在"精练美"中谈到新诗语言的弹性的主要来源,新诗常见的排列方式,以及谈诗学中的标点与语言学中的标点的同与异,均比亦门的《诗是什么》有所超越。

在体系上,该书把诗歌理论、创作和鉴赏紧密联系起来,在一定程度上显出了内在逻辑的严整性。全书还注意纲和目的关系。这里说的纲,系指第一章中的"诗的本质"。它是全书立论之本,统率了创作篇、鉴赏篇的主要观点。但该书体系还未具有更充分的新诗本身艺术规律的依据。即是说,这种分法仍没完全脱出从一般的文艺理论出发去研究新诗的窠臼,使人感到与文艺学概论的教材不无依稀仿佛之处。另外,作为一个完整匀称的体系,"鉴赏篇"分量稍嫌不足,和全书不大协调。

《给新诗爱好者》接触了《新诗的创作与鉴赏》来不及谈到的问题,是在原有基础上的深入。特别是认为"弹性是一种模糊美。它赋予诗歌语言以不确定性"[2]的观点。引进了模糊数学的原理去解释诗人写作心理活动中某些现象。吕进注意到了社会科学与自然科学互相渗透的这种趋势,下决心更新知识,力求突破原有的理论成果。

作为"上园派"理论的发言人,吕进在《上园谈诗·后记》中所概括的求实意

---

① 袁忠岳:"致吕进",载《〈诗刊〉通讯》1984年第9期。

② 吕进:《给新诗爱好者》,重庆出版社1984年版,第14页。

识、创新意识、多元意识，给人一个诗论群体的整体印象。吕进诗论的独到之处，主要得力于他的理论准备与美学修养。另一方面，也与他的诗论讲究艺术光彩有一定的关系。

吕进1990年代的著作比以往又前进了一大步。这时他花最大精力研究的是新诗文体学问题。吕进认为："文体理论就是研究文学的精细化和综合化过程的理论。文体学从理论上概括和抽象各种文体的形式特征及其发展轨迹。作为分类理论，文体学是确认文体特征和文体可能的理论，是净化和发展文体的理论。"[①]

正如蒋登科所说："吕进的新诗文体理论吸纳古今中外的诗歌文体理论成果，摒弃过去流行的单一的外部研究。而注重对新诗文体的内部规律的探索，注重理论上的正面建构。他不像西方的理论那样，主要从语言学角度来研究诗歌文体，而是以构成诗歌文体的诸要素为中心，将诗歌置于一个庞大的系统中来考察。涉及诗与散文、诗与时代、诗与表现、诗与诗人等重大课题，探讨它们之间的独特关系。对新诗文体的研究，吕进首先确定的是诗的文体本质与文体位置，他从诗与绘画、音乐等相关艺术门类的比较之中探讨诗的本质，更从诗与非诗文学体裁的比较中探讨诗歌文体的本质。对后者，他主要从两个方面切入，一是视点特征，二是语言方式。正是对这两个方面的深入考察，使他获得了对诗歌文体的全新认识，确立了他的新诗文体学体系的理论基点。"[②]《新诗文体学》便是他这方面的研究成果的集中展示。但此书不够系统，系单篇论文的结集。他的学生王珂写的《诗歌文体学导论》[③]，从诗本体的角度，以中外诗歌，特别是现代汉语诗歌为对象，将诗的内部研究与外围研究结合、总体研究与个案研究结合，在某些方面比他的老师有所超越。

在吕进主编的书中，最具理论价值的是《文化转型与中国新诗》[④]。此课题从基本具备客观性后的新诗的发展历史、新诗里的中外关系、新诗的诗体重建和新诗的传播四个角度，阐明文化转型与中国新诗的众多理论问题。比如在文化转型过程中，新诗积累了哪些艺术经验，对这些经验如何给予理论的总结

---

① 吕进：《中国现代诗学》，重庆出版社1991年版，第11页。

② 蒋登科：《对吕进诗学体系的简单理解》，载《对话与重建》，西南师范大学出版社2002年版，第395页。

③ 王珂：《诗歌文体学导论》，北方文艺出版社2001年版。

④ 吕进等：《文化转型与中国新诗》，重庆出版社2000年版。

与升华;当下的新诗又该怎样转型,新诗的进一步转型又会给文化转型带来什么?这些问题.都进入了该课题的学术视野。[①]

吕进不仅是诗论家,而且是一位诗歌教育家。他和当地前辈诗人一起于1986年6月创建了中国第一家新诗诗体机构——中国新诗研究所,成为我国诗歌研究的重镇,先后承担了多项国家级和省部级项目,出版和主编了不少著作,并主办有《中外诗歌研究》季刊和《中国新诗年鉴(1993—1997)》,还培养了江弱水、王珂、王毅、蒋登科、毛翰等不少新诗研究人才,在从事华文诗学交流和建设方面取得了一定的成绩。

① 吕进:《文化转型与中国新诗·前言》,载《对话与重建》,西南师范大学出版社2002年版,第380页。

吕进诗学话语体系的“诗话”特征[①]

张德明

由泰国诗人曾心主编的《吕进诗学隽语》[②]不久前在泰国、中国海峡两岸等地相继出版发行，这是现代汉语诗学界的又一盛事。《吕进诗学隽语》分“诗美篇”“诗歌分类篇”“诗运篇”“诗人篇”“诗歌技巧篇”“诗歌鉴赏篇”等六个部分，由编者精选四卷本的《吕进文存》中富有理论睿智和学术创见的话语集结而成，因此可以说是《吕进文存》的浓缩版和精编本。这部著作既从不同侧面集中反映了吕进的诗学思想，体现出《吕进文存》的理论精髓，同时也是一部具有某种独立性的现代“诗话”体诗学著作。该著的出版，不仅为我们在简短的篇幅中迅速领悟到吕进精深博大的诗学建树提供了典型的文本，也带给我们再度审视其诗学言说和学理建构独特风貌的新的契机。以精彩纷呈的《吕进诗学隽语》为阅读起点，反观洋洋两百万字的《吕进文存》，我们不难发现，在吕进的诗学言说中，事实上一直呈现着极为鲜明的“诗话”特征，仔细分析这一特征的具体表现形态，对我们领会吕进诗学的民族性与现代性内涵、认识其突出的学术个性和理论原创性来说，都是不无裨益的。

一、吕进诗学与传统诗话

检视吕进的学术人生，我们可以清楚地认识到，在近四十载的诗学研究中，吕进始终与中国传统诗话保持着密切的精神联系。传统诗话构成了他新

① 本篇原题目为“论吕进诗学话语的‘诗话’特征——读《吕进诗学隽语》所感”，载《西南大学学报(社会科学版)》2013年第4期。

② 文中所引的吕进诗论文字所依据的版本为：《吕进诗学隽语》，曾心、钟小族主编，泰国留中大学出版社2012年版。

诗研究基本的学术资源，也是他用以深刻认识古今中外文学创作现象、透彻理解中西诗歌和诗学奥义的最重要理论武器，在中国传统诗话的长期滋养和不断启示之下，吕进逐渐具备了独特的诗学眼光和艺术思维，同时也形成了理论言说的基本话语方式。可以说，在吕进的诗学探索与建构中，处处留印着传统"诗话"的影子。

首先，中国传统诗话是吕进从事诗歌研究前极为重要的理论储备，这种理论储备，为他日后的诗学研究，无论是学术思维的培养还是话语方式的形成上，都定下了某种基调。在追述自己的学术道路时，吕进指出，他撰写第一部学术专著《新诗的创作与鉴赏》之前，曾在中外文学理论上下过一番功夫，不仅阅读了中国现代诗学相关著作如郭沫若等人的《三叶集》、草川未雨《中国新诗坛的昨日今日和明日》等，也细读了黑格尔《美学》、莱辛《拉奥孔》等西方经典文论，"还研究了王国维《人间词话》、丁福保辑《清诗话》、郭绍虞编《清诗话》、何文焕辑《历代诗话》、梁启超《饮冰室诗话》等等。"[①]或许是受到了中国传统诗话的影响和启发，吕进在撰写《新诗的创作与鉴赏》这部专著时，给自己设定了这样的言说规则："不能在诗外谈诗，不能在诗之上谈诗，不搞高堂讲章，不玩概念游戏。要抛弃纯概念，使用类概念，要在诗内谈诗。应当这样揭示诗的秘密：不仅不能用枯燥乏味的空论去使寓于这一秘密的魅力消失，相反，经过诗论的照射，这一秘密应当变得更加妙不可言。未来这本书，应当有诗的神秘光彩，有诗一般的语言，在给读者理论启示的时候，也给读者以美的享受。"[②]在这一段话里，"诗内言诗""使用类概念""诗一般的语言"等几条，无疑都与传统诗话有关，是中国传统诗话的基本表现形式。按照这样的学术规则而创作出的理论著作，可想而知会体现出某种"诗话"性来。

其次，吕进诗学内涵丰富，论述对象繁多，涵盖内容广泛，体现出诗论家开阔的视野与广博的知识，也折射着他在多维空间中进行诗性言说、建构诗学体系的学术抱负。吕进的这种学术抱负，也可以说是受惠于传统诗话的启迪的。我们知道，传统诗话承载的内容是复杂多样的，而不是单一贫乏的。清代学者章学诚在《文史通义·诗话》中，曾把历代的诗话分为两大类，即"论诗及事"类和"论诗及辞"类，近人郭绍虞将章学诚的归纳作了进一步申发，他认为：

① 吕进："守住梦想——我的学术道路"，载《东方论丛》2008年第6期。
② 吕进："守住梦想——我的学术道路"，载《东方论丛》2008年第6期。

“诗话中间，则论诗可以及辞，也可以及事；而且更可以辞中及事，事中及辞。”[①]将传统诗话分为“论诗及事”和“论诗及辞”两类，这不能说不准确，但还显得不够具体，那么，传统诗话论及的具体内容究竟有哪些呢？清人锺廷瑛的概述可谓再全面不过了，他说：“诗话者，记本事，寓评品，赏名篇，标隽句；耆宿说法，时度金针，名流排调，亦征善谑；或有参考故实，辩证谬误：皆攻诗者所不废也。”[②]这里列举的内容，涉及记事、批评、鉴赏、标句、说法、调谑、故实、纠谬等方面，由此可见传统诗话关涉的范围实在广泛。在吕进的诗学言说中，大凡新诗文体、题材、流派、伦理、技法、语言等都有论及，这从《吕进诗学隽语》中就能非常直观地认识到，四卷本的《吕进文存》更可以说是有关新诗文体学、新诗题材学、新诗流派学、新诗伦理学、新诗技法学、新诗语言学、新诗阅读学的内容丰富、体系完备的现代诗学巨著。

再次，中国传统诗话中的经典话语，是吕进在诗学言说中经常诉诸笔端，借以立论的重要理据。《吕进诗学隽语》虽是吕进诗学中精彩言论的集结，但传统诗话出现的地方也有不少，笔者粗略统计了一下，大概有22处之多。至于四卷本的《吕进文存》，援引传统诗话来展开学理阐发的就更多了。在吕进诗学建构中，传统诗话扮演的角色也是各自不同的，有时是诗评家阐发一个观点的切入点，有时是用以支撑某个诗学观点的重要论据，有时则是使诗学结论得到凸显的点睛之笔。如阐释灵感的稍纵即逝特征，吕进写曰：“灵感来得突然，去得快捷，可谓来如风，去如烟。所以，诗人捕捉灵感需要敏捷。《而庵诗话》：‘好诗须在一刹那上揽取，迟则失之。’”[③]此处引用了徐增《而庵诗话》的言辞为佐证诗学观念的重要材料，无疑增强了理论的说服力。再如论及通感的艺术表达特性，吕进认为：“通感就是这样开辟着语言创新的途径，使许多‘不可能’变为可能。为许多新鲜的诗句在诗中争得了位置。《说诗晬语》说：‘过熟则滑。唯生熟相济，于生中求熟，熟处带生，方不落寻常蹊径。’就语言来讲，通感的神奇作用正在于它化‘熟’为‘生’。”[④]这里援用沈德潜的诗话，为凸显通感这一修辞格在诗歌创作中的语言表达功能起到了画龙点睛的作用。由此可见，传统

① 郭绍虞：《宋诗话辑佚序》，转引自刘德重、张寅彭《诗话概说》，中华书局1990年版，第3页。
② 锺廷瑛：《全宋诗话序》，转引自刘德重、张寅彭《诗话概说》，中华书局1990年版，第3页。
③ 曾心、钟小族：《吕进诗学隽语》，泰国留中大学出版社2012年版，第152页。
④ 曾心、钟小族：《吕进诗学隽语》，泰国留中大学出版社2012年版，第166页。

诗话构成了吕进诗学言说中的一个有机组成部分。

二、吕进诗学的“诗话”特征

在我看来，吕进诗学的“诗话”特征主要体现在如下四个方面：

其一，以感悟为基础的诗性言说。著名学者杨义曾指出：“感悟的思想和思维方式，在中国具有原创性的诗学专利权。”[①]确乎如此，在中国古代诗话词话里，充满了包孕着理论家感性与妙悟的智慧火花，“感悟”一定程度上构成了古代诗学阐发中“点醒材料和经验，沟通中西方学术的重要思维方式，而且也是中国传统思维方式的具有优势的形式”[②]。吕进的诗学建构，并非如西方诗学那样主要是借助概念、判断、推理来进行逻辑演绎，而是常常以感悟作为理论入思的起点和学理展开的线索，从而体现出感悟诗学的理论个性。如关于诗歌的定义，这是吕进诗学的一个重要硕果，但吕进对诗歌的定义，并非是通过抽象的逻辑推导而取得的，而是诗论家在对艺术拥有了丰富感受和深刻领悟之后，结合这种感受和领悟而做出的。什么是诗？吕进说道：“诗是歌唱生活的最高语言艺术，它通常是诗人感情的直写。”[③]在这段话中，“歌唱生活”“感情的直写”等短语，都不是严格意义上的学术概念，而是建立在诗论家艺术直觉和审美感悟基础上的诗化语言。我们只要把这段话同黑格尔关于诗的定义加以比较，就能清楚地发现吕进诗学的感悟特性。在《美学》第三卷里，黑格尔也曾对诗歌进行过较为准确的界定，他指出：“诗，语言的艺术，是第三种艺术，是把造形艺术和音乐这两个极端，在一个更高的阶段上，在精神内在领域本身里，给合于它本身所形成的统一整体。”[④]同样是发现了诗歌与音乐艺术的内在联系，黑格尔使用的是富有逻辑性的理论表述，而吕进则主要诉诸形象思维，用诗性洋溢的语言来对诗歌加以界定，话语之中掺杂着不少感悟性的成分。不仅如此，在阐发各种诗学观念和理论发现时，吕进的诗学言说也是处处可见体现着感性与妙悟色彩的话语成分，这折射出诗论家将人生感悟与诗学洞察高度融合在一起的学术追求。如论述诗语的弹性带来艺术之美时，吕进指出：

① 杨义：“感悟的现代性转型”，载《学术月刊》2005年第11期。

② 杨义：“感悟通论(上)”，载《社会科学战线》2006年第1期。

③ 曾心、钟小族：《吕进诗学隽语》，泰国留中大学出版社2012年版，第1页。

④ [德]黑格尔：《美学》(第三卷)，商务印书馆1981年版，第4-5页。

"弹性是一种模糊美。它赋予诗歌语言以不确定性,从而给欣赏者带来感受和把握的多样性和灵活性,扩大了诗的想象空间。而诗味'止于咸''止于酸',就往往比较乏味。"[①]在这段话中,前两句话可以说是理性话语,是较为严密的逻辑演绎,而最后一句则是感悟话语,是诗论家将生活中的感受移植到有关诗歌意味的言说上的。这样的感悟话语,在《吕进诗学隽语》中是较为常见的。

其二,象喻式批评的话语方式。中国古代诗话词话在批评话语方式的选择上,并不用富有逻辑性的话语来陈述观点、阐发理论,而是常常将抽象的理论形象化,借助某个具体的喻象来传达,这是同西方诗学话语迥然不同的。学者欧海龙这样概括中国古代诗话的这一理论特征:"诗话通过形象作比喻的方式把抽象的精神特征和幽深微妙的生命体验物化为可以直接感知的意象,以启悟读者领悟诗之妙谛,这便是诗话的象喻式批评。"[②]考察中国古代诗话的发展历程,便不难发现,从欧阳修的《六一诗话》到王国维的《人间词话》,这种"象喻式批评"是贯穿始终的,"象喻式批评"俨然构成了中国古代诗话的话语传统。在《王国维及其文学批评》中,叶嘉莹曾将王国维《人间词话》的批评模式概述为"意象式的喻示"方法,并高度赞许说:"意象式的喻示大都以直觉的感受为主,因此这种喻示也就最能保持以感性为主的诗歌的特质。这种方式如果运用得宜,也就是说评诗人对于所评的作品既果然能有真切深入的体认,而且也能提出适当的意象来作为喻示,则这种批评方法实在应该是保全诗歌之本质,使其以感性为主之生命可以透过另一意象的传达,而得到生生不已之感动效果的一个最好的方法。"[③]对中国古代诗话中象喻式批评所具有的理论优势的阐发,叶嘉莹的这段话还是说得比较到位的。在吕进诗学中,以象喻式批评的话语方式来阐述观点、展开论述显然构成了一种基本的诗学策略,象喻式批评的话语案例在《吕进诗学隽语》里可谓俯拾即是。如阐述情感在诗歌创作中的重要作用时,吕进连用了三个比喻来表达:"感情,是诗歌形象的雕塑师","感情,是诗歌乐章的指挥者","感情,是诗歌语言的母亲"[④],这种以具体形象来喻示抽象道理的方式,比直接诉诸抽象的逻辑话语来说,显然更富有生动可

① 曾心、钟小族:《吕进诗学隽语》,泰国留中大学出版社2012年版,第45页。

② 欧海龙:"论中国诗话之生命化批评",载《海南大学学报》2007年第6期。

③ 叶嘉莹:《王国维及其文学批评》,河北教育出版社1997年版,第266页。

④ 曾心、钟小族:《吕进诗学隽语》,泰国留中大学出版社2012年版,第20页。

感性,并给读者更为开阔的想象空间。试想,如果我们不采用这种象喻式批评的方式,而直接说"情感在诗歌形象的塑造、诗歌节奏的处理、诗歌语言的形成上,具有极为突出的作用",就会显得干瘪平庸,让人读之味同嚼蜡。吕进诗学中的这种象喻式批评话语还有很多,例如"小诗是阳光下的露水,情绪的珍珠"[①],"好的诗题是一首诗的眼睛,也是一首诗的语言浓缩剂"[②],"就本质而言,诗的天空理所当然更多地属于女性。诗是仰仗想象力的艺术,女性最善于张开想象的翅膀;诗是情感的领域,女性从来是情感的富有者;诗是内视的文学,女性常在内视世界流连"[③],"诗人如果只是自己灵魂的保姆,或者一个自恋者,他就一钱不值"[④],"站在时代前列的诗人,善于敏锐地感受到生活中的时代精神:由生活的一朵浪花听到大海的喧哗,由大地的一片绿叶看到春天的明媚。站在时代前列的诗人,并不只注意纵览乾坤、描绘苍穹,而是努力以他的巨大才力去把诗的触角伸得广些,再广些"[⑤],"诗人的诗是心灵的太阳重新照亮的世界"[⑥],等等。以象喻式批评的话语方式来进行理论言说,使吕进诗学既具有学理的深度,还具有诗意的素质,让读者在阅读过程中既能获得理论的启迪,也能获得美的愉悦与享受。

其三,类概念的范式策略。我们知道,中国古代诗话中的诗学范式也多为类概念,不管是宋诗话、明诗话还是清诗话都不例外,古代诗话中常见的术语如"滋味""余味""妙悟""肌理""韵致"等等,都可以说不是纯概念而是准概念、类概念。如前所述,吕进是将"要抛弃纯概念,使用类概念,要在诗内谈诗"作为第一部学术专著的表达法则来遵守的,事实上,这一法则不只是在《新诗的创作与鉴赏》中得到了落实,而且也贯穿了吕进诗学研究的始终。也就是说,吕进的诗学建构中,使用类概念(准概念)构成了一种基本的范式策略。吕进所提出的一些诗学范畴,诸如"弹性""双极发展""诗家语""新来者""文体可能",等等,都不是纯粹的、抽象的学术范式,而是将抽象和具象、主观与客观交融在一起的类概念(准概念),这些类概念的频繁使用,既保证了富有灵性的理

① 曾心、钟小族:《吕进诗学隽语》,泰国留中大学出版社2012年版,第72页。
② 曾心、钟小族:《吕进诗学隽语》,泰国留中大学出版社2012年版,第73页。
③ 曾心、钟小族:《吕进诗学隽语》,泰国留中大学出版社2012年版,第82页。
④ 曾心、钟小族:《吕进诗学隽语》,泰国留中大学出版社2012年版,第124页。
⑤ 曾心、钟小族:《吕进诗学隽语》,泰国留中大学出版社2012年版,第125-126页。
⑥ 曾心、钟小族:《吕进诗学隽语》,泰国留中大学出版社2012年版,第127页。

论感悟能够被诗论家自然而准确地纳入学术话语之中，又使得象喻式批评可以有序地展开，自然地延续，从而为诗学体系建构的严整性与统一性提供必要的保障。试举一例，在论述诗与散文的文体差异时，吕进说过一段很精妙的话："散文对外在世界的感受终止的地方（自愿的终止，无可奈何的终止，等等），正是诗的领地。诗在散文未及、未尽、未能、未感的地方显露自己的价值：它是外在世界的内心化、体验化、主观化、情态化。散文的外视点有超越时空和生活现象的极大自由，但在心灵生活中它的灵敏度却并不理想。如果说，散文探索'外宇宙'，诗就在探索'内宇宙'；如果说，散文寻觅外深化，诗就在寻觅内深化；如果说，散文在外在世界徘徊，诗就在内心世界独步。散文是作家与世界的对话，读者倾听散文；诗是诗人心灵天地的独白，读者偷听诗歌。"①这段话中出现的很多范式，诸如"内心化""体验化""情态化""内宇宙""外宇宙""对话""独白"，等等，都不是纯粹的诗学概念，而只是类概念或准概念，它们虽不像科学术语那样逻辑严密，但能给人带来直观具体的感觉，这些术语集中体现着诗论家感悟性思维特点和象喻式批评的话语方式，也可以说是传统诗话精神在现代诗学中的回响。

其四，"以少总多"的学术笔法。与西方文论的体系庞大、要言不烦相比，中国古代诗话基本上是篇幅短小，论述精致的，这与古代文论传统中追求"以少总多，情貌无遗"（《文心雕龙·物色》）和"乘一总万，举要治繁"（《文心雕龙·总术》）的学术理想不无关系。中国古代诗话一般是由片段性的语言形式构成的，以这种只言片语式的话语形式来谈论诗学问题，虽然在理论的系统和完备上与西方文论无法比拟，但因为做到了"举要治繁""言简意赅"，中国古代诗话能给人一语中的、举一反三的学术感受和启发。在这个意义上，"以少总多"的学术笔法可以说是彰显中国古代诗话的个性和优势的一种理论表征。吕进诗学也自觉继承了古代诗话的这种话语传统，并将其发扬光大。如论诗语的弹性艺术，吕进论曰："诗是具象的抽象。太重于具象，就变成绘画；太重于抽象，就变成音乐。具象的抽象本身就包含二重性：笔下具象，笔外抽象，古人所谓'象外''味外''诗外''笔墨之外'指的正是具象与抽象的交织。情隐景显，隐显交织就构成弹性。言近旨远，近远交织就构成弹性。"②这段话言语虽不多，

① 曾心、钟小族：《吕进诗学隽语》，泰国留中大学出版社2012年版，第3页。

② 曾心、钟小族：《吕进诗学隽语》，泰国留中大学出版社2012年版，第46页。

但容量异常大，既将诗歌与音乐和绘画比较，凸显其兼具抽象与具象的艺术特征，又以古代诗论语词来印证诗歌的这种独特个性，最后又归结到对诗歌弹性的阐述上来。用“以少总多”的学术笔法，进行理论阐发，从而在最小的语言篇幅里，传达出最丰富的诗学认知，这是吕进诗学的一大亮点。《吕进诗学隽语》所录语句之所以语语精彩，句句传神，折射的正是诗论家始终秉承“以少总多”的学术笔法来进行诗学言说和体系建构的事实。

三、参考与启示

以感悟为诗性言说的基础，以象喻式批评为主要话语方式，以类概念为范式策略，以“以少总多”为学术笔法，由此建构起来的吕进诗学，显而易见体现出了鲜明的“诗话”特征，这种“诗话”特征，既赋予吕进诗学独特的学术品位和理论个性，使他在中国现代诗学领域占据着不可替代的位置，也给中国现代诗学的学术发展和理论创新积累了宝贵的经验，提供了有益的启示。在我看来，具有突出的“诗话”特征的吕进诗学，至少在四个方面给当代诗学建设提供了重要的参考与启示。

第一，继承并发扬“诗话”传统，是古典文论进行现代转型的关键环节。众所周知，“传统文论的现代转型”是近二十年来中国学界大谈特谈的热门话题，但是中国传统文论的理论特征体现在哪些层面，传统文论如何才能真正实现现代转型，对这些问题的看法，学界的观点并不一致，文论转型的最佳方案也一直没有找到。作为传统文论中最为典型的理论文本，中国古代诗话理应受到我们的高度重视，古代诗话所具有的以感悟为基础的诗性言说、象喻式批评的话语方式、类概念的范式策略等理论特征，一定程度上也正是中国传统文论理论个性的集中反映。从这个角度看，自觉地继承和发扬古代诗话传统，可以说是实现古代文论现代转型的最为关键的环节。吕进近四十载以“诗话”为习学目标和理论指南而进行的现代诗学建构，为古典文论现代转型提供了成功的范例。

第二，大胆继承中国古代诗话遗产，以古代诗话为重要的学术资源，在中西诗学对话中来展开现代诗学研究，这是中国现代诗学追求学术原创性、建立属于中国学者自己的话语方式和理论体系的重要路向。早在20世纪90年代，曹顺庆就指出了中国文论“失语”的严重问题，他认为：“长期以来，中国现当代文艺理论基本上是借用西方的一整套话语，长期处于文论表达、沟通和解读的‘失语’状态。”导致这种失语症的主要病因在于，中国学者长期以来都只是一味追随西方，借用西方的理论思维方式和理论话语形态进行学术阐发，而没有建构自己独有的理论话语，“我们根本没有一套自己的文论话语，一套自己特有的表达、沟通、解读的学术规则。我们一旦离开了西方文论话语，就几乎没办法说话，活生生一个学术‘哑巴’”①。由于我们只是大量借用了西方文论话语来进行学术言说，因此我们所得出的学术结论，所发出的理论声音，大都只是西方理论的汉语版，很少呈现中国学者自己的民族特色与理论个性。有鉴于此，对中国文论传统加以现代转换，以此为基点来展开学术阐发，通过与西方诗学的对话和交流来创生一套具有中国色彩和民族个性的文论话语，从而建构出现代诗学体系，这可以说是中国现代诗学有可能摆脱“失语症”纠缠、体现出某种理论原创性的重要的前行路向。吕进通过对诗话传统的吸收和借鉴，通过对古典诗话中合理有效的理论因素的继承和发扬，寻觅到了具有民族特色与学术个性的诗学思维方式和话语言说方式，进而构建起中国现代诗学的理论雏形。吕进的诗学实践，为中国学界探索出一套让当代学术研究更具原创性、更具中国本色和滋味的可行性方案。

第三，诗学言说如何面对当代读者，从而更好地完成其历史使命，体现出“诗话”特色的吕进诗学也向我们提交了一份不乏指导意义的答卷。阅读《吕进诗学隽语》，我们能清楚地感知到，吕进诗学是具有极大的理论亲和力，能给人带来充沛的阅读快感的。它不是那种居高临下、目空一切的高头讲章，而是有明确的读者指向的诗学言说；不是干瘪枯燥的理论说教，而是绘声绘色的兼具思想性和审美性的诗性话语；不是搬弄新潮概念、一味追求妙想玄思的高谈阔论，而是把读者当朋友、与读者倾心交谈的温馨细语。吕进诗学的这种自然亲切的理论色彩的形成，与诗论家对传统诗话的借鉴是不无关系的。我们知道，传统诗话也是一种平易近人、自然可亲的理论形式，之所以传统诗话具有这种理论特征，是因为在这一文体形式里，论诗者往往像拉家常一样在谈诗论道，“‘诗话’云者，就是诗‘论’与说‘话’妙契无垠的结合。”②当诗学言说显示出

① 曹顺庆：“文论失语症与文化病态”，载《文艺争鸣》1996年第2期。
② 蒋凡：“诗话缘起、性质及理论贡献”，载《文艺理论研究》1992年第3期。

和蔼、平易的一面时，读者可能就会因其亲切可感而更乐于接受，深刻的诗学观念便可以借助形象而朴素的话语迅速进入读者的心灵之中，读者的文学理解能力、审美鉴赏能力也就将不断得到提升，这对促进当代中国文学和文学理论的发展来说，无疑功莫大焉。

第四，在学术研究中，如何做到人与文的统一、人品与诗品的一致、人格与文格的一致，吕进诗学在此方面也做出了表率。我们知道，中国传统诗话注重诗论者主体的生命投入和情感投入，“诗话在评点诗词的过程中，源于诗话作家的内在生命冲动，而穿插了大量点悟式的人生体验，从人生易逝、天地长留的喟叹，到感世伤时的感慨、官场应酬的感悟、生命历程的抚触、文人精神的向往，其间无不反映了创作主体弥漫其中的生命意识。”[①]正因为论者将自我的人生体验和情感体验投入到了诗学言说中，传统诗话才在闪烁理论光芒的同时又处处体现出暖人心怀的人间情味。继承和借鉴了古代诗话传统的吕进诗学，也是诗论家将人生体验融入诗学言说之中，将诗歌的审美世界与自我的现实情感世界汇聚在一起而催生的理论硕果，既体现出深隽的诗性睿智，又散发着炫目的人文光亮，从而具有了极为长久的学术生命力。

①欧海龙:“论中国诗话之生命化批评”，载《海南大学学报》2007年第6期。

“变”中守“常”:中国现代诗学体系的一种建构①

王强

中国新诗自发端起,就在“变”与“常”的碰撞和纠缠中探索进路。时至今日,众声喧哗之下的诗坛衰敝丛生,处境尴尬。如何处理“变”与“常”的关系问题,仍然困扰着新诗的理论和创作实践。在新的时代语境下,让这一历久弥新的话题再次出场,将其纳入现代诗学理论建构的高端视野,重新激活并赋予新意,展现出为中国新诗振衰起弊进行理论突围的一贯努力,具有重大的现实意义。

对新诗“变”与“常”关系的观照,是辨认和清理纷繁庞杂的中国现代诗学观的一个重要理论枢纽。百年新诗从来就不缺少“破格”甚至“破坏”的力量。从胡适“作诗如作文”到郭沫若“裸体美人”,新诗走上了一条破旧立新、狂飙突进的道路。中国新诗与讲究声韵、格律等形式技巧的古典诗歌传统实现了断裂。在获得“绝端的自由”的同时,也导致自由诗只有“自由”没有“诗”。由“破格”造成的先天不良,给中国新诗的日后发展埋下隐患,到“新月派”登上新诗坛,诗学界开始纠偏。“理性节制情感”美学原则的确立和诗的形式格律化的主张,使中国新诗接通了传统的血脉,步入了一个诗艺探索的“自觉”时期。总体来看,中国新诗肇始至今,一直交织着爆破与建设、破格与创格、先锋与传统等对峙的线索。“破”和“立”“新”和“旧”“变”和“常”纠结对立,推动着新诗艺术的演进和流变。艺术创新永无止境,这两种力量的交替拉锯永不停歇。20世纪80年代朦胧诗潮涌起后,爆发了一场著名的诗学论争。力主横向移植的“崛起派”和固守民族传统的“传统派”针锋相对,各执一词。这两派都有各自立论的依据,也有其存在的历史合理性,但偏颇和失当之处也显而易见。“上园派”则

① 本篇原题目为“‘变’中守‘常’:中国现代诗学体系的一种建构”,载《西南大学学报(社会科学版)》2010年第6期。

吸取了二者的合理因素，摒弃了偏执一端的诗学体系建构模式，提出："坚定地继承本民族的优秀诗歌传统，但主张传统的现代转换；大胆地借鉴西方的艺术经验，但主张西方艺术经验的本土化转换。"[①]在二元对立的诗学格局中开辟新路，令人豁然开朗。有论者形象地指出，"先锋派——中锋派——传统派，三分诗坛"，[②]而中锋理论圈就是以吕进为代表的"上园派"。中国新诗处于古今交会、中西碰撞的历史坐标系当中，必须承接传统、取法西方，任何偏执地固守一端的做法，都将被证明是没有前途的。古远清指出："这三大诗论群体两头小中间大。'上园派'人数较多，……他们的看法较为客观、公正"。[③]"上园派"持论稳健求实，为建构一个科学、完备和成熟的中国现代诗学体系提供了独特视角和有益启示。

1991年，吕进的诗学代表著作《中国现代诗学》问世。该书开宗明义地指出："创构中国现代诗学体系的重要前提，是在与西方诗学的比较中把握中国传统诗学的精髓，以便在开放中建立中国诗学的民族性框架。……中国现代诗学应当保持'通'中求'变'，同时又不拒绝在艺术的探险精神上向西方诗学有所借鉴。"[④]在诸如诗的观照方式、诗的艺术媒介、抒情诗的生成、新诗的使命意识与生命意识等一系列重大诗学理论课题上打开了新思路，建构起一个以新诗文体学为基础架构的独特完整的中国现代诗学体系。有论者指出："辩证法思想是吕进诗学研究的哲学基础(尤其是方法论基础)。他既注重诗学研究的原创性，也注重诗学发展的继承性，……在开放的文化环境下，他的诗学体系以中国现代诗歌作为主要研究对象，同时也不忽略对外国(尤其是西方)诗学主张、诗歌艺术经验的借鉴，从而形成了独特的学术品格。"[⑤]可以说，"变"中守"常"是吕进建构的中国现代诗学体系的逻辑原点。

2004年兴起的"新诗二次革命"，致力于中国新诗"破格"后的"创格"，引起国内外诗学界的震动，成为学界持续关注和聚焦的热点话题。"新诗二次革命"旨在破解三大诗学前沿问题："实现'精神大解放'以后的诗歌精神重建、实现

① 吕进："中国新诗研究：历史与现状"，载《理论与创作》1995年第4期。
② 毛翰："话说'中锋'"，载《诗探索》1996年第4期。
③ 古远清：《中国当代文学理论批评史》，山东文艺出版社2005年版，第515-516页。
④ 吕进：《吕进文存》(第二卷)，西南师范大学出版社2009年版，第286页。
⑤ 蒋登科："吕进与中国现代诗学的体系建构"，载《西南师范大学学报》2000年第5期。

‘诗体大解放’以后的诗体重建和在现代科技条件下的诗歌传播方式重建。”[①]这一倡导体现出诗歌本体意识的高度自觉和引导新诗健康发展的切实努力。“新诗二次革命”论进一步丰富和发展了吕进的中国现代诗学体系，它所突出标举的“三大重建”切合了中国新诗否定之否定螺旋式上升的发展规律，秉承了论者一贯的辩证、创新和求实精神，与“上园派”诗学观念一脉相承，成为中国现代诗学体系建构“变”中守“常”的又一生动范例。当下，“新诗，新其形式需是诗。在‘变’中继承‘常’是非常重要的。”[②]“变”中守“常”的理论呼吁，贯穿着论者的辩证思维，是其现代诗学观的延续和升华。

在2009年举办的第三届华文诗学名家国际论坛上，吕进首创“新来者”的提法，对上世纪新时期以来受到矮化和遮蔽的“新来者”诗人群落给予科学的历史定位，使之进入现代诗学史的理论视野，得到与会学者的高度认同和肯定。需要指出的是，1980年吕进就在《星星》诗刊发表《令人欣喜的归来——读艾青〈归来的歌〉》，首次在新时期诗歌研究中使用“归来者”一词。归来者和朦胧诗人一度成为备受瞩目的诗歌群体，二者在美学精神和艺术追求等方面构成潜在对话，为新时期新诗的复苏和发展发挥了各自的作用。如今，“新时期诗歌”已定格成历史。在尘埃落定之时，吕进却独出机杼地为“新来者”正名。之所以如此，或许可以归结为：吕进的诗学观与新来者的审美取向存在着某种沟通和暗合之处，即“化古为今，化外为中”，概括起来就是“变”中守“常”。在《论新时期诗歌与“新来者”》一文中，吕进指出：“在新时期诗坛上其实还有一个‘第三者’：新来者诗群。在双峰对峙的时候，‘第三’往往具有重要的诗学意义和哲学意义。‘第三’可以活跃全局，可以开拓空间，可以探寻新路，带来新的生态平衡。……新来者属于新时期。他们的歌唱既有生存关怀，也有生命关怀。化古为今，化外为中，这是新来者共同的审美向度。……新来者是时代的守望者，因循守旧，拒绝探索，或者躲避崇高，全盘西化，都不是他们的美学追求。”[③]新来者诗歌创作的成功实践，为吕进建构的中国现代诗学体系提供了绝佳的实证和参照，进一步印证和检验了其诗学观的科学性和深刻性。而且，值得反思的是：“现在回过头来看历史，三个合唱群落中新来者的实绩其实不小，

① 吕进：“三大重建：新诗，二次革命与再次复兴”，载《西南师范大学学报》2005年第期。
② 吕进：《新诗的“变”与“常”》，载《人民日报》2010年3月26日。
③ 吕进：“论新时期诗歌与‘新来者’”，载《文艺研究》2010年第3期。

艺术生命其实非常持久。新来者到了新世纪已经属于老诗人,但是他们中间的多数人还在歌唱,他们对中国诗坛仍然保持着影响。"[①]在归来者和朦胧诗人步入历史深处、渐行渐远之际,新来者却魅力不减、影响深远,证明了吕进现代诗学观的超越性和前瞻性。

有论者曾指出:"求实、创新与多元化,可以说是吕进诗论的总体倾向。吕进作为当代诗论的一个实体,其意义将远远超过其诗论本身——诗论本身很难超越时代,它总有这样那样的局限——作为学派主体的吕进之精神更具价值,它很可能超越时空,波及后代。"[②]在"通"中求"变""变"中守"常",吕进建构的中国现代诗学体系沟通古今,融合中西,经过逻辑和历史的双重验证,焕发出蓬勃的生命力,对于中国新诗的振衰起弊具有持久的理论价值。

① 吕进:"论新时期诗歌与'新来者'",载《文艺研究》2010年第3期。
② 邹建军:《中国新诗理论研究》,长江文艺出版社1993年版,第79-86页。

传统视域中的吕进诗学体系[①]

颜同林

中国现代诗学体系自身理论的丰富与发展,都面临一个传统与现代、异域与本土的问题。一方面,西方诗学思想被引入中国后,它在陌生而新异的时空中不断衍生与变异,形成了新的内容与形态;另一方面,中国传统诗学被植入到现代中国之后,面对当下不同地域文化形态和传统时,也产生着新的困境与机遇。在这个意义上,传统诗学与西方诗学经常成为互视的双轴,双重资源带来多元化诗学视野与课题。具体到中国现代诗学的个人化建构时,透过两者之间的张力结构,我们可以清晰地看到两者所占的份额在个案研究实际中却并不等同,在兼顾双方的情况下偏于一轴,往往是中国现代诗学大家建构各自独特诗学的常态。站在这一高度打量中国20世纪以来的诗学理论阵容,人们不难发现真正直面这一命题而有所作为的诗评大家并不太多,长期在中国新诗重镇——重庆——掌舵的诗评家吕进,却正是这样一位屈指可数者,一位有自己独特诗学高度与风格的诗评大家。立足于传统诗学资源,自身承续并融汇成为中国诗学之传统,是打量吕进诗学体系的最佳切入口之一。换言之,传统视域的有效引入,必将提供通往吕进现代诗学理论体系的一条捷径;当然,西方诗学资源的存在,也是其诗学资源的另一个显著事实。限于论题的深入,本文对后者采取搁置的办法,但并不说明它不重要。

① 本篇原题目为“传统视域与吕进现代诗学体系”,载《诗学体系与话语方式的建构:〈吕进诗学隽语〉评论集》,泰国留中大学出版社2013年版。

一、独特的“这一个”

继《吕进文存》[①]四卷本出版之后,《吕进诗学隽语》[②]在泰国诗人曾心与大陆年轻学者钟小族等倡议与推行之下顺利问世。与以往不同的是,《吕进诗学隽语》分别在中国台湾与泰国出版印行,穿越国界,可谓华文诗界的一件学术喜事。对于我而言,除了对此表示衷心的祝贺外,也是一次温故而知新的机会。《吕进诗学隽语》以语录体形式汇编,类似于过去的文摘卡片型图书,以新的传播方式面世,易于普及、利于推广。此书看上去类似《吕进文存》的副产品,因为它主要从《吕进文存》中摘录与编写,据笔者对文摘来源的统计,除《吕进文存》之外,另外涉及最近几年发表在《文艺研究》《人民日报》等报刊上而未收入文存的单篇论文十篇。全书共分“诗美篇”“诗歌分类篇”“诗运篇”“诗人篇”“诗歌技巧篇”“诗歌鉴赏篇”六大板块,都是从吕进现代诗学著述中披沙拣金淘洗出来的。这几个方面大多数以片言只语或小段落的形式,或单刀直入亮出观点,或含蓄蕴藉摇曳多姿,或反复论辩逐层深入,均触类而旁通、言近而旨远,基本构成了这一著述大厦的主体。

不过话也说回来,《吕进诗学隽语》只是一个贴上“吕进”现代诗学标签、面向大众与社会的普及本,类似一个路标,有简略的介绍与阐释,但要真正深入吕进现代诗学大厦,阅读其原本著述仍是不可避免的。比如,其著作在我这儿基本上都有收藏,笔者倾向于喜欢依此线索再去品读吕进先生以前出版的著作单行本,而不仅仅是《吕进诗学隽语》,也不仅仅是《吕进文存》,阅读1980年代开始的吕进诗学著述,甚至是逐年度发表的单篇代表论文,其审美快感更加丰盈、厚实与全面,收获也更有层次感,更为具体与繁复,所以自其成名作《新诗的创作与鉴赏》始,那些错落不一、版本精良的单行本图书的意义不容忽视,其发表的单篇论文也不能被冷落。这是一段题外话,现在还是回到正题上来。一方面,《吕进诗学隽语》图书的出版,典型的是暗暗呼应了吕进先生所提倡的新诗三大重建之一,即诗歌传播方式的重建(只要把“诗歌”改成“诗歌理论”便是);另一方面,实际上这一出版操作策略却需要作者对象有相适应的内容与形式:除体系周全、内容丰赡外,句子与段落需要以哲理化、精致化见长,

---

① 吕进:《吕进文存》(第四卷),西南师范大学出版社2009年版。

② 曾心、钟小族:《吕进诗学隽语》,泰国留中大学出版社2012年版。

在压缩折叠中能言短意远。它像夏夜繁星一样，摘录之后也能熠熠发光。无疑，这一切都要大体符合传统诗话或古典诗学的特征，吕进现代诗学著作具有这样的底蕴与风采。换言之，吕进现代诗学体系充分汲取了传统诗话的精髓，对古典诗学传统的风韵与路数承续甚多，具有鲜明的民族风格与中国气派。

“吕进是一个有自己完整诗学体系的人，这在当今的中国诗学界并不多见。尤其是他的文体理论，非常深刻而周全，既是现代的，又是传统的。”[①]“吕进诗学对于当前的中国诗学界来说，无疑是一股清流。吕进先生建构起属于自己的诗学体系，在现代诗学界独树一帜，尤其在现代诗歌文体上多有建树。他的立论，无不旁征博引，显示出他倡导的求实、创新、多元的学术风度。”[②]对于两位主编者的判断，本人非常赞同。在所引用的论断中，“现代”而“传统”的体系，“求实、创新、多元”的学术风度，都很有概括力。其中“清流”一说更是让人浮想联翩，“问渠哪得清如许，为有源头活水来。”（朱熹《观书有感》）浇灌吕进先生这一枝繁叶茂的诗学大树，需要汩汩流泻而不会断头的甘泉。这一股活水、“清流”就是来自于中国诗学之传统。这一观念，我们还可以从吕进先生本人长时段的反复申说中得到明确的答案。

在“文革”结束以后，吕进先生开始由诗歌创作向诗论写作转型，“写作时不太受那些习见的术语、概念、程式的束缚，往往从感悟出发，从诗歌现象出发，兴之所至，随意涂鸦”[③]。在准备他的处女作时，吕进先生既阅读了五四以来所能见到的新诗论著，细读了像黑格尔《美学》之类的外国文献，还研究了“王国维的《人间词话》、丁福保辑《清诗话》、郭绍虞编《清诗话续编》、何文焕辑《历代诗话》、丁福保辑《历代诗话续编》、梁启超《饮冰室诗话》等等”，[④]并做了数以抽屉计的大量摘录卡片和读书笔记。——对传统诗话与古典诗学的熟稔，少年时代创作新诗的丰富实践，都让吕进先生更加接近诗歌本身，从而追求一种体验、顿悟、睿智的诗话化风格，虽然涌入酝酿其笔下时，传统诗话与古典诗学的形态也发生了某些质的变化。

从新时期开始将近十年之后，吕进先生于1990年代又写出了他的代表作

① 曾心、钟小族：《吕进诗学隽语》，泰国留中大学出版社2012年版，第2–3页。
② 曾心、钟小族：《吕进诗学隽语》，泰国留中大学出版社2012年版，第199–200页。
③ 吕进：“守住梦想——我的学术道路”，载《东方论坛》2008年第6期。
④ 吕进：“守住梦想——我的学术道路”，载《东方论坛》2008年第6期。

《中国现代诗学》:"《中国现代诗学》力求沟通中国传统诗学和现代诗学,在'通'中求'变';力求融合中国现代诗学和西方诗学的精蕴,在'博'中求'新'。"[①]沿此一路,一直到21世纪初期,在总结自己的诗学思想时,吕进先生仍是这样执着地认为:"搞了几十年诗学研究,我还是喜欢运用前概念,力求在我的诗学理论中保持诗的新鲜和魅力,更感性更诗意地去把握诗歌现象","我从来不佩服远离文学现象的概念游戏,也从来看不起干瘪枯燥的八股章法。"[②]类似的说法还比较多,这里就不一一摘引。臧克家先生生前曾以"以诗人之心论诗,自然知其意义与甘苦"[③]相称许,便是有力的佐证,也是一种诗化的总结。

由此可见,吕进现代诗学体系的内核几十年一以贯之,以传统诗学为底座,以感悟、经验、印象为肌理,他走的是一条通往传统诗学的正途。可以引申的是,吕进先生后来总结中国上半叶的诗歌研究时发现,艾青的《诗论》与朱光潜的《诗论》,恰好代表了两种范式,即诗人论诗与理论家谈诗。诗人谈诗的基本出发点是将诗保留为诗,往往是化入诗的内部去谈诗。他是感性的、印象的、经验的,同时又是非体系的、准科学的,诗论往往只是对于他自己读诗时的接受状态的描述。理论家谈诗则是智化的、演绎的,看重分析与推理,是将诗化为学术研究对象来展开逻辑推演。不过,在我看来,诗人论诗与理论家论诗的交叉形式,即介于诗人论诗与理论家谈诗之间,既有诗人谈诗作为基础,又比较游刃有余地结合理论家谈诗的理论,倒是吕进现代诗论的两翼。这一点,在《吕进诗学隽语》中有较充分的反映。纵观中国现代诗歌理论界,这是颇具代表性的独特的"这一个"。

中国传统文学与地域文化,一般都有哲学与史学的观念作为基础,像有无、大小、虚实、言意、得失,像"诗家语"、寻思与寻言、语言方式等术语或名词,能概括生命个体感悟的心得与美的发现。翻读《吕进诗学隽语》,我们可以清晰地见到这些术语的活跃身影。一些带有哲理性的警句、名言,或是暗含丰富含义的句子、段落,也在书中处处可见。诗学传统的影响力抑或覆盖性,相当明显,给人重返古典诗学传统的印象。譬如在"诗美篇"中:关于诗的定义(诗

① 吕进:《中国现代诗学》,重庆出版社1991年版,第1页。

② 吕进:《吕进文存》(第四卷),西南师范大学出版社2009年版,第582页。

③ 臧克家:《吕进的诗论与为人》,载《臧克家全集》(第十卷),时代文艺出版社2002年版,第497页。

是歌唱生活的最高语言艺术，它通常是诗人感情的直写。[1]）；审美视点（外视点文学叙述世界，内视点文学体验世界。内视点就是心灵视点，精神视点。我国古代"言志说"和"缘情说"两个抒情诗理论实际上都是对内视点的发现。[2]）；诗与画（诗是画的"降低"，更是画的"提高"。[3]）；诗与散文（和散文相比，诗是以形式为基础的文学。散文将作家的审美体验化为内容，诗却将诗人的审美体验化为形式。诗不是诗人情感的露出，而是诗人情感的演出。[4]）；诗的言说方式（所谓诗的语言方式，就是诗独特的用词方式、语法规范和修辞法则。[5]）；诗语的弹性（弹性，是抒情诗的基本的媒介特征之一。诗的弹性包括词语弹性、句构弹性以及由语言创造的意象弹性。[6]）诗的文体可能（中国新诗文体研究近年致力于两个向度的拓展。首先是分类学，即横向研究、共时性研究。诗与非诗，诗作为多种诗体的存在，属于这一范畴。其次是轨迹学，即纵向研究，历时性研究。新诗的文体轨迹，诗与非诗在文体发展中的相互影响与渗透，属于这一范畴。[7]）……这样一些论述，有些仅仅是点到为止，有些又能做到适当发挥，句式灵活、文笔通脱，有无穷想象的空间。相似的是，"诗歌分类篇""诗运篇""诗歌技巧篇"等三个部分精彩的地方甚多，同样给人目不暇接之感；诗人篇，诗歌鉴赏篇相对弱一些，在诗人篇中，大量精彩的诗人个案研究，譬如《迷人的阿红》《傅天琳：从果园到大海》之类，可谓诗人论的典范之作，但被忽略了，这似乎是《吕进诗学隽语》的一种无形损失。

跳出《吕进诗学隽语》来看，吕进先生曾著有《一得诗话》一书，从书名到内容，承续传统诗话言说方式就比较外在化。在《一得诗话》中讨论到怎样进行诗歌欣赏时，吕进先生主要从"披文以入情""知人论世""以意逆志""文质彬彬""博观"等来加以厘定。作者在引用传统诗话或文论时，亲切、自然，有温柔敦厚之风。因此，阅读吕进先生的论述，像听他演讲一样不会感觉到枯燥、乏味，相反，而是内容充实、用语独特，言有尽而意无穷。这与漫谈式、随笔式的

① 曾心、钟小族：《吕进诗学隽语》，泰国留中大学出版社2012年版，第1页。
② 曾心、钟小族：《吕进诗学隽语》，泰国留中大学出版社2012年版，第2页。
③ 曾心、钟小族：《吕进诗学隽语》，泰国留中大学出版社2012年版，第10页。
④ 曾心、钟小族：《吕进诗学隽语》，泰国留中大学出版社2012年版，第15页。
⑤ 曾心、钟小族：《吕进诗学隽语》，泰国留中大学出版社2012年版，第27页。
⑥ 曾心、钟小族：《吕进诗学隽语》，泰国留中大学出版社2012年版，第45页。
⑦ 曾心、钟小族：《吕进诗学隽语》，泰国留中大学出版社2012年版，第50页。

传统诗话有内在联系，也有区别，与体系博大、逻辑缜密的西方诗学则距离更远，其原因之一便是吕进诗学论著以传统诗话为根柢，充分汲取了中外诗学之长，特别着重古典诗学的现代转化，创化成了一种个人化的诗意言说。

二、融入传统诗学

全面把握吕进现代诗学体系，我们发现其诗学内容与形式除了具有中国传统诗话基质与风格之外，另外一层含义则是吕进现代诗学也融化成为中国诗学传统的一部分。特别是后者，更值得当下诗坛关注与阐释。众所周知，对历史长河中具有时间连续性特质的事物，往往需要用历史的眼光加以打量才能准确把握。中国现代诗学的百年历史，从晚清、五四陆续起步，历经不同历史时期，在不同诗评家手里，既有高峰也有山谷，在巅峰与山谷之间还有辽阔的盆地。面对近一个世纪复杂、变化的诗歌与文化，不同时代的诗歌理论工作者运用各自的立场、观点、方法，对成百上千的诗人，无法精确统计的诗歌作品，复杂多变的诗歌流派，出版周期长短不一的诗歌媒介，均进行了各自的理论创新与诗学总结。值得追问的是，其中有多少东西应和着时代而可以长留于中国诗学历史呢？带有各自标签的现代诗学是否已化身为中华文化传统而沉淀下来了呢？这既涉及中国现代诗学百年历史的本来面貌，也牵涉到对这一客体的现代化、大众化阐释等问题。行文到此，有必要对“传统”内涵进行再审视。

美国大师级学者爱德华·希尔斯对传统的研究最具权威性，他的《论传统》一书是整个西方世界第一部全面、系统地探讨传统的力作。依据他的见解，作为一个与历史感密切相关的概念，“传统”最基本的含义是从过去延传到现在的事物，择其大略有以下数端：一是延传三代以上的、被人类赋予价值和意义的事物。二是传统的特殊内涵指的是一条世代相传的事物之变体链。[①]希尔斯的传统观念是大文化层面上的，立足点是时间意识与变体链。换言之，一方面，传统不是一成不变的，也没有一个本质的东西存在，流动不居是它的常态。另一方面，传统与创新、创造之间存在更多的血缘联系。人的不朽创造力，是推动传统前行、变化的主要动因。

① [美]爱德华·希尔斯《论传统》，傅铿、吕乐译，上海人民出版社1991年版。

在以上理论视野下返观中国诗学的现代化转型之路，以及作为内核之一的诗学理论的本土化，我们不难在吕进先生的现代诗学著述中得到明确而丰富的印证。吕进现代诗学体系，历经不同历史阶段，分别产生了代表性的现代诗学思想，又与时俱进不断丰富着，其“阐释变体链”的芜杂与丰富，凸现出他勇于进行理论创新的才情与气魄。与其说“继承”传统，不如说是“创造”了传统。“传统是具有广泛得多的意义的东西。它不是继承得到的，你如要得到它，你必须用很大的劳力。”[①]可见，“创造”之于传统具有伟大的意义。形象地说，和一切艺术一样，现代诗学理论创造的基本特点是喜新厌旧，总是处于由旧向新、由新向更新的永恒之途中。如英语中的“诗人”（Poet），本身就有“富于高度想象力的创造家”的词汇意义。这一方面可以从以下几个侧面来展开论述：一、吕进先生的诗学理论创造力一直十分健旺，创新意识与精品意识观念甚为突出。从80年代初《新诗的创作与鉴赏》开始，从诗歌鉴赏学到新诗文体学建构，从语言方式到视点特征，从诗人个案到序跋，都是顺着现代诗潮的涌动而向前延伸；进入21世纪以来，他又提出“新来者”的命题，以及“新诗二次革命”、三大重建、对话海外华文诗歌等核心话题，可见，作者一直不断追踪学术前沿，勾勒出中国新诗发展的轨迹，真正直面新诗发展的重要症结。吕进先生善于抓住新诗发展中的理论据点与高地，从崭新的角度提出见解和观点，而且理论新见又能合理地阐释研究对象。比如，吕进先生80年代写《新诗文体学》与《中国现代诗学》的当下，作者感觉到新诗发展很快，理论如何跟上便是一个时时缠绕心间的学术问题，逼迫自己及时予以总结和归纳。事实证明，那时相当一部分的理论新说是站住了脚跟的。二、作者善于立足脚下的土地，实行传统诗学的转换与本土化处理，“化”得自然而从容。现代诗学理论的发展与建构，存在一个不断在不同时空中本土化与现代转型的问题。相对于全国而言，不同的省份、区县也是一个个特定的文化与精神空间。因此尽管中国现代诗学具有一个大背景，但仍离开不了一个本土分化的小语境。我们曾经习惯了从欧美或京沪等文化中心得到各种理论输出，然后在内陆省市层面不断下移。这一漏斗现象从表面来看似乎是成立的，但是要记得不能永远从理论源头得到最新的思想，文化的中心主义之内核并不会源源不断地生产与供应思想。相

① [英]艾略特：《传统与个人才能》，载《艾略特诗学文集》，王恩衷编译，国际文化出版公司1989年版，第2页。

反的是，中心是相对的，也是流变的，不同地域自成中心，并从地方实践中得到启示、借鉴，然后正本清源、凝聚精华，在别的区域空间进行理论输出。因此，地方的意义并不完全处于被动局面，而是在各自文化地域之中有自身的创造性与独特性，它是开放的，也是各自为中心的。譬如重庆，相比于京沪而言，在新诗地理方面一直并不逊色，新时期以来便一直是中国现代诗学研究的中心之一，中国现代诗学研究的金字招牌一直没有被别的文化中心所掩盖住。重庆乃至大西南新诗的繁盛，事实上也一直为吕进先生的现代诗论建构提供了及时而充分的养料，立足于大西南诗歌与诗论的创作，辐射全国诗坛，一直是重庆诗歌理论输出的理论模式。三、漫话中国诗坛轶事、点评诗人高低、畅谈诗作优劣，使吕进的诗论创新有了中国气派与中国风格。立足于重庆，并不意味着画地为牢，以地域的局限来限制自己的诗学视野，恰恰相反，几十年来，吕进先生与中国诗歌界来往密切，诗人论、作品论等文体写作互为补充，有益地发挥了各自的作用。从闻一多、艾青、臧克家、牛汉、何其芳、贺敬之，到80年代的舒婷、叶延滨、雷抒雁、刘章，以及余光中、彭邦桢、藓林、文晓村等诗人身上，都挥洒着吕进先生的才情与智慧。以上涉及的诗人阵列或他们的经典作品，或是不断刷新淘汰，或是删繁就简，在吕进的诗学体系中寻找到了更合适的位置。比如《中国现代诗学》，便是作者十余年新诗研究的第一个句号，既往的著述只剩下一些立论或资料，全部融化，重新组装，具有20世纪90年代的诗学风度与格调。在这本著述中，新诗与散文在文体特质上的分野明晰了，今天重读仍给人一种开放持重之感，一种守正创新之风。

传统还是一个历史时间的长度，经历了三代以上的发展与嬗变。在重庆，吕进先生于80年代中期开始担纲中国新诗研究所所长，成名甚早，在现代诗学界享有盛誉。桃李满天下，许多诗评家都出自他的门下，素有诗坛“吕家军”之称。其众多弟子也大多长期在高校与研究机构等部门工作，到今天来看算得上是三代或四世同堂了。数十年来，吕进先生以所为基、以所为家，为中国诗坛源源不断地培养现代诗学人才，新诗所毕业的学者中，有比较激进具有先锋倾向的，有比较传统型的，他都能以包容之心平等待之，但大多数仍继承其衣钵，具有乃师风范。吕进先生在现代诗学研究的“传统派”“崛起派”之间，执着地举起并挥舞“上园派”的大旗，但并没有非议或限制其他诗学流派的发展，而是促成现代诗坛的多元分化。另一方面，吕进先生或者出任全国诗奖评委，或者入举重庆或全国文联，力所能及地发现与培养人才，阐释链条式地传播自己的诗学思想，真可谓是中国诗坛之“清流”。我们相信，随着时间的流逝与诗学建构的回望，吕进现代诗学思想化为中国诗学传统本身的有利因素将更加凸现出来。

三、突破性的价值与意义

以上是传统视域与吕进现代诗学体系之关系的两重含义，承此而来的是，从传统的两重视域理解吕进现代诗学思想，有什么突破性的真正意义与价值呢？在我看来，最少可以从以下三个方面进行延伸。

第一，有利于对形形色色现代诗学理论的去蔽。文化传承、地域区隔以及创造力的强弱，影响人们的思维方式与历史的眼光、趣味、格调、胸襟杂呈，真知、盲点、偏见互现。在吕进现代诗学体系中，比如《文化转型与中国新诗》《20世纪下半叶的中国新诗研究》等单篇论文，《中国现代诗学》《一得诗话》《对话与重建》《吕进诗学隽语》等理论著作，便包括对形形色色诗学思想的疏离与反思。从理论形态上看，有些诗学观念容易误入歧途，或是食古不化，或是食洋不化，看上去新鲜，但仔细一琢磨，便疑惑多多。譬如宣扬一个文化中心主义，鼓吹西化思潮优势论，倡导语言游戏等形式主义，自以为在理论上高人一等，有意或无意地对别的理论不屑一顾。在当下，值得特别警惕的是相当多的以先锋诗学命名的各种主义与理论，其实往往是在语言的怪圈中徘徊，各种名词或术语拥挤在一起，但精神内核是虚无的。而且不可否认的是，时下的许多诗学著作，让人看后却头昏脑涨，追逐或模仿西方诗学理论，不自然之间成了一名学术搬运工，这是十分可惜的。著名学者王富仁曾说过中西文化交流中存在二元对立的模式，其中“有一个最不可原谅的缺点，就是对文化主体——人——的严重漠视。在这个研究模式当中，似乎在文化发展中起作用的只有中国的和外国的固有文化，而作为接受这两种文化的人自身是没有任何作用的，他们只是这两种文化的运输器械”，因而大声呼吁“人是有创造性的，任何文化都是一种人的创造物，中国近、现、当代文化的性质和作用不能仅仅从它的来源上予以确定，因而只在中国固有的文化传统和西方文化的二元对立的模式中无法对它自身的独立性做出卓有成效的研究。"[①]同样,现代诗学理论的通道,需要更加重视主体的能动性研究,不断在现实中进行思想交锋;需要对诗歌创作的健康发展提供精神动力,才能脱尽铅华保持其良性运转。虽然在诗学资源上,吕进先生所建构的现代诗学体系在哲学基础上有"辩证法思想"的贯注[②],在方法论上有西方黑格尔美学的借境[③],但在诗学姿态与语言形态上,吕进现代诗学赋予了自己具备现代中国的品格,能不断与时代、民族、国家、大众相结合[④],具有去蔽性与标杆作用,这样不断洗濯尘埃,沙里淘金,留下了一个精神富矿。

第二,有助于加快对中国诗学传统的复兴。马克思主义的教科书在论述到关于思想的本土化时,是这样立论的,"继续推进马克思主义中国化,就是要使马克思主义更加反映中国国情、切合中国实际、指导中国实践。同时,要从中国优秀传统文化中汲取营养,融合中华民族的价值取向和思维方式,使马克思主义具有中华文化的特质、打上中华文化的烙印。"扩展而论,不管是什么主义,还是什么理论体系,其根须必将深深扎进脚下的土地上,理论奠基于传统的基石上。"为什么我的眼里常含泪水?/因为我对这土地爱得深沉……"(艾青《我爱这土地》)在这里,"土地"既是有形的空域,也是无形的精神境地。共同的文化思想既是某种生活方式,也是某种存在策略。不同历史时期的人文学者,通过创造、通过独特思想,把文化精神化为无形的纽带,对民族、国家、时代之类的存在产生归属感。这样,既将自己与同时代人联系起来,又把自己与过去的其他生命个体联系起来。不难发现,上到国家的思想意识形态,下到每个具体的人文学科领域,都难逃此律。在中国现代诗学领域,其规律与宿命也是如此。依托传统并化入传统,既是对中国诗学传统的复兴,也是使自己学术生命更为长久的良方。著名比较文学专家曹顺庆先生,曾认为自五四以来"中国现当代文艺理论基本上是借用西方的一整套话语,长期处于文化表达、沟通和解读的'失语'状态。"[⑤]患上"失语症"的文论,也包括大部分的现代诗学在内,

---

① 王富仁:"对一种研究模式的置疑",载《佛山大学学报》1996年第1期。

② 蒋登科:"吕进与中国现代诗学体系的建构",载《西南师范大学学报》2000年第5期。

③ 熊辉:"西方美学观念的转换与中国现代诗学体系的建构",载《重庆工商大学学报》2011年第3期。

④ 陈卫:"诗化人生:吕进1980年代以来的诗学活动",载《西南大学学报》2011年第1期。

⑤ 曹顺庆:"文论失语症与文化病态",载《文艺争鸣》1996年第2期。

它能唤起传统的复兴吗？答案是否定的。速朽的理论太多，让学界忘记了中华优秀文化传统的意义，更忘记了激活传统存在的当下价值。同时，对中国诗学传统的复兴，不能停留在观望与幻想层面。因为，“从纯粹诗歌解释学的意义上说，古典诗话和诗品中的许多解释或创作原则，至今依然有效”。[①]这一阐释有效性显有普世品格，吕进先生充分汲取传统诗话与诗学资源，或移植或引申，身体力行，做出了榜样，其示范意义是十分典型的。

最后一点，有益于对中国现代诗学的前瞻。传统不容割裂、不可扭转，在“现在”“过去”与“未来”的时间维度上构成一种平等的对话关系，在互视中传统不断向未来缠绕着生长。不论是反传统的叛反，还是旧传统内部异质性支脉的延伸，都不能影响这一传统生长的常态。尽管中国诗学现代化的历史进程中，会出现走上歧路的现象，但传统本身“阐释变体链”的主流并不可能被掩藏、被扭曲。我们要怀着历史意识，不但要理解其过去的过去性，还要理解过去的现存性，包括理解未来的历史延伸性。随风潜入夜，润物细无声，历史证明，吕进先生关于新诗的创作与鉴赏，新诗潮流的失重与逆向，中外诗坛的比较与同化，新诗历史的二次革命与三大重建、诗歌创作与诗学理论的对话与重构等等，都是在“传统派”“崛起派”之间对“上园派”道路的清扫与夯实，无疑将有益于中国诗坛今后的健康发展；近年作者特别关注的海外华文诗歌，也存在一个整合的问题，但具有未完成性。

吕进先生在评价台湾《葡萄园》诗刊时，对它倡导“健康、明朗、中国”的办刊理念甚为赞赏。[②]“健康、明朗与中国”的风格也恰好适用于诗评大家吕进所建构的中国现代诗学。在诗坛进行正面建树的意识与能力，积极有为的诗化人生，吕进先生不断丰富与更替中国诗学传统的库存，理论之树常青。既置身于传统的历史之中，又通过自己的创造化入诗学传统，实乃吕进建构其现代诗学体系的生命力之关键所在。

---

① 李咏吟：“古典诗学解释的双重路向及其现代性前景”，载《吉首大学学报》2012年第1期。

② 吕进：《台湾诗坛坐标上的〈葡萄园〉》，载《对话与重建》，西南师范大学出版社2002年版，第343-356页。

现代视域中的吕进诗学体系[①]

赵心宪

一、现代诗学的基本特征

学界公推朱光潜先生的《诗学》是“中国现代诗学的第一块里程碑”，符合三个条件。第一，成体系：《诗论》十三章及附录一篇，多角度论诗，围绕“诗为有音律的纯文学”定义，从建立诗学知识系统的角度着眼，广泛涉及诗的起源、诗的性质、诗的特征等诗学的基本理论问题，而且个性鲜明(五章专论声音，两章大量涉及诗歌的声音要素，篇幅之大引人注意)；第二，从诗歌作品的文本分析入手，具体而富有深度地研究了诗学核心的根本美学命题：中国诗歌的节奏和声调，特别是从汉赋的影响和佛经的翻译，梵音的输入，对中国诗歌走上用律之路的专题研究；第三，推动中国新诗发展的诗学建构意图很清楚，针对新诗写作面临的，时代急切需要解决的“原点”命题(固有的传统究竟几分可以沿袭？外来影响究竟有几分可以接受？)而且方法很实用：“历史角度的纵向比较，中外诗歌的横向比较；用西方诗歌解释中国古典诗歌，又用中国诗论印证西方诗论。”《诗论》从创作到欣赏艺术美学层面的思考，有力论证了汉语诗歌作为中国诗歌现代艺术品的本体特征。

如果有兴趣，以“中国现代诗学”为关键词，查阅诗界相关著述的出版情况，数量之大令人吃惊，体系建构的理论依据各有不同，资料引用也是各有千秋，但其写作目的却很相似。或者可以这样概括表述：不是像朱光潜先生那样

① 本篇原题目为“‘中国现代学术经典’视野中的吕进诗学体系——读《吕进诗学隽语》片谈”，载《诗学体系与话语方式的建构：〈吕进诗学隽语〉评论集》，泰国留中大学出版社2013年版。

为新诗的健康发展鸣锣开道，而是为诗学体系去建构诗学体系，与新诗写作几乎察觉不到关联度。如最近出版的，读书界推介为"第一"的两本现代诗学专著，有关新书介绍的文字信息如下：

《中国现代诗学范畴》[1]系第一部历史考辨与理论建构结合的中国现代诗学范畴专著。全书立足于中国现代诗学发生发展的实际过程，选取意象论、象征观、音乐性、纯诗说、智性化、契合论、颓废风、晦涩论等基本范畴，分别涉及诗歌的本质特征、审美形态、审美方式、审美价值诸方面，采取历史还原的方法，论从史出，探源溯流，阐精发微，从古今中外不同资源和语境深入探讨现代诗学范畴内涵的发生、演变和特征，多维度观照并建构起中国现代诗学的基本体系。

"范畴学的中国现代诗学的基本体系"，对其理论价值任何人也不应该说三道四。问题是，它与诗歌创作实际的关系，似乎已经完全抽象为"宇宙空间四维的风"，与新诗的青草赖以成活的地气完全断绝关系了。

光明出版社出版的《现代诗学三大思潮论》(2010年)，从主情主义诗学、主知主义诗学、语言主义诗学三大视角切入，梳理研究20世纪中国新诗理论实践的成败得失，建构情、知、言三位一体的中国现代诗学体系。"重视从文学创作的发展趋向研究文学思潮，并充分考虑创作所反映的文学思想，特别是重视对诗歌文本的细读研究，对诗学潮流演进的考虑，有坚实的文本基础。"新诗作品成为诗学体系的文本基础，"地气"的问题似乎解决了。实际上因为立论主要依据于思潮史诗学观念的学理梳理，这个"地气"只是有作品基础而已，因为作者的主要兴趣不在于接"地气"。诸如，"在勾勒中国现代主情诗学的发展脉络时，首先从20世纪20年代初湖畔诗派的纯自我展示的情诗落笔；继写30年代情诗在抒情中溶入'知性'元素，将情思先转化为意象后加入表现，呈现出一定程度的内敛气质；再写20世纪50年代体制化的政治体制与主流意识形态，对个人情感的制约，情诗一度被扭曲为政治的附庸；最后写新时期朦胧诗群带来的新的美学原则的崛起。"如此这般，有关文本基础的情诗，成为"尊重文学自身内在发展规律"，阐明相关新诗创作思潮史现象的说明。

再读朱光潜《诗论》，大师的著作常读常新，不同时期新诗创作的关键问题似乎都可以找到参考答案，把握住汉语言诗歌的美学核心命题是一个方面；其

---

① 陈希：《中国现代诗学范畴》，中山大学出版社2009年版。

建构现代诗学体系“接地气”的主体价值取向，其实是具有美誉度诗学建设首先应该深度思考的问题。读《中国现代学术经典》，中国现代诗学具有美誉度的“经典”，无一例外均符合20世纪中国现代学术发展的内在规律。或如梁启超先生《学与术》文中对“学术”范畴内涵要素的基本理解。

二、“学术”范畴的界定

梁启超将“学术”拆开对译，“学”与“术”互为观照：“学也者，观察事物而发明其真理者也；术也者，取所发明而致诸用着也。例如以石投水则沉，投以木则浮。观察此事实以证明水之有浮力，此物理也。应用此真理以驾驭船舶，则航海术也。研究人体之组织，辨别各器官之机能，此生理学也。应用此真理以疗治疾病，则医术也。学与术之区分及其相关系，凡百皆准此。”既然学、术内涵对规律的认识与应用，因此梁任公又有“学者术之体，术者学之用”（《饮冰室合集》第三册）的更简明、概括，“体用”关联的比喻说法。

严复翻译《原富》的按语中，用知行关系喻释学与术的概念含义：“盖学与术异。学者考自然之理，立必然之例。术者揭既知之理，求可成之功。学主知，术主行。”也给后学启发。学理上讲，“学与术连用，学的内涵在于能够揭示出研究对象的因果联系，形成建立在察积知识基础上的理性认知，在学理上有所发明；术则是这种理性认知的具体运用。”① 要而言之，“学”，学习知识，知识、学养积累到能够透过现象看本质，并形成系统知识之上的观念认识；“术”，是这种观念的“理性认知的具体运用”，即理论的实践运用。

一种网络资源给学术概念的内涵界定，强调学科的内涵规定性：“学术是指专门系统的学问，是对存在物及其发展变化规律的学科论证，泛指高等教育和科学研究。学术以学科和领域来划分。这是源自于中世纪欧洲的第一所大学的学者思想模型所定下来的三学四科。随着社会发展，学术内容逐渐细化，各类专门的学术领域逐渐出现，研究内容也越来越有针对性。”与梁启超、严复的说法比较，现代“学科”意识突显。显然，后者的学术界定，是现代学术观念；而前者具有中国传统学术观念在20世纪初开始转型时期的特点。

“中国传统学术向现代学术转变，有一学术理念上的分别，即传统学术重

① 刘梦溪：《中国现代学术经典》，河北教育出版社1996年版，第2页。

通人之学，现代学术重专家之学。钱穆在《现代中国学术论衡》一书的序言中写道：'文化异，斯学术亦异。中国重和合，西方重分别。民国以来，中国学术分门别类。务为专家，与中国传统通儒之学大相违异。'"[①] 现代学术分类的各种各样，是学术生态的实际反映。回顾20世纪中国学术发展史，学者慨叹：世界上"再没有比学术分类更具有多义性"的了，"学者根据学科的特点和自己研究的方便，可以施行各种各样的分类方法。"[②] "就史学一门，已有学术史、思想史、哲学史、政治史、经济史、法律史、军事史、制度史、宗教史、文学史、艺术史等许多门类。而艺术史，也有书法、绘画、音乐、舞蹈、雕塑、建筑的分别。学者更重视个案的处理，往往对某一学科的一个分支的研究，甚而对一本书、一个人物的研究，就可以名家。流风所及，后学至于以觅偏寻僻为选题诀窍。研究方法则主要是分析的实证的方法。因此专家的地位越来越突出，通人之学反而不为时尚所重了。这种情况，既是传统学术走向现代的一个标志，也是固有学术向现代转变付出的代价。"[③]

三、从学术到学术体系的学术思想

"学术思想"的形成与成型，是一位学者从学术起步到构建学术体系的主要中介环节。从现代学术发展的学科历史看，"对某一学科一个分支的研究"，似乎是共同的特点。很认同段从学博士的意见：

"以中国现代诗歌为研究对象的'诗学'，真正有效与可能的'中国现代诗学'，也应该是由不同的诗学构成的一种多数形式的知识集合，不可能再设想为一种亚里士多德意义上的诗学，或者康德意义上的诗学。"[④]

"中国现代诗学是一种具有明确的有效性和有限性意识的理论，一种把有效性范围和有限性程度当作积极的理论意识来对待的现代性诗学。借助于有限性意识，我们才可能摆脱，那种把所有的诗歌经验纳入某个单一理论体系的，形而上学独断对新理论和新知识的扼杀。"如伊格尔顿对结构主义诗学的批评。因此"作为一种积极思想资源和知识体系的"的中国现代诗学，恰好可

① 刘梦溪：《中国现代学术经典》，河北教育出版社1996年版，第44页。

② 刘梦溪：《中国现代学术经典》，河北教育出版社1996年版，第46页。

③ 刘梦溪：《中国现代学术经典》，河北教育出版社1996年版，第47页。

④ 段从学："中国现代诗学的可能及其限度"，载《西南大学学报(社会科学版)》2009年4期。

能“栖身在由有限性和有效性双重现代意识所敞开的领域，并能在形而上学独断论和现代虚无主义两大思想陷阱之外，寻找和确立自身多重可能的现代形式。”①

20世纪中国新诗发展历史的复杂性在于，新诗不仅仅是“系统知识之上的观念认识”，所谓纯学术的对象，而是符合20世纪社会时代发展需要的中国诗歌的创作实践。著名当代诗论家沙鸥先生，成名后几十年孜孜以求都在做一个梦，希望把自己有关中国传统诗歌的认知、审美体验、相关学养，与个人一辈子新诗写作的经验教训整合起来，完成一本《写诗论》的诗学著作。从《新诗的创作与鉴赏》(1982)、《中国现代诗学》(1991)到《吕进诗学隽语》，可以读出沙鸥《写诗论》相似的精神追求，而吕进先生中国现代诗学体系的形成与丰富，全面体现出，“把有效性范围和有限性程度当作积极的理论意识来对待的现代性诗学”的一种经典性：新诗写作视角的新诗美学学术思想的形成及其体系的生成过程。

回顾20世纪中国现代学术经典的出现过程，其经典出现的一个重要条件，我们应该认真反思：“人文学科任何时候都需要通才通儒通学。学科之不立，品目之不分，固是学术不发达的表现；但学科之间互为畛域，不能打通，也足以滞碍学术的发展。因此之故，中国现代学者中一些最出色的人物，往往在致力于某一学科领域专精研究的同时，又自觉不自觉地在打开学科间的限制。”②品读《吕进诗学隽语》就有这种感受。一般而言，主体、客体、主体与客体之间的关系，正是诗质形成的因素。离开诗的关系(即主体与客体之间的发生关系)而谈“诗性”(即诗质，诗之所以为诗)是不可想象的。因此，新诗创作视角的中国现代诗学体系的建构，只能或者最好能从“诗发生和形成的认知机制”，去考察“诗的内在机理和气质”。这是“特别具有实际运用价值”认知诗学理论有效性可以出色发挥的地方。国外认知诗学具有很强的跨学科性，《吕进诗学隽语》需要跨学科综合理论阐释视角的整合，它的“把有效性范围和有限性程度当作积极的理论意识来对待的现代性诗学”的经典性可能得到解读。

---

① 段从学：“中国现代诗学的可能及其限度”，载《西南大学学报(社会科学版)》2009年4期。

② 刘梦溪：《中国现代学术经典》，河北教育出版社1996年版，第47页。

吕进与中国现代诗学的体系建构①

蒋登科

一、吕进与中国现代诗学

作为中国当代知名的诗歌理论家，吕进先生的诗学贡献是丰富的。他从20世纪70年代后期开始专注于新诗研究，与新时期诗歌和诗学发展相伴随，取得了巨大成就。

“优秀的诗学论著有一种共同效应：它们使人回过头去用崭新的眼光重新打量过去。”②获得这种效应是吕进诗学研究的基本目标。他的研究工作不仅对于重新认识新诗历史、新诗的艺术特征和规律，而且对于推动未来诗歌的发展都具有相当重要的诗学意义。吕进的学术成就主要体现在新诗基本理论的研究方面，从1982年出版成名作《新诗的创作与鉴赏》，到1991年出版代表作《中国现代诗学》，其间经历了差不多十年时间（当然还不包括他在成名以前的长期积累）。这期间，他还出版了《给新诗爱好者》（1984）、《一得诗话》（1985）、《上园谈诗》（1987）、《新诗文体学》（1990）等诗学著作。

诗歌研究的基点在于理解，包括对诗歌历史、诗人、诗歌作品等的理解，一个对诗歌没有多少美学体验的人是很难真正走进诗歌和诗学研究的核心的，为此，吕进先生非常注意对好诗的遴选与鉴赏，他先后主编了《外国名诗鉴赏辞典》（1989）、《诗歌美学辞典》（主编之一，1989）、《心中的旗》（1991）、《爱我中华诗歌鉴赏》（五册，1993）、《新诗三百首》（1996）、《新中国50年诗选》（三卷，1999）等产生广泛影响的中外诗歌选本和诗学工具书，并从1993年起与毛翰主

① 本篇原题目为“吕进与中国现代诗学的体系建构”，载《西南师范大学学报》2000年第5期。
② 吕进：《中国现代诗学》，重庆出版社1991年版。

编由原西南师范大学中国新诗研究所主持的《中国诗歌年鉴》,收录每一年的重要诗歌现象和优秀诗歌作品。这种将诗歌研究和好诗选择联系在一起的学术道路为他取得扎实、科学的研究成果奠定了重要的基础。

著名诗人、诗评家阿红给《吕进诗论选》所写的序言题为《一个新体系的建构》,他称吕进是"卓越的强创造性的学者""杰出的诗歌事业家""热心的社会活动家",并且认为:"吕进,以他对中国古典与现、当代诗歌诗论的广识,以他对世界诗史与著名诗歌诗论的博知,以他对哲学、心理学、创造思维学的理会,以他敏锐的领悟、独立的思考,以他虽不算多却深有体味的创作经验,呕心沥血,运筹帷幄,终于为中国现代诗学创造了一个新的颇是完整的理论体系。"[①]阿红特别强调吕进诗学研究的体系特征,这是颇有眼光的。

自新诗诞生以来,从事新诗评论、现代诗学研究的诗人、学者很多,有不少诗学主张对新诗和现代诗学的发展产生了重要影响。但是,除了少数诗学家如朱光潜等人以外,大多数诗人、学者的理论都显得比较零散,或者只有内在的不明显的体系特征。新诗是一种不同于旧体诗、外国诗,更不同于其他文体的艺术样式,它自身就是一个完整的、独特的艺术存在。要揭示新诗的艺术特征及其发展规律,就必须对新诗进行全方位的学术打量,从而建构独特而完整的现代诗学体系。虽然现代诗学的体系性并不就代表现代诗学研究成就的高低,但相比于零散的诗歌理论、评论文章,具有体系的诗学理论可以更全面地展示现代新诗的文体特征和艺术规律。

二、吕进诗学研究的学术取向

中国现代诗学的研究对象是中国新诗,大致包括这样一些角度:一是诗歌史研究,以丰富的诗歌发展资料为基础,以某一诗人、诗歌流派、诗歌样式或诗歌时段等的观念和创作作为研究对象,总结诗歌发展的基本历程;二是诗歌基本理论研究,以诗歌文本为对象,探讨诗之为诗的基本文体规定性,也就是诗歌的文体可能性。相比于诗歌史研究,诗歌基本理论的研究对象与之相近,但在学术目标上存在一定差异,它一般不拘泥于某一诗人、流派、样式或诗歌时

---

① 阿红:《一个新体系的建构——序〈吕进诗论选〉》,载《吕进诗论选》,西南师范大学出版社1995年版。

段，而是同时将多种诗歌现象作为对象，其学术目标是概括、抽象诗歌艺术的特征和规律，因此，在很多时候，诗歌基本理论研究似乎看不出多少历史痕迹，但它实际上是把对历史的思考融入到了对诗歌本质的打量之中；三是诗歌批评史研究，以诗论家和诗歌理论作为研究对象，探讨现代诗学的发展轨迹。

在20世纪80年代以前，新诗史研究取得了一定成绩，虽然专门的新诗史著作不多，但几乎所有的新文学史著作都涉及新诗发展史。新诗基本理论研究取得的成绩更加突出，但主要是诗人谈诗，显得比较零散，在系统性方面存在一定局限，但它们为新诗史和系统的诗学研究提供了资料和观点上的准备。现代诗学批评史研究的成果较少。从80年代初开始，随着一批专门的诗歌理论家的出现，在新诗史研究的基础上，新诗基本理论研究得到进一步拓展，成为现代诗学研究的核心话题。这主要得力于新诗已经拥有了较长的发展历史，积累了比较丰富的艺术经验和教训。

吕进的诗学研究主要属于基本理论研究，他把新诗史研究、诗学批评史研究和对当前诗歌创作的研究结合起来，主要探讨新诗作为独特的艺术样式的基本特征，形成了自己独特的诗学体系，即新诗文体学。

从另一个层面看，新诗研究又包括外部研究与内部研究。外部研究主要探讨诗歌的外在生存环境，包括历史环境和社会、文化环境等，一般不回答诗歌的存在形式问题。内部研究主要以诗歌文本为对象，研究新诗成为诗歌的各种可能性、新诗与其他文体的差异性以及新诗内部各种样式之间的异同，其目的是揭示诗歌自身的存在方式。相比于诗歌的外部研究，内部研究更能够揭示诗歌艺术的本质。一般来说，诗歌的外部研究与外在世界存在较多关联，其研究对象往往随外在生存环境的变化而变化，甚至可能出现质变，从而出现研究对象的不确定性。而内部研究以诗歌的存在方式为对象，受外在生存环境变化的影响相对较小，一般不会出现飞跃式发展，而是随着诗歌自身的艺术因素的变化而以渐变方式体现出来——与诗歌艺术自身的发展相一致。因此，要在诗歌的内部研究上取得学术突破，研究者所付出的心血往往是比较多的；要重新建立一个独特而科学的诗学体系，其难度更大。可以说，吕进从一开始就选择了现代诗学研究中难度最大的研究角度。

吕进的新诗文体学体系主要属于诗歌的内部研究，它又包括两个主要角度，其一是纵向研究，从文体发展的角度打通新诗（当然不只是新诗）发展历史，主要探讨新诗文体的演变轨迹及其规律，即轨迹学；其二是横向研究，主要探讨新诗各样式之间的区别与联系，即分类学。前者与新诗发展史结合得比较紧密，是新诗史研究的文体抽象与学术升华；后者主要总结抒情诗之外的其他诗歌样式的文体特征和规律，揭示诗歌现象与诗歌发展的丰富性。在具体研究中，这两个方面是不可分离的，共同构成现代诗学的学术风貌。恰如吕进自己所概括的："文体理论就是研究文体的精细化和综合化过程的理论，换个角度，文体学就是文学的分体理论。文体学从理论上概括和抽象各种文体的形式特征及其发展轨迹，换个角度，作为分类理论，文体学是确认文体特征和文体可能的理论，是净化和发展文体的理论。"①

吕进的诗学研究是在诗歌史研究和诗歌批评史研究基础上对新诗文体可能及其发展规律的研究，最终确立了对诗歌与其他文学样式的区别、诗歌自身的艺术特征等问题的规律性认识。在文体、学科发展越来越精细的时代，这种研究对于准确理解诗歌艺术具有重要的诗学意义；同时，现代文体、现代学术也出现了越来越综合、交叉的趋向，吕进在研究中通过比较等方法，大量吸取其他文体、其他艺术样式和其他学科发展的经验与成果，将诗歌与诗学置于一个宏大的文学、学术框架中加以考察，从而获得了对中国现代诗学的求实的、科学的推进。

三、吕进诗学体系的超越性

就具体的内容来看，吕进的诗学体系主要包括四个方面的内容：

其一是学术反思，主要清理和分析过去的诗学研究中关于诗歌本质与艺术规律的一些基本观点，是其是，非其非，为吕进诗学体系的形成奠定了坚实的学术基础，也使他的诗学体系获得了广泛的学术来源和较高的学术基点。没有对既有诗学成果的分析和其中的合理因素的接受，诗学发展就没有根基，而没有对既有诗学成果的质疑和突破，往往也就没有诗学研究的发展和进步。吕进诗学体系的立足点也是出发点是令人信服的。

其二是体系建构，主要从诗歌史和诗歌现象的打量以及诗与其他文学样式的比较中对诗歌文体规律进行学术抽象和提升，涉及诗的生成、诗的文体可

① 吕进：《中国现代诗学》，重庆出版社1991年版，第11页。

能(其中包括诗的视点特征、语言方式等)、诗的借鉴与继承、新诗的使命意识与生命意识等课题,它们揭示了新诗不同于旧体诗、外国诗的独特面貌,也是吕进的新诗文体学体系的主要内容。

其三是诗运研究,主要是多侧面地探讨新时期以来新诗发展的轨迹。对诗运研究的重视,体现出吕进诗学视野的开阔和艺术感受的敏锐。他对于丰富的诗歌现象不偏废,而是尊重诗歌艺术发展的事实,将各个流派、各种风格的创作都纳入自己的理论视野中。对丰富的诗歌现象(尤其是当下的诗歌现象)的审察,是吕进诗学体系得以形成和发展、完善的物质基础,换一个侧面看,他以自己的诗学主张对新时期以来中国诗运的准确把握证明了他所建构的诗学体系的合理性与科学性。

其四是诗人研究,主要评介新诗史上有成就的诗人,比如郭沫若、艾青、臧克家、何其芳、郭小川、方敬、阿红、梁上泉、刘章、彭邦桢等等。吕进也注意对诗坛新人的发现和评介。对于诗学研究,发现新人不但是为诗坛培养后续力量,而且有时就意味着发现了新的诗歌现象,可以丰富诗学研究对象。在对诗人的研究中,他以自己的诗学主张对这些诗人给予评价和定位,同时,对这些诗人在艺术探索上的总结又不断丰富了他所建构的诗学体系。

在吕进的诗学研究中,这几个方面相对独立又相互关联,共同构成了他的现代诗学体系的整体风貌。其中第二个方面是吕进诗学体系的核心,也是他在诗学研究中不同于其他诗学家的地方。

吕进的诗学研究首先是从对诗歌本质的探讨开始的,并且他的整个诗学体系都围绕这个话题展开。

在中外诗歌史上,对诗歌本质的探讨很多,这是诗学研究的基本出发点和立足点。在刚刚进入诗学研究的时候,吕进就从宏观角度对其中的一些主张进行了学术打量,比如对诗与画、诗与音乐等质以及何其芳等的诗歌定义进行了分析,并提出了自己的诗歌定义:"诗是歌唱生活的最高语言艺术,它通常是诗人感情的直写。"①较之于何其芳等人的诗歌定义,吕进的定义更简洁、准确。它至少包含三个方面的内涵:第一,诗是"歌唱生活"的艺术,这里的"歌唱"不是"歌颂",并非与"暴露"相对应,而是与"叙述"相对应,揭示了诗歌不同于散文和其他叙事文体的特性;第二,诗是"最高语言艺术",揭示了诗歌在媒

① 吕进:《新诗的创作与鉴赏》,重庆出版社1992年版,第20页。

介方面的独特性;第三,诗往往是“诗人感情的直写”,强调情感是诗歌的直接内容,实际上也是强调了诗歌的抒情性。吕进早期的诗学研究主要是对这几个方面进行分析和探讨,虽然揭示了诗歌的基本特征,并且,相比于当时的诗学研究来说,已经是处于领先地位,但他对这些问题的分析还显得比较笼统,学术抽象和理论深度尚嫌不够。在其后的研究中,吕进结合中国新诗的创作实际,从不同层面对这几个方面进行了深化和细致化,提出并建构了他的新诗文体学体系。这个体系比较完整地体现在以《中国现代诗学》为代表的著作中。

在《中国现代诗学》中,吕进主要从以下几个方面展开了对新诗文体的研究并提出了相关的新说:“突破了习见的‘抒情’说,在诗和现实的审美关系上,提出诗的内容本质在于它的审美视点(即观照方式)的新说”;“突破了习见的‘精练’说,在艺术媒介上,提出诗的形式本质在于它的语言方式的新说”;“在抒情诗的生成上,提出灵感分为体验性灵感与创造性灵感以及中国新诗常见的修辞方式的美学本质都是虚实相生的新说”;“在抒情诗的最新轨迹上,提出了正题—反题—合题的三段式的新说”;“突破了习见的烦琐的分类标准,提出以审美视点和语言方式作为诗的分类标准的新说”;“填补了中国现代诗学在风格研究上的空白。”[①]这几个方面是吕进的现代诗学体系的基本构成,其核心又在于对诗的审美视点和语言方式的研究上。

过去的一些诗论在探讨诗歌的本质时不太注意区分诗与非诗的差异,或者说他们的探讨不足以区分其中的差异,致使有些主张不能准确揭示诗的特征,而只是在诗与非诗的某些共同因素上兜圈子。比如,单纯强调诗歌的抒情性,就可能将其与抒情散文的相似特征混杂一起;单纯强调诗歌语言的精练,就可能难以区别它与其他文体的相似追求;等等。吕进正是在全面考察过去的诗学成果的基础上,在尊重诗歌的抒情性、精练性等特征的同时,主要通过诗与非诗文体的比较,从视点特征、语言方式等方面获得了对于诗的本质的全新认识,清晰地凸现出诗歌的文体特征。

吕进认为,“所谓审美视点,就是诗人和现实的美学关系,更进一步说,就是诗人和现实的反映关系,或者说,诗人审美地感受现实的心理方式。”[②]他由

① 吕进:《中国现代诗学》,重庆出版社1991年版,第2页。
② 吕进:《中国现代诗学》,重庆出版社1991年版,第20页。

此将文学分为内视点文学(即抒情文学)和外视点文学,并认为前者体验世界,披露心灵世界的精微,后者叙述世界,显示客观世界的丰富。诗歌属于内视点文学,其审美视点有三种存在方式:以心观物(现实的心灵化)、化心为物(心灵的现实化)、以心观心(心灵的心灵化)[①],揭示了诗歌的创造主体(诗人)与现实的多种可能的关系。

吕进认为诗的视点具有"主观性"和"意象性",它们是与诗歌所具有的独特的超出机制相关的。诗歌具有双重超出机制,其一是诗人对审美客体的超出,由此获得诗歌的意象性;其二是诗人对审美主体即诗人自己的超出,由此获得诗歌的主观性。主观性带给诗歌梦幻性和非逻辑性,而意象性则构成诗歌具象与抽象的融合。主观的"意"与客观的"象"的融合,构成了诗歌独特的艺术方式。这种界定还将诗的内视点与抒情散文的内视点特征区别开来,从而廓清了诗与散文的本质差异。

诗的媒介是吕进在建构其诗学体系时尤为关注的艺术要素。他认为,各种艺术的媒介是不同的,而诗歌没有现成的艺术媒介,必须向散文媒介"借用"。"借用"不是"搬用",而"是个符号转换的质变过程"。这种"质变"就是"语言方式"的变化,"在'借用'过程中,一般语言的语言方式发生了变化。同样的语言,一经纳入诗的方式,审美功能就发生了变化。"[②]在吕进的诗学体系中,语言方式是非常重要的诗学概念,它最终确定诗歌与非诗的分野。语言方式是诗歌形式的基础,而"诗是以形式为基础的文体。离开形式,诗便会立即消失。外视点文学将审美体验化为内容,内视点文学将审美体验化为形式。对艺术媒介的把握是对诗的把握的中心"。具体而言,诗的语言方式,"就是诗独特的用词方式、语法规范和修辞法则"[③]。相比于散文语言来说,诗歌将一般语言提升为内视语言,从而实现诗歌语言的非语言化、陌生化和风格化。所谓非语言化,就是诗歌语言强化语言的意味功能而淡化它的意义功能,强化它的体验性而最大限度地淡化它的交际功能,从而将语言由说明性、推理性符号转化为表现性符号;所谓陌生化,就是诗歌语言抛弃散文语言的文法与修辞规范,实现对散文语言的创造性破坏,形成独特的超常结构;所谓风格化,就是诗歌

① 吕进:《中国现代诗学》,重庆出版社1991年版。
② 吕进:《中国现代诗学》,重庆出版社1991年版,第68页。
③ 吕进:《中国现代诗学》,重庆出版社1991年版,第71页。

语言独立价值的实现,使语言不仅是一种外在的交际工具,而且让读者不断注意语言自身。语言的风格化程度往往体现诗人艺术创造成就的高低,将诗人与诗人区别开来。

语言研究是现代文学尤其是现代诗学研究的重要内容,但是,过去的许多诗人与学者对这一课题关注较少,或者论述得较为笼统,难以将诗歌语言与一般文学语言区别开来,也就难以将诗与非诗区别开来。吕进在诗歌媒介研究方面的敏锐以及他所发现的诗歌媒介的特征,主要来源于中国新诗(当然也包括中国传统诗歌和某些西方诗歌)的创作实践,切入了诗歌语言的实质,是具有创造性、开拓性的贡献。在论述诗歌媒介的特征时,吕进将其概括为音乐性、弹性和随意性。

吕进认为,诗歌语言的音乐性是由诗的内视点特征决定的,“内视点是心灵解除了它的物质重负的视点,是富有音乐精神的视点;与此相应,音乐性也成为诗的首要的媒介特征。音乐性,是诗歌语言与非诗语言的主要分界。”①他将诗歌的音乐性分为内在音乐性与外在音乐性,前者是诗人体验的音乐状态,是难以量化的艺术要素,后者体现在诗歌语言、体式上,可以通过量化方式加以考察。

关于诗歌的弹性,中西诗学史上都曾经有人提到,闻一多说:“诗这东西的长处就在它有无限度的弹性。”但对于弹性在诗歌中的具体表现缺乏深入、细致的分析。吕进在总结前人主张的基础上,认为诗歌的弹性主要体现在诗歌媒介上,是诗歌在语言上的多义性,是诗歌语言的一种模糊性,“是诗的独特的精确、精练与精致,它是亦此亦彼:诗的多义要在诗人的‘一致之思’中相和谐;它是似此似彼:诗的多解相互之间并没有十分明确的边缘。”②提出诗歌语言的弹性这一规定性,就将过去的诗歌语言的精练说提高了一个学术层次,这主要是立足于汉语语言的象形性、多义性和语法建构的宽松等特征,由此可以看出吕进研究现代诗歌的角度是丰富的。他对现代诗歌的文化、语言等民族因素十分了解且有深入思考。

随意性也是诗歌媒介的重要特征,是诗歌“对散文的语言秩序的主动性摆

① 吕进:《中国现代诗学》,重庆出版社1991年版,第81页。

② 吕进:《中国现代诗学》,重庆出版社1991年版,第94-95页。

脱"[1]。就是在选词、词的组合和句法、词序等方面主动摆脱散文语言的既成秩序，获得散文语言所无法实现的创造性。吕进认为："对中国新诗(也包括古诗)来说，诗歌媒介的随意性特征，尤其大量表现在虚实结合上。由实生虚，由虚生实，相互交错，相互照应。"[2]将诗歌的媒介特征与诗歌的表现手段结合起来进行打量，是一种独特的学术发现。随意性不是没有规范，它必须接受诗的语言秩序的裁判。"随意的背后，有诗人的苦心在。……如果连诗的语言秩序也加以摆脱，就不会有诗——只有挤眉弄眼和卖弄才华了。"[3]

吕进通过对丰富的诗歌现象和诗学主张的研究，将诗歌研究中复杂的表现技巧等问题，简化为对诗歌艺术媒介的打量，是对现代诗学研究的有益推进。这种简化不是简单化，而是科学化、深入化。

在深入研究诗的视点特征、语言方式的基础上，吕进对抒情诗的生成过程进行了学术考察。诗歌的生成是一个非常复杂的过程，过去的不少诗人通过自己的创作经历进行过各种各样的描述，但大多是经验性的，甚至过分随意，很难揭示诗歌生成的内在规律。吕进将这个过程概括为灵感、寻思、寻言三个相互影响与渗透的阶段，并对它们的各自特征进行了具体分析。他所提出的诗歌生成理论既尊重诗人从创作中获得的具体体验，又将其升华为具有普遍意义的学术思想，不但将这个过程简洁化，抽象出了诗歌生成的基本规律，而且将传统诗学中的"言""意"理论、现代诗学中的意象理论，甚至语言学理论等融合在一起，对灵感、诗思、语言等诗歌要素的作用及特征进行了深入探讨，形成了关于诗歌创作的新的理论学说。诗歌生成与诗歌创作主体(诗人)的关系非常密切，中国传统诗学中有"诗如其人""知人论诗"等主张，吕进将诗歌创作与诗人的修养结合起来探讨，提出了"抒情诗人的修养"这样一个既具有学术价值又具有现实意义的诗学命题。他把诗人的修养分为"人格精神"与"艺术功力"两个方面，在人格精神方面，诗人应该体现出"非个人化"和具有"使命意识"；在艺术修养方面，要"博观"，就是广泛涉猎古今中外文学、文化著作，包括诗歌以外的著作。

诗歌是中国文学的正体，而抒情诗是中国诗歌的主体。吕进对诗的视点

① 吕进：《中国现代诗学》，重庆出版社1991年版，第100页。
② 吕进：《中国现代诗学》，重庆出版社1991年版，第102页。
③ 吕进：《中国现代诗学》，重庆出版社1991年版，第103页。

特征、语言方式、诗歌生成等的研究主要是以抒情诗作为对象的,这符合中国诗歌的历史和现实,也为他的诗学主张的科学性提供了保障。但是,中国诗歌不只有抒情诗。吕进通过诗歌分类学对其他诗歌样式进行了学术打量,丰富了他的诗学体系。在诗歌内部,不同样式之间的差异是很大的,历来的研究者都看重诗歌的分类研究。80年代末期,古远清还出版了一部总结传统的诗歌分类方式的《诗歌分类学》(中国矿业大学出版社,1989)。传统分类学的最大缺陷是缺乏分类的标准,或者说分类的标准太烦琐,难以揭示诗歌样式之间的异同。吕进说:"分类,是把握、清理庞杂的诗歌现象的途径,因此,分类必须具有丰富前提下的简便性。……过分烦琐的分类的结果,其实是取消了分类自身。"[①]吕进的诗歌分类学首先在分类标准上实现了突破,提出以诗的视点特征和语言方式作为分类标准的新说,这不但使诗歌分类与他提出的新诗文体学体系结合起来了,而且符合诗歌的文体特性,又具有实际可行的学术操作性,在研究诗歌样式的丰富性方面取得了突出成就。具体地说,他从审美视点的角度将诗歌分为内视点诗歌与双重视点诗歌两大类,前者包括小诗、山水诗、咏物诗和爱情诗,后者包括叙事诗、剧诗、寓言诗、讽刺诗和散文诗。尤其是后者,提出了双重视点诗歌的概念,不但揭示了这几种诗歌样式的独特特征,而且对以内视点为特征的诗歌的一些例外情形进行了概括,是对诗歌分类的重要贡献。以语言方式作为标准,吕进把诗歌分为漂泊诗与固定诗、自由诗与格律诗、素体诗与有韵诗、无标点诗与有标点诗、默读诗与朗诵诗、打油诗与艺术诗、游戏诗与严肃诗,以文体对应的方式将诗歌的多种情形进行比较,对于更深入的研究提供了有效的角度。吕进还对上述诗歌样式进行了个别研究,揭示了它们的特征和与抒情诗的文体差异。

诗歌风格理论是吕进对现代诗学的另一个重要贡献。他不是对某一个具体诗人的艺术风格进行总结,而是通过对丰富的诗歌现象的考察,提出了诗歌的风格学理论。他说:"诗的风格,就其作为艺术表现的相对稳定的体系而言,包括了审美体验和语言特色两个侧面。"[②]他从视点特征角度把诗人分为外倾型和内倾型两种类型。过去人们谈论诗歌的风格,主要是谈论诗人的个人风格,这种观念具有合理性也具有局限性。吕进认为风格具有多义性,既包括个

① 吕进:《中国现代诗学》,重庆出版社1991年版,第281页。
② 吕进:《中国现代诗学》,重庆出版社1991年版,第338页。

人风格，也包括时代风格和民族风格，并对这几种风格的特点及相互关系进行了研究。他说：“个人风格构成民族风格和时代风格，民族风格和时代风格在个人风格那里得到确认和体现。”[①]民族风格具有流动性，时代风格具有多样性，而在诗歌风格中，个人风格是最主要的诗歌风格，它使民族风格和时代风格的特征得到具体的体现。“个人风格的孕育与形成，往往要经过一个比较长期的创作实践的历程。个人风格是诗人的价值观、人生经历、艺术气质与修养、语言理想等等因素合力作用的结晶。”[②]个人风格具有相对稳定性、多元性和不可模仿性。个人风格的多元性，主要是指个人主导风格和非主导风格的并存，以及诗人在艺术探索历程中主导风格的转换。吕进从学理上对诗歌风格的形成、类型及其相互关系等进行了学术抽象，这对于研究具体诗人的具体风格具有理论上的指引与导向作用。

从以上分析可以看出，吕进的诗学体系主要由这样几个板块构成：诗歌视点理论、诗歌媒介理论、诗歌生成理论、诗歌分类理论以及诗歌风格理论，涉及诗歌之所以为诗的各个方面，形成了独特而完整的学术体系。每一个部分是相对独立的，但作为一个整体，它们又相互联系，环环紧扣。

吕进的诗学体系并不是对过去和他人的诗学理论的否定，而是对其中一些并不完善或缺乏科学性的因素、观点进行修正、补充，将零散的观点学术化、系统化，从而形成了对过去的诗学研究的创造性超越。他最终建构的诗学体系也不是对自己早期的诗学主张的否定，而是不断完善、深化。从其诗学体系的草创到这个体系的成熟，吕进的诗学主张发生了一些变化，但不是对诗歌认识的变化，而是对诗歌艺术特征在学术表述上的清晰化、科学化。在20世纪80年代初期，袁忠岳曾在《文艺报》撰文指出，“关于诗的本质的探讨，从建国初亦门到50年代何其芳，再到80年代吕进，所经历的简—繁—简的辩证发展过程，是诗评家们向这一哥德巴赫猜想极地靠近的一个个营地。”“在中国新诗文体的研究上，从何其芳到吕进反映了从一个堡垒向另一个堡垒的飞跃。”在整个80年代，人们对诗歌文体的研究取得了更加瞩目的成就，吕进的诗歌理论没有因为这种整体上的进步而失去光彩，而是在这个过程中得到了丰富和发展，使他所建构的以新诗文体学为核心的现代诗学体系一直处于现代诗学研究的前

---

① 吕进：《中国现代诗学》，重庆出版社1991年版，第344页。

② 吕进：《中国现代诗学》，重庆出版社1991年版，第353页。

沿，因此，在今天，我们仍然可以借用上面的评价描述吕进对于现代诗学的贡献。

四、吕进诗学体系与新时期中国诗学

70年代末期开始的新时期，是中国新诗最为辉煌的时期之一，也是中国现代诗学长足发展的时期。

新时期诗学发展拥有丰富的学术基础和良好的外部环境。诗学研究是描述性的科学，它一般不凭借主观推论，而是从丰富的诗歌现象、诗学现象中进行总结、概括和抽象对诗歌的认识。诗歌、诗学现象越丰富，诗学研究就会越发达。在新时期，中国新诗、诗学的发展历史和当下的诗歌艺术探索为现代诗学的发展提供了正反两方面的丰富的诗歌、诗学现象，也呼唤着诗歌研究的新变，使人们更加开阔、深入地总结新诗发展的历史和规律成为可能。同时，思想解放运动的开展，为现代诗学的发展提供了良好的外在保障，人们可以比较自由地阐述自己的主张而较少受到非诗因素的制约；而对外开放的深入使诗学研究者可以较多地接受外来的艺术、学术营养，为现代诗学研究找到更多的参照，从中获得对诗歌的更加全面的认识。

吕进和他同时代的诗学研究者正好出现于70年代末80年代初。他们的诗学研究回应了诗歌发展对现代诗学发展的呼唤，取得了巨大的成就。

新时期诗学研究的繁荣，主要体现为一批专门的诗学家的出现和诗学研究多元格局的形成。

过去的诗学研究虽然也出现了朱自清、朱光潜等可以称为专门诗学家的学者，但大多数诗学主张出自诗人。郭沫若、闻一多、艾青、何其芳、废名、李广田等首先是诗人，而后才是诗论家。诗人论诗具有许多优势，他们的主张主要来自自己的诗歌艺术实践，比较切近诗歌创作的实际。但也存在一些局限，诗人论诗一般具有较大的随意性，比较零散，学术性不强，有时候甚至前后矛盾。专门的诗论家一般具有较深厚的学养，在诗学研究上既注重丰富的诗歌现象，也比较注意从学理上清理这些现象，视野比较开阔，因而能够获得对于诗歌的更加科学、系统的认识。建构一个或多个具有创新性的诗学体系，不但对于总结过去的诗歌创作、诗学研究具有意义，而且可以推动未来诗歌、诗学的发展。

新时期的诗学研究在80年代初期出现了学术争鸣，而在80年代中期逐渐形成了几个相对独立的理论群落，主要有“传统派”“崛起派”和“上园派”。他们各自的诗学主张存在一定差异，但都为现代诗学的繁荣做出了贡献。

对诗歌传统的重视是中国现代诗学的重要特点之一。在当代，自50年代以后，传统诗学在相当长时间内占据着主导地位，形成了现代诗学的“传统派”。诗歌是最具有民族特色的文学样式，因此，对民族诗歌传统的重视自然应该是现代诗学研究的重要部分。离开传统，诗歌和诗学的发展就缺乏根基和目标。但是，由于在相当长时间内，传统诗学一统天下，它自身存在的局限没有被人们充分认识。随着诗学发展多元格局的出现，人们意识到传统派的诗学主张存在一定程度上的传统主义特点——只承认传统，而对传统以外的诗歌、诗学成果（尤其是外国诗歌、诗学成果）则加以拒斥，其结果就在相当程度上封闭了中国诗歌、诗学的发展。

在80年代初期，随着思想文化观念的转变和新诗艺术探索的深入，在“传统派”基础上出现了“崛起派”从1980年到1983年，谢冕发表了《在新的崛起面前》（《光明日报》1980年5月7日），孙绍振发表了《新的美学原则在崛起》（《诗刊》1981年第3期），徐敬亚发表了《崛起的诗群》（《当代文艺思潮》1983年第1期），他们所提倡的诗学主张基本相近，且每篇文章题目均有“崛起”二字，以他们为代表的诗学群体于是被称为“崛起派”。“崛起派”是对“传统派”的反动，他们主张向西方诗歌艺术经验借鉴，主张反叛与突破既有的诗歌秩序。在诗歌观念的变革时期，这种主张具有很大的鼓动性，因而产生了很大影响，也的确在推动诗歌观念的新变方面产生了正面效应。在文化开放的时代，“崛起派”的主张具有它自身的合理性。没有借鉴，就没有交流和参照，对现代诗歌的发展是不利的。但是，“崛起派”也存在一定局限。它不提诗歌传统或对诗歌传统持反叛态度，这就可能割裂诗歌的纵向发展线索，使诗歌失去根基与方向。“崛起派”的出现，打破了传统派一统天下的格局，诗学界由此而出现了学术争鸣，人们可以通过比较对各种诗学主张进行学术评价和选择了。

80年代中期，在“传统派”“崛起派”之间出现了“上园派”。1984年春和1985年冬，一群来自全国各地的诗论家两次在北京上园饭店参加读书会，他们在会议上发现各自的诗学主张非常相似，于是在1986年春天的《华夏诗报》上打出了“上园诗派”的旗号，并于1987年结集出版了诗论选《上园谈诗》，人们将这个群体称为“上园派”。[1]“上园派”出现在“传统派”和“崛起派”之后，对它们的长处和不足均有比较全面的认识。他们的诗学主张兼及二者之长，认为中国诗歌应该同时处理好继承与借鉴两方面的关系，即实现诗歌传统的现代化和西方艺术经验的本土化，简而言之，就是化古化欧。在他们看来，传统必须被现代化，才能使诗歌既不失去自己的民族特色又能够适应诗歌艺术发展、变革的需要；而在文化开放的时代，西方艺术经验对于推动中国新诗的发展同样重要，但必须将它转化成为符合中国文化、诗歌和社会发展的艺术因素，才具有丰富的诗学意义。吕进多次谈到这一命题，他认为：“中国新诗的现代化绝不是西方化。而西方文学影响的本土化转换则是中国新诗走向现代化的突进之一。伟大的中国新诗作品一定是诗人在非常广泛的艺术视野中的艺术创造。同时，伟大的中国新诗作品一定带着中国土壤的泥土味，一定是中国诗歌古老积累的现代化呈现。”[2]这种主张体现了吕进在诗学研究中一贯坚持的辩证思想，不偏于一面，而是尊重诗歌发展的客观规律和诗歌自身的文体规律。化古化欧的诗学思想是吕进诗学体系的核心。他在诗学观念、形态等方面都继承、发展了中国传统诗学的某些特点。

“上园派”的出现，打破了“传统派”“崛起派”的二元对立局面，使诗学研究出现了真正的多元格局。“上园派”的主要诗论家包括吕进、阿红、袁忠岳、叶橹、朱先树、杨光治等，同时还有一大批同路人和追随者，阵容非常庞大。吕进可以称为“上园派”的“盟主”，他不但在诗学主张上代表了“上园派”诗论家的基本观点，而且他创办和主持的中国新诗研究所成为诗学研究、交流和培养诗坛后续力量的重要基地，是中国新诗研究的中心之一。

随着诗歌艺术的进一步发展，“传统派”“崛起派”的诗学主张不断显现出它们所存在的局限。“崛起派”的代表诗论家之一孙绍振在90年代末期对由“新潮诗”演化而来的“后新潮诗”进行了全面的打量。他并不反对创新，但不再像20世纪80年代初期那样对所谓的新探索都给予肯定，而是客观分析了“后新潮诗”所存在的致命的缺陷，体现出诗学观念上的转向，更加接近“上园派”的诗

① 古远清：“大陆当代三大诗论群体透视”，载《诗潮》1994年12月第7期。

② 吕进：《跨世纪的展望——〈中国跨世纪诗丛〉总序》，载《吕进诗论选》，西南师范大学出版社1995年版，第489页。

学主张[1]。“上园派”的诗学主张没有像“崛起派”的主张那样在一定时段成为“热潮”，但是他们坚持对诗歌艺术发展规律的客观、科学的总结，积淀了丰富的诗学成果，从始至终都得到许多诗人、诗论家的认同。在90年代，“传统派”“崛起派”和“上园派”等诗学群体都已经成为历史概念，但“上园派”对诗歌基本理论的研究体现出了巨大的学术涵盖面，使他们的诗学主张仍然具有鲜活的学术生命，越来越体现出与中国诗歌发展的合拍。这是求实、创新的诗学理论的基本特征。

五、吕进诗论的学术品格

吕进的现代诗学体系是现代的、崭新的，也是时代的、民族的，对过去的诗学研究的总结和未来诗学研究的启示是多方面的。他的诗学体系的形成和对具体诗学问题的解决都体现出对艺术辩证法的尊重，辩证法思想是吕进诗学研究的哲学基础（尤其是方法论基础）。他既注重诗学研究的原创性，也注重诗学发展的继承性；既倾心宏观审视，也注重微观分析；在开放的文化环境下，他的诗学体系以中国现代诗歌作为主要研究对象，同时也不忽略对外国（尤其是西方）诗学主张、诗歌艺术经验的借鉴，从而形成了独特的学术品格。恰如诗人风格的形成往往代表艺术探索的成熟一样，对于诗论家，独特的学术品格的形成，也往往体现出诗学研究、诗学体系的成熟。

吕进的诗学体系至少具有三个值得注意的学术品格：求实、创新、兼容。

新诗研究中的求实意识，就是要对新诗发展的规律进行实实在在的探索，而不是盲目地追赶时髦、追赶热潮。吕进的诗论追求朴实的风格，在表述上注意深入浅出，不搞新名词爆炸，不以惊世骇俗的“新”观点吓人。他不人云亦云，不追光，不趋时，不东摇西摆，而是坚持探讨诗歌的文体规律。他说：“诗学面临的对象是丰富的非常规世界，最不具备实体性的流动世界，它是现实的幻影，它是良知的馨香。用非诗规范要求诗，用非诗人规范要求诗人，用全民诗歌的使命衡评每一首具体作品，或者，用对时髦潮流的追赶去代替对诗的认真审视，都会使诗学丧失求实气质。”[2]这是他从具体研究中获得的对诗学研究的

① 孙绍振：“后新潮诗的反思”，载《诗刊》1998年第1期。

② 吕进：《变革：为了新诗在当代中国的繁荣》，载《上园谈诗》，重庆出版社1987年版，第475页。

真知灼见。

吕进认为:“当代诗评家的素质首先应当不因循守旧,有变革的勇气与明慧。”①诗歌艺术的发展必然带动诗学研究的发展——既有对过去的诗学成果的重新审视,也有对新的诗歌现象的热切关注。创新意识就是对这种发展在诗学观念上的不断适应。吕进诗学体系的创新,主要体现在诗学研究的切入角、诗学研究方法、诗学体系的整体框架和表述方式、诗论的具体内容等方面的突破。创新绝不是“唯新”,他的创新是在求实基础上的创新,“是利用已有轨迹继续向前开拓”。他认为:“创新的内核仍然是求实:求实的突破、求实的推动,离开这个内核的华丽辞藻、玄乎术语、哗众取宠与创新是绝缘的。”②正因为这样,吕进的诗学体系才体现出有中心、有主轴的延展,体现出发展中的一致性,为中国现代诗学与中国新诗的发展提供了丰富的启示。

兼容性就是对诗歌创作与研究的多元构架的理解与尊重。多元格局的形成是诗歌与诗学发展与繁荣的标志。吕进极力主张也十分珍惜诗坛的多元格局。在诗学上,吕进有自己的学术主张,但他不唯我独尊,没有霸权主义作风,他尊重诗歌艺术的发展规律,尊重他人的创造性劳动。在诗学体系的建构中,吕进批评地吸收了多种学派的诗学主张,评介了多个流派的诗人的创作。他只坚持一个标准,那就是诗歌艺术发展的独特规律,符合这个规律的任何探索,他都给予支持。吕进的多元意识和他的诗学的兼容性,使他的诗论能够涵括广泛的诗歌创作现象。当然,宽容也是有“度”的,对那些违背诗歌艺术规律、哗众取宠的所谓“创新”,他是厌恶的,因为在他那里,多元意识的基点仍然是求实意识,他必须求实地对待一切诗歌现象与诗学主张。他认为,多元必须归“一”,这个“一”,不是自我封闭的枷锁,而是诗歌艺术的发展规律。

有人在对吕进诗论及其学术品格尤其是它的宽容性并没有多少了解的情况下,就认为吕进是反“朦胧诗”的,比如张同道在《探险的风旗——论20世纪中国现代主义诗潮》说:“面对三次崛起,程代熙、郑伯农、柯岩、吕进、楼肇明、高平、晓雪、竹亦青、洪毅然、李浩、孙克恒等等,数以百计的知名或不知名的理

① 吕进:《变革:为了新诗在当代中国的繁荣》,载《上园谈诗》,重庆出版社1987年版,第477页。

② 吕进:《变革:为了新诗在当代中国的繁荣》,载《上园谈诗》,重庆出版社1987年版,第478页。

论家一起上阵。山雨欲来风满楼，仿佛又一场有组织的大批判运动。”[①]我们不想在这里对其他人的观点发表评论，但对吕进的指责是不公平、不客观的。这是对吕进诗学体系的根本误解。吕进没有发表过反对“朦胧诗”的主张，而且在总结新时期诗歌创作时，不但强调了“归来者”诗人在恢复诗歌“说真话，抒真情”方面的成就，还对舒婷等诗人在诗歌艺术自身反思方面的成就也给予了很高的评价，并由此指出：“多元是诗的发展之路；一元，是诗的衰落之路。”[②]在后来的文章中，吕进也多次正面论及“朦胧诗”。老诗人臧克家曾对朦胧诗等新的艺术探索持有异议，但他后来说：“吕进同志，能以他的洞察力，对各种现象分析研究，是其所是，非其所非，态度比较科学而公允……他的求实态度，多少校正了我个人的偏激看法。”[③]这些难道是吕进反对“朦胧诗”的证据吗?

吕进的诗学体系是一个开放的、崭新的诗学体系，主要体现在它的求实性、创新性和兼容性等多方面。在诗歌发展上，吕进主张将继承与借鉴融合起来，认为新诗发展必须注重两个相互联系的侧面：“一个是外国艺术经验的本土化，一个是民族传统的现代化。”[④]他的诗学体系也是在继承与借鉴的基础上建构起来的。一方面是中国传统诗学的求“通”，一方面是西方诗学的求“变”，他将二者融合，实现了“本土化”与“现代化”的结合，形成了“通”中求“变”“实”中求“新”的现代诗学特征。

有人对吕进的诗学成就进行过这样的评价：“如果说郭沫若、亦门、闻一多、艾青是中国新诗的理论家，那吕进可以毫不逊色地和他们排在一起。”也对他的学术品格进行过评价：“求实、创新与多元化，可以说是吕进诗论的总体倾向。吕进作为当代诗论的一个实体，其意义将远远超过其诗论本身。诗论本身很难超越时代，它总有这样那样的局限。作为学派主体的吕进之精神更具价值，它很可能超越时空，波及后代。”[⑤]这样的评价很高，但也客观、公正。在世纪之交，吕进在20世纪90年代初期建构的现代诗学体系业已经过了较长时

---

① 张同道:《探险的风旗——论20世纪中国现代主义诗潮》，安徽文艺出版社1998年版，第538页。

② 吕进:《新时期十年:新诗，发展与徘徊》，载《上园谈诗》，重庆出版社1987年版，第93页。

③ 臧克家:《吕进的诗论与为人》，载《新诗文体学》，花城出版社1990年版。

④ 吕进:《中国现代诗学》，重庆出版社1991年版，第198-199页。

⑤ 邹建军:《吕进:意正论深枝叶茂》，载《中国新诗理论研究》，长江文艺出版社1993年版，第79-86页。

间的检验，在那些“时髦”理论不断更迭换代的情况下，吕进的诗学主张仍然体现出强大的生命力，为诗歌界、诗学界的多数人所认同。同时，吕进还在不断更新和深化他的诗学体系，他在90年代后期提出的“诗体重建”[①]的诗学主张就是新诗文体学理论与新诗创作实践的结合，这使他的诗学体系更完善，更适合新诗发展的实际，有助于新诗艺术的进步。

① 参见吕进《论新诗的诗体重建》(《诗刊》1997年第10期)等文章及他在1999年度《星星》上所开设的专栏。

四、影 响

吕进生于1939年，自小就热爱诗文创作，以诗歌研究作为自己的生活方式，乐此不疲。鉴于当代中国特殊的历史境遇，吕进的诗学之路始于新时期，但此前较长时期的创作经历和学术积淀成了他诗学思想腾飞的助推器，正应了“博观而约取，厚积而薄发”的说法。在今天看来，被概括为“文化热时期”的1980年代，中国人民好似久旱逢甘露一般渴望汲取一切知识，以诗歌、小说、话剧为主的文学创作、欣赏、批评、研究不仅热闹非凡，还产生了相当程度的轰动效应。正是在这样的背景下，吕进推出《新诗的创作与鉴赏》，正好与时代的需求若合符节，伴随该书的畅销，吕进诗学思想的影响扩展开来，但他并未停下探索的脚步，持续思考新诗的观照与言说方式，追踪新诗的发展历程，随着《上园谈诗》《新诗文体学》《中国现代诗学》《对话与重建》《文化转型与中国新诗》《吕进文存》《吕进诗学隽语》《中国新时期“新来者”诗选》《现代诗学：辩证反思与本体建构》等著作和《新时期十年：新诗，发展与徘徊》《新时期诗歌的逆向展开》《论诗的文体可能》《诗学：中国与西方》《臧克家：新诗文体建设的重镇》《二十世纪下半叶的中国新诗研究》《论中国现代诗学的三大重建》《三大重建：新诗，二次革命与再次复兴》《中国与日本：中国现代诗学的昨天和今天》《诗歌的小众与大众》《论新时期诗歌与新来者》《新诗的变与常》《新诗诗体的双极发展》《论“诗家语”》《新汉学时代与新时期诗歌研究》《百年现代诗学的辩证反思》等论文的发表，他成为少见的葆有学术生命力的诗学名家，其影响所及，从空间上讲可谓遍及海内外，从时间上看已经长达数十年，也必定会被后来者继承、发扬、光大。

对新时期诗歌的历史阐释与美学引导[①]

张德明　姚家育

由于对新时期中国诗坛的密切关注，对新时期诗歌团体、诗歌流派、诗歌思潮、诗人个体的及时批评阐释与理论总结，吕进诗学因此构成了新时期诗学的重要组成部分，其所具有的意义和价值是与新时期诗歌的意义和价值密切相关联的，认识吕进诗学的独特性首先要从它与新时期诗歌的关系谈起。在我看来，吕进诗学的重要价值，首先体现在它既对新时期诗歌作了富于历史深度的阐释，又对新时期以来的诗歌发展进行了美学上的引导与启迪。具体表现为：

第一，深度描绘新时期诗歌发展的历史轨迹。吕进对新时期诗歌的发展态势有着较为清醒而深富历史感的认知，他曾这样指出："新时期是一个除旧布新、推陈出新的时代。新诗也在刷新：诗美规范的刷新，诗歌接受的刷新，诗坛格局的刷新。"[②]为此，他先后撰写了《新时期十年：新诗，发展与徘徊》《新时期诗歌的逆向展开》《新诗的沉寂年代》《诗，生命意识与使命意识的和谐》等论文，来描绘新时期诗歌的流变轨迹，总结新时期诗歌的发展规律，也指出新时期诗歌的艺术成就和存在的问题。吕进认为，新时期诗歌出现了可喜的局面，集中表现为"诗歌丰收""诗人活跃""诗坛兴盛"等三个层面。新时期十年可以分为三个历史阶段和发展层次，即复苏之期（1976—1978）、对历史的反思（1979—1980）、对自身的反思（1981年起步），"从复苏到对历史的反思，再到对自身的反思，三个发展层次，一环紧扣一环。十年诗歌前行的节奏是高速度

① 本篇选自张德明、姚家育《吕进诗学研究》第九章第一节，人民出版社2016年版。题目为编者所加。

② 吕进：《变革，为了新诗在当代中国的繁荣》，载《上园谈诗》，重庆出版社1987年版，第476页。

的,但是'后劲'不足"[1]。尤其是反思自身的第三时期,新时期诗歌的行进体现为两股潮流的互动,吕进将这种现象归纳为"逆向展开",他说,这个时候的诗人有两种类型,"一类诗人对外部世界持开放态度,他们感应外部世界,做出感情概括,另一类诗人更关注自身的内心世界,着笔于诗人的自画像","正是他们的逆向探索才构成了新时期诗歌第三阶段的框架"[2]。吕进还从"诗与外部世界""诗与读者""诗与传统""诗的价值"四方面对新时期诗歌逆向展开的表现形态加以系统阐释,绘制了这一时期诗歌发展的历史图谱。对于1980年代末期新诗轰动效应的逐步淡失情状,吕进以"沉寂"一词来概括之,并指出这一现象的出现是新诗自身文体特征所决定的,"新诗只具备自己的文体可能","在任何历史转折的发端时代,诗都可能凭借自己的文体优势轻而易举地充当文坛的主角。呼唤,呐喊,往往会在社会上引起巨大回声。大转折的深入总是将错综复杂的社会矛盾、丰富多样的人物性格推到文学面前:叙事文体的机会到来了。弱于历史反思功能的诗歌,贫于具体细致地客观描绘时代画卷的诗歌,几乎是必然地'让贤',它由主角变为配角。"[3]吕进还告诉人们,诗坛的沉寂对诗歌发展而言并非就是坏事,"沉寂,其实是一种机会","同浮躁年代相比,沉寂年代更有利于艺术发展。十年来的中国新诗匆匆地走过了欧洲从文艺复兴到现代派诗歌的七百年的路,沉寂,是对这种'过热'的冷静。十年来的新诗宣言、旗帜、口号分外繁多,沉寂,是对这种奇特现象的历史性裁判。"[4]对于80年代中后期出现的"第三代"诗歌,吕进一方面肯定其意义和成就,另一方面也看到了其中的不足,并对那种回避现实、回避崇高的"凡俗诗"进行了批判。吕进说:"'凡俗诗'并没有出现多少一新读者耳目之作,也没有出现多少与宣言的品位相对应的诗歌。如果仔细观察,便不能不看到,在不少'凡俗诗'那里,'超越'成了回避:回避现实,回避崇高。""当诗歌喋喋不休地诉说'原欲喷射'、卑微的烦闷、吃饱后撑得慌的无聊等等,诗必然沦为游离于当代人生活之外的'过剩'品。"[5]"'凡俗诗'抹杀诗人的使命意识,就必定失掉与时代的联系,正是

---

① 吕进:《新时期十年:新诗,发展与徘徊》,载《上园谈诗》,重庆出版社1987年版,第84页。

② 吕进:《新时期诗歌的逆向展开》,载《新诗文体学》,花城出版社1990年版,第176页。

③ 吕进:《新诗的沉寂年代》,载《新诗文体学》,花城出版社1990年版,第196-197页。

④ 吕进:《新诗的沉寂年代》,载《新诗文体学》,花城出版社1990年版,第197页。

⑤ 吕进:《诗,生命意识与使命意识的和谐》,载《新诗文体学》,花城出版社1990年版,第208页。

由于这一点，'凡俗诗'使自己淡化、平庸化、渺小化。"[①]这些论述显得客观而理性，代表了当时诗学界对"第三代"诗歌进行深度反思的理论成果。

第二、对新时期诗歌群体的命名与提掖。首先，吕进对"朦胧诗"的诗学价值给予充分肯定，他不仅指出了"朦胧诗"与传统诗的各自优势："80年代初期，诗坛形成了传统诗和'朦胧诗'的双向展开。在创作实绩上，传统诗的成就更大；在艺术探索的影响上，'朦胧诗'发挥的作用更大。作为诗歌流派，'朦胧诗'有两个基本特征：1.内容的内向；2.形式的新奇。"[②]吕进还给"朦胧诗"的诗学意义给予准确定位："'朦胧诗'对习以为常的诗美规范的挑战，强化了诗坛的创新空气与探索意识，对推动中国新诗艺术的发展是有功勋的。"[③]其次，对"归来诗人"的命名与肯定。吕进是较早注意到诗人"归来"现象的诗评家，他在1980年就撰写了《令人欣喜的归来——对〈归来的歌〉》一文，对诗人艾青"回到诗坛"以后出版的新诗集进行了及时的评论和奖掖，这是当时诗学界以"归来"为关键词来阐释诗学现象的最早的论文之一。随后，他又对其他"归来诗人"如臧克家、方敬等人的诗歌进行了分析和阐释。最后，也是最重要的，吕进对"新归来者"诗人的重点关注、特别命名与持续不断的阐释，构成了吕进诗学中的一个极为关键和重要的内容。吕进很早就关注着"新来者"诗人的成长与创作，并对他们进行及时的提点与推举，他不仅先后为傅天琳、叶延滨、杨晓民、毛翰等"新来者"诗人写过诗集序言与专论文章，还撰写了题为《论新时期诗歌与"新来者"》的长篇论文，对新时期诗歌的历史版图进行重新绘制，给一直被诗学界忽视的"新来者"诗人以应有的历史地位。吕进指出，新时期诗歌除了"朦胧诗人"和"归来诗人"之外，其实还存在第三类诗人，"在新时期诗坛上其实还有一个'第三者'：新来者诗群。在双峰对峙的时候，'第三'往往具有重要的诗学意义和哲学意义。'第三'可以活跃全局，可以开拓空间，可以探寻新路，带来新的生态平衡。现在回过头来看历史，三个合唱群落中新来者的实绩其实不小，艺术生命其实非常持久。新来者到了新世纪已经属于老诗人，但是他们中间的多数人还在歌唱，他们对中国诗坛仍然保持着影响。新来者属

① 吕进：《诗，生命意识与使命意识的和谐》，载《新诗文体学》，花城出版社1990年版，第208页。
② 吕进：《抒情诗的最新轨迹（上）》，载《中国现代诗学》，重庆出版社1991年版，第216页。
③ 吕进：《抒情诗的最新轨迹（上）》，载《中国现代诗学》，重庆出版社1991年版，第225页。

于新时期。他们的歌唱既有生存关怀,也有生命关怀。化古为今,化外为中,这是‘新来者’共同的审美向度。‘新来者’的艺术胸怀广,艺术道路宽,读者群不小。这里所谓的‘新来者’,是指两类诗人。一类是新时期不属于朦胧诗群的年轻诗人,他们走的诗歌之路和朦胧诗人显然有别。另一类是起步也许较早,但却是在新时期成名的诗人,有如‘新来者’杨牧的《我是青年》所揭示,他们是‘迟到’的‘新来者’。‘新来者’诗群留下了为数不少的优秀篇章。”[①]2010年提出“新来者”诗学概念后,吕进便着手进行资料搜集与整理工作,以编选一本反映“新来者”诗人群体的创作概貌、体现这个群体文学实力的诗歌选本出来。经过三年多的努力,《中国新时期新来者诗选》终于在2014年8月由西南师范大学出版社正式出版,这标志着这个群体的整体面貌终于得以全面呈现。《中国新时期新来者诗选》共选了99位诗人的220多首诗作,全面和真实地反映了这个群体的创作实绩。所选诗人在年龄上彼此悬殊,既有出生于30年代的,如韩瀚、刘湛秋等;也有40年代出生的,如傅天琳、韩作荣等;还有60年代出生的,如吉狄马加等,其中主体部分为50年代生诗人,例如高伐林、高洪波、李小雨、马丽华、骆耕野、熊召政等等。在所选诗歌中,既有在当时就产生过巨大影响的作品,也包括90年代和21世纪创作的优秀诗作。在吕进看来,如果说归来诗人侧重于表达对历史的审视,朦胧诗人重在呈现个人化的精神世界,那么新来者则将个体与群体较好地连接在一起,他们的诗歌更体现出对于现实的沉思,对于当下的关注,体现着生存关怀与生命关怀的有机统一。我认为,作为填补文学史空白的诗歌选本,《中国新时期新来者诗选》的编选与出版,由此凸显出了特别的意义,它是新来者诗群创作实力的第一次集中展示,不仅可以使80年代初期的新诗发展史得到真实的还原,为重写新诗史提供较为重要的材料与佐证,也可为纠正当下诗歌中的一些创作痼疾、引领新世纪诗歌更健康稳步地发展起到某种促进作用。由此可见,对新时期诗坛的各个群体,如“归来者”、朦胧诗派、“新来者”,包括“第三代”,吕进都进行过阐释与分析。尤其对“新来者”的命名、阐释以及诗集主编,更是吕进对新时期诗歌进行深度研究和历史定位的最重要成果。

第三,对当代优秀诗人个案的重要阐释,不仅在新时期背景上回望诗歌历史,还具体呈现了新时期诗歌的内在美学纹理。在吕进的诗学论述中,艾青、

① 吕进:“论新时期诗歌与‘新来者’”,载《文艺研究》2010年第3期。

臧克家、何其芳、余光中、梁上泉、余薇野、傅天琳都曾被作为阐释对象而加以分析与烛照。吕进以强烈的历史意识和独有的诗学眼光，发现了这些诗人在诗歌史上的独特地位与自身诗歌的特定个性。他评价艾青，称其为“我们时代杰出的诗人之一”[①]，认为他“长于捕捉‘主观世界与客观世界最愉快的邂逅’，运用全部的人生经验，朴素、自然地使闪光的刹那凝固在诗笺上。寓繁复于单纯，寓深沉于明朗，这正是人们熟知的艾青的诗的美学”。吕进还指出了艾青诗歌中的“忧郁”特质：“艾青的忧郁是那个时代土地的忧郁和民族的忧郁，也是先知者的忧郁。他的忧郁并不是对于人生和世界的厌弃”[②]。吕进并给予了艾青很高的文学史地位：“在新诗史上，他（艾青）还应该是自由诗的‘第一小提琴手’。正因为这样，可以说，艾青研究的状况往往是观察新诗研究状况的重要视角，艾青研究的水平也是测量新诗研究总体水平的一个重要尺度。”[③]这样的评价都是极其到位的。他肯定臧克家在新诗文体建设上的巨大贡献，指出“这是一位多产、多能、多思的大家。如同任何一位大诗人一样，臧克家是一座气象万千的大山，正所谓‘横看成岭侧成峰，远近高低各不同’。从文体角度望去，臧克家是中国新诗文体建设的重镇”[④]。吕进还高度称赞臧克家“是以生命换诗，以生命为诗的大家。这种大家，80年来屈指可数”[⑤]，认为他的出现具有划时代的意义：“1933年臧克家携带着他的诗集《烙印》出现了。臧克家划出了新诗发展史上的新的时代。他的光芒所及，一方面，使得现代主义诗歌渐露轻薄；另一方面，也使得标语口号的诗人渐露空洞。”[⑥] 可谓知心之论。对于余光中诗歌的文体学贡献，吕进也给出了肯定性的结论，他说：“我们发现了余光中，一位从外语和文言句法中寻觅营养以丰富白话诗美、铸造新诗诗体的歌者；一位从义与音的交融、铸造新诗诗体的诗人；一位很难用自由诗体或格律诗体定位的铸造新诗诗体的大师。从诗体建设着眼，他是闻一多之后贡献最多的诗人和理论家，对他的诗体美学的开发无疑对推进新诗诗体建设具有重

---

① 吕进：《诗人艾青》，载《给新诗爱好者》，重庆出版社1984年版，195页。

② 吕进：《论艾青的叙事诗》，载《吕进文存》（第三卷），西南师范大学出版社2009年版，第79页。

③ 吕进：“20世纪下半叶的中国诗歌研究”，载《文学评论》2002年第5期。

④ 吕进：“臧克家：新诗文体建设的重镇”，载《文学评论》1995年第1期。

⑤ 吕进：“臧克家：新诗文体建设的重镇”，载《文学评论》1995年第1期。

⑥ 吕进：《说不尽的〈三代〉》，载《吕进文存》（第四卷），西南师范大学出版社2009年版，第99-100页。

要的学术价值和实践意义。”[①]吕进不仅对余光中诗体建构的创造性给予高度评价，还归纳出其诗歌文体的表现特征：“其言说方式可以概括为：格律体对称均齐中流动变化，自由体流动变化中求对称均齐，半自由、半格律体更是错落参差而又富于整肃美感。这种律中求变，变中求律，律与变的诗性调和，正是余光中美学因素开发的原则。”[②]

自然，在诗人个案研究中，吕进阐述最多、论证最翔实和充分的，还是“新来者”诗人，如傅天琳、叶延滨、李钢、杨晓民等等。傅天琳初出道时，吕进就撰文对其第一部诗集《绿色的音符》加以评述与肯定：“《绿色的音符》几乎没有概念化的作品。诗人不屑于用流行的口号装扮自己。这些诗是生活拍打于诗人心胸所引起的回音，这就带来了诗集的真实和浓厚的生活气息。”[③] 随着生活阅历的丰富和创作技能的提升，傅天琳诗歌有了大的发展，吕进又撰文进行及时的描述和阐释，他指出：“从果园到大海，从自发到自觉。傅天琳的诗从单一到丰富，从素描到写意，从拘泥到舒放，从而逐步获得广度、深度和精度。我以为，她的创作道理是健康的，虽然存在一些有讨论价值的课题，她的创作园地是丰收的，虽然并不是每串禾穗都那么饱满。傅天琳不愧是大海的女儿，她的价值观念、审美观念、诗歌观念都在变革，在刷新，由此我可以预言，她将走向更广阔的人生大海和艺术大海。”[④] 吕进评价叶延滨：“叶延滨的坐标属于新来者，他是这个群体的翘楚，这是打开延滨的诗歌世界大门的钥匙。”“在新来者中，延滨的人文底蕴很厚，内在视野很开阔，所以他是一个洞明世事、心胸宽广、眼光高远的诗人。”[⑤]这是从“知人论世”角度对叶延滨的中肯评价。吕进对“蓝水兵”李钢过人的才气赞佩有加，他谈道：“李钢是才子型诗人：能诗会画，喜爱音乐，且熟知古诗与外国诗，为他赢得最初诗名的组诗《蓝水兵》当年一问世就同时获得《诗刊》和《星星》的优秀作品奖。当人们还处在‘一个劲地蓝’的

---

① 吕进：《余光中的诗体美学》，载《吕进文存》（第三卷），西南师范大学出版社2009年版，第326页。

② 吕进：《余光中的诗体美学》，载《吕进文存》（第三卷），西南师范大学出版社2009年版，第330页。

③ 吕进：《由〈绿色的音符〉所想到的》，载《给新诗爱好者》，重庆出版社1984年版，139页。

④ 吕进：《傅天琳：从果园到大海》，载《吕进文存》（第四卷），西南师范大学出版社2009年版，第128页。

⑤ 吕进：《开门落“叶”深——漫说叶延滨〈年轮诗选〉》，载《吕进文存》（第四卷），西南师范大学出版社2009年版，第133页。

兴奋当中,他又捧出了与《蓝水兵》大异其趣的《东方之月》,使人不敢小看李钢。李钢作品最引人注目的是那缤纷的意象。如果说傅天琳钟情的是女性的果树方式,那么,李钢观照人生和表达诗思采用的就是放野马方式。他的放野马般的超凡脱俗的异思怪想,他的放野马般的不拘一格的泼墨,都内蕴于那么匪夷所思的意象之中。这就造成了李钢的飘逸潇洒的迷人风格。其实,在李钢的看似随意挥洒的诗行里自有深刻在。李钢其实是一个哲人。他善于跳离实界与走出自身,用不无幽默、调侃的哲人眼光去打量实界,而后再以通脱与素朴的诗笔写出他的发现,他的荒诞感,他的奇思妙语。这正是李钢经得住阅读的秘密。"①这样的评论是在深得诗人诗学神韵的基础上做出的,极为准确和贴切。杨晓民获得第二届鲁迅文学奖时,吕进称赞他为"一颗闪耀着个性之光的新星",并给其诗集《羞涩》做出了这样的评语:"收入《羞涩》的103首作品分《飞鸟》《倾诉》《劫灰》等13辑,是诗人独特的生命体验,是诗人对现代人的生存状态和文化状态的观照、困惑与内省,是置身物化社会中的诗人对人性、亲情的眷恋。"②这样的评价是很高的。

概而言之,吕进的当代诗人个案研究,既包括对诗歌历史的个人总结,又包括对当代优秀诗人的及时发现与细致阐释,对于深入认识新时期诗歌的历史发展是有重要引导与启发意义的。

第四,对新诗创作技巧的及时总结与系统阐发。吕进诗学有不少篇幅都可归入"新诗技巧论"的范畴,从第一部诗学论著《新诗的创作与鉴赏》开始,到后来问世的多部著作,吕进都一直重视对新诗技巧的总结与阐释,这样的总结与阐释,对于促进新时期诗歌的艺术提升和美学进步无疑是作用极大的。吕进的"新诗技巧论"可分为诗歌文体技巧论、诗歌修辞技巧论、诗歌语言技巧论等方面。仔细分析,吕进有关新诗的媒介、弹性、审美视点、文体特征等的论述,属于诗歌文体技巧论的范畴。吕进告诉人们:"诗人要进入诗的世界,首先要获得诗的审美观点。不同的审美视点,使不同文学品种创作者在哪怕面对同一审美对象时,也显现出在审美选择和艺术思维上的区别。诗情体验变为

① 吕进:《重庆"三套车"》,载《吕进文存》(第三卷),西南师范大学出版社2009年版,第294-295页。

② 吕进:《诗集〈羞涩〉的双重性艺术》,载《吕进文存》(第三卷),西南师范大学出版社2009年版,第302页。

心上的诗，这还只是诗的生成的第一步。心上的诗要成为纸上的诗，就需要寻找外化、定形化和物态化。审美视点是内视点，言说方式是外形式，即诗的存在形式。从内形式到外形式，或曰从寻思到寻言，这就是一首诗的生成过程。诗体是诗歌外形式的主要因素，换个角度说，寻求外形式主要就是寻求诗体。"[①]吕进对诗歌审美视点的阐释，对诗歌从寻思到寻言过程的描述，是在提醒人们一定要注重新诗的文体个性，懂得新诗文体规律，按照新诗的美学规则去从事自己的诗歌创作，才能写出符合诗歌资格的作品。因此，我把吕进在此方面的阐述视为"诗歌文体技巧论"。吕进一贯强调修辞在诗美表现中的重大作用，他说："我们讲过，'诗'的最原始的含义是'精致的讲话'，'情欲信，辞欲巧'。没有语言的'精致'，读者所见到的就不是诗，最多也只是美好诗情的恶劣表现而已。诗的修辞学就是讲究诗的修辞方式即表现手法的科学。"[②]作为诗评家的首部诗学论著，吕进的《新诗的创作与鉴赏》就设有"诗的修辞"一章，论述各种修辞手段在诗歌中的呈现，包括比喻、借代、反衬、象征、通感、模拟、重叠、蝉联、排比、对仗等等。比如对比喻修辞在诗意表达中的重要性的阐释，吕进如此写道："比喻，在诗歌创作中具有极端重要性。其他文学样式(甚至科学著述)优势也用比喻，主要目的是加强语言的形象性和生动性。而诗中的比喻本身往往作为诗歌形象成为一首诗重要的、不可或缺的组成部分。对于不少诗篇来说，取消了诗中比喻，诗篇本身也就不复存在了。不擅长比喻，也许可以无损于小说家、散文家、戏剧家，却算不得有才华的诗人。"[③]这提醒我们，比喻修辞在诗歌中的地位和作用是极为突出的，只有重视它才可为写出好诗创造条件。吕进对诗歌的语言也很看重，他不仅反复强调诗歌所采用的语言非一般日常语言而是"诗家语"，还在论述诗歌的审美视点、媒介、弹性等特性时，屡次阐述诗歌语言问题。例如论述弹性技巧，吕进指出："弹性技巧致力于事物之间、情感之间、物我之间在语言上的联系与重叠，致力于语言的'亦一亦万''似此似彼'的'模糊'美。"[④]也就是说，诗歌弹性的生成，是集中在语言上的，是由诗歌语言所表现出来的。在《中国现代诗学》中，吕进专门论述了"抒

① 吕进：《余光中的诗体美学》，载《吕进文存》(第三卷)，西南师范大学出版社2009年版，第323页。

② 吕进：《诗的修辞》，载《新诗的创作与鉴赏》，重庆出版社1982年版，第199页。

③ 吕进：《诗的修辞》，载《新诗的创作与鉴赏》，重庆出版社1982年版，第201页。

④ 吕进：《论诗的弹性技巧》，载《上园谈诗》，重庆出版社1987年版，第301页。

情诗的生成”问题，其中重点阐释了抒情诗的第三阶段即“寻言”的过程。在吕进看来，诗人的寻言有两个过程：第一是“造”，即创造修辞方式；第二是“达”，即传达诗美体验[①]。没有独特的语言构造，就没有别具意味的诗歌表达，甚至可以说就没有诗，在这个意义上，似乎可以说，诗歌语言技巧论构成了吕进“新诗技巧论”中最为重要的部分。

第五，对新诗观念变革的有力推助。从事诗歌研究以来，吕进就一向比较重视诗歌观念的刷新这个课题，他曾撰写多篇论文对此问题加以探讨。吕进指出：“诗歌观念包括对诗的内容本质和形式本质的认识，而内容本质是第一要义的。”[②]有关诗的内容本质的探讨，也就构成了吕进探讨诗歌观念刷新的最根本一环。在《诗学的三个基本意识》里，吕进对若干需要刷新的诗歌观念进行了系统清理。他认为，新时期诗歌运动已经推出许许多多理论课题，“例如，诗的社会功能问题。在物质生产上，过去曾长期只强调生产目的是扩大再生产，比较忽视人民生活水平的提高和多种多样的的生活需要。在文学和诗歌上，过去曾长期只强调文学和诗歌的教育功能，看重直接功利作用，比较忽视人民精神生活多种多样的需要。其实，追根溯源，孔子的‘兴观群怨’的诗教也就有这样的片面性。新时期诗歌力图全面恢复诗的社会功能。在这样的努力下，对诗与时代、诗与人民、诗与诗人等一系列至关重要的命题就需要有崭新的回答。”[③]与之相关的是诗与读者的关系问题，吕进指出：“显然，诗的任何功能都不能只由诗自身实现，而必须由当代读者在接受过程中实现。诗作为一个过程，既包括作品的创作过程，又包括作品的接受过程。诗歌对读者的接受，读者对诗歌的选择，是关系诗歌兴衰的选择。对这种选择的研究，和新时期诗歌发挥它的社会功能有密切关系。”[④]此外，吕进还谈了诗歌的现实主义问题、诗歌的民族化与世界化问题等等，他主张：“诗歌从社会历史意识方面去反映生活，并不通过在具体时空中活动的个性的典型化去揭示生活。诗的世界不可能是直接的现实世界，而是诗人感应的世界和诗人对世界的感应，通常用来衡评叙事文学的现实主义尺度在诗歌面前显得不太和谐。”[⑤]并提出：“怎样

① 吕进：《抒情诗的生成》（下），载《中国现代诗学》，重庆出版社1991年版，第168页。
② 吕进：《与友人谈诗歌观念的创新》，载《新诗文体学》，花城出版社1990年版，第188页。
③ 吕进：《诗学的三个基本意识》，载《新诗文体学》，花城出版社1990年版，第153页。
④ 吕进：《诗学的三个基本意识》，载《新诗文体学》，花城出版社1990年版，第153页。
⑤ 吕进：《诗学的三个基本意识》，载《新诗文体学》，花城出版社1990年版，第154页。

才能产生既适合当代中国人读的诗又能产生世界影响的作品，这需要诗歌理论做出回答。"[①]吕进提出并加以深入探讨的这些诗学问题，的确是新时期诗歌发展中遭遇到的必须解决的诗歌观念问题，通过对这些问题的思考与回答，吕进对新时期诗坛进行了理论上的导引与启迪，也对新时期诗歌观念变革作了有力的推助。

① 吕进：《诗学的三个基本意识》，载《新诗文体学》，花城出版社1990年版，第154页。

对当代诗歌批评的突出贡献①

张德明　姚家育

如前所述,新时期以来的诗歌批评与诗歌创作互动互生,共写繁荣的篇章,在优秀诗人与诗作层出不穷的同时,优秀的诗歌批评家雨后春笋般纷纷涌现,他们不倦地进行诗歌鉴赏、评析和诗歌理论阐发与建构,对当代诗歌的发展和读者欣赏水平的提升起到了极大的推动作用。作为当代优秀的诗歌批评家,吕进的批评实践在新时期以来就引人注目,产生的学术反响比较大,受到诗界同仁的广泛认可和普通读者的一致好评,在当代诗坛是独树一帜的。如果对吕进在当代诗歌批评上所做的突出贡献加以总结的话,我认为集中体现在这样几个方面。

第一,“上园派”的创立。“上园派”是新时期诗歌批评界一个有自己的理论追求和美学原则的诗学流派,它的命名和北京上园饭店有关。“1984年和1985年,《诗刊》社在这家饭店组织了两次理论家读书会。与会者中的几位中年诗评家发现了彼此理论观点的接近,决定‘揭竿而起’,推出共同的诗学主张。“上园派”的正式冠名是在1986年。广州《华夏诗报》在一次诗歌问题笔谈的编者按里首次使用了‘上园派’的名称,这个名称后来被诗学界所袭用。”②“上园派”的主要成员包括阿红、朱先树、袁忠岳、叶橹、吕进、杨光治、朱子庆等,吕进虽并非此学派的首倡者,但他通过自己的积极学术活动与诗歌理论建构,成为这一学派的最核心力量。“上园派”成立之后,中国诗学界自此形成了三大理论群落:“传统派”“崛起派”和“上园派”,一个诗学多元共存的批评时代因而诞生。

① 本篇选自张德明、姚家育《吕进诗学研究》第九章第二节,人民出版社2016年版。题目为编者所加。

② 吕进:《新时期:重庆诗歌的第二次高潮》,载《吕进文存》(第三卷),西南师范大学出版社2009年版,第389页。

对于“上园派”的诗学倾向，吕进曾做过这样的描述与概括：“‘上园派’可以叫转换派。他们像传统派一样主张纵的承传。但是，在他们看来，这一承传是现代对古代的包容与发现，新诗是中国诗歌的现代形态，应该对传统施行现代化的选择与转换。他们像‘崛起派’一样主张横的移植。但是，在他们看来，这一移植是中国诗歌对外国诗歌的包容与发现，新诗是现代形态的中国诗歌，应当对外国诗歌艺术经验施行本土化的选择与转换。”[①]相比于“崛起派”的先锋和激进、“传统派”的保守和迟钝，“上园派”更为稳健和中肯，其影响力能波及的受众面也许最为广泛。有论者指出，“上园派”“诗歌理论批评的突出特点是力求平稳，力戒片面。‘求实，创新，多元’则大体反映了这一派诗论的基本风貌。”[②]这个评价是较为准确的。作为“上园派”的核心成员，吕进积极组织和参与这个派别的理论活动，并亲自主编了《上园谈诗》等批评文集，还在不同场合对这个流派的诗学主张与理论特色进行宣传与推介，为扩大这个流派的影响力、弘扬这一流派的诗学主张起到了重要作用。

第二，诗歌批评的不断实践与诗学体系的精心构筑。从1979年发表第一篇诗学论文[③]，到而今仍笔耕不辍，吕进在诗歌研究的学术园地里辛勤劳作了近四十载春秋。四十年来，吕进撰写了大量的诗歌批评和诗歌理论的研究文章，不少论文刊登在《文学评论》《文艺研究》《中国现代文学研究丛刊》等重要学术刊物上，先后结集出版了《新诗的创作与鉴赏》《给新诗爱好者》《一得诗话》《新诗文体学》《中国现代诗学》《吕进诗论选》《对话与重建——中国现代诗学札记》等多部诗学专著。2009年8月，西南师范大学出版社推出了四卷本的《吕进文存》，收录了吕进从1979年到2008年这三十年所撰写的诗学论文与著作，洋洋200余万字的诗学文集，集中展示了吕进在新诗研究领域所取得的丰硕成果，让人能从整体上把握吕进诗学的全貌。审视《吕进文存》，我们不难发现，吕进在新诗的文体、流派、类别、技巧、语言等层面都有着极为精彩的阐释

---

① 吕进：“20世纪下半叶的中国诗歌研究——在韩国‘中国文学国际学术研讨会’上的主题演讲”，载《文学评论》2002年第5期。

② 黄子健、佘德银、周晓风：《中国当代新诗发展史》，成都科技大学出版社1993年版，第288-289页。

③ 据“吕进学术年谱”可知，吕进正式发表的第一篇诗学论文为《长诗〈列宁〉艺术谈》，发表于《西南师范学院学报》1979年第4期。参见《吕进文存》（第四卷），西南师范大学出版社2009年版，第570页。

与论述，毫不夸张地说，《吕进文存》是新诗流派学、新诗文体学、新诗分类学、新诗技巧论、新诗语言论等各种诗学理论的集大成，吕进通过自己三十年的诗学探究和学术表达，将许多有关新诗历史与现状的诗学问题都进行了审视与追问，为读者了解新诗的内在奥妙以及百年新诗的历史发展轨迹提供了重要的指导与参考。吕进以新诗文体学研究为基点，从文体演变的历时维度与文体多样共存的共时维度上双向开掘，在创作与批评的两块园地同时爬梳，初步建构了较为完善的中国现代诗学体系。批评家阿红如此评价吕进："吕进，以他对中国古典与现当代诗论的广识，以他对世界诗史与著名诗歌诗论的博知，以他对哲学、心理学、创造思维学的理会，以他敏锐的领悟，独立的思考，以他虽不算多却深有体味的诗歌创作经验，呕心沥血，运筹帷幄，终于为中国现代诗学创建了一个新的颇是完整的理论体系。"[①]这一评论精准地点出了吕进诗学理论体系建构的来龙去脉。在当代学术功利化和理论言说零散化的时代，具有一定体系的吕进诗学尤显价值突出，正如有论者指出的那样："吕进的诗学研究是在诗歌史研究和诗歌批评史研究基础上对新诗文体可能及其发展规律的研究，最终确立了对诗歌与其他文学样式的区别、诗歌自身的艺术特征等问题的规律性认识。在文体、学科发展越来越精细的时代，这种研究对于准确理解诗歌艺术具有重要的诗学意义；同时，现代文体、现代学术也出现了越来越综合、交叉的趋向，吕进在研究中通过比较等方法，大量吸取其他文体、其他艺术样式和其他学科发展的经验与成果，将诗歌与诗学置于一个宏大的文学、学术框架中加以考察，从而获得了对中国现代诗学的求实的、科学的推进。"[②]这一评论是有助于我们准确理解吕进诗学的体系性建构及其不凡的诗学意义的。

第三，一种独特诗歌批评文体的创构。在第五章、第六章的阐释中，我们已经看到，吕进的诗学话语是极有个性特色，吕进不仅创建了一套诗学话语范式谱系，还有自己与众不同、特色鲜明的话语言说方式。在第六章中，我们将吕进的诗歌理论的述学路径概括为"以感悟为基础的诗性表述""象喻式批评的言说方式""类概念的范式策略""以少总多的学术笔法""辩证法的演绎逻

① 阿红：《一个新体系的构成——序〈吕进诗论选〉》，载《吕进诗论选》，西南师范大学出版社1995年版，第2页。

② 蒋登科："吕进与中国现代诗学的体系建构"，载《西南师范大学学报》2000年第5期。

辑”等几方面，并指出其独特述学方式的来源主要是中国传统诗话的影响，同时还有对黑格尔辩证法的吸收和借鉴。在新诗批评中，吕进将中国传统诗话进行了现代转化，同时又合理吸纳了黑格尔的诗学观念和辩证法思维，从而形成了一种独特的诗歌批评文体。这种文体既有感性的温润，又有诗的激情，还有传统文化的底蕴，同时又不乏富于逻辑辩证的现代气质。吕进对那种集诗性智慧和辩证法思维于一体而形成的独特诗歌批评文体的创格，是其对当代诗歌批评的一个卓越的贡献。

第四，对诗评家应具备的理论素养提出了宝贵的意见。在从事诗歌批评和诗学探究的过程中，吕进还对诗评家应有的理论素质进行过深入思考，并在一些文章中加以阐发。他认为诗学的立足基点是“理解”：“新时期诗坛是多种组合结构。不同个性、气质、心理结构、文化结构、美学追求的诗人和诗人群在作各种探求。他们都期待理解。”[①]自然，诗评家对诗人的理解并不是屈尊就驾，一味附和，而是对之加以点化、提升与超越，“理解不是目的，诗学的目的在超越。……诗学不能在诗之外，也不能在诗之内，而要在诗之上。理解不是自卑、诠释、附庸、无个性等等的别称。理解为了超越——对诗的心心相印的推动。”[②]吕进还指出，当代诗歌批评家应具备三个基本意识，即“创新意识”“求实意识”和“多元意识”。对于当代诗评家而言，具备创新意识是十分必要的，因为“新时期丰富的诗歌现象不是原有的诗学规范所能全部容纳的”，由此，“当代诗论的首要素质是摆脱平庸，用于克服思维惰性，超越思维定式，更新知识结构，调整感觉系统，具有创新的明慧与锐气，充当诗歌不断更新的永恒过程的推动者。”[③]诗评家为什么必须具备求实意识呢？吕进解释道：“创新的内核是求实：求实的突破，求实的推进。离开这个内核的‘创造’只是胡闹而已。”[④]诗评家多元意识的产生来源于“新时期诗歌创作呈现多风格多流派状态”的客观事实，也与百家争鸣的正常学术生态的建构相关联，“诗学的发展需要多学说、多学派及其相互争鸣，多学说、多学派及其相互争鸣是诗学发达的重要表现之一。”[⑤]在《中国现代诗学》中，吕进提出了建构“中国现代诗学”理论系统的

① 吕进：《诗学的基点是理解》，载《新诗文体学》，花城出版社1990年版，第151页。
② 吕进：《诗学的基点是理解》，载《新诗文体学》，花城出版社1990年版，第151页。
③ 吕进：《诗学的三个基本意识》，载《新诗文体学》，花城出版社1990年版，第153页。
④ 吕进：《诗学的三个基本意识》，载《新诗文体学》，花城出版社1990年版，第155页。
⑤ 吕进：《诗学的三个基本意识》，载《新诗文体学》，花城出版社1990年版，第158页。

基本策略:“中国现代诗学应当保持领悟性、整体性、简洁性的形态特征,同时又在系统性、理论性上向西方诗学有所借鉴。”[①]吕进在此提醒人们,当代诗评家既要熟悉和掌握中国传统诗学的精髓,同时又要了解和借鉴西方诗学,只有在中西贯通的基础上才可能建构具有理论价值的中国现代诗学体系。应该说,吕进在上述所论及的诗评家的理论素养问题,对于每一个有志于在中国现代诗学领域有所建树的诗歌研究者来说,都是极有教益的。

① 吕进:《诗学:中国与西方》,载《中国现代诗学》,重庆出版社1991年版,第3页。

传统诗学现代转换的成功尝试[①]

张德明　姚家育

“传统文论(古代文论)的现代转换”是近20年来中国学界的理论热点,一直以来为当代学人广泛关注。从现有材料来看,这一命题应该是由钱中文首先提出的,时间可追溯到1992年在开封举行的“中外文艺理论研讨会”。在此次大会的发言中,钱中文指出:“如何在不同理论形态中,分离出那些表现了文学创作普遍规律的理论观念,使之与当代文学理论接轨,融入当代文论,成为它的组成部分,这是一个极有意义的工作。”[②]1996年10月在陕西师范大学召开的“中国古代文论的现代转换研讨会”使这个学术命题正式进入公众视野。在此期间,曹顺庆先后在《东方丛刊》1995年第3辑、《文艺争鸣》1996年第2期、《文艺研究》1996年第2期、《文学评论》1997年第4期上发表了《21世纪中国文论发展战略与重建中国文论话语》《文论失语症与文化病态》《重建中国文论话语的基本路径及其方法》《再论重建中国文论话语》等论文,提出中国文论“失语症”与“重建中国文论话语”的学术观点,从而把“传统文论(古代文论)的现代转换”这一话题探讨引向高潮。近20年来,文艺理论界围绕传统文论为什么要进行现代转换、怎样进行现代转换等问题进行了广泛而深入的探究,有着许多具有价值的成果。然而,在具体的研究实践中,如何将传统文化与当代文学批评联通起来,使当代文学批评能在有效继承传统文论的基础上进行富有深度的理论言说,这样的学术命题倒是关注者不多,论述得更其少了。在当代文学批评中,能自觉吸收传统文论的学术养分,将传统文论思想和精神纳入自己的批评实践中,这样的学者也不少,而吕进应该算其中卓有成效的一位。吕进

---

① 本篇选自张德明、姚家育《吕进诗学研究》第九章第三节,人民出版社2016年版。题目为编者所加。

② 钱中文:“会当凌绝顶——回眸二十世纪文学理论”,载《文学评论》1996年第1期。

立足于当代新诗批评,在对当代诗歌进行学术阐发、建构有体系性的中国现代诗学的研究过程中,不仅借用大量古代诗话、词话来阐释中国新诗,又通过中国新诗对古代诗话、词话进行新的阐释,而且在批评言说中,主动采取“诗话”式的表达手段,形成一种富有独创性的诗歌批评文体。可以说,吕进的诗歌批评,正是实现传统文论现代转换的一个成功的案例。

在与日本学者岩佐昌暲进行学术对话时,吕进提出了自己对中国现代诗学史的理解,他认为:“中国现代诗学史就是中国古代诗学的现代阐释史和西方现代诗学的中国阐释史。我们需要解决两个问题:古代诗学的现代化和西方诗学的本土化。”[①]由此可见,在吕进的诗学研究中,实现传统诗学的现代转换是一种自觉的学术追求。原任西南大学校长的王小佳教授曾这样评价吕进:“要读懂读通吕进的诗学理论,我以为有一个关键,就是要充分把握吕进诗学的‘转换性’思想。……中国传统诗学与中国现代诗学同为中国诗学,它们之间有许多相通之处。不熟悉传统诗学,就找不到现代诗学的逻辑起点。但是我们是现代人,所以必须在继承中实现‘现代化转换’。”[②]这段话点明了吕进诗学理论建构的逻辑起点或者说关键之处,即是将传统诗学进行现代化的转换,这是理解吕进诗学的一个入口。我认为,吕进诗学对传统文论进行现代转换的学术实践,主要是从以下几个方面来体现的:

第一,立足新诗批评的理论言说。吕进的学术着眼点主要是当代新诗批评和诗学理论建构,始终立足于新诗批评,使他找到了传统文论现代转换的最便利通道。我们知道,中国古典文学的第一体裁是诗歌,与之相应,中国古代文论的主体部分是诗话和词话。从欧阳修的《六一诗话》开始,到王国维的《人间词话》止,中国古典诗话、词话的理论资源异常精彩和丰富。吕进在学术起步阶段,对传统诗话和词话进行了仔细的研读,深得其中精髓。加上吕进的研究对象主要是新诗,新诗与古诗虽然在语言形态、表达方式上差别很大,但它们都属于汉语诗歌,在艺术特性和美学规律上有许多共通之处,在此基础上,借用古代文论话语和思想来阐释中国现代诗歌,就具有了很大的学术可能。

① 吕进、岩佐昌暲:“中国与日本:中国现代诗学的昨天与今天”,载《文艺研究》2007年第6期。

② 王小佳:《删繁就简三秋树,领异标新二月花——〈吕进文存〉序》,载《吕进文存》(第一卷),西南师范大学出版社2009年版。

长期从事新诗批评与阐释的吕进，可谓“近水楼台先得月”，利用新诗与古诗在体裁上的一致性，顺利找到了古代文论现代转换的有效通道，他大量借用古典诗学话语来阐释新诗，以古代文论观念审视中国新诗的艺术表达，使中国新诗在传统文论的镜子照耀之下，发散出夺目的艺术之光。一句话，立足新诗的理论言说，利用新诗与古诗的亲近关系，顺势移借古代诗话、词话阐发新诗现象与诗歌文本，构成了吕进实现传统文论现代转换的重要路径。

第二，传统文论的现代诗学阐释。在研究过程中，吕进常常会以中国新诗为例证，来阐释古代文论思想与观念，或者说，常常会将古代文论思想与观念放到新诗之中来检测，验证其适应度与合理性，由此一来，传统文论从一个特定的孔道传达出现代诗学信息，释放出新的阐释能量。在《一得诗话》中，吕进列举大量新诗，精彩阐释了“披文以入情”“知人论世”“以意逆志”“文质彬彬”“无理而妙”“言不尽意”等古典诗学话语，既彰显了新诗的“古意”，又从新诗文本中烛照到古典诗学话语的理论阐释力，为中国新诗的美学欣赏提供了新颖的诗学方案。如《披文以入情》一文，吕进先解释了刘勰原文的文学原理，后举艾青的《向太阳》一诗来佐证。吕进解释道：“（此诗）讴歌了民族解放的光明。诗人把中国人民获得的抗战的政治权利比作‘初升的太阳’，加以热情赞颂。同时，诗人又披露了抒情主人公在‘初升的太阳’面前的所感所思，表现了抒情主人公（实际就是诗人自己）丢掉‘寂寞’与‘彷徨’，‘召回我的童年’的欣喜。”针对有读者会将诗歌的结尾看成诗人消沉情绪的表露这一“误读”，吕进指出：“原因正在于停留于诗歌表面的字句，而没有‘披文以入情’。”[①]通过对新诗阅读的分析，“披文以入情”的传统文论话语，得到了新的理论释放。除了专文以新诗阐发古典诗学话语外，在吕进的诗学言说中，随处可见新诗现象与古代文论的对接。如下面两段文字：

诗人写诗大体都要经过无法—有法—无法三个阶段。第二个“无法”其实是至法，是有法后的无法。严沧浪《诗法》曾对这三个阶段有所概括。“其初不识好恶，连篇累牍，肆笔而成。”这是一种虚假的自由，很难写出真诗。然后，“既识羞愧，始生畏缩，成之极难。”写诗多年的诗人会突然难产，感到写诗很难，甚至产生“我适于写诗吗”一类的疑问。这个阶段的诗人是“入乎其内”，但

① 吕进：《披文以入情》，载《一得诗话》，四川文艺出版社1985年版，第7页。

还不能"出乎其外"。第三个阶段则是:"及其透彻,则七纵八横,信手拈来,头头是道。"诗人在技法上获得了真正的自由。①

从"有"到"无",中国诗人注重"隐"。《文心雕龙》提出的"余味曲包","隐也者,文外之重旨也","隐以复意为王",都是很重要的诗美观念。无文字并不是真正的不着一字,而是"超以象外的文字",暗示性、象征性的文字,将可述性减至最小程度的文字,将可感性增至最大程度的文字,有别于散文文字的灵感文字。高不言高,象外含其高;远不言远,笔外含其远;静不言静,诗外含其静。这和荀子的"诗者,中声之所止也"是相通的,也和西方诗学的"超限定""体验的强烈与刺激的微弱""反顶点"等理论有不同程度的相类。②

这两段文字,一引严沧浪语,一引刘勰和荀子语,都是以古典诗学话语言说新诗现象,借助对新诗现象的诠释,古典文论在现代语境下找到了新的生存空间与发展前景。

第三,中西诗学的深层对话。我们平常论及的中西诗学对话,往往是指中国古典诗学与西方诗学的对话,在吕进这里也不例外,自然吕进所进行的中西诗学比较与对话,是通过中国新诗这一媒介与桥梁,通过在中西诗学融通的基础上来阐释新诗这一文学对象,来实现的中西对话。这样的对话往往是具体的、形象的、生动的,具有直接可感性和艺术应对性,而不是如某些学术研究中在缺乏文学对象前提下进行的空对空的泛议与玄谈。在论述诗歌的弹性技巧时,吕进既援引了袁枚《随园诗话》的观点,也引朱光潜的话语,还举黑格尔、别林斯基等西方理论家的阐发,中西方有关诗歌弹性的言论在此汇聚、撞击,在对话之中充分论证了诗歌弹性技巧的艺术通常性和世界普遍性。③论证中西诗学差异时,吕进从诗学观念、诗学形态、时序发展等层面作系统阐发。如论中西诗学观念的差异,吕进首先指出:"诗学观念的差异,就是文体理论的差异。"接着,他以曹丕《典论·论文》和刘勰《文心雕龙》为代表来分析中国古代的文体观,又以亚里士多德《诗学》和雨果《〈克伦威尔〉序》为例来阐说西方人的

---

① 吕进:《写诗技巧的"有"与"无"》,载《吕进诗论选》,西南师范大学出版社1995年版,第147页。

② 吕进:《写诗技巧的"有"与"无"》,载《吕进诗论选》,西南师范大学出版社1995年版,第144页。

③ 参见吕进:《论诗的弹性技巧》,载《上园谈诗》,重庆出版社1987年版,第299-310页。

文体观,最后总结说:“文体理论的差异实质上就是诗学观念的差别。以戏剧文学为本的西方诗学并不十分看重诗歌,三大文体的划分表明了一个事实:轻视诗歌的西方文体学家们活活地肢解了‘微不足道’的诗歌。”“由于诗学观念的相异,公正地说,在传统诗学上,中国远比西方富有。急切地向往被‘世界’认同和急于认同‘世界’的自卑心态,在诗学领域是毫无道理的。”[①]通过中西诗学的深层对话,吕进发现了中西方在文体理论上的巨大差异,也认识到中国古典诗学在传统诗学意义上所表现出的理论优势,也就是说,中国古代诗歌理论比西方的诗歌理论更为精彩和丰富,这为现代诗学界提供了宝贵的学术参照,增强了诗学界同仁的理论自信。

第四,诗话式述学文体的现代传承。传统诗话讲究感悟性,追求直观性,崇尚体验性,传统诗话言说显得随心所欲,充满人间情味,论诗与论道、谈文学与谈生活、形而上玄思与形而下现实生存是混融在一起,难以分割的。传统诗话表述显得行云流水,但逻辑并不严密,阅读起来较为轻松,而思辨性尚且缺乏。吕进受传统诗话影响颇深,他的理论表述很有传统诗话特色,这在前面的章节里有所阐发。吕进的理论表述有时也是自然分行,行云流水,充满了诗的情绪,有古典诗学的风采与韵味,令人阅读起来轻松亲切,而不是像读高头讲章那样形如嚼蜡、索然无味。吕进的诗学话语可以说是传统诗话式述学文体的现代传承,体现出传统诗话的风骨和底蕴。不过,吕进一方面学习了传统诗话的表达长处,另一方面又避免了其短处,他既有意识删除了与诗学言说关系不大的生活琐事的唠叨,又通过向黑格尔等西方理论家学习而培养了辩证法的逻辑思维,他以辩证法为诗学理论的演绎法则,从而赋予了自己现代诗学强烈的思辨色彩和缜密的逻辑秩序。借助对诗话式述学文体的现代传承,吕进诗学在一定程度上成功实现了传统文论的现代转换。

---

① 吕进:《诗学:中国与西方》,载《中国现代诗学》,重庆出版社1991年版,第13页。

西方诗学本土转化的丰硕成果①

张德明　姚家育

西方文论的中国化或曰外国文学理论的本土化,这是中国学界自九十年代以来就一直关心并积极探讨的学术问题,有学者甚至将其作为中国现代文论重建的重要路径,②足见其突出的理论意义。事实上,西方文论来阐释中国文学现象,这种"西方文论中国化"的具体实践,却远早于1990年代,按照朱立元的分析,"西方文论的中国化早在上世纪初即现当代文论传统起步阶段就开始了。学界公认,王国维的《〈红楼梦〉评论》和《人间词话》就是这种中国化的最早尝试。"③近代以来,援用西方文学理论来阐释中国文学现象,已成为一种学术惯例,尽管其中不乏失败的教训,以致出现屡遭诟病的过度诠释乃至"强制阐释",但作为一种基本的研究方法,以西方文论阐释中国文学倒是为多数学者所普遍认可并能落实到实践之中,从而催生出不少具有发现性的学术成果。从事诗学研究三十余载的吕进,既能将传统诗话理论运用到新诗研究之中,也能将西方理论灵活嫁接到中国新诗的阐释之中,其诗学研究上的学术结晶,由此成了西方文论中国化的丰硕成果。

注重对西方诗学的吸收与借鉴,是吕进深化诗学研究的重要途径,他曾说道:"诗的发展加强了诗学改造和加宽自己构架的紧迫性。诗学应当是多角度的:借助心理学、语言学、哲学、美学等等的内部研究;借助政治学、社会学、法学、经济学等等的外部研究。诗学应当是多方法的,除了发展传统研究方法论

① 本篇选自张德明、姚家育《吕进诗学研究》第九章第四节,人民出版社2016年版。题目为编者所加。

② 曹顺庆、谭佳:"重建中国文论的又一有效路径:西方文论的中国化",载《外国文学研究》2004年第5期。

③ 朱立元:"以我为主,批判改造,融化吸收——关于西方文论中国化的思考",载《中外文化与文论》第29辑,四川大学出版社2015年版,第118页。

外，还应当求实地吸收其他方法（符号学、现象学、接受美学、系统论、信息论、控制论……）中的普遍性因素以丰富自己。"[1]积极学习和借鉴西方理论，拓展中国现代诗学的理论空间，这是吕进极力倡导并长期贯彻实践的一种学术研究策略。借用西方理论来阐释中国新诗，不仅促进了吕进诗学研究的深化，也对其诗学体系的建构起到了巨大铺垫作用和支撑效能。概括起来，吕进对西方文论的学习、借鉴与吸纳，主要体现于下面几个方面：

第一，黑格尔美学与中国现代诗学的汇通。从吕进对自己学术道路的追忆中，我们了解到，黑格尔《美学》是其学术起步阶段所研读过的重要的西方文论著作，[2]这部著作，对其之后的诗学研究是影响深远的。吕进的现代诗学体系建构很大程度上吸纳和糅合了黑格尔的美学思想，大致表现在四个层面上。首先，吕进诗学的辩证法逻辑演绎，是吕进受黑格尔影响最为突出的一个层面，这种辩证法思维逻辑贯穿于吕进诗学思想阐发的始终。有论者指出："黑格尔是吕进先生诗学理论的重要源头之一，从黑格尔那里，他'拿来'的最重要的财富就是辩证思想。我们可以看到，当对各种诗歌现象进行梳理和分析时，他总能看到它们之间及其与其他文化因素之间的联系。他的理论观念从不偏执于一端，而是能够跨越于各种片面性之上，吸收它们的合理因素，在更高的层次上求得具有统一性的观念。站在传统与现代、东方与西方的交汇点上，吕进先生融会贯通，建构起自己富有独特性的理论体系。强大的理论体系使他在面对每一个问题时都能够游刃有余，常常寥寥数语就解开问题的症结，抵达自己的论点。总之，我们几乎可以肯定地说，正是辩证法保证了吕进先生诗学体系的开放性，使其保持长久的生命力。"[3]这段话是对吕进《对话与重建》一著的评述，事实上，不只是《对话与重建》这部著作，吕进所有的诗学论著都闪烁着辩证法的逻辑思维智慧。其次，吕进对诗歌文体尊贵地位的认同，也是黑格尔美学思想影响的结果。吕进反复强调诗歌是"文学中的文学"，诗歌在四大文学文体中拥有最为显赫的位置，这一观念纵然与诗歌在中国古代异常发达从而影响和制约着其他文学样式发展的客观历史事实有关，但不可

① 吕进：《变革，为了新诗在当代中国的繁荣》，载《吕进文存》（第二卷），西南师范大学出版社2009年版，第139页。

② 吕进："守住梦想——我的学术道路"，载《东方论坛》2008年第6期。

③ 刘康凯：《诗意的多向建构——吕进〈对话与建构〉述评》，载《吕进文存》（第四卷），西南师范大学出版社2009年版，第452页。

否认也是黑格尔美学思想影响下的产物。我们知道,在《美学》中,黑格尔曾给诗歌写过这样的定义:“诗,语言的艺术,是第三种艺术,是把造形艺术和音乐这两个极端,在一个更高的阶段上,在精神内在领域本身里,给合于它本身所形成的统一整体。”[①]黑格尔强调了诗歌高于音乐和造型艺术,是在更高阶段完成的一种美学形态,这一观点,对吕进的启发是很大的,也使其认识到诗歌所具有的显赫艺术地位。再次,吕进对新时期诗歌发展轨迹的描述,受到了黑格尔过程辩证法的影响与启示。在黑格尔看来,事物的发展是“正—反—合”的螺旋上升过程,“发展是从正到反、到合的前进运动,否定是矛盾的斗争和解决,发展通过否定而实现,有否定便没有发展。这种发展实质上是矛盾不断产生、不断解决的过程。否定构成了发展的环节,通过否定而实现的发展是有节奏的。每经历一个“正—反—合”或两次否定,就是经历一个发展过程。合题既是一个发展过程的结束,同时又是新的发展过程的开端。通过合题,把两个发展过程联系起来,这样发展就是终点和起点连在一起的圆圈式的运动。合题作为开端的同时又回到自身,对自己重新肯定。”[②]吕进是这样描述新时期诗歌的流变轨迹的:“从1976年迄今,抒情诗的运动轨迹似乎恰好经历着正题—反题—合题的三段式。”“70年代末期到80年代初期是抒情诗发展的正题,由‘归来者’和‘朦胧诗’人领潮,它是中国传统诗美学的复苏与胜利。”[③]“到了80年代中期,诗运原始的同一失衡了。它以正题作为发展起点而进入反题阶段。”“从1986年开始,近十五年的抒情诗运动轨迹由正题、反题而进入合题。寻求生命意识与使命意识、文体自觉与时代自觉的和谐,是合题阶段的特征,合题阶段的中国新诗仍然保持双向展开的态势。从正题、反题中逐渐成熟和丰富起来的始终居于主流的传统诗,到了合题阶段更明显地显出主流派的风姿。”[④]毫无疑问,这样的历史描述是以黑格尔过程辩证法的哲学观念为理论视角而展开的。最后,吕进诗学中的一些话语范式,如“内视点”“弹性”等,都受到了黑格尔美学思想的启迪。吕进诗学与黑格尔哲学美学的关系,为许多研究者所津津乐道。邹建军评价吕进:“他的弹性技巧见解来源于黑格尔老人、

---

① [德]黑格尔:《美学》(第三卷)(下),朱光潜译,商务印书馆1981年版,第4-5页。

② 王琳:“试论黑格尔辩证法的核心”,载《西南民族学院学报》1987年第1期。

③ 吕进:《抒情诗的最新轨迹(上)》,载《中国现代诗学》,重庆出版社1991年版,第216-217页。

④ 吕进:《抒情诗的最新轨迹(上)》,载《中国现代诗学》,重庆出版社1991年版,第229页。

闻一多、别林斯基以及刘勰,但这里的论述已超出前人。"[①]熊辉这样阐释道:"20世纪80年代以来,吕进先生在'转换'思维的指导下开始致力于中国现代诗学理论体系的建构。从普洛丁的'收心内视'到夏夫兹博里的'内在的感官',再到黑格尔的'绝对精神',吕进获得了大量诗歌的新视角,在诗和现实的审美关系上提出了诗的内容本质在于审美视点的独特性,突破了长期以来的'抒情'说,认为诗和其他抒情文体(尤其是抒情诗)是内视点文学。"[②]这些评价点明了吕进诗学话语与黑格尔美学的关系,都是极为中肯的。

第二,马列文论的中国化实践。马列文论是西方文论的重要一支,也是对中国现当代文学实践与文学理论发展影响最大的理论系统,马列文论的中国化其实是西方文论中国化中不可缺少和替代的重要一环,这一命题早在人们提出"西方文论中国化"口号之前就已经摆置在中国学人面前,为人们所广泛重视和长期研讨,并取得了不少收获。在我看来,马列文论中国化,至少可以在两个向度上展开,一个向度是马列文论与中国文学理论相结合,让其参与到中国文学理论建设与发展之中,在中国文学理论的体系建构里扮演重要角色,发挥巨大作用;另一个向度是以马列文论为理论指导和思想武器,来阐释中国现代文学现象,从独特角度揭示中国现代文学的思想内涵和艺术个性。吕进诗学应该属于后一种,他通过运用马列文论来阐释诗歌现象和诗歌作品,用马列文论照亮了中国新诗的美学现实,成为马列文论中国化实践的突出成果。吕进以马列文论阐释新诗,具体表现于这样几方面:1.对"社会主义新诗"的倡导与总结。吕进在第一部学术专著《新诗的创作与鉴赏》里,专设有"社会主义新诗"一章,运用马克思主义原理来分析中国当代新诗的思想内容与艺术形式。他首先指出:"社会主义新诗是我国诗歌在社会主义时代的继续、革新与发展,是诗歌史崭新的一页。"[③]他随后分析道:"社会主义诗歌属于人民,属于社会主义。诗人越是清楚地意识到这一点,他的人格就越高尚,他的诗就越有生命力。"[④]吕进接着从"抒发人民之情""体现时代精神""提高诗人心灵"等几方面阐释了社会主义新诗的"人民性"特征,这是运用马列文论中关于文学的

① 邹建军:《吕进:意正论深枝叶茂》,载《吕进文存》(第四卷),西南师范大学出版社2009年版,第354页。

② 熊辉:《西方美学观念的转换与中国现代诗学体系的建构——论黑格尔对吕进诗学思想的影响》,载《吕进文存》(第四卷),西南师范大学出版社2009年版,第376页。

③ 吕进:《社会主义新诗》,载《新诗的创作与鉴赏》,重庆出版社1982年版,第124页。

④ 吕进:《社会主义新诗》,载《新诗的创作与鉴赏》,重庆出版社1982年版,第124页。

阶级性、人民性观点对新的历史时代中国新诗特征和规律的高度概括和准确描述。2.用马列文论提出的文学的“人民性”艺术标准来客观评价中国新诗和现当代诗人。吕进评价艾青诗歌具有“公民性”:“艾青的诗是朴素的,诗人不想让我们惊讶不已。他的诗具有抒情性和公民性,因为国家和人民的苦难。他质朴地热爱着自己的祖国,毫不装模作样,也从不大声喊叫自己的这种爱情。”①他肯定臧克家的诗歌能表现农民的苦难:“臧克家着力抒写真实的苦难,尤其是农民的苦难。自幼生长在农村的臧克家自称是‘泥土的人’。泥土的歌从来就是他最倾心最擅长的歌。农村像一只温情的手,总是能拨动诗人的琴弦。他同情农民,他挚爱农民,他为农民发出叹息与抗议。在那个苦难年代,他是痛苦的歌者和灾难的披露人。”②3.强调诗学建构中马克思主义的指导作用。在论证中国现代诗学必须具备“求实意识”时,吕进指出:“诗学要加强求实意识就必然需要马克思主义的指导。当代任何真正的理论超越都离不开人类已经创造的各种思想财富,离不开马克思主义,后者是人类理论思维在近代的一大迈进。当然,马克思主义也需要在实践中发展,这一发展不但是循着马克思主义经典作家的已有足迹,而且也要吸收马克思主义以外的人类的最新思维成果。但是,马克思主义之所以是马克思主义,是因为它有一些被历史反复验证过、敲打过而被确认为真理的基本原理。”③这里强调了马克思主义的真理性原理对现代诗学建构的重要指导作用。紧接着,吕进还进一步论证了马克思主义指导诗学建构的具体定位,即在社会历史维度和高度对诗学的引领意义:“诗表现的被再造过的心灵是诗人心灵与社会历史的联结,而且,吟唱主体本身就是一种社会存在。马克思主义正是把文艺(包括诗歌)纳入社会历史框架进行考察的。诗学面临的对象是最丰富的非常规世界,最不具备实体性的流动世界,它是现实的幻影,它是良知的馨香。用非诗规范要求诗显然不妥当。马克思主义不能代替诗学。然而,马克思主义却能给诗学以俯视诗歌现象的社会历史高度。”④吕进的这些论述,体现出对马克思主义文艺思想的精准理解,也为马克思主义与中国现代诗学相结合指出了明确的方向。4.在诗歌阅读与诗歌创作关系问题上,也运用马克思主义思想来阐释。吕进一向重视诗

---

① 吕进:《诗人艾青》,载《给新诗爱好者》,重庆出版社1984年版,第199页。

② 吕进:《说不尽的〈三代〉》,载《吕进文存》(第四卷),西南师范大学出版社2009年版,第100页。

③ 吕进:《诗学的三个基本意识》,载《新诗文体学》,花城出版社1990年版,第156页。

④ 吕进:《诗学的三个基本意识》,载《新诗文体学》,花城出版社1990年版,第157页。

歌的阅读与鉴赏,诗歌鉴赏学是其建构的中国现代诗学中一个重要的组成部分。吕进曾指出:“诗学的基点是理解。马克思在1892年1月16日致约·魏德迈的信中说:‘所有的诗人,甚至最优秀诗人,多多少少都是喜欢奉承的,要给他们说好话,使他们赋诗吟唱。……诗人——不管他是一个怎样的人——总是需要赞扬和崇拜的。我想这是他们的天性。’马克思主张的当然不是吹捧,慷慨的吹捧对于诗人无异于侮辱。马克思主张的是理解——对‘吟唱’和‘吟唱者’的理解。”吕进强调诗歌阅读与鉴赏需要建立在“理解”的基础上,这是诗歌读者和诗人之间需要保持的一种正常关系,“理解”自然也构成了现代诗学的重要基点。此外,吕进诗学中的辩证思维和发展的眼光等,都可以说是受到马克思主义思想深刻影响的产物。

第三,苏俄文艺理论的继承与借鉴。众所周知,苏俄文艺理论在中国文学界译介与传播时间既久,对中国当代文学创作与文学批评的影响很大。温儒敏就曾描述过中国批评家在某个历史时段一度曾言必称“别、车、杜”的现象:“回想五六十年代,‘别、车、杜’在文坛上是极为响亮的名字。那时要论证什么问题,或者提出某一论点,总要用领袖或权威的有关语录来支撑说明。‘别、车、杜’就是经常被搬出来的‘权威’。所以有人说‘别、车、杜’是‘准马列’,意思是文学评论家写文章,除了马列主义经典,常常使用的理论就是‘别、车、杜’了。”[①]苏俄文艺理论对吕进诗歌批评与诗学建构的突出影响也是不容置疑,吕进也注重将苏俄文艺理论与中国新诗现实巧妙结合,吸收和借鉴其合理有效的部分,借助对中国新诗的阐释,将苏俄文艺理论加以本土化。吕进对苏俄文艺理论的继承与借鉴,主要表现于三个方面:其一,对诗歌与生活水乳关系的强调。吕进对诗歌有一个定义:“诗是歌唱生活的最高语言艺术,它通常是诗人感情的直写。”在这个定义里,“生活”无疑是一个关键语,它是诗歌所描述与阐发的对象。强调生活在诗歌创作中的特定地位,这一观点显然是受到了车尔尼雪夫斯基和别林斯基等苏俄文艺理论家的影响。车氏的“美是生活”一说,是影响中国文论界的重要美学观点,而别林斯基也多次强调过生活与诗歌之间的密切联系,他曾说:“诗歌首先是生活,然后才是艺术。”[②]车、别的这些论述无疑启发了吕进诗学观的形成。其二,对诗歌与时代关系的突出。吕进认

---

① 温儒敏:“当代文学思潮中的‘别、车、杜现象’”,载《读书》2003年第11期。

② 转引自刘宁:“别林斯基的美学观点”,载《北京师范大学学报》1958年第3期。

为，真正的诗歌必须“体现时代精神”：“新诗史说明，时代寻觅诗，诗也寻觅时代。当诗的命运与时代的命运紧紧融合，诗就得到蓬勃发展。”“诗歌只有体现时代精神才能深刻地抒发人民之情。诗歌应当是站在时代高度写下的一个时代的感情记录，一代人的感情记录。”[①]吕进重视诗歌对时代精神的反映，这一诗学观点，是苏俄文艺思想直接影响的结果。我们知道，苏俄文论家也十分重视时代精神在文学作品中的反映，别林斯基说：“在构成真正的诗人的许多条件中，当代性应居其一。诗人比任何人都应该是自己时代的产儿。”[②]普列汉诺夫也指出：“一个艺术家如果看不见当代最重要的社会思潮，那么，他的作品中所表达的思想实质的内在价值就会大大地降低。这些作品也必然因此而受到损害。”[③]这两段话，正是吕进用来阐释自己关于诗歌与时代精神对接观点时所引用的苏俄经典文论。其三，诗歌批评的社会历史维度。苏俄文艺理论家多数是马克思主义者，他们对马克思文艺理论思想有着深刻的领悟和接受，社会历史分析法作为马克思文艺思想中的重要方法，也为苏俄文艺理论家所广泛接受与普遍运用。别林斯基认为：“文学是社会生活的表现，应该是社会赋予他们以生活，而不是它赋予社会以生活。”[④]卢那察尔斯基也说过：“诗人表现的思想感情，他笔下的形象，他的文学风格，他的乐音等，以至他的细节，无不细致入微地依存于社会基础。”[⑤]这些话语都体现了文论家以社会历史为维度来评论文学现象和文学作品的基本价值取向。吕进的诗歌批评也一贯坚持从社会历史角度出发，站在社会历史的高度对新诗现象和诗歌文本加以深刻的阐发。如论艾青、臧克家、郭小川、方敬等人的诗，论新时期诗歌现象和诗歌发展历程，社会历史维度构成吕进对这些诗人和诗歌现象加以美学阐释和价值评判的重要视角和入径。

第四，对莱辛、荷加斯等人的继承与借鉴。吕进的学术积累雄厚，学术视野广博，对西方许多重要诗学、美学著作都有涉猎，其中，莱辛的《拉奥孔》和威廉·荷加斯的《美的分析》就是他早期进行诗学研究理论储备时认真研读过的

① 吕进：《社会主义新诗》，载《新诗的创作与鉴赏》，重庆出版社1982年版，第130页。
② 转引自吕进：《社会主义新诗》，载《新诗的创作与鉴赏》，重庆出版社1982年版，第129页。
③ 转引自吕进：《社会主义新诗》，载《新诗的创作与鉴赏》，重庆出版社1982年版，第129-130页。
④ 转引自张春吉：《别林斯基论文学和现实的关系》，载《厦门大学学报》1984年第2期。
⑤ ［俄］卢那察尔斯基：《卢那察尔斯基论文学》，人民文学出版社1978年版，第151页。

两部著作，这两部著作也对吕进理论的深化和诗学体系建构产生过突出影响。在《拉奥孔》中，莱辛比较了造型艺术和诗歌的美学差异，这对吕进新诗文体学观念的形成有着重大启发作用。吕进认为："从内容看，绘画的主要内容是外在形象的艺术再现，它有留恋客观事物外貌的倾向。绘画着眼于客观事物外貌的描绘，艺术家的内心情感要局限于、受制于这一描绘。诗歌则不然。诗歌的主要内容是诗人内心情感的直接抒发，它回避精确描绘，客观事物的表现是由诗中所抒之情暗示、折射出来的。"[①]显然，吕进对诗与绘画差别的论证，其理论根据出自莱辛。接着，吕进援引了莱辛的这段名言："诗人啊，替我把美所引起的热爱和欢欣描绘出来，那你就已经把美本身描绘出来了"，并分析说，"诗对按照现实外貌把客观事物给读者提供审美观照并不感兴趣，他的职能是抒情。"[②]对莱辛的观点进一步加以阐发。荷加斯《美的分析》是一部艺术理论著作，主要探讨"究竟是什么促使我们认为某些东西的形式是美的，另一些东西的形式是丑的，某些东西的形式是有吸引力的，另一些东西的形式是没有吸引力的"[③]等问题。在这部著作中，荷加斯指出，多样性在美的创造中具有重要的意义，有组织的多样性与人的感官接受特点是相吻合的："人的全部感觉都喜欢多样，而且同样讨厌单调。耳朵讨厌一个音响接连不断地重复，正如眼睛死盯住一点或一直注视一面秃墙会感到讨厌。可是，当眼睛看腻了连续不断的变化时，再去看那些在某种程度上单纯的东西，就会感到轻松愉快，甚至没有任何装饰的平面，如果运用得当并与多样性相对应，补充多样性，也会变为令人愉快的。"[④]也就是说，荷加斯肯定多样性的视觉效果，同时又强调"有组织的多样性"而不是胡乱的多样性，因为"杂乱无章和没有意图的多样性，本身就是混乱和丑"[⑤]。荷加斯的观点启发了吕进，在阐释新诗的"通感"修辞时，吕进说道："对于同一审美客体人的感官的变化也会产生美感。新诗的通感手法，正是让几种官能变化交错，因此，就带给读者更丰富的，可以说，梦幻般的美感。"[⑥]吕进的这段论述，是以诗歌修辞为例，对荷加斯美学观点所做的更进一步拓展。

---

① 吕进：《诗的界说举隅》，载《新诗的创作与鉴赏》，重庆出版社1982年版，第7页。
② 吕进：《诗的界说举隅》，载《新诗的创作与鉴赏》，重庆出版社1982年版，第7页。
③ ［英］威廉·荷加斯：《美的分析》，杨成寅译，人民美术出版社1986年版，第15页。
④ ［英］威廉·荷加斯：《美的分析》，杨成寅译，人民美术出版社1986年版，第26页。
⑤ ［英］威廉·荷加斯：《美的分析》，杨成寅译，人民美术出版社1986年版，第26页。
⑥ 吕进：《诗的修辞》，载《新诗的创作与鉴赏》，重庆出版社1982年版，第229页。

为地域诗史研究树立榜样[①]

蒋登科

这些年来,随着新诗历史的不断延长,新诗史的研究受到了学术界越来越多的关注,除了所有的现当代文学史著作都会涉及新诗之外,还出现了不少研究新诗历史的专著。祝宽的《五四新诗史》(1987),苏光文的《抗战诗歌史稿》(1991),杨里昂的《中国新诗史话》(1992),黄子建、佘德银、周晓风的《中国当代新诗发展史》(1993),柯文溥的《中国新诗流派史》(1993),洪子诚、刘登翰的《中国当代新诗史》(1994),龙泉明的《中国新诗流变论》(1999),刘扬烈的《中国新诗发展史》(2000)等从整体上或从某一时段、某一侧面描述了新诗发展的历史。同时还在现实主义诗歌史、现代主义诗歌史、新诗文体探索史等方面出现了不少颇有价值的著作。

尽管这些专家在资料收集、体例设计、具体论述等方面都花费了大量精力,这可以使我们通过这些著作了解新诗发展的一些情况,但读过之后,我们总觉得这些著作给人这样一种印象:许多具体的人事被遮蔽了,复杂的新诗历史在经过人们的解读之后显得相对单薄,很难在其中感受到风起云涌的动人景象。这当然也不奇怪,新诗以前漫长的中国诗歌发展史在经过时间与艺术的淘洗之后,往往只剩下一些优秀的诗人与作品,剩下薄薄的一本,最终变成了"优秀诗人及作品史"。不过,需要注意的是,在这种"优秀诗人及作品史"之外,还有大量的相关研究成果,比如诗人研究,甚至诗人的交游研究,诗歌思潮研究,诗歌流派研究,等等。优秀诗人与作品的出现往往不是偶然的,它们都需要长期的艺术积淀、需要大量的其他诗人和作品作为铺垫。对铺垫性的诗人及作品进行研究,可以使我们更清楚地了解诗歌艺术演变的规则与轨迹,揭

① 本篇原题目为"地域诗史研究的全局意义",载《文艺评论》2005年第3期。

示诗歌历史的丰富性。我曾经针对当下的“先锋诗”说过，一个时代的“先锋诗”、先锋思潮等等大多是开路的，它们因为具有创新与破坏特征而受人关注，但它们往往不是成熟果实的收获者。后来那些吸收多种诗歌观念而集大成的诗人更有可能获得丰硕的果实。这种情形在任何一个时代都存在。因此，在诗歌史研究中，我们不能忽略了开路者而只关注那些取得丰硕果实的诗人，否则就可能违背诗歌发展的规则，也与历史事实不相符合。

诗歌史研究并不等于“优秀诗人与作品史”研究，在史识上至少要注意两个维度，一是重现历史的史实意识，通过述史，使人能够回到历史的情景中，回到历史的丰富与复杂之中；二是评价历史的艺术意识，要能够通过对历史的描述让人懂得哪些是优秀诗人，哪些是好诗，知道哪些诗人、哪些作品最终构成了诗歌艺术发展的主流。重现历史是诗歌史书写的第一步。为了实现这一目标，一些研究古代诗歌发展的专家在对诗人、诗歌进行研究的时候，往往需要进行大量的前期工作，包括考据、甄别方面的工作，有时还难有定见。由此我想，我们在研究新诗历史的时候，如果能够在做宏观描述的时候也保存大量的史料，这对后来的研究者肯定是有好处的，至少可以免除不少考据方面的精力。在这方面，已有不少诗人、学者投入了相当的精力，取得了大量成果，比如对“文革”地下诗歌活动资料的收集与研究、对一些诗歌流派的资料整理与研究等等。

新诗史研究要实现这两个史识，大致需要经过这样几个层次或者说步骤：个案研究、群体研究、地域研究与总体研究。

个案研究主要是诗人研究，包括诗人的创作经历、艺术追求、艺术成就与局限等。诗歌创作是具有个人性特征的，所谓的“诗坛”“诗史”都是由众多个人的艺术探索和作品构成的。个案研究是诗歌史研究获得深度与广度的基本前提。

群体研究包括诗歌流派研究、诗歌思潮研究等，流派、思潮等是在个人创造的基础上形成的具有相似性的艺术景观，而且可能是跨地域、跨时段、跨年龄的。思潮、流派是诗歌艺术发展的必然结果，也涉及诗人的兴趣、爱好等，对它们的研究是诗人个案研究的深入与拓展，可以在一定程度上揭示诗歌艺术内部的交流与协调，也可以打量不同群体之间的交叉、对立、冲突及其社会文化和艺术渊源。

地域研究也是诗歌研究的重要维度，尽管有些作家、学者在新的文化文学思潮影响下提出了“反文化”“反传统”等主张，但文化对诗歌的影响是非常明显的。在《诗经》、楚辞时代，北方诗歌的现实主义特色和南方诗歌的浪漫主义特色是无法抹杀的。在现代，乡村文化和都市文化影响下的诗歌存在着差异；发达地区和西部地区的诗歌在艺术上所取得的成就是不同的；齐鲁文化与巴蜀文化中的诗人有着不完全相同的艺术观念、艺术风格和成就……这些都是诗歌具有地域特征的体现。不同地域的诗坛本身又是由大量诗人、群体、作品构成的，具有多样性与丰富性，它们同样体现中国新诗的多元与丰富。有些诗歌群体也与地域文化有着关系，比如“湖畔诗派”“西南联大诗人群”“白洋淀诗群”“北大荒诗群”“西部诗歌”等等，诗歌的地域性研究有时也与个案研究、群体研究相结合，推进诗人研究、群体研究的深入。

总体研究就是宏观研究，是对整个中国新诗发展的研究。整体研究需要立足个案研究、群体研究、地域研究，才能获得中国新诗发展的多样信息，才能在广泛的参照中对新诗发展做出客观评价。

一般而言，这几个层次需要一个个突破，才能写出完整、科学、符合历史事实的新诗史著作。换句话说，优秀诗歌史的完成在很大程度上不只是具体写作者的功劳，而是需要集合众多研究者的研究成果。如果个案研究、群体研究、地域研究等方面的成果出现欠缺，优秀新诗史的出现也就缺乏基础和依据。

在新诗批评史上，诗人个案研究、群体研究已经取得了相当突出的成就，出版了不少诗人研究、流派和思潮研究方面的专著。关于有些诗人与群体的学术专著已经出现了多部，比如研究艾青的著作至少包括《中国当代文学研究资料·艾青专集》《生活的牧歌——艾青的诗》（晓雪，1957）、《艾青论》（骆寒超，1982）、《艾青传论》（杨匡汉、杨匡满，1984）、《艾青研究论文集》（骆寒超编，1984）、《艾青传》（周宏兴，1993）、《艾青的艺术世界》（张永健，1998）、《艾青传》（程光炜，1999）、《艾青评传》（骆寒超，2000）等；在九叶诗派的研究方面，除了大量的个案研究、论文和不少专著的章节外，还出现了《九叶诗派研究》（游友基，1997）、《九叶诗派的合璧艺术》（蒋登科，2002）、《九叶诗人：“中国新诗”的中兴》（唐湜，2003）等著作。这种研究为我们进一步开展新诗史的整体研究奠定了基础。但是，遗憾的是，虽然地域文学史研究方面的著作在近些年来出现了不少，但除了台湾、香港地区外，大陆的地域新诗史研究还显得非常薄弱。这使新诗史的整体研究在把握和揭示诗歌的地域性特征方面显得比较单薄。从某种意义上说，因为不少新诗史著作只注重对“全国性”诗人与作品的关注，诗歌的地域性、民族性受到了一定程度的忽视，也使诗歌史研究在一定程度上损失了相当的中国性，当然更使我们在了解新诗的多元化演变轨迹方面出现了空白。

最近，这种情况逐渐开始受到学界重视。吕进主编的《20世纪重庆新诗发展史》（重庆出版社，2004）是中国大陆第一部地方新诗史，它的出版，为地域新诗史的研究开了值得关注的好头。这部50多万字的著作，从重庆新诗的文化遗传到20世纪末期重庆新诗的发展状况都有全面涉猎。与“全国性”的新诗史著作相比，这部著作自有其独特与丰富之处。一方面，除了部分在整体性新诗史著作中提到的诗人、诗群外，书中讨论的大量诗人、诗歌事件、活动、刊物等并没有受到人们的重视，而他（它）们在新诗发展中是有其地位与价值的，有的是作为铺垫而存在，其艺术探索的某些方面可以为新诗发展提供启发；有的是因为研究者的遮蔽而被忽略的，比如与郭沫若同时且同过事的邓均吾虽然在初期新诗的诗体建设方面取得了独特的成就，但因为其艺术向度与主流存在差异而被长期忽略；又比如与何其芳同时的重庆诗人杨吉甫的小诗虽然受到瑞典学者马悦然等的高度重视，却较少得到中国诗学界的关注。另一方面，这部书的地域特色非常明显，通过对重庆新诗的各个时期的研究和对具体诗人、诗论家的全面打量，我们可以明显看到重庆诗歌与重庆的自然山水、巴渝文化的关系，以及它所体现出来的“传统的先锋”或“先锋的传统”的艺术特色。而且，这部书并不是封闭地研究重庆新诗，而是始终在整个中国新诗的发展框架中定位重庆新诗的发展，在论及抗战时期重庆新诗的第一次高潮时，就谈到了大量诗人聚集到陪都重庆的历史事实，论及了他们在重庆开展的诗歌活动和创作的作品；在论及吴芳吉、邓均吾、何其芳、方敬、梁上泉、吕进、石天河、余薇野、张继楼、傅天琳、李钢等，甚至更年轻的梁平、李元胜、冉冉、冉仲景等诗人与诗论家时，既涉及他们对重庆诗歌发展的贡献，也论及了他们在整个中国新诗发展中的地位与影响。

这样一部地域性的新诗发展史既为“重庆是中国新诗的重镇”这一观念找到了历史的证据，拓展了中国新诗的研究领域，也为进一步撰写更全面、科学的全局性的新诗史著作提供了史料、学理等方面的重要铺垫。可惜,这样的地域性的新诗史著作目前还太少。如果要写出比较满意的新诗发展史,我们还需要大量的类似著作的出现,甚至每个省(直辖市、自治区)都应该编写一部这样的著作。这当然只是一个诗歌爱好者的美好梦想,因为我发现,在许多地方,研究个人的专著、论文集倒是出版了不少,但对一个地区新诗发展的整体研究似乎并没有受到很多人的重视。我希望这种情况能够在有识之士的带领下尽快有所改观,我天真地期望这种梦想能够实现,如果那样,我们的新诗史研究肯定会获得更丰硕的收成。

为一个被遗忘的诗歌群落命名[①]

纪宇

在诗歌作用日益被弱化被漠视的社会环境中，进行诗歌研究是艰难而冷寂的，因而也是崇高和光荣的。坚守阵地的使命，从来都是志士所为。置身于诗歌生存和发展的边缘里，在诗歌理论上能够不断地推出新的研究成果则更不容易。我们欣喜地看到在西南举着诗歌理想旗帜的吕进教授和他主持的中国新诗研究所，他们的研究为新诗的发展起着积极的、重要的、具有拓荒意义的实实在在的推进作用。

在2010年《诗学》第二期上，读到吕进教授的《论"新来者"》，使我感到振聋发聩，耳目一新。这是盼望已久的，填补新诗研究空白的理论创新。后来听说此文发表在国家重要文艺理论刊物《文艺研究》上，它的影响已经进一步扩大，使我感到非常欣喜。

在这篇文章里，吕进教授第一次敏锐地提出了"三个诗歌群落"的论点，将许多论者阐述过的两个诗歌群落，即在20世纪七八十年代"归来者群落"和"朦胧诗群落"之外，提出来一个"新来者群落"，论述了这个被长期忽视、被惯性遗忘，然而又列队整齐，打过许多战役，取得巨大成就的创作群体，他们的成绩和贡献第一次被集体推出，第一次被全面阐述，第一次被正式命名。

吕进教授这样说：

在新时期诗坛上还有一个"第三者"：新来者诗群。

在双峰对峙的时候，"第三"具有重要的诗学意义和哲学意义。"第三"可以活跃全局，可以开拓空间，可以探索新路，带来新的生态平衡。现在回过头来看历史，三个领唱群落中"新来者"的实绩其实不小，艺术生命其实非常持久。

① 本篇原题目为"为一个被遗忘的诗歌群落命名——读吕进的《论"新来者"》"，载《中外诗歌研究》2013年第1期。

"新来者"到了新世纪已经属于老诗人,但是他们中间的多数人还在歌唱,他们对中国诗坛仍保持着影响。

新来者属于新时期。

他们的歌唱既有生存关怀,也有生命关怀。化古为今,化外为中,这是新来者共同的审美向度。新来者的艺术胸怀广、艺术道路宽,读者群不小。

我想,正如吕进教授指出的,这个诗歌创作群落是客观存在的,为什么却长期被整体地忽视,甚至忽略了?尽管他们当中的不少诗人是当代诗歌史上绕不过去的重要标志,也曾被研究,被论述,然而那毕竟都是个体的研究,没有放在一个巨大和清晰的社会环境和时代背景中,因此那种研究就显得单薄和缺少系统性,因而也就缺乏深刻性和普遍的指导意义。

吕进教授还指出:所谓"新来者"是指两类诗人。一类是新时期不属于"朦胧诗群"的青年诗人,他们走的诗歌之路和朦胧诗人显然有别。另一类是起步也许较早,却在新时期成名的诗人,有如"新来者"。

吕进教授列出了一个长长的"新来者"诗人名单之后,充满激情地指出:

新来者是时代的守卫者,躲避崇高、全盘西化、玩弄文字,都不是他们的美学追求。他们也许承认:"'人人心中所有,人人笔下所无'这句古话,可以作为好诗的标准。"他们为同时代人打造诗意的家园,努力为他们所处的时代做出"诗意的裁判"。

吕进又说:"'新来者'有强烈的新气息,他们不同于50年代那批当时的新来者。他们的'新'就是新时期的'新'。带来的是对冬天的射击,他们带来的是春天的笑容,他们带来的是静悄悄的变革。在长期的流浪之后,诗回归到本位。……没有新来者,就没有完整的新时期诗歌。"

这种旗帜鲜明、立论确凿、论述充分的文章正是诗坛所需要的,我认为,对新来者诗群的研究和梳理是十分必要的。

新来者是坚守在诗歌阵地几十年的狙击手,他们不犹豫,不彷徨,坚实地踏在生活的土壤上,像一棵棵中国槐树,奉献出五月如雪的槐花,年年岁岁,从不爽约,甜甜的槐花,香透记忆,可酿成蜜。

但是长期以来,"新来者"诗歌群落是被无视的,被遗忘的,成了诗歌理论的无人区,没有人关注,没有人研究。

为什么呢?整体地来说,我认为:相对于"归来者",他们没有深厚的历史纠莴可探测，没有明显的流派痕迹可寻找，没有复杂的人事关系可梳理。“新来者”像是透明的，单纯的，零落的，仿佛是清水一泓，鹏鸟一只，你看得见，我也看得见，只能有一说一，难以扯拉勾连，云山雾罩，凭空想象联系；相对于“朦胧诗”，他们不够新奇时髦，不易找到国外新理论、新流派的借鉴和承袭关系，更难摸准他们各自不同的思想脉络，他们几乎是每人都有一个创作标准，有自己的美学追求，一般的诗评家很难用从外国或从古人那里找来的尺子对他们的作品进行考量。

相对于某些批评家的简单化、庸俗化，尝浅辄止的、隔靴搔痒的评论，他们又不肯拿正眼去瞧，不肯低下他们高贵的头颅去迎合什么“现代”或“后现代”，这就使他们更加远离关于追逐时髦的诗歌评论家的视线。

他们是某种意义上的散兵游勇，他们没有刻意寻找机缘，没有故意制造场合，没有能够站起队列来承受时代和人民的检阅。

而我们感激吕进教授的断言：没有“新来者”，就没有完整的新时期诗歌。

而后，吕进教授研究了两个“新来者”的个案，他们是雷抒雁和叶延滨，显然这两个诗人是很有代表性的。尽管在“新来者”的队列中，他们是“显者”，雷抒雁所处鲁院常务副院长的位置，叶延滨担任《诗刊》主编职务，都属于“新来者”中的佼佼者，他们作品的数量和质量也是大多数“新来者”不能比拟的。

在吕进教授提及的“新来者”名单中，本人忝列其中。看到我的名字，突然想到，我终于找到自己的“队伍”了，我有了一个属于自己的“位置”了！哦，很好，很新鲜，叫“新来者”，尽管我觉得这个“新来者”的命名来得有点晚。

我作为一个在“文革”之前就开始发表作品的作者，在“文革”中发表了大量的作品，应该承认，这些作品是有着这样那样的毛病的，那正是被歪曲的时代的特征。整个一个时代都生病了，整个社会都疯魔了，政治和经济基础都发生变化和震荡了，你怎能苛刻地要求诗歌独善其身?

但这不应该作为原谅自己的理由，白纸黑字既然写下了，那就是用斧头也砍不掉的现实，正视它，解剖它，它应该和全民族的历史一起来反思。

然而，我在“文革”中的全部写作经历都是我18岁到28岁青春的过程，年轻不应该是逃避批判和自我批评的理由，然而年轻却更是继续前进的资本。因为年轻，它还能跟得上时代，还能为紧随着到来的新时期继续歌唱。年轻给了我信心，信心给我继续前进的勇气。我不但没有放下手中的笔，而且更加勤奋努力地开拓前进。

然而，长时间以来，我却不知道我应该站在哪里，我应该属于什么部队。我没有番号，我没有战友，我甚至觉得在诗坛，不论走到哪里都是陌生人。

"你还在写吗？你怎么还在写呢?你歌唱的时代不是已经过去了吗？"这个时代不属于我了吗？莫非我生在别人的时代？

回忆当初，我像一只雀鸟，绕树三匝，无处可栖。我不是大雁，大雁的营地在湖滩芦丛，我归不了雁群；我不是天鹅，天鹅的故乡在海滩湖水乡，没有属于我的天鹅湖。

可我不能不写诗，因为写诗是我的生活方式，不写诗，何以生？我仍在写，不屈不挠。可没有理论界定的散兵游勇是没有力量的，也是被漠视的。不必讳言，相当一段时间里，我写作的障碍很大，心理障碍和诗坛壁垒门派间的障碍。

诗坛是有圈子的，大圈子或小圈子，圈子里的人亲不亲我不知道，圈子外的人是被歧视，遭封杀的，其实这是公开的秘密，或叫潜规则。

办刊物，编书，稿子选谁的，不选谁的，有标准吗？当然有了，可眼高眼低，某些人的发表权、被选编权就被扼杀了，别人是无权也无机会过问的，过问又有什么用？

稿子好坏你能用尺子量吗？说你好你就好不好也好，反之亦然。

可我还是幸福的，因为我赶上了诗歌的80年代。在80年代的宏大诗歌交响乐中，我曾吹响过一支小小的竹笛。

从这个意义上说，我要谢谢吕进教授，谢谢新诗研究所。

为诗人创作指引方向①

傅天琳

吕老师是我的恩师，吕老师的诗歌理论对于我有着直接的非同一般的指导意义。从1982年学习《新诗的创作与鉴赏》开始，吕老师不断有新文章和新书问世，我就不断地跟进学习。近水楼台，受益多多。我特别能接受吕老师的观点，因为这些观点与我的写作意图是比较一致的，用现在时髦的话讲处于同一气场中，我自然而然就读进去了就接受了。写作时，我也许出于本能，也许有意或无意，觉得要这样写才好、才对、才顺，但说不出为什么，也不去深想为什么。吕老师的理论帮助我理清了认识，明白了诗歌应该具备的基本品质。

吕老师的理论不生硬，不拿腔拿调，不空中楼阁，它用诗和散文一样美丽、朴素并富有旋律和节奏的语言，深入浅出，讲出了精辟、透彻并富有哲学高度的诗歌论点，很值得像我这样的只重感觉而缺乏理论支撑的诗人认真学习。事实上我在阅读一些诗歌和评论时，就是觉得，有的理论太艰深了，那首诗并不朦胧是评论很朦胧，而有的诗写得呆滞死板，反过来我更愿去读鲜活、生动的理论书。

泰国诗人曾心选出其中的精华，取名《吕进诗学隽语》，在泰国、中国海峡两岸结集出版，此书既贯穿了吕老师对于诗歌建设的整体思想，又让时间有限的读者尤其是海外读者，能更直接有效地获其精髓，这是一件多么有意义的事情。我们该做而没有做的，一个泰国诗人做了，我很感动！很敬佩！

几十年下来，吕老师著述丰富，涉猎范围广而深。其中最重要之一，当是80年代吕老师和一群年轻的诗歌理论家创立的“上园派”，他们有系统的理论框架，提倡坚定地继承本民族优秀诗歌传统，同时大胆借鉴西方艺术经验，在

---

① 本篇原题目为“我是‘新来者’——吕进对我创作的影响”，载《诗学体系与话语方式的建构——〈吕进诗学隽语〉评论集》，泰国留中大学出版社2013年版。

传统与借鉴之间作好相互接纳、包容和转换。他们注重诗的使命感,注重诗与社会、时代的联系,注重诗的思想含量和承担精神,同时非常注重诗的审美感染力,一首优秀的诗歌总是生命关怀与生存关怀结合得最好的,因而也是最能获得读者广泛共鸣的。

我是20世纪80年代出来的诗人,是吕老师理论的受益者,同时又是实践者。在当时的三个群落中,我肯定属于吕老师们所研究的“新来者”。和我一样同属这个群落的诗人很多,我随口就能数出一大片:雷抒雁、韩作荣、叶延滨、张学梦、李琦、李松涛、张新泉,还有我们重庆的李钢、华万里等等。我们显然没有被理论家列入灿烂的朦胧诗群,虽然有时候出版的朦胧诗选也选进我们的个别诗篇。我们这个群体的诗歌成就怎么样,我从未去细想过,我只知道这群人是至今一直坚持写作的人,是用血液和泪水写诗的人,诗歌生命最长久的人。且感觉并不迟钝,诗风并不僵硬,在今天充满更多新鲜气息的诗坛依然是一股不可忽视的力量。如果把这个群落的诗歌作品集中起来,那将是一支多么引人注目的集团军!

三十多年来,我获得吕老师的教益和帮助太多,这个像兄长像亲人一样的老师,我感谢你,永远尊敬你!我感谢和尊敬的唯一方式就是一直写一直写,争取写得好一些。争取做一个无愧的“新来者”。

给诗学研究者以多样启迪[1]

李胜勇

2009年，作为著名作家兼理论家[2]的吕进先生，由西南师范大学出版社推出了他的四卷本、计约二百万字的文存精选本，这对于平素喜爱吕进先生文字和一直歆慕吕进先生而又无缘读其文字的读者来说，无疑是一件大事；《吕进文存》的出版，是对吕进先生目前成就的一次总结性展示。我们作为西南大学中国新诗研究所的学生，有幸蒙受教恩一年[3]，在读其文字之外，还格外得到他人格身教的熏沐润化，真是人生幸事。转瞬间一年过去，认真打理吕进先生文字及其人格在我们身心中留下的屐痕，当是一件重要的事情。结合我们的身份定位和今后的发展方向，在这样的基点上来清点、梳理和保藏吕进先生对我们的言行浸润，我以为是恰切的。作为初入学术门以及今后将以学术为志业的我们，把在吕进先生那里汲取的"营养"进行总结，清点出个一二三，应是首要解决的问题。

一

我以为我们首先应当学习的，是吕进先生具有典范性质的人格精神，把汲取吕进先生的人格精神放在第一位，是古今中外的大师先贤留给我们的启示，也是人类人文传承中最珍贵的传统。时光久远，我们到现在依然还记得那些大师先贤，首要的是他们典范的理想人格之光一直在照耀着我们，感召着我

① 本篇原题目为"我们应该汲取什么——读《吕进文存》"，载《中外诗歌研究》2010年第4期。

② 这里用的是吕进先生自己的说法，他在《吕进文存·后记》中说自己在学者与作家中属于后者。见《吕进文存》(第四卷)，西南师范大学出版社2009年版，第582页。

③ 吕进教授为学生开课两个学期，分别是"文学研究方法论"和"中国现代诗学"。

们。只有他们，才代表了人类的优秀者、杰出者。在平日的课堂上，吕进先生对我们言传身教，在授以知识的同时，也教给我们做人的道理。我们透过先生的言谈，也很能够感受到他清洁脱俗的品格修养和正直耿介的人格魅力：先生不时向我们说起发生在他身边的一些事，他在讲述中倾出的价值取向，感染、熏沐了我们，使我们在心底不自觉地以先生的价值取向作导向。吕进先生的品行如同一块宁静的玉石，让我们在这个浮躁的时代感受到沉静；让我们在这个无处不标榜“实用”与“成功”、无处不讲求效益与利益的当下，看到了与社会庸俗价值观不同向度的另一种价值取向，一种追求灵魂高度的价值取向。在吕进先生的身上，我们看到了一个知识分子所秉有的操守和良知。这种操守和良知让我们感动和敬佩。这是吕进先生的自道：

诗会教人远离世俗，守住梦想。一个生活在诗的世界的人，对诗外世界就有了别一番打量。这种打量，为我树立了理想人格的目标和典范；这种打量，使我别有向往，得以洒脱地直面那些难免令人不愉快的人和事，得以轻松地度过这一生中那些不轻松的岁月；这种打量使我常常“忽略”一些诗外世界不应忽略的事。诗浸润了我一生 。[①]

毋庸讳言，一个作家的建立在精神层面上的阅读和写作，多有对自我灵魂之幽暗、之崇高、之神秘面的开掘。如是开掘过程，常常是一次次灵魂的洗涤过程；随着开掘的深入，反省的刀子会剔除掉附着在灵魂之上黑暗与肮脏的积垢，使灵魂回复到婴儿初临人世时的光亮清洁—— 即是说，作家凭籍阅读和写作，比常人多有了一个层面的反省的机会，因而也多了一次清扫灵魂的机会。这种文学对人的教化润化作用，自古迄今，绵延不绝。女作家残雪视写作为一种灵魂的“趋光运动”，她认为，相比于常人，作家艺术家的内心生活多了一个层次，肯定作家的艺术创造活动，“只有人类的精神创造活动，才是内心生活的第三个层次。”并扩而广之，“通过艺术、哲学、音乐、表演等等高层次的媒介来养成向内凝视的习惯，是作为现代人必须具备的素质。”[②]周国平亦肯定地说，“阅读的过程是人的灵魂提升的过程”，“一个优秀的人应该养成过智力生活的

① 吕进：《守住梦想——我的学术道路》，载《吕进文存》（第一卷），西南师范大学出版社2009年版，第15页。

② 残雪：《趋光运动》，上海文艺出版社2008年版，第148、150页。

习惯,让自己的好奇心和求知欲始终处在活跃的状态。"[①]现实生活中,人们往往把学者、作家看作良知与道德的代表,良有以也;知识分子在道德上的标高意义,于焉生成;笔者多年阅读写作,亦导向对此的认知。

如果我们向自己的前方眺望,会看到未来的学术写作生涯。学术是一种纯粹精神性的事业,其意义价值指向求真,与功利扞格不入,过程注定孤寂。一个过程孤寂的事业,毕竟是要一个有一定承担精神的灵魂才能担负得起,与其说我们在选择学术,毋宁说学术在选择我们;真正坚持纯粹学术研究与写作的人往往是少数。但孤寂并非落寞,之中也指向宁静,而宁静正是诞生人生诗意之绝佳襁褓,学术价值与人生快乐的秘密就是如此吊诡。能否享其快乐,全在于我们心之所系所指,识得破它们的暧昧关系。在身边,像吕进一样的老师即是典范,让我们敬重佩服。其精神之光让我们仿佛沐浴春风,催我们生起进入学术之门的好奇心与坚定心。这是邓力先生对吕进老师的评价:"重世俗之所轻,轻世俗之所重,努力创造一个诗化人生——这就是作为诗评家的吕进教授的人生态度。"[②]

在学风建设、人格建设依然显得艰难而倍感必要的时下,理想之光的重临,仍系一种良知而迫切的呼唤。物欲大潮中,知识分子何为?精神的全面沙化如何抵御?人格的矮化与萎缩又该怎样拒绝?如何成就诗意的栖居?等等,是并非过时的话题。相反,因为消费时代的推波助澜而变得危机重重。

灵魂的风声吹拂。初涉学术之门,却已隐然窥到遥远处的金顶。我们渴慕自己能像吕进先生那样拥有一个诗化人生。在我们的人生中,这无疑是非常重要的。那么,我们就首先学习吕进先生具有典范性质的人格精神。学识可以慢慢积累,人格精神的提升则需要虔诚心,需要着意去学习。我以为,正是一个人的人格精神(心肠),决定着他的学术之路能否渐行渐远。

二

其次我以为,要学习吕进先生的开创意识与心理勇气。

读吕进先生著述,一个强烈的感受即是:一种强大的开创意识。这与一个

① 周国平:"读书能形成更高的自我",载《刊授党校》2008年第4期。

② 吕进:《守住梦想——我的学术道路》,载《吕进文存》(第一卷),西南师范大学出版社2009年版。

人的学术雄心有关(似乎也与20世纪80年代的氛围有关)。需要明白的是,开创意识的背后,是巨大的心理勇气、丰厚的学术积淀在作支撑,舍此,高楼无从建立。这种开创意识,极其鲜明地体现在其成名作《新诗的创作与鉴赏》、代表作《中国现代诗学》中。吕进先生说,“我的兴趣始终在基础理论研究。对时尚思潮的跟踪、对诗人的评论不太感兴趣。”[①]读吕进先生的著述,确可看到他这样的学术实践。而这正是吕进先生之所以取得重大成就的关键和保证,体现了吕进作为一个学人难能可贵的求真精神。很多的学术问题,最需先厘清基础理论,这是一个前提:把前提先搞清楚了,就可避免很多无谓的论争。从基础理论着手,从经过历史积淀、淘洗了的材料着手,自然能规避开庸俗的社会关系和令人眼花缭乱的时尚思潮,而不至被蜂拥的搅拌状的时潮淹没,迷失了方向。把批评研究立足于历经岁月淘洗的优秀诗歌文本本身,是极其明智的(但也是极其清苦的),这样的研究构成吕进先生诗学批评的主要特征,也成就了吕进先生诗学批评的魅力。这是一种“结实”的“诚实”的诗学批评,值得我们信赖和敬服。在《传统与个人才能》中,艾略特着意指出,“诚实的批评和敏锐的鉴赏不是针对诗人,而是针对诗歌而做出的。”[②]吕进先生的批评,正奉此为圭臬,哪怕是有意无意。这一特征集中体现于《新诗的创作与鉴赏》中,借此,我们在理解吕进先生这样的批评实践取向之后,意识到了他清洁脱俗的品格修养和正直耿介的学术精神。对此,诗评家蒋登科教授有精彩的概括:

一个民族、时代的诗歌成就都是以大诗人或有成就的诗人的创作实绩为标志的。他们的创作实绩也是一个民族、时代的诗学的重要基础,因此,吕进对有成就的诗人的研究一方面是以他的诗学主张为标准的。另一方面这些诗人的创作又丰富和发展着他的诗学体系,使他的评论文章都弥漫着独特的魅力。[③]

正是在这一意义上,我们充分理解那些对吕进先生的肯定评价。理解了

① 吕进:《守住梦想——我的学术道路》,载《吕进文存》(第一卷),西南师范大学出版社2009年版。

② [英]艾略特:《传统与个人才能》,载《艾略特文学论文集》,李赋宁译,百花洲文艺出版社1997年版,第6页。

③ 蒋登科:“对吕进诗学体系的简单理解”,载《当代文坛》1996年第5期。

譬如颜同林的评价:“《新诗的创作与鉴赏》的价值取向是既有助于诗学体系的宏观建构,又有益于从微观层面得出切实可行的结论,同时就指导创作而言,其影响也是不容低估的,新时期相当一部分诗人借助《新诗的创作与鉴赏》而走上诗坛便是最有力的佐证。”[①]

我以为,正是这些获得极多赞誉和肯定的学术实践,成为推动学术研究向前发展的动力,同时,这种动力又增进作者心理意识中的开创勇气,使之相促相生;我甚至以为,它与吕进先生的诗人气质已经奇妙地合二为一,如此已经构成吕进先生行文的独特气度与意涵。譬如吕进先生的雄文《三大重建:新诗,二次革命与再次复兴》,吕进先生话语激昂,心理勇气与开创意识尽显,闻之有如黄钟大吕。这是这篇文章的开头:

> 中国现代诗学需要科学地总结近百年积累的正面和负面的艺术经验。肯定应当肯定的,发扬应当发扬的,批评应当批评的,推掉应当推掉的;向伪诗宣战,向伪诗学宣战,向商业化和“窝里捧”的诗评宣战,摆脱边缘化的尴尬处境;探讨诗歌精神重建、诗体重建和诗歌传播方式重建,推动当下中国新诗的拯衰起弊。这是现实提出的问题,时代提供的条件,诗界普遍的希望,历史赋予的使命。[②]

在这样掷地有声的文字中,我们感受到了一种激昂、勇气。看到了吕进先生的学术品格、开创意识,感受到了他的诗人性情、刚直品性。在这样的文章中,吕进先生的文品与人品合二为一,极具摇曳的审美丰姿和迷人魅力。这也构成了吕进先生著述的极大魅力:人们虽然阅读的是学术著作,却能在字里行间感受到作家笔下文字经营的美感,感受到作者鲜明的诗心与耀眼的性情。难怪傅宗洪先生如此评价吕进先生:“这种对中国新诗理论的正面建树,折射出著者所拥有的建设性文化心理品格的光辉,这光辉对于我们今天的精神文明建设是弥足珍贵的。”[③]

---

① 颜同林:“吕进诗学体系建构中的奠基作——重读《新诗的创作与鉴赏》”,载《重庆教育学院学报》2004年第1期。

② 吕进:“三大重建:新诗,二次革命与再次复兴”,载《西南师范大学学报》2005年第1期。

③ 傅宗洪:“一部‘通’中求‘变’的诗学论著——读吕进新著《中国现代诗学》”,载《诗刊》1992年第12期。

理应明白，吕进先生开创意识的背后，是丰厚宽广的学识和对于学术探索不止的激情。要学习吕进先生，必需葆有对学术研究的探索兴趣，随之附上不懈的勤奋和思考。如此，则能叩开属于自己的学术之门。

三

第三，要学习吕进先生宽广宏阔的思维和视野，善于在比较中提出问题。这是《吕进文存》带给我们的又一启示。

以学术为志业，思维则一定要宽广，不能局限在一块小的区域，只有这样，我们的视野才能阔大，发现事物发展历史的脉络及其可能隐藏的幽微端倪。视野决定探索的边界，再辅以扎实细密的论述，使文章的过程、结果都显得结实，让人无可置疑。吕进先生的《中国现代诗学》即是一部这样的著作，它以宽广的学术视野和比较的思辨方法，对中西方诗学形态展开细致具体的考察、比较，发现问题，总结问题，从而打造了"一部真正的具有系统性、科学性的诗学论著"，"一部熔铸了中国诗学传统与西方传统诗学和现代诗学成果，且在'通'中求'变'的论著"。[①]吕进先生说，"诗学应当永远结束那种以为人的思维与行动的一切结果都具有最终性质的看法，放开艺术胸怀。"[②]可以说，吕进先生的全部著述，都是放开艺术胸怀的结果。任何作家、学者的著述都是一个暂时完成的过程。我们阅读吕进先生的《新诗的创作与鉴赏》和《中国现代诗学》，可以明显地感受到后一部著作对前一部著作的超越与修正努力。20世纪80年代，是一个风云激荡的年代，它催生了像吕进先生等一大批勇于实践勇于创新的学人作家，来回应时代的风雷。那个时代所留下的回声，仍然很清晰地留在了恰逢其时的著作《新诗的创作与鉴赏》中；譬如在那部著作中，吕进先生经多方比较、辨难后，大胆陈言，提出新的诗歌的定义，曾经轰动、影响一时。时至90年代，时代氛围在激变，作者阅识在增加，相应的，一些关于诗歌的想法也在完善、在补充。我们能够轻易指认，从新诗的"本质""创作"与"鉴赏"，到本源意义上的中西诗学的纵深比较、勾勒，以及对抒情诗歌审美视点的生成的考察

---

① 傅宗洪："一部'通'中求'变'的诗学论著——读吕进新著《中国现代诗学》"，载《诗刊》1992年第12期。

② 吕进：《守住梦想——我的学术之路》，《载吕进文存》（第一卷），西南师范大学出版社2009年版。

论述，是吕进先生一系列“上升”时期的阶段性成果。如此，《中国现代诗学》“生逢其时”，给读者，也给作者自己，留下了一个满意的回声！应该说，对中国现代诗歌发展历史稍有印象的，都能够明显地感受到吕进先生这两部著作的区别与联系，因为它们几乎伴随了新时期诗歌发展的整个历程。

尽管吕进先生自己也坦言，说他的诗学也难免有缺陷，对当下一些新的诗歌现象缺乏概括力，但是正如完美是优秀的敌人一样，任何一部作品在它产生出来之后，都不可能是完美的，都是有局限性的，因为我们的人生是有局限性的，认识是有局限性的。在写作的道路上、在学术的道路上，永远没有完美，而只有趋近完美。

作为未来可能从事诗学研究的我们来说，最重要的是要理解吕进先生这一辈学人的诗学主张、了解他们从事学术研究的时代背景，学习他们的学术成果。在诗界，有“北谢（冕）南吕（进）”的著名说法，由此我们也可窥到吕进先生的影响力。但同时，我们的眼界要打开，关注到当下的诗学研究及其前沿走向。如此，我们才能有一个相较而言谈得上较完备的认识，并以此来推进、定位自己的诗学研究。这样我们也才能获得一种艾略特曾高度肯定的历史意识。当然，这种历史意识的获得，需要我们进行大量的阅读、研究和思考。在这种阅读、研究和思考中，像吕进先生这样的一辈学人永远在精神上、在学识上，给予我们以感召和榜样。

求知是一条无限的河流，永远没有尽头。面对知识的无涯，视野的开阔是一种必需。我们可以断言，如果没有宽广的视野和比较辩证的思维，吕进先生是无法为读者捧出《中国现代诗学》的；横跨中西文化的视野，立足本土的比较判断、推论和演绎，是《中国现代诗学》给我们最大的启示。在跨文化交流愈益频繁的当下，兼通中西成为一种尽管艰难却是必需的知识架构：吕进先生的学术成就已经在我们面前成为一种示范，我们没有理由不去继承和学习。

《吕进文存》内容宏博，对它的解读绝不是这篇小文所能承担得了的。何况，众多的知识还需要我们的人生经历去加入感悟、体认，才能得到最后的完成。因此，本文决定摒弃那种大而全的、也是我能力所不逮的解读，而择其一二感受为纲来承纳自己的阅读理解，也算是一种实事求是的态度吧。更全面的解读诠释，留待以后体会深刻条分缕析时完成。

创建中国新诗研究所①

刘强

“竹外桃花三两枝，春江水暖鸭先知。蒌蒿满地芦芽短，正是河豚欲上时。”（苏轼：《惠崇春江晚景》）应该说，春江水暖播种人先知，早春时节播种人最先下田试水。那么，播种的耕夫是谁？吕进先生——我这里说的是，吕进是改革开放以后中国新诗诗学的一位播种人，而他的诗学播种所创造和凭借的，就是中国新诗研究所这座诗和诗学的摇篮。

2006年6月18日，是中国新诗研究所成立20周年的大喜日子。中国新诗研究所这朵中外诗坛的奇葩，是怎样开花并结出硕果的？大家都已经有目共睹，耳熟能详；而这棵花树的幼芽，当时是怎样萌发的？或许就鲜有人知了，而笔者却是它的见证人之一。

1985年12月，全国第二届新诗（诗集）评奖审读班，在北京上园饭店举办。在中国作协领导下对全国各地申报的诗集进行专家审读，包括初审和复审，然后将筛选出的优秀诗集送交评委投票决出。这项审读工作由《诗刊》社负责组织，参加审读工作的专家（诗的学人）都是从全国各地抽调来的，有当时诗学著述颇丰的吕进等十余人。上园饭店比较僻静，周围地势也还开阔，有如同乡间的那种林荫小道。小半个月的上园生活，每天晚饭以后，《诗刊》社的朋友回家去了，吕进就领着我们一伙人，在林荫小道上散步聊天，天南海北神聊仙侃。吕进当时是西南师院外语系汉语教研室主任，他成为聊天的主讲者，也是话题中心。比如，我们问他，你的待批副教授批下来没有?他说也许快了。我们聊得最多的是中国新诗发展形势。改革开放以后，老诗人复出，新诗潮（朦胧诗）崛起，第二届新诗（诗集）评奖报上来的作品，优秀者不亚于第一届，新诗发展形

① 本篇原题目为“1986：诗学摇篮”，载《中外诗歌研究》2005年第4期。

势喜人。大家纷纷预料,由于后新诗潮(俗称“第三代”)紧跟于“朦胧诗”崛起之后,再度异军突起,1986年全国将会出现一次浩浩荡荡、沸沸扬扬的“新诗热”。

某一天散步时,吕进神秘地告诉我们:面对新诗蓬勃发展的形势,他有了一个打算,正在琢磨和酝酿成立中国新诗研究所,已经有些设想了。我们听了十分高兴,称赞他是第一个“吃螃蟹的人”,当时在国内还没有这种“劳什子”,因而大家都热切地鼓励他、支持他,认为他是新诗发展的“弄潮儿”,为中国新诗发展推波逐浪。

果然,到了1986年春夏,深圳《青年报》、安徽《诗歌报》等报刊,接连推出一版又一版的“诗展”。全国各地众多“诗派”和诗歌社团,各自发表宣言,推出主张(他们关于诗的主张很杂乱,目的性很不一致),真所谓山头林立,烽火四起,狼烟滚滚,摇旗呐喊,聒噪一时。据当时的有关统计是“两个86”:诗的86年,86个诗的流派。尽管现在看来,那还不叫诗的“流派”,只能叫山头。但是,我们对那种“张狂”的诗热,也理应有客观的估价和评定。我个人认为,新诗现代艺术的多元化于此形成热潮。尽管一时间各种山头蜂拥而上,旗帜混乱,却也有益于新诗在比较中发展现代艺术。

这年春节前后,吕进越来越感受到一种强大压力,他和同事们商量,向院领导报告,成立中国新诗研究所迫在眉睫,以应对形势发展并成为推动新诗健康发展的需要。就是说,中国新诗的发展需要一座诗学摇篮,一座对诗的艺术多元化发展予以包容和过滤的网络型摇篮。后来,吕进就立下军令状,从重庆这个“诗热”中心,向四处诗友们传出中国新诗研究所宣告成立的好消息。

中国新诗研究所的成立,于诗的“狂热”中显出一种“渊默的冷”来:或者说,那种全国性的“诗热”活动,给诗坛提供了无限宽朗的天地,给中国新诗研究所造就了一个特立独行的广阔空间。“诗热”不仅引发人们对诗的“癫狂”,更是激起人们聪慧而睿智的“冷”的思索。吕进就是这样一个思索者,他的睿识卓见超越时空。他看到“诗热”光景无限好,但对于诗的健康发展却需要经过“渊默的冷”的过滤。于是,中国新诗研究所摆脱一切外在、人为条律的羁绊,找到诗学的自我应运而生了,它是那么从容、那么镇定地向我们走来,使新诗的天地大为开阔。

作为中国新诗研究所的创始人,吕进在入世的生涯中建功立业,他做到了胸中有丘壑,如著名诗僧寒山诗云:“人问寒山道,寒山路不通。夏天冰未释,日出雾朦胧。似我何由届,与君心不同。君心若似我,还得到其中。”“似我何由届,与君心不同”,可以说是最好的偈语。意思是,“为什么我能到寒山,而你却觉得寒山路不通呢?原因就是我‘与君心不同’啊!”回过头来看,同时期的那许多诗的山头和旗帜,慢慢销声匿迹,“诗热”渐次冷却;而中国新诗研究所却能在海内外赢得普遍青睐,环球名声大振?乃冰封雪冻般的冷澈之“道”也——如前面所说,“诗热”所带来的新诗现代艺术的多元化,需要“渊默的冷”的澄清,诗的现代艺术,也需要在这种“冷”的过滤的多方比较中得到发展,而中国新诗研究所二十年来的所作所为,大约也没有离开诗的现代化发展这件大事。

2004年9月,中国新诗研究所举办“首届华文诗学名家国际论坛”,海内外诗学名家云集,为世人瞩目,它以新诗和诗学建设为主题,对新诗第二次革命正式命名和对世界华文诗开展整合,促进了新诗的再次振兴和发展,是中国诗学史上划时代的一页。无疑,这是中国新诗研究所为诗的事业发展立下的又一项汗马功劳。

在上个世纪八十年代,中国有几个诗歌大省,四川是一个;中国有几个诗城,重庆首屈一指;中国新诗诗学有几个领航人,吕进当仁不让,而且他是卓有成就和功勋的一员。在“首届华文诗学名家国际论坛”上,我曾经对吕进用过一个赞语:“桃李满天下,学誉满天下”,至今想来,此说权存,不以为过。临了,让我再给中国新诗研究所一句颂词:

“诗坛帝子,誉飞宇中!”

作为新诗教育家的吕进[①]

姚家育

作为新时期新诗批评家,吕进(1939—)为中国现代诗学所做的贡献,已获学界肯定。吕进迄今从事新诗教育和研究近四十年,著作丰富,且有新诗创作经历,有诗集《吕进短诗选》行世。2017年9月,吕进荣获“百年新诗评论贡献奖”。吕进筹建的西南大学中国新诗研究所,迄今也有31年,为学术机构的管理和学术研究积累了经验,具有可复制性和推广价值。作为大学学人,吕进是新时期以来专门依托学术机构开展新诗教育与研究的第一人,惜乎他的新诗教育未曾得到学界重视,因此笔者不避浅薄,就吕进新诗教育范式和吕进与20世纪新诗教育传统进行初步的探讨,以期抛砖引玉就教于方家。

一、“新诗教育家”概念的提出:从新诗与大学教育谈起

1917年2月1日,胡适的“尝试”之作《白话诗八首》正式面世,发表于《新青年》杂志2卷6号,“鸿胪初唱第一声”的胡适被誉为新诗开山祖师爷。1918年1月5日,胡适、刘半农、沈尹默等三人的9首白话诗发表于《新青年》杂志4卷1号,这是白话诗诗人第一次集体亮相,文学史家逐渐取得共识,视之为新诗诞生的标志。1920年3月,胡适的白话诗集《尝试集》出版。早期新诗诗人中,有的集诗人、文学理论家、文艺批评家和文学翻译家于一身,比如胡适、刘半农、周作人、徐志摩、闻一多等,而且他们在大学担任教职,这给了新诗以良好影响——新诗与大学教育有不解之缘。限于论题范围,本文中的新诗教育,指大学新诗教育。

但新诗走进大学课堂,并非想象的那么顺利。据陈平原考证,1921年10月

① 本篇原题目为“新诗教育视野中的吕进”,载《东莞理工学院学报》2018年第2期。

北大国文系之《中国文学系课程指导书》已将“新诗歌之研究”列入课程计划，但真正得以落实是在1931年，其时“新文艺试作”课程终于浮出水面。同年9月23日，北京大学拟定“布告”，“新文艺试作”课程的指导教师尘埃落定，周作人、俞平伯、徐志摩、冯文炳等人在列。1935—1937年，废名经由乃师周作人举荐，担任“现代文艺”课程教学，他在课堂上讲授新诗，以胡适的《尝试集》始，以郭沫若的《沫若诗集》终，在新诗的解读中阐释他对新诗自由诗的看法。抗战结束后，废名重返北大讲台续讲新诗，解读了卞之琳、林庚、冯至以及他本人的作品。废名的新诗教育时间较长，内容丰富，观点新锐，影响较大。

但是，按照时间先后，第一个在大学课堂上讲授新诗的当属朱自清。1928年，清华大学中文系主任杨振声提出“创造我们这个时代的新文学”的办系方针，翌年春朱自清登台开讲“中国新文学研究”课程，一直讲授到1933年下学期。朱自清的讲义《中国新文学研究纲要》有较强的学术性，分“总论”和“各论”两部分，前者三，后者五，共八章，其中“诗”列为“各论”之首，可见朱自清在课堂上讲授了新诗。而且朱自清将臧克家1933年自印出版的诗集《烙印》增入讲稿，在王瑶看来，“这门课程实际上既有文学史的性质，也有当代文学批评的性质”[①]。1930年秋，在胡适的授意下，沈从文在上海中国公学讲授新诗，以新诗发展为经，以解读作品为纬，对汪静之、徐志摩、闻一多、朱湘等人的新诗作了阐释，课程讲义后来以“新文学研究——新诗发展”为题收入《沈从文全集》第16卷。1927—1928年，闻一多在南京第四中山大学（后改名为国立中央大学）发现并培养了诗人陈梦家和方玮德。1930年，臧克家投考国立青岛大学，获得闻一多的赏识而被破格录取。1933年，闻一多为臧克家的诗集《烙印》作序。1943年，闻一多在云南昆明西南联大的课堂上，分析解读了田间的新诗，称田间是“时代的鼓手”。翌年4月，闻一多担任西南联大新诗社的指导教师。闻一多虽然没有系统讲授新诗，但他始终站在新诗现场，不遗余力扶植和培养年轻诗人。总之，20世纪20—40年代，新诗已经进入大学课堂，成为讲授的对象。新诗教育的作用是显而易见的：加强新诗批评与理论建设，参与新诗的经典化进程，夯实新诗的读者基础，提高新诗创作水平。从新文学进入大学课堂的时间来看，朱自清当属新诗教育第一人。

20世纪80年代，新诗教育因了改革开放而“春风又绿江南岸”。1986年6

---

① 王瑶：《念朱自清先生》，清华大学出版社2002年版，第33页。

月18日，西南大学中国新诗研究所(以下简称中国新诗研究所)成立，吕进任所长，它是百年新诗史上国内第一家从事新诗教育和学术研究的实体机构。此后北京大学、首都师范大学等高校先后成立新诗教育研究机构，延续和发展了20世纪上半叶新诗教育的传统。

百年新诗和大学教育紧紧相连。当年大学课堂上讲授新诗的先驱者如朱自清、废名、沈从文等并没有淡出历史视野，新时期以来在新诗教育领域取得突出成绩的学者如吕进、谢冕、孙玉石、洪子诚、吴思敬等已桃李满天下，这里要特别提及已故的陆耀东先生，他为新时期以来新诗教育和现代诗学学术人才的培养做出了较大的贡献。新诗教育，应该给先驱者以名誉，给传承者以地位，给后来人以激励。既然在书法、音乐、美术等领域把从事教育和研究工作并取得突出成绩的学者，称之为书法教育家、音乐教育家、美术教育家，在新诗教育领域，为什么不能有新诗教育家?

那么，何谓新诗教育家?

通过以上对新诗与大学教育的简单梳理，我认为，所谓新诗教育家，是指在高等院校或科研机构从事新诗教育、理论研究与批评的学者，他们在学术人才或驻校诗人培养上有突出贡献，创作上知艰辛有诗作，其新诗批评具有当下性和纵深感，对繁荣新诗创作和推进现代诗学研究具有较大的影响。

二、从课堂到讲坛:吕进的新诗教育范式

吕进自述“我此生最重要的科研成果不是著作，而是中国新诗研究所。”[①]这句话颇堪玩味。作为国内知名的诗学学者，如果没有科研成果，如何站得住脚? 恰恰是科研成果和著作，吕进成为知名的学者；也因为中国新诗研究所，吕进的诗学思想不仅在课堂上得以讲授，而且在各种学术讲坛上与同仁广泛交流，吕进是新时期以来把新诗教育和现代诗学研究融为一体的学人。吕进和中国新诗研究所，形成了新诗教育与诗学研究的三维同心圆结构，并由内而外辐射:这个结构的圆心是吕进；第一个圆是作为新诗教育“孵化器”的中国新诗研究所；第二个圆是毕业于中国新诗研究所而活跃于现代诗学界的“吕门弟子”；第三个圆是依托中国新诗研究所而举办的国内、国际各类现代诗学研讨

① 吕进:“守住梦想——我的学术道路”，载《东方论坛》2008年第6期。

会。因此从课堂到讲坛,构成了吕进新诗教育的范式。

1.吕进诗学说略。

吕进是专注于新诗基础理论研究的学者,以文体研究见长。纵向看,吕进诗学的发展经历了三个阶段:一是1980年代中后期以《新诗文体学》的出版为标志,吕进诗学的学术范式基本成型,吕进诗学的文体理论带有浓厚的现实关怀,并非远距离观照,论文《论诗的文体可能》是新诗文体理论研究的重要突破。二是1990年代中期以《中国现代诗学》的出版为标志,吕进建构了以抒情诗为主体的现代诗学理论体系,其中《诗学:中国与西方》颇能体现吕进诗学的视野和方法,吕进在关于抒情诗的审美视点、艺术媒介和诗人的修养及人格建设等方面创见较多。吕进的《中国现代诗学》是他开展新诗教育、培养现代诗学学术人才的课堂讲义,聚焦于新诗之为诗的审美学。吕进的《中国现代诗学》是继朱光潜的《诗论》以来自成体系的理论著作。三是21世纪初吕进提出"新诗二次革命"论思想,对21世纪新诗发展做出战略性前瞻。总之,对话与重建,通中求变,变中守常,是吕进诗学的灵魂,也是他开展新诗教育的基石。

2.吕进新诗教育的"孵化器":中国新诗研究所。

熊辉认为,中国新诗研究所的建立,是百年新诗史上的大事。中国新诗研究所,是国内第一家独立建制的新诗研究学术机构,也是第一家培养现代诗学博士、硕士研究生的教育机构,它是大学新诗教育的"孵化器"。吕进作为中国新诗研究所的第一任所长,1985年开始招收硕士研究生,1996年招收博士研究生,此外陈本益、蒋登科、向天渊、熊辉等先后招收博士、硕士研究生。据统计,"到2015年,新诗研究所共计招收培养了480人次的博士研究生和硕士研究生"[①],有些成为国内知名学者和博士生导师,承担了国家社科基金课题和其他省、部级科研项目,是学术界现代诗学研究不可忽视的力量。

在中国新诗研究所成立之前,吕进在西南大学外国语学院主讲《中国现代文学作品选读》等课程。1986—1990年,吕进担任中国新诗文体学硕士生导师,为研究生开出"新诗概论""新诗文体学"等课程。吕进对学位课程的定位是明确的,认为"学位课程的教学重心在于培养研究生的治学能力","树立良好学风是培养研究生治学能力的灵魂"[②]。沿着这种思路,吕进在1990—1994

---

① 熊辉:"百年新诗史上的大事:中国新诗研究所的建立",载《中外诗歌研究》2017年第2期。

② 吕进:"论研究生学位课程的教学重心",载《学位与研究生教育》1990年第4期。

年的研究生教学中,加大了改革力度,比如"提高研究生的学术研究能力","活跃第二课堂,为研究生创造实践与成功的机会"等[①]。通过近10年的探索,吕进的研究生课程教学和新诗教育思想渐趋成熟。

"中国现代诗学"是吕进开设的学位课程之一,是新诗文体学研究方向的核心课程。在1997级硕士研究生教学中,吕进主要采用启发式教学,在课堂上组织了三次大讨论:诗的视点,诗的媒介,诗的种类,课程考试采用闭卷和读书笔记相结合的方式。这里不妨以新诗文体学方向的课程设置与教学为例(1997—1999),看看吕进的新诗教育是如何通过课程教学落到实处的:

课程名称	课程性质	授课教师	教师职称	考核方式	备注
新诗文体学	专业课	吕进	教授	闭卷考试	
中国现代诗学	专业课	吕进	教授	闭卷考试兼评阅读书笔记	
独立研究	专业课	吕进	教授	学位论文开题报告	
古典诗歌传统与中国新诗	专业课	李怡	教授	课程论文	与中文系研究生共享
新诗鉴赏	专业基础课	毛翰	副教授	作品赏析	
中国传统文化与中国现代文学	专业课	王泉根	教授	课程论文	
20世纪中国戏剧文学	选修课	胡润森	教授	读书报告	与中文系研究生共享
中西诗歌比较研究	专业课	陈本益	教授	课程论文	
20世纪西方文论与哲学	专业课	陈本益	教授	闭卷考试	
现代诗论导读	专业基础课	蒋登科	教授、博士生	课程论文	

① 吕进:"硕士生学位课程的教学改革",载《学位与研究生教育》1994年第3期。

续表

课程名称	课程性质	授课教师	教师职称	考核方式	备注
20世纪前半叶现代主义诗歌	专业课	王毅	教授、博士	课程论文	
文艺心理学	专业基础课	刘兆吉	教授	读书报告	在刘老师家上课

从实际授课来看，吕进的新诗教育与人才培养有一定的特色：教授阵容强大，专业课深入，基础课拓宽，考核方式多样，尤其是八十高龄的著名教育家、美学家、心理学家刘兆吉教授受吕进的请托为研究生开课，殊为难得：他以西南联大的闻一多、穆旦为例讲授诗人人格心理；以鲁迅旧诗为例讲授诗歌创作心理；以《诗经》为例讲授中华诗教。总之，吕进设计和实施的研究生课程培养体系，在知识结构、学术能力与人格教育等方面是较为完备的，体现了教书与育人、智性与德性的统一。

3. 吕进新诗教育与学术的互动。

如果说课堂教学使吕进的诗学思想得以阐发和传播，那么依托中国新诗研究所，通过国内外广泛的学术交流，实现了新诗教育与学术的互动。这种互动体现在两个方面：一是中国新诗研究所在读的硕士生、博士生参与学术会议的部分事务性工作，既能得到锻炼，又能认识更多的学术前辈；二是吕进利用这种学术会议，邀请知名学者在中国新诗研究所做学术报告或讲座，给学生"开小灶"，长见识，阔视野。因此，课堂之外的学术讲坛，是吕进新诗教育的延伸。

1986年10月，吕进主持中国新诗研究所新时期诗歌研讨会，首次向国内诗学界发出自己的声音，阐述诗学主张，国家级权威诗歌刊物《诗刊》为此进行了专题报道，"来自全国各地的七十余位诗评家和诗人于10月6日至8日在重庆聚会，参加西南师大中国新诗研究所主办的中国新时期诗歌研讨会"[①]。这次研讨会的意义是，创新、求实、多元构成了中国新诗研究所的学术品格，也是吕进开展新诗教育的价值取向，此后中国新诗研究所成为"上园诗派"的理论阵

① 田菱："新时期诗歌研讨会在重庆举行"，载《诗刊》1986年第12期。

地，吕进成为"上园诗派"理论代言人，中国新诗研究所及活跃于诗学界的"吕门弟子"成为现代诗学研究不可忽视的力量。

与此同时，依托中国新诗研究所，吕进加强了与国内诗学界以及海外华文诗学界建立学术研讨的常态机制。1993年举办了"华文诗歌国际学术研讨会"，当时100多位专家从国内外各地云集重庆，与会畅所欲言。从2004年开始，每两年举办一次"华文诗学名家国际论坛"，到2017年10月30日为止已成功举办了六届，吕进的新诗教育思想和诗学理论，得到诗学界不少知名学者的肯定。

三、吕进与20世纪新诗教育传统

前文所述，新诗进入大学课堂，经由朱自清、废名、沈从文等学者的讲授和研究，逐渐形成了新诗教育的传统。新时期以来，吕进依托中国新诗研究所，较好地继承和发扬了这一传统。

1.严格把关学位论文质量，推进学科建设。

20世纪30年代，清华大学中文系朱自清指导学生余冠英撰写以"论新诗"为题的毕业论文。这和朱自清是新诗诗人有关，也和朱自清从事新文学教学的经历有关。朱自清不但指导学生余冠英撰写了毕业论文，而且在《〈中国新文学大系·诗集〉导言》中采用了余冠英的观点，认为新诗草创初期"写景诗特别发达"[①]。1929—1930年清华大学中文系本科课程中，朱自清担任选修课第一年"国文"、第二年"诗"的教学，担任选修科目"中国新文学研究（下学期）""歌谣（上学期）"的教学[②]，可见余冠英的毕业论文是朱自清"中国新文学研究"的教学成果。余冠英的毕业论文后来以《新诗的前后两期》为题，发表于1932年2月29日《文学月刊》二卷三期。1935年，北大国文系学生徐芳在胡适的指导下完成毕业论文《中国新诗史》，并留校任助教。可见，20世纪30年代，朱自清和胡适开启了指导学生写作新诗研究论文的先河，此后成为20世纪新诗教育培养学术人才的传统之一。

吕进作为研究生导师，继承并发扬了这一传统。在中国新诗研究所的学

---

① 杨匡汉、刘福春：《中国现代诗论》（上编），花城出版社1985年版，第241页。

② 沈卫威："现代大学的新文学空间——以二三十年代大学中文系的师资与课程为视点"，载《文艺争鸣》2007年第11期。

位课程体系中，吕进为硕士生开设了一门课程叫“独立研究”，旨在培养和提高研究生独立科研的能力。笔者在拙文《墨水和油水——中国新诗研究所学习生活的琐忆》中已有陈述[①]，此不赘焉。据笔者亲历，吕进在指导1997级硕士研究生李应志的学位论文中，用心甚切，要求很严，李应志的学位论文《象征言说的本体意义》获得了主持答辩的知名学者孙绍振教授的好评，此文后来荣获重庆市优秀硕士研究生学位论文一等奖。吕进这种以学位论文为抓手，推进学位点学科建设的做法，是行之有效的，为新诗教育学术人才培养积累了经验。

2. 开展新诗批评，发现和扶持新人。

诗人傅天琳是重庆诗坛的“大姐大”，也是新时期“新来者”诗人中的实力派，她是鲁迅文学奖的获得者之一。1970年代末，蔡其矫从北京民间诗歌刊物《今天》里发现了福建诗人舒婷；与此同时，吕进发现了尚未出道悄然无名的重庆诗人傅天琳。1980年11月，吕进撰文《果园交响诗——青年诗人傅天琳剪影》，翌年发表于《文汇》月刊第4期。此文后来被《新华文摘》转载，标志着诗人傅天琳从重庆走向全国。1982—1985年吕进先后撰写了《会唱歌的苹果树——读傅天琳的〈绿色的音符〉》《绿色的音符——傅天琳的处女作》《傅天琳：从果园到大海》等评论文章，率先对傅天琳新诗的艺术创新进行了探讨。2016年，《傅天琳诗集》出版，吕进欣然属文《苦难人生的果实》，刊于同年4月21日的《重庆晚报》。吕进与诗人傅天琳长达40年的友谊，谱写了中国新诗史上新诗教育家、批评家和诗人的一段佳话。这种佳话，我们可以追溯到闻一多对诗人臧克家、陈梦家的发现与提携，或许这是20世纪新诗教育中闻一多的遗风余韵吧。

重庆诗人“近水楼台先得月”，是中国新诗研究所的常客。诗人李钢、梁平、梁上泉、王川平、穆仁（杨本泉）、培贵、余薇野、杨矿、张渝、万龙生、余见、胡万俊、邱正伦、娜夜、李元胜、唐诗、金铃子、雨馨、钟代华、谭朝春、冬婴、冉冉等，都和西南大学中国新诗研究所有不解之缘。吕进认为“新诗研究所是重庆诗歌界共同打造出来的名片”[②]，此话虽属自谦，但也平实通达。重庆现代诗学学术繁荣，新诗创作活跃，这种双轮驱动是全国其他地方不多见的。可以说，

---

① 姚家育：“墨水和油水——中国新诗研究所学习生活的琐忆”，载《中外诗歌研究》2006年第3期。

② 吕进：《岁月留痕》，西南师范大学出版社2013年版，第135页。

因有中国新诗研究所的领跑，重庆创造了新诗教育家与诗人、诗学理论界和创作界较好的文化生态。

3.开设学术讲座和副刊专栏，传播新诗知识。

梁宗岱的名篇《象征主义》在定稿刊载之前是一篇演讲稿，“本文大意，曾在北京大学国文学会演讲。当时只随意发挥。事后追写，增减出入处，在所不免。”[①]1937年4月22日，朱光潜在清华大学例行学术讲演会上做了题为“诗与散文”的学术报告，朱自清将朱光潜演讲的提纲记入日记。朱光潜的这次学术演讲是他在北京大学国文系的课堂讲义，后来收入《诗论》第五章[②]。可见学术演讲不但是现代诗学知识的生产范式，也是新诗教育和传播的方式。

《关于写诗和读诗》是何其芳的著名论文。本文原是一篇演讲稿，文章的副标题“一九五三年十一月一日在北京图书馆主办的讲演会上的讲演”说得清清楚楚。吕进承继和发展了1950年代何其芳普及新诗教育的传统，吕进的著作《给新诗爱好者》和何其芳的著作《诗歌欣赏》的副题“献给爱好诗歌并希望提高鉴赏力的同志们”何其相似乃尔，两者都是普及新诗教育的著作。不同的是，何其芳侧重诗歌的基本知识，吕进侧重新诗的审美趣味。《给新诗爱好者》中的《论诗美》一文，吕进曾以“诗美的奥秘”为题给西南师范大学(今西南大学)学生作过讲座，今郎酒集团副总裁李明政撰有文章谈及此事，李明政是当年西南师范大学“五月诗社”社长。而据《北碚岁月——历史文化凝眸》一书的图片显示，吕进的诗学讲座最早是1980年重庆北碚的“国庆文学讲座”，由此推知，吕进开展新诗教育由来已久。1999年，吕进在台湾师范大学作《文化转型与中国新诗》的学术演讲；2004年3月20日，吕进在法国巴黎孔子厅作《中国情诗》的讲演；2014年，吕进在韩国首尔孔子学院作《新汉学时代与中国新诗》的演讲。凡此等等，不尽一一，既向海外传播了中国文化和中国诗歌，又在海峡两岸推动了新诗教育与交流。

吕进在《重庆晚报·副刊》所开设的“吕进专栏”，也可以看作新诗教育课堂讲坛之外的延伸。对这一专栏的意义，策划人胡万俊有独到的理解：“‘吕进专栏’以‘岁月留痕’为主题，用回忆形式，谈‘诗’，谈‘诗人’，谈‘诗与人’，谈古今

① 梁宗岱：《梁宗岱文集(Ⅱ)》，中央编译出版社2003年版，第59页。

② 参见姚家育：“朱光潜现代诗学理论的建构与20世纪30年代文学教育实践”，载《内江师范学院学报》2015年第5期。

诗坛佳话,谈中外文化交流……‘吕进专栏’一经刊发,境内外报刊、网站纷纷转载,既扩大了影响力,也在更广范围及更大程度上,为‘诗’和‘诗人’正了名”[①]。“为诗和诗人正名”是“吕进专栏”的灵魂,也是吕进在课堂和讲坛之外开展新诗教育的初衷。

“诗家语”是吕进诗学的核心概念之一,最早出现在《给新诗爱好者》中,而此书出版于1984年。2012年5月12日晚,吕进在澳门大学中文系作《论“诗家语”》的讲演,演讲稿后来发表在《文艺研究》2014年第5期。饶有意思的是,这篇演讲稿的浓缩版《漫说诗家语》发表于2013年12月4日的《重庆晚报·副刊》,大约1500字。从新诗教育的普及看,《重庆晚报》的《漫说诗家语》更贴近普通读者,更易于接受。《诗的公共性》《诗歌的大众与小众》《现代诗技巧的“有”与“无”》《新诗的“变”与“常”》等“千字文”,这些文章或发表在《重庆晚报》,或发表在《人民日报》,都不妨视为吕进普及新诗教育传播新诗美学的作品。

4.编选新诗选本,丰富新诗教学与研究资料。

新诗诞生以来,各种形式的选本比较丰富。新诗选本作用大略有三:一则参与新诗的经典化进程;二则普及新诗教育,提高读者欣赏水平;三则为新诗教学与研究提供资料。西南大学中国新诗研究所成立以来,吕进主编有《新诗三百首》《新中国50年诗选》和《中国新时期“新来者”诗选》等,前两种属于新诗基础读物,最后一种选本不但提出了“新来者”这个诗学概念,而且列举了支撑这个诗学概念的诗人及其代表作。

《中国新时期“新来者”诗选》于2014年8月由西南师范大学出版社出版,前有《论中国新时期诗歌与“新来者”》代以自序;后有《向“新来者”致意》作为后记,均为吕进所撰,主体部分是精选的99位诗人的作品,每人1–5首不等。前者发表于《文艺研究》2010年第3期,后者成稿于2013年10月13日,可见“新来者”诗学概念的提出在2010年。这个选本的意义有四:首先,改写新时期新诗叙述的历史,对既往的盲视有纠偏作用;其次,为经典正名,重塑经典;再次,为新诗教育和研究者提供基础文献;最后,为民族诗歌优秀传统的现代化和域外诗歌经验的本土化提供参照。因此,《中国新时期“新来者”诗选》是一种具有诗史观念和诗论价值的选本。朱自清在《中国新文学大系·诗集》的《导言》

① 胡万俊:《“吕进专栏”与“文化自信”》,载《岁月留痕》,西南师范大学出版社2013年版,第4页。

中,把早期新诗分为自由诗派、格律诗派和象征诗派等三个流派,吕进把新时期诗歌分为三个群落,即“归来者,朦胧诗人,‘新来者’”[①],这种划分,不难看出两者的历史关联,吕进对朱自清尊重新诗历史事实的新诗教育思想有继承和发展。

新诗进入大学课堂,已是不争的事实,但如何对新诗说话,依然众说纷纭乃至迷茫。新诗教育在成熟的古典诗歌教育范式中,显得单薄。新诗如果只在诗人和批评家之间打转,没有新诗教育的普及和提高,新诗美学不能为多数读者所接受,那么新诗的社会基础难以夯实。从这个层面讲,新诗教育的先行者如废名、沈从文、朱自清、闻一多等付出了努力,这些努力都是不能淡忘的。新时期以来从事新诗教育与研究的前辈学人,引领时代风尚,他们在繁荣新诗创作、活跃理论批评、培养学术人才上,做出了贡献,赢得了学界的尊敬。如果说谢冕继承了胡适、废名等北京大学新诗批评的先锋精神,那么,吕进继承和发展了闻一多、朱光潜、何其芳等人的现代诗学理论体系,新诗教育既注重学术人才的培养,又通过学术讲演和开设报刊专栏,提升听众、读者的审美趣味,使新诗融入社会,融入读者。倘若参照前文对新诗教育家的界定,可以说,吕进是新时期以来优秀的新诗教育家之一,这是他迟来的荣誉,也是他应得的荣誉。

---

① 吕进:《论中国新时期诗歌与“新来者”》,载《中国新时期“新来者”诗选》,西南师范大学出版社2014年版,第2页。

参考文献

一、著作

阿垅(罗洛).人·诗·现实[M].北京:生活·读书·新知三联书店,1986.

艾青.诗论[M].北京:人民文学出版社,1982.

陈良运.中国诗学体系论[M].北京:中国社会科学出版社,1998.

陈世骧.陈世骧文存[M].辽宁:辽宁教育出版社,1998.

[德]海德格尔.海德格尔选集(上)[M].孙周兴,选编.上海:生活·读书·新知三联书店,1996.

[德]黑格尔.美学(第一卷)[M].朱光潜,译.商务印书馆,1979.

[德]黑格尔.美学(第三卷·下册)[M].朱光潜,译.商务印书馆,1984.

[德]胡戈·弗里德里希.现代诗歌的结构[M].李双志,译.译林出版社,2010.

[德]莱辛.拉奥孔[M].朱光潜,译.北京:人民文学出版社,1979.

古远清.中国当代文学理论批评史[M].山东:山东文艺出版社,2005.

何其芳.关于写诗和读诗[M].北京:作家出版社,1956.

何其芳.何其芳文集(第四卷)[M].北京:人民文学出版社,1983.

黄子健,佘德银,周晓风.中国当代新诗发展史[M].成都:成都科技大学出版社,1993.

李健吾.李健吾创作评论选集[M].北京:人民文学出版社,1984.

李泽厚.人类学历史本体论[M].天津:天津社会科学院出版社,2008.

梁实秋.梁实秋批评文集[M].珠海:珠海出版社,1998.

梁宗岱.梁宗岱文集(Ⅱ)[M].北京:中央编译出版社,2003.

刘德重,张寅彭.诗话概说[M].北京:中华书局,1990.

龙必锟.文心雕龙全译[M].贵州:贵州人民出版社,1992.

罗根泽.中国文学批评史[M].上海:上海古籍出版社,1984.

吴思敬.字思维与中国现代诗学[M].天津:天津社会科学院出版社,2002.

吕进.新诗的创作与鉴赏[M].重庆:重庆出版社,1982.

吕进.给新诗爱好者[M].重庆:重庆出版社,1984.

吕进.一得诗话[M].成都:四川文艺出版社,1985.

吕进.上园谈诗[M].重庆:重庆出版社,1987.

吕进.新诗文体学[M].广州:花城出版社,1990.

吕进.中国现代诗学[M].重庆:重庆出版社,1991.

吕进.文化转型与中国新诗[M].重庆:重庆出版社,2000.

吕进.对话与重建[M].重庆:西南师范大学出版社,2002.

吕进.现代诗歌文体论[M].广西:广西师范大学出版社,2003.

吕进.20世纪重庆新诗发展史[M].重庆:重庆出版社,2004.

吕进.吕进文存[M].重庆:西南师范大学出版社,2009.

曾心,钟小族.吕进诗学隽语[M].泰国曼谷:留中大学出版社,2012.

吕进.岁月留痕[M].重庆:西南师范大学出版社,2013.

吕进.现代诗学:辩证反思与本体建构[M].北京:人民出版社,2016.

[美]厄尔·迈纳.比较诗学——文学理论的跨文化研究札记[M].王宇根,宋伟杰,等,译.北京:中央编译出版社,1998.

秦牧.长街灯语[M].广州:百花文艺出版社,1979.

[日]滨田正秀.文艺学概论[M].陈秋峰,杨国华,译.北京:中国戏剧出版社,1985。

史亮.新批评[M].成都:四川文艺出版社,1989。

[苏联]高尔基.高尔基文学书简(上卷)[M].曹葆华,渠建明,译.北京:人民出版社,1962.

[苏联]卢那察尔斯基.卢那察尔斯基论文学[M].北京:人民文学出版社,1978.

[泰]曾心.曾心小诗点评[M].泰国曼谷:留中大学出版社,2015.

曾心,熊辉.诗学体系与话语方式的建构:《吕进诗学隽语》评论集[M].泰国曼谷:留中大学出版社,2013.

曾心,钟小族.吕进诗学隽语[M].泰国曼谷:留中大学出版社,2012.

孙绍振.新的美学原则在崛起[M].北京:语文出版社,2009.

王国维.人间词话[M].滕咸惠,译评.吉林:吉林文史出版社,2007.

王珂.新时期三十年新诗得失论[M].上海:生活·读书·新知三联书店,2012.

魏庆之.诗人玉屑[M].上海:上海古籍出版社,1978.

闻一多.闻一多全集(第10卷)[M].湖北:湖北人民出版社,1993.

吴思敬.诗歌基本原理[M].北京:工人出版社,1987.

熊澄宇.媒介史纲[M].北京:清华大学出版社,2011.

[意大利]维柯.新科学[M].朱光潜,译.北京:人民文学出版社,1987.

杨匡汉,刘福春.中国现代诗论(上编)[M].广州:花城出版社,1985.

叶嘉莹.王国维及其文学批评[M].河北:河北教育出版社,1997.

叶维廉.中国诗学[M].北京:人民文学出版社,2006.

[英]T.S.艾略特.艾略特诗学文集[M].王恩衷,编译.北京:国际文化出版公司,1989.

[英]威廉·荷加斯.美的分析[M].杨成寅,译.北京:人民美术出版社,1986.

张德明.网络诗歌研究[M].北京:中国文史出版社,2005.

张德明.百年新诗经典导读[M].广州:暨南大学出版社,2015.

张德明,姚家育.吕进诗学研究[M].北京:人民出版社,2016.

郑敏.诗歌与哲学是近邻——结构-解构诗论[M].北京:北京大学出版社,1999.

周振甫.诗词例话[M].北京:中国青年出版社,1962.

朱光潜.西方美学史[M].北京:人民文学出版社,1983.

朱光潜.诗论[M].北京:生活·读书·新知三联书店,1984.

朱光潜.朱光潜全集(第一卷)[M].安徽:安徽教育出版社,1996.

朱自清.诗言志辨[M].上海:华东师范大学出版社,1996.

宗白华.美学散步[M].上海:上海人民出版社,1981.

邹建军.中国新诗理论研究[M].武汉:长江文艺出版社,1993.

刘梦溪.中国现代学术经典[M].河北:河北教育出版社,1996.

[美]爱德华·希尔斯.论传统[M].傅铿,吕乐,译.上海:上海人民出版社,1991.

二、论文

袁忠岳.反理性诗歌的出路[N].文艺报,1988-07-02.

阿红.一个新体系的构建——序《吕进诗论选》[M]//吕进.吕进诗论选.重庆:西南师范大学出版社,1995.

艾白水.中国第一部地方新诗史——读《20世纪重庆新诗发展史》[J].出版视野,2004(4).

蔡明明.诗与人生——谈吕进先生诗学观中的生命“本真”[J].重庆教育学院学报,2010(1).

曹顺庆.文论失语症与文化病态[J].文艺争鸣,1996(2).

曹顺庆,谭佳.重建中国文论的又一有效路径:西方文论的中国化[J].外国文学研究,2004(5).

曹笑.诗学新思维——简评吕进《中国现代诗学》[J].银河系,1992(8).

陈剑.诗话《吕进诗学隽语》[M]//曾心,熊辉.诗学体系与话语方式的建构:《吕进诗学隽语》评论集.泰国曼谷:留中大学出版社,2013.

陈卫.诗化人生:吕进1980年代以来的诗学活动[J].西南大学学报,2011(1).

陈志平.点、线、面结合的诗史佳构——评《20世纪重庆新诗发展史》[J].重庆教育学院学报,2005(2).

邓卫望.论《吕进文存》的学术价值与出版意义[J].中外诗歌研究,2010(1).

董莎莎.辩证法与吕进及其诗学体系[J].重庆三峡学院学报,2010(5).

董莎莎.论吕进诗学的学术来源[D].重庆:西南大学,2011.

段从学.中国现代诗学的可能及其限度[J].西南大学学报,2009(4).

[俄]什克洛夫斯基.作为手法的艺术[M]//朱立元,李钧.二十世纪西方文论选.北京:高等教育出版社,2002.

傅天琳.我是“新来者”——吕进对我创作的影响[M]//曾心,熊辉.诗学体系与话语方式的建构:《吕进诗学隽语》评论集.泰国曼谷:留中大学出版社,2014.

傅宗洪.一部“通”中求“变”的诗学论著——读吕进新著《中国现代诗学》[J].诗刊,1992(12).

古远清.大陆当代三大诗论群体透视[J].诗潮,1994(7).

古远清.吕进:新诗文体论的建设者[J].中外诗歌研究,2011(2).

郭芙秀.四个角度的完美结合[N].文艺报,2005-03-10.

郭振华.整合与重建——读吕进主编的《中国现代诗体论》[J].中外诗歌研究,2007(1).

侯马.抒情导致一首诗的失败[J].诗探索,1998(3).

胡适.谈新诗——八年来一件大事[J].星期评论,1919-01-10.

胡适.尝试集·自序[M]//胡适.尝试集.北京:人民文学出版社,2000.

胡万俊."吕进专栏"与"文化自信"[N].重庆晚报,2011-11-27.

胡兴.金秋时节忆恩师[J].中外诗歌研究,2008(4).

纪宇.为一个被遗忘的诗歌群落命名——读吕进的《论"新来者"》[J].中外诗歌研究,2013(1).

江锡铨."以诗解诗"与吕进诗学资源的二度开发[J].中外诗歌研究,2013(2).

蒋登科.对吕进诗学体系的简单理解——读《吕进诗论选》兼谈吕进诗论的学术品格[J].当代文坛,1996(5).

蒋登科.吕进与中国现代诗学体系的建构[J].西南师范大学学报,2000(5).

蒋登科.吕进诗论的学术品格[J].飞天,2000(10).

蒋登科.地域诗史研究的全局意义[J].文艺评论,2005(3).

蒋登科.学术创新与"诗学隽语"的生成[J].西南大学学报,2013(4).

蒋凡.诗话缘起、性质及理论贡献[J].文艺理论研究,1992(3).

雷斌.现代诗歌文体探索的意义、可能及智慧显现——读吕进《现代诗歌文体论》[J].中外诗歌研究,2004(1).

雷斌.吕进新诗文体学理论[J].宜宾学院学报,2010(11).

雷斌.吕进诗学的主题学——《吕进诗学隽语》的出版特色和学术价值[J].出版发行研究,2013(10).

李闽燕.论吕进诗学理论的超越性和创造性——读《吕进文存》[J].中外诗歌研究,2010(4).

李胜勇.我们应该汲取什么——读《吕进文存》[J].中外诗歌研究,2010(4).

李咏吟.古典诗学解释的双重路向及其现代性前景[J].吉首大学学报,2012(1).

梁笑梅.境愈高时言愈浅,一吟一上一层楼[M]//曾心,熊辉.诗学体系与话语方式的建构:《吕进诗学隽语》评论集.泰国曼谷:留中大学出版社,2013.

刘半农.我之文学改良观[M]//张若英.中国新文学运动史资料.上海:上海书店,1982.

刘静,谢琼林,赵媛卉.论吕进关于诗坛重建的构想[M]//曾心,熊辉.诗学体系与话语方式的建构:《吕进诗学隽语》评论集.泰国曼谷:留中大学出版社,2013.

刘康凯.诗意的多向建构——吕进《对话与重建》述评[J].中外诗歌研究,2003(1).

刘宁.别林斯基的美学观点[J].北京师范大学学报,1958(3).

刘婉仪.篇章之外,诗心之内——《曾心小诗点评》的别样魅力[J].中外诗歌研究,2018(3).

吕洁宇.站得更高,所以看得更远[J].中外诗歌研究,2010(4).

吕进.新诗的沉寂年代[N].重庆日报,1988-12-06.

吕进.论研究生学位课程的教学重心[J].学位与研究生教育,1990(4).

吕进.硕士学位课程的教学改革[J].学位与研究生教育,1994(3).

吕进.臧克家:新诗文体建设的重镇[J].文学评论,1995(1).

吕进.中国新诗研究:历史与现状[J].理论与创作,1995(4).

吕进.新诗呼唤拯衰起弊[N].人民日报,1997-07-22.

吕进.20世纪下半叶的中国新诗研究[J].文学评论,2002(5).

吕进.论中国现代诗学的三大重建[J].文艺研究,2003(2).

吕进.现代诗学的两个前沿问题[J].河南社会科学,2004(3).

吕进.三大重建:新诗,二次革命与再次复兴[J].西南大学学报,2005(1).

吕进.论新诗的诗体重建[J].河南社会科学,2007(3).

吕进,[日]岩佐昌暲.中国与日本:中国现代诗学的昨天与今天[J].文艺研究,2007(6).

吕进.守住梦想——我的学术道路[J].东方论坛,2008(6).

吕进,周婷.闻一多:新诗史上的杜甫[J].西南大学学报,2010(1).

吕进.八仙过海——泰国诗选《小诗磨坊》序[J].诗学,2010(2).

吕进.论新时期诗歌与“新来者”[J].文艺研究,2010(3).

吕进.新诗的“变”与“常”[N].人民日报,2010-03-26.

吕进.走向新诗的盛唐——序《东方诗风论坛10年诗选》[J].重庆艺苑,2011(3).

吕进.耀眼的国防绿——序洪芳《中国当代军旅诗歌论》[J].中外诗歌研究,2011(4).

吕进.重破轻立,新诗的痼疾[N].中国艺术报,2011-10-26.

吕进.上善若水[J].重庆三峡学院学报,2012(1).

吕进.兵气拥云间——朱增泉三部诗集总序[J].诗学,2012(4).

吕进.诗人黄亚洲——序黄亚洲《没有人烟》[J].诗学,2012(4).

吕进.东南亚华文诗歌的中国参照系[J].泰华文学,2014(1).

吕进.论“诗家语”[J].文艺研究,2014(5).

骆寒超,陈玉兰.新诗二次革命论[J].西南师范大学学报,2005(1).

马立鞭.一本有识见的新诗理论专著——评吕进《新诗的创作与鉴赏》[J].当代文坛,1983(6).

毛翰.话说“中锋”[J].诗探索,1996(4).

毛翰.诗人吕进[J].葡萄园,1997年秋季号.

欧海龙.论中国诗话之生命化批评[J].海南大学学报,2007(6).

钱志富,邹林芳.吕进前后期诗学思想对比研究[J].当代文坛,2015(2).

钱中文.会当凌绝顶——回眸二十世纪文学理论[J].文学评论,1996(1).

任洪国.诗歌重建的标尺——评吕进《对话与重建》[J].涪陵师范学院学报,2003(1).

沈卫威.现代大学的新文学空间——以二三十年代大学中文系的师资与课程为视点[J].文艺争鸣,2007(11).

斯原.把玩《吕进诗学隽语》[M]//曾心,熊辉.诗学体系与话语方式的建构:《吕进诗学隽语》评论集.泰国曼谷:留中大学出版社,2013.

宋星.重庆新诗:检阅·审视·重建[J].中外诗歌研究,2005(1).

孙绍振.向艺术的败家子发出警告[J].星星,1997(8).

孙绍振.后新潮诗的反思[J].诗刊,1998(1).

[泰]曾心.方块字浇铸的心影[M]//张长虹.曾心作品评论集.泰国曼谷:留中大学出版社,2009.

[泰]曾心.吕进诗学隽语·序[M]//曾心,钟小族.吕进诗学隽语.台北:秀威资讯科技股份有限公司,2012.

[泰]曾心.《曾心小诗点评》:一个奇迹[J].中外诗歌研究,2018(1).

田菱.新时期诗歌研讨会在重庆举行[J].诗刊,1986(12).

王超.让人感悟的一本好书[M]//曾心,熊辉.诗学体系与话语方式的建构:《吕进诗学隽语》评论集.泰国曼谷:留中大学出版社,2013.

王富仁.对一种研究模式的置疑[J].佛山大学学报,1996(1).

王珂:片言居要,体大虑周——《吕进诗学的诗学价值和应用价值》[J].中外诗歌研究,2013(2).

王琳.试论黑格尔辩证法的核心[J].西南民族学院学报,1987(1).

王明凯.接受诗学教育[M]//曾心,熊辉.诗学体系与话语方式的建构:《吕进诗学隽语》评论集.泰国曼谷:留中大学出版社,2013.

王强."变"中守"常":中国现代诗学体系的一种建构[J].西南大学学报,2010(6).

王小佳.删繁就简三秋树,领异标新二月花——《吕进文存》序[M]//吕进.吕进文存(第一卷).西南师范大学出版社,2009.

温儒敏.当代文学思潮中的"别、车、杜现象"[J].读书,2003(11).

向天渊.以情为本——吕进诗学观的一种阐释[J].重庆三峡学院学报,2014(1).

向天渊,熊辉.新诗再次复兴与审美范式重建[J].文艺研究,2006(12).

谢冕.奇迹并没有发生——两岸四地第三届当代诗学论坛开幕词[M]//谢冕.谢冕编年文集(2010—2012)》(第十二卷).北京:北京大学出版社,2012.

熊辉.西方美学观念的转换与中国现代诗学体系的建构——论黑格尔对吕讲诗学思想的影响[J].重庆工商大学学报,2011(3).

熊辉.百年新诗史上的大事:中国新诗研究所的建立[J].中外诗歌研究,2017(2).

颜同林.吕进诗学体系建构中的奠基之作——重读《新诗的创作与鉴赏》[J].重庆教育学院学报,2004(1).

颜同林.区域新诗史研究的开山之作——评吕进主编的《20世纪重庆新诗发展史》[J].中外诗歌研究,2004(2).

颜同林.传统视域与吕进现代诗学体系[M]//曾心,熊辉.诗学体系与话语方式的建构:《吕进诗学隽语》评论集.泰国曼谷:留中大学出版社,2013.

闫晓丽.林东海的《诗法举隅》与吕进的新诗论[M]//王志彬.20世纪中国写作理论史.南京:南京大学出版社,2002.

杨恩芳.吕进文集的审美价值——《吕进文存》书话[J].中外诗歌研究,2016(1).

杨义.感悟的现代性转型[J].学术月刊,2005(11).

杨义.感悟通论(上)[J].社会科学战线,2006(1).

姚家育.墨水和油水——中国新诗研究所学习生活的琐忆[J].中外诗歌研究,2006(3).

姚家育.朱光潜现代诗学理论的建构与20世纪30年代文学教育实践[J].内江师范学院学报,2015(5).

姚家育.新诗教育视野中的吕进[J].东莞理工学院学报,2018(2).

[英]艾略特.传统与个人才能[M]//王恩衷,编译.艾略特诗学文集.北京:国际文化出版公司,1989.

臧克家.吕进的诗论与为人——《新诗文体学》序[J].当代文坛,1989(4).

张晨曦.诗学风景这边独好——吕进先生及其著作《中国现代诗学》片谈[J].中外诗歌研究,2008(4).

张春吉.别林斯基论文学和现实的关系[J].厦门大学学报,1984(2).

张德明.吕进与“新诗二次革命”[J].重庆三峡学院学报,2013(1).

张德明.论吕进诗学话语的“诗话”特征[J].西南大学学报,2013(4).

张建伟.中国现代诗学体系中的经典著作——论《中国现代诗学》[J].内蒙古电大学刊,2014(4).

张立新.论新诗三大重建视域下的吕进诗学序跋[J].星星诗刊,2013(4).

张中宇.敢于面对新问题的学术著作[J].重庆教育学院学报,2005(2).

张中宇.唐诗精神、文体系统、传播方式与现代汉诗“三大重建”[M]//曾心,熊辉.诗学体系与话语方式的建构:《吕进诗学隽语》评论集.泰国曼谷:留中大学出版社,2013.

赵东.守住与突围:吕进诗学关键词分析[J].中外诗歌研究,2011(3).

赵心宪.“中国现代学术经典”视野中的吕进诗学体系[M]//曾心,熊辉.诗学体系与话语方式的建构:《吕进诗学隽语》评论集.泰国曼谷:留中大学出版社,2013.

赵心宪,刘静.建构区域新诗艺术发展史的学术意义——关于《20世纪重庆新诗发展史》的对话[J].诗学,2009(1).

钟小族.吕进诗学隽语·后记[M]//曾心,钟小族.吕进诗学隽语.泰国曼谷:留中大学出版社,2012.

朱立元.以我为主,批判改造,融化吸收——关于西方文论中国化的思考[J].中外文化与文论,2015(29).

邹建军.论吕进的诗观[J].中外诗歌交流与研究,1991(1).

缪斯之恋:我的学术道路[①]

吕进

一、从新诗到现代诗学

说起我和缪斯的缘分,还得追溯到小学时代。《少年报》《红领巾》成了我儿时的梦。

那是在20世纪50年代,电话是绝大多数人不敢问津的奢侈品,更没有"伊妹儿",投稿者与编辑部的联系全靠邮件往返。只要是投稿,只需在信封右上角剪去一角,就可以不贴邮票,也没有听说邮局有什么成本之类的埋怨。那时是没有邮编的,但是邮件的投递速度很快,本市邮件一般是朝发夕至。而且成都的街头还设有投寄急件的黄顶邮筒——不需另外加费,估计其他城市也一样。

我在成都市的川西实验小学读的小学,四川省副省长韩邦彦告诉我,国务院总理李鹏和他都是这个学校的校友。在那里我开始发表习作,毕业的时候学校颁发的毕业证书上也写的是我的笔名"吕进",我的本名"吕晋"被遮蔽了。我的初中和高中都在成都七中度过,这是四川省的一所名校,对于文科相当重视。到了读中学的时候我的诗在学校已经很"有名"了。记得高中语文老师白敦仁(后来为成都大学教授,任中文系系主任)到波兰讲学。回成都短暂休息,又将回波兰。我在校刊《年轻人》上发表了一首《送白老师回华沙》:

① 本篇原题目为"守住梦想——我的学术道路",载《吕进文存》(第一卷),西南师范大学出版社2009年版。

在祖国
你是主人
又是客人

师生相见
是多么短
又多么永恒

再见吧,亲爱的同志和老师
你又要踏上遥远的异乡
去倾听维斯杜拉壮丽的歌声

遗憾自己没有翅膀
不能在天海里划着
为你送行

我将我这颗爱心
付与一弯明月
送老师到密兹凯维奇的国境

这诗被同学背诵,得到赞许。

从儿时开始打造的诗美天地,可以说,大大改变了我的人生。一个生活在诗的世界的人,对诗外世界就有了别一番打量。这种打量,为我树立了理想人格的目标和典范;这种打量,使我别有向往,得以洒脱地直面那些难免令人不愉快的人和事,得以轻松地度过这一生中那些不轻松的岁月;这种打量使我常常"忽略"一些诗外世界不应忽略的事:轻人之所重,重人之所轻。

写诗是件提高人、净化人的事,当然,在那个时代也是充满风险的事。

1958年夏天,成都市决定将市中心贯通南北的人民南路再向南延伸,名为共青路,由各中学的应届毕业生义务修筑。作为成都七中的应届毕业生,我奉调到筑路指挥部,协助团市委的人编辑一份油印小报《劳动课堂》。工地上酷日当空，热气腾腾。忽一日，我在工地采访时诗兴大发，写了一首诗：

太阳，太阳，
你别猖狂。
一锄把你挖下来，
烘干我的湿衣裳。

这诗没有署名，是作为“民歌”在《劳动课堂》发表的。成都团市委的人又将这首“民歌”，连同其他几首，送到《星星》诗刊发表了。当时在《四川日报》上还有评论，说这民歌表现了中学生改天换地的劳动热情等等。

八年之后，“史无前例”开始，我当时已在西南师范学院外语系做助教，处于“准牛鬼蛇神”状态，这“民歌”就成了心病。本来是诚心诚意地歌颂劳动，但在那“红太阳照边疆”的时代，如有“左派”证得此事，问起罪来，纵有一千张嘴也难说清啊，何况“吕”字只有两张嘴。妄图将红太阳挖下来，这气焰不比《草木篇》更嚣张吗？滚到金堂和流沙河一起拉大锯去吧！所幸我从来没有向人说起过这首“民歌”，终究没有“东窗事发”。

和诗歌交往日久，我开始打量这位人生道路的同行者。比如，诗究竟是什么？要说什么不是诗很容易，但是要正面说清诗的美学本质却“难于上青天”。诗是散文遗漏的感觉，诗是散文的高潮和灵魂，诗是心灵的音乐，但是，诗究竟是什么呢？再如，诗是怎么生成的？一首诗是怎么从无到有的，灵感怎么来寻诗人，诗人又怎么寻思，诗思又怎么寻言？又如，诗的鉴赏过程和散文的鉴赏过程的区别何在？人们说，诗歌读者就是半个诗人，诗人把心上的诗化为纸上的诗，读者由纸上的诗化为自己心上的诗，“心上的诗—纸上的诗—心上的诗”这个过程究竟是怎样形成的？

这是一个奇妙的理论世界。逐渐地，我的兴趣由创作转向理论研究。

诗歌的创作为我的诗歌研究奠定了基础。如臧克家在《吕进的诗论与为人》中所说：“吕进同志，从少年时代就发表诗作，以诗人之心论诗，自然知其意义与甘苦。”[①]

新时期开始，我的现代诗学研究也开始。原先的创作，好像都是在为现在的研究做准备。谢谢北京的《诗刊》，这家刊物长期被诗歌界尊称为“国刊”，门

① 臧克家：《吕进的诗论与为人》，载《臧克家全集》（第10卷），时代文艺出版社2002年版。

槛很高。这家权威刊物给了我很大的帮助。我的最初的短小的文稿都是在那里发表的。

也许由于我是学外语出身的吧,所以写作时不太受那些习见的术语、概念、程式的束缚,往往是从感悟出发,从诗歌现象出发,兴之所至,随意涂鸦。于是,一些人赞许:“观点很新啊!”其实呢,我实在是一个才疏学浅的人,对“旧”观点本来就不甚了了。

我的兴趣始终在基础理论研究,对时尚思潮的跟踪、对诗人的评论不太感到乐趣。后来,社会风气变化,有些时尚的东西其实是非常随意而浅薄的东西,有的诗人评论已经下滑为圈子评论、“孔方”评论,我就更加关起门来专注于诗歌的文体研究了。

1981年我动笔写作一部诗学专著。

此前,我系统地阅读了从田汉、宗白华、郭沫若的《三叶集》、谢楚桢的《白话诗研究集》、闻一多与梁实秋的《〈冬夜〉〈草儿〉评论集》、汪静之的《诗歌原理》、草川未雨的《中国新诗的昨日今日和明日》以降几乎所有能找到的新诗论著;又细读了黑格尔的《美学》、莱辛的《拉奥孔》、丹纳的《艺术哲学》和《歌德谈话录》等外国文献及契尔卡斯基的《战争年代的中国诗歌》等俄语书籍;还研究了王国维《人间词话》、丁福保辑《清诗话》、郭绍虞编《清诗话续编》、何文焕辑《历代诗话》、丁福保辑《历代诗话续编》、梁启超《饮冰室诗话》等等。那个时候没有上网一说,我做了好几抽屉的摘录卡片和好多本读书笔记。

今人郭绍虞先生为《清诗话》1963年版写的“前言”中提到的“唐人不言诗而诗盛,宋人言诗而诗衰”给我拓开了我对自己的诗学专著的思考和定位。其实这种意见古人也谈过。吴桥在《围炉诗话》中说:“唐人工于诗而诗话少,宋人不工于诗而诗话多。”李东阳《怀麓堂诗话》中说:“唐人不言诗法,诗法多出宋;而宋人于诗无所得。”我考虑,不能在诗之外谈诗,也不能在诗之上谈诗,不搞高堂讲章,不玩概念游戏。要抛弃纯概念,使用类概念,要在诗内谈诗。应当这样揭示诗的秘密:不仅不能用枯燥乏味的空论去使寓于这一秘密的魅力消失,相反,经过诗论的照射,这一秘密应当变得更加妙不可言。未来这本书,应当有诗的神秘光彩,有诗一般的语言,在给读者以理论启示的时候,也给读者以美的享受。

这部书写了整整一年。边写,边思考。既苦,又乐,苦中有乐,乐中有苦。

那个时候没有电脑，全靠手写，修改起来非常麻烦，要粘粘贴贴的。最后定稿已是春节，于是我家的那个春节就取消了，而且家人在家里走路也得放轻脚步。最后定稿的时候，连改带抄，每天定稿一万字，连续近一个月。交稿以后，我足足也病了一个月。

1982年，重庆出版社出版了我的第一部诗学专著《新诗的创作与鉴赏》。这本书近30万字，分“本质篇”“创作篇”和“鉴赏篇”。共九章：什么是诗，诗的内容，诗的形式，社会主义新诗，诗的灵感，诗的构思，诗的修辞，诗的品种和诗的鉴赏。80年代是诗的年代。从“文革”涅槃出来的那个时代，诗意昂然，“连鸽哨也发出成熟的音调”（杜运燮的诗句）。诗也就成了和人们心心相通的时代宠儿。许是应了那句“时势造英雄”的话，在那个诗的黄金岁月，在那个需要而又缺乏系统的新诗理论著作的年代，《新诗的创作与鉴赏》从1982年到1991年共3次印刷，累计印数达42600册。好评如潮。商务印书馆出版、中国出版者协会主编的《中国出版年鉴》1983年卷中写道：“在诗歌评论、理论方面影响较大，且有一定史料价值和学术价值的是臧克家的《诗与生活》（四川人民版）、钱光培、向远的《现代诗人及其流派琐谈》（《新文学论丛》丛书，人民文学版）和吕进的《新诗的创作与鉴赏》（重庆版）。《诗与生活》是臧克家的自传体回忆录，记述诗人的生活经历，也是诗人对自己50多年创作生涯的总结。其中一些精当深刻的写作经验，对后学者是有益的启示。《新诗的创作与鉴赏》是一部篇幅较大的研究新诗艺术规律的专著，它的优点是论述着墨于新诗区别于古诗所具有的那些特殊规律，并对不同品种的新诗的具体规律作较细的探讨，避免了套用一般文学理论或古典诗论来研究新诗的弊病。”[①]马立鞭写道：“‘文章切忌随人后’。不囿于前人的学说，能另辟天地，提出自己颇有锋芒的艺术见解，正是吕进同志这本著作的第一个特色。”[②]颜同林写道：“《新诗的创作与鉴赏》作为吕进诗学体系的雏形，在历史的冲刷中打下了时代的烙印，为吕进建构具有中国气派与个性色彩的中国现代诗学体系涂上了颇为厚实的一笔。”[③]

80年代开始写诗的人当中，读过《新诗的创作与鉴赏》的人不在少数，诗歌

① 吕进：《新诗的创作与鉴赏》，重庆出版社1982年版，第158页。

② 马立鞭：“一本有识见的诗歌理论专著——评吕进《新诗的创作与鉴赏》”，载《当代文坛》1983年第6期。

③ 颜同林：“吕进诗学体系建构中的奠基作——重读《新诗的创作与鉴赏》”，载《重庆教育学院学报》2004年第1期。

界对这本书的评论持续时间也长。这本书的责编杨本泉先生在90年代还在《云南日报》上读到一篇评论,高兴之余,发表了一篇文章,题目是“持久不衰的赞赏——对重庆出版社十年前出版物的新评论”。

《新诗的创作与鉴赏》让我在现代诗学研究上树立了自信。之后的二十多年间,我陆续出版了《给新诗爱好者》(1984年,重庆出版社),《一得诗话》(1985年,四川文艺出版社),《新诗文体学》(1990年,花城出版社),《中国现代诗学》(1991年,重庆出版社),《画梦与释梦——何其芳创作的心路历程》(合著,1995年,贵州人民出版社),《吕进诗论选》(1995年,西南师范大学出版社),《对话与重建——中国现代诗学札记》(2002年,西南师范大学出版社),《现代诗歌文体论》(2003年,广西师范大学出版社)等;主编了许多理论著作和诗歌选本,重要的有《上园谈诗》(1987年,重庆出版社),《外国名诗鉴赏辞典》(1989年,河北人民出版社),《诗歌美学辞典》(朱先树、吕进、阿红主编,1989年,四川辞书出版社),《党旗,心中的旗》(1991年,花城出版社),《爱我中华诗歌鉴赏》(共5卷,1993年,重庆大学出版社),《新诗300首》(1996年,河北人民出版社),《新中国50年诗选》(主编吕进,毛翰,共3卷,1999年,重庆出版社),《文化转型与中国新诗》(2000年,重庆出版社),《20世纪重庆新诗发展史》(2004年,重庆出版社),《中国现代诗体论》(2007年,重庆出版社)。

特别值得一提的是《20世纪重庆新诗发展史》,这是中国第一部区域新诗发展史,以其严谨细致的科学性、秉笔直书的客观性、占有资料的丰富性得到广泛好评,被称为“一部具有典范意义的地方诗歌史”。[①]

此外,我还受命于四川省委、省政府,1995—1997年间,与赵振铎、艾南山等四川省好几百名学者一起,编撰了29卷本的《四川百科全书》。此书1997年由四川辞书出版社出版,四川省委副书记秦玉琴、副省长徐世群任编委会主任,我任主编。

二、从《新诗的创作与鉴赏》到《中国现代诗学》

《新诗的创作与鉴赏》最为人注意的是那个诗歌定义:“诗是歌唱生活的最

① 程振明:“一部具有典范意义的地方诗歌史——评《20世纪重庆新诗发展史》”,载《中国艺术报》2005年5月13日。

高语言艺术,它通常是诗人感情的直写。”

争议出现在定义的后半句。有人提出,“它通常是诗人感情的直写”这句话可以删去,因为前面一句已经把定义表述清楚了。还有人提出,诗最回避的就是直写,怎么能把这一点作为诗歌定义的一部分呢?

人对现实的审美关系都是感情关系,除了诗,其他文学样式无一不是作家审美感情的体现。和诗人一样,作家的笔同样蘸满血和泪、欢欣与忧伤。曹雪芹说《红楼梦》是“一把辛酸泪”,曹禺说“写《雷雨》是一种感情的迫切需要。”但是,感情却不能是非诗文学样式的直接内容。生活本身是事件性的,非诗文学长于通过生活的本然样式去反映生活。作家要塑造人物形象,描写人物命运,构成故事情节。作家对世界对人的审美把握与评价是隐蔽的,是藏在故事当中的。非诗文学的创作过程是:生活—感情—叙述。有的非诗作品,抒情常常渗透叙事,给作品以诗美的彩色光环,但也只能止于“渗透”而已。诗却不然。感情就是诗的直接内容。感情不仅仅是从生活到诗的中介,诗就是感情。诗人从感情去认识现实,以感情去反应现实。诗是“反应”,不是“反映”,它的创作过程是:生活—感情—感情,对象化的感情是诗的创作的终点。有如非诗文学不回避抒情一样,诗也不回避必要的叙事,但它回避非诗文学那样的叙事。即使是叙事诗、剧诗这样的叙事成分很重的诗,它的旨趣仍不在叙事。它在叙事,但又在努力挣脱“事”的羁绊,奔向“情”的自由自在的原野。诗人变成了诗,在诗这里,创造者成了自己的创造品。这是讲的作者与作品的关系。从写作技巧来说,刚刚相反,非诗文学要直接着笔,把一群人物、一个故事说得清清楚楚。而诗却崇尚“诗出侧面”,它要婉转出之,而且以“不说出”、以“空白”、以“隐”为上。

其实,这个定义对诗的美学本质有三个方面的考虑:一,诗与生活的关系;二,诗与语言的关系;三,诗的作者与作品的关系。定义的后半句正是谈的作者与作品的关系。

如果说,诗歌定义是《新诗的创作与鉴赏》的核心,那么,“歌唱”就是这个定义的核心。

第一,所谓“歌唱”就是化客观为主观,化事件为感情,化物理世界为心灵世界。它与“叙述”相对。诗人不但以抒情态度去认识现实,而且以反应现实去反映现实。这里没有强调意境。据传是王昌龄所著的《诗格》首次提出“物、情、意”三境。随着古代山水画的繁荣，诗的意境说也日盛。到了王国维，意境就被当作了最高诗美。意境说给予诗美的实际影响在对绘画美的寻求。对于新诗恐怕不全合适。用“歌唱”也许对新诗的诗歌现象的概括力更强。

第二，所谓“歌唱”是指诗的音乐美。诗的语言具有精致性，也具有精练性。但是这两者是难以把诗和散文区别开来的。在语言上，诗的突出特点在于音乐性。散文是没有节奏的语言，音乐是没有语言的节奏，而诗是有节奏的语言。诗与散文在语言上的分界正在音乐性。音乐性使诗成了最高的语言艺术。

80年代有学者说到《新诗的创作与鉴赏》的诗歌定义的时候，提出疑问：诗只能歌颂，不能暴露与批判吗？这就走题了，把“歌唱”与“歌颂”混为一谈，没有真正弄懂“歌唱”的内涵与外延。

1982年以后，我写了不少论文，进一步深入新诗基础理论的研究。主要有两类，这些论文引用率都较高。

一类是关于新诗文体学的，如《论诗美》《诗家语》《新诗艺术表现的虚与实》《诗的弹性技巧》《论诗的文体可能》《诗，生命意识与使命意识的和谐》《写诗技巧的“有”与“无”》《臧克家：新诗文体建设的重镇》。王安石将诗歌语言称为“诗家语”（见宋人魏庆之《诗人玉屑》卷六），我借用了这个术语来阐述诗的语言特点，指出，“诗家语”应是非日常语化的日常语，它“至苦而无迹”（皎然《诗式》）。我强调了诗歌有自己的文体可能。虽然超越文体学的潜能是丰富的，但文体绝不能被理解成绝对自由的领域。诗只能在自己的文体可能中寻求最大的自由。

另一类是关于现代诗学的，如《诗学的基点是理解》《诗学的三个基本意识》《新诗文体的净化与变革》《诗评断想》《写诗与读书》。我说，诗学的研究对象具有独特性，所以诗学在科学当中也具有独特性，诗学的基点是对“吟唱”和“吟唱者”的理解。当然理解以后就有超越。诗学研究的对象的属性永远是“测不准”的。诗学研究首先要理解，这是基石，然后才是发现、创造和超越。不同气质、心理结构、艺术追求的诗人组成丰富的诗坛，他们期待理解。诗学应当永远结束那种以为人的思维与行动的一切结果都具有最终性质的看法，放开艺术胸怀。我提出创新意识、求实意识、多元意识是诗学的三个基本意识。新时期的诗歌理论既出新又浮浅，既活跃又混乱，需要特别注重作为自觉的心理活动的这三个意识。

1991年我的《中国现代诗学》出版。和《新诗的创作与鉴赏》不同，这本书出现在新诗开始式微的时候。但它还是印刷了两次，市面上仍买不到。我因为教学需要，无处找书，多谢重庆出版社蒲华清副总编送我一本，他手里也只存了两本。

如果说《新诗的创作与鉴赏》是我的成名作，那么，《中国现代诗学》就是我的代表作。这本书也写了一年。和《新诗的创作与鉴赏》相比，《中国现代诗学》融入了比较多的研究生教学中的思考。

《重庆日报》在头版的“本报讯”报道了此书出版的消息，题目是“潜心钻研，厚积薄发，吕进《中国现代诗学》出版”。报道说：“诗评家吕进新著《中国现代诗学》问世，本书是吕进教授承担的国家课题的最终成果。经我国一流专家组成的科学学术出版基金指导委员会投票确认后，重庆出版社将《中国现代诗学》作为1991年重点图书出版。《中国现代诗学》由审视中西诗学的概念、形态与发展的相似与相异出发，在广阔开放的理论视野中，推出一个以马克思主义文艺观作指导的比较严整的中国现代诗学体系，它注意吸取西方诗学精华，但实现了对西方诗学的本土化转换；注意发掘、发挥源远流长、自成特色的中国传统诗学的丰厚积累与巨大优势，但实现了对中国传统诗学的现代化转换。全书二十章，从研究诗的审美视点起始，在比较严整的理论构架中，提出了种种新说，代表了本学科的前沿，是中国新诗理论的重要收获。老诗人冰心题写了书名。”

《新诗的创作与鉴赏》比较实用，通俗，而《中国现代诗学》则比较理论，专业。《新诗的创作与鉴赏》以诗歌定义为中心，这实在是知不可为而为之。诗歌现象如此丰富，诗歌艺术不断突破，世界上不可能真有万无一失的诗歌定义。我在《新诗的创作与鉴赏》里下定义，其动机无非是从书的实用性和通俗性考虑的。在80年代讨论悲剧问题时，有的美学家说，“不应发生而又终于发生，本应避免而又未能避免”是社会主义时期悲剧的特征，看来，我也是一个悲剧人物了。

《新诗的创作与鉴赏》的关键词是“歌唱”。包括两个侧面：抒情美和音乐美。但是，这两个侧面对诗的概括力有限，尤其是对一些新的诗歌现象，难以解读。

《中国现代诗学》回避为诗下定义，它从两个视角对诗的美学本质进行了重新考察，力求推出诗学新思维。

首先，这本书突破了《新诗的创作与鉴赏》的"抒情"说。因为，抒情并不是诗歌的专属，而且有的诗歌并不抒情。在诗和现实的审美关系上我提出了诗的内容本质在于它的审美视点（即观照方式）的不同。

从审美视点来说，散文的视点是外视点，是偏于绘画的视点。外视点文学具有情节化、人物化的倾向，作家把他对外界世界的感知，在作品里还原为外界世界。不是实有之人，却是应有之人；不是实有之事，却是应有之事。作家往往采用不在场的叙事策略，他的体验淹没在他所创造的审美世界中，他回避直说。诗是内视点文学。内视点是偏于音乐的视点。文善醒，诗善醉。诗遵从的是心灵化的体验方式，心灵化的审美选择与艺术思维。诗尽量去掉可述性，增加可感性。诗人的体验不是淹没在叙述里，而是升华起来，净化起来，把外界世界吸收到融化到内心世界来，审美体验就是诗的直接内容。这里就不止于抒情了。审美体验是一个丰富多彩的领域。

其次，这本书还突破了《新诗的创作与鉴赏》的"音乐性"说，突出了诗的语言的多样性的美学本质。

诗是以形式为基础的文学，言说方式就是诗的构成方式和存在形式。作为艺术品的诗能否出现，取决于诗人的审美视点，更取决于诗人将审美体验告诉读者的言说方式。情感的直接宣泄是不构成诗的。诗是无言的沉默，"口闭则诗在，口开则诗亡"。所以诗的本质是言无言，这是为诗最难的地方。诗遵从诗化的表现方式。诗是精致的讲话，也是精练的讲话。诗是"犯法"的艺术，也是"不讲理"的艺术。富有音乐性、弹性、随意性的语言才是诗的语言。只有音乐性是不行的，音乐性、弹性、随意性是诗的智慧选择，构成诗的语言的独特风貌和独特魅力。

傅宗洪在《诗刊》发表文章说：

这部论著的可贵之处表现在它不是远离诗歌现象的言玄说怪，而是热情敏锐地面对丰富的新诗创作实绩进行理性的思考和科学的描述，既有对现象的动态考察，又有理论的抽象与升华。著者近几年来一直关心着新诗文体的建设，并企望建构一套现代诗学体系。曾在前几年出版了《新诗文体学》。这种对中国新诗理论的正面建树,折射出著者拥有的建设性文化心理品格的光辉,这光辉对于我们今天的精神文明建设是弥足珍贵。

这部著作的另一个可贵之处,便是它表现出的中国风格:在诗学观念上,论著以抒情诗为中心(而抒情诗是中国诗史的主要构成部分,是民族诗歌最辉煌的篇章);在诗学形态上,注意保持和发展中国诗学的领悟性特征,摒弃了对西方诗学术语的生搬硬套,也摒弃了西方诗学那种以公式和概念抽象鲜活的诗歌现象,戕害适合本身的浑然完整的方式,虽然著者对西方诗学的精蕴不无借鉴(如重体系、重逻辑推理、重哲学精神等等)。[①]

从现在来看近20年前的《中国现代诗学》,当然会感到它的缺陷,也会感到它对当下一些新的诗歌现象缺乏概括力。但是在我的学术生涯中,从《新诗的创作与鉴赏》到《中国现代诗学》,我感觉是有前进的。后者是在批判前者的基础上出现的,似乎比前者更成熟,也更深入。

三、从中国新诗研究所到新诗二次革命

1986年6月,西南师范大学中国新诗研究所成立。中国新诗研究所是西南师范大学(现在的西南大学)的独立建制的系处级单位。

这是中国新文学诞生以来的第一家以新诗作为研究对象的实体性研究机构,所以引起海内外的广泛关注。国内外许多报刊予以报道。臧克家致信西南师范大学说:“你校成立中国新诗研究所是一个创新;吕进任所长,可谓得人,我心甚慰。”

北京《学位与研究生教育》发表我的专访时谈道:“研究所不但有吕进教授、邹绛研究员等知名学者,还聘请了老诗人臧克家、卞之琳为顾问教授,叶维廉(美国)、秋吉久纪夫(日本)、许世旭(韩国)等外国学者为客座教授……研究所的研究和教学力量非常强大,研究方向配备合理,颇具特色,信息沟通也很灵便。”[②]中国新诗研究所成立不到半年,就主办了全国性的“新时期诗歌研讨

① 傅宗洪:“一部‘通’中求‘变’的诗学论著——读吕进新著《中国现代诗学》”,载《诗刊》1992年第12期。

② 苏青:“心中别有欢喜事,向上应无快活人——西南师范大学吕进教授侧记”,载《学位与研究生教育》1993年第1期。

会”，创刊了诗学季刊《中外诗歌研究》（主编邹绛），为本所优秀研究生设立了臧克家奖学金。在其后的20多年里，这家研究所承担重大课题，培养现代诗学博士生和硕士生，主办大型国际和国内的学术会议，开展与国内外诗歌界的交流，设立台湾诗奖，建成四川省省级、重庆市市级重点学科和重庆市首批文科研究重点基地，成为我国文艺界知名的新诗研究机构，西南大学人均科研效益最高的前五个单位之一。

中国新诗研究所从1985年起就以方敬、邹绛、吕进为导师招收各体文学的硕士生。1996年，江苏省学位委员会下文，批准我为苏州大学中国现当代文学博士生导师，从此，中国新诗研究所又开始培养博士生。从新诗研究所的访问学者、博士生、硕士生中走出了一大批知名诗评家和诗人，走出了一大批学者和专家。他们在中国诗坛上非常活跃，也是各高校文学院或中文系的骨干力量。

诗人王尔碑曾发表文章说：火锅、长江大桥和中国新诗研究所是她眼中的重庆三大宝贝。[①]

我此生最重要的科研成果不是著作，而是中国新诗研究所。在它出世后的二十几年里，为了它的生存、成长与壮大，我付出了全部的心血。可以说，中国新诗研究所已经成了我的生命的一部分。

在2003年西南大学成立以我为主任的中国诗学研究中心，并被批准为重庆市首批人文社会科学重点研究基地后，这家研究所仍是中心的旗舰单位。

在思想冲破牢笼的狂欢年代，新诗研究也迎来异常活跃的时期——从对“文革”诗歌的反思渐渐扩展到对“文革”前诗歌的审视，从对历史意义的反思渐渐走向美学意义的发展。中国新诗研究所成立不久，国内一元化诗歌格局消解。除了“传统派”和“崛起派”，第三派出现了。在科学领域，“第三”总是具有巨大的哲学意义。它打破二元对立的僵局，拓展思路，引入新的动力与活力。这个第三派叫“上园派”。

“上园派”的命名和北京上园饭店有关。

1984年和1985年，《诗刊》社在这家饭店组织了两次理论家读书会。与会的几位中年诗评家对“传统派”和“崛起派”都有保留，发现了彼此理论观点的接近，决定“揭竿而起”，推出共同的诗学主张。袁忠岳回忆说：“当时诗坛上刚

① 王尔碑：“重庆人，成都人”，载《重庆晨报》1996年11月21日。

刚刮过去阵批三个‘崛起’的政治风暴，大家对这种在学术领域搞大批判的做法是不满的；但是对‘崛起’论中全盘西化的主张也不以为然。在半个多月相处和相互交流中，大家对于当前诗歌的看法，渐渐有了共识。这就是后来形成‘上园派’的思想基础。……吕进、朱先树、阿红、杨光治、叶橹、朱子庆和我7人共同商量，认为在诗坛相互对立的‘崛起’与反‘崛起’之外，应该有另外一种声音，这是更能代表多数的第三种声音，即移植要本土化，继承要现代化。”[①]1986年，广州一家报纸在一次诗歌问题笔谈的编者按中，首次使用了“上园派”的冠名，这个名称后来就被袭用。古远清在《中国大陆40年诗歌理论批评景观》一文中说：“这三大诗歌群体两头小中间大，“上园派”人数多，且以中年为主。”黄子健、佘德银、周晓风合著的《中国当代新诗发展史》中写道：

> 新时期诗歌理论批评中所谓“稳健派”代表了企图超越“崛起派”和“传统派”各自偏颇的“第三条道路”的努力方向。在新时期围绕朦胧诗展开的论争中，这一派稍为后起，但人数更多，实力较强，是前两派所不及的。其中包括诸多诗人和诗评家，如沙鸥、公刘、牛汉、刘湛秋、杨匡汉、陈良运、吕进、阿红、杨光治、朱先树、袁忠岳、叶橹、朱子庆等。后七人还因合作出版了《上园谈诗》，较明显呈现出“一个学派的整体印象”，被称为“上园诗派”，是稳健派的中坚。该派诗歌理论批评的突出特点是力求平稳，力戒片面。“求实，创新，多元：则大体反映了这一派诗论的基本风貌。

我发表了一些关于新诗发展态势的论文，力主“上园派”的观点，如《新时期诗歌的逆向展开》《大陆与台湾诗歌的逆现象》《新时期十年：新诗，发展与徘徊》《新诗的沉寂时代》《大诗人的特征》。台湾诗人刘菲说：“在’93华文诗歌国际学术研讨会上，吕进教授发表了《大陆与台湾诗歌的逆现象》之论文，细读之后，深感吕进教授看到了海峡两岸诗歌发展的症候以及病症中的自我医疗过程。”[②]台湾诗人洛夫不但写来长信，还将这篇论文在他主编的台湾《创世纪》诗刊转载。我认为，新时期以来诗歌丰收，诗人活跃，诗坛兴盛。但是新诗在发

---

① 袁忠岳：“从上园到北碚”，载《中外诗歌研究》2005年第4期。

② 刘菲：“以民族观点宏观中国诗歌发展——吕进教授论文《大陆与台湾诗歌的逆现象》读后感”，载《中外诗歌研究》1993年第4期。

展中出现徘徊,一是守旧,一是西化。我说,在研究新诗的发展去向的时候,切记要丢掉过时的东西,不要"抱残守缺";切记要把现代化和现代派化相区别。现代化是个时间概念,是中国诗歌由传统向现代的过渡。在现代社会里,如果新诗不能有所舍弃,又有所创新,就难以保持自己的生存、地位与光荣。现代派则是一个西方艺术的概念,是在西方文化背景下出现的艺术思潮和流派,是一个空间概念。中国新诗的现代化是指时间中的发展,而不是空间中的搬迁。

1987年重庆出版社出版了我主编的《上园谈诗》一书。该书包括"上园笔会""上园诗评""上园诗论"和"上园诗话"四个部分,作者是阿红、杨光治、朱先树、袁忠岳、叶橹、朱子庆、吕进等七人。这本书编完于1986年2月,距新诗研究所成立只有四个月的时间。新诗研究所后来实际上成了"上园派"的基地。

从80年代末期开始,新诗开始式微,这个情况举世瞩目。除了极个别的人仍在那里闭着眼睛宣传什么"新诗正腾飞于辉煌的空间"以外,新诗的不景气,已是诗坛的共识。广泛的说法,是把一切归咎于诗的外在环境。其实,诗歌的生病原因主要还是在于自身。我在《人民日报》发表《新诗呼唤拯衰起弊》一文以后,十几家报刊转载,足见多数人的共识。

关于新诗的拯衰起弊的讨论为新诗"号脉",指出了存在的种种弊端。比如中国新诗不见"中国":中国的现状与历史,中国人的生存状态、生活状态、情感状态,中国人身外的文化世界和身内的精神世界,都在个人化的写作中被消解了。不要"中国",却又埋怨诗在当代中国走向边缘,岂非逻辑混乱。此外,新诗的诗体问题,新诗的传播问题,都进入了讨论的视野。

对于新诗的去向,我写了一系列文章。主要有《20世纪下半叶的中国新诗研究》(《文学评论》2002年5期)、《论中国现代诗学的三大重建》(《文艺研究》2003年3期)、《现代诗学的两个前沿问题》(美国《中外论坛》2004年5期)、《臧克家,现实主义与中国风格》(《文史哲》2004年5期)、《中日对话:中国现代诗学的昨天和今天》(《文艺研究》2007年6期)、《"言小"与"言大"》(《诗刊》2008年1期)。

关于"新诗二次革命"的提法,我曾经在巴黎和浙江大学骆寒超教授有过讨论,我们当时随中国作家代表团访问法国。最后我们认定,提"革命"更醒目,更能调动人们关心新诗趋向的积极性。

中国新诗研究所2004年9月在西南大学主办了首届华文诗学名家国际论

坛，除国内许多知名学者外，美国、澳大利亚、新西兰、日本、新加坡、泰国以及中国港澳台地区的华文诗学学者都出席了论坛。在这次论坛上，骆寒超和我分别宣读论文，正式提出了“新诗二次革命”的理念。2006年9月，第二届华文诗学名家国际论坛仍在西南大学举行。来自各省各国的诗学专家再次汇聚一堂，进一步展开了对新诗二次革命的讨论。

《20世纪下半叶的中国新诗研究》是我在韩国首尔的延世大学举行的国际会议开幕式上的主题讲演，原题为《五十年来的中国新诗研究》，《文学评论》发表时我改为现题。这篇文章将建国以来的新诗研究做了回顾，总结了经验，提出了问题，为“新诗二次革命”的提出打下基础。

《三大重建：新诗，二次革命与再次复兴》（《西南大学学报》2005年1期，《新华文摘》2005年8期）无疑是我关于“新诗二次革命”最重要的一篇论文。

在此前的长期的思考基础上，我在这篇论文里指出，中国现代诗学需要科学地总结近百年积累的正面和负面的艺术经验，肯定应当肯定的，发扬应当发扬的，批评应当批评的，推掉应当推掉的；向伪诗宣战，向商业化和‘窝里捧”与“窝里斗”的诗评宣战，摆脱边缘化的尴尬处境；探讨诗歌精神重建、诗体重建和诗歌传播方式重建，推动新诗的拯衰起弊。这是现实提出的问题，诗界普遍的焦虑，历史赋予的使命。

关于诗歌精神重建，我提出，中心是对于诗歌与社会、时代、个人的科学性把握。诗歌从来都是以它的从个人出发的独特审美对社会心理的精神性影响来对社会进步、时代发展内在地发挥自己的作用，实现自己的社会身份，从而成为社会与时代的精神财富。

关于诗体重建，我提出，新诗是从“诗体大解放”中诞生的。从“诗体大解放”到“诗体重建”是合乎逻辑的发展，没有形式感的诗人绝对不是优秀诗人。提升自由诗、完形格律体新诗、增多诗体，是诗体重建的三大美学使命。

关于诗歌传播方式重建，我提出，现代科技条件的推陈出新，现代人在生产方式、生活方式、交往方式、休闲方式的大变化，都为诗歌传播方式的革命提出了挑战和机遇。作为公开、公平、公正的大众传媒，网络给新诗带来了革命性变化，歌词、PTV等等，不仅具有操作意义，也很有诗学的理论价值。

《三大重建：新诗，二次革命与再次复兴》明确地阐明了“二次革命”的必要性与内容，将“三大重建”推到了现代诗学界面前。

近几年诗歌界围绕这个理念尤其是诗体重建展开了讨论与争鸣。有人不同意完善格律体新诗,认为诗人想怎么写就怎么写,提出格律问题就是唐吉诃德在和风车作战。有的年轻人甚至说,“诗体重建”将比胡适的“诗体大解放”的后果更坏。我非常欢迎争论,因为争论从来是通向真理之路。

1993年9月8日,总部设在韩国首尔的世界诗歌研究会为我颁授了第七届世界诗歌黄金王冠。这是这个王冠第一次颁授给中国人。在授冠仪式上我致了答谢辞。我说:“中国(无论大陆,还是港台地区)有一批优秀的新诗理论家,在座的中国新诗理论大家就不少。我在中国新诗领域的成就十分有限。富兰克林讲过一句话:‘世界上有三样东西最坚硬:钢、钻石和自知之明。’凭借自知之明的坚硬,我相信,我将能和中国同行一起在中国新诗理论领域有所拓展。时间将会证明,我不会辜负世界诗歌研究会和金永三教授给予的荣誉。”①

我想,这段话也许也可以作为这篇文章的结束语吧!

2008年6月19日脱稿于中国诗学研究中心

① 吕进:“迟到的也是早到的荣誉——在颁授世界诗歌黄金王冠仪式上的答辞”,载《中外诗歌交流与研究》增刊1号。

吕进学术年谱

（1939–2017）

杨东伟　熊辉

吕进：四川成都人，中国当代著名诗歌评论家。“国家级有突出贡献专家”称号及突出贡献津贴获得者，国务院政府特殊津贴获得者。西南大学二级教授，博士生导师。中国诗歌学会常务理事，重庆市现当代文学研究会会长，重庆市名人事业促进会副会长，重庆市文联荣誉主席，重庆市人民政府文史研究馆馆员。第七届世界诗歌黄金王冠获得者，“新诗百年贡献奖——理论贡献奖”获得者。全国文学奖、鲁迅文学奖多届评委。历任国家教育部中文学科教学指导委员会委员，重庆市政府决策咨询专家委员会委员，连任西南师范大学、西南大学多届学术委员会主任、副主任，西南师范大学、西南大学学位评定委员会副主席。

一九三九年九月二十八日

出生于四川省成都市。

一九五二年

在川西实验小学毕业，考入成都七中。

一九五八年

在成都七中毕业，考入西南师范学院（现西南大学）外语系。

从小学时期开始，在《少年报》等报刊发表文学作品。

一九六三年

西南师范学院外语系毕业，留校任教。

此前，曾于1960年4月奉命在大二就读时提前毕业，担任外语系见习助教。1961年9月回到下一个年级的大三继续学习，直至毕业。

大学学习期间，多次在《成都晚报》发表翻译作品。

一九七六年

在《四川文艺》第12期发表杂文《“全”“拳”“权”》。

在《四川文艺》第12期发表杂文《红与黑》。

一九七七年

在《四川文艺》第1期发表长篇报告文学《红岩儿女的深情怀念：周总理在重庆》（第一作者）。

在《四川文艺》第4期发表杂文《新春杂感》。

在《诗刊》第8期发表诗学论文《谈“撞车”》。

一九七八年

在《西南师范学院学报》第1期发表论文《长诗〈列宁〉的艺术构思和创作手法》。

一九七九年

在《西南师范学院学报》第1期发表论文《“拿来主义”的典范——论鲁迅与俄罗斯苏联文学》，多处转载。

在《诗刊》第1期发表《新诗话》三则。

在《诗刊》第9期发表论文《光明与黑暗，歌颂与暴露》。

在《星星》诗刊复刊号上发表诗话九则《说诗晬语》。

一九八〇年

在《西南师范学院学报》第1期发表论文《读郭小川抒情诗漫墨》。

在《红岩》第1期发表论文《真话·真情·真我·真知》。

出席武汉大学召开的马雅可夫斯基讨论会，发言稿《论马雅可夫斯基与未来派》刊发于《西南师范学院学报》第3期。

在《星星》诗刊第6期发表论文《寓万于一，以一驭万——小诗一得谈》。

在《星星》诗刊第12期发表《令人欣喜的归来——读艾青〈归来的歌〉》，首次在新时期诗歌研究中使用“归来者”一词，此文收入中国社会科学院文学所主编的《1981年文学研究年鉴》。

一九八一年

在《诗探索》第3期发表《读诗札记》。

在《文汇月刊》第4期发表报告文学《果园交响诗——青年诗人傅天琳剪影》,《新华文摘》全文转载。

在《中国文学》(英文版)发表论文《真话·真情·真我·真知》。

在《西南师范大学学报》第3期发表论文《鲁迅论苏联“同路人”文学》,应邀在重庆市政协、重庆市文联做同题讲座。

在《星星》诗刊第11期发表论文《反衬》。

一九八二年

诗学专著《新诗的创作与鉴赏》由重庆出版社出版,这是吕进的第一部专著,亦是其成名作,发行量达4万余册,创下同时期诗学著作的新高,并多次印刷。对此书的评论较多,多种诗学著作、写作学著作列出专章。此书同时获四川省政府社科二等奖,重庆市政府社科二等奖。

在《诗刊》第4期发表论文《会唱歌的苹果树——读傅天琳的〈绿色的音符〉》。

在《诗探索》第4期发表论文《论新诗语言的精练美》。

在《文谭》第6期发表文章《绿色的音符——傅天琳的处女作》。

在《文谭》第9期发表文章《诗香域外来——记诗歌翻译家邹绛》。

在《星星》诗刊第9期发表论文《诗神永远年轻》。

在《文谭》第9期发表论文《诗香域外来》。

在《星星》诗刊第10期发表论文《余薇野的内部讽刺诗》。

在《诗刊》第11期发表论文《诗苑漫步:拾穗集》。

一九八三年

在《红岩》第1期发表论文《〈山杜鹃〉的结构艺术》。

在《西南师范大学学报》第1期发表论文《论诗美》。

在《文谭》第5期发表文章《洁白的云朵——王尔碑散文诗谈片》。

在《诗刊》第8期发表论文《写诗与读书》。

在《文谭》第8期发表诗论翻译《艾青的诗》。

在《诗刊》第9期发表《新诗话》三则。

菲律宾《世界日报》转载了发表于中国《诗刊》是年第8期、第9期的《写诗与读书》《脱俗与通俗》《工于捕捉特征》等诗论文章。吕进的诗歌思想与学术影响力开始越出国门,走向世界。

在《星星》第10期发表《风格与创新——与梁上泉的通信》。

一九八四年

西南师范学院外语系汉语教研室成立,吕进担任主任,外语系系务委员。同年,加入中国作家协会。

第二部专著《给新诗爱好者》由重庆出版社出版。此书获四川省政府社科三等奖。

在《山花》第2期发表论文《感情,诗的直接内容》。

在《诗刊》第3期发表论文《社会主义诗歌与现代主义》。

在3月18日香港《文汇报》发表论文《何人不起故园情》。

在《当代文坛》第4期发表论文《论新诗艺术表现中的虚与实》。

在《诗探索》第4期发表论文《论新诗语言的精练美》。

在《绿风》第5期发表论文《用事》。

在《新地》第6期发表论文《"不尽意"与"达意"》。

在《当代文坛》第8期发表论文《诗家语》。

在8月19日《中国青年报》发表论文《诗的局限性与丰富性》。

在《星星》诗刊第8期发表论文《诗出侧面》。

在10月11日《文学报》发表论文《新诗的"赋"》。

在《诗刊》第11期发表论文《诗话三则》。

在《当代文坛》第11期发表论文《春风燕语——近年四川诗歌述评》。

一九八五年

担任硕士生导师,并受聘为西南师范学院校务委员。

同年,四川省政府授予"四川省劳动模范"称号,西南师范大学同时被授予省劳模称号的还有画家苏葆桢。

专著《一得诗话》由四川文艺出版社出版。此书获四川省政府社科三等奖。

在《诗刊》第2期发表论文《推荐'天竺葵'》。

在《诗人》第2期发表论文《新诗谈艺录》。

在《当代文坛》第3期发表通信《致袁忠岳》。

在《抗战文艺研究》第4期发表诗论翻译《农民诗人臧克家》。

在《当代文坛》第8期发表论文《傅天琳:从果园到大海》。

在《何其芳研究》第8期发表诗论翻译《论夜歌和白天的歌》。

在9月5日《人民日报》发表论文《〈行云集〉简介》。

在《诗刊》第9期发表论文《漫步〈行云集〉》。

在《山花》第10期发表论文《新诗的“赋”》。

一九八六年

六月,西南师范大学中国新诗研究所成立,吕进担任所长,臧克家、卞之琳、谢冕等来信祝贺。这是中国第一家新诗研究的实体机构,西南师范大学的系级单位。

出任第二届全国文学奖新诗(诗集)评奖委员会专家组成员,评委会主任艾青。

当选四川省作家协会主席团委员。

参编重庆出版社《假如你要作个诗人》。

在《抗战文艺研究》第1期发表论文《一本研究抗战诗歌的苏联专著》。

在《西南师范大学学报》第2期发表论文《〈泥土的歌〉再评价》。

在《红岩》第2期发表论文《散文诗的语言》。

在《当代文坛》第3期发表论文《新时期十年:新诗,发展与徘徊》。

在《诗刊》第3期发表论文《诗剧与剧诗》。

在《火花》第3期发表论文《“点”大于“面”》。

在3月6日《诗歌报》上发表胡万俊诗集序言《小河流向远方》。

在《绿风》第4期发表诗歌翻译《云雀》。

在《诗人》第5期发表论文《星星恋》。

在6月7日《重庆日报》上发表《谈“黑云压城城欲摧”》,驳斥对李贺“黑云压城城欲摧”的错误理解。

在《诗人》第6期发表诗歌翻译《谁才知道他呢》。

在《写作》第8期发表论文《论诗的弹性技巧》。

在《诗刊》第9期发表论文《用两只眼睛看世界》。

在《黄河诗报》第9期发表诗歌翻译《色彩诗》(三首)。

在《当代诗歌》第10期发表论文《诗学的基点在理解》。

一九八七年

专著《新诗的创作与鉴赏》由重庆出版社第二次印刷。

从讲师破格晋升为教授。

西南师范大学学术委员会划分为文科和理科两个委员会,校长担任理科学术委员会主任,吕进出任文科学术委员会主任。。

出任西南师范大学学位评定委员会副主席。

出席在北京举行的第三届全国教代会。

主编《上园谈诗》由重庆出版社出版,这是上个世纪新时期中国诗坛的"上园派"第一次集体亮相。

参编文化艺术出版社的《中国当代抒情诗赏析》。

在《诗神》第2期发表论文《与友人谈观念刷新》。

在《词刊》第2期发表论文《梁上泉歌词印象》

在《当代文坛》第3期发表诗论翻译《〈战争年代的中国诗歌〉序》。

在《红岩》第4期发表论文《诗学的三个基本意识》。

在美国6月30日《中报》发表论文《故园之思》。

在《诗刊》第9期发表论文《新时期诗歌的逆向展开》。

在《诗歌报》第22期发表序言《明天我将远行——序〈当代大学生抒情诗精选〉》。

在《诗刊》第11期发表论文《大诗人的特征》,《文艺报》摘转。

一九八八年

当选重庆市教育工会副主席。

出任第三届全国新诗评奖委员会专家组成员,评奖委员会委员,评委会主任艾青。

本年,应邀与诗人阿红每期评论《诗刊》。在《诗刊》第3期发表文章《诗笺上的广州》。

诗刊《银河系》创刊,方敬、吕进、杨山出任主编,起草《创刊弁言》。

在《诗林》第3期发表论文《诗的审美视点》。

在《西南师范大学学报》第3期发表论文《论诗的文体可能》。

在《当代文坛》第2期发表论文《凌文远,唱着海思乡愁的诗人》。

在3月3日《解放军报》发表论文《热闹中的寂寞》。

在《当代文坛》第3期发表序言《唉……序〈绿色小唱〉》。

在《山花》第4期发表《诗的漫画　漫画的诗——序罗绍书〈浅刺微讽集〉》。

在《诗刊》第4期发表文章《三点评论》。

在《诗刊》第5期发表论文《对话:面对即将逝去的八十年代》。

在6月30日的《文学报》上发表论文《体系性,民族性,论战性——读李元洛〈诗美学〉》。

在《诗刊》第7期发表文章《大海与大火》。

在《诗刊》第8期发表文章《漫评〈诗刊〉五月号》。

在11月10日的《教育导报》发表论文《何其芳的〈听歌〉》。

在11月30日的《重庆日报》发表论文《新诗的沉寂时代》,哈尔滨《诗林》转载此文获《重庆日报》年度好稿一等奖。

在12月28日的《黑龙江日报》发表《希望在升起》。

一九八九年

经国家教委批准,开始担任国内访问学者导师。

当选为重庆市作家协会副主席,连任两届,直至担任重庆市文联主席。

到香港做学术访问。

臧克家在《当代文坛》第4期发表文章《吕进的诗论与为人》。

主编《外国名诗鉴赏辞典》,由河北人民出版社出版。此书获北方十五省市优秀图书奖。

担任主编之一的《诗歌美学辞典》由四川辞书出版社出版。

在《四川省社科手册》上撰写《方敬传略》。

重庆出版社出版《两江潮随笔》,收入吕进在全国获奖的杂文《仕而显则学》。

在《诗林》第1期发表《新诗的沉寂时代》。

在《星星》诗刊第5期发表论文《诗,生命意识与使命意识的和谐》,此文引用率较高。

在《当代文坛》第5期发表《现代格律诗的新足音——序黄淮〈九言抒情诗〉》。

在5月6日的《诗歌报》发表论文《做合题文章:诗运的三段式》。

在《飞天》第7期发表论文《高潮必将如期而至》。

在10月20日《教育导报》发表散文《他有一颗童心——记诗人臧克家》。

在《当代诗歌》第11期发表论文《迷人的阿红》。

在《诗刊》第12期发表论文《新诗文体的净化与变革——〈新诗文体学〉跋》。

在12月15日《教育导报》发表论文《读诗随记(一)(二)》。

一九九〇年

专著《新诗文体学》由花城出版社出版,此书获四川省政府社科三等奖。

参编河北人民出版社《毛泽东诗词鉴赏》,此书由臧克家主编,多次再版。

在第105期台湾《葡萄园》诗刊上发表论文《跋涉者的自白》。

在韩国《世界诗人》(英语)发表论文《中国新诗发展大趋势》。

在《当代文坛》第1期发表论文《开放与传统——中国新诗谈》。

在1月12日《教育导报》发表论文《读诗随记(三)》。

在《写作》第2期发表论文《抒情诗的审美视点》。

在《诗林》春季号发表论文《传统:拥抱当代的立足点》。

在《写作》第3期发表论文《抒情诗的视点特征(上)》。

在《学位与研究生教育》第4期发表论文《论研究生学位课程的教学中心》。

在《写作》第4期发表论文《抒情诗的视点特征(下)》。

在《西南师范大学学报》第4期发表论文《抒情诗的寻言》。

在《当代文坛》第5期发表论文《诗学:中国与西方》。

在《星星》诗刊第6期发表论文《优美的交响》。

在《写作》第7期发表论文《抒情诗的媒介特征(上)》。

在《写作》第8期发表论文《抒情诗的媒介特征(中)》。

在《写作》第9期发表论文《抒情诗的媒介特征(下)》。

在《山花》第9期发表论文《新诗的音乐性》。

在《诗刊》第11期发表论文《诗人的修养》。

一九九一年

享受国务院颁发的政府特殊津贴。

主持国家课题"中国新诗文体学"。

担任四川省政协委员。

出任台湾《创世纪》诗刊编委。

中共重庆市委授予"重庆市优秀共产党员"称号。

到日本九州大学出席国际学术会议并作大会发言。

到石家庄出席"刘章研讨会",并发言。发言稿由《诗刊》刊登。

专著《新诗的创作与鉴赏》第三次印刷,诗人穆仁为此在《云南日报》上发文《持久的赞赏》。

专著《中国现代诗学》由重庆出版社出版,这是吕进先生的代表作,这部成体系的诗学著作在现代诗学研究上有所突破,由诗人冰心题签。此书获四川省政府社科三等奖。

主编《心中的旗》由花城出版社出版。

刊发于台湾《联合报》的回忆录《大陆诗人记趣》(上、中、下,4月15-17日)由台湾《亚洲华文作家杂志》第28期转载。

在《红岩》第1期发表论文《关于现代山水诗》。

在《当代文坛》第2期发表论文《新时期诗歌的三段式轨迹》。

在《诗刊》第3期发表论文《写诗技巧的"有"与"无"》。

在《当代文坛》第6期发表论文《任风雨雕刻一种形象——王长富的两集新作谈片》(第一作者)。

在《诗刊》第12期发表论文《北方的山枣——在刘章诗歌研讨会上的发言》。

一九九二年

出任(韩国)世界诗歌研究会副会长,世界诗歌研究会理事会由30多个国家的诗人、诗评家组成,韩国诗人金永三任会长。

参编上海辞书出版社出版的《新诗鉴赏辞典》。

参编四川辞书出版社出版的《中国新诗名篇鉴赏辞典》。

在《西南师范大学学报》第2期发表论文《指向未来的大旗》《诗人个人风格的基本特征》。

在《西南师范大学学报》第3期发表论文《立足国内培养高层人才的重要途径——接受国内访问学者的几点感想》。

在3月17日台湾《联合报》发表散文《走出人生以创造人生》。

在《当代文坛》第4期发表文章《为〈当代文坛〉祝寿》《东鳞西爪说于沙——读〈于沙诗选〉》。

在台湾《葡萄园》诗刊春季号发表论文《关于小诗的小札》。

在7月5日的《教育导报》发表散文《土壤抒情诗》。

在《诗刊》第7期发表论文《立象与建构》。

在《星星》诗刊第8期发表论文《跨世纪的展望》。

在台湾《秋水》诗刊第8期发表论文《给你一片绿叶——〈中国女性诗选〉序》。

在台湾《葡萄园》诗刊秋季号发表论文《葡萄美酒夜光杯》。

在《诗刊》第10期发表论文《强劲的殿军——漫评臧克家〈放歌新岁月〉》。

在10月29日《人民日报》发表论文《对再生的呼唤——重读郭沫若〈凤凰涅槃〉》。

在《星星》诗刊第12期发表论文《占领与突围——梁平〈拒绝温柔〉序》。

一九九三年

获第七届世界诗歌黄金王冠。颁奖典礼由韩国派员到西南师范大学举行。这是中国人第一次获此光荣,《光明日报》在头版配图片报道,重庆电视台播出专题片《摘取诗学王冠的人》。世界诗歌黄金王冠,是总部设在韩国首尔的三十余国组成的世界诗歌研究会向全球颁发的诗歌最高奖项。王冠按照古代韩国伽耶王朝的王冠以纯黄金制作,颁发给获得诺贝尔文学奖提名和在诗歌、诗学上取得突出成就的诗人、诗论家。香港诗人犁青有文章介绍这个重要奖项。

当选为西南师范大学党委委员。

赴俄罗斯莫斯科大学任高级访问学者,莫斯科大学合作教授是谢曼诺夫。

“硕士生学位课程的教学改革”课题,获得四川省优教成果一等奖,国家级优教成果二等奖。

获得香港曾宪梓基金会优秀教师奖二等奖。

主编五卷本《爱我中华诗歌鉴赏》由重庆大学出版社出版。此书按古代、近代、当代分册,获重庆市政府社科二等奖。

参编漓江出版社出版的《中外散文诗鉴赏大观》。

在艾青国际学术研讨会上的发言《论艾青的叙事诗》收入《艾青作品国际讨论会论文集》,由花山文艺出版社出版。

’93华文诗歌国际学术研讨会在西南师范大学举行,致开幕词:《华文诗歌:交流与发展》。

在《西南师范大学学报》第1期发表论文《何其芳的〈预言〉》。

在台湾《葡萄园》诗刊春季号上发表论文《中华儿女情——〈爱我中华诗歌鉴赏〉总序》。

在《诗刊》第5期发表论文《虚实相生》。

在台湾《秋水》诗刊发表论文《〈天使之爱〉序》。

一九九四年

四川省政府授予“四川省十大优秀园丁”称号,重庆、成都各一名高校教师获此称号。

被评为“四川省省级重点学科带头人”。

入选英国《剑桥世界名人录》第23卷。

在莫斯科大学出席莫斯科大学汉学系与西南师范大学中国新诗研究所结成友谊单位仪式,代表中国新诗研究所在协议书签字。

在《青年诗人》第1期发表论文《茶与咖啡——序张直〈矮种马〉》。

在《学位与研究生教育》第3期发表论文《硕士生学位课程的教学改革》。

在《诗刊》第6期发表论文《中国诗坛的一棵大树》。

在《诗刊》第7期发表组诗《风雪俄罗斯》。

在《星星》诗刊第7期发表组诗《俄罗斯奏鸣曲》(三首)。

在《舞台与人生》第7-8合期发表散文《莫斯科历险记》,多种报刊转载。

一九九五年

国家人事部授予“国家级有突出贡献的中青年专家”称号。

主持国家课题“文化转型与中国新诗”。

出任四川省学位委员会中文、外语、艺术评议组组长。

专著《中国现代诗学》由重庆出版社第二次印刷。

《吕进诗论选》由西南师范大学出版社出版。

《画梦与释梦——何其芳创作的心路历程》(第二作者),由贵州人民出版社出版。此书获贵州省政府社科二等奖。

主编《北京之光——世界华文女诗人30家》,由成都出版社出版,作为四川省向世界妇女大会的献礼之一。

在《文学评论》第1期发表论文《臧克家:新诗文体建设的重镇》,被引用11次。

在《星星》诗刊第1期发表论文《漫谈与俄罗斯的诗歌交流》。

在《诗刊》第4期发表文章《诗体解放以后——〈新诗三百首〉前记》。

在《理论与创作》第4期发表论文《中国新诗研究:历史与现状》。被引用10次。

在《红岩》第4期发表诗歌《思念》。

在《山花》第8期发表文章《金永三博士》。

一九九六年

开始担任苏州大学中国现当代文学(中国现代诗学方向)博士生导师。

出席第五届全国作代会。

主编《新诗三百首》,由河北人民出版社出版。

在2月16日《四川日报》发表文章《〈四川百科全书〉编辑逸闻》。

在《诗刊》第3期发表散文《人到无求品自高——哭邹绛》。

在《红岩》第3期发表散文《方敬漫忆》。

在《星星》诗刊第5期发表组诗《守住梦想》。

在台湾《葡萄园》诗刊秋季号发表论文《〈新诗三百首〉序》。

在《星星》诗刊12月号发表论文《泥土的歌》。

一九九七年

当选为新成立的重庆市现当代文学研究会会长。

出任四川省学位委员会第二届中文、外语、艺术评议组组长。

转任重庆直辖市政协委员。

由四川辞书出版社出版《四川百科全书》，任总主编，共29卷。四川省委副书记秦玉琴、四川省副省长徐世群担任编委会主任。

在《诗潮》第1期发表论文《弹性：诗人与读者的互动关系》。

在台湾《乾坤》诗刊第2期发表诗歌《俄罗斯素描》。

在《诗刊》第3期发表论文《文化转型与中国新诗》。

在《绿风》第5期发表论文《新诗评论也病了》。

在《学语文》第5期发表散文《从投稿谈到记日记》。

在《星星》诗刊第6期发表论文《诗要突围》。

在6月19日《人民日报》发表论文《新诗呼唤振衰起弊》。,国内十余家报刊转载。

在台湾《秋水》诗刊发表诗歌《送别方敬》《小平的眼睛》。

在《星星》诗刊第7期发表诗作《香港十四行》。

在《星星》诗刊第8期发表论文《不惑风采：〈星星〉及其〈四十年诗选〉》。

在《诗刊》第10期发表论文《论新诗的诗体重建》，被引用12次。

在台湾《葡萄园》诗刊第135期发表论文《健康、明朗、中国》。

在10月7日的《文艺报》发表文章《唤我中华诗魂》。

诗歌《守住梦想》(英语)收入韩国《第17届世界诗人大会文集》。

《令人瞩目的现代转型》(序)，南京出版社1月版。

《川北的知更鸟》(序)，四川人民出版社7月版。

在《飞天》《绿风》第12期同时发表文章《新诗怎么了？——对一份调查的漫想》。

一九九八年

到美国华盛顿出席美国亚洲学会年会。

到美国俄勒冈大学东亚系讲学。

作为中国作家代表团成员，访问中国台湾并在两岸诗学研讨会上作大会发言，团长高洪波。

到日本出席世界诗人大会。

受聘为台湾《葡萄园》诗刊荣誉编委。

在台湾《秋水》第1期发表论文《雁翼：九十年代，突破与创造》。

在2月5日的台湾《世界诗坛报》上发表《关于新诗诗体重建的通信》。

在《星星》诗刊第3期发表论文《新诗呼唤振衰起弊》。

在6月28日的《光明日报》发表论文《一部长诗,半部诗韵》。

在《理论与创作》第6期发表论文《作为诗体探索者的郭小川》。

在《山花》第6期发表散文《浮光掠影看美国》。

在《诗刊》第7期发表论文《作为诗体探索者的贺敬之》。

在《星星》诗刊第7期发表文章《关于〈中国现代诗学〉的通信》。

一九九九年

主编三卷本《新中国50年诗选》,由重庆出版社出版。

主编《现代文学沉思录》,由西南师范大学出版社出版。

在重庆直辖市第一次文代会上当选为重庆市文联主席。

当选为中国文联全国委员会委员,到北京京西宾馆出席全委会,中宣部长丁关根接见。

作为中国女诗人代表团成员,访问台湾并在两岸女性诗歌学术研讨会上作大会发言,团长屠岸。

在《中国眼镜科技杂志》第1期发表《眼镜的故事》。

在《西南师范大学学报》第1期发表论文《从文体看中国新诗》。北京《诗刊》、上海《文学报》、成都《星星》诗刊摘转。

在闻一多国际学术研讨会上宣读论文《作为诗评人的闻一多》。

在台湾《葡萄园》诗刊春季号发表《诗人孔孚》。

在《诗刊》第1期发表论文《从文体看中国新诗》。

在《诗刊》第2期发表论文《守住梦想——张家港印象》。

在5月6日的《文艺报》发表论文《女性诗歌的三种文本》,《重庆社会科学》第3期转载。

在《诗探索》第5期发表论文《女性诗歌的三种文本》,被引用13次。

在《红岩》第5期发表《五十年:新诗,与中国同行》,《飞天》第10期全文转载。

在《当代文坛》第5期发表论文《女性诗歌的三种文本》。

《陌生人·序》由四川人民出版社1999年5月出版。

在《扬子江》创刊号发表论文《处于草创阶段的新诗体》。

在《飞天》第7期发表论文《百年话题:新诗,诗体的重建》。

在《重庆晚报》发表《跨入新世纪——序王毅〈中国现代诗歌史论〉》。

在《诗刊》第10期发表论文《新诗,与新中国同行》。

在《星星》诗刊第1期发表论文《闻一多的"豆腐干"》。

在《星星》诗刊第2期发表论文《徐志摩的对称体》。

在《星星》诗刊第3期发表论文《冯至的十四行》。

在《星星》诗刊第4期发表论文《晓帆的汉俳》。

在《星星》诗刊第5期发表论文《郭小川的新格律体》。

在《星星》诗刊第6期发表论文《袁水拍的仿民歌体》。

在《星星》诗刊第7期发表论文《自由诗的纯度》。

在《星星》诗刊第8期发表论文《自由诗的清洗》。

在《星星》诗刊第9期发表论文《自由诗的几种言说方式》。

在《星星》诗刊第10期发表论文《小诗的艺术》。

《告别世纪末——序贾载明〈早春之雨〉》,云南民族出版社1997年10月出版。

在台湾《葡萄园》秋季号发表《再访台湾》(四首),《红岩》第6期,《重庆政协报》转载。

在《中国现代文学研究丛刊》第3期发表论文《一个不应被忽略的创造社诗人——邓均吾》(第一作者)。

在10月31日的《重庆晚报》发表文章《重庆"三套车"》。

在《重庆社会科学》第5期发表论文《新时期重庆文学理论与评论的发展概况》。

二〇〇〇年

新诗研究所教师举办吕进六十岁生日庆祝晚会,日本诗人谷川俊太郎、田原,中国台湾诗人杨平参加。

受聘为重庆市高校高级职称评定委员会委员,中文学科组组长,连任多届。

受聘为重庆市文学艺术系列高级职称评定委员会副主任,连任两届。

受聘出任中国文化艺术网艺术顾问。

出任《重庆文艺》主编,写《发刊弁言》。

主编《西南师范大学50年诗选》，由西南师范大学出版社出版。

主编《文化转型与中国新诗》，由重庆出版社出版。

在《重庆社会科学》第3期发表文章《万米云霄思广远——序〈杨光彦诗词集〉》。

《香港印象》（外一首）。

在《西南师范大学学报》第5期发表论文《在西部大开发中要重视教育事业的发展》。

在《星星》第8期发表论文《重庆"三套车"》。

二〇〇一年

出任第二届鲁迅文学奖（诗歌奖）评委，到北京西山武警招待所出席评委会，评委会主任李瑛。

到绍兴出席鲁迅文学奖颁奖仪式。

出任国家教育部中文学科教学指导委员会委员。

出席第七次全国文代会，担任重庆代表团副团长，当选大会主席团成员，在大会主席台就座。

在全国文代会再次当选中国文联全委会委员。

主持重庆市哲学社会科学研究项目"20世纪重庆新诗发展史"。

由重庆出版社出版《文化转型与中国新诗》。

在《华夏诗报》第143期上发表论文《论中国新诗的现实主义传统》。

在《西南师范大学学报》第3期发表论文《余光中的诗体美学》。

在6月20日的《重庆日报》文艺评论版上发表文章《革命历史题材的经典文本——重读〈红岩〉》。

在《山花》第6期发表论文《趣说中西文化差异》。

《丹青意造本无法，画家心中常有诗——〈合阳一杰周北溪〉序》，四川人民出版社2001年6月出版。

在《江汉论坛》第10期发表论文《台湾诗坛坐标上的〈葡萄园〉》。

在《诗刊》第10期发表文章《〈羞涩〉评语》、主编《杨晓民诗集〈羞涩〉选辑》。

在11月4日的《人民日报》上发表对第二届鲁迅文学奖获奖者杨晓民诗集《羞涩》的评论《在现实与审美之间》。

二〇〇二年

到韩国延世大学出席“韩国中语中文学第一回国际学术发表会”，并在开幕式上做主题演讲。

被评定为首届重庆市市级学科带头人。

当选中国共产党重庆市第二次代表大会列席代表。

《对话与重建——中国现代诗学札记》由西南师范大学出版社出版。

在《现当代文学文摘卡》第1期摘发《余光中的诗体美学》。

在《重庆社会科学》第2期发表论文《现代诗学的两个话题》。

在《重庆教育学院学报》第2期发表论文《革命历史题材小说的经典文本——重读〈红岩〉》。

在《文艺研究》第2期发表论文《金庸“反武侠”与武侠小说的文类命运》(第一作者)，人大复印资料《中国现代、当代文学》2002年第7期全文转载，被引用25次。

在《今日重庆》第3期发表文章《魅力重庆，诗意重庆》。

在《中国诗人》夏之卷上发表《对话与重建——〈现代诗歌文体论〉序》。

在《涪陵师范学院学报》第4期发表论文《巴渝文化与文学的现代理想》。

在《文明时尚》第5期发表《山里人唱的都市民谣》。

在《重庆三峡学院学报》发表论文《现代诗学的两个课题》。

《龙乡的诱惑——〈魅力龙乡〉序》，由成都时代出版社2002年4月出版。

在《文学评论》第5期发表在延世大学的主题讲演稿《二十世纪下半叶的中国新诗研究》，被引用20次。

在《江汉论坛》第8期发表论文《作为诗评人的闻一多》。

在10月19日的《重庆青年报》发表文章《把脉重庆文艺》。

《现实主义诗人唐诗——〈花朵还未走到秋天〉序》，由中国文联出版社2002年11月出版。

《现代性与现代文学——〈中国现代文学发展演变史〉序》，由西南师范大学出版社2002年11月出版。

二〇〇三年

重庆市首批人文社会科学重点研究基地“中国诗学研究中心”成立，任主任。该基地下设中国新诗研究所、中国古诗研究所、比较诗学研究所和现代诗学文献典藏中心。

新一届重庆市艺术专业系列高级职称评定委员会成立,连任副主任。

出任西南师范大学文科学报编委会主任兼主编。

专著《现代诗歌文体论》由广西师范大学出版社出版。本书是"新时期文艺学建设丛书"之一,由钱中文、童庆炳主编。

在《诗刊》第1期发表论文《对话与重建》。

在《重庆文化》第1期发表论文《巴渝文化与文学的现代理想》。

在《作文大本营》第2期发表《初中作文的语言》。

在《文艺研究》第3期发表论文《论中国现代诗学的三大重建》,被引用25次。

在香港大学《汉学研究丛刊》第3期发表论文《犁青:中国诗歌的友好大使》。

在《语文教学与研究》第4期发表论文《诗歌教学应从诗的审美出发》(第一作者)。

在《诗探索》第4期发表论文《20世纪重庆新诗的发展轮廓》。

在《今日重庆》第4期发表文章《诗歌三峡》。

在《涪陵师范学院学报》第5期发表论文《港台文学研究的新收获》。

徐志摩《雪花的快乐》《我寻找那颗新星》赏析收入《袖珍新诗鉴赏辞典》,由上海辞书出版社2003年5月出版。

《论巴渝文化与文学的现代理想》收入《区域文化与文学》,由中国社会科学出版社2003年5月出版。

在《重庆社会科学》第5期发表论文《新时期:重庆诗歌的黄金期》。

《诗人的七弦琴——王富强〈祖国恋〉序》,由作家出版社2003年8月出版。

在《西南师范大学学报》第6期发表论文《方敬:创作轨迹与艺术风格》。

在《江汉论坛》第7期发表论文《校园文化与校园诗歌》。

二〇〇四年

出席重庆市现当代文学研究会年会,继续当选会长。

首届华文诗学名家国际论坛在西南大学举行,出任论坛主席,副市长谢小军出席并讲话。

西南师范大学下达关于调整校务委员会的通知，继续担任校务委员。

论文《20世纪下半叶的中国新诗研究》获重庆市政府颁发的第二届重庆文学艺术奖。

随中国作家代表团访问法国巴黎，团长为新闻出版总署署长石宗源，副团长为中国作家协会副主席陈建功、铁凝，被希拉克总统接见，法国文化部部长让.雅克.阿拉贡宴请。在巴黎作《中国情诗》的报告，法国李枫教授作同声翻译。

出席香港大学文学院成立九十周年国际学术研讨会，作《犁青，中国新诗的友好大使》的报告，报告文章收入香港《汉学研究集刊》第3期，香港《香江文艺》第4期转载，《文艺报》转载。

随国际华文诗人笔会代表团访问澳门，接受葡萄牙文化部长宴请、澳门文化局长何丽钻宴请、澳门笔会宴请。作《诗歌与教育》的报告。

到武汉大学出席“闻一多国际学术研讨会”，提交论文《闻一多后期诗歌“黑色”意象的诗学阐释》(第一作者)，当选中国闻一多研究会副会长。

主编《20世纪重庆新诗发展史》，由重庆出版社出版。全书近53万字，是中国第一部区域新诗史，此书客观公正、秉笔直书的治学风格和翔实的史料受到学术界广泛好评，《文艺报》《中国艺术报》等多种报刊发表评论，认为是“重庆乃至中国诗坛的一件大事”。获重庆市现当代文学研究会优秀成果一等奖。市委宣传部常务副部长刘庆渝、重庆出版社总编陈兴芜出席首发式。

《吕进短诗选》由香港银河出版社出版。

《现代诗学的多维视野》(第一主编)由西南师范大学出版社出版。

在《重庆社会科学》第1期发表论文《繁荣和发展重庆人文学科》。

在《艺文论坛》第1期发表文章《毛泽东的“新诗体”观》，《重庆社会科学》第2期转载。

在《诗探索》第3-4期发表《20世纪重庆新诗发展史》导言《20世纪重庆新诗的发展轮廓》。

在《诗刊》第4期发表《臧克家与重庆》，澳大利亚《澳华新文苑》、中国台湾《葡萄园》、《全国政协报》《中新网》《重庆文艺》等多家刊物转载。

《新人的发现——〈红帆船〉序》，由香港天马出版有限公司2004年7月出版。

在《诗刊》第9期发表在巴黎的讲演稿《中国情诗》，收入《走向世界》，由北京文学出版社2004年6月出版，《重庆文化》第4期转载。

在《文史哲》第5期发表论文《臧克家：现实主义与中国风格》。

《今日重庆》刊出《吕进与中国新诗研究》，配发八张珍贵照片。

《永远的初恋——〈一路高歌〉序》，由广东旅游出版社2003年11月出版。

《北方的山枣——在刘章诗歌研讨会上的发言》，收入《评论刘章》，由香港文学报社出版公司2003年12月出版。

《草屑与花泪》序言《乌江的太阳与雨》，由作家出版社2003年12月出版。

在《河南社会科学》第4期发表论文《现代诗学的两个前沿问题》，美国《中外论坛》第5期转载。

在美国《中外论坛》第4期发表文章《梦是草根土》。

二〇〇五年

在山东大学出席"臧克家诞辰100年纪念大会暨学术思想研讨会"，作《臧克家：现实主义与中国风格》的发言，并应邀与山东大学副校长陈炎共同主持会议。

在《西南师范大学学报》第1期发表论文《三大重建：新诗，二次革命与再次复兴》，《新华文摘》第8期全文转载，被引用84次，此文获重庆市政府社科三等奖。

在《诗刊》第1期发表论文《诗家语，一种特殊的言说方式》，台湾《葡萄园》诗刊春季号、《中华诗词》第5期、《诗潮》第5期等转载。

《纸上人生——序〈阳光若隐若现〉》，由中国文联出版社2005年3月出版。

在5月14日的《文艺报》发表文章《对苍野的朴素歌唱》。

在台湾《葡萄园》夏季号发表《说不尽的白色花》。

在《河南社会科学》第3期发表论文《现带诗学的两个前沿问题》。

在《世界华文文学》第4期发表论文《现实主义诗人詹澈》。

在《山东大学学报》第5期发表论文《臧克家诗论的人文精神和科学精神》。

在《江汉论坛》第8期发表论文《中国文化与中国诗歌》，此文为在多家高校讲学的演讲稿。

在《名作欣赏》第8期发表论文《说不尽的〈三代〉》。

在《诗刊》第8期发表诗歌《邓小平》，后收入《诗刊》主编诗集《中国出了个邓小平》。

在《西南师范大学学报》第5期发表论文《小康社会与文化修养》。

二○○六年

出任西南大学大学生素质专家指导委员会主任。

在重庆市委小礼堂为重庆市厅局级领导干部一千余人做“小康社会与文化修养”的报告，随后应邀到多家地方和部队单位做同题报告。这是“重庆市领导干部历史与文化系列讲座”之一，应邀主讲的外地专家还有李学勤、王蒙、王富仁、汤一介、乐黛云等。报告录音稿收入市委宣传部主编的《历史与文化》一书，由重庆出版社出版，吕进的报告整理稿发表于《西南师范大学学报》第5期。

成都七中100年校庆，校长王志坚发表文章指出：“成都七中百年历程，培养出了李萌远、陈家镛、叶尚福等院士和屈守元、吕进、白敦仁、冯举等知名学者教授。”

在马鞍山出席中华人民共和国文化部、中国作家协会主办的第一届中国诗歌节，在高层论坛做《西方诗学的本土化》的讲演。全国政协副主席张思卿、文化部长孙家正等出席。

随重庆高级专家赴港学术交流团访港。香港理工大学校长、香港招商局行政总裁先后宴请。

随重庆市政协访问团访问英国和北欧四国（芬兰、丹麦、挪威、瑞典）。

重庆市政府成立第二届决策咨询专家委员会，受聘为委员，市长王鸿举颁发聘书。

中国闻一多研究会换届，继续担任副会长。增补北京大学温儒敏、清华大学蓝棣之为副会长。

重庆市首届青年人才论坛举行，市委书记汪洋、市长王鸿举等出席，应邀与市委宣传部副部长杨清明一起作总点评人。

《中国诗人》第3期在“诗人雕塑”栏目推出“吕进卷”，同时配发22张珍贵照片。

随重庆文史专家访问团访问台湾。

被重庆艺术学校聘为客座教授。

重庆市高校高级职称评定委员会换届，继续担任委员兼中文组组长。

西南大学社科联成立，当选副主席，主席为学校党委书记。

出席复旦大学、浙江大学、浙江师范大学主办的第三届“中国文学古今演变研讨会”。

第二届华文诗学名家国际论坛在西南大学举行，继续担任主席，在开幕式上做主题演讲。副市长谢小军出席并讲话。

两卷本《寻梦之路——中国新诗研究所二十年》（第一主编），由西南师范大学出版社出版。

《二十年：探路与开拓》（第一主编）由西南师范大学出版社。

在台湾《文讯》发表论文《从叙事中寻找诗情》。

在香港《诗网络》杂志上发表论文《〈预言〉，何其芳的第一部诗集》。

在《重庆教育学院学报》第2期发表论文《新诗现代化与形式建设》。

在《西南师范大学学报》第4期上发表论文《由红到黑：对闻一多诗歌意象的一种阐释》（第一作者），被引用10次。

在《重庆教育学院学报》第4期发表论文《评唐诗与何夕报的诗》。

在《海南师范大学学报》第4期发表论文《〈预言〉：何其芳的第一部个集》。

在10月21日《韶关日报》发表论文《蕉风与华韵的艺术魅力》。

在《诗刊》第11期发表文章《祝福〈诗刊〉》。

在11月18日《清远日报》发表论文《本土与母土》。

在重庆市人文精神研讨会上，作为特邀嘉宾作《关于提炼和培养重庆人文精神》的发言，发言稿收入周勇编《重庆人文精神研究》一书，由重庆出版社出版。

二〇〇七年

举行中国新诗研究所建所20周年庆典，西南大学全体党政领导出席道贺，致辞。同时发行“所庆丛书”三种，任“丛书”第一主编。

被评为学校首批二级教授。

西南大学学位评定委员会成立，任副主席。

出任第四届鲁迅文学奖（诗歌奖）评委，到北京和敬府饭店出席第四届鲁迅文学奖诗歌评委会。

到绍兴出席鲁迅文学奖颁奖大会。

在北京出席第二届中韩诗人大会。

到珠海出席“中生代诗歌座谈会”作“重庆诗歌的中年写作”的发言，被北京师范大学珠海分校聘为客座教授。

被评为全国书市“十佳”评书人。

5月至6月随重庆专家访问团出访澳大利亚和新西兰。

到韶关出席东南亚诗人大会，应邀为会议作总结。提交会议论文《东南亚诗歌：本土与母土》，被多家报刊转载。

出席“青海湖国际诗歌节”。

召开重庆中年诗人座谈会，作主题演讲。

主编《中国现代诗体论》由重庆出版社出版。

在台湾《葡萄园》诗刊春季号发表论文《大陆与台湾诗歌的逆现象》。

在美国《美华文学》春季号发表组诗《台湾七章》。

在《江汉论坛》第3期发表论文《大陆与台湾诗歌的逆现象》。

在香港《当代诗坛》第47–48期发表论文《重庆诗坛的中年写作》。

在《河南社会科学》第4期发表论文《论新诗的诗体重建》。

在《文艺研究》第6期发表与日本学者岩佐昌暲的对话《中国与日本：中国现代诗学的昨天和今天》。

在6月1日的《重庆政协报》发表文章《好运，重庆》。

《诗：人性与和谐》《新诗的诗体重建》收入《通向世界的门扉》，由青海人民出版社2007年8月出版。

在10月24日的《韶关日报》发表文章《蕉风与华韵的魅力》。

在11月18日的《清远日报》发表文章《东南亚：本土与母土》。

在台湾《葡萄园》诗刊和《中外诗歌研究》上发表诗歌《哭晓村》。

二〇〇八年

新诗研究所外地毕业生回校，在北碚海宇大酒店举办吕进七十寿辰庆祝会，访问学者、博士生、硕士生、本科生、进修班学员代表参加聚会，党委书记、校长、副校长、重庆市文联党组书记出席，吕进塑像揭幕。

西南大学学术委员会成立，担任副主任，兼任人文科学分委员会主任。

随重庆专家访问团出访荷兰、葡萄牙和西班牙。

到市委宣传部为全体机关干部讲《诗歌修养与人文重庆》。

被评为重庆首届读书月“十佳”写书人。

出席河南荥阳举行的中国诗歌文化节,在高层论坛作《论新来者》的报告。

出席在浙江师范大学举办的第四届中国文学古今演变研讨会,作《区域文化视野下的重庆文学》的发言。

香港出版《本土与母土——东南亚华文诗歌研究》,书前有序言《东南亚诗歌:本土与母土》。

在《诗刊》第1期发表《言“小”与言“大”》。

在《中国武警》第1期发表《致以诗的敬礼》。

在《词刊》第5期发表《歌词学:学科性与学理性——序陆正兰〈歌词学〉》。

《关于培养和提炼重庆人文精神》收入《重庆人文精神研究》,由重庆出版社6月出版。

《小康社会与人文修养》收入《历史与文化》,由重庆出版社6月出版。

在《诗刊》第6期发表写给汶川地震的诗《寻找》。

在《诗歌月刊》第6期推出“吕进专辑”,刊发照片并发表《吕进诗论二篇》《青海组曲(外一组)》。

在《诗歌月刊》第7期发表《论新诗的诗体重建》。

《东方论坛》《青岛大学学报》第6期发表《守住梦想——我的学术道路》,全文一万四千字,对已经走过的学术道路进行反思和回忆,文章分“从新诗到现代诗学”“从《新诗的创作与鉴赏》到《中国现代诗学》”“从中国新诗研究所到新诗二次革命”三章,对2008年以前的学术道路有所总结。

在《文艺争鸣》第12期发表论文《叶延滨和他的诗歌创作》。

二〇〇九年

在西安出席中华人民共和国文化部、中国作家协会主办的第二届中国诗歌节,在高层论坛上做《诗的大众与小众》的讲演。

出席西南大学举办的第三届华文诗学名家国际论坛,继续担任主席,做主题讲演《论新来者》。副市长谢小军出席并讲话。

在福建师范大学参加第五届现代诗研讨会,做大会发言:《新诗技巧的有与无》。

11月20日至21日，在武汉大学参加闻一多诞辰110周年纪念暨国际学术研讨会，大会发言：《闻一多：新诗史上的杜甫》。

为重庆市第二届有突出贡献中青年专家理论培训班做报告《和谐社会与人文修养》。

应邀到济南出席泰山学者评审会议。

出任重庆市第4届青年歌手电视大奖赛决赛综合素质评委。

四卷本《吕进文存》由西南师范大学出版社出版，首发式在重庆天宇大酒店举行，市委宣传部长何事忠、西南大学校长王小佳、重庆市新闻出版局局长杨恩芳讲话。

《吕进诗文选》由中国文联出版社出版。

《重庆抗战诗歌研究》（第一作者）由西南师范大学出版社出版，此书获重庆市政府社科三等奖。

专著《曾心小诗点评》由台湾秀威资讯科技股份有限公司、泰国留中大学出版社同时出版。

在《西南大学学报》第1期发表论文《区域文化视野下的重庆文学》。

在《重庆教育学院学报》第1期发表《缪斯之恋——我的学术之路》。

在2月12日的《人民日报》上发表文章《开门落叶深》。

在《重庆文学》第3期发表论文《东南亚诗歌：本土与母土》。

在《重庆文学》第3期发表论文《诗歌的限制与自由》。

在《上饶师范学院学报》第5期发表论文《风暖鸟声碎，目高花影重》。

在5月21日的《人民日报》上发表论文《诗歌的小众与大众》。

在8月28日的《人民日报》上发表论文《现代诗的有与无》。

在《诗选刊》（下半月）第6期发表文章《诗：大众化与小众化》。

在6月17日的《中国文化报》上发表文章《诗的大众化与小众化》。

在香港《当代诗坛》第52期上发表文章《蓝天一虹》。

为泰国世界文艺出版社（WIP）出版的《小诗磨坊》（泰华卷）撰写序言《八仙过海》。

二〇一〇年

在澳门大学出席汉语新文学国际学术研讨会，大会发言：《汉语新诗的外国群落》。

在曼谷泰国留中总会讲学,题目为:“中国文学的诗化特征”。

首届重庆市社会科学学术委员会组成,遴选为成员。

出席北京大学诗歌研究院成立仪式,做大会发言:《新诗永远年轻》。

到澳门大学讲学。

《吕进诗学隽语》(曾心、钟小族主编),由台湾秀威资讯科技股份有限公司、泰国留中大学出版社分别出版。

《中国现代诗学手册》(第一主编)由巴蜀书社出版。

论文《论新诗的诗体重建》收入《中国文学古今演变论集三编》,由上海古籍出版社出版。

在《西南大学学报》第1期发表论文《闻一多:新诗史上的杜甫》(第一作者)。

在《红岩》第1期上发表论文《傅天琳:柠檬与果树》。

在《文艺研究》第3期发表论文《论新时期诗歌与新来者》,《诗选刊》2015年第1期全文转载。

在3月26日的《人民日报》上发表论文《新诗的变与常》。

在《诗潮》第4期发表《永远的李瑛》。

在11月2日的《人民日报》上发表论文《单纯而丰富的柠檬黄》。

在《星星》诗刊(理论版)第10期发表论文《汉语新文学的“外国群落”——以泰国诗人曾心为例》。

10月4日在泰国《新中原报》上发表文章《耳畔频闻故友去》,11月8日《文艺报》《九州诗文》第11期、台湾《葡萄园》冬季号全文转载。

在11月16日的《人民日报》上发表论文《诗家语的审美》。

在《中国诗歌》第12期发表论文《中国新诗文体研究30年》。

二〇一一年

在厦门出席中华人民共和国文化部、中国作家协会主办的第三届中国诗歌节,在高层论坛做大会发言:《新诗诗体的双极发展》。

在湛江师范学院参加第六届现代诗研讨会,做大会发言:《自由诗与格律体新诗》。

主持重庆市社科重大课题“大后方诗歌研究”。

获中国当代诗歌奖(2000—2010)批评奖。

在《西南大学学报》第2期发表论文《“健康,明朗,中国”:论台湾葡萄园诗社及其诗学主张》,台湾《葡萄园》诗刊春季号全文转载。

在3月28日的《人民政协报》“学术家园”板块发表论文《大众化未必粗糙,小众化未必没有生活——谈当代诗歌的发展》。

在10月26日的《中国文化报》上发表论文《重破轻立,新诗的痼疾》。

在10月27日的《中国艺术报》发表论文《新诗诗体的双极发展》。

《守住梦想——我的学术道路》收入《第二代中国现代文学学者自述》,由文化艺术出版社出版。

二〇一二年

重庆市第二期两江学者岗位设置评审会,担任副主任委员。

西南大学第二次社代会举行,继续当选校社科联副主席。

主持评审重庆市教育系统政府特殊津贴。

中国诗歌学会第二次代表大会在北京举行,当选常务理事。

到市委出席纪念毛泽东《延讲》座谈会,宣传部长何事忠主持,受邀发言。

到市委主持人文社科首批百名学术学科领军人才评审。

到重庆师范大学主持研究生答辩。

北碚区第二届文代会举行,受聘荣誉主席。

到市教委主持评审重庆名师,担任高校评审组长。

到市委党校做专题报告,副校长罗小梅主持,常务副校长吴康明、副校长周放会见。

在天宇酒店出席2012年重庆高校高级职称评审,担任高评委委员兼中文组长。

到浙江海宁出席徐志摩诗歌奖颁奖仪式。

为全校博士生讲“博士生的人文修养”。

出席第四届华文诗学名家国际论坛开幕式,致开幕词《重建的时代》。重庆市委常委、宣传部长徐海荣出席并讲话。

到市教委主持评审巴渝学者。

在四川外国语大学主持重庆市现当代文学研究会第八届年会。

《吕进诗学隽语》(曾心、钟小族主编)，由台湾秀威资讯科技股份有限公司出版。

《序言五篇》发表于《重庆三峡学院学报》第1期。

在《西南大学学报》第1期发表论文《新诗诗体的双极发展》，《诗人论诗》(中国书籍出版社)、《中国文化报》转载。

在《九州诗文》第3期发表《岁月留痕》(散文八篇)。

在3月13日的《重庆晚报》上发表文章《行者之思》，5月1日的《重庆日报》全文转载。

在5月21日的《文艺报》上发表文章《忆邹绛》。

在《诗刊》第5期发表论文《诗体重建视角下的何其芳》。

在《长江师范学院学报》第5期上发表论文《走向唐诗的兴盛——序〈东方诗风论坛10年诗选〉》。

在《文艺报》发表文章《王明凯：草根经验与方言叙事》。

在台湾《葡萄园》诗刊秋季号发表诗歌《生日二章》。

在《泰华文学》发表文章《黄袍佛国的风景》。

在11月2日的《重庆晚报》发表文章《与莫言在巴黎》。

《美食》第3期转载《臧克家爱吃“老四样”》。

在《课外语文》(初中版)第4期上发表文章《读一点诗》。

论文《新时期十年：新诗，发展与徘徊》被收入《这就是我们的文学生活——〈当代文坛〉三十年评论精选(上)》。

二○一三年

到市委组织部主持第二期两江学者评审，担任评委会副主任兼人文社会科学组长。

在西南大学召开的《吕进诗学隽语》研讨会上致答谢词。

到市教委出席百千万人才国家级人选推荐会。

到市政府出席第8届重庆市社科评奖终评会，副市长谭家玲主持。

再次到市委党校做专题报告，副校长罗小梅主持，常务副校长吴康明、副校长周放会见。

到宁波大学校园图书馆做专题报告，宁波作家协会主席荣荣等听讲，接受《宁波晚报》专访。

出席第8届台湾薛林怀乡青年诗奖颁奖仪式并作为评委会主任致辞，西南大学校长张卫国颁奖。

在四川外国语大学做专题报告，副校长王鲁男主持。

到西华师范大学出席中法兰波诗会，担任“兰波的一生”讲演会主持人，发表《艾青诗歌的兰波元素》的讲演。

主持第二批重庆市哲社领军人才评审会，担任评委会主任。

第三次到市委党校做专题报告，副校长罗小梅主持，常务副校长吴康明、副校长周放会见。

第二次到重庆市北部新区做专题报告《文学与诗》。

出席2013重庆市高校高级职称评审，担任高评委委员兼中文组长。

出席2013重庆市出版资助基金评委会。

到曼谷出席第七届东南亚华文诗人大会，在开幕式做主题讲演：《东南亚诗歌的中国参照系》。

散文集《岁月留痕》由西南师范大学出版社出版。

主编《重建与繁荣——第四届华文诗学名家国际论坛论文选》出版。

在《九州诗文》第1期发表文章《行到巫山必有诗》。

在1月2日的《中华读书报》发表文章《七十余年一卷诗》。

在《红岩》第2期上发表散文《岁月留痕》。

在3月1日的《人民日报》发表论文《军旅诗人的襟抱》。

在《鸭绿江》第7期上发表论文《傅天琳：从诗到小说》。

在《解放军文艺》第11期发表论文《兵气拥云间》。

在11月10日的泰国《新中原报》上发表论文《东南亚华文诗歌的中国参照系》。

在《星星诗刊》第11期发表论文《诗学随笔三篇》。

在台湾《葡萄园》诗刊冬季号上发表文章《薛林奖那些事儿》。

二〇一四年

出席西南大学、重庆市文联、重庆市作家协会、重庆市万州区人民政府主办的方敬百年诞辰座谈会，讲话并接受媒体采访。

出席第四批重庆高校优秀人才支持计划、第二批青年骨干教师资助计划评审委员会，担任评审委员会副主任。

在澳门大学中文系为该系研究生举办讲座:《论诗家语》,系主任朱寿桐主持。

出席澳门大学“2013开卷有益”读书活动颁奖仪式,担任颁奖嘉宾和讲演嘉宾,为该校学生举办讲座:《时代与读书》,教务长彭执中主持。

在重庆市文艺家活动中心为市文联机关和重庆市文艺界举办讲座:《文艺家的人文修养》。

重庆市名人事业促进会举行换届选举,市委统战部原部长、重庆市政协原副主席张忠惠当选会长,吕进当选副会长之一。

到四川绵阳出席中华人民共和国文化部、中国作家协会、四川省人民政府主办的第四届中国诗歌节,接受电视台采访。

到市文联为重庆市文艺人才研修班作专题报告。

为山东师范大学文学院、传媒学院研究生举办讲座:“研究生与读书”。

出席山东师范大学“山师团队及朱德发研讨会”,发言题目“山师团队与新时期诗歌研究”,北京大学温儒敏主持会议。

在重庆市妇联为妇联机关举办讲座:“机关干部的人文修养”,妇联主席丁中平出席。

到重庆市教委主持新一届巴渝学者评审。

出席第五届“华文诗学名家国际论坛”开幕式,作为论坛主席致开幕词:《守常求变:当下诗歌发展的关键词》,重庆市委常委、宣传部长燕平出席开幕式并讲话。

在韩国首尔出席孔子学院建院十周年国际学术会议,并做主题讲演《新汉学时代与中国新诗》,韩国外国语大学朴宰雨主持。

到北京中国现代文学馆出席黄亚洲诗集《我在孔子故里歌唱》座谈会并发言:《孔子故里传出的歌声》。

出席重庆邮电大学“博导论坛”启动仪式,举办讲座:《研究生与读书》,副校长符明秋主持论坛,该校党委书记方海洋会见。

为浙江师范大学举办讲座:《时代与读书》,文学院常务副院长高玉主持。

主编《中国新时期“新来者”诗选》,由西南师范大学出版社出版。

在《重庆评论》第1期发表论文《白水诗人梁上泉》。

在《九州诗文》第1期发表论文《向“新来者”致意》。

在《中外诗歌研究》第2期发表论文《时代与读书》。

在泰国《泰华文学》第69期发表论文《东南亚华文诗歌的中国参照系》。

在泰国《泰华文学》第69期发表文章《花香泰国》。

在《文艺研究》第5期发表论文《论“诗家语”》。

在《九州诗文》第5期发表散文《岁岁花开一忆君》。

在《重庆文艺》第2期发表文章《诗人方敬——纪念方敬百年诞辰》。

在台湾《葡萄园》诗刊夏季号发表文章《岁岁花开一忆君》。

在《中外诗歌研究》第3期发表文章《向诗而生》。

在《九州诗文》第10期发表文章《守常求变,当下新诗发展的关键词——第五届华文诗学名家国际论坛开幕词》。

在《重庆文学》第11期发表《随笔二题》。

二〇一五年

出席重庆市文联3届6次全委会。

在新加坡草根书室做《中国新诗的三大重建》的讲座。

出席新加坡作家协会迎春午餐会,并讲话。

主持西南大学全国青年拔尖人才预答辩会议。

在天宇酒店主持全市高校教授(评议)权、副教授评审(评议)权评审。

在市委宣传部主持第二届重庆市人文社会科学领军人才评审会。

在工商大学举行专题讲座,工商大学校长孙芳城致欢迎词。

出席重庆出版集团成立10周年座谈会,并发言。

参与重庆市人民政府文史研究馆《重庆艺苑》改版工作,并出任改版后的刊物主编。

出席市委第七巡视组巡视市文联意见反馈会。

在西南大学图书馆做专题讲座,馆长李森主持。

在西南大学做专题讲座,西南大学副校长陈时见主持。

到市委党校做专题讲座。

散文集《落日故人情》由巴蜀书社出版。

专著《大后方抗战诗歌研究》(第一著者)由重庆出版社出版。

在《诗选刊》第1期转载论文《论中国新时期诗歌及“新来者”》。

在《山东师范大学学报》第4期发表论文《山师团队与中国新诗》。

在《三峡学院学报》第4期发表论文《时代与读书》。

在《西南大学学报》第5期发表论文《新汉学时代与新时期诗歌研究》。

《晚报文萃》第5期转载文章《臧克家给毛泽东改诗》。

在《香港文学》6月号发表散文《诗坛忆旧》(共5篇)。

在《九州诗文》第6期发表论文《低处的露珠》。

二〇一六年

在文史馆主持《重庆艺苑》春季号编前会。

出席重庆市政协4届4次会议。

出席新加坡作家协会春节团拜会。

到新加坡草根书局出席与新加坡诗人见面会。

在忠县为该县党政干部举办讲座“现代中国与人文修养”。

在西南大学荣昌校区做专题讲座《大学生与读书》。

在中国新诗研究所建所30周年庆典上做主旨讲话。

在文史馆主持《重庆艺苑》夏季号编前会。

到市教委主持评审重庆市杰出人才贡献奖(推荐至市委组织部)。

到天宇大饭店主持评审第七批重庆高校中青年骨干教师。

专著《现代诗学:辩证反思与本体建构》由人民出版社出版。

《梁平诗歌研究》(主编,并作序)由四川文艺出版社出版。

在《星星》诗刊第1-12期连载《诗坛忆旧录》。

在《敦煌》2015年卷(2016出刊)发表抒情诗十章。

在《九州诗文》7月号发表《梁平:三面手与双城记——序〈梁平诗歌研究〉》。

在《大西南文学论坛》第一辑发表《漫说区域文化与区域文学》。

二〇一七年

到重庆市委党校做专题讲座:“现代中国与文化修养”。

到仙女山管委会做专题讲座:“现代中国与文化修养”。

在泰国曼谷为留中总会文学名家做专题讲座:“诗可以群”。

在韩国江源道平昌市出席韩中日诗人节,做主题讲演“祝福东亚诗歌”,并代表中国诗人签署中日韩和平宣言。

出席北碚区第三次文代会,第三次受聘区文联荣誉主席。

出席第六届华文诗学名家国际论坛开幕式,致开幕词:《百年的祝福》。

在北碚行政中心为市级文艺家协会会员做专题讲座:“新时代与文明教养”。

在北京出席新诗百年华语诗人诗作评选颁奖大会,作为组委会总顾问和评委会主任做主旨讲话。

出席新华社重庆分社举办的“诗意·家园”现代诗歌分享会。

诗评《苦难的人生果实》获全国晚报2016年度文化好新闻 —文艺评论二等奖。

获全国新诗百年贡献奖——评论贡献奖。

在《江汉论坛》第1期发表长篇论文《百年现代诗学的辩证反思》,《中国社会科学文摘》2017年第6期转载。

在《中国艺术报》1月17日发表《诗人应是时代的吹号者》。

在《华西都市报》3月9日发表《全国诗歌奖琐记》。

在《重庆文学》第4期发表《记几位重庆前辈作家》。

在《星星》第4期发表《八十年代的全国诗歌奖》。

在《华西都市报》6月17日发表《重庆直辖前后》。

在《草堂》第6期发表《走四方(三首)》。

在《中国艺术报》7月5日发表《诗可以群》。

在《华西都市报》9月9日发表《微笑的犁青》。

在《华西都市报》9月23日发表《醉在韩国的秋天里》,泰国《新中原报》转载。

《诗三首》(韩文)《韩中日诗选集》在 韩国出版。

在《中国艺术报》11月10日发表《诗歌不是私歌》。

在《华西都市报》12月14日发表《蜀人余光中》。

(编者注:吕进发表在《重庆日报》《重庆晚报》等地方报纸的数百篇文章目录,原则上未予收录)

吕进主要著作目录(1982—2016)

(40部,77卷)

杨东伟　熊辉

1.《新诗的创作与鉴赏》,重庆出版社1982年初版,1991年再版,1993年三版。

2.《给新诗爱好者》,重庆出版社1984年出版。

3.《一得诗话》,四川文艺出版社1985年出版。

4. 主编《上园谈诗》,重庆出版社1987年出版。

5. 主编《外国名诗鉴赏辞典》,河北人民出版社1989年出版。

6. 主编《诗歌美学辞典》,四川辞书出版社1989年出版。

7.《新诗文体学》,花城出版社1990年出版。

8. 主编《党旗,心中的旗》,花城出版社1991年出版。

9.《中国现代诗学》,重庆出版社1991年初版,1995年再版。

10. 主编《爱我中华诗歌鉴赏》(共5卷),重庆大学出版社1993年出版。

11.《吕进诗论选》,西南师范大学出版社1995年出版。

12.《画梦与释梦——何其芳创作的心路历程》,贵州人民出版社1995年出版。

13. 主编《北京之光——世界华文女诗人30家》,成都出版社1995年出版。

14. 主编《新诗三百首》,河北人民出版社1996年出版。

15. 主编《四川百科全书》(共29卷),四川辞书出版社1997年出版。

16. 主编《新中国50年诗选》(共3卷),重庆出版社1999年出版。

17. 主编《现代文学沉思录》,西南师范大学出版社1999年出版。

18. 主编《西南师范大学50年诗选》,西南师范大学出版社2000年出版。

19. 主编《文化转型与中国新诗》,重庆出版社2000年出版。

20.《对话与重建 ——中国现代诗学札记》,西南师范大学出版社2002年出版。

21.《现代诗歌文体论》,广西师范大学出版社2003年出版。

22. 主编《20世纪重庆新诗发展史》,重庆出版社2004年出版。

23.《吕进短诗选》,香港银河出版社2004年出版。

24. 主编《现代诗学的多维视野》,西南师范大学出版社2006年出版。

25. 主编《寻梦之路——中国新诗研究所二十年》(共2卷),西南师范大学出版社2006年出版。

26. 主编《二十年:探路与开拓》,西南师范大学出版社2006年出版。

27. 主编《中国现代诗体论》,重庆出版社2007年出版。

28.《吕进诗文选》,中国文联出版社2009年出版。

29.《吕进文存》(共4卷),西南师范大学出版社2009年出版。

30.《曾心小诗点评》,泰国留中大学出版社,中国台湾秀威资讯科技股份有限公司2009年出版。

31.《重庆抗战诗歌研究》,西南师范大学出版社2009年出版。

32. 主编《20世纪中国现代诗学手册》,巴蜀书社2010年出版。

33.《吕进诗学隽语》,泰国留中大学出版社,中国台湾秀威资讯科技股份有限公司2012年出版。

34. 主编《重建与繁荣 ——第四届华文诗学名家国际论坛论文选 》,2013年论坛自印。

35.《岁月留痕》,西南师范大学出版社2013年出版。

36.《中国新时期新来者诗选》,西南师范大学出版社2014年出版。

37.《落日故人情》,巴蜀书社2015年出版。

38.《大后方抗战诗歌研究》,重庆出版社2015年出版。

39.《现代诗学:辩证反思与本体建构》,人民出版社2016年出版。

40. 主编《梁平诗歌研究》,四川文艺出版社2016年出版。

后记

□向天渊

说老实话，我不是从事吕进诗学思想研究的最佳人选，如此重任之所以落在我身上，别无其他，地利之便也。更毋庸讳言，本书的体例比较特别，我姑且称之为“百衲本著作”。古人早已穿过百衲衣，僧伽梨中也有五条、七条、九条之“三衣”传统，书法家曾撰写百衲碑，出版界更有《百衲本二十四史》之壮举，近年来还有人创出“百衲本笔记野史”这样的新体裁。如此说来，汇聚众人之智慧的“百衲本著作”也有出现的理由与存在的价值。书稿得以完成，当然要感谢争著先鞭的各位同仁，其中有臧克家这样的诗坛前辈，也有马立鞭、阿红、袁忠岳、刘强、古远清、万龙生、纪宇以及泰国的曾心、新加坡的陈剑等吕进先生的诗学知己，当然，更多的还是新诗所的校友和朋友们。由于所选文章的体例、格式不尽相同，编校起来非常麻烦，本书能够如期出版，应归功于细致耐心、恪尽职守的责任编辑李晓瑞女士。

此外，还需特别说明的是，本书资料是通过期刊、图书、数据库和其他渠道收集得来，其中一些的作者，我们实在无法取得联系，也就未能在出版前得到他们的授权，希望见到此书的专家、作者联系我们，我们将寄去样书。不过，学术出版实在不容易，本书是自筹经费出版，无法给入选作者支付稿酬，还请大家予以谅解。

让我们携起手来，将吕进先生开创的“守住梦想，向诗而生”的新诗所传统发扬光大！

2018年9月于重庆·北碚·坎井斋